COLOMBA

et

autres nouvelles

PROSPER MÉRIMÉE

Colomba
et
autres nouvelles

PROSPER MÉRIMÉE
(1803-1870)

Né à Paris le 28 septembre 1803 dans une famille mi-artiste, mi-bohème — son père, peintre, a été secrétaire de l'École des Beaux-Arts —, Prosper Mérimée, élève brillant, mais difficile, gouailleur sous un aspect froid, entreprend, après le lycée, des études de droit, bien que préférant la littérature.

Ce dandy, dont les moqueries lui valent quelques inimitiés, fréquente les salons, avec notamment, Stendhal, et participe au romantisme libéral, qui s'oppose à celui de Victor Hugo. A 22 ans, il connaît la notoriété avec *Le théâtre de Clara Gazul*, de courtes pièces qu'il prétendait traduites d'une actrice espagnole. L'ensemble était talentueux : son anonymat fut rapiement percé à jour.

Il récidivera avec *La Guzla* (1827), un recueil lyrique, puis avec *Chronique du règne de Charles IX* (1829), l'un des meilleurs romans historiques français. Dans ce dernier ouvrage, il peint, sous les traits de Diane de Turgis, l'une de ses maîtresses. Le mari le provoque en duel, et le blesse à l'épaule. Pour oublier cette liaison, Mérimée voyage en Espagne, où il rencontre la duchesse de Teba : l'une de ses filles deviendra l'impératrice Eugénie, épouse de Napoléon III, et Mérimée sera son mentor à la Cour impériale.

Cet ami d'Alfred de Musset, d'Eugène Delacroix, d'Alexandre Dumas, dont il partage les frasques, est nommé en 1834 inspecteur des Monuments historiques. Pendant vingt-six ans, il va parcourir la France, sauver des centaines d'églises, faire restaurer de nombreux monuments, avec l'architecte Viollet-le-Duc, son collaborateur.

C'est à son action que l'on doit la sauvegarde de Vézelay, de Notre-Dame de Paris, des remparts d'Avignon... Il publie *La Vénus d'Ille* en 1837, rapporte *Colomba* (1840) d'une tournée en Corse, fait paraître *Carmen* en 1845, année de sa réception à l'Académie française. Tout en voyageant, il mène de front plusieurs intrigues sentimentales, écrit, apprend le catalan, le grec moderne et le russe, pour le plaisir de traduire Nicolas Gogol et Yvan Tourgueniev.

En 1853 l'Impératrice Eugénie le fait nommer sénateur. Il devient un personnage officiel. Sa rupture avec Valentine Delessert, qui a mis fin à une liaison orageuse longue de quinze ans le laisse amer. Il cesse d'écrire.

Souffrant d'asthme, il vit à Cannes une grande partie de l'année, quand il n'est pas retenu à la Cour, où il organise pour l'Impératrice des soirées avec lectures, charades, bouts rimés et autres jeux littéraires... Il invente, lors de l'une de ces manifestations, sa fameuse « dictée de Mérimée » où sont regroupés, dans un texte court, nombre de pièges orthographiques de la langue française.

Miné par la maladie, il est obligé de refuser d'être nommé ministre de l'instruction publique. L'ancien dandy désinvolte, le notable d'apparence guindé est devenu un vieillard défait, voûté. Même le sommeil, tant il souffre, lui est interdit.

La guerre franco-prussienne de 1870 le consterne. La défaite française l'accable. Il ne survit pas au régime impérial, dont il a été un brillant dignitaire : il s'éteint le 23 septembre, à Cannes.

MOSAÏQUE

MATEO FALCONE

En sortant de Porto-Vecchio et se dirigeant au nord-
ouest, vers l'intérieur de l'île, on voit le terrain s'élever
assez rapidement, et après trois heures de marche par
des sentiers tortueux, obstrués par de gros quartiers de
rocs, et quelquefois coupés par des ravins, on se trouve
sur le bord d'un *maquis* très étendu. Le maquis est la
patrie des bergers corses et de quiconque s'est brouillé
avec la justice. Il faut savoir que le laboureur corse,
pour s'épargner la peine de fumer son champ, met le
feu à une certaine étendue de bois : tant pis si la
flamme se répand plus loin que besoin n'est ; arrive que
pourra ; on est sûr d'avoir une bonne récolte en semant
sur cette terre fertilisée par les cendres des arbres
qu'elle portait. Les épis enlevés, car on laisse la paille,
qui donnerait de la peine à recueillir, les racines qui
sont restées en terre sans se consumer poussent au
printemps suivant, des cépées très épaisses qui, en peu
d'années, parviennent à une hauteur de sept ou huit
pieds. C'est cette manière de taillis fourré que l'on
nomme maquis. Différentes espèces d'arbres et
d'arbrisseaux le composent, mêlés et confondus
comme il plaît à Dieu. Ce n'est que la hache à la main
que l'homme s'y ouvrirait un passage, et l'on voit des
maquis si épais et si touffus, que les mouflons eux-
mêmes ne peuvent y pénétrer.

Si vous avez tué un homme, allez dans le maquis de
Porto-Vecchio, et vous y vivrez en sûreté, avec un bon
fusil, de la poudre et des balles ; n'oubliez pas un

manteau brun garni d'un capuchon*, qui sert de couverture et de matelas. Les bergers vous donnent du lait,
du fromage et des châtaignes, et vous n'aurez rien à
craindre de la justice ou des parents du mort, si ce n'est
quand il vous faudra descendre à la ville pour y renou-
veler vos munitions.

Mateo Falcone, quand j'étais en Corse en 18..., avait
sa maison à une demi-lieue de ce maquis. C'était un
homme assez riche pour le pays ; vivant noblement,
c'est-à-dire sans rien faire, du produit de ses troupeaux,
que des bergers, espèces de nomades, menaient paître
çà et là sur les montagnes. Lorsque je le vis, deux
années après l'événement que je vais raconter, il me
parut âgé de cinquante ans tout au plus. Figurez-vous
un homme petit, mais robuste, avec des cheveux cré-
pus, noirs comme le jais, un nez aquilin, les lèvres
minces, les yeux grands et vifs, et un teint couleur de
revers de botte. Son habileté au tir du fusil passait pour
extraordinaire, même dans son pays, où il y a tant de
bons tireurs. Par exemple, Mateo n'aurait jamais tiré
sur un mouflon avec des chevrotines ; mais, à cent vingt
pas, il l'abattait d'une balle dans la tête ou dans
l'épaule, à son choix. La nuit, il se servait de ses armes
aussi facilement que le jour, et l'on m'a cité de lui ce
trait d'adresse qui paraîtra peut-être incroyable à qui
n'a pas voyagé en Corse. A quatre-vingts pas, on plaçait
une chandelle allumée derrière un transparent de
papier, large comme une assiette. Il mettait en joue,
puis on éteignait la chandelle, et, au bout d'une minute
dans l'obscurité la plus complète, il tirait et perçait le
transparent trois fois sur quatre.

Avec un mérite aussi transcendant Mateo Falcone
s'était attiré une grande réputation. On le disait aussi
bon ami que dangereux ennemi : d'ailleurs serviable et
faisant l'aumône, il vivait en paix avec tout le monde

---

*Pilone. (Les notes appelées par des astérisques sont de
Mérimée.)

dans le district de Porto-Vecchio. Mais on contait de lui qu'à Corte, où il avait pris femme, il s'était débarrassé fort vigoureusement d'un rival qui passait pour aussi redoutable en guerre qu'en amour : du moins on attribuait à Mateo certain coup de fusil qui surprit ce rival comme il était à se raser devant un petit miroir pendu à sa fenêtre. L'affaire assoupie, Mateo se maria. Sa femme Giuseppa lui avait donné d'abord trois filles (dont il enrageait), et enfin un fils, qu'il nomma Fortunato : c'était l'espoir de sa famille, l'héritier du nom. Les filles étaient bien mariées : leur père pouvait compter au besoin sur les poignards et les escopettes de ses gendres. Le fils n'avait que dix ans, mais il annonçait déjà d'heureuses dispositions.

Un certain jour d'automne, Mateo sortit de bonne heure avec sa femme pour aller visiter un de ses troupeaux dans une clairière du maquis. Le petit Fortunato voulait l'accompagner, mais la clairière était trop loin ; d'ailleurs, il fallait bien que quelqu'un restât pour garder la maison ; le père refusa donc : on verra s'il n'eut pas lieu de s'en repentir.

Il était absent depuis quelques heures et le petit Fortunato était tranquillement étendu au soleil, regardant les montagnes bleues, et pensant que, le dimanche prochain, il irait dîner à la ville, chez son oncle le *caporal**, quand il fut soudainement interrompu dans ses méditations par l'explosion d'une arme à feu. Il se leva et se tourna du côté de la plaine d'où partait ce bruit. D'autres coups de fusil se succédèrent, tirés à intervalles inégaux, et toujours de plus en plus rappro-

*Les caporaux furent autrefois les chefs que se donnèrent les communes corses quand elles s'insurgèrent contre les seigneurs féodaux. Aujourd'hui, on donne encore quelquefois ce nom à un homme qui, par ses propriétés. ses alliances et sa clientèle, exerce une influence et une sorte de magistrature effective sur une *pieve* ou un canton. Les Corses se divisent, par une ancienne habitude, en cinq castes : les *gentilshommes* (dont les uns sont *magnifiques,* les autres *signori*), les *caporali,* les *citoyens.* les *plébéiens* et les *étrangers.*

chés ; enfin, dans le sentier qui menait de la plaine à la maison de Mateo parut un homme, coiffé d'un bonnet pointu comme en portent les montagnards, barbu, couvert de haillons, et se traînant avec peine en s'appuyant sur son fusil. Il venait de recevoir un coup de feu dans la cuisse.

Cet homme était un bandit*, qui étant parti de nuit pour aller chercher de la poudre à la ville, était tombé en route dans une embuscade de voltigeurs corses**. Après une vigoureuse défense, il était parvenu à faire sa retraite, vivement poursuivi et tiraillant de rocher en rocher. Mais il avait peu d'avance sur les soldats et sa blessure le mettait hors d'état de gagner le maquis avant d'être rejoint.

Il s'approcha de Fortunato et lui dit :

« Tu es le fils de Mateo Falcone ?

— Oui.

— Moi, je suis Gianetto Sanpiero. Je suis poursuivi par les collets jaunes***. Cache-moi, car je ne puis aller plus loin.

— Et que dira mon père si je te cache sans sa permission ?

— Il dira que tu as bien fait.

— Qui sait ?

— Cache-moi vite ; ils viennent.

— Attends que mon père soit revenu.

— Que j'attende ? malédiction ! Ils seront ici dans cinq minutes. Allons, cache-moi, ou je te tue. »

Fortunato lui répondit avec le plus grand sang-froid :

« Ton fusil est déchargé, et il n'y a plus de cartouches dans ta cachera****.

*Ce mot est ici synonyme de proscrit.

**C'est un corps levé depuis peu d'années par le gouvernement. et qui sert concurremment avec la gendarmerie au maintien de la police.

***L'uniforme des voltigeurs était alors un habit brun avec un collet Jaune.

****Ceinture de cuir qui sert de giberne et de portefeuille.

— J'ai mon stylet.

— Mais courras-tu aussi vite que moi ? »

Il fit un saut, et se mit hors d'atteinte.

« Tu n'es pas le fils de Mateo Falcone ! Me laisse-ras-tu donc arrêter devant ta maison ? »

L'enfant parut touché.

« Que me donneras-tu si je te cache ? » dit-il en se rapprochant.

Le bandit fouilla dans une poche de cuir qui pendait à sa ceinture, et il en tira une pièce de cinq francs qu'il avait réservée sans doute pour acheter de la poudre. Fortunato sourit à la vue de la pièce d'argent ; il s'en saisit, et dit à Gianetto :

« Ne crains rien. »

Aussitôt il fit un grand trou dans un tas de foin placé auprès de la maison. Gianetto s'y blottit, et l'enfant le recouvrit de manière à lui laisser un peu d'air pour respirer, sans qu'il fût possible cependant de soup-çonner que ce foin cachât un homme. Il s'avisa, de plus, d'une finesse de sauvage assez ingénieuse. Il alla prendre une chatte et ses petits, et les établit sur le tas de foin pour faire croire qu'il n'avait pas été remué depuis peu. Ensuite, remarquant des traces de sang sur le sentier près de la maison, il les couvrit de poussière avec soin, et cela fait, il se recoucha au soleil avec la plus grande tranquillité.

Quelques minutes après, six hommes en uniforme brun à collet jaune, et commandés par un adjudant, étaient devant la porte de Mateo. Cet adjudant était quelque peu parent de Falcone. (On sait qu'en Corse on suit les degrés de parenté beaucoup plus loin qu'ail-leurs.) Il se nommait Tiodoro Gamba : c'était un homme actif, fort redouté des bandits dont il avait déjà traqué plusieurs.

« Bonjour, petit cousin, dit-il à Fortunato en l'abor-dant ; comme te voilà grandi ! As-tu vu passer un homme tout à l'heure ?

— Oh ! je ne suis pas encore si grand que vous, mon cousin, répondit l'enfant d'un air niais.

— Cela viendra. Mais n'as-tu pas vu passer un homme, dis-moi ?

— Si j'ai vu passer un homme ?

— Oui, un homme avec un bonnet pointu en velours noir, et une veste brodée de rouge et de jaune ?

— Un homme avec un bonnet pointu, et une veste brodée de rouge et de jaune ?

— Oui, réponds vite, et ne répète pas mes questions.

— Ce matin, M. le curé est passé devant notre porte, sur son cheval Piero. Il m'a demandé comment papa se portait, et je lui ai répondu...

— Ah ! petit drôle, tu fais le malin ! Dis-moi vite par où est passé Gianetto, car c'est lui que nous cherchons ; et, j'en suis certain, il a pris par ce sentier.

— Qui sait ?

— Qui sait ? C'est moi qui sais que tu l'as vu.

— Est-ce qu'on voit les passants quand on dort ?

— Tu ne dormais pas, vaurien ; les coups de fusil t'ont réveillé.

— Vous croyez donc, mon cousin, que vos fusils font tant de bruit ? L'escopette de mon père en fait bien davantage.

— Que le diable te confonde, maudit garnement ! Je suis bien sûr que tu as vu le Gianetto. Peut-être même l'as-tu caché. Allons, camarades, entrez dans cette maison, et voyez si notre homme n'y est pas. Il n'allait plus que d'une patte, et il a trop de bon sens, le coquin, pour avoir cherché à gagner le maquis en clopinant. D'ailleurs, les traces de sang s'arrêtent ici.

— Et que dira papa ? demanda Fortunato en ricanant ; que dira-t-il s'il sait qu'on est entré dans sa maison pendant qu'il était sorti ?

— Vaurien ! dit l'adjudant Gamba en le prenant par l'oreille, sais-tu qu'il ne tient qu'à moi de te faire changer de note ? Peut-être qu'en te donnant une vingtaine de coups de plat de sabre tu parleras enfin. »

Et Fortunato ricanait toujours.

« Mon père est Mateo Falcone ! dit-il avec emphase.

— Sais-tu bien, petit drôle, que je puis t'emmener à Corte ou à Bastia. Je te ferai coucher dans un cachot, sur la paille, les fers aux pieds, et je te ferai guillotiner si tu ne dis où est Gianetto Sanpiero. »

L'enfant éclata de rire à cette ridicule menace. Il répéta :

« Mon père est Mateo Falcone !

— Adjudant, dit tout bas un des voltigeurs, ne nous brouillons pas avec Mateo. »

Gamba paraissait évidemment embarrassé. Il causait à voix basse avec ses soldats, qui avaient déjà visité toute la maison. Ce n'était pas une opération fort longue, car la cabane d'un Corse ne consiste qu'en une seule pièce carrée. L'ameublement se compose d'une table, de bancs, de coffres et d'ustensiles de chasse ou de ménage. Cependant le petit Fortunato caressait sa chatte, et semblait jouir malignement de la confusion des voltigeurs et de son cousin.

Un soldat s'approcha du tas de foin. Il vit la chatte, et donna un coup de baïonnette dans le foin avec négligence, et haussant les épaules, comme s'il sentait que sa précaution était ridicule. Rien ne remua ; et le visage de l'enfant ne trahit pas la plus légère émotion.

L'adjudant et sa troupe se donnaient au diable ; déjà ils regardaient sérieusement du côté de la plaine, comme disposés à s'en retourner par où ils étaient venus, quand leur chef, convaincu que les menaces ne produiraient aucune impression sur le fils de Falcone, voulut faire un dernier effort et tenter le pouvoir des caresses et des présents.

« Petit cousin, dit-il, tu me parais un gaillard bien éveillé ! Tu iras loin. Mais tu joues un vilain jeu avec moi ; et, si je ne craignais de faire de la peine à mon cousin Mateo, le diable m'emporte ! je t'emmènerais avec moi.

— Bah !

— Mais, quand mon cousin sera revenu, je lui conterai l'affaire, et, pour ta peine d'avoir menti, il te donnera le fouet jusqu'au sang.

— Savoir ?

— Tu verras... Mais tiens... sois brave garçon, et je te donnerai quelque chose.

— Moi, mon cousin, je vous donnerai un avis : c'est que, si vous tardez davantage, le Gianetto sera dans le maquis, et alors il faudra plus d'un luron comme vous pour aller l'y chercher. »

L'adjudant tira de sa poche une montre d'argent qui valait bien dix écus ; et, remarquant que les yeux du petit Fortunato étincelaient en la regardant, il lui dit en tenant la montre suspendue au bout de sa chaîne d'acier :

« Fripon ! tu voudrais bien avoir une montre comme celle-ci suspendue à ton col, et tu te promènerais dans les rues de Porto-Vecchio, fier comme un paon ; et les gens te demanderaient : « Quelle heure est-il ? » et tu leur dirais : « Regardez à ma montre. »

— Quand je serai grand, mon oncle le caporal me donnera une montre.

— Oui ; mais le fils de ton oncle en a déjà une... pas aussi belle que celle-ci, à la vérité... Cependant il est plus jeune que toi. »

L'enfant soupira.

« Eh bien, la veux-tu cette montre, petit cousin ? »

Fortunato, lorgnant la montre du coin de l'œil, ressemblait à un chat à qui l'on présente un poulet tout entier. Et comme il sent qu'on se moque de lui, il n'ose y porter la griffe, et de temps en temps il détourne les yeux pour ne pas s'exposer à succomber à la tentation ; mais il se lèche les babines à tout moment, il a l'air de dire à son maître : « Que votre plaisanterie est cruelle ! »

Cependant l'adjudant Gamba semblait de bonne foi en présentant sa montre. Fortunato n'avança pas la main ; mais il lui dit avec un sourire amer :

« Pourquoi vous moquez-vous de moi* ?

*Perchè me c...?

— Par Dieu ! je ne me moque pas. Dis-moi seulement où est Gianetto, et cette montre est à toi. »

Fortunato laissa échapper un sourire d'incrédulité ; et, fixant ses yeux noirs sur ceux de l'adjudant, il s'efforçait d'y lire la foi qu'il devait avoir en ses paroles.

« Que je perde mon épaulette, s'écria l'adjudant, si je ne te donne pas la montre à cette condition ! Les camarades sont témoins ; et je ne puis m'en dédire. »

En parlant ainsi, il approchait toujours la montre, tant qu'elle touchait presque la joue pâle de l'enfant. Celui-ci montrait bien sur sa figure le combat que se livraient en son âme la convoitise et le respect dû à l'hospitalité. Sa poitrine nue se soulevait avec force, et il semblait près d'étouffer. Cependant la montre oscillait, tournait, et quelquefois lui heurtait le bout du nez. Enfin, peu à peu, sa main droite s'éleva vers la montre : le bout de ses doigts la toucha ; et elle pesait tout entière dans sa main sans que l'adjudant lâchât pourtant le bout de la chaîne... Le cadran était azuré... la boîte nouvellement fourbie... au soleil, elle paraissait toute de feu... La tentation était trop forte.

Fortunato éleva aussi sa main gauche, et indiqua du pouce, par-dessus son épaule, le tas de foin auquel il était adossé. L'adjudant le comprit aussitôt. Il abandonna l'extrémité de la chaîne, Fortunato se sentit seul possesseur de la montre. Il se leva avec l'agilité d'un daim, et s'éloigna de dix pas du tas de foin, que les voltigeurs se mirent aussitôt à culbuter.

On ne tarda pas à voir le foin s'agiter ; et un homme sanglant, le poignard à la main, en sortit ; mais, comme il essayait de se lever en pied, sa blessure refroidie ne lui permit plus de se tenir debout. Il tomba. L'adjudant se jeta sur lui et lui arracha son stylet. Aussitôt on le garrotta fortement malgré sa résistance.

Gianetto, couché par terre et lié comme un fagot, tourna la tête vers Fortunato qui s'était rapproché.

« Fils de... ! » lui dit-il avec plus de mépris que de colère.

L'enfant lui jeta la pièce d'argent qu'il en avait reçue, sentant qu'il avait cessé de la mériter ; mais le proscrit n'eut pas l'air de faire attention à ce mouvement. Il dit avec beaucoup de sang-froid à l'adjudant :

« Mon cher Gamba, je ne puis marcher ; vous allez être obligé de me porter à la ville.

— Tu courais tout à l'heure plus vite qu'un chevreuil, repartit le cruel vainqueur ; mais sois tranquille : je suis si content de te tenir, que je te porterais une lieue sur mon dos sans être fatigué. Au reste, mon camarade, nous allons te faire une litière avec des branches et ta capote ; et à la ferme de Crespoli nous trouverons des chevaux.

— Bien, dit le prisonnier ; vous mettrez aussi un peu de paille sur votre litière, pour que je sois plus commodément. »

Pendant que les voltigeurs s'occupaient, les uns à faire une espèce de brancard avec des branches de châtaignier, les autres à panser la blessure de Gianetto, Mateo Falcone et sa femme parurent tout d'un coup au détour d'un sentier qui conduisait au maquis. La femme s'avançait courbée péniblement sous le poids d'un énorme sac de châtaignes, tandis que son mari se prélassait, ne portant qu'un fusil à la main et un autre en bandoulière ; car il est indigne d'un homme de porter d'autre fardeau que ses armes.

A la vue des soldats, la première pensée de Mateo fut qu'ils venaient pour l'arrêter. Mais pourquoi cette idée ? Mateo avait-il donc quelques démêlés avec la justice ? Non. Il jouissait d'une bonne réputation. C'était comme on dit, *un particulier bien famé* ; mais il était Corse et montagnard, et il y a peu de Corses montagnards qui, en scrutant bien leur mémoire, n'y trouvent quelque peccadille, telle que coups de fusil, coups de stylet et autres bagatelles. Mateo, plus qu'un autre, avait la conscience nette ; car depuis plus de dix ans il n'avait dirigé son fusil contre un homme ; mais toutefois il était prudent, et il se mit en posture de faire une belle défense, s'il en était besoin.

« Femme, dit-il à Giuseppa, mets bas ton sac et tiens-toi prête. »

Elle obéit sur-le-champ. Il lui donna le fusil qu'il avait en bandoulière et qui aurait pu le gêner. Il arma celui qu'il avait à la main, et il s'avança lentement vers sa maison, longeant les arbres qui bordaient le chemin, et prêt, à la moindre démonstration hostile, à se jeter derrière le plus gros tronc, d'où il aurait pu faire feu à couvert. Sa femme marchait sur ses talons, tenant son fusil de rechange et sa giberne. L'emploi d'une bonne ménagère, en cas de combat, est de charger les armes de son mari.

D'un autre côté, l'adjudant était fort en peine en voyant Mateo s'avancer ainsi, à pas comptés, le fusil en avant et le doigt sur la détente.

« Si par hasard, pensa-t-il, Mateo se trouvait parent de Gianetto, ou s'il était son ami, et qu'il voulût le défendre, les bourres de ses deux fusils arriveraient à deux d'entre nous, aussi sûr qu'une lettre à la poste, et s'il me visait, nonobstant la parenté !... »

Dans cette perplexité, il prit un parti fort courageux, ce fut de s'avancer seul vers Mateo pour lui conter l'affaire, en l'abordant comme une vieille connaissance ; mais le court intervalle qui le séparait de Mateo lui parut terriblement long.

« Holà ! eh ! mon vieux camarade, criait-il, comment cela va-t-il, mon brave ? C'est moi, je suis Gamba, ton cousin. »

Mateo, sans répondre un mot, s'était arrêté, et, à mesure que l'autre parlait, il relevait doucement le canon de son fusil, de sorte qu'il était dirigé vers le ciel au moment où l'adjudant le joignit.

« Bonjour, frère*, dit l'adjudant en lui tendant la main. Il y a bien longtemps que je ne t'ai vu.

— Bonjour, frère !

— J'étais venu pour te dire bonjour en passant, et à

**Buon giorno, fratello*, salut ordinaire des Corses.

ma cousine Pepa. Nous avons fait une longue traite aujourd'hui ; mais il ne faut pas plaindre notre fatigue, car nous avons fait une fameuse prise. Nous venons d'empoigner Gianetto Sanpiero.

— Dieu soit loué ! s'écria Giuseppa. Il nous a volé une chèvre laitière la semaine passée. »

Ces mots réjouirent Gamba.

« Pauvre diable ! dit Mateo, il avait faim.

— Le drôle s'est défendu comme un lion, poursuivit l'adjudant un peu mortifié ; il m'a tué un de mes voltigeurs, et, non content de cela, il a cassé le bras au caporal Chardon ; mais il n'y a pas grand mal, ce n'était qu'un Français... Ensuite, il s'était si bien caché, que le diable ne l'aurait pu découvrir. Sans mon petit cousin Fortunato, je ne l'aurais jamais pu trouver.

— Fortunato ! s'écria Mateo.

— Fortunato ! répéta Giuseppa.

— Oui, le Gianetto s'était caché sous ce tas de foin là-bas ; mais mon petit cousin m'a montré la malice. Aussi je le dirai à son oncle le caporal, afin qu'il lui envoie un beau cadeau pour sa peine. Et son nom et le tien seront dans le rapport que j'enverrai à M. l'avocat général.

— Malédiction ! » dit tout bas Mateo.

Ils avaient rejoint le détachement. Gianetto était déjà couché sur la litière et prêt à partir. Quand il vit Mateo en la compagnie de Gamba, il sourit d'un sourire étrange ; puis, se tournant vers la porte de la maison, il cracha sur le seuil en disant :

« Maison d'un traître ! »

Il n'y avait qu'un homme décidé à mourir qui eût osé prononcer le mot de traître en l'appliquant à Falcone. Un bon coup de stylet, qui n'aurait pas eu besoin d'être répété, aurait immédiatement payé l'insulte. Cependant Mateo ne fit pas d'autre geste que celui de porter sa main à son front comme un homme accablé.

Fortunato était entré dans la maison en voyant arriver son père. Il reparut bientôt avec une jatte de lait, qu'il présenta les yeux baissés à Gianetto.

« Loin de moi ! » lui cria le proscrit d'une voix foudroyante.

Puis, se tournant vers un des voltigeurs.

« Camarade, donne-moi à boire », dit-il.

Le soldat remit sa gourde entre ses mains, et le bandit but l'eau que lui donnait un homme avec lequel il venait d'échanger des coups de fusil. Ensuite il demanda qu'on lui attachât les mains de manière qu'il les eût croisées sur sa poitrine, au lieu de les avoir liées derrière le dos.

« J'aime, disait-il, à être couché à mon aise. »

On s'empressa de le satisfaire ; puis l'adjudant donna le signal du départ, dit adieu à Mateo, qui ne lui répondit pas, et descendit au pas accéléré vers la plaine.

Il se passa près de dix minutes avant que Mateo ouvrît la bouche. L'enfant regardait d'un œil inquiet tantôt sa mère et tantôt son père, qui, s'appuyant sur son fusil, le considérait avec une expression de colère concentrée.

« Tu commences bien ! dit enfin Mateo d'une voix calme, mais effrayante pour qui connaissait l'homme.

— Mon père ! » s'écria l'enfant en s'avançant les larmes aux yeux comme pour se jeter à ses genoux.

Mais Mateo lui cria :

« Arrière de moi ! »

Et l'enfant s'arrêta et sanglota, immobile, à quelques pas de son père.

Giuseppa s'approcha. Elle venait d'apercevoir la chaîne de la montre, dont un bout sortait de la chemise de Fortunato.

« Qui t'a donné cette montre ? demanda-t-elle d'un air sévère.

— Mon cousin l'adjudant. »

Falcone saisit la montre, et, la jetant avec force contre une pierre, il la mit en mille pièces.

« Femme, dit-il, cet enfant est-il de moi ? »

Les joues brunes de Giuseppa devinrent d'un rouge de brique.

« Que dis-tu, Mateo ? et sais-tu bien à qui tu parles ?

— Eh bien, cet enfant est le premier de sa race qui ait fait une trahison. »

Les sanglots et les hoquets de Fortunato redoublèrent, et Falcone tenait ses yeux de lynx toujours attachés sur lui. Enfin il frappa la terre de la crosse de son fusil, puis le jeta sur son épaule et reprit le chemin du maquis en criant à Fortunato de le suivre. L'enfant obéit.

Giuseppa courut après Mateo et lui saisit le bras.

« C'est ton fils, lui dit-elle d'une voix tremblante en attachant ses yeux noirs sur ceux de son mari, comme pour lire ce qui se passait dans son âme.

— Laisse-moi, répondit Mateo : je suis son père. »

Giuseppa embrassa son fils et entra en pleurant dans sa cabane. Elle se jeta à genoux devant une image de la Vierge et pria avec ferveur. Cependant Falcone marcha quelque deux cents pas dans le sentier et ne s'arrêta que dans un petit ravin où il descendit. Il sonda la terre avec la crosse de son fusil et la trouva molle et facile à creuser. L'endroit lui parut convenable pour son dessein.

« Fortunato, va auprès de cette grosse pierre. »

L'enfant fit ce qu'il lui commandait, puis il s'agenouilla.

« Dis tes prières.

— Mon père, mon père, ne me tuez pas.

— Dis tes prières ! » répéta Mateo d'une voix terrible.

L'enfant, tout en balbutiant et en sanglotant, récita le *Pater* et le *Credo*. Le père, d'une voix forte, répondait *Amen !* à la fin de chaque prière.

« Sont-ce là toutes les prières que tu sais ?

— Mon père, je sais encore l'*Ave Maria* et la litanie que ma tante m'a apprise.

— Elle est bien longue, n'importe. »

L'enfant acheva la litanie d'une voix éteinte.

« As-tu fini ?

— Oh ! mon père, grâce ! pardonnez-moi ! Je ne le ferai plus ! Je prierai tant mon cousin le caporal qu'on fera grâce au Gianetto ! »

Il parlait encore ; Mateo avait armé son fusil et le couchait en joue en lui disant :

« Que Dieu te pardonne ! »

L'enfant fit un effort désespéré pour se relever et embrasser les genoux de son père ; mais il n'en eut pas le temps. Mateo fit feu, et Fortunato tomba roide mort.

Sans jeter un coup d'œil sur le cadavre, Mateo reprit le chemin de sa maison pour aller chercher une bêche afin d'enterrer son fils. Il avait fait à peine quelques pas qu'il rencontra Giuseppa, qui accourait alarmée du coup de feu.

« Qu'as-tu fait ? s'écria-t-elle.

— Justice.

— Où est-il ?

— Dans le ravin. Je vais l'enterrer. Il est mort en chrétien ; je lui ferai chanter une messe. Qu'on dise à mon gendre Tiodoro Bianchi de venir demeurer avec nous. »

1829.

VISION DE CHARLES XI

There are more 'h'ings in heav'n and earth,
Horatio,
Than are dreaml of in your philosophy.
Shakespeare. *Hamlet.*

On se moque des visions et des apparitions surnaturelles ; quelques-unes, cependant, sont si bien attestées, que, si l'on refusait d'y croire, on serait obligé, pour être conséquent, de rejeter en masse tous les témoignages historiques.

Un procès-verbal en bonne forme, revêtu des signatures de quatre témoins dignes de foi, voilà ce qui garantit l'authenticité du fait que je vais raconter. J'ajouterai que la prédiction contcnue dans ce procès-verbal était connue et citée bien longtemps avant que des événements arrivés de nos jours aient paru l'accomplir.

Charles XI, père du fameux Charles XII, était un des monarques les plus despotiques, mais un des plus sages qu'ait eus la Suède. Il restreignit les privilèges monstrueux de la noblesse, abolit la puissance du Sénat, et fit des lois de sa propre autorité ; en un mot, il changea la constitution du pays, qui était oligarchique avant lui, et força les États à lui confier l'autorité absolue. C'était d'ailleurs un homme éclairé, brave, fort attaché à la religion luthérienne, d'un caractère inflexible, froid, positif, entièrement dépourvu d'imagination.

Il venait de perdre sa femme Ulrique Éléonore. Quoique sa dureté pour cette princesse eût, dit-on, hâté sa fin, il l'estimait, et parut plus touché de sa mort qu'on ne l'aurait attendu d'un cœur aussi sec que le sien. Depuis cet événement, il devint encore plus sombre et taciturne qu'auparavant, et se livra au travail avec une application qui prouvait un besoin impérieux d'écarter des idées pénibles.

A la fin d'une soirée d'automne, il était assis en robe de chambre et en pantoufles devant un grand feu allumé dans son cabinet au palais de Stockholm. Il avait auprès de lui son chambellan, le comte Brahé, qu'il honorait de ses bonnes grâces, et le médecin Baumgarten, qui, soit dit en passant, tranchait de l'esprit fort, et voulait que l'on doutât de tout, excepté de la médecine. Ce soir-là, il l'avait fait venir pour le consulter sur je ne sais quelle indisposition.

La soirée se prolongeait, et le roi, contre sa coutume, ne leur faisait pas sentir, en leur donnant le bonsoir, qu'il était temps de se retirer. La tête baissée et les yeux fixés sur les tisons, il gardait un profond silence, ennuyé de sa compagnie, mais craignant, sans savoir pourquoi, de rester seul. Le comte Brahé s'apercevait bien que sa présence n'était pas fort agréable, et déjà plusieurs fois il avait exprimé la crainte que Sa Majesté n'eût besoin de repos : un geste du roi l'avait retenu à sa place. A son tour, le médecin parla du tort que les veilles font à la santé ; mais Charles lui répondit entre ses dents :

« Restez, je n'ai pas encore envie de dormir. »

Alors on essaya différents sujets de conversation qui s'épuisaient tous à la seconde ou troisième phrase. Il paraissait évident que Sa Majesté était dans une de ses humeurs noires, et, en pareille circonstance, la position d'un courtisan est bien délicate. Le comte Brahé, soupçonnant que la tristesse du roi provenait de ses regrets pour la perte de son épouse, regarda quelque temps le portrait de la reine suspendu dans le cabinet, puis il s'écria avec un grand soupir :

« Que ce portrait est ressemblant ! Voilà bien cette expression à la fois si majestueuse et si douce !

— Bah ! répondit brusquement le roi, qui croyait entendre un reproche toutes les fois qu'on prononçait devant lui le nom de la reine. Ce portrait est trop flatté ! La reine était laide. »

Puis, fâché intérieurement de sa dureté, il se leva et fit un tour dans la chambre pour cacher une émotion dont il rougissait. Il s'arrêta devant la fenêtre qui donnait sur la cour. La nuit était sombre et la lune à son premier quartier.

Le palais où résident aujourd'hui les rois de Suède n'était pas encore achevé, et Charles XI, qui l'avait commencé, habitait alors l'ancien palais situé à la pointe du Ritterholm qui regarde le lac Moeler. C'est un grand bâtiment en forme de fer à cheval. Le cabinet du roi était à l'une des extrémités, et à peu près en face se trouvait la grande salle où s'assemblaient les États quand ils devaient recevoir quelque communication de la couronne.

Les fenêtres de cette salle semblaient en ce moment éclairées d'une vive lumière. Cela parut étrange au roi. Il supposa d'abord que cette lueur était produite par le flambeau de quelque valet. Mais qu'allait-on faire à cette heure dans une salle qui depuis longtemps n'avait pas été ouverte ? D'ailleurs, la lumière était trop éclatante pour provenir d'un seul flambeau. On aurait pu l'attribuer à un incendie ; mais on ne voyait point de fumée, les vitres n'étaient pas brisées, nul bruit ne se faisait entendre ; tout annonçait plutôt une illumination.

Charles regarda ces fenêtres quelque temps sans parler. Cependant le comte Brahé, étendant la main vers le cordon d'une sonnette, se disposait à sonner un page pour l'envoyer reconnaître la cause de cette singulière clarté ; mais le roi l'arrêta.

« Je veux aller moi-même dans cette salle », dit-il.

En achevant ces mots on le vit pâlir, et sa physionomie exprimait une espèce de terreur religieuse. Pourtant il sortit d'un pas ferme ; le chambellan et le

médecin le suivirent, tenant chacun une bougie allumée.

Le concierge, qui avait la charge des clefs, était déjà
couché. Baumgarten alla le réveiller et lui ordonna, de
la part du roi, d'ouvrir sur-le-champ les portes de la
salle des États. La surprise de cet homme fut grande à
cet ordre inattendu ; il s'habilla à la hâte et joignit le roi
avec son trousseau de clefs. D'abord il ouvrit la porte
d'une galerie qui servait d'antichambre ou de dégage-
ment à la salle des États. Le roi entra ; mais quel fut son
étonnement en voyant les murs entièrement tendus de
noir !

« Qui a donné l'ordre de faire tendre ainsi cette salle ?
demanda-t-il d'un ton de colère.

— Sire, personne, que je sache, répondit le concierge
tout troublé, et, la dernière fois que j'ai fait balayer la
galerie, elle était lambrissée de chêne comme elle l'a
toujours été... Certainement ces tentures-là ne viennent
pas du garde-meuble de Votre Majesté. »

Et le roi, marchant d'un pas rapide, était déjà parvenu à plus des deux tiers de la galerie. Le comte et le
concierge le suivaient de près ; le médecin Baumgarten
était un peu en arrière, partagé entre la crainte de
rester seul et celle de s'exposer aux suites d'une aventure qui s'annonçait d'une façon assez étrange.

« N'allez pas plus loin, sire ! s'écria le concierge. Sur
mon âme, il y a de la sorcellerie là-dedans. A cette
heure... et depuis la mort de la reine, votre gracieuse
épouse..., on dit qu'elle se promène dans cette galerie...
Que Dieu nous protège !

— Arrêtez ! sire ! s'écriait le comte de son côté.
N'entendez-vous pas ce bruit qui part de la salle des
États ? Qui sait à quels dangers Votre Majesté s'expose !

— Sire, disait Baumgarten, dont une bouffée de vent
venait d'éteindre la bougie, permettez du moins que
j'aille chercher une vingtaine de vos trabans.

— Entrons, dit le roi d'une voix ferme en s'arrêtant
devant la porte de la grande salle ; et toi, concierge,
ouvre vite cette porte. »

Il la poussa du pied, et le bruit, répété par l'écho des voûtes, retentit dans la galerie comme un coup de canon.

Le concierge tremblait tellement, que sa clef battait la serrure sans qu'il pût parvenir à la faire entrer.

« Un vieux soldat qui tremble ! dit Charles en haussant les épaules. — Allons, comte, ouvrez-nous cette porte.

— Sire, répondit le comte en reculant d'un pas, que Votre Majesté me commande de marcher à la bouche d'un canon danois ou allemand, j'obéirai sans hésiter ; mais c'est l'enfer que vous voulez que je défie. »

Le roi arracha la clef des mains du concierge.

« Je vois bien, dit-il d'un ton de mépris, que ceci me regarde seul » ; et, avant que sa suite eût pu l'en empêcher, il avait ouvert l'épaisse porte de chêne, et était entré dans la grande salle en prononçant ces mots : « Avec l'aide de Dieu ! » Ses trois acolytes, poussés par la curiosité, plus forte que la peur, et peut-être honteux d'abandonner leur roi, entrèrent avec lui.

La grande salle était éclairée par une infinité de flambeaux. Une tenture noire avait remplacé l'antique tapisserie à personnages. Le long des murailles paraissaient disposés en ordre, comme à l'ordinaire, des drapeaux allemands, danois ou moscovites, trophées des soldats de Gustave-Adolphe. On distinguait au milieu des bannières suédoises, couvertes de crêpes funèbres.

Une assemblée immense couvrait les bancs. Les quatre ordres de l'État* siégeaient chacun à son rang. Tous étaient habillés de noir, et cette multitude de faces humaines, qui paraissaient lumineuses sur un fond sombre, éblouissaient tellement les yeux, que, des quatre témoins de cette scène extraordinaire, aucun ne put trouver dans cette foule une figure connue. Ainsi un acteur vis-à-vis d'un public nombreux ne voit qu'une

*La noblesse, le clergé, les bourgeois et les paysans.

masse confuse, où ses yeux ne peuvent distinguer un seul individu.

Sur le trône élevé d'où le roi avait coutume de haranguer l'assemblée, ils virent un cadavre sanglant, revêtu des insignes de la royauté. A sa droite, un enfant, debout et la couronne en tête, tenait un sceptre à la main ; à sa gauche, un homme âgé, ou plutôt un autre fantôme, s'appuyait sur le trône. Il était revêtu du manteau de cérémonie que portaient les anciens administrateurs de la Suède, avant que Wasa en eût fait un royaume. En face du trône, plusieurs personnages d'un maintien grave et austère, revêtus de longues robes noires, et qui paraissaient être des juges, étaient assis devant une table sur laquelle on voyait des grands in-folio et quelques parchemins. Entre le trône et les bancs de l'assemblée, il y avait un billot couvert d'un crêpe noir, et une hache reposait auprès.

Personne, dans cette assemblée surhumaine, n'eut l'air de s'apercevoir de la présence de Charles et des personnes qui l'accompagnaient. A leur entrée, ils n'entendirent d'abord qu'un murmure confus, au milieu duquel l'oreille ne pouvait saisir des mots articulés ; puis le plus âgé des juges en robe noire, celui qui paraissait remplir les fonctions de président, se leva, et frappa trois fois de la main sur un in-folio ouvert devant lui. Aussitôt il se fit un profond silence. Quelques jeunes gens de bonne mine, habillés richement, et les mains liées derrière le dos, entrèrent dans la salle par une porte opposée à celle que venait d'ouvrir Charles XI. Ils marchaient la tête haute et le regard assuré. Derrière eux, un homme robuste, revêtu d'un justaucorps de cuir brun, tenait le bout des cordes qui leur liaient les mains. Celui qui marchait le premier, et qui semblait être le plus important des prisonniers, s'arrêta au milieu de la salle, devant le billot, qu'il regarda avec un dédain superbe. En même temps, le cadavre parut trembler d'un mouvement convulsif, et un sang frais et vermeil coula de sa blessure. Le jeune homme s'agenouilla, tendit la tête ; la hache brilla dans l'air, et retomba aussitôt avec bruit. Un ruisseau de sang jaillit sur l'estrade et se confondit avec celui du cadavre ; et la tête, bondissant plusieurs fois sur le pavé rougi, roula jusqu'aux pieds de Charles, qu'elle teignit de sang.

Jusqu'à ce moment, la surprise l'avait rendu muet ; mais, à ce spectacle horrible, sa langue se délia ; il fit quelques pas vers l'estrade, et s'adressant à cette figure revêtue du manteau d'Administrateur, il prononça hardiment la formule bien connue :

« *Si tu es de Dieu, parle ; si tu es de l'Autre, laisse-nous en paix.* »

Le fantôme lui répondit lentement et d'un ton solennel :

« CHARLES ROI ! ce sang ne coulera pas sous ton règne... (ici la voix devint moins distincte) mais cinq règnes après. Malheur, malheur, malheur au sang de Wasa ! »

Alors les formes des nombreux personnages de cette étonnante assemblée commencèrent à devenir moins nettes et ne semblaient déjà plus que des ombres colorées, bientôt elles disparurent tout à fait ; les flambeaux fantastiques s'éteignirent, et ceux de Charles et de sa suite n'éclairèrent plus que les vieilles tapisseries, légèrement agitées par le vent. On entendit encore, pendant quelque temps, un bruit assez mélodieux, qu'un des témoins compara au murmure du vent dans les feuilles, et un autre, au son que rendent les cordes de harpe en cassant au moment où l'on accorde l'instrument. Tous furent d'accord sur la durée de l'apparition, qu'ils jugèrent avoir été d'environ dix minutes.

Les draperies noires, la tête coupée, les flots de sang qui teignaient le plancher, tout avait disparu avec les fantômes ; seulement la pantoufle de Charles conserva une tache rouge, qui seule aurait suffi pour lui rappeler les scènes de cette nuit, si elles n'avaient pas été trop bien gravées dans sa mémoire.

Rentré dans son cabinet, le roi fit écrire la relation de ce qu'il avait vu, la fit signer par ses compagnons, et la signa lui-même. Quelques précautions que l'on prît pour cacher le contenu de cette pièce au public, elle ne laissa pas d'être bientôt connue, même du vivant de Charles XI ; elle existe encore, et jusqu'à présent, personne ne s'est avisé d'élever des doutes sur son authenticité. La fin en est remarquable :

« Et, si ce que je viens de relater, dit le roi, n'est pas l'exacte vérité, je renonce à tout espoir d'une meilleure vie, laquelle je puis avoir méritée pour quelques bonnes actions, et surtout pour mon zèle à travailler au bonheur de mon peuple, et à défendre la religion de mes ancêtres. »

Maintenant, si l'on se rappelle la mort de Gustave III, et le jugement d'Ankarstroem, son assassin, on trouvera plus d'un rapport entre ces événements et les circonstances de cette singulière prophétie.

Le jeune homme décapité en présence des États aurait désigné Ankarstroem.

Le cadavre couronné serait Gustave III.

L'enfant, son fils et son successeur, Gustave-Adolphe IV.

Le vieillard, enfin, serait le duc de Sudermanie, oncle de Gustave IV, qui fut régent du royaume, puis enfin roi après la déposition de son neveu.

1829.

L'ENLÈVEMENT DE LA REDOUTE

Un militaire de mes amis, qui est mort de la fièvre en Grèce il y a quelques années, me conta un jour la première affaire à laquelle il avait assisté. Son récit me frappa tellement, que je l'écrivis de mémoire aussitôt que j'en eus le loisir. Le voici :

Je rejoignis le régiment le 4 septembre au soir. Je trouvai le colonel au bivac. Il me reçut d'abord assez brusquement ; mais, après avoir lu la lettre de recommandation du général B***, il changea de manières, et m'adressa quelques paroles obligeantes.

Je fus présenté par lui à mon capitaine, qui revenait à l'instant même d'une reconnaissance. Ce capitaine, que je n'eus guère le temps de connaître, était un grand homme brun, d'une physionomie dure et repoussante. Il avait été simple soldat, et avait gagné ses épaulettes et sa croix sur les champs de bataille. Sa voix, qui était enrouée et faible, contrastait singulièrement avec sa stature presque gigantesque. On me dit qu'il devait cette voix étrange à une balle qui l'avait percé de part en part à la bataille d'Iéna.

En apprenant que je sortais de l'école de Fontainebleau, il fit la grimace et dit :

« Mon lieutenant est mort hier... »

Je compris qu'il voulait dire : « C'est vous qui devez le remplacer, et vous n'en êtes pas capable. » Un mot piquant me vint sur les lèvres, mais je me contins.

La lune se leva derrière la redoute de Cheverino,

située à deux portées de canon de notre bivac. Elle était large et rouge comme cela est ordinaire à son lever. Mais, ce soir, elle me parut d'une grandeur extra-ordinaire. Pendant un instant, la redoute se détacha en noir sur le disque éclatant de la lune. Elle ressemblait au cône d'un volcan au moment de l'éruption.

Un vieux soldat, auprès duquel je me trouvais, remarqua la couleur de la lune.

« Elle est bien rouge, dit-il ; c'est signe qu'il en coûtera bon pour l'avoir, cette fameuse redoute ! »

J'ai toujours été superstitieux, et cet augure, dans ce moment surtout, m'affecta. Je me couchai, mais je ne pus dormir. Je me levai, et je marchai quelque temps, regardant l'immense ligne de feux qui couvrait les hauteurs au-delà du village de Cheverino.

Lorsque je crus que l'air frais et piquant de la nuit avait assez rafraîchi mon sang, je revins auprès du feu ; je m'enveloppai soigneusement dans mon manteau, et je fermai les yeux, espérant ne pas les ouvrir avant le jour. Mais le sommeil me tint rigueur. Insensiblement mes pensées prenaient une teinte lugubre. Je me disais que je n'avais pas un ami parmi les cent mille hommes qui couvraient cette plaine. Si j'étais blessé, je serais dans un hôpital, traité sans égards par des chirurgiens ignorants. Ce que j'avais entendu dire des opérations chirurgicales me revint à la mémoire. Mon cœur battait avec violence, et machinalement je disposais comme une espèce de cuirasse, le mouchoir et le portefeuille que j'avais sur la poitrine. La fatigue m'accablait, je m'assoupissais à chaque instant, et à chaque instant quelque pensée sinistre se reproduisait avec plus de force et me réveillait en sursaut.

Cependant la fatigue l'avait emporté, et, quand on battit la diane, j'étais tout à fait endormi. Nous nous mîmes en bataille, on fit l'appel, puis on remit les armes en faisceaux, et tout annonçait que nous allions passer une journée tranquille.

Vers trois heures, un aide de camp arriva, apportant

un ordre. On nous fit reprendre les armes ; nos tirailleurs se répandirent dans la plaine, nous les suivîmes
lentement, et, au bout de vingt minutes, nous vîmes
tous les avant-postes des Russes se replier et rentrer
dans la redoute.

Une batterie d'artillerie vint s'établir à notre droite,
une autre à notre gauche, mais toutes les deux bien en
avant de nous. Elles commencèrent un feu très vif sur
l'ennemi, qui riposta énergiquement, et bientôt la
redoute de Cheverino disparut sous des nuages épais de
fumée.

Notre régiment était presque à couvert du feu des
Russes par un pli de terrain. Leurs boulets, rares d'ailleurs pour nous (car ils tiraient de préférence sur nos
canonniers), passaient au-dessus de nos têtes, ou tout
au plus nous envoyaient de la terre et de petites pierres.

Aussitôt que l'ordre de marcher en avant nous eut été
donné, mon capitaine me regarda avec une attention
qui m'obligea à passer deux ou trois fois la main sur ma
jeune moustache d'un air aussi dégagé qu'il me fut
possible. Au reste, je n'avais pas peur, et la seule crainte
que j'éprouvasse, c'était que l'on ne s'imaginât que
j'avais peur. Ces boulets inoffensifs contribuèrent
encore à me maintenir dans mon calme héroïque. Mon
amour-propre me disait que je courais un danger réel,
puisque enfin j'étais sous le feu d'une batterie. J'étais
enchanté d'être si à mon aise, et je songeai au plaisir de
raconter la prise de la redoute de Cheverino, dans le
salon de Mme de B***, rue de Provence.

Le colonel passa devant notre compagnie ; il
m'adressa la parole : « Eh bien, vous allez en voir de
grises pour votre début. »

Je souris d'un air tout à fait martial en brossant la
manche de mon habit, sur laquelle un boulet, tombé à
trente pas de moi, avait envoyé un peu de poussière.

Il paraît que les Russes s'aperçurent du mauvais
succès de leurs boulets ; car ils les remplacèrent par des
obus qui pouvaient plus facilement nous atteindre dans

le creux où nous étions postés. Un assez gros éclat
m'enleva mon schako et tua un homme auprès de moi.

« Je vous fais mon compliment, me dit le capitaine,
comme je venais de ramasser mon schako, vous en
voilà quitte pour la journée. » Je connaissais cette
superstition militaire qui croit que l'axiome *non bis in
idem* trouve son application aussi bien sur un champ de
bataille que dans une cour de justice. Je remis fièrement mon schako.

« C'est faire saluer les gens sans cérémonie », dis-je
aussi gaiement que je pus. Cette mauvaise plaisanterie,
vu la circonstance, parut excellente.

« Je vous félicite, reprit le capitaine, vous n'aurez
rien de plus, et vous commanderez une compagnie ce
soir ; car je sens bien que le four chauffe pour moi.
Toutes les fois que j'ai été blessé, l'officier auprès de
moi a reçu quelque balle morte, et, ajouta-t-il d'un ton
plus bas et presque honteux, leurs noms commençaient
toujours par un P. »

Je fis l'esprit fort ; bien des gens auraient fait comme
moi ; bien des gens auraient été aussi bien que moi
frappés de ces paroles prophétiques. Conscrit comme je
l'étais, je sentais que je ne pouvais confier mes sentiments à personne, et que je devais toujours paraître
froidement intrépide.

Au bout d'une demi-heure, le feu des Russes diminua
sensiblement ; alors nous sortîmes de notre couvert
pour marcher sur la redoute.

Notre régiment était composé de trois bataillons. Le
deuxième fut chargé de tourner la redoute du côté de la
gorge, les deux autres devaient donner l'assaut. J'étais
dans le troisième bataillon.

En sortant de derrière l'espèce d'épaulement qui
nous avait protégés, nous fûmes reçus par plusieurs
décharges de mousqueterie qui ne firent que peu de
mal dans nos rangs. Le sifflement des balles me surprit : souvent je tournais la tête, et je m'attirai ainsi
quelques plaisanteries de la part de mes camarades
plus familiarisés avec ce bruit.

« A tout prendre, me dis-je, une bataille n'est pas une chose si terrible. »

Nous avancions au pas de course, précédés de tirailleurs : tout à coup les Russes poussèrent trois hourras, trois hourras distincts, puis demeurèrent silencieux et sans tirer.

« Je n'aime pas ce silence, dit mon capitaine ; cela ne nous présage rien de bon. »

Je trouvai que nos gens étaient un peu trop bruyants, et je ne pus m'empêcher de faire intérieurement la comparaison de leurs clameurs tumultueuses avec le silence imposant de l'ennemi.

Nous parvînmes rapidement au pied de la redoute, les palissades avaient été brisées et la terre bouleversée par nos boulets. Les soldats s'élancèrent sur ces ruines nouvelles avec des cris de *Vive l'empereur* ! plus forts qu'on ne l'aurait attendu de gens qui avaient déjà tant crié.

Je levai les yeux, et jamais je n'oublierai le spectacle que je vis. La plus grande partie de la fumée s'était élevée et restait suspendue comme un dais à vingt pieds au-dessus de la redoute. Au travers d'une vapeur bleuâtre, on apercevait derrière leur parapet à demi détruit les grenadiers russes, l'arme haute, immobiles comme des statues. Je crois voir encore chaque soldat, l'œil gauche attaché sur nous, le droit caché par son fusil élevé. Dans une embrasure, à quelques pieds de nous, un homme tenant une lance à feu était auprès d'un canon.

Je frissonnai, et je crus que ma dernière heure était venue.

« Voilà la danse qui va commencer, s'écria mon capitaine. Bonsoir ! »

Ce furent les dernières paroles que je l'entendis prononcer.

Un roulement de tambours retentit dans la redoute. Je vis se baisser tous les fusils. Je fermai les yeux, et j'entendis un fracas épouvantable, suivi de cris et de gémissements. J'ouvris les yeux, surpris de me trouver

encore au monde. La redoute était de nouveau enveloppée de fumée. J'étais entouré de blessés et de morts.
Mon capitaine était étendu à mes pieds : sa tête avait
été broyée par un boulet, et j'étais couvert de sa cervelle
et de son sang. De toute ma compagnie, il ne restait
debout que six hommes et moi.

A ce carnage succéda un moment de stupeur. Le
colonel, mettant son chapeau au bout de son épée,
gravit le premier le parapet en criant : *Vive l'empereur !*
il fut suivi aussitôt de tous les survivants. Je n'ai
presque plus de souvenir net de ce qui suivit. Nous
entrâmes dans la redoute, je ne sais comment. On se
battit corps à corps au milieu d'une fumée si épaisse,
que l'on ne pouvait se voir. Je crois que je frappai, car
mon sabre se trouva tout sanglant. Enfin, j'entendis
crier : « Victoire ! » et la fumée diminuant, j'aperçus du
sang et des morts sous lesquels disparaissait la terre de
la redoute. Les canons surtout étaient enterrés sous des
tas de cadavres. Environ deux cents hommes debout,
en uniforme français, étaient groupés sans ordre, les
uns chargeant leurs fusils, les autres essuyant leurs
baïonnettes. Onze prisonniers russes étaient avec eux.

Le colonel était renversé tout sanglant sur un caisson
brisé, près de la gorge. Quelques soldats s'empressaient
autour de lui : je m'approchai.

« Où est le plus ancien capitaine ? » demandait-il à
un sergent.

Le sergent haussa les épaules d'une manière très
expressive.

« Et le plus ancien lieutenant ?

— Voici monsieur qui est arrivé d'hier », dit le
sergent d'un ton tout à fait calme.

Le colonel sourit amèrement.

« Allons, monsieur, me dit-il, vous commandez en
chef ; faites promptement fortifier la gorge de la
redoute avec ces chariots, car l'ennemi est en force ;
mais le général C*** va vous faire soutenir.

— Colonel, lui dis-je, vous êtes grièvement blessé ?

— F..., mon cher, mais la redoute est prise ! »

TAMANGO

Le capitaine Ledoux était un bon marin. Il avait commencé par être simple matelot, puis il devint aide-timonier. Au combat de Trafalgar, il eut la main gauche fracassée par un éclat de bois ; il fut amputé, et congédié ensuite avec de bons certificats. Le repos ne lui convenait guère, et, l'occasion de se rembarquer se présentant, il servit, en qualité de second lieutenant, à bord d'un corsaire. L'argent qu'il retira de quelques prises lui permit d'acheter des livres et d'étudier la théorie de la navigation, dont il connaissait déjà parfaitement la pratique. Avec le temps, il devint capitaine d'un lougre corsaire de trois canons et de soixante hommes d'équipages et les caboteurs de Jersey conservent encore le souvenir de ses exploits. La paix le désola : il avait amassé pendant la guerre une petite fortune, qu'il espérait augmenter aux dépens des Anglais. Force lui fut d'offrir ses services à de pacifiques négociants ; et, comme il était connu pour un homme de résolution et d'expérience, on lui confia facilement un navire. Quand la traite des nègres fut défendue, et que, pour s'y livrer, il fallut non seulement tromper la vigilance des douaniers français, ce qui n'était pas très difficile, mais encore, et c'était le plus hasardeux, échapper aux croiseurs anglais, le capitaine Ledoux devint un homme précieux pour les trafiquants de bois d'ébène*.

*Nom que se donnent eux-mêmes les gens qui font la traite.

Bien différent de la plupart des marins qui ont langui longtemps comme lui dans les postes subalternes, il n'avait point cette horreur profonde des innovations, et cet esprit de routine qu'ils apportent trop souvent dans les grades supérieurs. Le capitaine Ledoux ; au contraire, avait été le premier à recommander à son armateur l'usage des caisses en fer, destinées à contenir et conserver l'eau. A son bord, les menottes et les chaînes, dont les bâtiments négriers ont provision, étaient fabriquées d'après un système nouveau, et soigneusement vernies pour les préserver de la rouille. Mais ce qui lui fit le plus d'honneur parmi les marchands d'esclaves, ce fut la construction, qu'il dirigea lui-même, d'un brick destiné à la traite, fin voilier, étroit, long comme un bâtiment de guerre, et cependant capable de contenir un très grand nombre de Noirs. Il le nomma *L'Espérance*. Il voulut que les entreponts, étroits et rentrés, n'eussent que trois pieds quatre pouces de haut, prétendant que cette dimension permettait aux esclaves de taille raisonnable d'être commodément assis ; et quel besoin ont-ils de se lever ?

« Arrivés aux colonies, disait Ledoux, ils ne resteront que trop sur leurs pieds ! »

Les Noirs, le dos appuyé aux bordages du navire, et disposés sur deux lignes parallèles, laissaient entre leurs pieds un espace vide, qui, dans tous les autres négriers, ne sert qu'à la circulation. Ledoux imagina de placer dans cet intervalle d'autres Nègres, couchés perpendiculairement aux premiers. De la sorte, son navire contenait une dizaine de Nègres de plus qu'un autre du même tonnage. A la rigueur, on aurait pu en placer davantage ; mais il faut avoir de l'humanité, et laisser à un Nègre au moins cinq pieds en longueur et deux en largeur pour s'ébattre pendant une traversée de six semaines et plus : « Car enfin, disait Ledoux à son armateur pour justifier cette mesure libérale, les Nègres, après tout, sont des hommes comme les Blancs. »

L'Espérance partit de Nantes un vendredi, comme le remarquèrent depuis des gens superstitieux. Les inspecteurs, qui visitèrent scrupuleusement le brick ne découvrirent pas six grandes caisses remplies de chaînes, de menottes, et de ces fers que l'on nomme, je ne sais pourquoi, *barres de justice*. Ils ne furent point étonnés non plus de l'énorme provision d'eau que devait porter *L'Espérance*, qui, d'après ses papiers, n'allait qu'au Sénégal pour y faire le commerce de bois et d'ivoire. La traversée n'est pas longue, il est vrai, mais enfin le trop de précautions ne peut nuire. Si l'on était surpris par un calme, que deviendrait-on sans eau ?

L'Espérance partit donc un vendredi, bien gréée et bien équipée de tout. Ledoux aurait voulu peut-être des mâts un peu plus solides ; cependant tant qu'il commanda le bâtiment, il n'eut point à s'en plaindre. Sa traversée fut heureuse et rapide jusqu'à la côte d'Afrique. Il mouilla dans la rivière de Joale (je crois) dans un moment où les croiseurs anglais ne surveillaient point cette partie de la côte. Des courtiers du pays vinrent aussitôt à bord. Le moment était on ne peut plus favorable ; Tamango, guerrier fameux et vendeur d'hommes, venait de conduire à la côte une grande quantité d'esclaves ; et il s'en défaisait à bon marché, en homme qui se sent la force et les moyens d'approvisionner promptement la place, aussitôt que les objets de son commerce y deviennent rares.

Le capitaine Ledoux se fit descendre sur le rivage, et fit sa visite à Tamango. Il le trouva dans une case en paille qu'on lui avait élevée à la hâte, accompagné de ses deux femmes et de quelques sous-marchands et conducteurs d'esclaves. Tamango s'était paré pour recevoir le capitaine blanc. Il était vêtu d'un vieil habit d'uniforme bleu, ayant encore les galons de caporal ; mais sur chaque épaule pendaient deux épaulettes d'or attachées au même bouton, et ballottant, l'une par-devant, l'autre par-derrière. Comme il n'avait pas de chemise, et que l'habit était un peu court pour un homme de sa taille, on remarquait entre les revers blancs de l'habit et son caleçon de toile de Guinée une bande considérable de peau noire qui ressemblait à une large ceinture. Un grand sabre de cavalerie était suspendu à son côté au moyen d'une corde, et il tenait à la main un beau fusil à deux coups, de fabrique anglaise. Ainsi équipé, le guerrier africain croyait surpasser en élégance le petit maître le plus accompli de Paris ou de Londres.

Le capitaine Ledoux le considéra quelque temps en silence, tandis que Tamango, se redressant à la manière d'un grenadier qui passe à la revue devant un général étranger, jouissait de l'impression qu'il croyait produire sur le Blanc. Ledoux, après l'avoir examiné en connaisseur, se tourna vers son second, et lui dit :

« Voilà un gaillard que je vendrais au moins mille écus, rendu sain et sans avaries à la Martinique. »

On s'assit, et un matelot qui savait un peu la langue wolofe servit d'interprète. Les premiers compliments de politesse échangés, un mousse apporta un panier de bouteilles d'eau-de-vie ; on but, et le capitaine, pour mettre Tamango en belle humeur, lui fit présent d'une jolie poire à poudre en cuivre, ornée du portrait de Napoléon en relief. Le présent accepté avec la reconnaissance convenable, on sortit de la case, on s'assit à l'ombre en face des bouteilles d'eau-de-vie, et Tamango donna le signal de faire venir les esclaves qu'il avait à vendre.

Ils parurent sur une longue file, le corps courbé par la fatigue et la frayeur, chacun ayant le cou pris dans une fourche longue de plus de six pieds, dont les deux pointes étaient réunies vers la nuque par une barre de bois. Quand il faut se mettre en marche, un des conducteurs prend sur son épaule le manche de la fourche du premier esclave ; celui-ci se charge de la fourche de l'homme qui le suit immédiatement ; le second porte la fourche du troisième esclave, et ainsi des autres.

S'agit-il de faire halte, le chef de file enfonce en terre le bout pointu du manche de sa fourche, et toute la colonne s'arrête. On juge facilement qu'il ne faut pas penser à s'échapper à la course, quand on porte attaché au cou un gros bâton de six pieds de longueur.

A chaque esclave mâle ou femelle qui passait devant lui, le capitaine haussait les épaules, trouvait les hommes chétifs, les femmes trop vieilles ou trop jeunes et se plaignait de l'abâtardissement de la race noire.

« Tout dégénère, disait-il ; autrefois, c'était bien différent. Les femmes avaient cinq pieds six pouces de haut, et quatre hommes auraient tourné seuls le cabestan d'une frégate, pour lever la maîtresse ancre. »

Cependant, tout en critiquant, il faisait un premier choix des Noirs les plus robustes et les plus beaux. Ceux-là, il pouvait les payer au prix ordinaire ; mais, pour le reste, il demandait une forte diminution. Tamango, de son côté, défendait ses intérêts, vantait sa marchandise, parlait de la rareté des hommes et des périls de la traite. Il conclut en demandant un prix, je ne sais lequel, pour les esclaves que le capitaine blanc voulait charger à son bord.

Aussitôt que l'interprète eut traduit en français la proposition de Tamango, Ledoux manqua tomber à la renverse de surprise et d'indignation ; puis, murmurant quelques juremens affreux, il se leva comme pour rompre tout marché avec un homme aussi déraisonnable. Alors Tamango le retint ; il parvint avec peine à le faire rasseoir. Une nouvelle bouteille fut débouchée, et la discussion recommença. Ce fut le tour du Noir à trouver folles et extravagantes les propositions du Blanc. On cria, on disputa longtemps, on but prodigieusement d'eau-de-vie ; mais l'eau-de-vie produisait un effet bien différent sur les deux parties contractantes. Plus le Français buvait, plus il réduisait ses offres, plus l'Africain buvait, plus il cédait de ses prétentions. De la sorte, à la fin du panier, on tomba d'accord. De mauvaises cotonnades, de la poudre, des pierres à feu, trois barriques d'eau-de-vie, cinquante fusils mal raccommodés furent donnés en échange de cent soixante esclaves. Le capitaine, pour ratifier le traité, frappa dans la main du Noir plus qu'à moitié ivre, et aussitôt les esclaves furent remis aux matelots français, qui se hâtèrent de leur ôter leurs fourches de bois pour leur donner des carcans et des menottes en fer ; ce qui montre bien la supériorité de la civilisation européenne.

Restait encore une trentaine d'esclaves : c'étaient des enfants, des vieillards, des femmes infirmes. Le navire était plein.

Tamango, qui ne savait que faire de ce rebut, offrit au capitaine de les lui vendre pour une bouteille d'eau-de-vie la pièce. L'offre était séduisante. Ledoux se souvint qu'à la représentation des *Vêpres Siciliennes* à Nantes, il avait vu bon nombre de gens gros et gras entrer dans un parterre déjà plein, et parvenir cependant à s'y asseoir, en vertu de la compressibilité des corps humains. Il prit les vingt plus sveltes des trente esclaves.

Alors Tamango ne demanda plus qu'un verre d'eau-de-vie pour chacun des dix restants. Ledoux réfléchit que les enfants ne payent et n'occupent que demi-place dans les voitures publiques. Il prit donc trois enfant ; mais il déclara qu'il ne voulait plus se charger d'un seul Noir. Tamango, voyant qu'il lui restait encore sept esclaves sur les bras, saisit son fusil et coucha en joue une femme qui venait la première : c'était la mère des trois enfants.

« Achète, dit-il au Blanc, ou je la tue ; un petit verre d'eau-de-vie ou je tire.

— Et que diable veux-tu que j'en fasse ? » répondit Ledoux.

Tamango fit feu, et l'esclave tomba morte à terre.

« Allons à un autre ! s'écria Tamango en visant un vieillard tout cassé : un verre d'eau-de-vie, ou bien... »

Une des femmes lui détourna le bras, et le coup partit au hasard. Elle venait de reconnaître dans le vieillard que son mari allait tuer un *guiriot* ou magicien, qui lui avait prédit qu'elle serait reine.

Tamango, que l'eau-de-vie avait rendu furieux, ne se posséda plus en voyant qu'on s'opposait à ses volontés. Il frappa rudement sa femme de la crosse de son fusil ; puis se tournant vers Ledoux :

« Tiens, dit-il, je te donne cette femme. »

Elle était jolie. Ledoux la regarda en souriant, puis il la prit par la main :

« Je trouverai bien où la mettre », dit-il.

L'interprète était un homme humain. Il donna une tabatière de carton à Tamango, et lui demanda les six esclaves restants. Il les délivra de leurs fourches, et leur permit de s'en aller où bon leur semblerait. Aussitôt ils se sauvèrent, qui deçà, qui delà, fort embarrassés de retourner dans leur pays à deux cents lieues de la côte.

Cependant le capitaine, dit adieu à Tamango et s'occupa de faire au plus vite embarquer sa cargaison. Il n'était pas prudent de rester longtemps en rivière ; les croiseurs pouvaient reparaître, et il voulait appareiller le lendemain. Pour Tamango, il se coucha sur l'herbe, à l'ombre, et dormit pour cuver son eau-de-vie.

Quand il se réveilla, le vaisseau était déjà sous voiles et descendait la rivière. Tamango, la tête encore embarrassée de la débauche de la veille, demanda sa femme Ayché. On lui répondit qu'elle avait eu le malheur de lui déplaire, et qu'il l'avait donnée en présent au capitaine blanc, lequel l'avait emmenée à son bord. A cette nouvelle, Tamango stupéfait se frappa la tête, puis il prit son fusil, et comme la rivière faisait plusieurs détours avant de se décharger dans la mer, il courut, par le chemin le plus direct, à une petite anse, éloignée de l'embouchure d'une demi-lieue. Là, il espérait trouver un canot avec lequel il pourrait joindre le brick, dont les sinuosités de la rivière devaient retarder la marche. Il ne se trompait pas : en effet, il eut le temps de se jeter dans un canot et de joindre le négrier.

Ledoux fut surpris de le voir, mais encore plus de l'entendre redemander sa femme.

« Bien donné ne se reprend plus », répondit-il.

Et il lui tourna le dos.

Le Noir insista, offrant de rendre une partie des objets qu'il avait reçus en échange des esclaves. Le capitaine se mit à rire, dit qu'Ayché était une très bonne femme, et qu'il voulait la garder. Alors le pauvre Tamango versa un torrent de larmes, et poussa des cris de douleur aussi aigus que ceux d'un malheureux qui subit une opération chirurgicale. Tantôt il se roulait sur le pont en appelant sa chère Ayché ; tantôt il se frappait la tête contre les planches, comme pour se tuer. Toujours impassible, le capitaine, en lui montrant le rivage, lui faisait signe qu'il était temps pour lui de s'en aller ; mais Tamango persistait. Il offrit jusqu'à ses épaulettes d'or, son fusil et son sabre. Tout fut inutile.

Pendant ce débat, le lieutenant de *L'Espérance* dit au capitaine :

« Il nous est mort cette nuit trois esclaves, nous avons de la place. Pourquoi ne prendrions-nous pas ce vigoureux coquin, qui vaut mieux à lui seul que les trois morts ? » Ledoux fit réflexion que Tamango se vendrait bien mille écus ; que ce voyage, qui s'annonçait comme très profitable pour lui, serait probablement son dernier ; qu'enfin sa fortune étant faite, et lui renonçant au commerce d'esclaves, peu lui importait de laisser à la côte de Guinée une bonne ou une mauvaise réputation. D'ailleurs, le rivage était désert, et le guerrier africain entièrement à sa merci. Il ne s'agissait plus que de lui enlever ses armes ; car il eût été dangereux de mettre la main sur lui pendant qu'il les avait encore en sa possession. Ledoux lui demanda donc son fusil, comme pour l'examiner et s'assurer s'il valait bien autant que la belle Ayché. En faisant jouer les ressorts, il eut soin de laisser tomber la poudre de l'amorce. Le lieutenant de son côté maniait le sabre ; et, Tamango se trouvant ainsi désarmé, deux vigoureux matelots se jetèrent sur lui, le renversèrent sur le dos, et se mirent en devoir de le garrotter. La résistance du Noir fut héroïque. Revenu de sa première surprise, et malgré le désavantage de sa position, il lutta longtemps contre les deux matelots. Grâce à sa force prodigieuse, il parvint à se relever. D'un coup de poing, il terrassa l'homme qui le tenait au collet ; il laissa un morceau de son habit entre les mains de l'autre matelot, et s'élança comme un furieux sur le lieutenant pour lui arracher son sabre. Celui-ci l'en frappa à la tête, et lui fit une blessure large, mais peu profonde. Tamango tomba une seconde fois. Aussitôt on lui lia fortement les pieds et les mains. Tandis qu'il se défendait, il poussait des cris de rage, et s'agitait comme un sanglier pris dans les toiles ; mais, lorsqu'il vit que toute résistance était inutile, il ferma les yeux et ne fit plus aucun mouvement. Sa respiration forte et précipitée prouvait seule qu'il était encore vivant.

« Parbleu ! s'écria le capitaine Ledoux, les Noirs qu'il a vendus vont rire de bon cœur en le voyant esclave à son tour. C'est pour le coup qu'ils verront bien qu'il y a une Providence. »

Cependant le pauvre Tamango perdait tout son sang. Le charitable interprète qui, la veille, avait sauvé la vie à six esclaves, s'approcha de lui, banda sa blessure et lui adressa quelques paroles de consolation. Ce qu'il put lui dire, je l'ignore. Le Noir restait immobile, ainsi qu'un cadavre. Il fallut que deux matelots le portassent comme un paquet dans l'entrepont, à la place qui lui était destinée. Pendant deux jours, il ne voulut ni boire ni manger ; à peine lui vit-on ouvrir les yeux. Ses compagnons de captivité, autrefois ses prisonniers, le virent paraître au milieu d'eux avec un étonnement stupide. Telle était la crainte qu'il leur inspirait encore, que pas un seul n'osa insulter à la misère de celui qui avait causé la leur.

Favorisé par un bon vent de terre, le vaisseau s'éloignait rapidement de la côte d'Afrique. Déjà sans inquiétude au sujet de la croisière anglaise, le capitaine ne pensait plus qu'aux énormes bénéfices qui l'attendaient dans les colonies vers lesquelles il se dirigeait.

Son bois d'ébène se maintenait sans avaries. Point de maladies contagieuses. Douze Nègres seulement, et des plus faibles, étaient morts de chaleur : c'était bagatelle. Afin que sa cargaison humaine souffrît le moins possible des fatigues de la traversée, il avait l'attention de faire monter tous les jours ses esclaves sur le pont. Tour à tour un tiers de ces malheureux avait une heure pour faire sa provision d'air de toute la journée. Une partie de l'équipage les surveillait armée jusqu'aux dents, de peur de révolte ; d'ailleurs, on avait soin de ne jamais leur ôter entièrement leurs fers. Quelquefois un matelot qui savait jouer du violon les régalait d'un concert. Il était alors curieux de voir toutes ces figures noires se tourner vers le musicien, perdre par degrés leur expression de désespoir stupide, rire d'un gros rire et battre des mains quand leurs chaînes le leur permettaient. L'exercice est nécessaire à la santé ; aussi l'une des salutaires pratiques du capitaine Ledoux, c'était de faire souvent danser ses esclaves, comme on fait piaffer des chevaux embarqués pour une longue traversée.

« Allons, mes enfants, dansez, amusez-vous », disait le capitaine d'une voix de tonnerre, en faisant claquer un énorme fouet de poste.

Et aussitôt les pauvres Noirs sautaient et dansaient.

Quelque temps, la blessure de Tamango le retint sous les écoutilles. Il parut enfin sur le pont ; et d'abord, relevant la tête avec fierté au milieu de la foule craintive des esclaves, il jeta un coup d'œil triste, mais calme, sur l'immense étendue d'eau qui environnait le navire, puis il se coucha, ou plutôt se laissa tomber sur les planches du tillac, sans prendre même le soin d'arranger ses fers de manière qu'ils lui fussent moins incommodes. Ledoux, assis au gaillard d'arrière, fumait tranquillement sa pipe. Près de lui, Ayché, sans fers, vêtue d'une robe élégante de cotonnade bleue, les pieds chaussés de jolies pantoufles de maroquin, portant à la main un plateau chargé de liqueurs, se tenait prête à lui servir à boire. Il était évident qu'elle remplissait de hautes fonctions auprès du capitaine. Un Noir, qui détestait Tamango, lui fit signe de regarder de ce côté. Tamango tourna la tête, l'aperçut, poussa un cri ; et, se levant avec impétuosité, courut vers le gaillard d'arrière avant que les matelots de garde eussent pu s'opposer à une infraction aussi énorme de toute discipline navale.

« Ayché ! cria-t-il d'une voix foudroyante, et Ayché poussa un cri de terreur ; crois-tu que dans le pays des Blancs il n'y ait point de MAMA-JUMBO ? »

Déjà des matelots, accouraient le bâton levé ; mais Tamango, les bras croisés, et comme insensible, retournait tranquillement à sa place, tandis qu'Ayché, fondant en larmes, semblait pétrifiée par ces mystérieuses paroles.

L'interprète expliqua ce qu'était ce terrible Mama-Jumbo, dont le nom seul produisait tant d'horreur.

« C'est le Croquemitaine des Nègres, dit-il. Quand un mari a peur que sa femme ne fasse ce que font bien des femmes en France comme en Afrique, il la menace du Mama-Jumbo. Moi, qui vous parle, j'ai vu le Mama-Jumbo, et j'ai compris la ruse ; mais les Noirs..., comme c'est simple, cela ne comprend rien. — Figurez-vous qu'un soir, pendant que les femmes s'amusaient à danser, à faire un *folgar*, comme ils disent dans leur jargon, voilà que, d'un petit bois bien touffu et bien sombre, on entend une musique étrange, sans que l'on vît personne pour la faire ; tous les musiciens étaient cachés dans le bois. Il y avait des flûtes de roseau, des tambourins de bois, des *balafos*, et des guitares faites avec des moitiés de calebasses. Tout cela jouait un air à porter le diable en terre. Les femmes n'ont pas plus tôt entendu cet air-là, qu'elles se mettent à trembler, elles veulent se sauver, mais les maris les retiennent : elles savaient bien ce qui leur pendait à l'oreille. Tout à coup sort du bois une grande figure blanche, haute comme notre mât de perroquet, avec une tête grosse comme un boisseau, des yeux larges comme des écubiers, et une gueule comme celle du diable avec du feu dedans. Cela marchait lentement, lentement ; et cela n'alla pas plus loin qu'à demi-encablure du bois. Les femmes criaient : « Voilà Mama-Jumbo ! » Elles braillaient comme des vendeuses d'huîtres. Alors les maris leur disaient :

« — Allons, coquines, dites-nous si vous avez été sages ; si vous mentez, Mama-Jumbo est là pour vous manger toutes crues. » Il y en avait qui étaient assez simples pour avouer, et alors les maris les battaient comme plâtre.

— Et qu'était-ce donc que cette figure blanche, ce Mama-Jumbo ? demanda le capitaine.

— Eh bien, c'était un farceur affublé d'un grand drap blanc, portant, au lieu de tête, une citrouille creusée et garnie d'une chandelle allumée au bout d'un grand bâton. Cela n'est pas plus malin, et il ne faut pas de grands frais d'esprit pour attraper les Noirs. Avec tout cela, c'est une bonne invention que le Mama-Jumbo, et je voudrais que ma femme y crût.

— Pour la mienne, dit Ledoux, si elle n'a pas peur de Mama-Jumbo, elle a peur de Martin-Bâton ; et elle sait du reste comment je l'arrangerais si elle me jouait quelque tour. Nous ne sommes pas endurants dans la famille des Ledoux, et, quoique je n'aie qu'un poignet, il manie encore assez bien une garcette. Quant à votre drôle, là-bas, qui parle de Mama-Jumbo, dites-lui qu'il se tienne bien et qu'il ne fasse pas peur à la petite mère que voici, ou je lui ferai si bien ratisser l'échine, que son cuir, de noir, deviendra rouge comme un rosbif cru. »

A ces mots, le capitaine descendit dans sa chambre, fit venir Ayché et tâcha de la consoler ; mais ni les caresses, ni les coups même, car on perd patience à la fin, ne purent rendre traitable la belle Négresse ; des flots de larmes coulaient de ses yeux. Le capitaine remonta sur le pont, de mauvaise humeur, et querella l'officier de quart sur la manœuvre qu'il commandait dans le moment.

La nuit, lorsque presque tout l'équipage dormait

d'un profond sommeil, les hommes de garde entendirent d'abord un chant grave, solennel, lugubre, qui partait de l'entrepont, puis un cri de femme horriblement aigu. Aussitôt après, la grosse voix de Ledoux jurant et menaçant, et le bruit de son terrible fouet, retentirent dans tout le bâtiment. Un instant après, tout rentra dans le silence. Le lendemain, Tamango parut sur le pont la figure meurtrie, mais l'air aussi fier, aussi résolu qu'auparavant.

A peine Ayché l'eut-elle aperçu, que quittant le gaillard d'arrière où elle était assise à côté du capitaine, elle courut avec rapidité vers Tamango, s'agenouilla devant lui, et lui dit avec un accent de désespoir concentré :

« Pardonne-moi, Tamango, pardonne-moi ! »

Tamango la regarda fixement pendant une minute ; puis, remarquant que l'interprète était éloigné :

« Une lime ! » dit-il.

Et il se coucha sur le tillac en tournant le dos à Ayché. Le capitaine la réprimanda vertement, lui donna même quelques soufflets, et lui défendit de parler à son ex-mari ; mais il était loin de soupçonner le sens des courtes paroles qu'ils avaient échangés, et il ne fit aucune question à ce sujet.

Cependant Tamango, renfermé avec les autres esclaves, les exhortait jour et nuit à tenter un effort généreux pour recouvrer leur liberté. Il leur parlait du petit nombre des Blancs, et leur faisait remarquer la négligence toujours croissante de leurs gardiens ; puis, sans s'expliquer nettement, il disait qu'il saurait les ramener dans leur pays, vantait son savoir dans les sciences occultes, dont les Noirs sont fort entichés, et menaçait de la vengeance du diable ceux qui se refuseraient à l'aider dans son entreprise. Dans ses harangues, il ne se servait que du dialecte des Peules, qu'entendaient la plupart des esclaves, mais que l'interprète ne comprenait pas. La réputation de l'orateur, l'habitude qu'avaient les esclaves de le craindre et

de lui obéir, vinrent merveilleusement au secours de
son éloquence, et les Noirs le pressèrent de fixer un jour
pour leur délivrance, bien avant que lui-même se crût
en état de l'effectuer. Il répondait vaguement aux
conjurés que le temps n'était pas venu, et que le diable,
qui lui apparaissait en songe, ne l'avait pas encore
averti, mais qu'ils eussent à se tenir prêts au premier
signal. Cependant il ne négligeait aucune occasion de
faire des expériences sur la vigilance de ses gardiens.
Une fois, un matelot, laissant son fusil appuyé contre
les plats-bords, s'amusait à regarder une troupe de
poissons volants qui suivaient le vaisseau ; Tamango
prit le fusil et se mit à le manier, imitant avec des gestes
grotesques les mouvements qu'il avait vu faire à des
matelots qui faisaient l'exercice. On lui retira le fusil au
bout d'un instant ; mais il avait appris qu'il pourrait
toucher une arme sans éveiller immédiatement le soup-
çon ; et, quand le temps viendrait de s'en servir, bien
hardi celui qui voudrait la lui arracher des mains.

Un jour, Ayché lui jeta un biscuit en lui faisant un
signe que lui seul comprit. Le biscuit contenait une
petite lime : c'était de cet instrument que dépendait la
réussite du complot. D'abord Tamango se garda bien
de montrer la lime à ses compagnons ; mais, lorsque la
nuit fut venue, il se mit à murmurer des paroles inintelligibles qu'il accompagnait de gestes bizarres. Par
degrés, il s'anima jusqu'à pousser des cris. A entendre
les intonations variées de sa voix, on eût dit qu'il était
engagé dans une conversation animée avec une personne invisible. Tous les esclaves tremblaient, ne dou-
tant pas que le diable ne fût en ce moment même au
milieu d'eux. Tamango mit fin à cette scène en poussant un cri de joie.

« Camarades, s'écria-t-il, l'esprit que j'ai conjuré
vient enfin de m'accorder ce qu'il m'avait promis, et je
tiens dans mes mains l'instrument de notre délivrance.
Maintenant il ne vous faut qu'un peu de courage pour
vous faire libres. »

Il fit toucher la lime à ses voisins, et la fourbe, toute grossière qu'elle était, trouva créance auprès d'hommes encore plus grossiers.

Après une longue attente vint le grand jour de vengeance et de liberté. Les conjurés, liés entre eux par un serment solennel, avaient arrêté leur plan après une mûre délibération. Les plus déterminés, ayant Tamango à leur tête, lorsqu'ils monteraient à leur tour sur le pont, devaient s'emparer des armes de leurs gardiens ; quelques autres iraient à la chambre du capitaine pour y prendre les fusils qui s'y trouvaient. Ceux qui seraient parvenus à limer leurs fers devaient commencer l'attaque ; mais, malgré le travail opiniâtre de plusieurs nuits, le plus grand nombre des esclaves était encore incapable de prendre une part énergique à l'action. Aussi trois Noirs robustes avaient la charge de tuer l'homme qui portait dans sa poche la clef des fers, et d'aller aussitôt délivrer leurs compagnons enchaînés.

Ce jour-là, le capitaine Ledoux était d'une humeur charmante ; contre sa coutume, il fit grâce à un mousse qui avait mérité le fouet. Il complimenta l'officier de quart sur sa manœuvre, déclara à l'équipage qu'il était content, et lui annonça qu'à la Martinique, où ils arriveraient dans peu, chaque homme recevrait une gratification. Tous les matelots, entretenant de si agréables idées, faisaient déjà dans leur tête l'emploi de cette gratification. Ils pensaient à l'eau-de-vie et aux femmes de couleur de la Martinique, lorsqu'on fit monter sur le pont Tamango et les autres conjurés.

Ils avaient eu soin de limer leurs fers de manière qu'ils ne parussent pas être coupés, et que le moindre effort suffît cependant pour les rompre. D'ailleurs, ils les faisaient si bien résonner, qu'à les entendre on eût dit qu'ils en portaient un double poids. Après avoir humé l'air quelque temps, ils se prirent tous par la main et se mirent à danser pendant que Tamango entonnait le chant guerrier de sa famille[*], qu'il chan-

* Chaque capitaine nègre a le sien.

tait autrefois avant d'aller au combat. Quand la danse
eut duré quelque temps, Tamango, comme épuisé de
fatigue, se coucha tout de son long au pied d'un matelot
qui s'appuyait nonchalamment contre les plats-bords
du navire ; tous les conjurés en firent autant. De la
sorte, chaque matelot était entouré de plusieurs Noirs.

Tout à coup Tamango, qui venait doucement de
rompre ses fers, pousse un grand cri, qui devait servir
de signal, tire violemment par les jambes le matelot qui
se trouvait près de lui, le culbute, et, lui mettant le pied
sur le ventre, lui arrache son fusil, et s'en sert pour tuer
l'officier de quart. En même temps, chaque matelot de
garde est assailli, désarmé et aussitôt égorgé. De toutes
parts, un cri de guerre s'élève. Le contremaître, qui
avait la clef des fers, succombe un des premiers. Alors
une foule de Noirs inondent le tillac. Ceux qui ne
peuvent trouver d'armes saisissent les barres du cabestan ou les rames de la chaloupe. Dès ce moment,
l'équipage européen fut perdu. Cependant quelques
matelots firent tête sur le gaillard d'arrière ; mais ils
manquaient d'armes et de résolution. Ledoux était
encore vivant et n'avait rien perdu de son courage.
S'apercevant que Tamango était l'âme de la conjura-
tion, il espéra que, s'il pouvait le tuer, il aurait bon
marché de ses complices. Il s'élança donc à sa rencontre, le sabre à la main, en l'appelant à grands cris.
Aussitôt Tamango se précipita sur lui. Il tenait un fusil
par le bout du canon et s'en servait comme d'une
massue. Les deux chefs se joignirent sur un des passa-
vants, ce passage étroit qui communique du gaillard
d'avant à l'arrière. Tamango frappa le premier. Par un
léger mouvement de corps, le Blanc évita le coup. La
crosse, tombant avec force sur les planches, se brisa, et
le contrecoup fut si violent, que le fusil échappa des
mains de Tamango. Il était sans défense, et Ledoux,
avec un sourire de joie diabolique levait le bras et allait
le percer ; mais Tamango était aussi agile que les
panthères de son pays. Il s'élança dans les bras de son

adversaire, et lui saisit la main dont il tenait son sabre. L'un s'efforce de retenir son arme, l'autre de l'arracher. Dans cette lutte furieuse, ils tombent tous les deux ; mais l'Africain avait le dessous. Alors, sans se décourager, Tamango, étreignant son adversaire de toute sa force, le mordit à la gorge avec tant de violence, que le sang jaillit comme sous la dent d'un lion. Le sabre échappa de la main défaillante du capitaine. Tamango s'en saisit ; puis, se relevant, la bouche sanglante, et poussant un cri de triomphe, il perça de coups redoublés son ennemi déjà à demi-mort.

La victoire n'était plus douteuse. Le peu de matelots qui restaient essayèrent d'implorer la pitié des révoltés ; mais tous, jusqu'à l'interprète, qui ne leur avait jamais fait de mal, furent impitoyablement massacrés. Le lieutenant mourut avec gloire. Il s'était retiré à l'arrière, auprès d'un de ces petits canons qui tournent sur un pivot, et que l'on charge de mitraille. De la main gauche, il dirigea la pièce, et, de la droite, armé d'un sabre, il se défendit si bien qu'il attira autour de lui une foule de Noirs. Alors, pressant la détente du canon, il fit au milieu de cette masse serrée une large rue pavée de morts et de mourants. Un instant après il fut mis en pièces.

Lorsque le cadavre du dernier Blanc, déchiqueté et coupé par morceaux, eut été jeté à la mer, les Noirs, rassasiés de vengeance, levèrent les yeux vers les voiles du navire, qui, toujours enflées par un vent frais, semblaient obéir encore à leurs oppresseurs et mener les vainqueurs, malgré leur triomphe, vers la terre de l'esclavage.

« Rien n'est donc fait, pensèrent-ils avec tristesse ; et ce grand fétiche des Blancs voudra-t-il nous ramener dans notre pays, nous qui avons versé le sang de ses maîtres ? »

Quelques-uns dirent que Tamango saurait le faire obéir. Aussitôt on appelle Tamango à grands cris.

Il ne se pressait pas de se montrer. On le trouva dans

la chambre de poupe, debout, une main appuyée sur le sabre sanglant du capitaine ; l'autre, il la tendait d'un air distrait à sa femme Ayché, qui la baisait à genoux devant lui. La joie d'avoir vaincu ne diminuait pas une sombre inquiétude qui se trahissait dans toute sa contenance. Moins grossier que les autres, il sentait mieux la difficulté de sa position.

Il parut enfin sur le tillac, affectant un calme qu'il n'éprouvait pas. Pressé par cent voix confuses de diriger la course du vaisseau, il s'approcha du gouvernail à pas lents, comme pour retarder un peu le moment qui allait, pour lui-même et pour les autres, décider de l'étendue de son pouvoir.

Dans tout le vaisseau, il n'y avait pas un Noir, si stupide qu'il fût, qui n'eût remarqué l'influence qu'une certaine roue et la boîte placée en face exerçaient sur les mouvements du navire ; mais, dans ce mécanisme, il y avait toujours pour eux un grand mystère. Tamango examina la boussole pendant longtemps en remuant les lèvres, comme s'il lisait les caractères qu'il y voyait tracés ; puis il portait la main à son front, et prenait l'attitude pensive d'un homme qui fait un calcul de tête. Tous les Noirs l'entouraient, la bouche béante, les yeux démesurément ouverts, suivant avec anxiété le moindre de ses gestes. Enfin, avec ce mélange de crainte et de confiance que l'ignorance donne, il imprima un violent mouvement à la roue du gouvernail.

Comme un généreux coursier qui se cabre sous l'éperon d'un cavalier imprudent, le beau brick *L'Espérance* bondit sur la vague à cette manœuvre inouïe. On eût dit qu'indigné il voulait s'engloutir avec son pilote ignorant. Le rapport nécessaire entre la direction des voiles et celle du gouvernail étant brusquement rompu, le vaisseau s'inclina avec tant de violence, qu'on eût dit qu'il allait s'abîmer. Ses longues vergues plongèrent dans la mer. Plusieurs hommes furent renversés ; quelques-uns tombèrent par-dessus le bord. Bientôt le vaisseau se releva fièrement contre la lame, comme pour lutter encore une fois avec la destruction. Le vent redoubla d'efforts, et tout d'un coup, avec un bruit horrible, tombèrent les deux mâts, cassés à quelques pieds du pont, couvrant le tillac de débris et comme d'un lourd filet de cordages.

Les Nègres épouvantés fuyaient sous les écoutilles en poussant des cris de terreur ; mais, comme le vent ne trouvait plus de prise, le vaisseau se releva et se laissa doucement ballotter par les flots. Alors les plus hardis des Noirs remontèrent sur le tillac et le débarrassèrent des débris qui l'obstruaient. Tamango restait immobile, le coude appuyé sur l'habitacle et se cachant le visage sur son bras replié. Ayché était auprès de lui, mais n'osait lui adresser la parole. Peu à peu les Noirs s'approchèrent ; un murmure s'éleva, qui bientôt se changea en un orage de reproches et d'injures.

« Perfide ! imposteur ! s'écriaient-ils, c'est toi qui as causé tous nos maux, c'est toi qui nous as vendus aux Blancs, c'est toi qui nous as contraints de nous révolter contre eux. Tu nous avais vanté ton savoir, tu nous avais promis de nous ramener dans notre pays. Nous t'avons cru, insensés que nous étions ! et voilà que nous avons manqué de périr tous parce que tu as offensé le fétiche des Blancs. »

Tamango releva fièrement la tête, et les Noirs qui l'entouraient reculèrent intimidés. Il ramassa deux fusils, fit signe à sa femme de le suivre, traversa la foule, qui s'ouvrit devant lui, et se dirigea vers l'avant du vaisseau. Là, il se fit comme un rempart avec des tonneaux vides et des planches ; puis il s'assit au milieu de cette espèce de retranchement, d'où sortaient menaçantes les baïonnettes de ses deux fusils. On le laissa tranquille. Parmi les révoltés, les uns pleuraient ; d'autres, levant les mains au ciel, invoquaient leurs fétiches et ceux des Blancs ; ceux-ci, à genoux devant la boussole, dont ils admiraient le mouvement continuel, la suppliaient de les ramener dans leur pays ; ceux-là se couchaient sur le tillac dans un morne abattement. Au milieu de ces désespérés, qu'on se représente des femmes et des enfants hurlant d'effroi, et une vingtaine de blessés implorant des secours que personne ne pensait à leur donner.

Tout à coup un Nègre paraît sur le tillac : son visage est radieux. Il annonce qu'il vient de découvrir l'endroit où les Blancs gardent leur eau-de-vie ; sa joie et sa contenance prouvent assez qu'il vient d'en faire l'essai. Cette nouvelle suspend un instant les cris de ces malheureux. Ils courent à la cambuse et se gorgent de liqueur. Une heure après, on les eût vus sauter et rire sur le pont, se livrant à toutes les extravagances de l'ivresse la plus brutale. Leurs danses et leurs chants étaient accompagnés des gémissements et des sanglots des blessés. Ainsi se passa le reste du jour et toute la nuit.

Le matin, au réveil, nouveau désespoir. Pendant la nuit, un grand nombre de blessés étaient morts. Le vaisseau flottait entouré de cadavres. La mer était grosse et le ciel brumeux. On tint conseil. Quelques apprentis dans l'art magique, qui n'avaient point osé parler de leur savoir-faire devant Tamango, offrirent tour à tour leurs services. On essaya plusieurs conjurations puissantes. A chaque tentative inutile, le découragement augmentait. Enfin on reparla de Tamango, qui n'était pas encore sorti de son retranchement. Après tout, c'était le plus savant d'entre eux, et lui seul pouvait les tirer de la situation horrible où il les avait placés. Un vieillard s'approcha de lui, porteur de propositions de paix. Il le pria de venir donner son avis ; mais Tamango, inflexible comme Coriolan, fut sourd à ses prières. La nuit, au milieu du désordre il avait fait sa provision de biscuits et de chair salée. Il paraissait déterminé à vivre seul dans sa retraite.

L'eau-de-vie restait. Au moins elle fait oublier et la mer, et l'esclavage, et la mort prochaine. On dort, on rêve de l'Afrique, on voit des forêts de gommiers, des cases couvertes en paille, des baobabs dont l'ombre couvre tout un village. L'orgie de la veille recommença. De la sorte se passèrent plusieurs jours. Crier, pleurer, s'arracher les cheveux, puis s'enivrer et dormir, telle était leur vie. Plusieurs moururent à force de boire ; quelques-uns se jetèrent à la mer, ou se poignardèrent.

Un matin, Tamango sortit de son fort et s'avança jusqu'auprès du tronçon du grand mât.

« Esclaves, dit-il, l'Esprit m'est apparu en songe et m'a révélé les moyens de vous tirer d'ici pour vous ramener dans votre pays. Votre ingratitude mériterait que je vous abandonnasse ; mais j'ai pitié de ces femmes et de ces enfants qui crient. Je vous pardonne : écoutez-moi. »

Tous les Noirs baissèrent la tête avec respect et se serrèrent autour de lui.

« Les Blancs, poursuivit Tamango, connaissent seuls les paroles puissantes qui font remuer ces grandes maisons de bois : mais nous pouvons diriger à notre gré ces barques légères qui ressemblent à celles de notre pays. »

Il montrait la chaloupe et les hautes embarcations du bric.

« Remplissons-les de vivres, montons dedans et ramons dans la direction du vent ; mon maître et le vôtre le fera souffler vers notre pays. »

On le crut. Jamais projet ne fut plus insensé. Ignorant l'usage de la boussole, et sous un ciel inconnu, il ne pouvait qu'errer à l'aventure. D'après ses idées, il s'imaginait qu'en ramant tout droit devant lui, il trouverait à la fin quelque terre habitée par les Noirs, car les Noirs possèdent la terre, et les Blancs vivent sur leurs vaisseaux. C'est ce qu'il avait entendu dire à sa mère.

Tout fut bientôt prêt pour l'embarquement ; mais la chaloupe avec un canot seulement se trouva en état de servir. C'était trop peu pour contenir environ quatre-vingts Nègres encore vivants. Il fallut abandonner tous les blessés et les malades. La plupart demandèrent qu'on les tuât avant de se séparer d'eux.

Les deux embarcations, mises à flot avec des peines infinies et chargées outre mesure, quittèrent le vaisseau par une mer clapoteuse, qui menaçait à chaque instant de les engloutir. Le canot s'éloigna le premier. Tamango avec Ayché avait pris place dans la chaloupe, qui beaucoup plus lourde et plus chargée, demeurait considérablement en arrière. On entendait encore les cris plaintifs de quelques malheureux abandonnés à bord du brick, quand une vague assez forte prit la chaloupe en travers et l'emplit d'eau. En moins d'une minute, elle coula. Le canot vit leur désastre, et ses rameurs doublèrent d'efforts de peur d'avoir à recueillir quelques naufragés. Presque tous ceux qui montaient la chaloupe furent noyés. Une douzaine seulement put regagner le vaisseau. De ce nombre étaient Tamango et Ayché. Quand le soleil se coucha, ils virent disparaître le canot derrière l'horizon, mais ce qu'il devint, on l'ignore.

Pourquoi fatiguerais-je le lecteur par la description dégoûtante des tortures de la faim ? Vingt personnes environ sur un espace étroit, tantôt ballottées par une mer orageuse, tantôt brûlées par un soleil ardent, se disputent tous les jours les faibles restes de leurs provisions. Chaque morceau de biscuit coûte un combat, et le faible meurt, non parce que le fort le tue, mais parce qu'il le laisse mourir. Au bout de quelques jours il ne resta plus de vivant à bord du brick *L'Espérance* que Tamango et Ayché.

. . . .

Une nuit, la mer était agitée, le vent soufflait avec violence, et l'obscurité était si grande, que de la poupe on ne pouvait voir la proue du navire. Ayché était couchée sur un matelas dans la chambre du capitaine et Tamango était assis à ses pieds. Tous les deux gardaient le silence depuis longtemps.

« Tamango, s'écria enfin Ayché, tout ce que tu souffres, tu le souffres à cause de moi...

— Je ne souffre pas », répondit-il brusquement. Et il jeta sur le matelas, à côté de sa femme, la moitié d'un biscuit qui lui restait.

« Garde-le pour toi, dit-elle en repoussant doucement le biscuit ; je n'ai plus faim. D'ailleurs, pourquoi manger ? Mon heure n'est-elle pas venue ? »

Tamango se leva sans répondre, monta en chancelant sur le tillac et s'assit au pied d'un mât rompu. La tête penchée sur sa poitrine, il sifflait l'air de sa famille. Tout à coup un grand cri se fit entendre au-dessus du bruit du vent et de la mer ; une lumière parut. Il entendit d'autres cris, et un gros vaisseau noir glissa rapidement auprès du sien ; si près, que les vergues passèrent au-dessus de sa tête. Il ne vit que deux figures éclairées par une lanterne suspendue à un mât. Ces gens poussèrent encore un cri, et aussitôt leur navire, emporté par le vent, disparut dans l'obscurité. Sans doute les hommes de garde avaient aperçu le vaisseau naufragé ; mais le gros temps les empêchait de virer de bord. Un instant après, Tamango vit la flamme d'un canon et entendit le bruit de l'explosion ; puis il vit la flamme d'un autre canon, mais il n'entendit aucun bruit ; puis il ne vit plus rien. Le lendemain, pas une voile ne paraissait à l'horizon. Tamango se recoucha sur son matelas et ferma les yeux. Sa femme Ayché était morte cette nuit-là.

. . . .

Je ne sais combien de temps après, une frégate anglaise, *La Bellone*, aperçut un bâtiment démâté et en apparence abandonné de son équipage. Une chaloupe, l'ayant abordé, y trouva une Négresse morte et un Nègre si décharné et si maigre, qu'il ressemblait à une momie. Il était sans connaissance, mais avait encore un souffle de vie. Le chirurgien s'en empara, lui donna des soins, et quand *La Bellone* aborda à Kingston, Tamango était en parfaite santé. On lui demanda son histoire. Il dit ce qu'il en savait. Les planteurs de l'île voulaient qu'on le pendît comme un Nègre rebelle, mais le gouverneur, qui était un homme humain, s'intéressa à lui, trouvant son cas justifiable, puisque, après tout, il n'avait fait qu'user du droit légitime de défense ; et puis ceux qu'il avait tués n'étaient que des Français. On le traita comme on traite les Nègres pris à bord d'un vaisseau négrier que l'on confisque. On lui donna la liberté, c'est-à-dire qu'on le fit travailler pour le gouvernement ; mais il avait six sous par jour et la nourriture. C'était un fort bel homme. Le colonel du 75e le vit et le prit pour en faire un cymbalier dans la musique de son régiment. Il apprit un peu d'anglais ; mais il ne parlait guère. En revanche, il buvait avec excès du rhum et du talia. — Il mourut à l'hôpital d'une inflammation de poitrine.

1829.

LA PERLE DE TOLÈDE

Imité de l'espagnol

Qui me dira si le soleil est plus beau à son lever qu'à son coucher ? Qui me dira de l'olivier ou de l'amandier lequel est le plus beau des arbres ? Qui me dira qui du Valencien ou de l'Andalou est le plus brave ? Qui me dira quelle est la plus belle des femmes ? « Je vous dirai quelle est la plus belle des femmes : c'est Aurore de Vargas, la perle de Tolède. »

Le Noir Tuzani a demandé sa lance, il a demandé son bouclier : sa lance, il la tient de sa main droite ; son bouclier pend à son cou. Il descend dans son écurie, et considère ses quarante juments l'une après l'autre. Il dit : « Berja est la plus vigoureuse : sur sa large croupe j'emporterai la perle de Tolède, ou, par Allah ! Cordoue ne me reverra jamais. »

Il part, il chevauche, il arrive à Tolède, et il rencontre un vieillard près du Zacatin. « Vieillard à la barbe blanche, porte cette lettre à don Guttiere, à don Guttiere de Saldaña. S'il est homme, il viendra combattre contre moi près de la fontaine d'Almami. La perle de Tolède doit appartenir à l'un de nous. »

Et le vieillard a pris la lettre, il l'a prise et l'a portée au comte de Saldaña, comme il jouait aux échecs avec la perle de Tolède. Le comte a lu la lettre, il a lu le cartel, et de sa main il a frappé la table si fort que toutes les pièces en sont tombées. Et il se lève et demande sa lance et son bon cheval ; et la perle s'est levée aussi toute tremblante, car elle a compris qu'il allait à un duel.

« Seigneur Guttiere, don Guttiere Saldaña, restez, je vous prie, et jouez encore avec moi. — Je ne jouerai pas davantage aux échecs ; je veux jouer au jeu des lances à la fontaine d'Almami. » Et les pleurs d'Aurore ne purent l'arrêter ; car rien n'arrête un cavalier qui se rend à un duel. Alors la perle de Tolède a pris son manteau, et, montée sur sa mule, s'en est allée à la fontaine d'Almami.

Autour de la fontaine le gazon est rouge. Rouge aussi l'eau de la fontaine ; mais ce n'est point le sang d'un chrétien qui rougit le gazon, qui rougit l'eau de la fontaine. Le Noir Tuzani est couché sur le dos : la lance de don Guttiere s'est brisée dans sa poitrine ; tout son sang se perd peu à peu. Sa jument Berja le regarde en pleurant, car elle ne peut guérir la blessure de son maître.

La perle descend de sa mule : « Cavalier, ayez bon courage : vous vivrez encore pour épouser une belle Moresque, ma main sait guérir les blessures que fait mon chevalier. — Ô perle si blanche, ô perle si belle, arrache de mon sein ce tronçon de lance qui le déchire ; le froid de l'acier me glace et me transit. » Elle s'est approchée sans défiance ; mais il a ranimé ses forces, et du tranchant de son sabre il balabre ce visage si beau.

LE VASE ÉTRUSQUE

Auguste Saint-Clair n'était point aimé dans ce qu'on appelle le monde ; la principale raison, c'est qu'il ne cherchait à plaire qu'aux gens qui lui plaisaient à lui-même. Il recherchait les uns et fuyait les autres. D'ailleurs il était distrait et indolent. Un soir, comme il sortait du Théâtre-Italien, la marquise A*** lui demanda comment avait chanté Mlle Sontag. « Oui, madame », répondit Saint-Clair en souriant agréablement, et pensant à tout autre chose. On ne pouvait attribuer cette réponse ridicule à la timidité ; car il parlait à un grand seigneur, à un grand homme, et même à une femme à la mode, avec autant d'aplomb que s'il eût entretenu son égal. — La marquise décida que Saint-Clair était un prodige d'impertinence et de fatuité.

Mme B*** l'invita à dîner un lundi. Elle lui parla souvent ; et, en sortant de chez elle, il déclara que jamais il n'avait rencontré de femme plus aimable. Mme B*** amassait de l'esprit chez les autres pendant un mois, et le dépensait chez elle en une soirée. Saint-Clair la revit le jeudi de la même semaine. Cette fois il s'ennuya quelque peu. Une autre visite le détermina à ne plus reparaître dans son salon. Mme B*** publia que Saint-Clair était un jeune homme sans manières et du plus mauvais ton.

Il était né avec un cœur tendre et aimant ; mais, à un âge où l'on prend trop facilement des impressions qui durent toute la vie, sa sensibilité trop expansive lui

avait attiré des railleries de ses camarades. Il était fier,
ambitieux ; il tenait à l'opinion comme y tiennent les
enfants. Dès lors, il se fit une étude de cacher tous les
dehors de ce qu'il regardait comme une faiblesse dés-
honorante. Il atteignit son but ; mais sa victoire lui
coûta cher. Il put celer aux autres les émotions de son
âme trop tendre ; mais, en les renfermant en lui-même,
il se les rendit cent fois plus cruelles. Dans le monde, il
obtint la triste réputation d'insensible et d'insouciant ;
et, dans la solitude, son imagination inquiète lui créait
des tourments d'autant plus affreux qu'il n'aurait
voulu en confier le secret à personne.

Il est vrai qu'il est difficile de trouver un ami !

« Difficile ! Est-ce possible ? Deux hommes ont-ils
existé qui n'eussent pas de secret l'un pour l'autre ? »
Saint-Clair ne croyait guère à l'amitié, et l'on s'en
apercevait. On le trouvait froid et réservé avec les
jeunes gens de la société. Jamais il ne les questionnait
sur leurs secrets ; mais toutes ses pensées et la plupart
de ses actions étaient des mystères pour eux. Les Français aiment à parler d'eux-mêmes ; aussi Saint-Clair
était-il, malgré lui, le dépositaire de bien des confidences. Ses amis, et ce mot désigne les personnes que
nous voyons deux fois par semaine, se plaignaient de sa
méfiance à leur égard ; en effet, celui qui, sans qu'on
l'interroge, nous fait part de son secret, s'offense ordinairement de ne pas apprendre le nôtre. On s'imagine
qu'il doit y avoir réciprocité dans l'indiscrétion.

« Il est boutonné jusqu'au menton, disait un jour le
beau chef d'escadron Alphonse de Thémines : jamais je
ne pourrai avoir la moindre confiance dans ce diable de
Saint-Clair.

— Je le crois un peu jésuite, reprit Jules Lambert :
quelqu'un m'a juré sa parole qu'il l'avait rencontré
deux fois sortant de Saint-Sulpice. Personne ne sait ce
qu'il pense. Pour moi, je ne pourrai jamais être à mon
aise avec lui. »

Ils se séparèrent. Alphonse rencontra Saint-Clair sur

le boulevard Italien, marchant la tête baissée et sans voir personne. Alphonse l'arrêta, lui prit le bras, et, avant qu'ils fussent arrivés à la rue de la Paix, il lui avait raconté toute l'histoire de ses amours avec Mme ***, dont le mari est si jaloux et si brutal.

Le même soir, Jules Lambert perdit son argent à l'écarté. Il se mit à danser. En dansant, il coudoya un homme qui, ayant aussi perdu tout son argent, était de fort mauvaise humeur. De là quelques mots piquants : rendez-vous pris. Jules pria Saint-Clair de lui servir de second et, par la même occasion, lui emprunta de l'argent, qu'il a toujours oublié de lui rendre.

Après tout, Saint-Clair était un homme assez facile à vivre. Ses défauts ne nuisaient qu'à lui seul. Il était obligeant, souvent aimable, rarement ennuyeux. Il avait beaucoup voyagé, beaucoup lu, et ne parlait de ses voyages et de ses lectures que lorsqu'on l'exigeait. D'ailleurs, il était grand, bien fait ; sa physionomie était noble et spirituelle, presque toujours trop grave ; mais son sourire était plein de grâce.

J'oubliais un point important. Saint-Clair était attentif auprès de toutes les femmes, et recherchait leur conversation plus que celle des hommes. Aimait-il ? C'est ce qu'il était difficile de décider. Seulement, si cet être si froid ressentait de l'amour, on savait que la jolie comtesse Mathilde de Coursy devait être l'objet de sa préférence. C'était une jeune veuve chez laquelle on le voyait assidu. Pour conclure à leur intimité, on avait les présomptions suivantes : d'abord la politesse presque cérémonieuse de Saint-Clair pour la comtesse, et *vice versa* ; puis son affectation de ne jamais prononcer son nom dans le monde ; ou, s'il était obligé de parler d'elle, jamais le moindre éloge, puis, avant que Saint-Clair lui fût présenté, il aimait passionnément la musique, et la comtesse avait autant de goût pour la peinture. Depuis qu'ils s'étaient vus, leurs goûts avaient changé. Enfin, la comtesse ayant été aux eaux l'année passée, Saint-Clair était parti six jours après elle.

. . . .

Mon devoir d'historien m'oblige à déclarer qu'une nuit du mois de juillet, peu de moments avant le lever du soleil, la porte du parc d'une maison de campagne s'ouvrit, et qu'il en sortit un homme avec toutes les précautions d'un voleur qui craint d'être surpris. Cette maison de campagne appartenait à Mme de Coursy, et cet homme était Saint-Clair. Une femme, enveloppée dans une pelisse, l'accompagna jusqu'à la porte, et passa la tête en dehors pour le voir encore plus longtemps tandis qu'il s'éloignait en descendant le sentier qui longeait le mur du parc. Saint-Clair s'arrêta, jeta autour de lui un coup d'œil circonspect, et de la main fit signe à cette femme de rentrer. La clarté d'une nuit d'été lui permettait de distinguer sa figure pâle, toujours immobile à la même place. Il revint sur ses pas, s'approcha d'elle et la serra tendrement dans ses bras. Il voulait l'engager à rentrer ; mais il avait encore cent choses à lui dire. Leur conversation durait depuis dix minutes, quand on entendit la voix d'un paysan qui sortait pour aller travailler aux champs. Un baiser est pris et rendu, la porte est fermée, et Saint-Clair, d'un saut, est au bout du sentier.

Il suivait un chemin qui lui semblait bien connu. Tantôt il sautait presque de joie, et courait en frappant les buissons de sa canne ; tantôt il s'arrêtait ou marchait lentement, regardant le ciel qui se colorait de pourpre du côté de l'orient. Bref, à le voir, on eût dit un fou enchanté d'avoir brisé sa cage. Après une demi-heure de marche, il était à la porte d'une petite maison isolée qu'il avait louée pour la saison. Il avait une clef : il entra, puis il se jeta sur un grand canapé, et là, les yeux fixes, la bouche courbée par un doux sourire, il pensait, il rêvait tout éveillé. Son imagination ne lui présentait alors que des pensées de bonheur. « Que je suis heureux ! se disait-il à chaque instant. Enfin je l'ai rencontré ce cœur qui comprend le mien !... — Oui,

c'est mon idéal que j'ai trouvé... J'ai tout à la fois un
ami et une maîtresse... Quel caractère !... quelle âme
passionnée !... Non, elle n'a jamais aimé avant moi... »
Bientôt, comme la vanité se glisse toujours dans les
affaires de ce monde : « C'est la plus belle femme de
Paris », pensait-il. Et son imagination lui retraçait à la
fois tous ses charmes. — « Elle m'a choisi entre tous.
Elle avait pour admirateurs l'élite de la société. Ce
colonel de hussards si beau, si brave, — et pas trop fat ;
— ce jeune auteur qui fait de si jolies aquarelles et qui
joue si bien les proverbes ; — ce Lovelace russe qui a vu
le Balkan et qui a servi sous Diébitch ; — surtout
Camille T***, qui a de l'esprit certainement, de belles
manières, un beau coup de sabre sur le front... elle les a
tous éconduits. Et moi !... » Alors venait son refrain :
« Que je suis heureux ! que je suis heureux ! » Et il se
levait, ouvrait la fenêtre, car il ne pouvait respirer ;
puis il se promenait, puis il se roulait sur son canapé.

Un amant heureux est presque aussi ennuyeux qu'un
amant malheureux. Un de mes amis, qui se trouvait
souvent dans l'une ou l'autre de ces deux positions,
n'avait trouvé d'autre moyen de se faire écouter que de
me donner un excellent déjeuner pendant lequel il
avait la liberté de parler de ses amours ; le café pris, il
fallait absolument changer de conversation.

Comme je ne puis donner à déjeuner à tous mes
lecteurs, je leur ferai grâce des pensées d'amour de
Saint-Clair. D'ailleurs, on ne peut pas toujours rester
dans la région des nuages. Saint-Clair était fatigué, il
bâilla, étendit les bras, vit qu'il était grand jour ; il
fallait enfin penser à dormir. Lorsqu'il se réveilla, il vit
à sa montre qu'il avait à peine le temps de s'habiller et
de courir à Paris, où il était invité à un déjeuner-dîner
avec plusieurs jeunes gens de sa connaissance.

. . . .

On venait de déboucher une autre bouteille de vin de
Champagne ; je laisse au lecteur à en déterminer le
numéro. Qu'il lui suffise de savoir qu'on en était venu à

ce moment, qui arrive assez vite dans un déjeuner de garçons, où tout le monde veut parler à la fois, où les bonnes têtes commencent à concevoir des inquiétudes pour les mauvaises.

« Je voudrais, dit Alphonse de Thémines, qui ne perdait jamais une occasion de parler de l'Angleterre, je voudrais que ce fût la mode à Paris comme à Londres de porter chacun un toast à sa maîtresse. De la sorte nous saurions au juste pour qui soupire notre ami Saint-Clair » ; et, en parlant ainsi, il remplit son verre et ceux de ses voisins.

Saint-Clair, un peu embarrassé, se préparait à répondre ; mais Jules Lambert le prévint :

« J'approuve fort cet usage, dit-il, et je l'adopte » : et, levant son verre : « A toutes les modistes de Paris ! J'en excepte celles qui ont trente ans, les borgnes et les boiteuses, etc.

— Hourra ! hourra ! » crièrent les jeunes anglomanes.

Saint-Clair se leva, son verre à la main :

« Messieurs, dit-il, je n'ai point un cœur aussi vaste que notre ami Jules, mais il est plus constant. Or ma constance est d'autant plus méritoire que, depuis longtemps, je suis séparé de la dame de mes pensées. Je suis sûr cependant que vous approuvez mon choix, si toutefois vous n'êtes pas déjà mes rivaux. A Judith Pasta, messieurs ! Puissions-nous revoir bientôt la première tragédienne de l'Europe ! »

Thémines voulait critiquer le toast ; mais les acclamations l'interrompirent. Saint-Clair ayant paré cette botte se croyait hors d'affaire pour la journée.

La conversation tomba d'abord sur les théâtres. La censure dramatique servit de transition pour parler de la politique. De Lord Wellington, on passa aux chevaux anglais, et, des chevaux anglais, aux femmes par une liaison d'idées facile à saisir ; car, pour des jeunes gens, un beau cheval d'abord et une jolie maîtresse ensuite sont les deux objets les plus désirables.

Alors, on discuta les moyens d'acquérir ces objets si désirables. Les chevaux s'achètent, on achète aussi des femmes ; mais, de celles-là, n'en parlons point. Saint-Clair, après avoir modestement allégué son peu d'expérience sur ce sujet délicat, conclut que la première condition pour plaire à une femme, c'est de se singulariser, d'être différent des autres. Mais y a-t-il une formule générale de singularité ? Il ne le croyait pas.

« Si bien qu'à votre sentiment, dit Jules, un boiteux ou un bossu sont plus en passe de plaire qu'un homme droit et fait comme tout le monde ?

— Vous poussez les choses bien loin, répondit Saint-Clair, mais j'accepte, s'il le faut, toutes les conséquences de ma proposition. Par exemple, si j'étais bossu, je ne me brûlerais pas la cervelle et je voudrais faire des conquêtes. D'abord, je ne m'adresserais qu'à deux sortes de femmes, soit à celles qui ont une véritable sensibilité, soit aux femmes, et le nombre en est grand, qui ont la prétention d'avoir un caractère original, *eccentric*, comme on dit en Angleterre. Aux premières, je peindrais l'horreur de ma position, la cruauté de la nature à mon égard. Je tâcherais de les apitoyer sur mon sort, je saurais leur faire soupçonner que je suis capable d'un amour passionné. Je tuerais en duel un de mes rivaux, et je m'empoisonnerais avec une faible dose de laudanum. Au bout de quelques mois on ne verrait plus ma bosse, et alors ce serait mon affaire d'épier le premier accès de sensibilité. Quant aux femmes qui prétendent à l'originalité, la conquête en est facile. Persuadez-leur seulement que c'est une règle bien et dûment établie qu'un bossu ne peut avoir de bonne fortune ; elles voudront aussitôt donner le démenti à la règle générale.

— Quel don Juan ! s'écria Jules.

— Cassons-nous les jambes, messieurs, dit le colonel Beaujeu, puisque nous avons le malheur de n'être pas nés bossus.

— Je suis tout à fait de l'avis de Saint-Clair, dit

Hector Roquantin, qui n'avait pas plus de trois pieds et demi de haut ; on voit tous les jours les plus belles femmes et les plus à la mode se rendre à des gens dont vous autres beaux garçons vous ne vous méfierez jamais...

— Hector, levez-vous, je vous en prie, et sonnez pour qu'on nous apporte du vin », dit Thémines de l'air du monde le plus naturel.

Le nain se leva, et chacun se rappela en souriant la fable du renard qui a la queue coupée.

« Pour moi, dit Thémines reprenant la conversation, plus je vis, et plus je vois qu'une figure passable », et en même temps il jetait un coup d'œil complaisant sur la glace qui lui était opposée, « une figure passable et du goût dans la toilette sont la grande singularité qui séduit les plus cruelles » ; et, d'une chiquenaude, il fit sauter une petite miette de pain qui s'était attachée au revers de son habit.

« Bah ! s'écria le nain, avec une jolie figure et un habit de Staub, on a des femmes que l'on garde huit jours et qui vous ennuient au second rendez-vous. Il faut autre chose pour se faire aimer, ce qui s'appelle aimer... Il faut...

— Tenez, interrompit Thémines, voulez-vous un exemple concluant ? Vous avez tous connu Massigny, et vous savez quel homme c'était. Des manières comme un groom anglais, de la conversation comme son cheval... Mais il était beau comme Adonis et mettait sa cravate comme Brummel. Au total, c'était l'être le plus ennuyeux que j'aie connu.

— Il a pensé me tuer d'ennui, dit le colonel Beaujeu. Figurez-vous que j'ai été obligé de faire deux cents lieues avec lui.

— Savez-vous, demanda Saint-Clair, qu'il a causé la mort de ce pauvre Richard Thornton, que vous avez tous connu ?

— Mais, répondit Jules, ne savez-vous donc pas qu'il a été assassiné par les brigands auprès de Fondi ?

— D'accord ; mais vous allez voir que Massigny a été au moins complice du crime. Plusieurs voyageurs, parmi lesquels se trouvait Thornton, avaient arrangé d'aller à Naples tous ensemble de peur des brigands. Massigny voulut se joindre à la caravane. Aussitôt que Thornton le sut, il prit les devants, d'effroi, je pense, d'avoir à passer quelques jours avec lui. Il partit seul, et vous savez le reste.

— Thornton avait raison, dit Thémines ; et, de deux morts, il choisit la plus douce. Chacun à sa place en eût fait autant. »

Puis, après une pause :

« Vous m'accordez donc, reprit-il, que Massigny était l'homme le plus ennuyeux de la terre ?

— Accordé ! s'écria-t-on par acclamation.

— Ne désespérons personne, dit Jules ; faisons une exception en faveur de ***, surtout quand il développe ses plans politiques.

— Vous m'accorderez présentement, poursuivit Thémines, que Mme de Coursy est une femme d'esprit s'il en fut. »

Il y eut un moment de silence. Saint-Clair baissait la tête et s'imaginait que tous les yeux étaient fixés sur lui.

« Qui en doute ? dit-il enfin, toujours penché sur son assiette et paraissant observer avec beaucoup de curiosité les fleurs peintes sur la porcelaine.

— Je maintiens, dit Jules élevant la voix, je maintiens que c'est une des trois plus aimables femmes de Paris.

— J'ai connu son mari, dit le colonel. Il m'a souvent montré des lettres charmantes de sa femme.

— Auguste, interrompit Hector Roquantin, présentez-moi donc à la comtesse. On dit que vous faites chez elle la pluie et le beau temps.

— A la fin de l'automne, murmura Saint-Clair, quand elle sera de retour à Paris... Je... je crois qu'elle ne reçoit pas à la campagne.

— Voulez-vous m'écouter ? » s'écria Thémines.

Le silence se rétablit. Saint-Clair s'agitait sur sa chaise comme un prévenu devant une cour d'assises.

« Vous n'avez pas vu la comtesse il y a trois ans, vous étiez alors en Allemagne, Saint-Clair, reprit Alphonse de Thémines avec un sang-froid désespérant. Vous ne pouvez vous faire une idée de ce qu'elle était alors : belle, fraîche comme une rose, vive surtout, et gaie comme un papillon. Eh bien, savez-vous, parmi ses nombreux adorateurs, lequel a été honoré de ses bontés ? Massigny ! Le plus bête des hommes et le plus sot a tourné la tête de la plus spirituelle des femmes. Croyez-vous qu'un bossu aurait pu en faire autant ? Allez, croyez-moi, ayez une jolie figure, un bon tailleur, et soyez hardi. »

Saint-Clair était dans une position atroce. Il allait donner un démenti formel au narrateur ; mais la peur de compromettre la comtesse le retint. Il aurait voulu pouvoir dire quelque chose en sa faveur ; mais sa langue était glacée. Ses lèvres tremblaient de fureur, et il cherchait en vain dans son esprit quelque moyen détourné d'engager une querelle.

« Quoi ! s'écria Jules d'un air de surprise, Mme de Coursy s'est donnée à Massigny ! *Frailty, thy name is woman !*

— C'est une chose si peu importante que la réputation d'une femme ! dit Saint-Clair d'un ton sec et méprisant. Il est bien permis de la mettre en pièces pour faire un peu d'esprit, et... »

Comme il parlait il se rappela avec horreur un certain vase étrusque qu'il avait vu cent fois sur la cheminée de la comtesse à Paris. Il savait que c'était un présent de Massigny à son retour d'Italie ; et, circonstance accablante ! ce vase avait été apporté de Paris à la campagne. Et tous les soirs, en ôtant son bouquet, Mathilde le posait dans le vase étrusque.

La parole expira sur ses lèvres ; il ne vit plus qu'une chose, il ne pensa plus qu'à une chose : le vase étrusque !

La belle preuve ! dira un critique : soupçonner sa maîtresse pour si peu de chose !

Avez-vous été amoureux, monsieur le critique ?

Thémines était en trop belle humeur pour s'offenser du ton que Saint-Clair avait pris en lui parlant. Il répondit d'un air de légèreté et de bonhomie :

« Je ne fais que répéter ce que l'on a dit dans le monde. La chose passait pour certaine quand vous étiez en Allemagne. Au reste, je connais assez peu Mme de Coursy ; il y a dix-huit mois que je ne suis pas allé chez elle. Il est possible qu'on se soit trompé et que Massigny m'ait fait un conte. Pour en revenir à ce qui nous occupe, quand l'exemple que je viens de citer serait faux, je n'en aurais pas moins raison. Vous savez tous que la femme de France la plus spirituelle, celle dont les ouvrages... »

La porte s'ouvrit, et Théodore Néville entra. Il revenait d'Égypte.

Théodore ! sitôt de retour ! Il fut accablé de questions.

« As-tu rapporté un véritable costume turc ? demanda Thémines. As-tu un cheval arabe et un groom égyptien ?

— Quel homme est le pacha ? dit Jules. Quand se rend-il indépendant ? As-tu vu couper une tête d'un seul coup de sabre ?

— Et les *almées* ? dit Roquantin. Les femmes sont-elles belles au Caire ?

— Avez-vous vu le général L*** ? demanda le colonel Beaujeu. Comment a-t-il organisé l'armée du pacha ?

— Le colonel C*** vous a-t-il donné un sabre pour moi ?

— Et les pyramides ? et les cataractes du Nil ? et la statue de Memnon ? Ibrahim pacha ? etc. » Tous parlaient à la fois ; Saint-Clair ne pensait qu'au vase étrusque.

Théodore s'étant assis les jambes croisées, car il avait

pris cette habitude en Égypte et n'avait pu la perdre en France, attendit que les questionneurs se fussent lassés, et parla comme il suit, assez vite pour n'être pas facilement interrompu.

« Les pyramides ! d'honneur, c'est un *regular humbug*. C'est bien moins haut qu'on ne croit. Le Munster à Strasbourg n'a que quatre mètres de moins. Les antiquités me sortent par les yeux. Ne m'en parlez pas. La seule vue d'un hiéroglyphe me ferait évanouir. Il y a tant de voyageurs qui s'occupent de ces choses-là ! Moi, mon but a été d'étudier la physionomie et les mœurs de toute cette population bizarre qui se presse dans les rues d'Alexandrie et du Caire, comme des Turcs, des Bédouins, des Coptes, des Fellahs, des Môghrebins. J'ai rédigé quelques notes à la hâte pendant que j'étais au lazaret. Quelle infamie que ce lazaret ! J'espère que vous ne croyez pas à la contagion, vous autres ! Moi, j'ai fumé tranquillement ma pipe au milieu de trois cents pestiférés. Ah ! colonel, vous verriez là une belle cavalerie, bien montée. Je vous montrerai les armes superbes que j'ai rapportées. J'ai un djerid qui a appartenu au fameux Mourad bey. Colonel, j'ai un yatagan pour vous et un khandjar pour Auguste. Vous verrez mon *metchlâ*, mon *burnous ;* mon *hhaïck*. Savez-vous qu'il n'aurait tenu qu'à moi de rapporter des femmes ? Ibrahim pacha en a tant envoyé de Grèce, qu'elles sont pour rien... Mais à cause de ma mère... J'ai beaucoup causé avec le pacha. C'est un homme d'esprit, parbleu ! sans préjugés. Vous ne sauriez croire comme il entend bien nos affaires. D'honneur, il est informé des plus petits mystères de notre cabinet. J'ai puisé dans sa conversation des renseignements bien précieux sur l'état des partis en France. Il s'occupe beaucoup de statistique en ce moment. Il est abonné à tous nos journaux. Savez-vous qu'il est bonapartiste enragé ! Il ne parle que de Napoléon. Ah ! quel grand homme que *Bounabardo !* me disait-il. Bounabardo, c'est ainsi qu'ils appellent Bonaparte.

— *Giourdina, c'est-à-dire Jourdain*, murmura tout bas Thémines.

— D'abord, continua Théodore, Mohamed Ali était fort réservé avec moi. Vous savez que tous les Turcs sont très méfiants. Il me prenait pour un espion, le diable m'emporte ! ou pour un jésuite. — Il a les jésuites en horreur. Mais, au bout de quelques visites il a reconnu que j'étais un voyageur sans préjugés, curieux de m'instruire à fond des coutumes, des mœurs et de la politique de l'Orient. Alors il s'est déboutonné et m'a parlé à cœur ouvert. A ma dernière audience, c'était la troisième qu'il m'accordait, je pris la liberté de lui dire : « Je ne conçois pas pourquoi Ton Altesse ne se rend pas indépendante de la Porte. — Mon Dieu ! me dit-il, je le voudrais bien ; mais je crains que les journaux libéraux, qui gouvernent tout dans ton pays, ne me soutiennent pas quand une fois j'aurai proclamé l'indépendance de l'Égypte. » C'est un beau vieillard, belle barbe blanche, ne riant jamais. Il m'a donné des confitures excellentes ; mais de tout ce que je lui ai donné, ce qui lui a fait le plus de plaisir, c'est la collection des costumes de la garde impériale par Charlet.

— Le pacha est-il romantique ? demanda Thémines.

— Il s'occupe peu de littérature ; mais vous n'ignorez pas que la littérature arabe est toute romantique. Ils ont un poète nommé Melek Ayatalnefous-Ebn-Esraf, qui a publié dernièrement des *Méditations* auprès desquelles celles de Lamartine paraîtraient de la prose classique. A mon arrivée au Caire j'ai pris un maître d'arabe, avec lequel je me suis mis à lire le *Coran*. Bien que je n'aie pris que peu de leçons, j'en ai assez vu pour comprendre les sublimes beautés du style du prophète, et combien sont mauvaises toutes nos traductions. Tenez, voulez-vous voir de l'écriture arabe ? Ce mot en lettres d'or, c'est *Allah*, c'est-à-dire Dieu. »

En parlant ainsi, il montrait une lettre fort sale qu'il avait tirée d'une bourse de soie parfumée.

« Combien de temps es-tu resté en Égypte ? demanda Thémines.

— Six semaines. »

Et le voyageur continua de tout décrire, depuis le cèdre jusqu'à l'hysope. Saint-Clair sortit presque aussitôt après son arrivée, et reprit le chemin de sa maison de campagne. Le galop impétueux de son cheval l'empêchait de suivre nettement ses idées. Mais il sentait vaguement que son bonheur en ce monde était détruit à jamais, et qu'il ne pouvait s'en prendre qu'à un mort et à un vase étrusque.

Arrivé chez lui, il se jeta sur le canapé où, la veille, il avait si longuement et si délicieusement analysé son bonheur. L'idée qu'il avait caressée le plus amoureusement, c'était que sa maîtresse n'était pas une femme comme une autre, qu'elle n'avait aimé et ne pourrait jamais aimer que lui. Maintenant ce beau rêve disparaissait dans la triste et cruelle réalité. « Je possède une belle femme, et voilà tout. Elle a de l'esprit : elle en est plus coupable, elle a pu aimer Massigny !... Il est vrai qu'elle m'aime maintenant... de toute son âme... comme elle peut aimer. Être aimé comme Massigny l'a été !... Elle s'est rendue à mes soins, à mes cajoleries, à mes importunités. Mais je me suis trompé. Il n'y avait pas de sympathie entre nos deux cœurs. Massigny ou moi, ce lui est tout un. Il est beau, elle l'aime pour sa beauté. J'amuse quelquefois madame. « Eh bien, aimons Saint-Clair, s'est-elle dit, puisque l'autre est mort ! Et si Saint-Clair meurt ou m'ennuie, nous verrons. »

Je crois fermement que le diable est aux écoutes, invisible auprès d'un malheureux qui se torture ainsi lui-même. Le spectacle est amusant pour l'ennemi des hommes ; et, quand la victime sent ses blessures se fermer, le diable est là pour les rouvrir.

Saint-Clair crut entendre une voix qui murmurait à ses oreilles :

L'honneur singulier
D'être le successeur...

Il se leva sur son séant et jeta un coup d'œil farouche autour de lui. Qu'il eût été heureux de trouver quelqu'un dans sa chambre ! Sans doute il l'eût déchiré.

La pendule sonna huit heures. A huit heures et demie, la comtesse l'attend. — S'il manquait au rendez-vous ! « Au fait, pourquoi revoir la maîtresse de Massigny ? » Il se recoucha sur son canapé et ferma les yeux. « Je veux dormir », dit-il. Il resta immobile une demi-minute, puis sauta en pieds et courut à la pendule pour voir le progrès du temps. « Que je voudrais qu'il fût huit heures et demie ! pensa-t-il. Alors il serait trop tard pour me mettre en route. » Dans son cœur, il ne se sentait pas le courage de rester chez lui ; il voulait avoir un prétexte. Il aurait voulu être bien malade. Il se promena dans la chambre, puis s'assit, prit un livre, et ne put lire une syllabe. Il se plaça devant son piano, et n'eut pas la force de l'ouvrir. Il aima, il regarda les nuages et voulut compter les peupliers devant ses fenêtres. Enfin il retourna consulter la pendule, et vit qu'il n'avait pu parvenir à passer trois minutes. « Je ne puis m'empêcher de l'aimer, s'écria-t-il en grinçant les dents et frappant du pied ; elle me domine, et je suis son esclave, comme Massigny l'a été avant moi ! Eh bien, misérable, obéis, puisque tu n'as pas assez de cœur pour briser une chaîne que tu hais ! »

Il prit son chapeau et sortit précipitamment.

Quand une passion nous emporte, nous éprouvons quelque consolation d'amour-propre à contempler notre faiblesse du haut de notre orgueil. « Il est vrai que je suis faible, se dit-on, mais si je voulais ! »

Il montait à pas lents le sentier qui conduisait à la porte du parc, et de loin il voyait une figure blanche qui se détachait sur la teinte foncée des arbres. De sa main, elle agitait un mouchoir comme pour lui faire signe. Son cœur battait avec violence, ses genoux tremblaient ; il n'avait pas la force de parler, et il était devenu si timide, qu'il craignait que la comtesse ne lût sa mauvaise humeur sur sa physionomie.

Il prit la main qu'elle lui tendait, lui baisa le front, parce qu'elle se jeta sur son sein, et il la suivit jusque dans son appartement, muet, et étouffant avec peine des soupirs qui semblaient devoir faire éclater sa poitrine.

Une seule bougie éclairait le boudoir de la comtesse. Tous deux s'assirent. Saint-Clair remarqua la coiffure de son amie ; une seule rose dans ses cheveux. La veille, il lui avait apporté une belle gravure anglaise, la duchesse de Portland d'après Lesly (elle est coiffée de cette manière), et Saint-Clair n'avait dit que ces mots : « J'aime mieux cette rose toute simple que vos coiffures compliquées. » Il n'aimait pas les bijoux, et il permit comme ce lord qui disait brutalement : « A femmes parées, à chevaux caparaçonnés, le diable ne connaîtrait rien. » La nuit dernière, en jouant avec un collier de perles de la comtesse (car, en parlant, il fallait toujours qu'il eût quelque chose entre les mains), il avait dit : « Les bijoux ne sont bons que pour cacher des défauts. Vous êtes trop jolie, Mathilde, pour en porter. » Ce soir, la comtesse, qui retenait jusqu'à ses paroles les plus indifférentes, avait ôté bagues, colliers, boucles d'oreilles et bracelets. — Dans la toilette d'une femme il remarquait, avant tout, la chaussure, et, comme bien d'autres, il avait ses manies sur ce chapitre. Une grosse averse était tombée avant le coucher du soleil. L'herbe était encore toute mouillée ; cependant la comtesse avait marché sur le gazon humide avec des bas de soie et des souliers de satin noir... Si elle allait être malade ?

« Elle m'aime », se dit Saint-Clair.

Et il soupira sur lui-même et sur sa folie, et il regardait Mathilde en souriant malgré lui, partagé entre sa mauvaise humeur et le plaisir de voir une jolie femme qui cherchait à lui plaire par tous ces petits riens qui ont tant de prix pour les amants.

Pour la comtesse, sa physionomie radieuse exprimait un mélange d'amour et de malice enjouée qui la rendait encore plus aimable. Elle prit quelque chose dans un coffre en laque du Japon, et, présentant sa petite main fermée et cachant l'objet qu'elle tenait :

« L'autre soir, dit-elle, j'ai cassé votre montre. La voici raccommodée. »

Elle lui remit la montre, et le regardait d'un air à la fois tendre et espiègle, en se mordant la lèvre inférieure, comme pour s'empêcher de rire. Vive Dieu ! que ses dents étaient belles ! comme elles brillaient blanches sur le rose ardent de ses lèvres ! (Un homme a l'air bien sot quand il reçoit froidement les cajoleries d'une jolie femme.)

Saint-Clair la remercia, prit la montre et allait la mettre dans sa poche :

« Regardez donc, continua-t-elle, ouvrez-la, et voyez si elle est bien raccommodée. Vous qui êtes si savant, vous qui avez été à l'École polytechnique, vous devez voir cela.

— Oh ! je m'y connais fort peu », dit Saint-Clair.

Et il ouvrit la boîte de la montre d'un air distrait. Quelle fut sa surprise ! le portrait en miniature de Mme de Coursy était peint sur le fond de la boîte. Le moyen de bouder encore ? Son front s'éclaircit : il ne pensa plus à Massigny ; il se souvint seulement qu'il était auprès d'une femme charmante, et que cette femme l'adorait.

. . . .

L'alouette, cette messagère de l'aurore, commençait à chanter, et de longues bandes de lumière pâle sillonnaient les nuages à l'orient. C'est alors que Roméo dit adieu à Juliette ; c'est l'heure classique où tous les amants doivent se séparer.

Saint-Clair était debout devant une cheminée, la clef du parc à la main, les yeux attentivement fixés sur le vase étrusque dont nous avons déjà parlé. Il lui gardait encore rancune au fond de son âme. Cependant il était en belle humeur, et l'idée bien simple que Thémines avait pu mentir commençait à se présenter à son esprit. Pendant que la comtesse, qui voulait le reconduire jusqu'à la porte du parc, s'enveloppait la tête d'un châle, il frappait doucement de sa clef le vase odieux, augmentant progressivement la force de ses coups, de manière à faire croire qu'il allait bientôt le faire voler en éclats.

« Ah ! Dieu ! prenez garde ! s'écria Mathilde ; vous aller casser mon beau vase étrusque. »

Et elle lui arracha la clef des mains.

Saint-Clair était très mécontent, mais il était résigné. Il tourna le dos à la cheminée pour ne pas succomber à la tentation, et, ouvrant sa montre, il se mit à considérer le portrait qu'il venait de recevoir.

« Quel est le peintre ? demanda-t-il.

— M. R... Tenez, c'est Massigny qui me l'a fait connaître. (Massigny, depuis son voyage à Rome, avait découvert qu'il avait un goût exquis pour les beaux-arts, et s'était fait le Mécène de tous les jeunes artistes.) Vraiment, je trouve que ce portrait me ressemble, quoique un peu flatté. »

Saint-Clair avait envie de jeter la montre contre la muraille, ce qui l'aurait rendue bien difficile à raccommoder. Il se contint pourtant et la remit dans sa poche ; puis, remarquant qu'il était déjà jour, il sortit de la maison, supplia Mathilde de ne pas l'accompagner, traversa le parc à grands pas, et, dans un moment, il fut seul dans la campagne.

« Massigny ! Massigny ! s'écriait-il avec une rage concentrée, te trouverai-je donc toujours !... Sans doute, le peintre qui a fait ce portrait en a peint un autre pour Massigny !... Imbécile que j'étais ! J'ai pu croire un instant que j'étais aimé d'un amour égal au mien... et cela parce qu'elle se coiffe avec une rose et qu'elle ne porte pas de bijoux !... elle en a plein un secrétaire... Massigny, qui ne regardait que la toilette des femmes, aimait tant les bijoux !... Oui, elle a un bon caractère, il faut en convenir. Elle sait se conformer aux goûts de ses amants. Morbleu ! j'aimerais mieux cent fois qu'elle fût une courtisane et qu'elle se fût donnée pour de l'argent. Au moins pourrais-je croire qu'elle m'aime, puisqu'elle est ma maîtresse et que je ne la paie pas. »

Bientôt une autre idée encore plus affligeante vint s'offrir à son esprit. Dans quelques semaines, le deuil de la comtesse allait finir, Saint-Clair devait l'épouser aussitôt que l'année de son veuvage serait révolue. Il l'avait promis. Promis ? Non. Jamais il n'en avait parlé. Mais telle avait été son intention, et la comtesse l'avait comprise. Pour lui, cela valait un serment. La veille, il aurait donné un trône pour hâter le moment où il pourrait avouer publiquement son amour ; maintenant il frémissait à la seule idée de lier son sort à l'ancienne maîtresse de Massigny.

« Et pourtant JE LE DOIS ! se disait-il, et cela sera. Elle a cru sans doute, pauvre femme, que je connaissais son intrigue passée. Ils disent que la chose a été publique. Et puis, d'ailleurs, elle ne me connaît pas... Elle ne peut me comprendre. Elle pense que je ne l'aime que comme Massigny l'aimait. »

Alors il se dit non sans orgueil :

« Trois mois elle m'a rendu le plus heureux des hommes. Ce bonheur vaut bien le sacrifice de ma vie entière. »

Il ne se coucha pas, et se promena à cheval dans les bois pendant toute la matinée. Dans une allée du bois de Verrières, il vit un homme monté sur un beau cheval anglais qui de très loin l'appela par son nom et l'accosta sur-le-champ. C'était Alphonse de Thémines. Dans la situation d'esprit où se trouvait Saint-Clair, la solitude est particulièrement agréable : aussi la rencontre de Thémines changea-t-elle sa mauvaise humeur en une colère étouffée. Thémines ne s'en apercevait pas, ou bien se faisait un malin plaisir de le contrarier. Il parlait, il riait, il plaisantait sans s'aper-

cevoir qu'on ne lui répondait pas. Saint-Clair voyant
une allée étroite y fit entrer son cheval aussitôt, espérant que le fâcheux ne l'y suivrait pas ; mais il se
trompait ; un fâcheux ne lâche pas facilement sa proie.
Thémines tourna bride et doubla le pas pour se mettre
en ligne avec Saint-Clair et continuer la conversation
plus commodément.

J'ai dit que l'allée était étroite. A toute peine les deux
chevaux pouvaient y marcher de front ; aussi n'est-il
pas extraordinaire que Thémines, bien que très bon
cavalier, effleurât le pied de Saint-Clair en passant à
côté de lui. Celui-ci, dont la colère était arrivée à sa
dernière période, ne put se contraindre plus longtemps.
Il se leva sur ses étriers et frappa fortement de sa
badine le nez du cheval de Thémines.

« Que diable avez-vous, Auguste ? s'écria Thémines.
Pourquoi battez-vous mon cheval ?

— Pourquoi me suivez-vous ? répondit Saint-Clair
d'une voix terrible.

— Perdez-vous le sens, Saint-Clair ? Oubliez-vous
que vous me parlez ?

— Je sais bien que je parle à un fat.

— Saint-Clair !... vous êtes fou, je pense... Écoutez :
demain, vous me ferez des excuses, ou bien vous me
rendrez raison de votre impertinence.

— A demain donc, monsieur. »

Thémines arrêta son cheval ; Saint-Clair poussa le
sien ; bientôt il disparut dans le bois.

Dans ce moment, il se sentit plus calme. Il avait la
faiblesse de croire aux pressentiments. Il pensait qu'il
serait tué le lendemain, et alors c'était un dénouement
tout trouvé à sa position. Encore un jour à passer ;
demain, plus d'inquiétudes, plus de tourments. Il rentra chez lui, envoya son domestique avec un billet au
colonel Beaujeu, écrivit quelques lettres, puis il dîna de
bon appétit, et fut exact à se trouver à huit heures et
demie à la porte du parc.

« Qu'avez-vous donc aujourd'hui, Auguste ? dit la comtesse. Vous êtes d'une gaieté étrange, et pourtant vous ne pouvez me faire rire avec toutes vos plaisanteries. Hier, vous étiez tant soit peu maussade, et, moi, j'étais si gaie ! Aujourd'hui, nous avons changé de rôle.

— Moi, j'ai un mal de tête affreux.

— Belle amie, je l'avoue, oui, j'étais bien ennuyeux hier. Mais, aujourd'hui, je me suis promené, j'ai fait de l'exercice ; je me porte à ravir.

— Pour moi, je me suis levée tard, j'ai dormi longtemps ce matin, et j'ai fait des rêves fatigants.

— Ah ! des rêves ? Croyez-vous aux rêves ?

— Quelle folie !

— Moi, j'y crois ; je parie que vous avez fait un rêve qui annonce quelque événement tragique.

— Mon Dieu, jamais je ne me souviens de mes rêves. Pourtant, je me rappelle... dans mon rêve j'ai vu Massigny ; ainsi vous voyez que ce n'était rien de bien amusant.

— Massigny ! J'aurais cru, au contraire, que vous auriez beaucoup de plaisir à le revoir ?

— Pauvre Massigny !

— Pauvre Massigny ?

— Auguste, dites-moi, je vous en prie, ce que vous avez ce soir. Il y a dans votre sourire quelque chose de diabolique. Vous avez l'air de vous moquer de vous-même.

— Ah ! voilà que vous me traitez aussi mal que me traitent les vieilles douairières, vos amies.

— Oui, Auguste, vous avez aujourd'hui la figure que vous avez avec les gens que vous n'aimez pas.

— Méchante ! allons, donnez-moi votre main. »

Il lui baisa la main avec une galanterie ironique, et ils se regardèrent fixement pendant une minute. Saint-Clair baissa les yeux le premier et s'écria :

« Qu'il est difficile de vivre en ce monde sans passer pour méchant ! Il faudrait ne jamais parler d'autre chose que du temps ou de la chasse, ou bien discuter avec vos vieilles amies le budget de leurs comités de bienfaisance. »

Il prit un papier sur une table :

« Tenez, voici le mémoire de votre blanchisseuse de fin. Causons là-dessus, mon ange : comme cela, vous ne direz pas que je suis méchant.

— En vérité, Auguste, vous m'étonnez...

— Cette orthographe me fait penser à une lettre que j'ai trouvée ce matin. Il faut vous dire que j'ai rangé mes papiers, car j'ai de l'ordre de temps en temps. Or donc, j'ai retrouvé une lettre d'amour que m'écrivait une couturière dont j'étais amoureux quand j'avais seize ans. Elle a une manière à elle d'écrire chaque mot, et toujours la plus compliquée. Son style est digne de son orthographe. Eh bien, comme j'étais alors tant soit peu fat, je trouvai indigne de moi d'avoir une maîtresse qui n'écrivît pas comme Sévigné. Je la quittai brusquement. Aujourd'hui, en relisant cette lettre, j'ai reconnu que cette couturière devait avoir un amour véritable pour moi.

— Bon ! une femme que vous entreteniez ?...

— Très magnifiquement : à cinquante francs par mois. Mais mon tuteur ne me faisait pas une pension trop forte, car il disait qu'un jeune homme qui a de l'argent se perd et perd les autres.

— Et cette femme, qu'est-elle devenue ?

— Que sais-je ?... Probablement elle est morte à l'hôpital.

— Auguste... si cela était vrai, vous n'auriez pas cet air insouciant.

— S'il faut dire la vérité, elle s'est mariée à un *honnête homme* ; et, quand on m'a émancipé, je lui ai donné une petite dot.

— Que vous êtes bon !... Mais pourquoi voulez-vous paraître méchant ?

— Oh ! je suis très bon... Plus j'y songe, plus je me persuade que cette femme m'aimait réellement... Mais alors je ne savais pas distinguer un sentiment vrai sous une forme ridicule.

— Vous auriez dû m'apporter votre lettre. Je n'aurais pas été jalouse... Nous autres femmes, nous avons plus de tact que vous, et nous voyons tout de suite au style d'une lettre, si l'auteur est de bonne foi, ou s'il feint une passion qu'il n'éprouve pas.

— Et cependant combien de fois vous laissez-vous attraper par des sots ou des fats ! »

En parlant il regardait le vase étrusque, et il y avait dans ses yeux et dans sa voix une expression sinistre que Mathilde ne remarqua point.

« Allons donc ! vous autres hommes, vous voulez tous passer pour des don Juan. Vous vous imaginez que vous faites des dupes, tandis que souvent vous ne trouvez que des *doña Juana*, encore plus rouées que vous.

— Je conçois qu'avec votre esprit supérieur, mesdames, vous sentez un sot d'une lieue. Aussi je ne doute pas que votre ami Massigny, qui était sot et fat, ne soit mort vierge et martyr...

— Massigny ? Mais il n'était pas trop sot ; et puis il y a des femmes sottes. Il faut que je vous conte une histoire sur Massigny... Mais ne vous l'ai-je pas déjà contée, dites-moi ?

— Jamais, répondit Saint-Clair d'une voix tremblante.

— Massigny, à son retour d'Italie, devint amoureux de moi. Mon mari le connaissait ; il me le présenta comme un homme d'esprit et de goût. Ils étaient faits l'un pour l'autre. Massigny fut d'abord très assidu ; il me donnait comme de lui des aquarelles qu'il achetait chez Schroth, et me parlait musique et peinture avec un ton de supériorité tout à fait divertissant. Un jour, il m'envoya une lettre incroyable. Il me disait, entre autres choses, que j'étais la plus honnête femme de Paris ; c'est pourquoi il voulait être mon amant. Je montrai la lettre à ma cousine Julie. Nous étions deux folles alors, et nous résolûmes de lui jouer un tour. Un soir, nous avions quelques visites, entre autres Massigny. Ma cousine me dit : « Je vais vous lire une déclaration d'amour que j'ai reçue ce matin. » Elle prend la lettre et la lit au milieu des éclats de rire... Le pauvre Massigny. »

Saint-Clair tomba à genoux en poussant un cri de joie. Il saisit la main de la comtesse, et la couvrit de baisers et de larmes. Mathilde était dans la dernière surprise, et crut d'abord qu'il se trouvait mal. Saint-Clair ne pouvait dire que ces mots : « Pardonnez-moi ! pardonnez-moi ! » Enfin il se releva. Il était radieux. Dans ce moment, il était plus heureux que le jour où Mathilde lui dit pour la première fois : « Je vous aime. »

« Je suis le plus fou et le plus coupable des hommes, s'écria-t-il ; depuis deux jours, je te soupçonnais... Et je n'ai pas cherché une explication avec toi...

— Tu me soupçonnais !... Et de quoi ?

— Oh ! je suis un misérable !... On m'a dit que tu avais aimé Massigny, et...

— Massigny ! » et elle se mit à rire ; puis, reprenant aussitôt son sérieux : « Auguste, dit-elle, pouvez-vous être assez fou pour avoir de pareils soupçons, et assez hypocrite pour me les cacher ! »

Une larme roulait dans ses yeux.

« Je t'en supplie, pardonne-moi.

— Comment ne te pardonnerais-je pas, cher ami ?... Mais d'abord laisse-moi te jurer...

— Oh ! je te crois, je te crois, ne me dis rien.

— Mais au nom du Ciel, quel motif a pu te faire soupçonner une chose aussi improbable ?

— Rien, rien au monde que ma mauvaise tête... et... vois-tu, ce vase étrusque, je savais qu'il t'avait été donné par Massigny... »

La comtesse joignit les mains d'un air d'étonnement ; puis elle s'écria, en riant aux éclats :

« Mon vase étrusque ! mon vase étrusque ! »

Saint-Clair ne put s'empêcher de rire lui-même, et cependant de grosses larmes coulaient le long de ses joues. Il saisit Mathilde dans ses bras, et lui dit :

« Je ne te lâche pas que tu ne m'aies pardonné.

— Oui, je te pardonne, fou que tu es ! dit-elle en l'embrassant tendrement. Tu me rends bien heureuse aujourd'hui ; voici la première fois que je te vois pleurer, et je croyais que tu ne pleurais pas. »

Puis, se dégageant de ses bras, elle saisit le vase étrusque et le brisa en mille pièces sur le plancher. (C'était une pièce rare et inédite. On y voyait peint, avec trois couleurs, le combat d'un Lapithe contre un Centaure.)

Saint-Clair fut, pendant quelques heures, le plus honteux et le plus heureux des hommes.

. . . .

« Eh bien, dit Roquantin, au colonel Beaujeu qu'il rencontra le soir chez Tortoni, la nouvelle est-elle vraie ?

— Trop vraie, mon cher, répondit le colonel d'un air triste.

— Contez-moi donc comment cela s'est passé.

— Oh ! fort bien. Saint-Clair a commencé par me dire qu'il avait tort, mais qu'il voulait essuyer le feu de Thémines avant de lui faire des excuses. Je ne pouvais que l'approuver. Thémines voulait que le sort décidât lequel tirerait le premier. Saint-Clair a exigé que ce fût Thémines. Thémines a tiré : j'ai vu Saint-Clair tourner une fois sur lui-même, et il est tombé raïde mort. J'ai déjà remarqué, dans bien des soldats frappés de coups de feu, ce tournoiement étrange qui précède la mort.

— C'est fort extraordinaire, dit Roquantin. Et Thémines, qu'a-t-il fait ?

— Oh ! ce qu'il faut faire en pareille occasion. Il a jeté son pistolet à terre d'un air de regret. Il l'a jeté si fort, qu'il en a cassé le chien. C'est un pistolet anglais de Manton ; je ne sais s'il pourra trouver à Paris un arquebusier qui soit capable de lui en refaire un. »

. . . .

La comtesse fut trois ans entiers sans voir personne ; hiver comme été, elle demeurait dans sa maison de campagne, sortant à peine de sa chambre, et servie par une mulâtresse qui connaissait sa liaison avec Saint-Clair, et à laquelle elle ne disait pas deux mots par jour. Au bout de trois ans, sa cousine Julie revint d'un long voyage ; elle força la porte et trouva la pauvre Mathilde si maigre et si pâle, qu'elle crut voir le cadavre de cette femme qu'elle avait laissée belle et pleine de vie. Elle parvint à peine à la tirer de sa retraite, et à l'emmener à Hyères. La comtesse y languit encore trois ou quatre mois, puis elle mourut d'une maladie de poitrine causée par des chagrins domestiques, comme dit le docteur M..., qui lui donna des soins.

1830.

LA PARTIE DE TRICTRAC

Les voiles sans mouvement pendaient collées contre les mâts ; la mer était unie comme une glace, la chaleur était étouffante, le calme désespérant.

Dans un voyage sur mer, les ressources d'amusement que peuvent offrir les hôtes d'un vaisseau sont bientôt épuisées. On se connaît trop bien, hélas ! lorsqu'on a passé quatre mois ensemble dans une maison de bois longue de cent vingt pieds. Quand vous voyez venir le premier lieutenant, vous savez d'abord qu'il vous parlera de Rio-Janeiro, d'où il vient ; puis du fameux pont d'Essling, qu'il a vu faire par les marins de la garde, dont il faisait partie. Au bout de quinze jours, vous connaissez jusqu'aux expressions qu'il affectionne, jusqu'à la ponctuation de ses phrases, aux différentes intonations de sa voix. Quand jamais a-t-il manqué de s'arrêter tristement après avoir prononcé pour la première fois dans son récit ce mot, *l'empereur*... « Si vous l'aviez vu alors ! ! ! » (trois points d'admiration) ajoute-t-il invariablement. Et l'épisode du cheval du trompette, et le boulet qui ricoche et qui emporte une giberne où il y avait pour sept mille cinq cents francs en or et en bijoux, etc., etc. ! — Le second lieutenant est un grand politique ; il commente tous les jours le dernier numéro du *Constitutionnel*, qu'il a emporté de Brest ; ou, s'il quitte les sublimités de la politique pour descendre à la littérature, il vous régalera de l'analyse du dernier vaudeville qu'il a vu jouer. Grand Dieu !... Le commissaire de marine possédait une histoire bien intéressante. Comme il nous enchanta la première fois qu'il nous raconta son évasion du ponton de Cadix ! mais, à la vingtième répétition, ma foi, l'on n'y pouvait plus tenir... — Et les enseignes, et les aspirants !... Le souvenir de leurs conversations me fait dresser les cheveux sur la tête. Quant au capitaine, généralement, c'est le moins ennuyeux du bord. En sa qualité de commandant despotique, il se trouve en état d'hostilité secrète contre tout l'état-major ; il vexe, il opprime quelquefois, mais il y a un certain plaisir à pester contre lui. S'il a quelque manie fâcheuse pour ses subordonnés, on a le plaisir de voir son supérieur ridicule, et cela console un peu.

A bord du vaisseau sur lequel j'étais embarqué, les officiers étaient les meilleurs gens du monde, tous bons diables, s'aimant comme des frères, mais s'ennuyant à qui mieux mieux. Le capitaine était le plus doux des hommes, point tracassier (ce qui est une rareté.) C'était toujours à regret qu'il faisait sentir son autorité dictatoriale. Pourtant, que le voyage me parut long ! surtout ce calme qui nous prit quelques jours seulement avant de voir la terre !...

Un jour, après le dîner, que le désœuvrement nous avait fait prolonger aussi longtemps qu'il était humainement possible, nous étions tous rassemblés sur le pont, attendant le spectacle monotone mais toujours majestueux d'un coucher de soleil en mer. Les uns fumaient, d'autres relisaient pour la vingtième fois un des trente volumes de notre triste bibliothèque ; tous bâillaient à pleurer. Un enseigne assis à côté de moi s'amusait, avec tout la gravité digne d'une occupation sérieuse, à laisser tomber, la pointe en bas, sur les planches du tillac, le poignard que les officiers de marine portent ordinairement en petite tenue. C'est un amusement comme un autre, et qui exige de l'adresse pour que la pointe se pique bien perpendiculairement dans le bois. Désirant faire comme l'enseigne, et n'ayant point de poignard à moi, je voulus emprunter

celui du capitaine, mais il me refusa. Il tenait singulièrement à cette arme, et même il aurait été fâché de la
voir servir à un amusement aussi futile. Autrefois ce
poignard avait appartenu à un brave officier mort
malheureusement dans la dernière guerre... Je devinai
qu'une histoire allait suivre, je ne me trompais pas. Le
capitaine commença sans se faire prier ; quant aux
officiers qui nous entouraient, comme chacun d'eux
connaissait par cœur les infortunes du lieutenant
Roger, ils firent aussitôt une retraite prudente. Voici à
peu près quel fut le récit du capitaine :

Roger, quand je le connus, était plus âgé que moi de
trois ans ; il était lieutenant ; moi, j'étais enseigne. Je
vous assure que c'était un des meilleurs officiers de
notre corps ; d'ailleurs, un cœur excellent, de l'esprit,
de l'instruction, des talents, en un mot un jeune homme
charmant. Il était malheureusement un peu fier et
susceptible ; ce qui tenait, je crois, à ce qu'il était enfant
naturel, et qu'il craignait que sa naissance ne lui fît
perdre de la considération dans le monde ; mais, pour
dire la vérité, de tous ses défauts, le plus grand, c'était
un désir violent et continuel de primer partout où il se
trouvait. Son père, qu'il n'avait jamais vu, lui faisait
une pension qui aurait été bien plus que suffisante pour
ses besoins, si Roger n'eût pas été la générosité même.
Tout ce qu'il avait était à ses amis. Quand il venait de
toucher son trimestre, c'était à qui irait le voir avec une
figure triste et soucieuse :
« Eh bien, camarade, qu'as-tu ? demandait-il ; tu
m'as l'air de ne pouvoir pas faire grand bruit en frappant sur tes poches : allons, voici ma bourse, prends ce
qu'il te faut, et viens-t'en dîner avec moi. »
Il vint à Brest une jeune actrice fort jolie, nommée
Gabrielle, qui ne tarda pas à faire des conquêtes parmi
les marins et les officiers de la garnison. Ce n'était pas
une beauté régulière, mais elle avait de la taille, de
beaux yeux, le pied petit, l'air passablement effronté ;

tout cela plaît fort quand on est dans les parages de vingt à vingt-cinq ans. On la disait par-dessus le marché la plus capricieuse créature de son sexe, et sa manière de jouer ne démentait pas cette réputation. Tantôt elle jouait à ravir, on eût dit une comédienne du premier ordre ; le lendemain, dans la même pièce elle était froide, insensible ; elle débitait son rôle comme un enfant récite son catéchisme. Ce qui intéressa surtout nos jeunes gens, ce fut l'histoire suivante que l'on racontait d'elle. Il paraît qu'elle avait été entretenue très richement à Paris par un sénateur qui faisait, comme l'on dit, des folies pour elle. Un jour, cet homme, se trouvant chez elle, mit son chapeau sur sa tête ; elle le pria de l'ôter, et se plaignit même qu'il lui manquât de respect. Le sénateur se mit à rire, leva les épaules, et dit en se carrant dans un fauteuil : « C'est bien le moins que je me mette à mon aise chez une fille que je paye. » Un bon soufflet de crocheteur, détaché par la main blanche de la Gabrielle, le paya aussitôt de sa réponse et jeta son chapeau à l'autre bout de la chambre. De là rupture complète. Des banquiers, des généraux avaient fait des offres considérables à la dame ; mais elle les avait toutes refusées, et s'était fait actrice, afin, disait-elle, de vivre indépendante.

Lorsque Roger la vit et qu'il apprit cette histoire, il jugea que cette personne était son fait, et, avec la franchise un peu brutale qu'on nous reproche, à nous autres marins, voici comment il s'y prit pour lui montrer combien il était touché de ses charmes. Il acheta les plus belles fleurs et les plus rares qu'il put trouver à Brest, et fit un bouquet qu'il attacha avec un beau ruban rose, et, dans le nœud, arrangea très proprement un rouleau de vingt-cinq napoléons ; c'était tout ce qu'il possédait pour le moment. Je me souviens que je l'accompagnai dans les coulisses pendant un entracte. Il fit à Gabrielle un compliment fort court sur la grâce qu'elle avait à porter son coustume, lui offrit le bouquet et lui demanda la permission d'aller la voir chez elle. Tout cela fut dit en trois mots.

Tant que Gabrielle ne vit que les fleurs et le beau jeune homme qui les lui présentait, elle lui souriait, accompagnant son sourire d'une révérence des plus gracieuses ; mais, quand elle eut le bouquet entre les mains et qu'elle sentit le poids de l'or, sa physionomie changea plus rapidement que la surface de la mer soulevée par un ouragan des tropiques ; et certes elle ne fut guère moins méchante, car elle lança de toute sa force le bouquet et les napoléons à la tête de mon pauvre ami, qui en porta les marques sur la figure pendant plus de huit jours. La sonnette du régisseur se fit entendre, Gabrielle entra en scène et joua tout de travers.

Roger, ayant ramassé son bouquet et son rouleau d'or d'un air bien confus, s'en alla au café offrir le bouquet (sans l'argent) à la demoiselle du comptoir, et essaya, en buvant du punch, d'oublier la cruelle. Il n'y réussit pas ; et, malgré le dépit qu'il éprouvait de ne pouvoir se montrer avec son œil poché, il devint amoureux fou de la colérique Gabrielle. Il lui écrivait vingt lettres par jour, et quelles lettres ! soumises, tendres, respectueuses, telles qu'on pourrait les adresser à une princesse. Les premières lui furent renvoyées sans être décachetées ; les autres n'obtinrent pas de réponse. Roger cependant conservait quelque espoir, quand nous découvrîmes que la marchande d'oranges du théâtre enveloppait ses oranges avec les lettres d'amour de Roger, que Gabrielle lui donnait par un raffinement de méchanceté. Ce fut un coup terrible pour la fierté de notre ami. Pourtant sa passion ne diminua pas. Il parlait de demander l'actrice en mariage ; et, comme on lui disait que le ministre de la Marine n'y donnerait jamais son consentement, il s'écriait qu'il se brûlerait la cervelle.

Sur ces entrefaites, il arriva que les officiers d'un régiment de ligne en garnison à Brest voulurent faire répéter un couplet de vaudeville à Gabrielle, qui s'y refusa par pur caprice. Les officiers et l'actrice s'opiniâtrèrent si bien que les uns firent baisser la toile par leurs sifflets, et que l'autre s'évanouit. Vous savez ce que c'est que le parterre d'une ville de garnison. Il fut convenu entre les officiers que, le lendemain et les jours suivants, la coupable serait sifflée sans rémission, qu'on ne lui permettrait pas de jouer un seul rôle avant qu'elle eût fait amende honorable avec l'humilité nécessaire pour expier son crime. Roger n'avait point assisté à cette représentation ; mais il apprit, le soir même, le scandale qui avait mis tout le théâtre en confusion, ainsi que les projets de vengeance qui se tramaient pour le lendemain. Sur-le-champ son parti fut pris.

Le lendemain, lorsque Gabrielle parut, du banc des officiers partirent des huées et des sifflets à fendre les oreilles. Roger, qui s'était placé à dessein tout auprès des tapageurs, se leva et interpella les plus bruyants en termes si outrageux, que toute leur fureur se tourna aussitôt contre lui. Alors, avec un grand sang-froid, il tira son carnet de sa poche, et inscrivit les noms qu'on lui criait de toutes parts ; il aurait pris rendez-vous pour se battre avec tout le régiment, si, par esprit de corps, un grand nombre d'officiers de marine ne fussent survenus, et n'eussent provoqué la plupart de ses adversaires. La bagarre fut vraiment effroyable.

Toute la garnison fut consignée pour plusieurs jours ; mais, quand on nous rendit la liberté, il y eut un terrible compte à régler. Nous nous trouvâmes une soixantaine sur le terrain. Roger, seul, se battit successivement contre trois officiers ; il en tua un, et blessa grièvement les deux autres sans recevoir une égratignure. Je fus moins heureux pour ma part : un maudit lieutenant, qui avait été maître d'armes, me donna dans la poitrine un grand coup d'épée, dont je manquai mourir. Ce fut, je vous assure, un beau spectacle que ce duel, ou plutôt cette bataille. La marine eut tout l'avantage, et le régiment fut obligé de quitter Brest.

Vous pensez bien que nos officiers supérieurs

n'oublièrent pas l'auteur de la querelle. Il eut pendant quinze jours une sentinelle à sa porte.

Quand ses arrêts furent levés, je sortis de l'hôpital, et j'allai le voir. Quelle fut ma surprise, en entrant chez lui, de le voir assis à déjeuner, tête-à-tête avec Gabrielle ! Ils avaient l'air d'être depuis longtemps en parfaite intelligence. Déjà ils se tutoyaient et se servaient du même verre. Roger me présenta à sa maîtresse comme son meilleur ami, et lui dit que j'avais été blessé dans l'espèce d'escarmouche dont elle avait été la première cause. Cela me valut un baiser de cette belle personne. Cette fille avait les inclinations toutes martiales.

Ils passèrent trois mois ensemble parfaitement heureux, ne se quittant pas d'un instant. Gabrielle paraissait l'aimer jusqu'à la fureur, et Roger avouait qu'avant de connaître Gabrielle il n'avait pas connu l'amour.

Une frégate hollandaise entra dans le port. Les officiers nous donnèrent à dîner. On but largement de toutes sortes de vins ; et, la nappe ôtée, ne sachant que faire, car ces messieurs parlaient très mal français, on se mit à jouer. Les Hollandais paraissaient avoir beaucoup d'argent ; et leur premier lieutenant surtout voulait jouer si gros jeu, que pas un de nous ne se souciait de faire sa partie. Roger, qui ne jouait pas d'ordinaire, crut qu'il s'agissait dans cette occasion de soutenir l'honneur de son pays. Il joua donc, et tint tout ce que voulut le lieutenant hollandais. Il gagna d'abord, puis perdit. Après quelques alternatives de gain et de perte, ils se séparèrent sans avoir rien fait. Nous rendîmes le dîner aux officiers hollandais. On joua encore. Roger et le lieutenant furent remis aux prises. Bref, pendant plusieurs jours, ils se donnèrent rendez-vous, soit au café, soit à bord, essayant toutes sortes de jeux, surtout le trictrac, et augmentant toujours leurs paris, si bien qu'ils en vinrent à jouer vingt-cinq napoléons la partie. C'était une somme énorme pour de pauvres officiers comme nous : plus de deux mois de solde ! Au bout d'une semaine Roger avait perdu tout l'argent qu'il possédait, plus trois ou quatre mille francs empruntés à droite et à gauche.

Vous vous doutez bien que Roger et Gabrielle avaient fini par faire ménage commun et bourse commune : c'est-à-dire que Roger, qui venait de toucher une forte part de prises, avait mis à la masse dix ou vingt fois plus que l'actrice. Cependant il considérait toujours que cette masse appartenait principalement à sa maîtresse, et il n'avait gardé pour ses dépenses particulières qu'une cinquantaine de napoléons. Il avait été cependant obligé de recourir à cette réserve pour continuer à jouer. Gabrielle ne lui fit pas la moindre observation.

L'argent du ménage prit le même chemin que son argent de poche. Bientôt Roger fut réduit à jouer ses derniers vingt-cinq napoléons. Il s'appliquait horriblement ; aussi la partie fut-elle longue et disputée. Il vint un moment, où Roger, tenant le cornet, n'avait plus qu'une chance pour gagner : je crois qu'il lui fallait six quatre. La nuit était avancée. Un officier qui les avait longtemps regardés jouer avait fini par s'endormir sur un fauteuil. Le Hollandais était fatigué et assoupi ; en outre, il avait bu beaucoup de punch. Roger seul était bien éveillé, et en proie au plus violent désespoir. Ce fut en frémissant qu'il jeta les dés. Il les jeta si rudement sur le damier, que de la secousse une bougie tomba sur le plancher. Le Hollandais tourna la tête d'abord vers la bougie, qui venait de couvrir de cire son pantalon neuf, puis il regarda les dés. — ils marquaient six et quatre. Roger, pâle comme la mort, reçut les vingt-cinq napoléons. Ils continuèrent à jouer. La chance devint favorable à mon malheureux ami, qui pourtant faisait écoles sur écoles, et qui casait comme s'il avait voulu perdre. Le lieutenant hollandais s'entêta, doubla, décupla les enjeux : il perdit toujours. Je crois le voir encore : c'était un grand blond, flegmatique, dont la figure semblait être de cire. Il se leva enfin, ayant perdu quarante mille francs, qu'il paya sans que sa physionomie décelât la moindre émotion.

Roger lui dit :

« Ce que nous avons fait ce soir ne signifie rien, vous dormiez à moitié ; je ne veux pas de votre argent.

— Vous plaisantez, répondit le flegmatique Hollandais ; j'ai très bien joué, mais les dés ont été contre moi. Je suis sûr de pouvoir toujours vous gagner en vous rendant quatre trous. Bonsoir ! »

Et il le quitta.

Le lendemain, nous apprîmes que, désespéré de sa perte, il s'était brûlé la cervelle dans sa chambre après avoir bu un bol de punch.

Les quarante mille francs gagnés par Roger étaient étalés sur une table, et Gabrielle les contemplait avec un sourire de satisfaction.

« Nous voilà bien riches, dit-elle ; que ferons-nous de tout cet argent ? »

Roger ne répondit rien ; il paraissait comme hébété depuis la mort du Hollandais.

« Il faut faire mille folies, continua la Gabrielle : argent gagné aussi facilement doit se dépenser de même. Achetons une calèche et narguons le préfet maritime et sa femme. Je veux avoir des diamants, des cachemires. Demande un congé et allons à Paris ; ici, nous ne viendrons jamais à bout de tant d'argent ! »

Elle s'arrêta pour observer Roger, qui les yeux fixés sur le plancher, la tête appuyée sur sa main, ne l'avait pas entendue, et semblait rouler dans sa tête les plus sinistres pensées.

« Que diable as-tu, Roger ? s'écria-t-elle en appuyant une main sur son épaule. Tu me fais la moue, je crois ; je ne puis t'arracher une parole.

— Je suis bien malheureux, dit-il enfin avec un soupir étouffé.

— Malheureux ! Dieu me pardonne, n'aurais-tu pas des remords pour avoir plumé ce gros *mynheer* ? »

Il releva la tête et la regarda d'un œil hagard.

« Qu'importe !... poursuivit-elle, qu'importe qu'il ait pris la chose au tragique et qu'il se soit brûlé ce qu'il avait de cervelle ! Je ne plains pas les joueurs qui perdent ; et certes son argent est mieux entre nos mains que dans les siennes ; il l'aurait dépensé à boire et à fumer, au lieu que, nous, nous allons faire mille extravagances toutes plus élégantes les unes que les autres. »

Roger se promenait par la chambre, la tête penchée sur sa poitrine, les yeux à demi fermés et remplis de larmes. Il vous aurait fait pitié si vous l'aviez vu.

« Sais-tu, lui dit Gabrielle, que des gens qui ne connaîtraient pas ta sensibilité romanesque pourraient bien croire que tu as triché ?

— Et si cela était vrai ? s'écria-t-il d'une voix sourde en s'arrêtant devant elle.

— Bah ! répondit-elle en souriant, tu n'as pas assez d'esprit pour tricher au jeu.

— Oui, j'ai triché, Gabrielle ; j'ai triché comme un misérable que je suis. »

Elle comprit à son émotion qu'il ne disait que trop vrai : elle s'assit sur un canapé et demeura quelque temps sans parler.

« J'aimerais mieux, dit-elle enfin d'une voix très émue, j'aimerais mieux que tu eusses tué dix hommes que d'avoir triché au jeu. »

Il y eut un mortel silence d'une demi-heure. Ils étaient assis tous les deux sur le même sofa, et ne se regardèrent pas une seule fois. Roger se leva le premier, et lui dit bonsoir d'une voix assez calme.

« Bonsoir ! » lui répondit-elle d'un ton sec et froid.

Roger m'a dit depuis qu'il se serait tué ce jour-là même s'il avait craint que nos camarades ne devinassent la cause de son suicide. Il ne voulait pas que sa mémoire fût infâme.

Le lendemain, Gabrielle fut aussi gaie qu'à l'ordinaire ; on eût dit qu'elle avait déjà oublié la confidence de la veille. Pour Roger, il était devenu sombre, fantasque, bourru ; il sortait à peine de sa chambre, évi-

tant ses amis, et passait souvent des journées entières
sans adresser une parole à sa maîtresse. J'attribuais sa
tristesse à une sensibilité honorable, mais excessive, et
j'essayai plusieurs fois de le consoler ; mais il me
renvoyait bien loin en affectant une grande indifférence
pour son partner malheureux. Un jour même, il fit une
sortie violente contre la nation hollandaise, et voulut
me soutenir qu'il ne pouvait pas y avoir en Hollande un
seul honnête homme. Cependant il s'informait en
secret de la famille du lieutenant hollandais ; mais
personne ne pouvait lui en donner des nouvelles.

Six semaines après cette malheureuse partie de trictrac, Roger trouva chez Gabrielle un billet écrit par un
aspirant qui paraissait la remercier de bontés qu'elle
avait eues pour lui, Gabrielle était le désordre en personne, et le billet en question avait été laissé par elle
sur sa cheminée. Je ne sais si elle avait été infidèle,
mais Roger le crut, et sa colère fut épouvantable. Son
amour et un reste d'orgueil étaient les seuls sentiments
qui pussent encore l'attacher à la vie, et le plus fort de
ses sentiments allait être ainsi soudainement détruit. Il
accabla d'injures l'orgueilleuse comédienne ; et, violent comme il était, je ne sais comment il se fit qu'il ne
la battît pas.

« Sans doute, lui dit-il, ce freluquet vous a donné
beaucoup d'argent ? C'est la seule chose que vous
aimiez, et vous accorderiez vos faveurs au plus sale de
nos matelots s'il avait de quoi les payer.

— Pourquoi pas ? répondit froidement l'actrice. Oui,
je me ferais payer par un matelot, mais... *je ne le volerais
pas*. »

Roger poussa un cri de rage. Il tira en tremblant son
poignard, et un instant regarda Gabrielle avec des yeux
égarés ; puis, rassemblant toutes ses forces, il jeta
l'arme à ses pieds et s'échappa de l'appartement pour
ne pas céder à la tentation qui l'obsédait.

Ce soir-là même, je passai fort tard devant son loge-
ment, et, voyant de la lumière chez lui, j'entrai pour lui

emprunter un livre. Je le trouvai fort occupé à écrire. Il ne se dérangea point, et parut à peine s'apercevoir de ma présence dans sa chambre. Je m'assis près de son bureau, et je contemplai ses traits ; ils étaient tellements altérés, qu'un autre que moi aurait eu de la peine à le reconnaître. Tout d'un coup j'aperçus sur le bureau une lettre cachetée, et qui m'était adressée. Je l'ouvris aussitôt. Roger m'annonçait qu'il allait mettre fin à ses jours, et me chargeait de différentes commissions. Pendant que je lisais, il écrivait toujours sans prendre garde à moi : c'était à Gabrielle qu'il faisait ses adieux... Vous pensez quel fut mon étonnement, et ce que je dus lui dire, confondu comme je l'étais de sa résolution.

« Comment, tu veux te tuer, toi qui es si heureux ?

— Mon ami, me dit-il en cachetant sa lettre, tu ne sais rien ; tu ne me connais pas, je suis un fripon ; je suis si méprisable, qu'une fille de joie m'insulte ; et je sens si bien ma bassesse, que je n'ai pas la force de la battre. »

Alors il me raconta l'histoire de la partie de trictrac, et tout ce que vous savez déjà. En l'écoutant, j'étais pour le moins aussi ému que lui ; je ne savais que lui dire ; je lui serrais les mains, j'avais les larmes aux yeux, mais je ne pouvais parler. Enfin l'idée me vint de lui représenter qu'il n'avait pas à se reprocher d'avoir causé volontairement la ruine du Hollandais, et que, après tout, il ne lui avait fait perdre par sa... tricherie... que vingt-cinq napoléons.

« Donc ! s'écria-t-il avec une ironie amère, je suis un petit voleur et non un grand. Moi qui avais tant d'ambition ! N'être qu'un friponneau !... »

Et il éclata de rire.

Je fondis en larmes.

Tout à coup la porte s'ouvrit ; une femme entra et se précipita dans ses bras : c'était Gabrielle.

« Pardonne-moi, s'écria-t-elle en l'étreignant avec force, pardonne-moi. Je le sens bien, je n'aime que toi.

Je t'aime mieux maintenant que si tu n'avais pas fait ce que tu te reproches. Si tu veux, je volerai, j'ai déjà volé... Oui, j'ai volé, j'ai volé une montre d'or... Que peut-on faire de pis ? »

Roger secoua la tête d'un air d'incrédulité ; mais son front parut s'éclaircir.

« Non, ma pauvre enfant, dit-il en la repoussant avec douceur, il faut absolument que je me tue. Je souffre trop, je ne puis résister à la douleur que je sens là.

— Eh bien, si tu veux mourir, Roger, je mourrai avec toi ! Sans toi, que m'importe la vie ! J'ai du courage, j'ai tiré des fusils ; je me tuerai tout comme un autre. D'abord, moi qui ai joué la tragédie, j'en ai l'habitude. »

Elle avait les larmes aux yeux en commençant, cette dernière idée la fit rire, et Roger lui-même laissa échapper un sourire.

« Tu ris, mon officier, s'écria-t-elle en battant des mains et en l'embrassant ; tu ne te tueras pas ! »

Et elle l'embrassait toujours, tantôt pleurant, tantôt riant, tantôt jurant comme un matelot ; car elle n'était pas de ces femmes qu'un gros mot effraie.

Cependant je m'étais emparé des pistolets et du poignard de Roger, et je lui dis :

« Mon cher Roger, tu as une maîtresse et un ami qui t'aiment. Crois-moi, tu peux encore avoir quelque bonheur en ce monde. » Je sortis après l'avoir embrassé, et je le laissai seul avec Gabrielle.

Je crois que nous ne serions parvenus qu'à retarder seulement son funeste dessein, s'il n'avait reçu du ministre l'ordre de partir, comme premier lieutenant, à bord d'une frégate qui devait aller croiser dans les mers de l'Inde, après avoir passé au travers de l'escadre anglaise qui bloquait le port. L'affaire était hasardeuse. Je lui fis entendre qu'il valait mieux mourir noblement d'un boulet anglais que de mettre fin lui-même à ses jours, sans gloire et sans utilité pour son pays. Il promit de vivre. Des quarante mille francs, il en distribua la moitié à des matelots estropiés ou à des veuves et des enfants de marins. Il donna le reste à Gabrielle, qui d'abord jura de n'employer cet argent qu'en bonnes œuvres. Elle avait bien l'intention de tenir parole, la pauvre fille ; mais l'enthousiasme était chez elle de courte durée. J'ai su depuis qu'elle donna quelques milliers de francs aux pauvres. Elle s'acheta des chiffons avec le reste.

Nous montâmes, Roger et moi, sur une belle frégate, *la Galatée :* nos hommes étaient braves, bien exercés, bien disciplinés ; mais notre commandant était un ignorant, qui se croyait un Jean Bart parce qu'il jurait mieux qu'un capitaine d'armes, parce qu'il écorchait le français et qu'il n'avait jamais étudié la théorie de sa profession, dont il entendait assez médiocrement la pratique. Pourtant le sort le favorisa d'abord. Nous sortîmes heureusement de la rade, grâce à un coup de vent qui força l'escadre de blocus de gagner le large, et nous commençâmes notre croisière par brûler une corvette anglaise et un vaisseau de la compagnie sur les côtes de Portugal.

Nous voguions lentement vers les mers de l'Inde, contrariés par les vents et par les fausses manœuvres de notre capitaine, dont la maladresse augmentait le danger de notre croisière. Tantôt chassés par des forces supérieures, tantôt poursuivant des vaisseaux marchands, nous ne passions pas un seul jour sans quelque aventure nouvelle. Mais ni la vie hasardeuse que nous menions, ni les fatigues que lui donnait le détail de la frégate dont il était chargé, ne pouvaient distraire Roger des tristes pensées qui le poursuivaient sans relâche. Lui qui passait autrefois pour l'officier le plus actif et le plus brillant de notre port, maintenant il se bornait à faire seulement son devoir. Aussitôt que son service était fini, il se renfermait dans sa chambre, sans livres, sans papier ; il passait des heures entières couché dans son cadre, et le malheureux ne pouvait dormir.

Un jour, voyant son abattement, je m'avisai de lui dire :

« Parbleu ! mon cher, tu t'affliges pour peu de chose. Tu as escamoté vingt-cinq napoléons à un gros Hollandais, bien ! — et tu as des remords pour plus d'un million. Or, dis-moi, quand tu étais l'amant de la femme du préfet de..., n'en avais-tu point ? Pourtant elle valait mieux que vingt-cinq napoléons. »

Il se retourna sur son matelas sans me répondre.

Je poursuivis :

« Après tout, ton crime, puisque tu dis que c'est un crime, avait un motif honorable, et venait d'une âme élevée. »

Il tourna la tête et me regarda d'un air furieux.

« Oui, car enfin, si tu avais perdu, que devenait Gabrielle ? Pauvre fille, elle aurait vendu sa dernière chemise pour toi... Si tu perdais, elle était réduite à la misère... C'est pour elle, c'est par amour pour elle que tu as triché. Il y a des gens qui tuent par amour... qui se tuent... Toi, mon cher Roger, tu as fait plus. Pour un homme comme nous, il y a plus de courage à... voler, pour parler net, qu'à se tuer. »

Peut-être maintenant, me dit le capitaine interrompant son récit, vous semblé-je ridicule. Je vous assure que mon amitié pour Roger me donnait, dans ce moment, une éloquence que je ne retrouve plus aujourd'hui ; et, le diable m'emporte, en lui parlant de la sorte, j'étais de bonne foi, et je croyais tout ce que je disais. Ah ! j'étais jeune alors !

Roger fut quelque temps sans répondre ; il me tendit la main.

« Mon ami, dit-il en paraissant faire un grand effort sur lui-même, tu me crois meilleur que je ne suis. Je suis un lâche coquin. Quand j'ai triché ce Hollandais, je ne pensais qu'à gagner vingt-cinq napoléons, voilà tout. Je ne pensais pas à Gabrielle, et voilà pourquoi je me méprise... Moi, estimer mon honneur moins que vingt-cinq napoléons !... Quelle bassesse ! Oui, je serais heureux de pouvoir me dire : « J'ai volé pour tirer Gabrielle de la misère... » Non !... non ! je ne pensais pas à elle... Je n'étais pas amoureux dans ce moment... J'étais un joueur... j'étais un voleur... J'ai volé de l'argent pour l'avoir à moi... et cette action m'a tellement abruti, avili, que je n'ai plus aujourd'hui de courage ni d'amour... je vis, et je ne pense plus à Gabrielle... je suis un homme fini. »

Il paraissait si malheureux que, s'il m'avait demandé mes pistolets pour se tuer, je crois que je les lui aurais donnés.

Un certain vendredi, jour de mauvais augure, nous découvrîmes une grosse frégate anglaise, *l'Alceste*, qui prit chasse sur nous. Elle portait cinquante-huit canons, nous n'en avions que trente-huit. Nous fîmes force de voiles pour lui échapper ; mais sa marche était supérieure ; elle gagnait sur nous à chaque instant, il était évident qu'avant la nuit, nous serions contraints de livrer un combat inégal. Notre capitaine appela Roger dans sa chambre, où ils furent un grand quart d'heure à consulter ensemble. Roger remonta sur le tillac, me prit par le bras, et me tira à l'écart.

« D'ici à deux heures, me dit-il, l'affaire va s'engager ; ce brave homme là-bas qui se démène sur le gaillard d'arrière a perdu la tête. Il y avait deux partis à prendre : le premier, le plus honorable, était de laisser l'ennemi arriver sur nous, puis de l'aborder vigoureusement en jetant à son bord une centaine de gaillards déterminés ; l'autre parti, qui n'est pas mauvais, mais qui est assez lâche, serait de nous alléger en jetant à la mer une partie de nos canons. Alors nous pourrions serrer de très près la côte d'Afrique que nous découvrons là-bas à bâbord. L'Anglais, de peur de s'échouer, serait bien obligé de nous laisser échapper ; mais notre... capitaine n'est ni un lâche ni un héros il va se laisser démolir de loin à coups de canon, et, après quelques heures de combat, il amènera honorablement son pavillon. Tant pis pour vous : les pontons de Portsmouth vous attendent. Quant à moi, je ne veux pas les voir.

Peut-être, lui dis-je, nos premiers coups de canon feront-ils à l'ennemi des avaries assez fortes pour l'obliger à cesser la chasse.

— Écoute, je ne veux pas être prisonnier, je veux me faire tuer ; il est temps que j'en finisse. Si par malheur je ne suis que blessé, donne-moi ta parole que tu me jetteras à la mer. C'est le lit où doit mourir un bon marin comme moi.

— Quelle folie ! m'écriai-je, et quelle commission me donnes-tu là !

— Tu rempliras le devoir d'un bon ami. Tu sais qu'il faut que je meure. Je n'ai consenti à ne pas me tuer que dans l'espoir d'être tué, tu dois t'en souvenir. Allons, fais-moi cette promesse ; si tu me refuses, je fais demander ce service à ce contremaître, qui ne me refusera pas. »

Après avoir réfléchi quelque temps, je lui dis :

« Je te donne ma parole de faire ce que tu désires, pourvu que tu sois blessé à mort, sans espérance de guérison. Dans ce cas, je consens à t'épargner des souffrances.

— Je serai blessé à mort ou bien je serai tué. »

Il me tendit la main, je la serrai fortement. Dès lors, il fut plus calme, et même une certaine gaieté martiale brilla dans son visage.

Vers trois heures de l'après-midi les canons de chasse de l'ennemi commencèrent à porter dans nos agrès. Nous carguâmes alors une partie de nos voiles : nous présentâmes le travers à *l'Alceste*, et nous fîmes un feu roulant auquel les Anglais répondirent avec vigueur. Après environ une heure de combat, notre capitaine, qui ne faisait rien à propos, voulut essayer l'abordage. Mais nous avions déjà beaucoup de morts et de blessés, et le reste de notre équipage avait perdu de son ardeur ;

enfin nous avions beaucoup souffert dans nos agrès, et nos mâts étaient fort endommagés. Au moment où nous déployâmes nos voiles pour nous rapprocher de l'Anglais, notre grand mât, qui ne tenait plus à rien, tomba avec un fracas horrible. *L'Alceste* profita de la confusion où nous jeta d'abord cet accident. Elle vint passer à notre poupe en nous lâchant à demi-portée de pistolet toute sa bordée ; elle traversa de l'avant à l'arrière notre malheureuse frégate, qui ne pouvait lui opposer sur ce point que deux petits canons. Dans ce moment, j'étais auprès de Roger, qui s'occupait à faire couper les haubans qui retenaient encore le mât abattu. Je le sens qui me serrait le bras avec force ; je me retourne, et je le vois renversé sur le tillac et tout couvert de sang. Il venait de recevoir un coup de mitraille dans le ventre.

Le capitaine courut à lui.

« Que faire, lieutenant ? s'écria-t-il.

— Il faut clouer notre pavillon à ce tronçon de mât et nous faire couler. »

Le capitaine le quitta aussitôt, goûtant fort peu ce conseil.

« Allons, me dit Roger, souviens-toi de ta promesse.

— Ce n'est rien, lui dis-je, tu peux en revenir.

— Jette-moi par-dessus le bord, s'écria-t-il en jurant horriblement et me saisissant par la basque de mon habit ; tu vois bien que je n'en puis réchapper : jette-moi à la mer, je ne veux pas voir amener notre pavillon. »

Deux matelots s'approchèrent de lui pour le porter à fond de cale.

« A vos canons, coquins, s'écria-t-il avec force ; tirez à mitraille et pointez au tillac. Et toi, si tu manques à ta parole, je te maudis, et je te tiens pour le plus lâche et le plus vil de tous les hommes ! »

Sa blessure était certainement mortelle. Je vis le capitaine appeler son aspirant et lui donner l'ordre d'amener notre pavillon.

« Donne-moi une poignée de main », dis-je à Roger.
Au moment même où notre pavillon fut amené...

« Capitaine, une baleine à bâbord ! interrompit un
enseigne accourant à nous.

— Une baleine ? s'écria le capitaine transporté de
joie et laissant là son récit. Vite, la chaloupe à la mer !
la yole à la mer, toutes les chaloupes à la mer ! — Des
harpons, des cordes ! etc. »

Je ne pus savoir comment mourut le pauvre lieutenant Roger.

1830.

LA DOUBLE MÉPRISE

Zagala, mas que las flores
Blanca, rubia y ojos verdes,
Si piensas seguir amores
Piérdete bien, pues te pierdes *.

*« Jeune fille, plus blanche que les fleurs, blonde et les yeux verts, si tu penses t'abandonner aux amours, quitte à te perdre, perds-toi bien. » (Calderon.)

CHAPITRE PREMIER

Julie de Chaverny était mariée depuis six ans environ, et depuis à peu près cinq ans et six mois elle avait reconnu non seulement l'impossibilité d'aimer son mari, mais encore la difficulté d'avoir pour lui quelque estime.

Ce mari n'était point un malhonnête homme, ce n'était pas une bête ni un sot. Peut-être cependant y avait-il bien en lui quelque chose de tout cela. En consultant ses souvenirs, elle aurait pu se rappeler qu'elle l'avait trouvé aimable autrefois ; mais maintenant il l'ennuyait. Elle trouvait tout en lui repoussant. Sa manière de manger, de prendre du café, de parler, lui donnait des crispations nerveuses. Ils ne se voyaient et ne se parlaient guère qu'à table ; mais ils dînaient ensemble plusieurs fois par semaine, et c'en était assez pour entretenir l'aversion de Julie.

Pour Chaverny, c'était un assez bel homme, un peu trop gros pour son âge, au teint frais, sanguin, qui, par caractère, ne se donnait pas de ces inquiétudes vagues qui tourmentent souvent les gens à imagination. Il croyait pieusement que sa femme avait pour lui une amitié douce (il était trop philosophe pour se croire aimé comme au premier jour de son mariage), et cette persuasion ne lui causait ni plaisir ni peine ; il se serait également accommodé du contraire. Il avait servi plusieurs années dans un régiment de cavalerie ; mais, ayant hérité d'une fortune considérable, il s'était dégoûté de la vie de garnison, avait donné sa démission

et s'était marié. Expliquer le mariage de deux personnes qui n'avaient pas une idée commune peut
paraître assez difficile. D'une part, de grands-parents
et de ces officieux qui, comme Phrosine, marieraient la
république de Venise avec le Grand Turc, s'étaient
donné beaucoup de mouvement pour régler les affaires
d'intérêt. D'un autre côté, Chaverny appartenait à une
bonne famille ; il n'était point trop gras alors ; il avait
de la gaieté, et était, dans toute l'acception du mot, ce
qu'on appelle un *bon enfant*. Julie le voyait avec plaisir
venir chez sa mère, parce qu'il la faisait rire en lui
contant des histoires de son régiment d'un comique qui
n'était pas toujours de bon goût. Elle le trouvait
aimable parce qu'il dansait avec elle dans tous les bals,
et qu'il ne manquait jamais de bonnes raisons pour
persuader à la mère de Julie d'y rester tard, d'aller au
spectacle ou au bois de Boulogne. Enfin Julie le croyait
un héros, parce qu'il s'était battu en duel honorablement deux ou trois fois. Mais ce qui acheva le triomphe
de Chaverny, ce fut la description d'une certaine voiture qu'il devait faire exécuter sur un plan à lui, et dans
laquelle il conduirait lui-même Julie lorsqu'elle aurait
consenti à lui donner sa main.

Au bout de quelques mois de mariage, toutes les
belles qualités de Chaverny avaient perdu beaucoup de
leur mérite. Il ne dansait plus avec sa femme, — cela va
sans dire. Ses histoires gaies, il les avait toutes contées
trois ou quatre fois. Maintenant il disait que les bals se
prolongeaient trop tard. Il bâillait au spectacle, et
trouvait une contrainte insupportable l'usage de
s'habiller le soir. Son défaut capital était la paresse ;
s'il avait cherché à plaire, peut-être aurait-il pu réussir ; mais la gêne lui paraissait un supplice : il avait
cela de commun avec presque tous les gens gros. Le
monde l'ennuyait parce qu'on n'y est bien reçu qu'à
proportion des efforts que l'on y fait pour plaire. La
grosse joie lui paraissait bien préférable à tous les
amusements les plus délicats ; car, pour se distinguer

parmi les personnes de son goût, il n'avait d'autre peine
à se donner qu'à crier plus fort que les autres, ce qui ne
lui était pas difficile avec des poumons aussi vigoureux
que les siens. En outre, il se piquait de boire plus de vin
de Champagne qu'un homme ordinaire, et faisait parfaitement sauter à son cheval une barrière de quatre
pieds. Il jouissait en conséquence d'une estime légitimement acquise parmi ces êtres difficiles à définir
que l'on appelle les jeunes gens, dont nos boulevards
abondent vers cinq heures du soir. Parties de chasse,
parties de campagne, courses, dîners de garçons, sou-
pers de garçons, étaient recherchés par lui avec
empressement. Vingt fois par jour il disait qu'il était le
plus heureux des hommes ; et toutes les fois que Julie
l'entendait, elle levait les yeux au ciel, et sa petite
bouche prenait une indicible expression de dédain.

Belle, jeune, et mariée à un homme qui lui déplaisait,
on conçoit qu'elle devait être entourée d'hommages
fort intéressés. Mais, outre la protection de sa mère,
femme très prudente, son orgueil, c'était son défaut,
l'avait défendue jusqu'alors contre les séductions du
monde. D'ailleurs le désappointement qui avait suivi
son mariage, en lui donnant une espèce d'expérience,
l'avait rendue difficile à s'enthousiasmer. Elle était
fière de se voir plaindre dans la société, et citer comme
un modèle de résignation. Après tout, elle se trouvait
presque heureuse, car elle n'aimait personne, et son
mari la laissait entièrement libre de ses actions. Sa
coquetterie (et, il faut l'avouer, elle aimait un peu à
prouver que son mari ne connaissait pas le trésor qu'il
possédait), sa coquetterie, toute d'instinct comme celle
d'un enfant, s'alliait fort bien avec une certaine réserve
dédaigneuse qui n'était pas de la pruderie. Enfin elle
savait être aimable avec tout le monde, mais avec tout
le monde également. La médisance ne pouvait trouver
le plus petit reproche à lui faire.

CHAPITRE II

Les deux époux avaient dîné chez Mme de Lussan, la mère de Julie, qui allait partir pour Nice. Chaverny, qui s'ennuyait mortellement chez sa belle-mère, avait été obligé d'y passer la soirée, malgré toute son envie d'aller rejoindre ses amis sur le boulevard. Après avoir dîné, il s'était établi sur un canapé commode, et avait passé deux heures sans dire un mot. La raison était simple : il dormait, décemment d'ailleurs, assis, la tête penchée de côté et comme écoutant avec intérêt la conversation ; il se réveillait même de temps en temps et plaçait son mot.

Ensuite, il avait fallu s'asseoir à une table de whist, jeu qu'il détestait parce qu'il exige une certaine application. Tout cela l'avait mené assez tard. Onze heures et demie venaient de sonner. Chaverny n'avait pas d'engagement pour la soirée : il ne savait absolument que faire. Pendant qu'il était dans cette perplexité, on annonça sa voiture. S'il rentrait chez lui, il devait ramener sa femme. La perspective d'un tête-à-tête de vingt minutes avait de quoi l'effrayer ; mais il n'avait pas de cigares dans sa poche, et il mourait d'envie d'entamer une boîte qu'il avait reçue du Havre au moment même où il sortait pour aller dîner. Il se résigna.

Comme il enveloppait sa femme dans son châle, il ne put s'empêcher de sourire en se voyant dans une glace remplir ainsi les fonctions d'un mari de huit jours. Il considéra aussi sa femme, qu'il avait à peine regardée.

Ce soir-là elle lui parut plus jolie que de coutume : aussi fut-il quelque temps à ajuster ce châle sur ses épaules. Julie était aussi contrariée que lui du tête-à-tête conjugal qui se préparait. Sa bouche faisait une petite moue boudeuse, et ses sourcils arqués se rapprochaient involontairement. Tout cela donnait à sa physionomie une expression si agréable, qu'un mari même n'y pouvait rester insensible. Leurs yeux se rencontrèrent dans la glace pendant l'opération dont je viens de parler. L'un et l'autre furent embarrassés. Pour se tirer d'affaire, Chaverny baisa en souriant la main de sa femme qu'elle levait pour arranger son châle.

« Comme ils s'aiment ! » dit tout bas Mme de Lussan, qui ne remarqua ni le froid dédain de la femme ni l'air d'insouciance du mari.

Assis tous les deux dans leur voiture et se touchant presque, ils furent d'abord quelque temps sans parler. Chaverny sentait bien qu'il était convenable de dire quelque chose, mais rien ne lui venait à l'esprit. Julie de son côté, gardait un silence désespérant. Il bâilla trois ou quatre fois, si bien qu'il en fut honteux lui-même, et que la dernière fois il se crut obligé d'en demander pardon à sa femme.

« La soirée a été longue », ajouta-t-il pour s'excuser.

Julie ne vit dans cette phrase que l'intention de critiquer les soirées de sa mère et de lui dire quelque chose de désagréable. Depuis longtemps elle avait pris l'habitude d'éviter toute explication avec son mari : elle continua donc de garder le silence.

Chaverny, qui ce soir-là se sentait malgré lui en humeur causeuse, poursuivit au bout de deux minutes :

« J'ai bien dîné aujourd'hui ; mais je suis bien aise de vous dire que le champagne de votre mère est trop sucré.

— Comment ? demanda Julie en tournant la tête de son côté avec beaucoup de nonchalance et feignant de n'avoir rien entendu.

— Je disais que le champagne de votre mère est trop
sucré. J'ai oublié de le lui dire. C'est une chose étonnante, mais on imagine qu'il est facile de choisir du
champagne. Eh bien, il n'y a rien de plus difficile. Il y a
vingt qualités de champagne qui sont mauvaises, et il
n'y en a qu'une qui soit bonne.

— Ah !... » et Julie, après avoir accordé cette inter-
jection à la politesse, tourna la tête et regarda par la
portière de son côté. Chaverny se renversa en arrière et
posa les pieds sur le coussin du devant de la calèche, un
peu mortifié que sa femme se montrât aussi insensible
à toutes les peines qu'il se donnait pour engager la
conversation.

Cependant, après voir bâillé encore deux ou trois
fois, il continua en se rapprochant de Julie :

« Vous avez là une robe qui vous sied à ravir, Julie.
Où l'avez-vous achetée ? »

« Il veut sans doute en acheter une semblable à sa
maîtresse », pensa Julie. « Chez Burty, répondit-elle, en
souriant légèrement.

— Pourquoi riez-vous ? » demanda Chaverny, ôtant
ses pieds du coussin et se rapprochant davantage. En
même temps il prit une manche de sa robe et se mit à la
toucher un peu à la manière de Tartufe.

« Je ris, dit Julie, de ce que vous remarquez ma
toilette. Prenez garde, vous chiffonnez mes manches. »
Et elle retira sa manche de la main de Chaverny.

« Je vous assure que je fais une grande attention à
votre toilette, et que j'admire singulièrement votre
goût. Non, d'honneur, j'en parlais l'autre jour à... une
femme qui s'habille toujours mal... bien qu'elle
dépense horriblement pour sa toilette... Elle ruinerait...
Je lui disais... Je vous citais... »

Julie jouissait de son embarras, et ne cherchait pas à
le faire cesser en l'interrompant.

« Vos chevaux sont bien mauvais. Ils ne marchent
pas ! Il faudra que je vous les change », dit Chaverny,
tout à fait déconcerté.

Pendant le reste de la route la conversation ne prit pas plus de vivacité ; de part et d'autre on n'alla pas plus loin que la réplique.

Les deux époux arrivèrent enfin rue ***, et se séparèrent en se souhaitant une bonne nuit.

Julie commençait à se déshabiller, et sa femme de chambre venait de sortir, je ne sais pour quel motif, lorsque la porte de la chambre à coucher s'ouvrit assez brusquement, et Chaverny entra. Julie se couvrit précipitamment les épaules.

« Pardon, dit-il, je voudrais bien pour m'endormir le dernier volume de Scott... N'est-ce pas *Quentin Durward ?*

— Il doit être chez vous, répondit Julie ; il n'y a pas de livres ici. »

Chaverny contemplait sa femme dans ce demi-désordre si favorable à la beauté. Il la trouvait *piquante*, pour me servir d'une de ces expressions que je déteste. « C'est vraiment une fort belle femme ! » pensait-il. Et il restait debout immobile, devant elle, sans dire un mot et son bougeoir à la main ; Julie, debout en face de lui, chiffonnait son bonnet et semblait attendre avec impatience qu'il la laissât seule.

« Vous êtes charmante ce soir, le diable m'emporte ! s'écria enfin Chaverny en s'avançant d'un pas et posant son bougeoir. Comme j'aime les femmes avec les cheveux en désordre ! » Et en parlant il saisit d'une main les longues tresses de cheveux qui couvraient les épaules de Julie, et lui passa presque tendrement un bras autour de la taille.

« Ah ! Dieu ! vous sentez le tabac à faire horreur ! s'écria Julie en se détournant. Laissez mes cheveux, vous allez les imprégner de cette odeur-là, et je ne pourrai plus m'en débarrasser.

— Bah ! vous dites cela à tout hasard et parce que vous savez que je fume quelquefois. Ne faites donc pas tant la difficile, ma petite femme. »

Et elle ne put se débarrasser de ses bras assez vite pour éviter un baiser qu'il lui donna sur l'épaule.

Heureusement pour Julie, sa femme de chambre rentra ; car il n'y a rien de plus odieux pour une femme que ces caresses qu'il est presque aussi ridicule de refuser que d'accepter.

« Marie, dit Mme de Chaverny, le corsage de ma robe bleue est beaucoup trop long. J'ai vu aujourd'hui Mme de Bégy, qui a toujours un goût parfait ; son corsage était certainement de deux bons doigts plus court. Tenez, faites un rempli avec des épingles tout de suite pour voir l'effet que cela fera. »

Ici s'établit entre la femme de chambre et la maîtresse un dialogue des plus intéressants sur les dimensions précises que doit avoir un corsage. Julie savait bien que Chaverny ne haïssait rien tant que d'entendre parler de modes, et qu'elle allait le mettre en fuite. Aussi, après cinq minutes d'allées et venues, Chaverny, voyant que Julie était tout occupée de son corsage, bâilla d'une manière effrayante, reprit son bougeoir et sortit cette fois pour ne plus revenir.

CHAPITRE III

Le commandant Perrin était assis devant une petite table et lisait avec attention. Sa redingote parfaitement brossée, son bonnet de police, et surtout la roideur inflexible de sa poitrine, annonçaient un vieux militaire. Tout était propre dans sa chambre, mais de la plus grande simplicité. Un encrier et deux plumes toutes taillées étaient sur sa table à côté d'un cahier de papier à lettres dont on n'avait pas usé une feuille depuis un an au moins. Si le commandant Perrin n'écrivait pas, en revanche il lisait beaucoup. Il lisait alors les *Lettres persanes* en fumant sa pipe d'écume de mer, et ces deux occupations captivaient tellement toute son attention, qu'il ne s'aperçut pas d'abord de l'entrée dans sa chambre du commandant de Châteaufort. C'était un jeune officier de son régiment, d'une figure charmante, fort aimable, un peu fat, très protégé du ministre de la Guerre ; en un mot l'opposé du commandant Perrin sous presque tous les rapports. Cependant ils étaient amis, je ne sais pourquoi, et se voyaient tous les jours.

Châteaufort frappa sur l'épaule du commandant Perrin. Celui-ci tourna la tête sans quitter sa pipe. Sa première expression fut de joie en voyant son ami, la seconde de regret, le digne homme ! parce qu'il allait quitter son livre ; la troisième indiquait qu'il avait pris son parti et qu'il allait faire de son mieux les honneurs de son appartement. Il fouillait à sa poche pour chercher une clef ouvrant une armoire où était renfermée

une précieuse boîte de cigares que le commandant ne
fumait pas lui-même, et qu'il donnait un à un à son
ami ; mais Châteaufort, qui l'avait vu cent fois faire le
même geste, s'écria : « Restez donc, papa Perrin, gardez vos cigares ; j'en ai sur moi ! » Puis tirant d'un
élégant étui de paille du Mexique un cigare couleur de
cannelle, bien effilé des deux bouts, il l'alluma et
s'étendit sur un petit canapé, dont le commandant
Perrin ne se servait jamais, la tête sur un oreiller, les
pieds sur le dossier opposé. Châteaufort commença par
s'envelopper d'un nuage de fumée, pendant que, les
yeux fermés, il paraissait méditer profondément sur ce
qu'il avait à dire. Sa figure était rayonnante de joie, et il
paraissait renfermer avec peine dans sa poitrine le
secret d'un bonheur qu'il brûlait d'envie de laisser
deviner. Le commandant Perrin, ayant placé sa chaise
en face du canapé, fuma quelque temps sans rien dire ;
puis comme Châteaufort ne se pressait pas de parler, il
lui dit :

« Comment se porte Ourika ? »

Il s'agissait d'une jument noire que Châteaufort avait
un peu surmenée et qui était menacée de devenir
poussive.

« Fort bien, dit Châteaufort, qui n'avait pas écouté la
question. Perrin ! s'écria-t-il en étendant vers lui la
jambe qui reposait sur le dossier du canapé, savez-vous
que vous êtes heureux de m'avoir pour ami ?... »

Le vieux commandant cherchait en lui-même quels
avantages lui avait procurés la connaissance de Châteaufort, et il ne trouvait guère que le don de quelques
livres de Kanaster et quelques jours d'arrêts forcés
qu'il avait subis pour s'être mêlé d'un duel où Châteaufort avait joué le premier rôle. Son ami lui donnait, il
est vrai, de nombreuses marques de confiance. C'était
toujours à lui que Châteaufort s'adressait pour se faire
remplacer quand il était de service ou quand il avait
besoin d'un second.

Châteaufort ne le laissa pas longtemps à ses

recherches et lui tendit une petite lettre écrite sur du papier anglais satiné, d'une jolie écriture en pieds de mouche. Le commandant Perrin fit une grimace qui, chez lui, équivalait à un sourire. Il avait vu souvent de ces lettres satinées et couvertes de pieds de mouche, adressées à son ami.

« Tenez, dit celui-ci, lisez. C'est à moi que vous devez cela. »

Perrin lut ce qui suit :

« *Vous seriez bien aimable, cher Monsieur, de venir dîner avec nous. M. de Chaverny serait allé vous en prier, mais il a été obligé de se rendre à une partie de chasse. Je ne connais pas l'adresse de M. le commandant Perrin, et je ne puis lui écrire pour le prier de vous accompagner. Vous m'avez donné beaucoup d'envie de le connaître, et je vous aurai une double obligation si vous nous l'amenez.*

« Julie de Chaverny.

« *P.-S. J'ai bien des remerciements à vous faire pour la musique que vous avez pris la peine de copier pour moi. Elle est ravissante, et il faut toujours admirer votre goût. Vous ne venez plus à nos jeudis ; vous savez pourtant tout le plaisir que nous avons à vous voir.* »

« Une jolie écriture, mais bien fine, dit Perrin en finissant. Mais diable ! son dîner me scie le dos ; car il faudra se mettre en bas de soie, et pas de fumerie après le dîner !

— Beau malheur, vraiment ! préférer la plus jolie femme de Paris à une pipe !... Ce que j'admire, c'est votre ingratitude. Vous ne me remerciez pas du bonheur que vous me devez.

— Vous remercier ! Mais ce n'est pas à vous que j'ai l'obligation de ce dîner... si obligation il y a.

— A qui donc ?

— A Chaverny, qui a été capitaine chez nous. Il aura dit à sa femme : « Invite Perrin, c'est un bon diable. »

Comment voulez-vous qu'une jolie femme, que je n'ai jamais vue qu'une fois, pense à inviter une vieille culotte de peau comme moi ? »

Châteaufort sourit en se regardant dans la glace très étroite qui décorait la chambre du commandant.

« Vous n'avez pas de perspicacité aujourd'hui, papa Perrin. Relisez-moi ce billet, et vous y trouverez peut-être quelque chose que vous n'y avez pas vu. »

Le commandant tourna, retourna le billet et ne vit rien.

« Comment, vieux dragon ! s'écria Châteaufort, vous ne voyez pas qu'elle vous invite afin de me faire plaisir, seulement pour me prouver qu'elle fait cas de mes amis... qu'elle veut me donner la preuve... de... ?

— De quoi ? interrompit Perrin.

— De... vous savez bien de quoi.

— Qu'elle vous aime ? » demanda le commandant d'un air de doute.

Châteaufort siffla sans répondre.

« Elle est donc amoureuse de vous ? »

Châteaufort sifflait toujours.

« Elle vous l'a dit ?

— Mais... cela se voit, ce me semble.

— Comment ?... dans cette lettre ?

— Sans doute. »

Ce fut le tour de Perrin à siffler. Son sifflet fut aussi significatif que le fameux *Lillibulero* de mon oncle Toby.

« Comment ! s'écria Châteaufort, arrachant la lettre des mains de Perrin, vous ne voyez pas tout ce qu'il y a de... tendre... oui, de tendre, là-dedans ? Qu'avez-vous à dire à ceci : *Cher Monsieur ?* Notez bien que dans un autre billet elle m'écrivait : *Monsieur*, tout court. *Je vous aurais une double obligation*, cela est positif. Et voyez-vous, il y a un mot effacé après, c'est *mille ;* elle voulait mettre *mille amitiés*, mais elle n'a pas osé ; *mille compliments*, ce n'était pas assez... Elle n'a pas fini son billet... Oh ! mon ancien ! voulez-vous par hasard

qu'une femme bien née comme Mme de Chaverny aille
se jeter à la tête de votre serviteur comme ferait une
petite grisette ?... Je vous dis, moi, que sa lettre est
charmante, et qu'il faut être aveugle pour ne pas y voir
de la passion... Et les reproches de la fin, parce que je
manque à un seul jeudi, qu'en dites-vous ?

— Pauvre petite femme ! s'écria Perrin, ne t'amou-
rache pas de celui-là : tu t'en repentirais bien vite ! »

Châteaufort ne fit pas attention à la prosopopée de
son ami, mais, prenant un ton de voix bas et insinuant :

« Savez-vous, mon cher, dit-il, que vous pourriez me
rendre un grand service ?

— Comment ?

— Il faut que vous m'aidiez dans cette affaire. Je sais
que son mari est très mal pour elle, — c'est un animal
qui la rend malheureuse... vous l'avez connu, vous,
Perrin ; dites bien à sa femme que c'est un brutal, un
homme qui a la réputation la plus mauvaise...

— Oh !

— Un libertin... vous le savez. Il avait des maîtresses
lorsqu'il était au régiment ; et quelles maîtresses ! Dites
tout cela à sa femme.

— Oh ! comment dire cela ? Entre l'arbre et
l'écorce...

— Mon Dieu ! il y a manière de tout dire !... Surtout
dites du bien de moi.

— Pour cela, c'est plus facile. Pourtant...

— Pas si facile, écoutez ; car, si je vous laissais dire,
vous feriez tel éloge de moi qui n'arrangerait pas mes
affaires... Dites-lui que *depuis quelque temps* vous
remarquez que je suis triste, que je ne parle plus, que je
ne mange plus...

— Pour le coup ! s'écria Perrin avec un gros rire qui
faisait faire à sa pipe les mouvements les plus ridicules,
jamais je ne pourrai dire cela en face à Mme de Chaverny. Hier soir encore, il a presque fallu vous emporter après le dîner que les camarades nous ont donné.

— Soit, mais il est inutile de lui conter cela. Il est bon

qu'elle sache que je suis amoureux d'elle ; et ces fai-
seurs de romans ont persuadé aux femmes qu'un
homme qui boit et mange ne peut être amoureux.

— Quant à moi, je ne connais rien qui me fasse
perdre le boire et le manger.

— Eh bien, mon cher Perrin, dit Châteaufort en
mettant son chapeau et arrangeant les boucles de ses
cheveux, voilà qui est convenu ; jeudi prochain je viens
vous prendre ; souliers et bas de soie, tenue de rigueur !
Surtout n'oubliez pas de dire des horreurs du mari, et
beaucoup de bien de moi. »

Il sortit en agitant sa badine avec beaucoup de grâce,
laissant le commandant Perrin, fort préoccupé de
l'invitation qu'il venait de recevoir, et encore plus
perplexe en songeant aux bas de soie et à la tenue de
rigueur.

CHAPITRE IV

Plusieurs personnes invitées chez Mme de Chaverny s'étant excusées, le dîner se trouva quelque peu triste. Châteaufort était à côté de Julie, fort empressé à la servir, galant et aimable à son ordinaire. Pour Chaverny, qui avait fait une longue promenade à cheval le matin, il avait un appétit prodigieux. Il mangeait donc et buvait de manière à en donner envie aux plus malades. Le commandant Perrin lui tenait compagnie, lui versant souvent à boire, et riant à casser les verres toutes les fois que la grosse gaieté de son hôte lui en fournissait l'occasion. Chaverny, se retrouvant avec des militaires, avait repris aussitôt sa bonne humeur et ses manières du régiment ; d'ailleurs il n'avait jamais été des plus délicats dans le choix de ses plaisanteries. Sa femme prenait un air froidement dédaigneux à chaque saillie incongrue, alors elle se tournait du côté de Châteaufort, et commençait un aparté avec lui, pour n'avoir pas l'air d'entendre une conversation qui lui déplaisait souverainement.

Voici un échantillon de l'urbanité de ce modèle des époux. Vers la fin du dîner, la conversation étant tombée sur l'Opéra, on discutait le mérite relatif de plusieurs danseuses, et entre autres on vantait beaucoup Mlle ***. Sur quoi Châteaufort renchérit sur les autres, louant surtout sa grâce, sa tournure, son air décent.

Perrin, que Châteaufort avait mené à l'Opéra quelques jours auparavant, et qui n'y était allé que cette seule fois, se souvenait fort bien de Mlle ***.

« Est-ce, dit-il, cette petite en rose, qui saute comme un cabri ?... qui a des jambes dont vous parliez tant, Châteaufort ?

— Ah ! vous parliez de ses jambes ! s'écria Chaverny ; mais savez-vous que, si vous en parlez trop, vous vous brouillerez avec votre général, le duc de J*** ! Prenez garde à vous, mon camarade !

— Mais je ne le suppose pas tellement jaloux, qu'il défende de les regarder au travers d'une lorgnette.

— Au contraire, car il en est aussi fier que s'il les avait découvertes. Qu'en dites-vous, commandant Perrin ?

— Je ne me connais guère qu'en jambes de chevaux, répondit modestement le vieux soldat.

— Elles sont en vérité admirables, reprit Chaverny, et il n'y en a pas de plus belles à Paris, excepté celles... » Il s'arrêta et se mit à friser sa moustache d'un air goguenard en regardant sa femme, qui rougit aussitôt jusqu'aux épaules.

« Excepté celles de Mlle D*** ? interrompit Châteaufort en citant une autre danseuse.

— Non, répondit Chaverny du ton tragique de Hamlet — *mais regarde ma femme.* »

Julie devint pourpre d'indignation. Elle lança à son mari un regard rapide comme l'éclair, mais où se peignaient le mépris et la fureur. Puis, s'efforçant de se contraindre, elle se tourna brusquement vers Châteaufort.

« Il faut, dit-elle d'une voix légèrement tremblante, il faut que nous étudiions le duo de *Maometto*. Il doit être parfaitement dans votre voix. »

Chaverny n'était pas aisément démonté.

« Châteaufort, poursuivit-il, savez-vous que j'ai voulu faire mouler autrefois les jambes dont je parle ? Mais on n'a jamais voulu le permettre. »

Châteaufort, qui éprouvait une joie très vive de cette impertinente révélation, n'eut pas l'air d'avoir entendu, et parla de *Maometto* avec Mme de Chaverny.

« La personne que je veux dire, continua l'impitoyable mari, se scandalisait ordinairement quand on lui rendait justice sur cet article, mais au fond elle n'en était pas fâchée. Savez-vous qu'elle se fait prendre mesure par son marchand de bas ? — Ma femme, ne vous fâchez pas... *sa marchande*, veux-je dire. Et lorsque j'ai été à Bruxelles, j'ai emporté trois pages de son écriture contenant les instructions les plus détaillées pour des emplettes de bas. »

Mais il avait beau parler, Julie était déterminée à ne rien entendre. Elle causait avec Châteaufort, et lui parlait avec une affectation de gaieté, et son sourire gracieux cherchait à lui persuader qu'elle n'écoutait que lui. Châteaufort, de son côté, paraissait tout entier au *Maometto* ; mais il ne perdait rien des impertinences de Chaverny.

Après le dîner, on fit de la musique, et Mme de Chaverny chanta au piano avec Châteaufort. Chaverny disparut au moment où le piano s'ouvrit. Plusieurs visites survinrent, mais n'empêchèrent pas Châteaufort de parler bas très souvent à Julie. En sortant, il déclara à Perrin qu'il n'avait pas perdu sa soirée, et que ses affaires avançaient.

Perrin trouvait tout simple qu'un mari parlât des jambes de sa femme : aussi, quand il fut seul dans la rue avec Châteaufort, il lui dit d'un ton pénétré :

« Comment vous sentez-vous le cœur de troubler un si bon ménage ! il aime tant sa petite femme ! »

CHAPITRE V

Depuis un mois Chaverny était fort préoccupé de l'idée de devenir gentilhomme de la chambre.

On s'étonnera peut-être qu'un homme gros, paresseux, aimant ses aises, fût accessible à une pensée d'ambition ; mais il ne manquait pas de bonnes raisons pour justifier la sienne. D'abord, disait-il à ses amis, je dépense beaucoup d'argent en loges que je donne à des femmes. Quand j'aurai un emploi à la cour, j'aurai sans qu'il m'en coûte un sou, autant de loges que je voudrai. Et l'on sait tout ce que l'on obtient avec des loges. En outre, j'aime beaucoup la chasse : les chasses royales seront à moi. Enfin, maintenant que je n'ai plus d'uniforme, je ne sais comment m'habiller pour aller aux bals de Madame ; je n'aime pas les habits de marquis ; un habit de gentilhomme de la chambre m'ira très bien. En conséquence, il sollicitait. Il aurait voulu que sa femme sollicitât aussi, mais elle s'y était refusée obstinément, bien qu'elle eût plusieurs amies très puissantes. Ayant rendu quelques petits services au duc de H***, qui était alors fort bien en cour, il attendait beaucoup de son crédit. Son ami Châteaufort, qui avait aussi de très belles connaissances, le servait avec un zèle et un dévouement tels que vous en rencontrerez peut-être, si vous êtes le mari d'une jolie femme.

Une circonstance avança beaucoup les affaires de Chaverny, bien qu'elle pût avoir pour lui des conséquences assez funestes. Mme de Chaverny s'était procuré, non sans quelque peine, une loge à l'Opéra un

certain jour de première représentation. Cette loge
était à six places. Son mari, par extraordinaire et après
de vives remontrances, avait consenti à l'accompagner.
Or, Julie voulait offrir une place à Châteaufort, et,
sentant qu'elle ne pouvait aller seule avec lui à l'Opéra,
elle avait obligé son mari à venir à cette représentation.

Aussitôt après le premier acte, Chaverny sortit, laissant sa femme en tête à tête avec son ami. Tous les deux
gardèrent d'abord le silence d'un air un peu contraint.
Julie, parce qu'elle était embarrassée elle-même depuis
quelque temps quand elle se trouvait seule avec Châteaufort ; celui-ci, parce qu'il avait ses projets et qu'il
avait trouvé bienséant de paraître ému. Jetant à la
dérobée un coup d'œil sur la salle, il vit avec plaisir
plusieurs lorgnettes de connaissances dirigées sur la
loge. Il éprouvait une vive satisfaction à penser que
plusieurs de ses amis enviaient son bonheur, et, selon
toute apparence, le supposaient beaucoup plus grand
qu'il n'était en réalité.

Julie, après avoir senti sa cassolette et son bouquet à
plusieurs reprises, parla de la chaleur, du spectacle, des
toilettes. Châteaufort écoutait avec distraction, soupirait, s'agitait sur sa chaise, regardait Julie et soupirait
encore. Julie commençait à s'inquiéter. Tout à coup il
s'écria :

« Combien je regrette le temps de la chevalerie !

— Le temps de la chevalerie ! Pourquoi donc ?
demanda Julie. Sans doute parce qu'un costume du
Moyen Age vous irait bien ?

— Vous me croyez bien fat, dit-il d'un ton d'amertume et de tristesse. — Non, je regrette ce temps-là...
parce qu'un homme qui se sentait du cœur... pouvait
aspirer à... bien des choses... En définitive, il ne s'agissait que de pourfendre un géant pour plaire à une
dame... Tenez, vous voyez ce grand colosse au balcon ?
je voudrais que vous m'ordonnassiez d'aller lui demander sa moustache pour me donner ensuite la permission de vous dire trois petits mots sans vous fâcher.

— Quelle folie ! s'écria Julie, rougissant jusqu'au blanc des yeux, car elle devinait déjà ces trois petits mots. Mais voyez donc Mme de Sainte-Hermine décolletée à son âge et en toilette de bal !

— Je ne vois qu'une chose, c'est que vous ne voulez pas m'entendre, et il y a longtemps que je m'en aperçois... Vous le voulez, je me tais ; mais... ajouta-t-il très bas et en soupirant, vous m'avez compris...

— Non, en vérité, dit sèchement Julie. Mais où donc est allé mon mari ? »

Une visite survint fort à propos pour la tirer d'embarras. Châteaufort n'ouvrit pas la bouche. Il était pâle et paraissait profondément affecté. Lorsque le visiteur sortit, il fit quelques remarques indifférentes sur le spectacle. Il y avait de longs intervalles de silence entre eux.

Le second acte allait commencer, quand la porte de la loge s'ouvrit, et Chaverny parut, conduisant une femme très jolie et très parée, coiffée de magnifiques plumes roses. Il était suivi du duc de H***.

« Ma chère amie, dit-il à sa femme, j'ai trouvé M. le duc et madame dans une horrible loge de côté d'où l'on ne peut voir les décorations. Ils ont bien voulu accepter une place dans la nôtre. »

Julie s'inclina froidement ; le duc de H*** lui déplaisait. Le duc et la dame aux plumes roses se confondaient en excuses et craignaient de la déranger. Il se fit un mouvement et un combat de générosité pour se placer. Pendant le désordre qui s'ensuivit, Châteaufort se pencha à l'oreille de Julie et lui dit très bas et très vite :

« Pour l'amour de Dieu, ne vous placez pas sur le devant de la loge. »

Julie fut très étonnée et resta à sa place. Tous étant assis, elle se tourna vers Châteaufort et lui demanda d'un regard un peu sévère l'explication de cette énigme. Il était assis, le cou roide, les lèvres pincées, et toute son attitude annonçait qu'il était prodigieuse-

ment contrarié. En y réfléchissant, Julie interpréta
assez mal la recommandation de Châteaufort. Elle
pensa qu'il voulait lui parler bas pendant la représentation et continuer ses étranges discours, ce qui lui était
impossible si elle restait sur le devant. Lorsqu'elle
reporta ses regards vers la salle, elle remarqua que
plusieurs femmes dirigeaient leurs lorgnettes vers la
loge ; mais il en est toujours ainsi à l'apparition d'une
figure nouvelle. On chuchotait, on souriait ; mais qu'y
avait-il d'extraordinaire ? On est si petite ville à
l'Opéra !

La dame inconnue se pencha vers le bouquet de Julie,
et dit avec un sourire charmant :

« Vous avez là un superbe bouquet, madame ! Je suis
sûre qu'il a dû coûter bien cher dans cette saison : au
moins dix francs. Mais on vous l'a donné ! c'est un
cadeau sans doute ? Les dames n'achètent jamais leurs
bouquets. »

Julie ouvrait de grands yeux et ne savait avec quelle
provinciale elle se trouvait.

« Duc, dit la dame d'un air languissant, vous ne
m'avez pas donné de bouquet. » Chaverny se précipita
vers la porte. Le duc voulut l'arrêter, la dame aussi ;
elle n'avait plus envie du bouquet. Julie échangea un
coup d'œil avec Châteaufort. Il voulait dire : « Je vous
remercie, mais il est trop tard. » Pourtant elle n'avait
pas encore deviné juste.

Pendant toute la représentation, la dame aux plumes
tambourinait des doigts à contre-mesure et parlait
musique à tort et à travers. Elle questionnait Julie sur
le prix de sa robe, de ses bijoux, de ses chevaux. Jamais
Julie n'avait vu des manières semblables. Elle conclut
que l'inconnue devait être une parente du duc, arrivée
récemment de la basse Bretagne. Lorsque Chaverny
revint avec un énorme bouquet, bien plus beau que
celui de sa femme, ce fut une admiration, et des remerciements, et des excuses à n'en plus finir.

« Monsieur de Chaverny, je ne suis pas une ingrate,

dit la provinciale prétendue après une longue tirade :
pour vous le prouver, *faites-moi penser à vous promettre
quelque chose*, comme dit Potier. Vrai, je vous broderai
une bourse quand j'aurai achevé celle que j'ai promise
au duc. »

Enfin l'opéra finit, à la grande satisfaction de Julie,
qui se sentait mal à l'aise à côté de sa singulière voisine.
Le duc lui offrit le bras, Chaverny prit celui de l'autre
dame. Châteaufort, l'air sombre et mécontent, marchait derrière Julie, saluant d'un air contraint les personnes de sa connaissance qu'il rencontrait sur l'escalier.

Quelques femmes passèrent auprès d'eux : Julie les
connaissait de vue. Une jeune femme leur parla bas et
en ricanant ; elles regardèrent aussitôt avec un air de
très vive curiosité Chaverny et sa femme, et l'une
d'elles s'écria :

« Est-il possible ! »

La voiture du duc parut ; il salua Mme de Chaverny en
lui renouvelant avec chaleur tous ses remerciements
pour sa complaisance. Cependant Chaverny voulait
reconduire la dame inconnue jusqu'à la voiture du duc,
et Julie et Châteaufort restèrent seuls un instant.

« Quelle est donc cette femme ? demanda Julie.

— Je ne dois pas vous le dire... car cela est bien
extraordinaire !

— Comment ?

— Au reste, toutes les personnes qui vous
connaissent sauront bien à quoi s'en tenir... Mais Chaverny !... Je ne l'aurais jamais cru.

— Mais enfin qu'est-ce donc ? Parlez, au nom du
Ciel ! Quelle est cette femme ? »

Chaverny revenait. Châteaufort répondit à voix
basse :

« La maîtresse du duc de H***. Mme Mélanie R***.

— Bon Dieu ! s'écria Julie en regardant Châteaufort
d'un air stupéfait, cela est impossible ! »

Châteaufort haussa les épaules, et, en la conduisant à
sa voiture, il ajouta :

« C'est ce que disaient ces dames que nous avons rencontrées sur l'escalier. Pour l'autre, c'est une personne comme il faut dans son genre. Il lui faut des soins, des égards... Elle a même un mari.

— Chère amie, dit Chaverny d'un ton joyeux, vous n'avez pas besoin de moi pour vous reconduire. Bonne nuit. Je vais souper chez le duc. »

Julie ne répondit rien.

« Châteaufort, poursuivit Chaverny, voulez-vous venir avec moi chez le duc ? Vous êtes invité, on vient de me le dire. On vous a remarqué. Vous avez plu, bon sujet ! »

Châteaufort remercia froidement. Il salua Mme de Chaverny, qui mordait son mouchoir avec rage lorsque sa voiture partit.

« Ah çà, mon cher, dit Chaverny, au moins vous me mènerez dans votre cabriolet jusqu'à la porte de cette infante.

— Volontiers, répondit gaiement Châteaufort ; mais, à propos, savez-vous que votre femme a compris à la fin à côté de qui elle était ?

— Impossible.

— Soyez-en sûr, et ce n'était pas bien de votre part.

— Bah ! elle a très bon ton ; et puis on ne la connaît pas encore beaucoup. Le duc la mène partout. »

CHAPITRE VI

Madame de Chaverny passa une nuit fort agitée. La conduite de son mari à l'Opéra mettait le comble à tous ses torts, et lui semblait exiger une séparation immédiate. Elle aurait le lendemain une explication avec lui, et lui signifierait son intention de ne plus vivre sous le même toit avec un homme qui l'avait compromise d'une manière si cruelle. Pourtant cette explication l'effrayait. Jamais elle n'avait eu une conversation sérieuse avec son mari. Jusqu'alors elle n'avait exprimé son mécontentement que par des bouderies auxquelles Chaverny n'avait fait aucune attention ; car, laissant à sa femme une entière liberté, il ne se serait jamais avisé de croire qu'elle pût lui refuser l'indulgence dont au besoin il était disposé à user envers elle. Elle craignait surtout de pleurer au milieu de cette explication, et que Chaverny n'attribuât ces larmes à un amour blessé. C'est alors qu'elle regrettait vivement l'absence de sa mère, qui aurait pu lui donner un bon conseil ou se charger de prononcer la sentence de séparation. Toutes ces réflexions la jetèrent dans une grande incertitude, et, quand elle s'endormit, elle avait pris la résolution de consulter une femme de ses amis qui l'avait connue fort jeune, et de s'en remettre à sa prudence pour la conduite à tenir à l'égard de Chaverny.

Tout en se livrant à son indignation, elle n'avait pu s'empêcher de faire involontairement un parallèle entre son mari et Châteaufort. L'énorme inconvenance du premier faisait ressortir la délicatesse du second, et elle reconnaissait avec un certain plaisir, mais en se le reprochant toutefois, que l'amant était plus soucieux de sa réputation que le mari. Cette comparaison morale l'entraînait malgré elle à constater l'élégance des manières de Châteaufort et la tournure médiocrement distinguée de Chaverny. Elle voyait son mari, avec son ventre un peu proéminent, faisant lourdement l'empressé auprès de la maîtresse du duc de H***, tandis que Châteaufort, plus respectueux encore que de coutume, semblait chercher à retenir autour d'elle la considération que son mari pouvait lui faire perdre. Enfin, comme nos pensées nous entraînent loin malgré nous, elle se représenta plus d'une fois qu'elle pouvait devenir veuve, et qu'alors, jeune, riche, rien ne s'opposerait à ce qu'elle couronnât légitimement l'amour constant du jeune chef d'escadron. Un essai malheureux ne concluait rien contre le mariage, et si l'attachement de Châteaufort était véritable... Mais alors elle chassait ces pensées dont elle rougissait, et se promettait de mettre plus de réserve que jamais dans ses relations avec lui.

Elle se réveilla avec un grand mal de tête, et encore plus éloignée que la veille d'une explication décisive. Elle ne voulut pas descendre pour déjeuner de peur de rencontrer son mari, se fit apporter du thé dans sa chambre, et demanda sa voiture pour aller chez Mme Lambert, cette amie qu'elle voulait consulter. Cette dame était alors à sa campagne à P...

En déjeunant, elle ouvrit un journal. Le premier article qui tomba sous ses yeux était ainsi conçu : « M. Darcy, premier secrétaire de l'ambassade de France à Constantinople, est arrivé avant-hier à Paris chargé de dépêches. Ce jeune diplomate a eu, immédiatement après son arrivée, une longue conférence avec S. Exc. le ministre des Affaires étrangères. »

« Darcy à Paris ! s'écria-t-elle. J'aurais du plaisir à le revoir. Est-il devenu bien roide ? — *Ce jeune diplomate !* Darcy, jeune diplomate ! » Et elle ne put s'empêcher de rire toute seule de ce mot : *Jeune diplomate.*

Ce Darcy venait autrefois fort assidûment aux soirées

de Mme de Lussan ; il était alors attaché au ministre des Affaires étrangères. Il avait quitté Paris quelque temps avant le mariage de Julie, et depuis elle ne l'avait pas revu. Seulement elle savait qu'il avait beaucoup voyagé, et qu'il avait obtenu un avancement rapide.

Elle tenait encore le journal à la main lorsque son mari entra. Il paraissait d'une humeur charmante. A son aspect elle se leva pour sortir ; mais, comme il aurait fallu passer tout près de lui pour entrer dans son cabinet de toilette, elle demeura debout à la même place, mais tellement émue, que sa main, appuyée sur la table à thé, faisait distinctement trembler le cabaret de porcelaine.

« Ma chère amie, dit Chaverny, je viens vous dire adieu pour quelques jours. Je vais chasser chez le duc de H***. Je vous dirai qu'il est enchanté de votre hospitalité d'hier soir. — Mon affaire marche bien, et il m'a promis de me recommander au roi de la manière la plus pressante. »

Julie pâlissait et rougissait tour à tour en l'écoutant.

« M. le duc de H*** vous doit cela... dit-elle d'une voix tremblante. Il ne peut faire moins pour quelqu'un qui compromet sa femme de la manière la plus scandaleuse avec les maîtresses de son protecteur. »

Puis, faisant un effort désespéré, elle traversa la chambre d'un pas majestueux, et entra dans son cabinet de toilette dont elle ferma la porte avec force.

Chaverny resta un moment la tête basse et l'air confus.

« D'où diable sait-elle cela ? pensa-t-il. Qu'importe après tout ? ce qui est fait est fait ! »

Et, comme ce n'était pas son habitude de s'arrêter longtemps sur une idée désagréable, il fit une pirouette, prit un morceau de sucre dans le sucrier, et cria la bouche pleine à la femme de chambre qui entrait :

« Dites à ma femme que je resterai quatre à cinq jours chez le duc de H***, et que je lui enverrai du gibier. »

Il sortit, ne pensant plus qu'aux faisans et aux chevreuils qu'il allait tuer.

CHAPITRE VII

Julie partit pour P... avec un redoublement de colère contre son mari ; mais, cette fois, c'était pour un motif assez léger. Il avait pris, pour aller au château du duc de H***, la calèche neuve, laissant à sa femme une autre voiture qui, au dire du cocher, avait besoin de réparations.

Pendant la route, Mme de Chaverny s'apprêtait à raconter son aventure à Mme Lambert. Malgré son chagrin, elle n'était pas insensible à la satisfaction que donne à tout narrateur une histoire bien contée, et elle se préparait à son récit en cherchant des exordes, et commençant tantôt d'une manière, tantôt d'une autre. Il en résulta qu'elle vit les énormités de son mari sous toutes leurs faces, et que son ressentiment s'en augmenta en proportion.

Il y a, comme chacun sait, plus de quatre lieues de Paris à P..., et quelque long que fût le réquisitoire de Mme de Chaverny, on conçoit qu'il est impossible, même à la haine la plus envenimée, de retourner la même idée pendant quatre lieues de suite. Aux sentiments violents que les torts de son mari lui inspiraient venaient se joindre des souvenirs doux et mélancoliques, par cette étrange faculté de la pensée humaine qui associe souvent une image riante à une sensation pénible.

L'air pur et vif, le beau soleil, les figures insouciantes des passants, contribuaient aussi à la tirer de ses réflexions haineuses. Elle se rappela les scènes de son enfance et les jours où elle allait se promener à la campagne avec des jeunes personnes de son âge. Elle revoyait ses compagnes de couvent ; elle assistait à leurs jeux, à leurs repas. Elle s'expliquait des confidences mystérieuses qu'elle avait surprises aux *grandes*, et ne pouvait s'empêcher de sourire en songeant à cent petits traits qui trahissent de si bonne heure l'instinct de la coquetterie chez les femmes.

Puis elle se représentait son entrée dans le monde. Elle dansait de nouveau aux bals les plus brillants qu'elle avait vus dans l'année qui suivit sa sortie du couvent. Les autres bals, elle les avait oubliés ; on se blase si vite ; mais ces bals lui rappelèrent son mari. « Folle que j'étais ! se dit-elle. Comment ne me suis-je pas aperçue, à la première vue, que je serais malheureuse avec lui ? » Toutes les disparates, toutes les platitudes de fiancé que le pauvre Chaverny lui débitait avec tant d'aplomb un mois avant son mariage, tout cela se trouvait noté, enregistré soigneusement dans sa mémoire. En même temps, elle ne pouvait s'empêcher de penser aux nombreux admirateurs que son mariage avait réduits au désespoir, et qui ne s'en étaient pas moins mariés eux-mêmes ou consolés autrement peu de mois après. « Aurais-je été heureuse avec un autre que lui ? se demanda-t-elle. A... est décidément un sot ; mais il n'est pas offensif, et Amélie le gouverne à son gré. Il y a toujours un moyen de vivre avec un mari qui obéit. — B... a des maîtresses, et sa femme a la bonté de s'en affliger. D'ailleurs, il est rempli d'égards pour elle, et... je n'en demanderais pas davantage. — Le jeune comte de C..., qui toujours lit les pamphlets, et qui se donne tant de peine pour devenir un bon député, peut-être fera-t-il un bon mari. Oui, mais tous ces gens-là sont ennuyeux, laids, sots... » Comme elle passait ainsi en revue tous les jeunes gens qu'elle avait connus étant demoiselle, le nom de Darcy se présenta à son esprit pour la seconde fois.

Darcy était autrefois dans la société de Mme de Lussan un être sans conséquence, c'est-à-dire que l'on savait... les mères savaient — que sa fortune ne lui permettait pas de songer à leurs filles. Pour elles, il n'avait rien en lui qui pût faire tourner leurs jeunes têtes. D'ailleurs il avait la réputation d'un galant homme. Un peu misanthrope et caustique, il se plaisait beaucoup, seul homme au milieu d'un cercle de demoi-selles, à se moquer des ridicules et des prétentions des autres jeunes gens. Lorsqu'il parlait bas à une demoi-selle, les mères ne s'alarmaient pas, car leurs filles riaient tout haut, et les mères de celles qui avaient de belles dents disaient même que M. Darcy était fort aimable.

Une conformité de goûts et une crainte réciproque de leur talent de médire avaient rapproché Julie et Darcy. Après quelques escarmouches, ils avaient fait un traité de paix, une alliance offensive et défensive ; ils se ménageaient mutuellement, et ils étaient toujours unis pour faire les honneurs de leurs connaissances.

Un soir, on avait prié Julie de chanter je ne sais quel morceau. Elle avait une belle voix, et elle le savait. En s'approchant du piano, elle regarda les femmes d'un air un peu fier avant de chanter, et comme si elle voulait les défier. Or, ce soir-là, quelque indisposition ou une fatalité malheureuse la privait de presque tous ses moyens. La première note qui sortit de ce gosier ordi-nairement si mélodieux se trouva décidément fausse. Julie se troubla, chanta tout de travers, manqua tous les traits ; bref, le fiasco fut éclatant. Tout effarée, près de fondre en larmes, la pauvre Julie quitta le piano, et, en retournant à sa place, elle ne put s'empêcher de regarder la joie maligne que cachaient mal ses compagnes en voyant humilier son orgueil. Les hommes mêmes semblaient comprimer avec peine un sourire moqueur. Elle baissa les yeux de honte et de colère, et fut quelque temps sans oser les lever. Lorsqu'elle releva la tête, la première figure amie qu'elle aperçut fut celle de Darcy. Il était pâle, et ses

yeux roulaient des larmes ; il paraissait plus touché de
sa mésaventure qu'elle ne l'était elle-même. « Il
m'aime ! pensa-t-elle ; il m'aime véritablement. » La
nuit, elle ne dormit guère, et la figure triste de Darcy
était toujours devant ses yeux. Pendant deux jours, elle
ne songea qu'à lui et à la passion secrète qu'il devait
nourrir pour elle. Le roman avançait déjà, lorsque Mme
de Lussan trouva chez elle une carte de M. Darcy avec
ces trois lettres : P.P.C.

« Où va donc M. Darcy ? demanda Julie à un jeune
homme qui le connaissait.

— Où il va ? Ne le savez-vous pas ? A Constantinople.
Il part cette nuit en courrier. »

« Il ne m'aime donc pas ! » pensa-t-elle. Huit jours
après, Darcy était oublié. De son côté, Darcy qui était
alors assez romanesque, fut huit mois sans oublier
Julie. Pour excuser celle-ci et expliquer la prodigieuse
différence de constance, il faut réfléchir que Darcy
vivait au milieu des barbares, tandis que Julie était à
Paris entourée d'hommages et de plaisirs.

Quoi qu'il en soit, six ou sept ans après leur séparation, Julie, dans sa voiture, sur la route de P..., se
rappelait l'expression mélancolique de Darcy le jour où
elle chanta si mal ; et, s'il faut l'avouer, elle pensa à
l'amour probable qu'il avait alors pour elle, peut-être
bien même aux sentiments qu'il pouvait conserver
encore. Tout cela l'occupa assez vivement pendant une
demi-lieue. Ensuite M. Darcy fut oublié pour la troisième fois.

CHAPITRE VIII

Julie ne fut pas peu contrariée lorsque, en entrant à P..., elle vit dans la cour de Mme Lambert une voiture dont on dételait les chevaux, ce qui annonçait une visite qui devait se prolonger. Impossible, par conséquent, d'entamer la discussion de ses griefs contre M. de Chaverny.

Mme Lambert, lorsque Julie entra dans le salon, était avec une femme que Julie avait rencontrée dans le monde, mais qu'elle connaissait à peine de nom. Elle dut faire un effort sur elle-même pour cacher l'expression du mécontentement qu'elle éprouvait d'avoir fait inutilement le voyage de P...

« Eh ! bonjour donc, chère belle ! s'écria Mme Lambert en l'embrassant ; que je suis contente de voir que vous ne m'avez pas oubliée ! Vous ne pouviez venir plus à propos, car j'attends aujourd'hui je ne sais combien de gens qui vous aiment à la folie. »

Julie répondit d'un air un peu contraint qu'elle avait cru trouver Mme Lambert toute seule.

« Ils vont être ravis de vous voir, reprit Mme Lambert. Ma maison est si triste, depuis le mariage de ma fille, que je suis trop heureuse quand mes amis veulent bien s'y donner rendez-vous. Mais, chère enfant, qu'avez-vous fait de vos belles couleurs ? Je vous trouve toute pâle aujourd'hui. »

Julie inventa un petit mensonge : la longueur de la route... la poussière... le soleil...

« J'ai précisément aujourd'hui à dîner un de vos

adorateurs, à qui je vais faire une agréable surprise.
M. de Châteaufort, et probablement son fidèle Achate,
le commandant Perrin.

— J'ai eu le plaisir de recevoir dernièrement le
commandant Perrin, dit Julie en rougissant un peu, car
elle pensait à Châteaufort.

— J'ai aussi M. de Saint-Léger. Il faut absolument
qu'il organise ici une soirée de proverbes pour le mois
prochain ; et vous y jouerez un rôle, mon ange : vous
étiez notre premier sujet pour les proverbes, il y a deux
ans.

— Mon Dieu, madame, il y a si longtemps que je n'ai
joué de proverbes, que je ne pourrais plus retrouver
mon assurance d'autrefois. Je serais obligée d'avoir
recours au « *J'entends quelqu'un* ».

— Ah ! Julie, mon enfant, devinez qui nous attendons encore. Mais celui-là, ma chère, il faut de la
mémoire pour se rappeler son nom... »

Le nom de Darcy se présenta sur-le-champ à Julie.
« Il m'obsède, en vérité », pensa-t-elle.

« De la mémoire, madame ?... j'en ai beaucoup.

— Mais je dis une mémoire de six ou sept ans... Vous
souvenez-vous d'un de vos attentifs lorsque vous étiez
petite fille et que vous portiez les cheveux en bandeau ?

— En vérité, je ne devine pas.

— Quelle horreur ! ma chère... Oublier ainsi un
homme charmant, qui, ou je me trompe fort, vous
plaisait tellement autrefois, que votre mère s'en alar-
mait presque. Allons, ma belle, puisque vous oubliez
ainsi vos adorateurs, il faut bien vous rappeler leurs
noms : c'est M. Darcy que vous allez voir.

— M. Darcy ?

— Oui ; il est enfin revenu de Constantinople depuis
quelques jours seulement. Il est venu me voir avant-
hier, et je l'ai invité. Savez-vous, ingrate que vous êtes,
qu'il m'a demandé de vos nouvelles avec un empressement tout à fait significatif ?

— M. Darcy ?... dit Julie en hésitant et avec une

distraction affectée, M. Darcy ?... N'est-ce pas un grand jeune homme blond... qui est secrétaire d'ambassade ?

— Oh ! ma chère, vous ne le reconnaîtrez pas : il est bien changé ; il est pâle, ou plutôt couleur olive, les yeux enfoncés ; il a perdu beaucoup de cheveux à cause de la chaleur, à ce qu'il dit. Dans deux ou trois ans, si cela continue, il sera chauve par-devant. Pourtant il n'a pas trente ans encore. »

Ici la dame qui écoutait ce récit de la mésaventure de Darcy conseilla fortement l'usage du kalydor, dont elle s'était bien trouvée après une maladie qui lui avait fait perdre beaucoup de cheveux. Elle passait ses doigts, en parlant, dans des boucles nombreuses d'un beau châtain cendré.

« Est-ce que M. Darcy est resté tout ce temps à Constantinople ? demanda Mme de Chaverny.

— Pas tout à fait, car il a beaucoup voyagé : il a été en Russie, puis il a parcouru toute la Grèce. Vous ne savez pas son bonheur ? Son oncle est mort, et lui a laissé une belle fortune. Il a été aussi en Asie mineure, dans la... comment dit-il ?... la Caramanie. Il est ravissant, ma chère ; il a des histoires charmantes qui vous enchanteront. Hier il m'en a conté de si jolies, que je lui disais toujours : « Mais gardez-les donc pour demain ; vous les direz à ces dames, au lieu de les perdre avec une vieille maman comme moi. »

— Vous a-t-il conté son histoire de la femme turque qu'il a sauvée ? demanda Mme Dumanoir, la patronnesse du kalydor.

— La femme turque qu'il a sauvée ? Il a sauvé une femme turque ? Il ne m'en a pas dit un mot.

— Comment ! mais c'est une action admirable, un véritable roman.

— Oh ! contez-nous cela, je vous en prie.

— Non, non ; demandez-le à lui-même. Moi, je ne sais l'histoire que de ma sœur, dont le mari, comme vous savez, a été consul à Smyrne. Mais elle la tenait d'un Anglais qui avait été témoin de toute l'aventure. C'est merveilleux.

— Contez-nous cette histoire, madame. Comment voulez-vous que nous puissions attendre jusqu'au dîner ? Il n'y a rien de si désespérant que d'entendre parler d'une histoire qu'on ne sait pas.

— Eh bien, je vais vous la gâter ; mais enfin la voici telle qu'on me l'a contée : — M. Darcy était en Turquie à examiner je ne sais quelles ruines sur le bord de la mer, quand il vit venir à lui une procession fort lugubre. C'étaient des muets qui portaient un sac, et ce sac, on le voyait remuer comme s'il y avait eu dedans quelque chose de vivant...

— Ah ! mon Dieu ! s'écria Mᵐᵉ Lambert, qui avait lu *le Giaour*, c'était une femme qu'on allait jeter à la mer !

— Précisément, poursuivit Mᵐᵉ Dumanoir, un peu piquée de se voir enlever ainsi le trait le plus dramatique de son conte. M. Darcy regarde le sac, il entend un gémissement sourd, et devine aussitôt l'horrible vérité. Il demande aux muets ce qu'ils vont faire : pour toute réponse, les muets tirent leurs poignards. M. Darcy était heureusement fort bien armé. Il met en fuite les esclaves et tire enfin de ce vilain sac une femme d'une beauté ravissante, à demi évanouie, et la ramène dans la ville, où il la conduit dans une maison sûre.

— Pauvre femme ! dit Julie, qui commençait à s'intéresser à l'histoire.

— Vous la croyez sauvée ? pas du tout. Le mari jaloux, car c'était un mari, ameuta toute la populace, qui se porta à la maison de M. Darcy avec des torches, voulant le brûler vif. Je ne sais pas trop bien la fin de l'affaire ; tout ce que je sais, c'est qu'il a soutenu un siège et qu'il a fini par mettre la femme en sûreté. Il paraît même, ajouta Mᵐᵉ Dumanoir, changeant tout à coup son expression, et prenant un *ton de nez fort dévot*, il paraît que M. Darcy a pris soin qu'on la convertît et qu'elle a été baptisée.

— Et M. Darcy l'a-t-il épousée ? demanda Julie en souriant.

— Pour cela, je ne puis vous le dire. Mais la femme

turque... elle avait un singulier nom ; elle s'appelait Eminé... Elle avait une passion violente pour M. Darcy. Ma sœur me disait qu'elle l'appelait toujours *Sôtir*... *Sôtir*... cela veut dire *mon sauveur* en turc ou en grec. Eulalie m'a dit que c'était une des plus belles personnes qu'on pût voir.

— Nous lui ferons la guerre sur sa Turque ! s'écria Mme Lambert, n'est-ce pas, mesdames ? il faut le tourmenter un peu... Au reste, ce trait de Darcy ne me surprend pas du tout : c'est un des hommes les plus généreux que je connaisse, et je sais des actions de lui qui me font venir les larmes aux yeux toutes les fois que je les raconte. — Son oncle est mort, laissant une fille naturelle qu'il n'avait jamais reconnue. Comme il n'a pas fait de testament, elle n'avait aucun droit à sa succession ; Darcy, qui était l'unique héritier, a voulu qu'elle y eût une part, et probablement cette part a été beaucoup plus forte que son oncle ne l'aurait faite lui-même.

— Était-elle jolie, cette fille naturelle ? demanda Mme de Chaverny d'un air assez méchant, car elle commençait à sentir le besoin de dire du mal de ce M. Darcy, qu'elle ne pouvait chasser de ses pensées.

— Ah ! ma chère, comment pouvez-vous supposer ?... Mais d'ailleurs M. Darcy était encore à Constantinople lorsque son oncle est mort, et vraisemblablement il n'a pas vu cette créature. »

L'arrivée de Châteaufort, du commandant Perrin et de quelques autres personnes, mit fin à cette conversation. Châteaufort s'assit auprès de Mme de Chaverny, et, profitant d'un moment où l'on parlait très haut :

« Vous paraissez triste, madame, lui dit-il ; je serais bien malheureux si ce que je vous ai dit hier en était la cause. »

Mme de Chaverny ne l'avait pas entendu, ou plutôt n'avait pas voulu l'entendre. Châteaufort éprouva donc la mortification de répéter sa phrase, et la mortification plus grande encore d'une réponse un peu sèche, après laquelle Julie se mêla aussitôt à la conversation générale ; et, changeant de place, elle s'éloigna de son malheureux admirateur.

Sans se décourager, Châteaufort faisait inutilement beaucoup d'esprit. Mme de Chaverny, à qui seulement il voulait plaire, l'écoutait avec distraction : elle pensait à l'arrivée prochaine de M. Darcy, tout en se demandant pourquoi elle s'occupait tant d'un homme qu'elle devait avoir oublié, et qui probablement l'avait aussi oubliée depuis longtemps.

Enfin le bruit d'une voiture se fit entendre ; la porte du salon s'ouvrit.

« Eh ! le voilà ! » s'écria Mme Lambert. Julie n'osa pas tourner la tête, mais pâlit extrêmement. Elle éprouva une vive et subite sensation de froid, et elle eut besoin de rassembler toutes ses forces pour se remettre et empêcher Châteaufort de remarquer le changement de ses traits.

Darcy baisa la main de Mme Lambert et lui parla debout quelque temps, puis il s'assit auprès d'elle. Alors il se fit un grand silence : Mme Lambert paraissait attendre et ménager une reconnaissance. Châteaufort et les hommes, à l'exception du bon commandant Perrin, observaient Darcy avec une curiosité un peu jalouse. Arrivant de Constantinople, il avait de grands avantages sur eux, et c'était un motif suffisant pour qu'ils se donnassent cet air de raideur compassée que l'on prend d'ordinaire avec les étrangers. Darcy, qui n'avait fait attention à personne, rompit le silence le premier. Il parla du temps ou de la route, peu importe ; sa voix était douce et musicale. Mme de Chaverny se hasarda à le regarder : elle le vit de profil. Il lui parut maigri, et son expression avait changé... En somme, elle le trouva bien.

« Mon cher Darcy, dit Mme Lambert, regardez bien autour de vous, et voyez si vous ne trouverez pas ici une de vos anciennes connaissances. »

Darcy tourna la tête, et aperçut Julie, qui s'était

cachée jusqu'alors sous son chapeau. Il se leva précipitamment avec une exclamation de surprise, s'avança vers elle en étendant la main ; puis, s'arrêtant tout à coup et comme se repentant de son excès de familiarité, il salua Julie très profondément, et lui exprima en termes *convenables* tout le plaisir qu'il avait à la revoir. Julie balbutia quelques mots de politesse, et rougit beaucoup en voyant que Darcy se tenait toujours debout devant elle et la regardait fixement.

Sa présence d'esprit lui revint bientôt, et elle le regarda à son tour avec ce regard à la fois distrait et observateur que les gens du monde prennent quand ils veulent. C'était un grand jeune homme pâle, et dont les traits exprimaient le calme, mais un calme qui semblait provenir moins d'un état habituel de l'âme que de l'empire qu'elle était parvenue à prendre sur l'expression de la physionomie. Des rides déjà marquées sillonnaient son front. Ses yeux étaient enfoncés, les coins de sa bouche abaissés, et ses tempes commençaient à se dégarnir de cheveux. Cependant il n'avait pas plus de trente ans. Darcy était très simplement habillé, mais avec cette élégance qui indique les habitudes de la bonne compagnie et l'indifférence sur un sujet qui occupe les méditations de tant de jeunes gens. Julie fit toutes ces observations avec plaisir. Elle remarqua encore qu'il avait au front une cicatrice assez longue qu'il cachait mal avec une mèche de cheveux, et qui paraissait avoir été faite par un coup de sabre.

Julie était assise à côté de Mme Lambert. Il y avait une chaise entre elle et Châteaufort ; mais aussitôt que Darcy s'était levé, Châteaufort avait mis sa main sur le dossier de la chaise, l'avait placée sur un seul pied, et la tenait en équilibre. Il était évident qu'il prétendait la garder comme le chien du jardinier gardait le coffre d'avoine. Mme Lambert eut pitié de Darcy qui se tenait toujours debout devant Mme de Chaverny. Elle fit une place à côté d'elle sur le canapé où elle était assise, et l'offrit à Darcy, qui se trouva de la sorte auprès de Julie.

Il s'empressa de profiter de cette position avantageuse, en commençant avec elle une conversation suivie.

Pourtant il eut à subir de Mme Lambert et de quelques autres personnes un interrogatoire en règle sur ses voyages ; mais il s'en tira assez laconiquement, et il saisissait toutes les occasions de reprendre son espèce d'aparté avec Mme de Chaverny.

« Prenez le bras de Mme de Chaverny », dit Mme Lambert à Darcy au moment où la cloche du château annonça le dîner.

Châteaufort se mordit les lèvres, mais il trouva moyen de se placer à table assez près de Julie pour bien l'observer.

CHAPITRE IX

Après le dîner, la soirée étant belle et le temps chaud, on se réunit dans le jardin autour d'une table rustique pour prendre le café.

Châteaufort avait remarqué avec un dépit croissant les attentions de Darcy pour Mme de Chaverny. A mesure qu'il observait l'intérêt qu'elle paraissait prendre à la conversation du nouveau venu, il devenait moins aimable lui-même, et la jalousie qu'il ressentait n'avait d'autre effet que de lui ôter ses moyens de plaire. Il se promenait sur la terrasse où l'on était assis, ne pouvant rester en place, suivant l'ordinaire des gens inquiets, regardant souvent de gros nuages noirs qui se formaient à l'horizon et annonçaient un orage, plus souvent encore son rival, qui causait à voix basse avec Julie. Tantôt il la voyait sourire, tantôt elle devenait sérieuse, tantôt elle baissait les yeux timidement ; enfin il voyait que Darcy ne pouvait pas lui dire un mot qui ne produisît un effet marqué ; et ce qui le chagrinait surtout, c'est que les expressions variées que prenaient les traits de Julie semblaient n'être que l'image et comme la réflexion de la physionomie mobile de Darcy. Enfin, ne pouvant plus tenir à cette espèce de supplice, il s'approcha d'elle, et, se penchant sur le dos de la chaise au moment où Darcy donnait à quelqu'un des renseignements sur la barbe du sultan Mahmoud :

« Madame, dit-il d'un ton amer, M. Darcy paraît être un homme bien aimable !

— Oh ! oui, répondit Mme de Chaverny avec une expression d'enthousiasme qu'elle ne put réprimer.

— Il y paraît, continua Châteaufort, car il vous fait oublier vos anciens amis.

— Mes anciens amis ! dit Julie d'un accent un peu sévère. Je ne sais pas ce que vous voulez dire. » Et elle lui tourna le dos. Puis, prenant un coin du mouchoir que Mme Lambert tenait à la main :

« Que la broderie de ce mouchoir est de bon goût ! dit-elle. C'est un ouvrage merveilleux.

— Trouvez-vous, ma chère ? C'est un cadeau de M. Darcy, qui m'a rapporté je ne sais combien de mouchoirs brodés de Constantinople. — A propos, Darcy, est-ce votre Turque qui vous les a brodés ?

— Ma Turque ! quelle Turque ?

— Oui, cette belle sultane à qui vous avez sauvé la vie, qui vous appelait... oh ! nous savons tout... qui vous appelait... son... sauveur enfin. Vous devez savoir comment cela se dit en turc. »

Darcy se frappa le front en riant.

« Est-ce possible, s'écria-t-il, que la renommée de ma mésaventure soit déjà parvenue à Paris !

— Mais il n'y a pas de mésaventure là-dedans ; il n'y en a peut-être que pour le Mamamouchi qui a perdu sa favorite.

— Hélas ! répondit Darcy, je vois bien que vous ne savez que la moitié de l'histoire, car c'est une aventure aussi triste pour moi que celle des moulins à vent le fut pour don Quichotte. Faut-il que, après avoir tant donné à rire aux Francs, je sois encore persiflé à Paris pour le seul fait de chevalier errant dont je me sois jamais rendu coupable !

— Comment ! mais nous ne savons rien. Contez-nous cela ! s'écrièrent toutes les dames à la fois.

— Je devrais, dit Darcy, vous laisser sur le récit que vous connaissez déjà, et me dispenser de la suite, dont les souvenirs n'ont rien de bien agréable pour moi ; mais un de mes amis... je vous demande la permission de vous le présenter, madame Lambert, — Sir John Tyrrel... un de mes amis, acteur aussi dans cette scène tragi-comique, va bientôt venir à Paris. Il pourrait bien se donner le malin plaisir, de me prêter dans son récit un rôle encore plus ridicule que celui que j'ai joué. Voici le fait : Cette malheureuse femme, une fois installée dans le consulat de France...

— Oh ! mais commencez par le commencement ! s'écria Mme Lambert.

— Mais vous le savez déjà.

— Nous ne savons rien, et nous voulons que vous nous contiez toute l'histoire d'un bout à l'autre.

— Eh bien, vous saurez, mesdames, que j'étais à Larnaca en 18... Un jour, je sortis de la ville pour dessiner. Avec moi était un jeune Anglais très aimable, bon garçon, bon vivant, nommé Sir John Tyrrel, un de ces hommes précieux en voyage, parce qu'ils pensent au dîner, qu'ils n'oublient pas les provisions et qu'ils sont toujours de bonne humeur. D'ailleurs il voyageait sans but et ne savait ni la géologie ni la botanique, sciences bien fâcheuses dans un compagnon de voyage.

« Je m'étais assis à l'ombre d'une masure, à deux cents pas environ de la mer, qui, dans cet endroit, est dominée par des rochers à pic. J'étais fort occupé à dessiner ce qui restait d'un sarcophage antique, tandis que Sir John, couché sur l'herbe, se moquait de ma passion malheureuse pour les beaux-arts en fumant de délicieux tabac de Latakié. A côté de nous, un drogman turc, que nous avions pris à notre service, nous faisait du café. C'était le meilleur faiseur de café et le plus poltron de tous les Turcs que j'ai connus.

« Tout d'un coup Sir John s'écria avec joie :

« — Voici des gens qui descendent de la montagne avec de la neige ; nous allons leur en acheter et faire du sorbet avec des oranges. »

« Je levai les yeux, et je vis venir à nous un âne sur lequel était chargé en travers un gros paquet : deux esclaves le soutenaient de chaque côté. En avant, un ânier conduisait l'âne, et derrière, un Turc vénérable, à barbe blanche, fermait la marche, monté sur un assez

bon cheval. Toute cette procession s'avançait lentement et avec beaucoup de gravité.

« Notre Turc, tout en soufflant son feu, jeta un coup
d'œil de côté sur la charge de l'âne, et nous dit avec un
singulier sourire : « Ce n'est pas de la neige. » Puis il
s'occupa de notre café avec son flegme habituel.

« — Qu'est-ce donc ? demanda Tyrrel. Est-ce quelque
chose à manger ?

« — Pour *les poissons* », répondit le Turc.

« En ce moment l'homme à cheval partit au galop, et,
se dirigeant vers la mer, il passa auprès de nous, non
sans nous jeter un de ces regards méprisants que les
musulmans adressent volontiers aux chrétiens. Il
poussa son cheval jusqu'aux rochers à pic dont je vous
ai parlé, et l'arrêta court à l'endroit le plus escarpé. Il
regardait la mer, et paraissait chercher le meilleur
endroit pour se précipiter.

« Nous examinâmes alors avec plus d'attention le
paquet que portait l'âne, et nous fûmes frappés de la
forme étrange du sac. Toutes les histoires de femmes
noyées par des maris jaloux nous revinrent aussitôt à la
mémoire. Nous nous communiquâmes nos réflexions.

« — Demande à ces coquins, dit Sir John à notre
Turc, si ce n'est pas une femme qu'ils portent ainsi ? »

« Le Turc ouvrit de grands yeux effarés, mais non la
bouche. Il était évident qu'il trouvait notre question
par trop inconvenante.

« En ce moment le sac étant près de nous, nous le
vîmes distinctement remuer, et nous entendîmes même
une espèce de gémissement ou de grognement qui en
sortait.

« Tyrrel, quoique gastronome, est fort chevaleresque.
Il se leva comme un furieux, courut à l'ânier et lui
demanda en anglais, tant il était troublé par la colère,
ce qu'il conduisait ainsi et ce qu'il prétendait faire de
son sac. L'ânier n'avait garde de répondre ; mais le sac
s'agita violemment, des cris de femme se firent
entendre : sur quoi les deux esclaves se mirent à donner

sur le sac de grands coups de courroies dont ils se servaient pour faire marcher l'âne. Tyrrel était poussé à bout. D'un vigoureux et scientifique coup de poing il jeta l'ânier à terre et saisit un esclave à la gorge : sur quoi le sac, poussé violemment dans la lutte, tomba lourdement sur l'herbe.

« J'étais accouru. L'autre esclave se mettait en devoir de ramasser des pierres, l'ânier se relevait. Malgré mon aversion pour me mêler des affaires des autres, il m'était impossible de ne pas venir au secours de mon compagnon. M'étant saisi d'un piquet qui me servait à tenir mon parasol quand je dessinais, je le brandissais en menaçant les esclaves et l'ânier de l'air le plus martial qu'il m'était possible. Tout allait bien, quand ce diable de Turc à cheval, ayant fini de contempler la mer et s'étant retourné au bruit que nous faisions, partit comme une flèche et fut sur nous avant que nous y eussions pensé : il avait à la main une espèce de vilain coutelas...

— Un ataghan ? dit Châteaufort qui aimait la couleur locale.

— Un ataghan, reprit Darcy avec un sourire d'approbation. Il passa auprès de moi et me donna sur la tête un coup de ataghan qui me fit voir trente-six... *bougies*, comme disait si élégamment mon ami M. le marquis de Roseville. Je ripostai pourtant en lui assenant un bon coup de piquet sur les reins, et je fis ensuite le moulinet de mon mieux, frappant ânier, esclaves, cheval et Turc, devenu moi-même dix fois plus furieux que mon ami Sir John Tyrrel. L'affaire aurait sans doute tourné mal pour nous. Notre drogman observait la neutralité, et nous ne pouvions nous défendre longtemps avec un bâton contre trois hommes d'infanterie, un de cavalerie et un ataghan. Heureusement Sir John se souvint d'une paire de pistolets que nous avions apportée. Il s'en saisit, m'en jeta un, et prit l'autre qu'il dirigea aussitôt contre le cavalier qui nous donnait tant d'affaires. La vue de ces armes et le léger claquement du chien du pistolet produisirent un effet magique sur nos ennemis. Ils prirent honteusement la fuite, nous laissant maîtres du champ de bataille, du sac et même de l'âne. Malgré toute notre colère, nous n'avions pas fait feu, et ce fut un bonheur, car on ne tue pas impunément un bon musulman, et il en coûte cher pour le rosser.

« Lorsque je me fus un peu essuyé, notre premier soin fut, comme vous le pensez bien, d'aller au sac et de l'ouvrir. Nous y trouvâmes une assez jolie femme, un peu grasse, avec de beaux cheveux noirs, et n'ayant pour tout vêtement qu'une chemise de laine bleue un peu moins transparente que l'écharpe de Mme de Chaverny.

« Elle se tira lestement du sac, et, sans paraître fort embarrassée, nous adressa un discours très pathétique sans doute, mais dont nous ne comprîmes pas un mot ; à la suite de quoi, elle me baisa la main. C'est la seule fois, mesdames, qu'une dame m'ait fait cet honneur.

« Le sang-froid nous était revenu cependant. Nous voyions notre drogman s'arracher la barbe comme un homme désespéré. Moi, je m'accommodais la tête de mon mieux avec mon mouchoir. Tyrrel disait :

« — Que diable faire de cette femme ? Si nous restons ici, le mari va revenir en force et nous assommera ; si nous retournons à Larnaca avec elle dans ce bel équipage, la canaille nous lapidera infailliblement. »

« Tyrrel, embarrassé de toutes ces réflexions, et ayant recouvré son flegme britannique, s'écria :

« — Quelle diable d'idée avez-vous eue d'aller dessiner aujourd'hui ! »

« Son exclamation me fit rire, et la femme, qui n'y avait rien compris, se mit à rire aussi.

« Il fallut pourtant prendre un parti. Je pensai que ce que nous avions de mieux à faire, c'était de nous mettre tous sous la protection du consul de France ; mais le plus difficile était de rentrer à Larnaca. Le jour tombait, et ce fut une circonstance heureuse pour nous. Notre Turc nous fit prendre un grand détour, et nous arrivâmes, grâce à la nuit et à cette précaution, sans encombre à la maison du consul, qui est hors de la ville. J'ai oublié de vous dire que nous avions composé à la femme un costume presque décent avec le sac et le turban de notre interprète.

« Le consul nous reçut fort mal, nous dit que nous étions des fous, qu'il fallait respecter les us et coutumes des pays où l'on voyage, qu'il ne fallait pas mettre le doigt entre l'arbre et l'écorce... Enfin, il nous tança d'importance ; et il avait raison, car nous en avions fait assez pour occasionner une violente émeute, et faire massacrer tous les Francs de l'île de Chypre.

« Sa femme fut plus humaine ; elle avait lu beaucoup de romans, et trouva notre conduite très généreuse. Dans le fait, nous nous étions conduits en héros de roman. Cette excellente dame était fort dévote ; elle pensa qu'elle convertirait facilement l'infidèle que nous lui avions amenée, que cette conversion serait mentionnée au *Moniteur*, et que son mari serait nommé consul général. Tout ce plan se fit en un instant dans sa tête. Elle embrassa la femme turque, lui donna une robe, fit honte à M. le consul de sa cruauté, et l'envoya chez le pacha pour arranger l'affaire.

« Le pacha était fort en colère. Le mari jaloux était un personnage, et jetait feu et flamme. C'était une horreur, disait-il, que des chiens de chrétiens empêchassent un homme comme lui de jeter son esclave à la mer. Le consul était fort en peine ; il parla beaucoup du roi son maître, encore plus d'une frégate de soixante canons qui venait de paraître dans les eaux de Larnaca. Mais l'argument qui produisit le plus d'effet, ce fut la proposition qu'il fit en notre nom de payer l'esclave à juste prix.

« Hélas ! si vous saviez ce que c'est que le juste prix d'un Turc ! Il fallut payer le mari, payer le pacha, payer l'ânier à qui Tyrrel avait cassé deux dents, payer pour le scandale, payer pour tout. Combien de fois Tyrrel s'écria douloureusement :

« — Pourquoi diable aller dessiner sur le bord de la mer ! »

— Quelle aventure, mon pauvre Darcy ! s'écria Mme Lambert, c'est donc là que vous avez reçu cette terrible balafre ? De grâce, relevez donc vos cheveux. Mais c'est un miracle qu'il ne vous ait pas fendu la tête ! »

Julie, pendant tout ce récit, n'avait pas détourné les yeux du front du narrateur ; elle demanda enfin d'une voix timide :

« Que devint la femme ?

— C'est là justement la partie de l'histoire que je n'aime pas trop à raconter. La suite est si triste pour moi qu'à l'heure où je vous parle, on se moque encore de notre équipée chevaleresque.

— Était-elle jolie, cette femme ? demanda Mme de Chaverny en rougissant un peu.

— Comment se nommait-elle ? demanda Mme Lambert.

— Elle se nommait Emineh.

— Jolie ?...

— Oui, elle était assez jolie, mais trop grasse et toute barbouillée de fard, suivant l'usage de son pays. Il faut beaucoup d'habitude pour apprécier les charmes d'une beauté turque. Emineh fut donc installée dans la maison du consul. Elle était Mingrélienne, et dit à Mme C***, la femme du consul, qu'elle était fille de prince. Dans ce pays, tout coquin qui commande à dix autres coquins est un prince. On la traita donc en princesse : elle dînait à table, mangeait comme quatre ; puis, quand on lui parlait religion, elle s'endormait régulièrement. Cela dura quelque temps. Enfin on prit jour pour le baptême. Mme C*** se nomma sa marraine, et voulut que je fusse parrain avec elle. Bonbons, cadeaux et tout ce qui s'ensuit !... Il était écrit que cette malheureuse Emineh me ruinerait. Mme C*** disait qu'Emineh m'aimait mieux que Tyrrel, parce qu'en me présentant du café elle en laissait toujours tomber sur mes habits. Je me préparais à ce baptême avec une componction vraiment évangélique, lorsque, la veille de la cérémonie, la belle Emineh disparut. Faut-il vous dire tout ? Le consul avait pour cuisinier un Mingrélien, grand coquin certainement, mais admirable pour le pilaf. Ce Mingrélien avait plu à Emineh qui avait sans doute du patriotisme à sa manière. Il l'enleva, et en même temps une somme assez forte à M. C***, qui ne put jamais le retrouver. Ainsi le consul en fut pour son argent, sa femme pour le trousseau qu'elle avait donné à Emineh, moi pour mes gants, mes bonbons, outre les coups que j'avais reçus. Le pire, c'est qu'on me rendit en quelque sorte responsable de l'aventure. On prétendit que c'était moi qui avais délivré cette vilaine femme que je voudrais savoir au fond de la mer, et qui avais attiré tant de malheurs sur mes amis. Tyrrel sut se tirer d'affaire ; il passa pour victime, tandis que lui seul était cause de toute la bagarre, et moi je restai avec une réputation de don Quichotte et la balafre que vous voyez qui nuit beaucoup à mes succès. »

L'histoire contée, on rentra dans le salon. Darcy causa encore quelque temps avec Mme de Chaverny, puis il fut obligé de la quitter pour se voir présenter un jeune homme fort savant en économie politique, qui étudiait pour être député, et qui désirait avoir des renseignements statistiques sur l'empire ottoman.

CHAPITRE X

Julie, depuis que Darcy l'avait quittée, regardait souvent la pendule. Elle écoutait Châteaufort avec distraction, et ses yeux cherchaient involontairement Darcy, qui causait à l'autre extrémité du salon. Quelquefois il la regardait tout en parlant à son amateur de statistique, et elle ne pouvait supporter son regard pénétrant, quoique calme. Elle sentait qu'il avait déjà pris un empire extraordinaire sur elle et elle ne pensait plus à s'y soustraire.

Enfin elle demanda sa voiture, et soit à dessein, soit par préoccupation, elle la demanda en regardant Darcy d'un regard qui voulait dire : « Vous avez perdu une demi-heure que nous aurions pu passer ensemble. » La voiture était prête. Darcy causait toujours, mais il paraissait fatigué et ennuyé du questionneur qui ne le lâchait pas. Julie se leva lentement, serra la main de Mme Lambert, puis elle se dirigea vers la porte du salon, surprise et presque piquée de voir Darcy demeurer toujours à la même place. Châteaufort était auprès d'elle ; il lui offrit son bras qu'elle prit machinalement sans l'écouter, et presque sans s'apercevoir de sa présence.

Elle traversa le vestibule, accompagnée de Mme Lambert et de quelques personnes qui la reconduisirent jusqu'à sa voiture. Darcy était resté dans le salon. Quand elle fut assise dans sa calèche, Châteaufort lui demanda en souriant si elle n'aurait pas peur toute seule la nuit par les chemins, ajoutant qu'il allait la suivre de près dans son tilbury, aussitôt que le commandant Perrin aurait fini sa partie de billard. Julie, qui était toute rêveuse, fut rappelée à elle-même par le son de sa voix, mais elle n'avait rien compris. Elle fit ce qu'aurait fait toute autre femme en pareille circonstance : elle sourit. Puis, d'un signe de tête, elle dit adieu aux personnes réunies sur le perron, et ses chevaux l'entraînèrent rapidement.

Mais précisément au moment où la voiture s'ébranlait, elle avait vu Darcy sortir du salon, pâle, l'air triste, et les yeux fixés sur elle, comme s'il lui demandait un adieu distinct. Elle partit, emportant le regret de n'avoir pu lui faire un signe de tête pour lui seul, et elle pensa même qu'il en serait piqué. Déjà elle avait oublié qu'il avait laissé à un autre le soin de la conduire à sa voiture ; maintenant les torts étaient de son côté, et elle se les reprochait comme un grand crime. Les sentiments qu'elle avait éprouvés pour Darcy, quelques années auparavant, en le quittant après cette soirée où elle avait chanté faux, étaient bien moins vifs que ceux qu'elle emportait cette fois. C'est que non seulement les années avaient donné de la force à ses impressions, mais encore elles s'augmentaient de toute la colère accumulée contre son mari. Peut-être même l'espèce d'entraînement qu'elle avait ressenti pour Châteaufort, qui, d'ailleurs, dans ce moment, était complètement oublié, l'avait-il préparée à se laisser aller, sans trop de remords, au sentiment bien plus vif qu'elle éprouvait pour Darcy.

Quant à lui, ses pensées étaient d'une nature plus calme. Il avait rencontré avec plaisir une jolie femme qui lui rappelait des souvenirs heureux, et dont la connaissance lui serait probablement agréable pour l'hiver qu'il allait passer à Paris. Mais, une fois qu'elle n'était plus devant ses yeux, il ne lui restait tout au plus que le souvenir de quelques heures écoulées gaiement, souvenir dont la douceur était encore altérée par la perspective de se coucher tard et de faire quatre lieues pour retrouver son lit. Laissons-le, tout entier à ses idées prosaïques, s'envelopper soigneusement dans son manteau, s'établir commodément et en biais dans son coupé de louage, égarant ses pensées du salon de Mme Lambert à Constantinople, de Constantinople à Corfou, et de Corfou à un demi-sommeil.

Cher Lecteur, nous suivrons, s'il vous plaît, Mme de Chaverny.

CHAPITRE XI

Lorsque Mme de Chaverny quitta le château de Mme Lambert, la nuit était horriblement noire, l'atmosphère lourde et étouffante : de temps en temps, des éclairs, illuminant le paysage, dessinaient les silhouettes noires des arbres sur un fond d'un orangé livide. L'obscurité semblait redoubler après chaque éclair, et le cocher ne voyait pas la tête de ses chevaux. Un orage violent éclata bientôt. La pluie, qui tombait d'abord en gouttes larges et rares, se changea promptement en un véritable déluge. De tous côtés le ciel était en feu et l'artillerie céleste commençait à devenir assourdissante. Les chevaux, effrayés, soufflaient fortement et se cabraient au lieu d'avancer, mais le cocher avait parfaitement dîné : son épais carrick, et surtout le vin qu'il avait bu, l'empêchaient de craindre l'eau et les mauvais chemins. Il fouettait énergiquement les pauvres bêtes, non moins intrépide que César dans la tempête lorsqu'il disait à son pilote : « Tu portes César et sa fortune ! »

Mme de Chaverny, n'ayant pas peur du tonnerre, ne s'occupait guère de l'orage. Elle se répétait tout ce que Darcy lui avait dit, et se repentait de ne lui avoir pas dit cent choses qu'elle aurait pu lui dire, lorsqu'elle fut tout à coup interrompue dans ses méditations par un choc violent que reçut sa voiture : en même temps les glaces volèrent en éclats, un craquement de mauvais augure se fit entendre ; la calèche était précipitée dans un fossé. Julie en fut quitte pour la peur. Mais la pluie

ne cessait pas ; une roue était brisée ; les lanternes
s'étaient éteintes, et l'on ne voyait pas aux environs une
seule maison pour se mettre à l'abri. Le cocher jurait, le
valet de pied maudissait le cocher, et pestait contre sa
maladresse. Julie restait dans sa voiture, demandant
comment on pourrait revenir à P... ou ce qu'il fallait
faire ; mais à chaque question qu'elle faisait elle recevait cette réponse désespérante :

« C'est impossible ! »

Cependant on entendit de loin le bruit sourd d'une
voiture qui s'approchait. Bientôt le cocher de Mme de
Chaverny reconnut, à sa grande satisfaction, un de ses
collègues avec lequel il avait jeté les fondements d'une
tendre amitié dans l'office de Mme Lambert ; il lui cria
de s'arrêter.

La voiture s'arrêta ; et, à peine le nom de Mme de
Chaverny fut-il prononcé, qu'un jeune homme qui se
trouvait dans le coupé ouvrit lui-même la portière, et
s'écriant : « Est-elle blessée ? » s'élança d'un bond
auprès de la calèche de Julie. Elle avait reconnu Darcy,
elle l'attendait.

Leurs mains se rencontrèrent dans l'obscurité et
Darcy crut sentir que Mme de Chaverny pressait la
sienne ; mais c'était probablement un effet de la peur.
Après les premières questions, Darcy offrit naturellement sa voiture. Julie ne répondit pas d'abord, car elle
était fort indécise sur le parti qu'elle devait prendre.
D'un côté, elle pensait aux trois ou quatre lieues qu'elle
aurait à faire en tête à tête avec un jeune homme, si elle
voulait aller à Paris ; d'un autre côté, si elle revenait au
château pour y demander l'hospitalité à Mme Lambert,
elle frémissait à l'idée de raconter le romanesque
accident de la voiture versée et du secours qu'elle
aurait reçu de Darcy. Reparaître au salon au milieu de
la partie de whist, sauvée par Darcy comme la femme
turque... on ne pouvait y songer. Mais aussi trois
longues lieues jusqu'à Paris !... Pendant qu'elle flottait,
ainsi dans l'incertitude, et qu'elle balbutiait assez

maladroitement quelques phrases banales sur l'embarras qu'elle allait causer, Darcy, qui semblait lire au fond de son cœur, lui dit froidement :

« Prenez ma voiture, madame, je resterai dans la vôtre jusqu'à ce qu'il passe quelqu'un pour Paris. »

Julie, craignant de montrer trop de pruderie, se hâta d'accepter la première offre, mais non la seconde. Et comme sa résolution fut toute soudaine, elle n'eut pas le temps de résoudre l'importante question de savoir si l'on rirait à P... ou à Paris. Elle était déjà dans le coupé de Darcy, enveloppée de son manteau, qu'il s'empressa de lui donner, et les chevaux trottaient lestement vers Paris, avant qu'elle eût pensé à dire où elle voulait aller. Son domestique avait choisi pour elle en donnant au cocher le nom et la rue de sa maîtresse.

La conversation commença embarrassée de part et d'autre. Le son de voix de Darcy était bref, et paraissait annoncer un peu d'humeur. Julie s'imagina que son irrésolution l'avait choqué, et qu'il la prenait pour une prude ridicule. Déjà elle était tellement sous l'influence de cet homme qu'elle s'adressait intérieurement de vifs reproches, et ne songeait plus qu'à dissiper ce mouvement d'humeur dont elle s'accusait. L'habit de Darcy était mouillé, elle s'en aperçut, et, se débarrassant aussitôt du manteau, elle exigea qu'il s'en couvrît. De là un combat de générosité, d'où il résulta que, le différend ayant été tranché par la moitié, chacun eut sa part du manteau. Imprudence énorme qu'elle n'aurait pas commise sans ce moment d'hésitation qu'elle voulait faire oublier !

Ils étaient si près l'un de l'autre, que la joue de Julie pouvait sentir la chaleur de l'haleine de Darcy. Les cahots de la voiture les rapprochaient même quelquefois davantage.

« Ce manteau qui nous enveloppe tous les deux, dit Darcy, me rappelle nos charades d'autrefois. Vous souvenez-vous d'avoir été ma Virginie, lorsque nous nous affublâmes tous deux du mantelet de votre grand-mère ?

— Oui, et de la mercuriale qu'elle me fit à cette occasion.

— Ah ! s'écria Darcy, quel heureux temps que celui-là ! combien de fois j'ai pensé avec tristesse et bonheur à nos divines soirées de la rue de Bellechasse ! Vous rappelez-vous les belles ailes de vautour qu'on vous avait attachées aux épaules avec des rubans roses, et le bec de papier doré que je vous avais fabriqué avec tant d'art ?

— Oui, répondit Julie, vous étiez Prométhée, et moi le vautour. Mais quelle mémoire vous avez ! Comment avez-vous pu vous souvenir de toutes ces folies ? car il y a si longtemps que nous ne nous sommes vus !

— Est-ce un compliment que vous me demandez ? » dit Darcy en souriant et s'avançant de manière à la regarder en face.

Puis, d'un ton plus sérieux :

« En vérité, poursuivit-il, il n'est pas extraordinaire que j'aie conservé le souvenir des plus heureux moments de ma vie.

— Quel talent vous aviez pour les charades !... dit Julie qui craignait que la conversation ne prît un tour trop sentimental.

— Voulez-vous que je vous donne une autre preuve de ma mémoire ? interrompit Darcy. Vous rappelez-vous notre traité d'alliance chez Mme Lambert ? Nous nous étions promis de dire du mal de l'univers entier ; en revanche, de nous soutenir l'un l'autre envers et contre tous... Mais notre traité a eu le sort de la plupart des traités ; il est resté sans exécution.

— Qu'en savez-vous ?

— Hélas ! j'imagine que vous n'avez pas eu souvent occasion de me défendre ; car, une fois éloigné de Paris, quel oisif s'est occupé de moi ?

— De vous défendre... non... mais de parler de vous à vos amis...

— Oh ! mes amis ! s'écria Darcy avec un sourire mêlé de tristesse, je n'en avais guère à cette époque, que vous connussiez, du moins. Les jeunes gens que voyait madame votre mère me haïssaient, je ne sais pourquoi ; et, quant aux femmes, elles pensaient peu à monsieur l'attaché du ministère des Affaires étrangères.

— C'est que vous ne vous occupiez pas d'elles.

— Cela est vrai. Jamais je n'ai su faire l'aimable auprès des personnes que je n'aimais pas. »

Si l'obscurité avait permis de distinguer la figure de Julie, Darcy aurait pu voir qu'une vive rougeur s'était répandue sur ses traits en entendant cette dernière phrase, à laquelle elle avait donné un sens auquel peut-être Darcy ne songeait pas.

Quoi qu'il en soit, laissant là des souvenirs trop bien conservés par l'un et par l'autre, Julie voulut le remettre un peu sur ses voyages, espérant que, par ce moyen, elle serait dispensée de parler. Le procédé réussit presque toujours avec les voyageurs, surtout avec ceux qui ont visité quelque pays lointain.

« Quel beau voyage que le vôtre ! dit-elle, et combien je regrette de ne pouvoir jamais en faire un semblable ! »

Mais Darcy n'était plus en humeur conteuse.

« Quel est ce jeune homme à moustaches, demanda-t-il brusquement, qui vous parlait tout à l'heure ? »

Cette fois, Julie rougit encore davantage.

« C'est un ami de mon mari, répondit-elle, un officier de son régiment... On dit, poursuivit-elle sans vouloir abandonner son thème oriental, que les personnes qui ont vu ce beau ciel bleu de l'Orient ne peuvent plus vivre ailleurs.

— Il m'a déplu horriblement, je ne sais pourquoi... Je parle de l'ami de votre mari, non du ciel bleu... Quant à ce ciel bleu, madame, Dieu vous en préserve ! On finit par le prendre tellement en guignon à force de le voir toujours le même, qu'on admirerait comme le plus beau de tous les spectacles un sale brouillard de Paris. Rien n'agace plus les nerfs, croyez-moi que ce beau ciel bleu, qui était bleu hier et qui sera bleu

demain. Si vous saviez avec quelle impatience, avec
quel désappointement toujours renouvelé on attend, on
espère un nuage !

— Et cependant vous êtes resté bien longtemps sous
ce ciel bleu !

— Mais, madame, il m'était assez difficile de faire
autrement. Si j'avais pu ne suivre que mon inclination
je serais revenu bien vite dans les environs de la rue de
Bellechasse, après avoir satisfait le petit mouvement de
curiosité que doivent nécessairement exciter les étran-
getés de l'Orient.

— Je crois que bien des voyageurs en diraient autant
s'ils étaient aussi francs que vous... Comment passe-
t-on son temps à Constantinople et dans les autres villes
de l'Orient ?

— Là, comme partout, il y a plusieurs manières de
tuer le temps. Les anglais boivent, les Français jouent,
les Allemands fument, et quelques gens d'esprit, pour
varier leurs plaisirs, se font tirer des coups de fusil en
grimpant sur les toits pour lorgner les femmes du pays.

— C'est probablement à cette dernière occupation
que vous donniez la préférence.

— Point du tout. Moi, j'étudiais le turc et le grec, ce
qui me couvrait de ridicule. Quand j'avais terminé les
dépêches de l'ambassade, je dessinais, je galopais aux
Eaux-Douces, et puis j'allais au bord de la mer voir s'il
ne venait pas quelque figure humaine de France ou
d'ailleurs.

— Ce devait être un grand plaisir pour vous de voir
un Français à une si grande distance de la France ?

— Oui ; mais pour un homme intelligent combien
nous venait-il de marchands de quincaillerie ou de
cachemires ; ou, ce qui est bien pis, de jeunes poètes
qui, du plus loin qu'ils voyaient quelqu'un de l'ambassade, lui criaient : « Menez-moi voir les ruines, menez-
moi à Sainte-Sophie, conduisez-moi aux montagnes, à
la mer d'azur ; je veux voir les lieux où soupirait
Héro ! » Puis, quand ils ont attrapé un bon coup de

soleil, ils s'enferment dans leur chambre, et ne veulent plus rien voir que les derniers numéros du *Constitutionnel*.

— Vous voyez tout en mal, suivant votre vieille habitude. Vous n'êtes pas corrigé, savez-vous ? car vous êtes toujours aussi moqueur.

— Dites-moi, madame, s'il n'est pas bien permis à un damné qui frit dans sa poêle de s'égayer un peu aux dépens de ses camarades de friture ? D'honneur ! vous ne savez pas combien la vie que nous menons là-bas est misérable. Nous autres secrétaires d'ambassade, nous ressemblons aux hirondelles qui ne se posent jamais. Pour nous, point de ces relations intimes qui font le bonheur de la vie... ce me semble. (Il prononça ces derniers mots avec un accent singulier et en se rapprochant de Julie.) Depuis six ans je n'ai trouvé personne avec qui je pusse échanger mes pensées.

— Vous n'aviez donc pas d'amis là-bas ?

— Je viens de vous dire qu'il est impossible d'en avoir en pays étranger. J'en avais laissé deux en France. L'un est mort ; l'autre est maintenant en Amérique, d'où il ne reviendra que dans quelques années, si la fièvre jaune ne le retient pas.

— Ainsi, vous êtes seul ?...

— Seul.

— Et la société des femmes, quelle est-elle dans l'Orient ? Est-ce qu'elle ne vous offre pas quelques ressources ?

— Oh ! pour cela, c'est le pire de tout. Quant aux femmes turques, il n'y faut pas songer. Des Grecques et des Arméniennes, ce qu'on peut dire de mieux à leur louange, c'est qu'elles sont fort jolies. Pour les femmes des consuls et des ambassadeurs, dispensez-moi de vous en parler. C'est une question diplomatique ; et si j'en disais ce que j'en pense, je pourrais me faire tort aux Affaires étrangères.

— Vous ne paraissez pas aimer beaucoup votre carrière. Autrefois vous désiriez avec tant d'ardeur entrer dans la diplomatie !

— Je ne connaissais pas encore le métier. Maintenant je voudrais être inspecteur des boues de Paris !

— Ah ! Dieu ! Comment pouvez-vous dire cela ? Paris ! le séjour le plus maussade de la terre !

— Ne blasphémez pas. Je voudrais entendre votre palinodie à Naples, après deux ans de séjour en Italie.

— Voir Naples, c'est ce que je désirerais le plus au monde, répondit-elle en souriant... pourvu que mes amis fussent avec moi.

— Oh ! à cette condition je ferais le tour du monde. Voyager avec ses amis ! mais c'est comme si l'on restait dans son salon tandis que le monde passerait devant vos fenêtres comme un panorama qui se déroule.

— Eh bien, si c'est trop demander, je voudrais voyager avec un... avec deux amis seulement.

— Pour moi, je ne suis pas si ambitieux ; je n'en voudrais qu'un seul, ou qu'une seule, ajouta-t-il en souriant. Mais c'est un bonheur qui ne m'est jamais arrivé... et qui ne m'arrivera pas », reprit-il avec un soupir. Puis, d'un ton plus gai : « En vérité, j'ai toujours joué de malheur. Je n'ai jamais désiré bien vivement que deux choses, et je n'ai pu les obtenir.

— Qu'était-ce donc ?

— Oh ! rien de bien extravagant. Par exemple, j'ai désiré passionnément pouvoir valser avec quelqu'un... J'ai fait des études approfondies sur la valse. Je me suis exercé pendant des mois entiers, seul, avec une chaise, pour surmonter l'étourdissement qui ne manquait jamais d'arriver, et quand je suis parvenu à n'avoir plus de vertiges...

— Et avec qui désiriez-vous valser ?

— Si je vous disais que c'était avec vous ?... Et quand j'étais devenu, à force de peines, un valseur consommé, votre grand-mère, qui venait de prendre un confesseur janséniste, défendit la valse par un ordre du jour que j'ai encore sur le cœur.

— Et votre second souhait ?... demanda Julie fort troublée.

— Mon second souhait, je vous l'abandonne. J'aurais voulu, c'était par trop ambitieux de ma part, j'aurais voulu être aimé... mais aimé... C'est avant la valse que je souhaitais ainsi, et je ne suis pas l'ordre chronologique... J'aurais voulu, dis-je, être aimé par une femme qui m'aurait préféré à un bal, — le plus dangereux de tous les rivaux ; — par une femme que j'aurais pu venir voir avec des bottes crottées au moment où elle se disposerait à monter en voiture pour aller au bal. Elle aurait été en garde toilette, et elle m'aurait dit : *Restons*. Mais c'était de la folie. On ne doit demander que des choses possibles.

— Que vous êtes méchant ! Toujours vos remarques ironiques ! Rien ne trouve grâce devant vous. Vous êtes impitoyable pour les femmes.

— Moi ! Dieu m'en préserve ! C'est de moi plutôt que je médis. Est-ce dire du mal des femmes que de soutenir qu'elles préfèrent une soirée agréable... à un tête-à-tête avec moi ?

— Un bal !... une toilette !... Ah ! mon Dieu !... Qui aime le bal maintenant !... »

Elle ne pensait guère à justifier tout son sexe mis en cause ; elle croyait entendre la pensée de Darcy, et la pauvre femme n'entendait que son propre cœur.

« A propos de toilette de bal, quel dommage que nous ne soyons plus en carnaval ! J'ai rapporté un costume de femme grecque qui est charmant, et qui vous irait à ravir.

— Vous m'en ferez un dessin pour mon album.

— Très volontiers. Vous verrez quels progrès j'ai faits depuis le temps où je crayonnais des bonshommes sur la table à thé de madame votre mère. A propos, madame, j'ai un compliment à vous faire ; on m'a dit ce matin au ministère que M. de Chaverny allait être nommé gentilhomme de la chambre. Cela m'a fait grand plaisir. »

Julie tressaillit involontairement.

Darcy poursuivit sans s'apercevoir de ce mouvement :

« Permettez-moi de vous demander votre protection dès à présent... Mais, au fond, je ne suis pas trop content de votre nouvelle dignité. Je crains que vous ne soyez obligée d'aller habiter Saint-Cloud pendant l'été, et alors j'aurai moins souvent l'honneur de vous voir.

— Jamais je n'irai à Saint-Cloud, dit Julie d'une voix fort émue.

— Oh ! tant mieux, car Paris, voyez-vous, c'est le paradis, dont il ne faut jamais sortir que pour aller de temps en temps dîner à la campagne chez Mme Lambert, à condition de revenir le soir. Que vous êtes heureuse, madame, de vivre à Paris ! Moi qui n'y suis peut-être que pour peu de temps, vous n'avez pas d'idée combien je me trouve heureux dans le petit appartement que ma tante m'a donné. Et vous, vous demeurez, m'a-t-on dit, dans le faubourg Saint-Honoré. On m'a indiqué votre maison. Vous devez avoir un jardin délicieux, si la manie de bâtir n'a pas changé déjà vos allées en boutiques.

— Non, mon jardin est encore intact, Dieu merci.

— Quel jour recevez-vous, madame ?

— Je suis chez moi à peu près tous les soirs. Je serai charmée que vous vouliez bien me venir voir quelquefois.

— Vous voyez, madame, que je fais comme si notre ancienne *alliance* subsistait encore. Je m'invite moi-même sans cérémonie et sans présentation officielle. Vous me pardonnerez, n'est-ce pas ?... Je ne connais plus que vous à Paris et Mme Lambert. Tout le monde m'a oublié, mais vos deux maisons sont les seules que j'aie regrettées dans mon exil. Votre salon surtout doit être charmant. Vous qui choisissiez si bien vos amis ! Vous rappelez-vous les projets que vous faisiez autrefois pour le temps où vous seriez maîtresse de maison ? Un salon inaccessible aux ennuyeux ; de la musique quelquefois, toujours de la conversation, et bien tard ; point de gens à prétentions, un petit nombre de personnes se connaissant parfaitement et qui par conséquent ne cherchent point à mentir ni à faire de l'effet... Deux ou trois femmes spirituelles avec cela (et il est impossible que vos amies ne le soient pas...) ; et votre maison est la plus agréable de Paris. Oui, vous êtes la plus heureuse des femmes, et vous rendez heureux tous ceux qui vous approchent. »

Pendant que Darcy parlait, Julie pensait que ce bonheur qu'il décrivait avec tant de vivacité, elle aurait pu l'obtenir si elle eût été mariée à un autre homme... à Darcy, par exemple. Au lieu de ce salon imaginaire, si élégant et si agréable, elle pensait aux ennuyeux que Chaverny lui avait attirés... au lieu de ces conversations si gaies, elle se rappelait les scènes conjugales comme celle qui l'avait conduite à P... Elle se voyait enfin malheureuse à jamais, attachée pour la vie à la destinée d'un homme qu'elle haïssait et qu'elle méprisait ; tandis que celui qu'elle trouvait le plus aimable du monde, celui qu'elle aurait voulu charger du soin d'assurer son bonheur, devait demeurer toujours un étranger pour elle. Il était de son devoir de l'éviter, de s'en séparer... et il était si près d'elle, que les manches de sa robe étaient froissées par le revers de son habit !

Darcy continua quelque temps à peindre les plaisirs de la vie de Paris avec toute l'éloquence que lui donnait une longue privation. Julie cependant sentait ses larmes couler le long de ses joues. Elle tremblait que Darcy ne s'en aperçût, et la contrainte qu'elle s'imposait ajoutait encore à la force de son émotion. Elle étouffait ; elle n'osait faire un mouvement. Enfin un sanglot lui échappa, et tout fut perdu. Elle tomba la tête dans ses mains, à moitié suffoquée par les larmes et la honte.

Darcy, qui ne pensait à rien moins, fut bien étonné. Pendant un instant la surprise le rendit muet ; mais, les sanglots redoublant, il se crut obligé de parler et de demander la cause de ces larmes si soudaines.

« Qu'avez-vous, madame ? Au nom de Dieu, madame... répondez-moi. Que vous arrive-t-il ?... »

Et comme la pauvre Julie, à toutes ces questions, serrait avec plus de force son mouchoir sur ses yeux, il lui prit la main et, écartant doucement le mouchoir :

« Je vous en conjure, madame, dit-il d'un ton de voix altéré qui pénétra Julie jusqu'au fond du cœur, je vous en conjure, qu'avez-vous ? Vous aurais-je offensée involontairement ?... Vous me désespérez par votre silence.

— Ah ! s'écria Julie ne pouvant plus se contenir, je suis bien malheureuse ! » et elle sanglota plus fort.

« Malheureuse ! Comment ?... Pourquoi ?... qui peut vous rendre malheureuse ? répondez-moi. »

En parlant ainsi, il lui serrait les mains, et sa tête touchait presque celle de Julie, qui pleurait au lieu de répondre. Darcy ne savait que penser, mais il était touché de ses larmes. Il se trouvait rajeuni de six ans, et il commmençait à entrevoir dans un avenir qui ne s'était pas encore présenté à son imagination, que du rôle de confident il pourrait bien passer à un autre plus élevé.

Comme elle s'obstinait à ne pas répondre, Darcy, craignant qu'elle ne se trouvât mal, baissa une des glaces de la voiture, détacha les rubans du chapeau de Julie, écarta son manteau et son châle. Les hommes sont gauches à rendre ces soins. Il voulait faire arrêter la voiture auprès d'un village, et il appelait déjà le cocher, lorsque Julie, lui saisissant le bras, le supplia de ne pas faire arrêter, et l'assura qu'elle était beaucoup mieux. Le cocher n'avait rien entendu, et continuait à diriger ses chevaux vers Paris.

« Mais je vous en supplie, ma chère madame de Chaverny, dit Darcy en reprenant une main qu'il avait abandonnée un instant, je vous en conjure, dites-moi, qu'avez-vous ? Je crains... Je ne puis comprendre comment j'ai été assez malheureux pour vous faire de la peine.

— Ah ! ce n'est pas vous ! s'écria Julie ; et elle lui serra un peu la main.

— Eh bien, dites-moi, qui peut vous faire ainsi pleu-

rer ? parlez-moi avec confiance. Ne sommes-nous pas
d'anciens amis ? ajouta-t-il en souriant et serrant à son
tour la main de Julie.

— Vous me parliez du bonheur dont vous me croyez
entourée... et ce bonheur est si loin de moi !

— Comment ! N'avez-vous pas tous les éléments du
bonheur... ? Vous êtes jeune, riche, jolie... Votre mari
tient un rang distingué dans la société...

— Je le déteste ! s'écria Julie hors d'elle-même ; je le
méprise ! » Et elle cacha sa tête dans son mouchoir en
sanglotant plus fort que jamais.

« Oh ! oh ! pensa Darcy, ceci devient fort grave. »

Et, profitant avec adresse de tous les cahots de la
voiture pour se rapprocher davantage de la malheureuse Julie :

« Pourquoi, lui disait-il de la voix la plus douce et la
plus tendre du monde, pourquoi vous affliger ainsi ?
Faut-il qu'un être que vous méprisez ait autant
d'influence sur votre vie ? Pourquoi lui permettez-vous
d'empoisonner lui seul votre bonheur ? Mais est-ce
donc à lui que vous devez demander ce bonheur ?... »

Et il lui baisa le bout des doigts ; mais comme elle
retira aussitôt sa main avec terreur, il craignit d'avoir
été trop loin... Mais, déterminé à voir la fin de l'aventure, il dit en soupirant d'une façon assez hypocrite :

« Que j'ai été trompé ! Lorsque j'ai appris votre
mariage, j'ai cru que M. de Chaverny vous plaisait
réellement.

— Ah ! monsieur Darcy, vous ne m'avez jamais
connue ! »

Le ton de sa voix disait clairement : « Je vous ai
toujours aimé, et vous n'avez pas voulu vous en apercevoir. » La pauvre femme croyait en ce moment, de la
meilleure foi du monde, qu'elle avait toujours aimé
Darcy, pendant les six années qui venaient de s'écouler,
avec autant d'amour qu'elle en sentait pour lui dans ce
moment.

« Et vous ! s'écria Darcy en s'animant, vous,

madame, m'avez-vous jamais connu ? Avez-vous jamais su quels étaient mes sentiments ? Ah ! si vous m'aviez mieux connu, nous serions sans doute heureux maintenant l'un et l'autre.

— Que je suis malheureuse ! répéta Julie avec un redoublement de larmes, et en lui serrant la main avec force.

— Mais quand même vous m'auriez compris, madame, continua Darcy avec cette expression de mélancolie ironique qui lui était habituelle, qu'en serait-il résulté ? J'étais sans fortune ; la vôtre était considérable ; votre mère m'eût repoussé avec mépris.

— J'étais condamné d'avance. — Vous-même, oui, vous, Julie, avant qu'une fatale expérience ne vous eût montré où est le véritable bonheur, vous auriez sans doute ri de ma présomption, et une voiture bien vernie, avec une couronne de comte sur les panneaux, aurait été sans doute alors le plus sûr moyen de vous plaire.

— Ô Ciel ! et vous aussi ! Personne n'aura donc pitié de moi ?

— Pardonnez-moi, chère Julie ! s'écria-t-il très ému lui-même ; pardonnez-moi, je vous en supplie. Oubliez ces reproches ; non, je n'ai pas le droit de vous en faire, moi. — Je suis plus coupable que vous... Je n'ai pas su vous apprécier. Je vous ai crue faible comme les femmes du monde où vous viviez ; j'ai douté de votre courage, chère Julie, et j'en suis cruellement puni !... »

Il baisait avec feu ses mains, qu'elle ne retirait plus ; il allait la presser sur son sein... mais Julie le repoussa avec une vive expression de terreur et s'éloigna de lui autant que la largeur de la voiture pouvait le lui permettre.

Sur quoi Darcy, d'une voix dont la douceur même rendait l'expression plus poignante :

« Excusez-moi, madame, j'avais oublié Paris. Je me rappelle maintenant qu'on s'y marie, mais qu'on n'y aime point.

— Oh ! oui, je vous aime », murmura-t-elle en san-

glotant ; et elle laissa tomber sa tête sur l'épaule de
Darcy.

Darcy la serra dans ses bras avec transport, cherchant à arrêter ses larmes par des baisers. Elle essaya
encore de se débarrasser de son étreinte, mais cet effort
fut le dernier qu'elle tenta.

CHAPITRE XII

Darcy s'était trompé sur la nature de son émotion : il faut bien le dire, il n'était pas amoureux. Il avait profité d'une bonne fortune qui semblait se jeter à sa tête, et qui méritait bien qu'on ne la laissât pas échapper. D'ailleurs, comme tous les hommes, il était beaucoup plus éloquent pour demander que pour remercier. Cependant il était poli, et la politesse tient lieu souvent de sentiments plus respectables. Le premier mouvement d'ivresse passé, il débitait donc à Julie des phrases tendres qu'il composait sans trop de peine, et qu'il accompagnait de nombreux baisements de main qui lui épargnaient autant de paroles. Il voyait sans regret que la voiture était déjà aux barrières, et que dans peu de minutes il allait se séparer de sa conquête. Le silence de Mme de Chaverny au milieu de ses protestations, l'accablement dans lequel elle paraissait plongée, rendaient difficile, ennuyeuse même, si j'ose le dire, la position de son nouvel amant.

Elle était immobile, dans un coin de la voiture, serrant machinalement son châle contre son sein. Elle ne pleurait plus ; ses yeux étaient fixes, et lorsque Darcy lui prenait la main pour la baiser, cette main, dès qu'elle était abandonnée, retombait sur ses genoux comme morte. Elle ne parlait pas, entendait à peine ; mais une foule de pensées déchirantes se présentaient à la fois à son esprit, et, si elle voulait en exprimer une, une autre à l'instant venait lui fermer la bouche.

Comment rendre le chaos de ces pensées, ou plutôt de

ces images qui se succédaient avec autant de rapidité
que les battements de son cœur ? Elle croyait entendre
à ses oreilles des mots sans liaison et sans suite, mais
tous avec un sens terrible. Le matin elle avait accusé
son mari, il était vil à ses yeux ; maintenant elle était
cent fois plus méprisable. Il lui semblait que sa honte
était publique. — La maîtresse du duc de H*** la
repousserait à son tour. — Mme Lambert, tous ses amis
ne voudraient plus la voir. — Et Darcy ? — L'aimait-il ?
— Il la connaissait à peine. — Il l'avait oubliée. — Il ne
l'avait pas reconnue tout de suite. — Peut-être l'avait-il
trouvée bien changée. — Il était froid pour elle : c'était
là le coup de grâce. Son entraînement pour un homme
qui la connaissait à peine, qui ne lui avait pas montré
de l'amour... mais de la politesse seulement. — Il était
impossible qu'il l'aimât. — Elle-même, l'aimait-elle ?
— Non, puisqu'elle s'était mariée lorsqu'à peine il
venait de partir.

Quand la voiture entra dans Paris, les horloges son-
naient une heure. C'était à quatre heures qu'elle avait
vu Darcy pour la première fois. — Oui, *vu*, — elle ne
pouvait dire *revu*... Elle avait oublié ses traits, sa voix ;
c'était un étranger pour elle... Neuf heures après, elle
était devenue sa maîtresse !... Neuf heures avaient suffi
pour cette singulière fascination... avaient suffi pour
qu'elle fût déshonorée à ses propres yeux, aux yeux de
Darcy lui-même ; car que pouvait-il penser d'une
femme aussi faible ? Comment ne pas la mépriser ?

Parfois la douceur de la voix de Darcy, les paroles
tendres qu'il lui adressait, la ranimaient un peu. Alors
elle s'efforçait de croire qu'il sentait réellement
l'amour dont il parlait. Elle ne s'était pas rendue si
facilement. — Leur amour durait depuis longtemps
lorsque Darcy l'avait quittée. — Darcy devait savoir
qu'elle ne s'était mariée que par suite du dépit que son
départ lui avait fait éprouver. — Les torts étaient du
côté de Darcy. — Pourtant, il l'avait toujours aimée
pendant sa longue absence. — Et, à son retour, il avait

été heureux de la retrouver aussi constante que lui. —
La franchise de son aveu, — sa faiblesse même,
devaient plaire à Darcy, qui détestait la dissimulation.
— Mais l'absurdité de ces raisonnements lui apparaissait bientôt. — Les idées consolantes s'évanouissaient,
et elle restait en proie à la honte et au désespoir.

Un moment elle voulut exprimer ce qu'elle sentait.
Elle venait de se représenter qu'elle était proscrite par
le monde, abandonnée par sa famille. Après avoir si
grièvement offensé son mari, sa fierté ne lui permettait
pas de le revoir jamais. « Je suis aimée de Darcy, se
dit-elle ; je ne puis aimer que lui. Sans lui je ne puis être
heureuse. — Je serai heureuse partout avec lui. Allons
ensemble dans quelque lieu où jamais je ne puisse voir
une figure qui me fasse rougir. Qu'il m'emmène avec
lui à Constantinople... »

Darcy était à cent lieues de deviner ce qui se passait
dans le cœur de Julie. Il venait de remarquer qu'ils
entraient dans la rue habitée par Mme de Chaverny, et
remettait ses gants glacés avec beaucoup de sang-froid.

« A propos, dit-il, il faut que je sois présenté officielle-
ment à M. de Chaverny... Je suppose que nous serons
bientôt bons amis. Présenté par Mme Lambert, je serai
sur un bon pied dans votre maison. En attendant,
puisqu'il est à la campagne, je puis vous voir ? »

La parole expira sur les lèvres de Julie. Chaque mot
de Darcy était un coup de poignard. Comment parler de
fuite, d'enlèvement, à cet homme si calme, si froid, qui
ne pensait qu'à arranger sa liaison pour l'été, de la
manière la plus commode ? Elle brisa avec rage la
chaîne d'or qu'elle portait au cou, et tordit les chaînons
entre ses doigts. La voiture s'arrêta à la porte de la
maison qu'elle occupait. Darcy fut fort empressé à lui
arranger son châle sur les épaules, à rajuster son chapeau convenablement. Lorsque la portière s'ouvrit, il
lui présenta la main de l'air le plus respectueux, mais
Julie s'élança à terre sans vouloir s'appuyer sur lui.

« Je vous demanderai la permission, madame, dit-il

en s'inclinant profondément, de venir savoir de vos nouvelles.

— Adieu ! » dit Julie d'une voix étouffée.

Darcy remonta dans son coupé, et se fit ramener chez lui en sifflant de l'air d'un homme très satisfait de sa journée.

CHAPITRE XIII

Aussitôt qu'il se retrouva dans son appartement de garçon, Darcy passa une robe de chambre turque, mit des pantoufles, et, ayant chargé de tabac de Latakié une longue pipe dont le tuyau était de merisier de Bosnie et le bouquin d'ambre blanc, il se mit en devoir de la savourer en se renversant dans une grande bergère garnie de maroquin et dûment rembourrée. Aux personnes qui s'étonneraient de le voir dans cette vulgaire occupation au moment où peut-être il aurait dû rêver plus poétiquement, je répondrai qu'une bonne pipe est utile, sinon nécessaire, à la rêverie, et que le véritable moyen de bien jouir d'un bonheur, c'est de l'associer à un autre bonheur. Un de mes amis, homme fort sensuel, n'ouvrait jamais une lettre de sa maîtresse avant d'avoir ôté sa cravate, attisé le feu si l'on était en hiver, et s'être couché sur un canapé commode.

« En vérité, se dit Darcy, j'aurais été un grand sot si j'avais suivi le conseil de Tyrrel, et si j'avais acheté une esclave grecque pour l'amener à Paris. Parbleu ! c'eût été, comme disait mon ami Haleb-Effendi, c'eût été porter des figues à Damas. Dieu merci ! la civilisation a marché grand train pendant mon absence, et il ne paraît pas que la rigidité soit portée à l'excès... Ce pauvre Chaverny !... Ah ! ah ! Si pourtant j'avais été assez riche il y a quelques années, j'aurais épousé Julie, et ce serait peut-être Chaverny qui l'aurait reconduite ce soir. Si je me marie jamais, je ferai visiter souvent la voiture de ma femme, pour qu'elle n'ait pas besoin de chevaliers errants qui la tirent des fossés... Voyons, recordons-nous. A tout prendre, c'est une très jolie femme, elle a de l'esprit, et, si je n'étais pas aussi vieux que je le suis, il ne tiendrait qu'à moi de croire que c'est à mon prodigieux mérite !... Ah ! mon prodigieux mérite !... Hélas ! hélas ! dans un mois peut-être, mon mérite sera au niveau de celui de ce monsieur à moustaches... Morbleu ! j'aurais bien voulu que cette petite Nastasia, que j'ai tant aimée, sût lire et écrire, et pût parler des choses avec les honnêtes gens, car je crois que c'est la seule femme qui m'ait aimé... Pauvre enfant !... » Sa pipe s'éteignit et il s'endormit bientôt.

En rentrant dans son appartement, Mme de Chaverny rassembla toutes ses forces pour dire d'un air naturel à sa femme de chambre qu'elle n'avait pas besoin d'elle, et qu'elle la laissât seule. Aussitôt que cette fille fut sortie, elle se jeta sur son lit et là elle se mit à pleurer plus amèrement, maintenant qu'elle se trouvait seule, que lorsque la présence de Darcy l'obligeait à se contraindre.

La nuit a certainement une influence très grande sur les peines morales comme sur les douleurs physiques. Elle donne à tout une teinte lugubre, et les images qui, le jour, seraient indifférentes ou même riantes, nous inquiètent et nous tourmentent la nuit, comme des spectres qui n'ont de puissance que pendant les ténèbres. Il semble que, pendant la nuit, la pensée redouble d'activité, et que la raison perd son empire. Une espèce de fantasmagorie intérieure nous trouble et nous effraye sans que nous ayons la force d'écarter la cause de nos terreurs ou d'en examiner froidement la réalité.

Qu'on se représente la pauvre Julie étendue sur son lit, à demi habillée, s'agitant sans cesse, tantôt dévorée d'une chaleur brûlante, tantôt glacée par un frisson pénétrant, tressaillant au moindre craquement de la boiserie, et entendant distinctement les battements de son cœur. Elle ne conservait de sa position qu'une angoisse vague dont elle cherchait en vain la cause. Puis, tout d'un coup, le souvenir de cette fatale soirée passait dans son esprit aussi rapide qu'un éclair, et avec lui se réveillait une douleur vive et aiguë comme celle que produirait un fer rouge dans une blessure cicatrisée.

Tantôt elle regardait sa lampe, observant avec une attention stupide toutes les vacillations de la flamme, jusqu'à ce que les larmes qui s'amassaient dans ses yeux, elle ne savait pourquoi, l'empêchassent de voir la lumière.

« Pourquoi ces larmes ? se disait-elle. Ah ! je suis déshonorée ! »

Tantôt elle comptait les glands des rideaux de son lit, mais elle n'en pouvait jamais retenir le nombre.

« Quelle est donc cette folie ? pensait-elle. Folie ? Oui, car il y a une heure je me suis donnée comme une misérable courtisane à un homme que je ne connais pas. »

Puis elle suivait d'un œil hébété l'aiguille de sa pendule avec l'anxiété d'un condamné qui voit approcher l'heure de son supplice. Tout à coup la pendule sonnait :

« Il y a trois heures, disait-elle, tressaillant en sursaut, j'étais avec lui, et je suis déshonorée ! »

Elle passa toute la nuit dans cette agitation fébrile. Quand le jour parut, elle ouvrit sa fenêtre, et l'air frais et piquant du matin lui apporta quelque soulagement. Penchée sur la balustrade de sa fenêtre qui donnait sur le jardin, elle respirait l'air froid avec une espèce de volupté. Le désordre de ses idées se dissipa peu à peu. Aux vagues tourments, au délire qui l'agitaient, succéda un désespoir concentré qui était un repos en comparaison.

Il fallait prendre un parti. Elle s'occupa de chercher alors ce qu'elle avait à faire. Elle ne s'arrêta pas un moment à l'idée de revoir Darcy. Cela lui paraissait impossible ; elle serait morte de honte en l'apercevant. Elle devait quitter Paris où, dans deux jours, tout le monde la montrerait du doigt. Sa mère était à Nice ;

elle irait la rejoindre, lui avouerait tout ; puis, après s'être épanchée dans son sein, elle n'avait plus qu'une chose à faire, c'était de chercher quelque endroit désert en Italie, inconnu aux voyageurs, où elle irait vivre seule, et mourir bientôt.

Cette résolution une fois prise, elle se trouva plus tranquille. Elle s'assit devant une petite table en face de la fenêtre, et, la tête dans ses mains, elle pleura, mais cette fois sans amertume. La fatigue et l'abattement l'emportèrent enfin, et elle s'endormit, ou plutôt elle cessa de penser pendant une heure à peu près.

Elle se réveilla avec le frisson de la fièvre. Le temps avait changé, le ciel était gris, et une pluie fine et glacée annonçait,du froid et de l'humidité pour tout le reste du jour. Julie sonna sa femme de chambre.

« Ma mère est malade, lui dit-elle, il faut que je parte sur-le-champ pour Nice. Faites une malle, je veux partir dans une heure.

— Mais, madame, qu'avez-vous ? N'êtes-vous pas malade ?... Madame ne s'est pas couchée ! » s'écria la femme de chambre, surprise et alarmée du changement qu'elle observa sur les traits de sa maîtresse.

« Je veux partir, dit Julie d'un ton d'impatience, il faut absolument que je parte. Préparez-moi une malle. »

Dans notre civilisation moderne, il ne suffit pas d'un simple acte de volonté pour aller d'un lieu à un autre. Il faut faire des paquets, emporter des cartons, s'occuper de cent préparatifs ennuyeux qui suffiraient pour ôter l'envie de voyager. Mais l'impatience de Julie abrégea beaucoup toutes ces lenteurs nécessaires. Elle allait et venait de chambre en chambre, aidait elle-même à faire les malles, entassant sans ordre des bonnets et des robes accoutumés à être traités avec plus d'égards. Pourtant les mouvements qu'elle se donnait contribuaient plutôt à retarder ses domestiques qu'à les hâter.

« Madame a sans doute prévenu monsieur ? » demanda timidement la femme de chambre.

Julie, sans lui répondre, prit du papier ; elle écrivit :
« Ma mère est malade à Nice. Je vais auprès d'elle. »
Elle plia le papier en quatre, mais ne put se résoudre à y
mettre une adresse.

Au milieu des préparatifs de départ, un domestique
entra :

« M. de Châteaufort, dit-il, demande si madame est
visible ; il y a aussi un autre monsieur qui est venu en
même temps, que je ne connais pas : mais voici sa
carte. »

Elle lut : « E. DARCY *secrétaire d'ambassade*. »

Elle put à peine retenir un cri.

« Je n'y suis pour personne ! s'écria-t-elle ; dites que
je suis malade. Ne dites pas que je vais partir. »

Elle ne pouvait s'expliquer comment Châteaufort et
Darcy venaient la voir en même temps, et, dans son
trouble, elle ne douta pas que Darcy n'eût déjà choisi
Châteaufort pour son confident. Rien n'était plus
simple cependant que leur présence simultanée. Amenés par le même motif, ils s'étaient rencontrés à la
porte ; et, après avoir échangé un salut très froid, ils
s'étaient tout bas donnés au diable l'un l'autre de grand
cœur.

Sur la réponse du domestique, ils descendirent
ensemble l'escalier, se saluèrent de nouveau encore
plus froidement, et s'éloignèrent chacun dans une
direction opposée.

Châteaufort avait remarqué l'attention particulière
que Mme de Chaverny avait montrée pour Darcy et, dès
ce moment, il l'avait pris en haine. De son côté Darcy,
qui se piquait d'être physionomiste, n'avait pu observer l'air d'embarras et de contrariété de Châteaufort
sans en conclure qu'il aimait Julie ; et comme, en sa
qualité de diplomate, il était porté à supposer le mal *a
priori*, il avait conclu fort légèrement que Julie n'était
pas cruelle pour Châteaufort.

« Cette étrange coquette, se disait-il à lui-même en
sortant, n'aura pas voulu nous recevoir ensemble, de

peur d'une scène d'explication comme celle du *Misan-thrope*... Mais j'ai été bien sot de ne pas trouver quelque prétexte pour rester et laisser partir ce jeune fat. Assurément, si j'avais attendu seulement qu'il eût le dos tourné, j'aurais été admis, car j'ai sur lui l'incontestable avantage de la nouveauté. »

Tout en faisant ces réflexions, il s'était arrêté, puis il s'était retourné, puis il rentrait dans l'hôtel de Mme de Chaverny. Châteaufort, qui s'était aussi retourné plusieurs fois pour l'observer, revint sur ses pas et s'établit en croisière à quelque distance pour le surveiller.

Darcy dit au domestique, surpris de le revoir, qu'il avait oublié de lui donner un mot pour sa maîtresse, qu'il s'agissait d'une affaire pressée et d'une commission dont une dame l'avait chargé pour Mme de Chaverny. Se souvenant que Julie entendait l'anglais, il écrivit sur sa carte au crayon : *Begs leave to ask when he can show to madame de Chaverny his turkish Album*. Il remit sa carte au domestique, et dit qu'il attendrait la réponse.

Cette réponse tarda longtemps. Enfin le domestique revint fort troublé.

« Madame, dit-il, s'est trouvée mal tout à l'heure, et elle est trop souffrante maintenant pour pouvoir vous répondre. »

Tout cela avait duré un quart d'heure. Darcy ne croyait guère à l'évanouissement, mais il était bien évident qu'on ne voulait pas le voir. Il prit son parti philosophiquement ; et, se rappelant qu'il avait des visites à faire dans le quartier, il sortit sans se mettre autrement en peine de ce contre-temps.

Châteaufort l'attendait dans une anxiété furieuse. En le voyant passer, il ne douta pas qu'il ne fût son rival heureux, et il se promit de saisir aux cheveux la première occasion de se venger de l'infidèle et de son complice. Le commandant Perrin, qu'il rencontra fort à propos, reçut sa confidence et le consola du mieux qu'il put, non sans lui remontrer le peu d'apparence de ses soupçons.

CHAPITRE XV

Julie s'était bien réellement évanouie en recevant la seconde carte de Darcy. Son évanouissement fut suivi d'un crachement de sang qui l'affaiblit beaucoup. Sa femme de chambre avait envoyé chercher son médecin ; mais Julie refusa obstinément de le voir. Vers quatre heures les chevaux de poste étaient arrivés, les malles attachées : tout était prêt pour le départ. Julie monta en voiture, toussant horriblement et dans un état à faire pitié. Pendant la soirée et toute la nuit, elle ne parla qu'au valet de chambre assis sur le siège de la calèche, et seulement pour qu'il dît aux postillons de se hâter. Elle toussait toujours, et paraissait souffrir beaucoup de la poitrine ; mais elle ne fit pas entendre une plainte. Le matin elle était si faible, qu'elle s'évanouit lorsqu'on ouvrit la portière. On la descendit dans une mauvaise auberge où on la coucha. Un médecin de village fut appelé : il la trouva avec une fièvre violente, et lui défendit de continuer son voyage. Pourtant elle voulait toujours partir. Dans la soirée le délire vint, et tous les symptômes augmentèrent de gravité. Elle parlait continuellement et avec une volubilité si grande, qu'il était très difficile de la comprendre. Dans ses phrases incohérentes, les noms de Darcy, de Château-fort et de Mme Lambert revenaient souvent. La femme de chambre écrivit à M. de Chaverny pour lui annoncer la maladie de sa femme ; mais elle était à près de trente lieues de Paris, Chaverny chassait chez le duc de H***, et la maladie faisait tant de progrès, qu'il était douteux qu'il pût arriver à temps.

Le valet de chambre, cependant, avait été à cheval à la ville voisine et en avait amené un médecin. Celui-ci blâma les prescriptions de son confrère, déclara qu'on l'appelait bien tard et que la maladie était grave.

Le délire cessa au lever du jour, et Julie s'endormit alors profondément. Lorsqu'elle s'éveilla, deux ou trois jours après, elle parut avoir de la peine à se rappeler par quelle suite d'accidents elle se trouvait couchée dans une sale chambre d'auberge. Pourtant la mémoire lui revint bientôt. Elle dit qu'elle se sentait mieux, et parla même de repartir le lendemain. Puis, après avoir paru méditer longtemps en tenant la main sur son front, elle demanda de l'encre et du papier, et voulut écrire. Sa femme de chambre la vit commencer des lettres qu'elle déchirait toujours après avoir écrit les premiers mots. En même temps elle recommandait qu'on brûlât les fragments de papier. La femme de chambre remarqua sur plusieurs morceaux ce mot : *Monsieur ;* ce qui lui parut extraordinaire, dit-elle, car elle croyait que madame écrivait à sa mère ou à son mari. Sur un autre fragment elle lut : « *Vous devez bien me mépriser...* »

Pendant près d'une demi-heure elle essaya inutilement d'écrire cette lettre, qui paraissait la préoccuper vivement. Enfin l'épuisement de ses forces ne lui permit pas de continuer : elle repoussa le pupitre qu'on avait placé sur son lit, et dit d'un air égaré à sa femme de chambre :

« Écrivez vous-même à M. Darcy.

— Que faut-il écrire, madame ? demanda la femme de chambre, persuadée que le délire allait recommencer.

— Écrivez-lui qu'il ne me connaît pas... que je ne le connais pas... »

Et elle retomba accablée sur son oreiller.

Ce furent les dernières paroles suivies qu'elle prononça. Le délire la reprit et ne la quitta plus. Elle mourut le lendemain sans grandes souffrances apparentes.

CHAPITRE XVI

Chaverny arriva trois jours après son enterrement. Sa douleur sembla véritable, et tous les habitants du village pleurèrent en le voyant debout dans le cimetière, contemplant la terre fraîchement remuée qui couvrait le cercueil de sa femme. Il voulait d'abord la faire exhumer et la transporter à Paris ; mais le maire s'y étant opposé, et le notaire lui ayant parlé de formalités sans fin, il se contenta de commander une pierre de liais et de donner des ordres pour l'érection d'un tombeau simple, mais convenable.

Châteaufort fut très sensible à cette mort si soudaine. Il refusa plusieurs invitations de bal, et pendant quelque temps on ne le vit que vêtu de noir.

Dans le monde on fit plusieurs récits de la mort de Mme de Chaverny. Suivant les uns, elle avait eu un rêve, ou, si l'on veut, un pressentiment qui lui annonçait que sa mère était malade. Elle en avait été tellement frappée qu'elle s'était mise en route pour Nice, sur-le-champ, malgré un gros rhume qu'elle avait gagné en revenant de chez Mme Lambert ; et ce rhume était devenu une fluxion de poitrine.

D'autres, plus clairvoyants, assuraient d'un air mystérieux que Mme de Chaverny, ne pouvant se dissimuler l'amour qu'elle ressentait pour M. de Châteaufort, avait voulu chercher auprès de sa mère la force d'y résister. Le rhume et la fluxion de poitrine étaient la conséquence de la précipitation de son départ. Sur ce point on était d'accord.

Darcy ne parlait jamais d'elle. Trois ou quatre mois après sa mort, il fit un mariage avantageux. Lorsqu'il annonça son mariage à Mme Lambert, elle lui dit en le félicitant :

« En vérité, votre femme est charmante, et il n'y a que ma pauvre Julie qui aurait pu vous convenir autant. Quel dommage que vous fussiez trop pauvre pour elle quand elle s'est mariée ! »

Darcy sourit de ce sourire ironique qui lui était habituel, mais il ne répondit rien.

Ces deux cœurs qui se méconnurent étaient peut-être faits l'un pour l'autre.

LES AMES DU PURGATOIRE

Cicéron dit quelque part, c'est, je crois dans son traité *De la nature des dieux*, qu'il y a eu plusieurs Jupiters, — un Jupiter en Crète, — un autre à Olympie, — un autre ailleurs ; — si bien qu'il n'y a pas une ville de Grèce un peu célèbre qui n'ait eu son Jupiter à elle. De tous ces Jupiters on en a fait un seul à qui l'on a attribué toutes les aventures de chacun de ses homonymes. C'est ce qui explique la prodigieuse quantité de bonnes fortunes qu'on prête à ce dieu.

La même confusion est arrivée à l'égard de don Juan, personnage qui s'approche de bien près de la célébrité de Jupiter. Séville seule a possédé plusieurs Don Juan ; mainte autre ville cite le sien. Chacun avait autrefois sa légende séparée. Avec le temps, toutes se sont fondues en une seule.

Pourtant, en y regardant de près, il est facile de faire la part de chacun, ou du moins de distinguer deux de ces héros, savoir : don Juan Tenorio, qui, comme chacun sait, a été emporté par une statue de pierre ; et don Juan de Marafia, dont la fin a été toute différente.

On conte de la même manière la vie de l'un et de l'autre : le dénouement seul les distingue. Il y en a pour tous les goûts, comme dans les pièces de Ducis, qui finissent bien ou mal, suivant la sensibilité des lecteurs.

Quant à la vérité de cette histoire ou de ces deux histoires, elle est incontestable, et en offenserait grandement le patriotisme provincial des Sévillans si l'on révoquait en doute l'existence de ces garnements qui

ont rendu suspecte la généalogie de leurs plus nobles
familles. On montre aux étrangers la maison de don
Juan Tenorio, et tout homme, ami des arts, n'a pu
passer à Séville sans visiter l'église de la Charité. Il y
aura vu le tombeau du chevalier de Maraña avec cette
inscription dictée par son humilité ou si l'on veut par
son orgueil : *Aqui yace el peor hombre que fué en el
mundo* *. Le moyen de douter après cela ? Il est vrai
qu'après vous avoir conduit à ces deux monuments,
votre cicerone vous racontera encore comment don
Juan (on ne sait lequel) fit des propositions étranges à
la Giralda, cette figure de bronze qui surmonte la tour
moresque de la cathédrale, et comment la Giralda les
accepta, — comment don Juan, se promenant, chaud
de vin, sur la rive gauche du Guadalquivir, demanda
du feu à un homme qui passait sur la rive droite en
fumant un cigare, et comment le bras du fumeur (qui
n'était autre que le diable en personne) s'allongea tant
et tant qu'il traversa le fleuve et vint présenter son
cigare à don Juan, lequel alluma le sien sans sourciller
et sans profiter de l'avertissement, tant il était
endurci...

J'ai tâché de faire à chaque don Juan la part qui lui
revient dans leur fond commun de méchancetés et de
crimes. Faute de meilleure méthode, je me suis appliqué à ne conter de don Juan de Maraña, mon héros, que
des aventures qui n'appartinssent pas par droit de
prescription à don Juan Tenorio, si connu parmi nous
par les chefs-d'œuvre de Molière et de Mozart.

Le comte don Carlos de Maraña était l'un des seigneurs les plus riches et les plus considérés qu'il y eût à
Séville. Sa naissance était illustre, et, dans la guerre
contre les Morisques révoltés, il avait prouvé qu'il
n'avait pas dégénéré du courage de ses aïeux. Après la
soumission des Alpuxarres, il revint à Séville avec une
balafre sur le front et grand nombre d'enfants pris sur

*« Ci-gît le pire homme qui fut au monde. »

les infidèles. qu'il prit soin de faire baptiser et qu'il
vendit avantageusement dans des maisons chrétiennes.
Ses blessures, qui ne le défiguraient point, ne l'empêchèrent pas de plaire à une demoiselle de bonne maison, qui lui donna la préférence sur un grand nombre
de prétendants à sa main. De ce mariage n'aquirent
d'abord plusieurs filles, dont les unes se marièrent par
la suite, et les autres entrèrent en religion. Don Carlos
de Maraña se désespérait de n'avoir pas d'héritier de
son nom, lorsque la naissance d'un fils vint le combler
de joie et lui fit espérer que son antique majorat ne
passerait pas à une ligne collatérale.

Don Juan, ce fils tant désiré, et le héros de cette
véridique histoire, fut gâté par son père et par sa mère,
comme devait l'être l'unique héritier d'un grand nom
et d'une grande fortune. Tout enfant, il était maître à
peu près absolu de ses actions, et dans le palais de son
père personne n'aurait eu la hardiesse de le contrarier.
Seulement, sa mère voulait qu'il fût dévot comme elle,
son père voulait que son fils fût brave comme lui.
Celle-ci, à force de caresses et de friandises, obligeait
l'enfant à apprendre les litanies, les rosaires, enfin
toutes les prières obligatoires et non obligatoires. Elle
l'endormait en lui lisant la légende. D'un autre côté, le
père apprenait à son fils les romances du Cid et de
Bernard del Carpio, lui contait la révolte des
Morisques, et l'encourageait à s'exercer toute la journée à lancer le javelot, à tirer de l'arbalète ou même de
l'arquebuse contre un mannequin vêtu en Maure qu'il
avait fait fabriquer au bout de son jardin.

Il y avait dans l'oratoire de la comtesse de Maraha un
tableau dans le style dur et sec de Moralès, qui représentait les tourments du purgatoire. Tous les genres de
supplices dont le peintre avait pu s'aviser s'y trouvaient représentés avec tant d'exactitude, que le tor-
tionnaire de l'inquisition n'y aurait rien trouvé à
reprendre. Les âmes en purgatoire étaient dans une
espèce de grande caverne au haut de laquelle on voyait

un soupirail. Placé sur le bord de cette ouverture, un ange tendait la main à une âme qui sortait du séjour de douleurs, tandis qu'à côté de lui un homme âgé, tenant un chapelet dans ses mains jointes, paraissait prier avec beaucoup de ferveur. Cet homme, c'était le donataire du tableau, qui l'avait fait faire pour une église de Huesca. Dans leur révolte, les Morisques mirent le feu à la ville ; l'église fut détruite ; mais, par miracle, le tableau fut conservé. Le comte de Maraña l'avait rapporté et en avait décoré l'oratoire de sa femme. D'ordinaire, le petit Juan, toutes les fois qu'il entrait chez sa mère, demeurait longtemps immobile en contemplation devant ce tableau, qui l'effrayait et le captivait à la fois. Surtout il ne pouvait détacher ses yeux d'un homme dont un serpent paraissait ronger les entrailles pendant qu'il était suspendu au-dessus d'un brasier ardent au moyen d'hameçons de fer qui l'accrochaient par les côtes. Tournant les yeux avec anxiété du côté du soupirail, le patient semblait demander au donataire des prières qui l'arrachassent à tant de souffrances. La comtesse ne manquait jamais d'expliquer à son fils que ce malheureux subissait ce supplice parce qu'il n'avait pas bien su son catéchisme, parce qu'il s'était moqué d'un prêtre, ou qu'il avait été distrait à l'église. L'âme qui s'envolait vers le paradis, c'était l'âme d'un parent de la famille de Maraña, qui avait sans doute quelques peccadilles à se reprocher, mais le comte de Maraña avait prié pour lui, il avait beaucoup donné au clergé pour le racheter du feu et des tourments, et il avait eu la satisfaction d'envoyer au paradis l'âme de son parent sans lui laisser le temps de beaucoup s'ennuyer en purgatoire.

« Pourtant, Juanito, ajoutait la comtesse, je souffrirai peut-être un jour comme cela, et je resterai des millions d'années en purgatoire si tu ne pensais pas à faire dire des messes pour m'en tirer ! Comme il serait mal de laisser dans la peine la mère qui t'a nourri ! »

Alors l'enfant pleurait ; et s'il avait quelques réaux

dans sa poche, il s'empressait de les donner au premier quêteur qu'il rencontrait porteur d'une tirelire pour les âmes du purgatoire.

S'il entrait dans le cabinet de son père, il voyait des cuirasses faussées par des balles d'arquebuse, un casque que le comte de Maraña portait à l'assaut d'Alméria, et qui gardait l'empreinte du tranchant d'une hache musulmane ; des lances, des sabres mauresques, des étendards pris sur les infidèles, décoraient cet appartement.

« Ce cimeterre, disait le comte, je l'ai enlevé au cadi de Vejer, qui m'en frappa trois fois avant que je lui ôtasse la vie. — Cet étendard était porté par les rebelles de la montagne d'Elvire. Ils venaient de saccager un village chrétien : j'accourus avec vingt cavaliers. Quatre fois j'essayai de pénétrer au milieu de leur bataillon pour enlever cet étendard ; quatre fois je fus repoussé. A la cinquième, je fis le signe de la croix ; je criai : « Saint Jacques ! » et j'enfonçai les rangs de ces païens. — Et vois-tu ce calice d'or que je porte dans mes armes ? Un alfaqui des Morisques l'avait volé dans une église, où il avait commis mille horreurs. Ses chevaux avaient mangé de l'orge sur l'autel, et ses soldats avaient dispersé les ossements des saints. L'alfaqui se servait de ce calice pour boire du sorbet à la neige. Je le surpris dans sa tente comme il portait à ses lèvres le vase sacré. Avant qu'il eût dit : « Allah ! » pendant que le breuvage était encore dans sa gorge, de cette bonne épée je frappai la tête rasée de ce chien, et la lame y entra jusqu'aux dents. Pour rappeler cette sainte vengeance, le roi m'a permis de porter un calice d'or dans mes armes. Je te dis cela, Juanito, pour que tu le racontes à tes enfants et qu'ils sachent pourquoi tes armes ne sont pas exactement celles de ton grand-père, don Diego, que tu vois peintes au-dessous de son portrait. »

Partagé entre la guerre et la dévotion, l'enfant passait ses journées à fabriquer des petites croix avec des

lattes, ou bien, armé d'un sabre de bois, à s'escrimer
dans le potager contre des citrouilles de Rota, dont la
forme ressemblait beaucoup, suivant lui, à des têtes de
Maures couvertes de leurs turbans.

A dix-huit ans, don Juan expliquait assez mal le latin,
servait fort bien la messe, et maniait la rapière, ou
l'épée à deux mains, mieux que ne faisait le Cid. Son
père, jugeant qu'un gentilhomme de la maison de
Maraña devait encore acquérir d'autres talents, résolut
de l'envoyer à Salamanque. Les apprêts du voyage
furent bientôt faits. Sa mère lui donna force chapelets,
scapulaires et médailles bénites. Elle lui apprit aussi
plusieurs oraisons d'un grand secours dans une foule
de circonstances de la vie. Don Carlos lui donna une
épée dont la poignée, damasquinée d'argent, était
ornée des armes de sa famille ; il lui dit :

« Jusqu'à présent, tu n'as vécu qu'avec des enfants ;
tu vas maintenant vivre avec des hommes. Souviens-toi
que le bien le plus précieux d'un gentilhomme, c'est son
honneur ; et ton honneur, c'est celui des Maraña.
Périsse le dernier rejeton de notre maison plutôt qu'une
tache soit faite à son honneur ! Prends cette épée ; elle
te défendra si l'on t'attaque. Ne sois jamais le premier à
la tirer ; mais rappelle-toi que tes ancêtres n'ont jamais
remis la leur dans le fourreau que lorsqu'ils étaient
vainqueurs et vengés. »

Ainsi muni d'armes spirituelles et temporelles, le
descendant des Maraña monta à cheval et quitta la
demeure de ses pères.

L'université de Salamanque était alors dans toute sa
gloire. Ses étudiants n'avaient jamais été plus nombreux, ses professeurs plus doctes ; mais aussi jamais
les bourgeois n'avaient eu tant à souffrir des insolences
de la jeunesse indisciplinable, qui demeurait, ou plutôt
régnait dans leur ville. Les sérénades, les charivaris,
toute espèce de tapage nocturne, tel était leur train de
vie ordinaire, dont la monotonie était de temps en
temps diversifiée par des enlèvements de femmes ou de

filles, par des vols ou des bastonnades. Don Juan, arrivé
à Salamanque, passa quelques jours à remettre des
lettres de recommandation aux amis de son père, à
visiter ses professeurs, à parcourir les églises, et à se
faire montrer les reliques qu'elles renfermaient.
D'après la volonté de son père, il remit à un des
professeurs une somme assez considérable pour être
distribuée entre les étudiants pauvres. Cette libéralité
eut le plus grand succès, et lui valut aussitôt de nombreux amis.

Don Juan avait un grand désir d'apprendre. Il se
proposait bien d'écouter comme paroles d'Évangile
tout ce qui sortirait de la bouche de ses professeurs ; et
pour n'en rien perdre, il voulut se placer aussi près que
possible de la chaire. Lorsqu'il entra dans la salle où
devait se faire la leçon, il vit qu'une place était vide
aussi près du professeur qu'il eût pu le désirer. Il s'y
assit. Un étudiant sale, mal peigné, vêtu de haillons,
comme il y en a tant dans les universités, détourna un
instant les yeux de son livre pour les porter sur don
Juan avec un air d'étonnement stupide.

« Vous vous mettez à cette place, dit-il d'un ton
presque effrayé ; ignorez-vous que c'est là que s'assied
d'ordinaire don Garcia Navarro ? »

Don Juan répondit qu'il avait toujours entendu dire
que les places appartenaient au premier occupant, et
que, trouvant celle-là vide, il croyait pouvoir la
prendre, surtout si le seigneur don Garcia n'avait pas
chargé son voisin de la lui garder.

« Vous êtes étranger ici, à ce que je vois, dit l'étudiant, et arrivé depuis bien peu de temps, puisque vous
ne connaissez pas don Garcia. Sachez donc que c'est un
des hommes, les plus... »

Ici l'étudiant baissa la voix et parut éprouver la
crainte d'être entendu des autres étudiants.

« Don Garcia est un homme terrible. Malheur à qui
l'offense ! Il a la patience courte et l'épée longue ; et
soyez sûr que, si quelqu'un s'assied à une place où don

Garcia s'est assis deux fois, c'en est assez pour qu'une querelle s'ensuive, car il est fort chatouilleux et susceptible. Quand il querelle, il frappe, et quand il frappe, il tue. Or donc je vous ai averti, vous ferez ce qui vous semblera bon. »

Don Juan trouvait fort extraordinaire que ce don Garcia prétendît se réserver les meilleures places sans se donner la peine de les mériter par son exactitude. En même temps il voyait que plusieurs étudiants avaient les yeux fixés sur lui, et il sentait combien il serait mortifiant de quitter cette place après s'y être assis. D'un autre côté, il ne se souciait nullement d'avoir une querelle dès son arrivée, et surtout avec un homme aussi dangereux que paraissait l'être don Garcia. Il était dans cette perplexité, ne sachant à quoi se déterminer et restant toujours machinalement à la même place, lorsqu'un étudiant entra et s'avança droit vers lui.

« Voici don Garcia », lui dit son voisin.

Ce Garcia était un jeune homme large d'épaules, bien découplé, le teint hâlé, l'œil fier et la bouche méprisante. Il avait un pourpoint râpé, qui avait pu être noir, et un manteau troué ; par-dessus tout cela pendait une longue chaîne d'or. On sait que de tout temps les étudiants de Salamanque et des autres universités d'Espagne ont mis une espèce de point d'honneur à paraître déguenillés, voulant probablement montrer par là que le véritable mérite sait se passer des ornements empruntés à la fortune.

Don Garcia s'approcha du banc où don Juan était encore assis, et le saluant avec beaucoup de courtoisie :

« Seigneur étudiant, dit-il, vous êtes nouveau venu parmi nous ; pourtant votre nom m'est bien connu. Nos pères ont été grands amis, et, si vous voulez bien le permettre, leurs fils ne le seront pas moins. »

En parlant ainsi il tendait la main à don Juan de l'air le plus cordial. Don Juan, qui s'attendait à un tout autre début, reçut avec beaucoup d'empressement les

politesses de don Garcia et lui répondit qu'il se tiendrait pour très honoré de l'amitié d'un cavalier tel que
lui.

« Vous ne connaissez point encore Salamanque,
poursuivit don Garcia ; si vous voulez bien m'accepter
pour votre guide, je serai charmé de vous faire tout
voir, depuis le cèdre jusqu'à l'hysope, dans le pays où
vous allez vivre. » Ensuite s'adressant à l'étudiant assis
à côté de don Juan : « Allons, Périco, tire-toi de là.
Crois-tu qu'un butor comme toi doive faire compagnie
au seigneur don Juan de Maraña ? »

En parlant ainsi, il le poussa rudement et se mit à sa
place, que l'étudiant se hâta d'abandonner.

Lorsque la leçon fut finie, don Garcia donna son
adresse à son nouvel ami et lui fit promettre de venir le
voir. Puis, l'ayant salué de la main d'un air gracieux et
familier, il sortit en se drapant avec grâce de son
manteau troué comme une écumoire.

Don Juan, tenant ses livres sous son bras, s'était
arrêté dans une galerie du collège pour examiner les
vieilles inscriptions qui couvraient les murs, lorsqu'il
s'aperçut que l'étudiant qui lui avait d'abord parlé
s'approchait de lui comme s'il voulait examiner les
mêmes objets. Don Juan, après lui avoir fait une inclination de tête pour lui montrer qu'il le reconnaissait, se
disposait à sortir, mais l'étudiant l'arrêta par son manteau.

« Seigneur don Juan, dit-il, si rien ne vous presse,
seriez-vous assez bon pour m'accorder un moment
d'entretien ?

— Volontiers, répondit don Juan, et il s'appuya
contre un pilier, je vous écoute. »

Périco regarda de tous côtés d'un air d'inquiétude,
comme s'il craignait d'être observé, et se rapprocha de
don Juan pour lui parler à l'oreille, ce qui paraissait
une précaution inutile, car il n'y avait personne qu'eux
dans la vaste galerie gothique où ils se trouvaient.
Après un moment de silence :

« Pourriez-vous me dire, seigneur don Juan, demanda l'étudiant d'une voix basse et presque tremblante, pourriez-vous me dire si votre père a réellement connu le père de don Garcia Navarro ? »

Don Juan fit un mouvement de surprise.

« Vous avez entendu don Garcia le dire à l'instant même.

— Oui, répondit l'étudiant, baissant encore plus la voix : mais enfin avez-vous jamais entendu dire à votre père qu'il connût le seigneur Navarro ?

— Oui sans doute, et il était avec lui à la guerre contre les Morisques.

— Fort bien ; mais avez-vous entendu dire de ce gentilhomme qu'il eût... un fils ?

— En vérité, je n'ai jamais fait beaucoup d'attention à ce que mon père pouvait en dire... Mais à quoi bon ces questions ? Don Garcia n'est-il pas le fils du seigneur Navarro ?... Serait-il bâtard ?

— J'atteste le Ciel que je n'ai rien dit de semblable, s'écria l'étudiant effrayé en regardant derrière le pilier contre lequel s'appuyait don Juan ; je voulais vous demander seulement si vous n'aviez pas connaissance d'une histoire étrange que bien des gens racontent sur ce don Garcia ?

— Je n'en sais pas un mot.

— On dit..., remarquez bien que je ne fais que répéter ce que j'ai entendu dire..., on dit que don Diego Navarro avait un fils qui, à l'âge de six ou sept ans, tomba malade d'une maladie grave et si étrange que les médecins ne savaient quel remède y apporter... Sur quoi le père, qui n'avait pas d'autre enfant, envoya de nombreuses offrandes à plusieurs chapelles, fit toucher des reliques au malade, le tout en vain. Désespéré, il dit un jour, m'a-t-on assuré..., il dit un jour en regardant une image de saint Michel : « Puisque tu ne peux pas sauver mon fils, je veux voir si celui qui est là sous tes pieds n'aura pas plus de pouvoir. »

— C'était un blasphème abominable ! s'écria don Juan scandalisé au dernier point.

— Peu après l'enfant guérit..., et cet enfant..., c'est don Garcia !

— Si bien que don Garcia a le diable au corps depuis ce temps-là », dit en éclatant de rire don Garcia, qui se montra au même instant et qui paraissait avoir écouté cette conversation caché derrière un pilier voisin. « En vérité, Périco, dit-il d'un ton froid et méprisant à l'étudiant stupéfait, si vous n'étiez pas un poltron, je vous ferais repentir de l'audace que vous avez eue de parler de moi. — Seigneur don Juan, poursuivit-il en s'adressant à Maraña, quand vous nous connaîtrez mieux, vous ne perdrez pas votre temps à écouter ce bavard. Et tenez, pour vous prouver que je ne suis pas un méchant diable, faites-moi l'honneur de m'accompagner de ce pas à l'église de Saint-Pierre ; lorsque nous y aurons fait nos dévotions, je vous demanderai la permission de vous faire faire un mauvais dîner avec quelques camarades. »

En parlant ainsi, il prenait le bras de don Juan, qui, honteux d'avoir été surpris à écouter l'étrange histoire de Périco, se hâta d'accepter l'offre de son nouvel ami pour lui prouver le peu de cas qu'il faisait des médisances qu'il venait d'entendre.

En entrant dans l'église de Saint-Pierre, don Juan et don Garcia s'agenouillèrent devant une chapelle autour de laquelle il y avait un grand concours de fidèles. Don Juan fit sa prière à voix basse ; et, bien qu'il demeurât un temps convenable dans cette pieuse occupation, il trouva, lorsqu'il releva la tête, que son camarade paraissait encore plongé dans une extase dévote ; il remuait doucement les lèvres ; on eût dit qu'il n'était pas à la moitié de ses méditations. Un peu honteux d'avoir si tôt fini, il se mit à réciter tout bas les litanies qui lui revinrent en mémoire. Les litanies dépêchées, don Garcia ne bougeait pas davantage. Don Juan expédia encore avec distraction quelques menus suffrages ; puis, voyant son camarade toujours immobile, il crut pouvoir regarder un peu autour de lui pour

passer le temps et attendre la fin de cette éternelle
oraison. Trois femmes, agenouillées sur des tapis de
Turquie, attirèrent son attention tout d'abord. L'une, à
son âge, à ses lunettes, et à l'ampleur vénérable de ses
coiffes, ne pouvait être autre qu'une duègne. Les deux
autres étaient jeunes et jolies, et ne tenaient pas leurs
yeux tellement baissés sur leurs chapelets qu'on ne pût
voir qu'ils étaient grands, vifs et bien fendus. Don Juan
éprouva beaucoup de plaisir à regarder l'une d'elles,
plus de plaisir même qu'il n'aurait dû en avoir dans un
saint lieu. Oubliant la prière de son camarade, il le tira
par la manche et lui demanda tout bas quelle était cette
demoiselle qui tenait un chapelet d'ambre jaune.

« C'est, répondit Garcia sans paraître scandalisé de
son interruption, c'est doña Teresa de Ojeda ; et
celle-ci, c'est doña Fausta, sa sœur aînée, toutes les
deux filles d'un auditeur au conseil de Castille. Je suis
amoureux de l'aînée ; tâchez de le devenir de la cadette.
Tenez, ajouta-t-il, elles se lèvent et vont sortir de
l'église ; hâtons-nous, afin de les voir monter en voiture : peut-être que le vent soulèvera leurs basquines, et
que nous apercevrons une jolie jambe ou deux. »

Don Juan était tellement ému par la beauté de doña
Teresa, que, sans faire attention à l'indécence de ce
langage, il suivit don Garcia jusqu'à la porte de l'église
et vit les deux nobles demoiselles monter dans leur
carosse et quitter la place de l'église pour entrer dans
une des rues les plus fréquentées. Lorsqu'elles furent
parties, don Garcia, enfonçant son chapeau de travers
sur sa tête, s'écria gaiement :

« Voilà de charmantes filles ! Je veux que le diable
m'emporte si l'aînée n'est pas à moi avant qu'il soit dix
jours ! Et vous, avez-vous avancé vos affaires avec la
cadette ?

— Comment ! avancé mes affaires ? répondit don
Juan d'un air naïf, mais voilà la première fois que je la
vois !

— Bonne raison, vraiment ! s'écria don Garcia.

Croyez-vous qu'il y ait beaucoup plus longtemps que je connais la Fausta ? Aujourd'hui pourtant je lui ai remis un billet qu'elle a fort bien pris.

— Un billet ? Mais je ne vous ai pas vu écrire !

— J'en ai toujours de tout écrits sur moi, et, pourvu qu'on n'y mette pas de nom, ils peuvent servir pour toutes. Ayez seulement l'attention de ne pas employer d'épithètes compromettantes sur la couleur des yeux ou des cheveux. Quant aux soupirs, aux larmes et aux alarmes, brunes ou blondes, filles ou femmes, les prendront également en bonne part. »

Tout en causant de la sorte, don Garcia et don Juan se trouvèrent à la porte de la maison où le dîner les attendait. C'était chère d'étudiants, plus copieuse qu'élégante et variée : force ragoûts épicés, viandes salées, toutes choses provoquant à la soif. D'ailleurs il y avait abondance de vins de la Manche et d'Andalousie. Quelques étudiants, amis de don Garcia, attendaient son arrivée. On se mit immédiatement à table, et pendant quelque temps on n'entendit d'autre bruit que celui des mâchoires et des verres heurtant les flacons. Bientôt, le vin mettant les convives en belle humeur, la conversation commença et devint des plus bruyantes. Il ne fut question que de duels, d'amourettes et de tours d'écoliers. L'un racontait comment il avait dupé son hôtesse en déménageant la veille du jour qu'il devait payer son loyer. L'autre avait envoyé demander chez un marchand de vin quelques jarres de *valdepenas* de la part d'un des plus graves professeurs de théologie, et il avait eu l'adresse de détourner les jarres, laissant le professeur payer le mémoire s'il voulait. Celui-ci avait battu le guet, celui-là au moyen d'une échelle de corde, était entré chez sa maîtresse malgré les précautions d'un jaloux. D'abord don Juan écoutait avec une espèce de consternation le récit de tous ces désordres. Peu à peu, le vin qu'il buvait et la gaieté des convives désarmèrent sa pruderie. Les histoires que l'on racontait le firent rire, et même il en vint à envier la réputation que donnaient à quelques-uns leurs tours d'adresse ou d'escroquerie. Il commença à oublier les sages principes qu'il avait apportés à l'université, pour adopter la règle de conduite des étudiants ; règle simple et facile à suivre, qui consiste à tout se permettre envers les *pillos*, c'cst-à-dire toute la partie de l'espèce humaine qui n'est pas immatriculée sur les registres de l'université. L'étudiant au milieu des *pillos* est en pays ennemi, et il a le droit d'agir à leur égard comme les Hébreux à l'égard des Cananéens. Seulement M. le corrégidor ayant malheureusement peu de respect pour les saintes lois de l'université, et ne cherchant que l'occasion de nuire à ses initiés, ils doivent être unis comme frères, s'entraider et surtout se garder un secret inviolable.

Cette édifiante conversation dura aussi longtemps que les bouteilles. Lorsqu'elles furent vides, toutes les judiciaires étaient singulièrement embrouillées, et chacun éprouvait une violente envie de dormir. Le soleil étant encore dans toute sa force, on se sépara pour aller faire la sieste ; mais don Juan accepta un lit chez don Garcia. Il ne se fut pas plus tôt étendu sur un matelas de cuir, que la fatigue et les fumées du vin le plongèrent dans un profond sommeil. Pendant longtemps ses rêves furent si bizarres et si confus qu'il n'éprouvait d'autre sentiment que celui d'un malaise vague, sans avoir la perception d'une image ou d'une idée qui pût en être la cause. Peu à peu il commença à voir plus clair dans son rêve, si l'on peut s'exprimer ainsi, et il songea avec suite. Il lui semblait qu'il était dans une barque sur un grand fleuve plus large et plus trouble qu'il n'avait jamais vu le Guadalquivir en hiver. Il n'y avait ni voiles, ni rames, ni gouvernail, et la rive du fleuve était déserte. La barque était tellement ballottée par le courant, qu'au malaise qu'il éprouvait il se crut à l'embouchure du Guadalquivir, au moment où les badauds de Séville qui vont à Cadix commencent à ressentir les premières atteintes du mal de mer. Bientôt il se trouva dans une partie de la rivière beaucoup plus resserrée, en sorte qu'il pouvait facilement voir et même se faire entendre sur les deux bords. Alors parurent en même temps, sur les deux rives, deux figures lumineuses qui s'approchèrent, chacune de son côté, comme pour lui porter secours. Il tourna d'abord la tête à droite, et vit un vieillard d'une figure grave et austère, pieds nus, n'ayant pour vêtement qu'un sayon épineux. Il semblait tendre la main à don Juan. A gauche, où il regarda ensuite, il vit une femme, d'une taille élevée et de la figure la plus noble et la plus attrayante, tenant à la main une couronne de fleurs qu'elle lui présentait. En même temps il remarqua que sa barque se dirigeait à son gré, sans rames, mais par le seul fait de sa volonté. Il allait prendre terre du côté de la femme, lorsqu'un cri, parti de la rive droite, lui fit tourner la tête et se rapprocher de ce côté. Le vieillard avait l'air encore plus austère qu'auparavant. Tout ce que l'on voyait de son corps était couvert de meurtrissures, livide et teint de sang caillé. D'une main, il tenait une couronne d'épines, de l'autre, un fouet garni de pointes de fer. A ce spectacle don Juan fut saisi d'horreur ; il revint bien vite à la rive gauche. L'apparition qui l'avait tant charmé s'y trouvait encore ; les cheveux de la femme flottaient au vent, ses yeux étaient animés d'un feu surnaturel, et au lieu de la couronne elle tenait en main une épée. Don Juan s'arrêta un instant avant de prendre terre, et alors, regardant avec plus d'attention, il s'aperçut que la lame de l'épée était rouge de sang, et que la main de la nymphe était rouge aussi. Épouvanté, il se réveilla en sursaut. En ouvrant les yeux, il ne put retenir un cri à la vue d'une épée nue qui brillait à deux pieds du lit. Mais ce n'était pas une belle nymphe qui tenait cette épée. Don Garcia allait réveiller son ami, et voyant auprès de son lit une épée d'un travail curieux, il l'examinait de l'air d'un connaisseur. Sur la lame était cette inscription : « Garde loyauté. » Et la poignée, comme nous l'avons déjà dit, portait les armes, le nom et la devise des Maraña.

« Vous avez là une belle épée, mon camarade, dit don Garcia. Vous devez être reposé maintenant. La nuit est venue, promenons-nous un peu ; et quand les honnêtes gens de cette ville seront rentrés chez eux, nous irons, s'il vous plaît, donner une sérénade à nos divinités. »

Don Juan et don Garcia se promenèrent quelque temps au bord de la Tormes, regardant passer les femmes qui venaient respirer le frais ou lorgner leurs amants. Peu à peu les promeneurs devinrent plus rares : ils disparurent tout à fait.

« Voici le moment, dit don Garcia, voici le moment où la ville tout entière appartient aux étudiants. Les *pillos* n'oseraient nous troubler dans nos innocentes récréations. Quant au guet, si par aventure nous avions quelque démêlé avec lui, je n'ai pas besoin de vous dire que c'est une canaille qu'il ne faut pas ménager. Mais si les drôles étaient trop nombreux et qu'il fallût jouer des jambes, n'ayez aucune inquiétude : je connais tous les détours, ne vous mettez en peine que de me suivre, et soyez sûr que tout ira bien. »

En parlant ainsi, il jeta son manteau sur son épaule gauche de manière à se couvrir la plus grande partie de la figure, mais à se laisser le bras droit libre. Don Juan en fit autant, et tous les deux se dirigèrent vers la rue qu'habitaient doña Fausta et sa sœur. En passant devant le porche d'une église, don Garcia siffla, et son page parut tenant une guitare à la main. Don Garcia la prit et le congédia.

« Je vois, dit don Juan en entrant dans la rue de Valladolid, je vois que vous voulez m'employer à protéger votre sérénade ; soyez sûr que je me conduirai de manière à mériter votre approbation. Je serais renié par Séville, ma patrie, si je ne savais pas garder une rue contre les fâcheux !

— Je ne prétends pas vous poser en sentinelle, répondit don Garcia. J'ai mes amours ici, mais vous y avez aussi les vôtres. A chacun son gibier. Chut ! voici la maison. Vous à cette jalousie, moi à celle-ci, et alerte ! »

Don Garcia, ayant accordé la guitare, se mit à chanter d'une voix assez agréable une romance où, comme à l'ordinaire, il était question de larmes, de soupirs et de tout ce qui s'ensuit. Je ne sais s'il en était l'auteur.

A la troisième ou quatrième séguedille, les jalousies de deux fenêtres se soulevèrent légèrement, et une petite toux se fit entendre. Cela voulait dire qu'on écoutait. Les musiciens, dit-on, ne jouent jamais lorsqu'on les en prie ou qu'on les écoute. Don Garcia déposa sa guitare sur une borne et entama la conversation à voix basse avec une des femmes qui l'écoutaient.

Don Juan, en levant les yeux, vit à la fenêtre au-dessus de lui une femme qui paraissait le considérer attentivement. Il ne doutait pas que ce ne fût la sœur de doña Fausta, que son goût et le choix de son ami lui donnaient pour dame de ses pensées. Mais il était timide encore, sans expérience, et il ne savait par où commencer. Tout à coup un mouchoir tomba de la fenêtre, et une petite voix douce s'écria :

« Ah ! Jésus ! mon mouchoir est tombé ! »

Don Juan le ramassa aussitôt, le plaça sur la pointe de son épée et le porta à la hauteur de la fenêtre. C'était un moyen d'entrer en matière. La voix commença par des remerciements, puis demanda si le seigneur cavalier qui avait tant de courtoisie n'avait pas été dans la matinée à l'église de Saint-Pierre. Don Juan répondit qu'il y était allé, et qu'il y avait perdu le repos.

« Comment ?

— En vous voyant. »

La glace était brisée. Don Juan était de Séville, et savait par cœur toutes les romances morisques dont la langue amoureuse est si riche. Il ne pouvait manquer d'être éloquent. La conversation dura environ une heure. Enfin Teresa s'écria qu'elle entendait son père, et qu'il fallait se retirer. Les deux galants ne quittèrent la rue qu'après avoir vu deux petites mains blanches sortir de la jalousie et leur jeter à chacun une branche de jasmin. Don Juan alla se coucher la tête remplie d'images délicieuses. Pour don Garcia, il entra dans un cabaret où il passa la plus grande partie de la nuit.

Le lendemain, les soupirs et les sérénades recommencèrent. Il en fut de même les nuits suivantes. Après une résistance convenable, les deux dames consentirent à donner et à recevoir des boucles de cheveux, opération qui se fit au moyen d'un fil qui descendit, et rapporta les gages échangés. Don Garcia, qui n'était pas homme à se contenter de bagatelles, parla d'une échelle de corde ou bien de fausses clefs ; mais on le trouva hardi, et sa proposition fut sinon rejetée, du moins indéfiniment ajournée.

Depuis un mois à peu près, don Juan et don Garcia roucoulaient assez inutilement sous les fenêtres de leurs maîtresses. Par une nuit très sombre, ils étaient à leur faction ordinaire, et la conversation durait depuis quelque temps à la satisfaction de tous les interlocuteurs, lorsqu'à l'extrémité de la rue parurent sept ou huit hommes en manteau, dont la moitié portait des instruments de musique.

« Juste Ciel ! s'écria Teresa, voici don Cristoval qui vient nous donner une sérénade. Éloignez-vous pour l'amour de Dieu, ou il arrivera quelque malheur.

— Nous ne cédons à personne une si belle place », s'écria don Garcia, et élevant la voix : « Cavalier, dit-il au premier qui s'avançait, la place est prise, et ces dames ne se soucient guère de votre musique ; donc, s'il vous plaît, cherchez fortune ailleurs.

— C'est un de ces faquins d'étudiants qui prétend nous empêcher de passer ! s'écria don Cristoval. Je vais lui apprendre ce qu'il en coûte pour s'adresser à mes amours ! »

A ces mots, il mit l'épée à la main. En même temps, celles de deux de ses compagnons brillèrent hors du fourreau. Don Garcia, avec une prestesse admirable, roulant son manteau autour de son bras, mit flamberge au vent et s'écria :

« A moi les étudiants ! »

Mais il n'y en avait pas un seul aux environs. Les musiciens, craignant sans doute de voir leurs instruments brisés dans la bagarre, prirent la fuite en appelant la justice, pendant que les deux femmes à la fenêtre invoquaient à leur aide tous les saints du paradis.

Don Juan qui se trouvait au-dessous de la fenêtre la plus proche de don Cristoval, eut d'abord à se défendre contre lui. Son adversaire était adroit, et, en outre, il avait à la main gauche une targe de fer dont il se servait pour parer, tandis que don Juan n'avait que son épée et son manteau. Vivement pressé par don Cristoval, il se rappela fort à propos une botte du seigneur uberti, son maître d'armes. Il se laissa tomber sur sa main gauche, et de la droite, glissant son épée sous la targe de don Cristoval, il la lui enfonça au défaut des côtes avec tant de force que le fer se brisa après avoir pénétré de la longueur d'une palme. Don Cristoval poussa un cri et tomba baigné dans son sang. Pendant cette opération, qui dura moins à faire qu'à raconter, don Garcia se défendait avec succès contre ses deux adversaires, qui n'eurent pas plus tôt vu leur chef sur le carreau qu'ils prirent la fuite à toutes jambes.

« Sauvons-nous maintenant, dit don Garcia ; ce n'est pas le moment de s'amuser. Adieu, mes belles ! »

Et il entraîna avec lui don Juan tout effaré de son exploit. A vingt pas de la maison, don Garcia s'arrêta pour demander à son compagnon ce qu'il avait fait de son épée.

« Mon épée ? dit don Juan, s'apercevant alors seulement qu'il ne la tenait plus à la main... Je ne sais... je l'aurai probablement laissée tomber.

— Malédiction ! s'écria don Garcia, et votre nom qui est gravé sur la garde ! »

Dans ce moment on voyait des hommes avec des flambeaux sortir des maisons voisines et s'empresser autour du mourant. A l'autre bout de la rue une troupe d'hommes armés s'avançaient rapidement. C'était évidemment une patrouille attirée par les cris des musiciens et par le bruit du combat.

Don Garcia, rabattant son chapeau sur ses yeux, et se couvrant de son manteau le bas du visage pour n'être pas reconnu, s'élança, malgré le danger, au milieu de tous ces hommes rassemblés, espérant retrouver cette épée qui aurait indubitablement fait reconnaître le coupable. Don Juan le vit frapper de droite et de gauche, éteignant les lumières et culbutant tout ce qui se trouvait sur son passage. Il reparut bientôt courant de toutes ses forces et tenant une épée de chaque main : toute la patrouille le poursuivait.

« Ah ! don Garcia, s'écria don Juan en prenant l'épée qu'il lui tendait, que de remerciements je vous dois !

— Fuyons ! Fuyons ! s'écria Garcia. Suivez-moi, et si quelqu'un de ces coquins vous serre de trop près, piquez-le comme vous venez de faire à l'autre. »

Tous deux se mirent alors à courir avec toute la vitesse que pouvait leur prêter leur vigueur naturelle, augmentée de la peur de M. le corrégidor, magistrat qui passait pour encore plus redoutable aux étudiants qu'aux voleurs.

Don Garcia, qui connaissait Salamanque comme son *Deus det*, étant fort habile à tourner rapidement les coins de rues et à se jeter dans les allées étroites, tandis que son compagnon, plus novice, avait grand-peine à le suivre. L'haleine commençait à leur manquer, lorsque au bout d'une rue ils rencontrèrent un groupe d'étudiants qui se promenaient en chantant et jouant de la guitare. Aussitôt que ceux-ci se furent aperçus que deux de leurs camarades étaient poursuivis, ils se saisirent de pierres, de bâtons et de toutes les armes possibles. Les archers, tout essoufflés, ne jugèrent pas à propos d'entamer l'escarmouche. Ils se retirèrent prudemment, et les deux coupables allèrent se réfugier et se reposer un instant dans une église voisine.

Sous le portail, don Juan voulut remettre son épée dans le fourreau, ne trouvant pas convenable ni chrétien d'entrer dans la maison de Dieu une arme à la main. Mais le fourreau résistait, la lame n'entrait qu'avec peine ; bref, il reconnut que l'épée qu'il tenait n'était pas la sienne : don Garcia, dans sa précipitation, avait saisi la première épée qu'il avait trouvée à terre, et c'était celle du mort ou d'un de ses acolytes. Le cas était grave ; don Juan en avertit son ami, qu'il avait appris à regarder comme de bon conseil.

Don Garcia fronça le sourcil, se mordit les lèvres, tordit les bords de son chapeau, se promena quelques pas, pendant que don Juan, tout étourdi de la fâcheuse découverte qu'il venait de faire, était en proie à l'inquiétude autant qu'aux remords. Après un quart d'heure de réflexions, pendant lequel don Garcia eut le bon goût de ne pas dire une seule fois : « Pourquoi laissiez-vous tomber votre épée ? » celui-ci prit don Juan par le bras et lui dit :

« Venez avec moi, je tiens votre affaire. »

Dans ce moment un prêtre sortait de la sacristie de l'église et se disposait à gagner la rue ; don Garcia l'arrêta.

« N'est-ce pas au savant licencié Gomez que j'ai l'honneur de parler ? lui dit-il en s'inclinant profondément.

— Je ne suis pas encore licencié, répondit le prêtre, évidemment flatté de passer pour un licencié. Je m'appelle Manuel Tordoya, fort à votre service.

— Mon père, dit don Garcia, vous êtes précisément la personne à qui je désirais parler ; c'est d'un cas de conscience qu'il s'agit, et si la renommée ne m'a pas trompé, vous êtes l'auteur de ce fameux traité *De casibus conscientiae* qui a fait tant de bruit à Madrid ? »

Le prêtre, se laissant aller au péché de vanité, répondit en balbutiant qu'il n'était pas l'auteur de ce livre (lequel, à vrai dire, n'avait jamais existé), mais qu'il s'était fort occupé de semblables matières. Don Garcia, qui avait ses raisons pour ne pas l'écouter, poursuivit de la sorte :

« Voici, mon père, en trois mots, l'affaire sur laquelle je désirais vous consulter. Un de mes amis, aujourd'hui même, il y a moins d'une heure, est abordé dans la rue par un homme qui lui dit : « Cavalier, je vais me battre à deux pas d'ici, mon adversaire a une épée plus longue que la mienne ; veuillez me prêter la vôtre pour que les armes soient égales. » Et mon ami a changé d'épée avec lui. Il attend quelque temps au coin de la rue que l'affaire soit terminée. N'entendant plus le cliquetis des épées, il s'approche ; que voit-il ? un homme mort, percé par l'épée même qu'il venait de prêter. Depuis ce moment il est désespéré, il se reproche sa complaisance, et il craint d'avoir fait un péché mortel. Moi, j'essaie de le rassurer ; je crois le péché véniel, en ce que, s'il n'avait pas prêté son épée, il aurait été la cause que deux hommes se seraient battus à armes inégales. Qu'en pensez-vous, mon père ? n'êtes-vous pas de mon sentiment ? »

Le prêtre, qui était apprenti casuiste, dressa les oreilles à cette histoire et se frotta quelque temps le front comme un homme qui cherche une citation. Don Juan ne savait où voulait en venir don Garcia, mais il n'ajouta rien, craignant de faire quelque gaucherie.

« Mon père, poursuivit Garcia, la question est fort ardue, puisqu'un aussi grand savant que vous hésite à la résoudre. Demain, si vous le permettez, nous reviendrons savoir votre sentiment. En attendant, veuillez, je vous prie, dire ou faire dire quelques messes pour l'âme du mort. »

Il déposa, en disant ces mots, deux ou trois ducats dans la main du prêtre, ce qui acheva de le disposer favorablement pour des jeunes gens si dévots, si scrupuleux et surtout si généreux. Il leur assura que le lendemain, au même lieu, il leur donnerait son opinion par écrit. Don Garcia fut prodigue de remerciements ; puis il ajouta d'un ton dégagé, et comme une observation de peu d'importance : « Pourvu que la justice n'aille pas nous rendre responsables de cette mort ! Nous espérons en vous pour nous réconcilier avec Dieu.

— Quant à la justice, dit le prêtre, vous n'avez rien à

en craindre. Votre ami n'ayant fait que prêtrer son épée, n'est point légalement complice.

— Oui, mon père, mais le meurtrier a pris la fuite. On examinera la blessure, on trouvera peut-être l'épée ensanglantée... que sais-je ? Les gens de loi sont terribles, dit-on.

— Mais, dit le prêtre, vous étiez témoin que l'épée a été empruntée ?

— Certainement, dit don Garcia ; je l'affirmerais devant toutes les cours du royaume. D'ailleurs, poursuivit-il du ton le plus insinuant, vous, mon père, vous seriez là pour rendre témoignage de la vérité. Nous nous sommes présentés à vous longtemps avant que l'affaire fût connue pour vous demander vos conseils spirituels. Vous pourriez même attester l'échange... En voici la preuve. » Il prit alors l'épée de don Juan.

« Voyez plutôt cette épée, dit-il, quelle figure elle fait dans ce fourreau ! »

Le prêtre inclina la tête comme un homme convaincu de la vérité de l'histoire qu'on lui racontait. Il soupesait sans parler les ducats qu'il avait dans la main, il y trouvait toujours un argument sans réplique en faveur des deux jeunes gens.

« Au surplus, mon père, dit don Garcia d'un ton fort dévot, que nous importe la justice ? c'est avec le Ciel que nous voulons être réconciliés.

— A demain, mes enfants, dit le prêtre en se retirant.

— A demain, répondit don Garcia ; nous vous baisons les mains et nous comptons sur vous. »

Le prêtre parti, don Garcia fit un saut de joie.

« Vive la simonie ! s'écria-t-il, nous voilà dans une meilleure position, je l'espère. Si la justice s'inquiète de vous, ce bon père, pour les ducats qu'il a reçus et ceux qu'il espère tirer de nous, est prêt à attester que nous sommes aussi étrangers à la mort du cavalier que vous venez d'expédier, que l'enfant qui vient de naître. Rentrez chez vous maintenant, soyez toujours sur le qui-vive et n'ouvrez votre porte qu'à bonnes enseignes ; moi je vais courir la ville et savoir un peu les nouvelles. »

Don Juan, rentré dans sa chambre, se jeta tout habillé sur son lit. Il passa la nuit sans dormir, ne pensant qu'au meurtre qu'il venait de commettre, et surtout à ses conséquences. Chaque fois qu'il entendait dans la rue le bruit des pas d'un homme, il s'imaginait que la justice venait l'arrêter. Cependant, comme il était fatigué et qu'il avait encore la tête lourde par suite d'un dîner d'étudiants auquel il avait assisté, il s'endormit au moment où le soleil se levait.

Il reposait déjà depuis quelques heures, quand son domestique l'éveilla en lui disant qu'une dame voilée demandait à lui parler. Au même moment une femme entra dans la chambre. Elle était enveloppée de la tête aux pieds d'un grand manteau noir qui ne lui laissait qu'un œil découvert. Cet œil, elle le tourna vers le domestique, puis vers don Juan, comme pour demander à lui parler sans témoins. Le domestique sortit aussitôt. La dame s'assit, regardant don Juan de tout son œil avec la plus grande attention. Après un moment de silence, elle commença de la sorte :

« Seigneur cavalier, ma démarche a de quoi surprendre, et vous devez, sans doute, concevoir de moi une médiocre opinion ; mais si l'on connaissait les motifs qui m'amènent ici, sans doute on ne me blâmerait pas. Vous vous êtes battu hier avec un cavalier de cette ville...

— Moi, madame ! s'écria don Juan en pâlissant ; je ne suis pas sorti de cette chambre...

— Il est inutile de feindre avec moi, et je dois vous donner l'exemple de la franchise. »

En parlant ainsi, elle écarta son manteau, et don Juan reconnut dona Teresa.

« Seigneur don Juan, poursuivit-elle en rougissant, je dois vous avouer que votre bravoure m'a intéressée pour vous au dernier point. J'ai remarqué, malgré le trouble où j'étais, que votre épée s'était brisée, et que vous l'aviez jetée à terre auprès de notre porte. Au moment où l'on s'empressait autour du blessé, je suis descendue et j'ai ramassé la poignée de cette épée. En la considérant j'ai lu votre nom, et j'ai compris combien vous seriez exposé si elle tombait entre les mains de vos ennemis. La voici, je suis bien heureuse de pouvoir vous la rendre. »

Comme de raison, don Juan tomba à ses genoux, lui dit qu'il lui devait la vie, mais que c'était un présent inutile, puisqu'elle allait le faire mourir d'amour. Dona Teresa était pressée et voulait se retirer sur-le-champ ; cependant elle écoutait don Juan avec tant de plaisir qu'elle ne pouvait se décider à s'en retourner. Une heure à peu près se passa de la sorte, toute remplie de serments d'amour éternel, de baisements de main, prières d'une part, faibles refus de l'autre. Don Garcia, entrant tout à coup, interrompit le tête-à-tête. Il n'était pas homme à se scandaliser. Son premier soin fut de rassurer Teresa. Il loua beaucoup son courage, sa présence d'esprit, et finit par la prier de s'entremettre auprès de sa sœur afin de lui ménager un accueil plus humain. Dona Teresa promit tout ce qu'il voulut, s'enveloppa hermétiquement dans son manteau et partit après avoir promis de se trouver le soir même avec sa sœur dans une partie de la promenade qu'elle désigna.

« Nos affaires vont bien, dit don Garcia aussitôt que les deux jeunes gens furent seuls. Personne ne vous soupçonne. Le corrégidor, qui ne me veut nul bien, m'avait d'abord fait l'honneur de penser à moi. Il était persuadé, disait-il, que c'était moi qui avais tué don Cristoval. Savez-vous ce qui lui a fait changer d'opinion ? c'est qu'on lui a dit que j'avais passé toute la soirée avec vous ; et vous avez, mon cher, une si grande réputation de sainteté que vous en avez à revendre pour les autres. Quoi qu'il en soit, on ne pense pas à nous. L'espièglerie de cette brave petite Teresa nous rassure pour l'avenir : ainsi n'y pensons plus et ne songeons qu'à nous amuser.

— Ah ! Garcia, s'écria tristement don Juan, c'est une bien triste chose que de tuer un de ses semblables !

— Il y a quelque chose de plus triste, répondit don Garcia, c'est qu'un de nos semblables nous tue, et une troisième chose qui surpasse les deux autres en tristesse, c'est un jour passé sans dîner. C'est pourquoi je vous invite à dîner aujourd'hui avec quelques bons vivants, qui seront charmés de vous voir. »

En disant ces mots, il sortit.

L'amour faisait déjà une puissante diversion aux remords de notre héros. La vanité acheva de les étouffer. Les étudiants avec lesquels il dîna chez Garcia avaient appris par lui quel était le véritable meurtrier de don Cristoval. Ce Cristoval était un cavalier fameux par son courage et par son adresse, redouté des étudiants : aussi sa mort ne pouvait qu'exciter leur gaieté, et son heureux adversaire fut accablé de compliments. A les entendre, il était l'honneur, la fleur, le bras de l'université. Sa santé fut bue avec enthousiasme, et un étudiant de Murcie improvisa un sonnet à sa louange, dans lequel il le comparait au Cid et à Bernard del Carpio. En se levant de table, don Juan se sentait bien encore quelque poids sur le cœur ; mais, s'il avait eu le pouvoir de ressusciter don Cristoval, il est douteux qu'il en eût fait usage, de peur de perdre la considération et la renommée que cette mort lui avait acquises dans toute l'université de Salamanque.

Le soir venu, des deux côtés on fut exact au rendez-vous qui eut lieu sur les bords de la Tormes. Doña Teresa prit la main de don Juan (on ne donnait pas encore le bras aux femmes), et doña Fausta celle de don Garcia. Après quelques tours de promenade, les deux couples se séparèrent fort contents, avec la promesse de ne pas laisser échapper une seule occasion de se revoir.

En quittant les deux sœurs, ils rencontrèrent quelques bohémiennes qui dansaient avec des tambours de basque au milieu d'un groupe d'étudiants. Ils se mêlèrent à eux. Les danseuses plurent à don Garcia, qui résolut de les emmener souper. La proposition fut aussitôt faite et aussitôt acceptée. En sa qualité de *fidus*

Achates, don Juan était de la partie. Piqué de ce qu'une des bohémiennes lui avait dit qu'il avait l'air d'un moine novice, il s'étudia à faire tout ce qu'il fallait pour prouver que ce surnom était mal appliqué : il jura, dansa, joua et but autant à lui seul que deux étudiants de seconde année auraient pu le faire.

On eut beaucoup de peine à le ramener chez lui après minuit, un peu plus qu'ivre et dans un tel état de fureur qu'il voulut mettre le feu à Salamanque et boire toute la Tormes pour empêcher d'éteindre l'incendie.

C'est ainsi que don Juan perdait, l'une après l'autre, toutes les heureuses qualités que la nature et son éducation lui avaient données. Au bout de trois mois de séjour à Salamanque sous la direction de don Garcia, il avait tout à fait séduit la pauvre Teresa : son camarade avait réussi de son côté huit à dix jours plus tôt. D'abord don Juan aima sa maîtresse avec tout l'amour qu'un enfant de son âge a pour la première femme qui se donne à lui ; mais don Garcia lui démontra sans peine que la constance était une vertu chimérique ; de plus, que, s'il se conduisait autrement que ses camarades dans les orgies universitaires, il serait cause que la réputation de la Teresa en recevrait des atteintes. Car, disait-il, il n'y a qu'un amour très violent et satisfait qui se contente d'une seule femme. En outre, la mauvaise compagnie dans laquelle don Juan était plongé ne lui laissait pas un moment de repos. Il paraissait à peine dans les classes, ou bien, affaibli par les veilles et la débauche, il s'assoupissait aux doctes leçons des plus illustres professeurs. En revanche, il était toujours le premier et le dernier à la promenade ; et, quant à ses nuits, il passait régulièrement au cabaret ou en pire lieu celles que doña Teresa ne pouvait lui consacrer.

Un matin il avait reçu un billet de cette dame, qui lui exprimait le regret de manquer à un rendez-vous promis pour la nuit. Une vieille parente venait d'arriver à Salamanque, et on lui donnait la chambre de Teresa,

qui devait coucher dans celle de sa mère. Ce désappointement affecta très médiocrement don Juan, qui
trouva le moyen d'employer sa soirée. Au moment qu'il
sortait dans la rue, préoccupé de ses projets, une femme
voilée lui remit un billet ; il était de doña Teresa. Elle
avait trouvé moyen d'avoir une autre chambre, et avait
tout arrangé avec sa sœur pour le rendez-vous. Don
Juan montra la lettre à don Garcia. Ils hésitèrent
quelque temps ; puis enfin, machinalement et comme
par habitude, ils escaladèrent le balcon de leurs maîtresses.

Doña Teresa avait à la gorge un signe assez apparent.
Ce fut une immense faveur que reçut don Juan la
première fois qu'il eut la permission de le regarder.
Pendant quelque temps il continua à le considérer
comme la plus ravissante chose du monde. Tantôt il le
comparait à une violette, tantôt à une anémone, tantôt
à la fleur de l'alfalfa. Mais bientôt ce signe, qui était
réellement fort joli, cessa par la satiété de lui paraître
tel. « C'est une grande tache noire, voilà tout, se
disait-il en soupirant. C'est dommage qu'elle se trouve
là. Parbleu, c'est que cela ressemble à une couenne de
lard. Le diable emporte le signe ! » Un jour même il
demanda à Teresa si elle n'avait pas consulté un médecin sur les moyens de le faire disparaître. A quoi la
pauvre fille répondit, en rougissant jusqu'au blanc des
yeux, qu'il n'y avait pas un seul homme, excepté lui,
qui eût vu cette tache, qu'au surplus sa nourrice avait
coutume de lui dire que de tels signes portaient bonheur.

Le soir que j'ai dit, don Juan, étant venu au rendez-
vous d'assez mauvaise humeur, revit le signe en question qui lui parut encore plus grand que les autres fois.
« C'est, parbleu, la représentation d'un gros rat, se
dit-il à lui-même en le considérant. En vérité, c'est une
monstruosité ! C'est un signe de réprobation comme
celui dont fut marqué Caïn. Il faut avoir le diable au
corps pour faire sa maîtresse d'une pareille femme. » Il

fut maussade au dernier point. Il querella sans sujet la pauvre Teresa, la fit pleurer, et la quitta vers l'aube sans vouloir l'embrasser. Don Garcia, qui sortait avec lui, marcha quelque temps sans parler ; puis, s'arrêtant tout d'un coup :

« Convenez, don Juan, dit-il, que nous nous sommes bien ennuyés cette nuit. Pour moi, j'en suis encore excédé et j'ai bien envie d'envoyer une bonne fois la princesse à tous les diables !

— Vous avez tort, dit don Juan ; la Fausta est une charmante personne, blanche comme un cygne, et elle est toujours de bonne humeur. Et puis elle vous aime tant ! En vérité, vous êtes bien heureux.

— Blanche, à la bonne heure ; j'en conviens qu'elle est blanche ; mais elle n'a pas de couleurs, et à côté de sa sœur elle semble un hibou auprès d'une colombe. C'est vous qui êtes bien heureux.

— Comme cela, répondit don Juan. La petite est assez gentille, mais c'est une enfant. Il n'y a pas à causer raisonnablement avec elle. Elle a la tête farcie de romans de chevalerie ; et elle s'est fait sur l'amour les opinions les plus extravagantes. Vous ne vous faites pas une idée de son exigence.

— C'est que vous êtes trop jeune, don Juan, et vous ne savez pas dresser vos maîtresses. Une femme, voyez-vous, est comme un cheval ; si vous lui laissez prendre de mauvaises habitudes, si vous ne lui persuadez pas que vous ne lui pardonnerez aucun caprice, jamais vous n'en pourrez rien obtenir.

— Dites-moi, don Garcia, traitez-vous vos maîtresses comme vos chevaux ? Employez-vous souvent la gaule pour leur faire passer leurs caprices ?

— Rarement : mais je suis trop bon. Tenez, don Juan, voulez-vous me céder votre Teresa ? Je vous promets qu'au bout de quinze jours elle sera souple comme un gant. Je vous offre Fausta en échange. Vous faut-il du retour ?

— Le marché serait assez de mon goût, dit don Juan

en souriant, si ces dames de leur côté y consentaient.
Mais doña Fausta ne voudrait jamais vous céder. Elle
perdrait trop au change.

— Vous êtes trop modeste ; mais rassurez-vous. Je
l'ai tant fait enrager hier, que le premier venu lui
semblerait auprès de moi comme un ange de lumière
pour un damné. Savez-vous, don Juan, poursuivit don
Garcia, que je parle très sérieusement ? »

Et don Juan rit plus fort du sérieux avec lequel son
ami débitait ces extravagances.

Cette édifiante conversation fut interrompue par
l'arrivée de plusieurs étudiants qui donnèrent un autre
cours à leurs idées. Mais, le soir venu, les deux amis
étant assis devant une bouteille de vin de Montilla
accompagnée d'une petite corbeille remplie de glands
de Valence, don Garcia se remit à se plaindre de sa
maîtresse. Il venait de recevoir une lettre de Fausta,
pleine d'expressions tendres et de doux reproches, au
milieu desquels on voyait percer son esprit enjoué et
son habitude de saisir le côté ridicule de chaque chose.

« Tenez, dit don Garcia tendant la lettre à don Juan
et bâillant outre mesure, lisez ce beau morceau. Encore
un rendez-vous pour ce soir ! mais le diable m'emporte
si j'y vais. »

Don Juan lut la lettre, qui lui parut charmante.

« En vérité, dit-il, si j'avais une maîtresse comme la
vôtre, toute mon étude serait de la rendre heureuse.

— Prenez-la donc, mon cher, s'écria don Garcia,
prenez-la, passez-vous-en la fantaisie. Je vous abandonne mes droits. Faisons mieux, ajouta-t-il en se
levant, comme éclairé par une inspiration soudaine,
jouons nos maîtresses. Voici des cartes. Faisons une
partie d'hombre. Doña Fausta est mon enjeu ; vous,
mettez sur table doña Teresa. »

Don Juan, riant aux larmes de la folie de son camarade, prit les cartes et les mêla. Quoiqu'il ne mît
presque aucune attention à son jeu, il gagna. Don
Garcia, sans paraître chagrin de la perte de sa partie,

demanda ce qu'il fallait pour écrire, et fit une espèce de
billet à ordre, tiré sur doña Fausta, à laquelle il enjoi-
gnait de se mettre à la disposition du porteur, absolument comme il eût écrit à son intendant de compter
cent ducats à un de ses créanciers.

Don Juan, riant toujours, offrait à don Garcia de lui
donner sa revanche. Mais celui-ci refusa.

« Si vous avez un peu de courage, dit-il, prenez mon
manteau, allez à la petite porte que bien vous connaissez. Vous ne trouverez que Fausta, puisque la Teresa ne
vous attend pas. Suivez-la sans dire un mot ; une fois
dans sa chambre, il se peut fort bien qu'elle éprouve un
moment de surprise, qu'elle verse une larme ou deux ;
mais que cela ne vous arrête pas. Soyez sûr qu'elle
n'osera crier. Montrez-lui, alors, ma lettre ; dites-lui
que je suis un horrible scélérat, un monstre, tout ce que
vous voudrez ; qu'elle a une vengeance facile et
prompte, et cette vengeance, soyez certain qu'elle la
trouvera bien douce. »

A chacune des paroles de Garcia, le diable entrait
plus avant dans le cœur de don Juan, et lui disait que ce
qu'il n'avait jusqu'à présent regardé que comme une
plaisanterie sans but pouvait se terminer pour lui de la
manière la plus agréable. Il cessa de rire, et le rouge du
plaisir commença à lui monter au front.

« Si j'étais assuré, dit-il, que Fausta consentît à cet
échange...

— Si elle consentira ! s'écria le libertin. Quel blanc-
bec êtes-vous, mon camarade, pour croire qu'une
femme puisse hésiter entre un amant de six mois et un
amant d'un jour ! Allez, vous me remercierez tous les
deux demain, je n'en doute pas, et la seule récompense
que je vous demande, c'est de me permettre de faire la
cour à Teresita pour me dédommager. »

Puis, voyant que don Juan était plus qu'à moitié
vaincu, il lui dit ; « Décidez-vous, car pour moi je ne
veux pas voir Fausta ce soir ; si vous n'en voulez pas, je
donne ce billet au gros Fadrique, et c'est lui qui en aura
l'aubaine.

— Ma foi, arrive que pourra ! » s'écria don Juan, saisissant le billet ; et pour se donner du courage il avala d'un trait un grand verre de Montilla.

L'heure approchait. Don Juan, qu'un reste de conscience retenait encore, buvait coup sur coup pour s'étourdir. Enfin l'horloge sonna. Don Garcia jeta son manteau sur les épaules de don Juan et le conduisit jusqu'à la porte de sa maîtresse ; puis, ayant fait le signal convenu, il lui souhaita une bonne nuit, et s'éloigna sans le moindre remords de la mauvaise action qu'il venait de commettre.

Aussitôt la porte s'ouvrit. Doña Fausta attendait depuis quelque temps.

« Est-ce vous, don Garcia ? demanda-t-elle à voix basse.

— Oui », répondit don Juan encore plus bas, et la figure cachée sous les plis d'un large manteau. Il entra, et la porte s'étant refermée, don Juan commença à monter un escalier obscur avec son guide.

« Prenez le bout de ma mantille, dit-elle, et suivez-moi le plus doucement que vous pourrez. »

En peu d'instants il se trouva dans la chambre de Fausta. Une lampe seule y jetait une médiocre clarté. D'abord don Juan, sans ôter son manteau ni son chapeau, se tint debout, le dos près de la porte, n'osant encore se découvrir. Doña Fausta le considéra quelque temps sans rien dire, puis tout d'un coup elle s'avança vers lui en lui tendant les bras. Don Juan laissant alors tomber son manteau, imita son mouvement.

« Quoi ! c'est vous, seigneur don Juan ! s'écria-t-elle. Est-ce que don Garcia est malade ?

— Malade ? Non, dit don Juan... Mais il ne peut venir. Il m'a envoyé auprès de vous.

— Oh ! que j'en suis fâchée ! Mais dites-moi, ce n'est pas une autre femme qui l'empêche de venir ?

— Vous le savez donc bien libertin ?...

— Que ma sœur va être contente de vous voir ! La pauvre enfant ! elle croyait que vous ne viendriez pas !... Laissez-moi passer, je vais l'avertir.

— C'est inutile.

— Votre air est singulier, don Juan... Vous avez une mauvaise nouvelle à m'apprendre... Parlez, il est arrivé quelque malheur à don Garcia ? »

Pour s'épargner une réponse embarrassante, don Juan tendit à la pauvre fille l'infâme billet de don Garcia. Elle le lut avec précipitation, et ne le comprit pas d'abord. Elle le relut, et n'en put croire ses yeux. Don Juan l'observait avec attention, et la voyait tour à tour s'essuyer le front, se frotter les yeux ; ses lèvres tremblaient, une pâleur mortelle couvrait son visage, et elle était obligée de tenir à deux mains le papier pour qu'il ne tombât pas à terre. Enfin, se levant par un effort désespéré, elle s'écria :

« Tout cela est faux ! c'est une horrible fausseté ! Don Garcia n'a jamais écrit cela ! »

Don Juan répondit :

« Vous connaissez son écriture. Il ne savait pas le prix du trésor qu'il possédait... et moi j'ai accepté parce que je vous adore. »

Elle jeta sur lui un regard du plus profond mépris, et se mit à relire la lettre avec l'attention d'un avocat qui soupçonne une falsification dans un acte. Ses yeux étaient démesurément ouverts et fixés sur le papier. De temps en temps une grosse larme s'en échappait sans qu'elle clignât la paupière, et tombait en glissant sur ses joues. Tout à coup elle sourit d'un sourire de fou, et s'écria :

« C'est une plaisanterie, n'est-ce pas ? C'est une plaisanterie ? don Garcia est là, il va venir !...

— Ce n'est point une plaisanterie, doña Fausta. Il n'y a rien de plus vrai que l'amour que j'ai pour vous. Je serais bien malheureux si vous ne me croyiez pas.

— Misérable ! s'écria doña Fausta ; mais si tu dis vrai, tu es un plus grand scélérat encore que don Garcia.

— L'amour excuse tout, belle Faustita. Don Garcia vous abandonne ; prenez-moi pour vous consoler. Je

vois peints sur ce panneau Bacchus et Ariane ; laissez-
moi être votre Bacchus. »

Sans répondre un mot, elle saisit un couteau sur la
table, s'avança vers don Juan en le tenant élevé au-
dessus de sa tête. Mais il avait vu le mouvement ; il lui
saisit le bras, la désarma sans peine, et, se croyant
autorisé à la punir de ce commencement d'hostilités, il
l'embrassa trois ou quatre fois, et voulut l'entraîner
vers un petit lit de repos. Doña Fausta était une femme
faible et délicate ; mais la colère lui donnait des forces,
elle résistait à don Juan, tantôt se cramponnant aux
meubles, tantôt se défendant des mains, des pieds et
des dents. D'abord don Juan avait reçu, quelques coups
en souriant, mais bientôt la colère fut chez lui aussi
forte que l'amour. Il étreignit fortement Fausta sans
craindre de froisser sa peau délicate. C'était un lutteur
irrité qui voulait à tout prix triompher de son adversaire, prêt à l'étouffer, s'il fallait, pour le vaincre.
Fausta eut alors recours à la dernière ressource qui lui
restait. Jusque-là un sentiment de pudeur féminine
l'avait empêchée d'appeler à son aide ; mais, se voyant
sur le point d'être vaincue, elle fit retentir la maison de
ses cris.

Don Juan sentit qu'il ne s'agissait plus pour lui de
posséder sa victime, et qu'il devait avant tout songer à
sa sûreté. Il voulut repousser Fausta et gagner la porte,
mais elle s'attachait à ses habits, et il ne pouvait s'en
débarrasser. En même temps se faisait entendre le
bruit alarmant de portes qui s'ouvraient ; des pas et des
voix d'hommes s'approchaient, il n'y avait pas un
instant à perdre. Il fit un effort pour rejeter loin de lui
doña Fausta ; mais elle l'avait saisi par le pourpoint
avec tant de force, qu'il tourna sur lui-même avec elle
sans avoir gagné autre chose que de changer de position. Fausta était alors du côté de la porte qui s'ouvrait
en dedans. Elle continuait ses cris. En même temps la
porte s'ouvre ; un homme tenant une arquebuse à la
main paraît à l'entrée. Il laisse échapper une exclama-

tion de surprise, et une détonation suit aussitôt. La lampe s'éteignit, et don Juan sentit que les mains de doña Fausta se desserraient, et que quelque chose de chaud et de liquide coulait sur les siennes. Elle tomba ou plutôt glissa sur le plancher, la balle venait de lui fracasser l'épine du dos : son père l'avait tuée au lieu de son ravisseur. Don Juan, se sentant libre, s'élança vers l'escalier, au milieu de la fumée de l'arquebuse. D'abord il reçut un coup de crosse du père et un coup d'épée d'un laquais qui le suivait. Mais ni l'un ni l'autre ne lui firent beaucoup de mal. Mettant l'épée à la main, il chercha à se frayer un passage et à atteindre le flambeau que portait le laquais. Effrayé de son air résolu, celui-ci se retira en arrière. Pour don Alonso de Ojeda, homme ardent et intrépide, il se précipita sur don Juan sans hésiter ; celui-ci para quelques bottes, et sans doute il n'avait d'abord que l'intention de se défendre ; mais l'habitude de l'escrime fait qu'une riposte, après une parade, n'est plus qu'un mouvement machinal et presque involontaire. Au bout d'un instant, le père de doña Fausta poussa un grand soupir et tomba mortellement blessé. Don Juan, trouvant le passage libre, s'élança comme un trait sur l'escalier, de là vers la porte, et en un clin d'œil il fut dans la rue sans être poursuivi des domestiques, qui s'empressaient autour de leur maître expirant. Doña Teresa, accourue au bruit du coup d'arquebuse, avait vu cette horrible scène et était tombée évanouie à côté de son père. Elle ne connaissait encore que la moitié de son malheur.

Don Garcia achevait la dernière bouteille de Montilla lorsque don Juan, pâle, couvert de sang, les yeux égarés, son pourpoint déchiré et son rabat sortant d'un demi-pied de ses limites ordinaires, entra précipitamment dans sa chambre et se jeta tout haletant sur un fauteuil sans pouvoir parler. L'autre comprit à l'instant que quelque accident grave venait d'arriver. Il laissa don Juan respirer péniblement deux ou trois fois, puis il lui demanda des détails ; en deux mots il fut au fait.

Don Garcia, qui ne perdait pas facilement son flegme habituel, écouta sans sourciller le récit entrecoupé que lui fit son ami. Puis, remplissant un verre et le lui présentant :

« Buvez, dit-il, vous en avez besoin. C'est une mauvaise affaire, ajouta-t-il après avoir bu lui-même. Tuer un père est grave... Il y a bien des exemples pourtant, à commencer par le Cid. Le pire, c'est que vous n'avez pas cinq cents hommes tous habillés de blanc*, tous vos cousins, pour vous défendre des archers de Salamanque et des parents du défunt... Occupons-nous d'abord du plus pressé... »

Il fit deux ou trois tours dans la chambre comme pour recueillir ses idées.

« Rester à Salamanque, reprit-il, après un semblable esclandre, ce serait folie. Ce n'est pas un hobereau que don Alonso de Ojeda, et d'ailleurs les domestiques ont dû vous reconnaître. Admettons pour un moment que vous n'ayez pas été reconnu ; vous vous êtes acquis maintenant à l'université une réputation si avantageuse, qu'on ne manquera pas de vous imputer un méfait anonyme. Tenez, croyez-moi, il faut partir, et le plus tôt c'est le mieux. Vous êtes devenu ici trois fois plus savant qu'il ne sied à un gentilhomme de bonne maison. Laissez là Minerve, et essayez un peu de Mars ; cela vous réussira mieux, car vous avez des dispositions. On se bat en Flandre. Allons tuer des hérétiques, rien n'est plus propre à racheter nos peccadilles en ce monde. Amen ! Je finis comme au sermon. »

Le mot de Flandre opéra comme un talisman sur don Juan. Quitter l'Espagne, il croyait que c'était s'échapper à lui-même. Au milieu des fatigues et des dangers de la guerre, il n'aurait pas de loisir pour ses remords !

« En Flandre, en Flandre ! s'écria-t-il, allons nous faire tuer en Flandre.

*Dans la légende espagnole, les compagnons du Cid sont tous blancs comme la neige.

— De Salamanque à Bruxelles, il y a loin, reprit gravement don Garcia, et dans votre position vous ne pouvez partir trop tôt. Songez que si monsieur le corrégidor vous attrape, il vous sera bien difficile de faire une campagne ailleurs que sur les galères de Sa Majesté. »

Après s'être concerté quelques instants avec son ami, don Juan se dépouilla promptement de son habit d'étudiant. Il prit une veste de cuir brodé telle qu'en portaient alors les militaires, un grand chapeau rabattu, et n'oublia pas de garnir sa ceinture d'autant de doublons que don Garcia put la charger ; tous ces apprêts ne durèrent que quelques minutes. Il se mit en route à pied, sortit de la ville sans être reconnu, et marcha toute la nuit et toute la matinée suivante, jusqu'à ce que la chaleur du soleil l'obligeât à s'arrêter. A la première ville où il arriva, il s'acheta un cheval, et s'étant joint à une caravane de voyageurs, il parvint sans obstacle à Saragosse. Là, il demeura quelques jours sous le nom de don Juan Carrasco. Don Garcia, qui avait quitté Salamanque le lendemain de son départ, prit un autre chemin et le rejoignit à Saragosse. Ils n'y firent pas un long séjour. Après avoir accompli fort à la hâte leurs dévotions à Notre-Dame du Pilier, non sans lorgner les beautés aragonaises, pourvus chacun d'un bon domestique, ils se rendirent à Barcelone, où ils s'embarquèrent pour Civita-Vecchia. La fatigue, le mal de mer, la nouveauté des sites et la légèreté naturelle de don Juan, tout se réunissait pour qu'il oubliât vite les horribles scènes qu'il laissait derrière lui. Pendant quelques mois, les plaisirs que les deux amis trouvèrent en Italie leur firent négliger le but principal de leur voyage ; mais, les fonds commençaient à leur manquer, ils se joignirent à un certain nombre de leurs compatriotes, braves comme eux et légers d'argent, et se mirent en route pour l'Allemagne.

Arrivés à Bruxelles, chacun s'enrôla dans la compagnie du capitaine qui lui plut. Les deux amis voulurent

faire leurs premières armes dans celle du capitaine don
Manuel Gomare, d'abord parce qu'il était Andalou,
ensuite parce qu'il passait pour n'exiger de ses soldats
que du courage et des armes bien polies et en bon état,
fort accommodant d'ailleurs sur la discipline.

Charmé de leur bonne mine, celui-ci les traita bien et
selon leurs goûts, c'est-à-dire qu'il les employa dans
toutes les occasions périlleuses. La fortune leur fut
favorable, et là où beaucoup de leurs camarades trouvèrent la mort, ils ne reçurent pas une blessure et se
firent remarquer des généraux. Ils obtinrent chacun
une enseigne le même jour. Dès ce moment, se croyant
sûrs de l'estime et de l'amitié de leurs chefs, ils
avouèrent leurs véritables noms et reprirent leur train
de vie ordinaire, c'est-à-dire qu'ils passaient le jour à
jouer et à boire, et la nuit à donner des sérénades aux
plus jolies femmes des villes où ils se trouvaient en
garnison pendant l'hiver. Ils avaient reçu de leurs
parents leur pardon, ce qui les toucha médiocrement,
et des lettres de crédit sur des banquiers d'Anvers. Ils
en firent bon usage. Jeunes, riches, braves et entrepre-
nants, leurs conquêtes furent nombreuses et rapides. Je
ne m'arrêterai pas à les raconter ; qu'il suffise au lecteur de savoir que, lorsqu'ils voyaient une jolie femme,
tous les moyens leur étaient bons pour l'obtenir. Pro-
messes, serments n'étaient qu'un jeu pour ces indignes
libertins ; et si des frères ou des maris trouvaient à
redire à leur conduite, ils avaient pour leur répondre de
bonnes épées et des cœurs impitoyables.

La guerre recommença avec le printemps.

Dans une escarmouche qui fut malheureuse pour les
Espagnols, le capitaine Gomare fut mortellement
blessé. Don Juan, qui le vit tomber, courut à lui et
appela quelques soldats pour l'emporter ; mais le brave
capitaine, rassemblant ce qui lui restait de forces, lui
dit :

« Laissez-moi mourir ici, je sens que c'est fait de moi.
Autant vaut mourir ici qu'une demi-lieue plus loin.
Gardez vos soldats ; ils vont être assez occupés, car je

vois les Hollandais qui s'avancent en force. — Enfants, ajouta-t-il en s'adressant aux soldats qui s'empressaient autour de lui, serrez-vous autour de vos enseignes et ne vous inquiétez pas de moi. »

Don Garcia survint en ce moment, et lui demanda s'il n'avait pas quelque dernière volonté qui pût être exécutée après sa mort.

« Que diable voulez-vous que je veuille dans un moment comme celui-ci ?... »

Il parut se recueillir quelques instants.

« Je n'ai jamais beaucoup songé à la mort, reprit-il, et je ne la croyais pas si prochaine... Je ne serais pas fâché d'avoir auprès de moi quelque prêtre... Mais tous nos moines sont aux bagages... Il est dur pourtant de mourir sans confession !

— Voici mon livre d'heures, dit don Garcia en lui présentant un flacon de vin. Prenez courage. »

Les yeux du vieux soldat devenaient de plus en plus troubles. La plaisanterie de don Garcia ne fut pas remarquée par lui, mais les vieux soldats qui l'entouraient en furent scandalisés.

« Don Juan, dit le moribond, approchez, mon enfant. Venez, je vous fais mon héritier. Prenez cette bourse, elle contient tout ce que je possède ; il vaut mieux qu'elle soit à vous qu'à ces excommuniés. La seule chose que je vous demande, c'est de faire dire quelques messes pour le repos de mon âme. »

Don Juan promit en lui serrant la main, tandis que don Garcia lui faisait observer tout bas quelle différence il y avait entre les opinions d'un homme faible quand il meurt et celles qu'il professe assis devant une table couverte de bouteilles. Quelques balles venant à siffler à leurs oreilles leur annoncèrent l'approche des Hollandais. Les soldats reprirent leurs rangs. Chacun dit adieu à la hâte au capitaine Gomare, et on ne s'occupa plus que de faire retraite en bon ordre. Cela était assez difficile avec un ennemi nombreux, un chemin défoncé par les pluies, et des soldats fatigués d'une

longue marche. Pourtant les Hollandais ne purent les
entamer, et abandonnèrent la poursuite à la nuit sans
avoir pris un drapeau ou fait un seul prisonnier qui ne
fût blessé.

Le soir, les deux amis, assis dans une tente avec
quelques officiers, devisaient de l'affaire à laquelle ils
venaient d'assister. On blâma les dispositions du
commandant du jour, et l'on trouva après coup tout ce
qu'il aurait fallu faire. Puis on en vint à parler des
morts et des blessés.

« Pour le capitaine Gomare, dit don Juan, je le regret-
terai longtemps. C'était un brave officier, bon camarade, un véritable père pour ses soldats.

— Oui, dit don Garcia ; mais je vous avouerai que
jamais je n'ai été si surpris que lorsque je l'ai vu tant en
peine pour n'avoir pas une robe noire à ses côtés. Cela
ne prouve qu'une chose, c'est qu'il est plus facile d'être
brave en paroles qu'en actions. Tel se moque d'un
danger éloigné qui pâlit quand il s'approche. A propos,
don Juan, puisque vous êtes son héritier, dites-nous ce
qu'il y a dans la bourse qu'il vous a laissée ? »

Don Juan l'ouvrit alors pour la première fois, et vit
qu'elle contenait environ soixante pièces d'or.

« Puisque nous sommes en fonds, dit don Garcia,
habitué à regarder la bourse de son ami comme la
sienne, pourquoi ne ferions-nous pas une partie de
pharaon au lieu de pleurnicher ainsi en pensant à nos
amis morts ? »

La proposition fut goûtée de tous ; on apporta quelques tambours que l'on couvrit d'un manteau. Ils ser-
virent de table de jeu. Don Juan joua le premier,
conseillé par don Garcia ; mais avant de ponter il tira
de sa bourse dix pièces d'or qu'il enveloppa dans son
mouchoir et qu'il mit dans sa poche.

« Que diable voulez-vous en faire ? s'écria don Garcia. Un soldat thésauriser ! et la veille d'une affaire !

— Vous savez, don Garcia, que tout cet argent n'est

pas à moi. Don Manuel m'a fait un legs *sub poenae nomine**, comme nous disions à Salamanque.

— La peste soit du fat ! s'écria don Garcia. Je crois, le diable m'emporte, qu'il a l'intention de donner ces dix écus au premier curé que nous rencontrerons.

— Pourquoi pas ? Je l'ai promis.

— Taisez-vous ; par la barbe de Mahomet ! vous me faites honte, et je ne vous reconnais pas. »

Le jeu commença ; les chances furent d'abord variées ; bientôt elles tournèrent décidément contre don Juan. En vain, pour rompre la veine, don Garcia prit les cartes ; au bout d'une heure, tout l'argent qu'ils possédaient, et de plus les cinquante écus du capitaine Gomare, étaient passés dans les mains du banquier. Don Juan voulait aller dormir ; mais don Garcia était échauffé, il prétendit avoir sa revanche et regagner ce qu'il avait perdu.

« Allons, M. Prudent, dit-il, voyons ces derniers écus que vous avez si bien serrés. Je suis sûr qu'ils nous porteront bonheur.

— Songez, don Garcia, que j'ai promis !...

— Allons, allons, enfant que vous êtes ! Il s'agit bien de messes à présent. Le capitaine, s'il était ici, aurait plutôt pillé une église que de laisser passer une carte sans ponter.

— Voilà cinq écus, dit don Juan. Ne les exposez pas d'un seul coup.

— Point de faiblesse ! » dit don Garcia. Et il mit les cinq écus sur un roi. Il gagna, fit paroli, mais perdit le second coup.

« Voyons les cinq derniers ! » s'écria-t-il, pâlissant de colère. Don Juan fit quelques objections facilement surmontées ; il céda et donna quatre écus qui aussitôt suivirent les premiers. Don Garcia, jetant les cartes au nez du banquier, se leva furieux. Il dit à don Juan :

---

*« A titre de peine. » Il s'agit des obligations imposées à un légataire.

« Vous avez toujours été heureux, vous, et j'ai entendu dire qu'un dernier écu a un grand pouvoir pour conjurer le sort. »

Don Juan était pour le moins aussi furieux que lui. Il ne pensa plus aux messes ni à son serment. Il mit sur un as le seul écu restant, et le perdit aussitôt.

« Au diable l'âme du capitaine Gomare ! s'écria-t-il. Je crois que son argent était ensorcelé !... »

Le banquier leur demanda s'ils voulaient jouer encore mais, comme ils n'avaient plus d'argent et qu'on fait difficilement crédit à des gens qui s'exposent tous les jours à se faire casser la tête, force leur fut de quitter le jeu et de chercher à se consoler avec les buveurs. L'âme du pauvre capitaine fut tout à fait oubliée.

Quelques jours après, les Espagnols, ayant reçu des renforts, reprirent l'offensive et marchèrent en avant. Ils traversèrent les lieux où l'on s'était battu. Les morts n'étaient pas encore enterrés. Don Garcia et don Juan pressaient leurs chevaux pour échapper à ces cadavres qui choquaient à la fois la vue et l'odorat, lorsqu'un soldat qui les précédait fit un grand cri à la vue d'un corps gisant dans un fossé. Ils s'approchèrent et reconnurent le capitaine Gomare. Il était pourtant presque défiguré. Ses traits déformés et roidis dans d'horribles convulsions prouvaient que ses derniers moments avaient été accompagnés de douleurs atroces. Bien que déjà familiarisé avec de tels spectacles, don Juan ne put s'empêcher de frémir en voyant ce cadavre, dont les yeux ternes et remplis de sang caillé semblaient dirigés vers lui d'un air de menace. Il se rappela les dernières recommandations du pauvre capitaine, et comment il avait négligé de les exécuter. Pourtant, la dureté factice dont il était parvenu à remplir son cœur le délivra bientôt de ces remords ; il fit promptement creuser une fosse pour ensevelir le capitaine. Par hasard, un capucin se trouvait là, qui récita quelques prières à la hâte. Le cadavre, aspergé d'eau bénite, fut recouvert de pierres et de terre, et les soldats poursuivirent leur route plus silencieux que de coutume ; mais don Juan remarqua un vieil arquebusier qui, après avoir longtemps fouillé dans ses poches, y trouva enfin un écu, qu'il donna au capucin en lui disant :

« Voilà pour dire des messes au capitaine Gomare. »

Ce jour-là, don Juan donna des preuves d'une bravoure extraordinaire, et s'exposa au feu de l'ennemi avec si peu de ménagements qu'on eût dit qu'il voulait se faire tuer.

« On est brave quand on n'a plus le sou », disaient ses camarades.

Peu de temps après la mort du capitaine Gomare, un jeune soldat fut admis comme recrue dans la compagnie où servaient don Juan et don Garcia ; il paraissait décidé et intrépide, mais d'un caractère sournois et mystérieux. Jamais on ne le voyait boire ni jouer avec ses camarades ; il passait des heures entières assis sur un banc dans le corps de garde, occupé à regarder voler les mouches, ou bien à faire jouer la détente de son arquebuse. Les soldats, qui le raillaient de sa réserve, lui avaient donné le sobriquet de *Modesto.* C'était sous ce nom qu'il était connu dans la compagnie, et ses chefs mêmes ne lui en donnaient pas d'autre.

La campagne finit par le siège de Berg-op-Zoom, qui fut, comme on le sait, un des plus meurtriers de cette guerre, les assiégés s'étant défendus avec le dernier acharnement. Une nuit les deux amis se trouvaient ensemble de service à la tranchée, alors tellement rapprochée des murailles de la place que le poste était des plus dangereux. Les sorties des assiégés étaient fréquentes, et leur feu vif et bien dirigé.

La première partie de la nuit se passa en alertes continuelles ; ensuite, assiégés et assiégeants parurent céder également à la fatigue. De part et d'autre on cessa de tirer, et un profond silence s'établit dans toute la plaine, ou s'il était interrompu, ce n'était que par de rares décharges, qui n'avaient d'autre but que de prouver que si on avait cessé de combattre on continuait néanmoins à faire bonne garde. Il était environ quatre heures du matin ; c'est le moment où l'homme qui a veillé éprouve une sensation de froid pénible, accompagné d'une espèce d'accablement moral, produit par la lassitude physique et l'envie de dormir. Il n'est aucun militaire de bonne foi qui ne convienne qu'en de pareilles dispositions d'esprit et de corps il s'est senti capable de faiblesses dont il a rougi après le lever du soleil.

« Morbleu ! s'écria don Garcia en piétinant pour se réchauffer, et serrant son manteau autour de son corps, je sens ma moelle se figer dans mes os ; je crois qu'un enfant hollandais me battrait avec une cruche à bière pour toute arme. En vérité, je ne me reconnais plus. Voilà une arquebusade qui vient de me faire tressaillir. Ma foi ! si j'étais dévot, il ne tiendrait qu'à moi de prendre l'étrange état où je me trouve pour un avertissement d'en haut. »

Tous ceux qui étaient présents, et don Juan surtout, furent extrêmement surpris de l'entendre parler du Ciel, car il ne s'en occupait guère ; ou s'il en parlait, c'était pour s'en moquer. S'apercevant que plusieurs souriaient à ces paroles, ranimé par un sentiment de vanité, il s'écria :

« Que personne, au moins, n'aille s'aviser de croire que j'ai peur des Hollandais, de Dieu ou du diable, car nous aurions à la garde montante nos comptes à régler ensemble !

— Passe pour les Hollandais, mais pour Dieu et l'Autre, il est bien permis de les craindre, dit un vieux capitaine à moustaches grises, qui portait un chapelet suspendu à côté de son épée.

— Quel mal peuvent-ils me faire ? demanda-t-il ; le tonnerre ne porte pas aussi juste qu'une arquebuse protestante.

— Et votre âme ? dit le vieux capitaine en se signant à cet horrible blasphème.

— Ah ! pour mon âme... il faudrait, avant tout, que je

fusse bien sûr d'en avoir une. Qui m'a jamais dit que j'eusse une âme ? Les prêtres. Or, l'invention de l'âme leur rapporte de si beaux revenus, qu'il n'est pas douteux qu'ils n'en soient les auteurs, de même que les pâtissiers ont inventé les tartes pour les vendre.

— Don Garcia, vous finirez mal, dit le vieux capitaine. Ces propos-là ne doivent pas se tenir à la tranchée.

— A la tranchée comme ailleurs, je dis ce que je pense. Mais je me tais, car voici mon camarade don Juan dont le chapeau va tomber, tant ses cheveux se dressent sur sa tête. Lui ne croit pas seulement à l'âme ; il croit encore aux âmes du purgatoire.

— Je ne suis point un esprit fort, fit don Juan en riant, et j'envie parfois votre sublime indifférence pour les choses de l'autre monde ; car, je vous l'avouerai, dussiez-vous vous moquer de moi, il y a des instants où ce que l'on raconte des damnés me donne des rêveries désagréables.

— La meilleure preuve du peu de pouvoir du diable, c'est que vous êtes aujourd'hui debout dans cette tranchée. Sur ma parole, messieurs, ajouta don Garcia en frappant sur l'épaule de don Juan, s'il y avait un diable, il aurait déjà emporté ce garçon-là. Tout jeune qu'il est, je vous le donne pour un véritable excommunié. Il a mis plus de femmes à mal et plus d'hommes en bière que deux cordeliers et deux braves de Valence n'auraient pu faire. »

Il parlait encore quand un coup d'arquebuse partit du côté de la tranchée qui touchait au camp espagnol. Don Garcia porta la main sur sa poitrine et s'écria :

« Je suis blessé ! »

Il chancela, et tomba presque aussitôt. En même temps on vit un homme prendre la fuite, mais l'obscurité le déroba bientôt à ceux qui le poursuivaient.

La blessure de don Garcia parut mortelle. Le coup avait été tiré de très près, et l'arme était chargée de plusieurs balles. Mais la fermeté de ce libertin endurci ne se démentit pas un instant. Il renvoya bien loin ceux qui lui parlaient de se confesser. Il disait à don Juan :

« Une seule chose me fâche après ma mort, c'est que les capucins vous persuaderont que c'est un jugement de Dieu contre moi. Convenez avec moi qu'il n'y a rien de plus naturel qu'une arquebusade tue un soldat. Ils disent que le coup a été tiré de notre côté : c'est sans doute quelque jaloux rancunier qui m'a fait assassiner. Faites-le pendre haut et court, si vous l'attrapez. Écoutez, don Juan, j'ai deux maîtresses à Anvers, trois à Bruxelles, et d'autres ailleurs que je ne me rappelle guère... ma mémoire se trouble... Je vous les lègue... faute de mieux... Prenez encore mon épée... et surtout n'oubliez pas la botte que je vous ai apprise... Adieu... et, au lieu de messes, que mes camarades se réunissent dans une glorieuse orgie après mon enterrement. »

Telles furent à peu près ses dernières paroles. De Dieu, de l'autre monde, il ne s'en soucia pas plus qu'il ne l'avait fait étant plein de vie et de force. Il mourut le sourire sur les lèvres, la vanité lui donnant la force de soutenir jusqu'au bout le rôle détestable qu'il avait si longtemps joué. Modesto ne reparut plus. Toute l'armée fut persuadée qu'il était l'assassin de don Garcia ; mais on se perdait en vaines conjectures sur les motifs qui l'avaient poussé à ce meurtre.

Don Juan regretta don Garcia plus qu'il n'aurait fait de son frère. Il se disait, l'insensé ! qu'il lui devait tout. C'était lui qui l'avait initié aux mystères de la vie, qui avait détaché de ses yeux l'écaille épaisse qui les couvrait. « Qu'étais-je avant de le connaître ? » se demandait-il, et son amour-propre lui disait qu'il était devenu un être supérieur aux autres hommes. Enfin tout le mal qu'en réalité lui avait fait la connaissance de cet athée, il le changeait en bien, et il en était aussi reconnaissant qu'un disciple doit l'être à l'égard de son maître.

Les tristes impressions que lui laissa cette mort si soudaine demeurèrent assez longtemps dans son esprit pour l'obliger à changer pendant plusieurs mois son genre de vie. Mais peu à peu il revint à ses anciennes habitudes, maintenant trop enracinées en lui pour qu'un accident pût les changer. Il se remit à jouer, à boire, à courtiser les femmes et à se battre avec les maris. Tous les jours il avait de nouvelles aventures. Aujourd'hui montant à une brèche, le lendemain escaladant un balcon ; le matin ferraillant avec un mari, le soir buvant avec des courtisanes.

Au milieu de ses débauches il apprit que son père venait de mourir ; sa mère ne lui avait survécu que de quelques jours, en sorte qu'il reçut les deux nouvelles à la fois. Les hommes d'affaires, d'accord avec son propre goût, lui conseillaient de retourner en Espagne et de prendre possession du majorat et des grands biens dont il venait d'hériter. Depuis longtemps il avait obtenu sa grâce pour la mort de don Alonso de Ojeda, le père de doña Fausta, et il regardait cette affaire comme entièrement terminée. D'ailleurs, il avait envie de s'exercer sur un plus grand théâtre. Il pensait aux délices de Séville et aux nombreuses beautés qui n'attendaient, sans doute, que son arrivée pour se rendre à discrétion. Quittant donc la cuirasse, il partit pour l'Espagne. Il séjourna quelque temps à Madrid ; se fit remarquer dans une course de taureaux par la richesse de son costume et son adresse à piquer, il y fit quelques conquêtes, mais ne s'y arrêta pas longtemps. Arrivé à Séville, il éblouit petits et grands par son faste et sa magnificence. Tous les jours il donnait des fêtes nouvelles où il invitait les plus belles dames de l'Andalousie. Tous les jours nouveaux plaisirs, nouvelles orgies dans son magnifique palais. Il était devenu le roi d'une foule de libertins qui, désordonnés et indisciplinables avec tout le monde, lui obéissaient avec cette docilité qui se trouve trop souvent dans les associations des méchants. Enfin il n'y avait pas de débauche dans laquelle il ne se plongeât, et comme un riche vicieux n'est pas seulement dangereux pour lui-même, son exemple pervertissait la jeunesse andalouse, qui l'élevait aux nues et le prenait pour modèle. Nul doute que, si la Providence eût souffert plus longtemps son libertinage, il n'eût fallu une pluie de feu pour faire justice des désordres et des crimes de Séville. Une maladie qui retint don Juan dans son lit pendant quelques jours ne lui inspira pas de retour sur lui-même ; au contraire, il ne demandait à son médecin de lui rendre la santé qu'afin de courir à de nouveaux excès.

Pendant sa convalescence, il s'amusa à dresser une liste de toutes les femmes qu'il avait séduites et de tous les maris qu'il avait trompés. La liste était divisée méthodiquement en deux colonnes. Dans l'une étaient les noms des femmes et leur signalement sommaire ; à côté, le nom de leurs maris et leur profession. Il eut beaucoup de peine à retrouver dans sa mémoire les noms de toutes ces malheureuses, et il est à croire que ce catalogue était loin d'être complet. Un jour, il le montra à un de ses amis qui était venu lui rendre visite ; et comme en Italie il avait eu les faveurs d'une femme qui osait se vanter d'avoir été la maîtresse d'un pape, la liste commençait par son nom, et celui du pape figurait dans la liste des maris. Venait ensuite un prince régnant, puis des ducs, des marquis, enfin jusqu'à des artisans.

« Vois, mon cher, dit-il à son ami ; vois, nul n'a pu m'échapper, depuis le pape jusqu'au cordonnier ; il n'y a pas une classe qui ne m'ait fourni sa quote-part. »

Don Torribio — c'était le nom de cet ami — examina le catalogue, et le rendit en disant d'un ton de triomphe :

« Il n'est pas complet !

— Comment ! pas complet ? Qui manque donc à ma liste de maris ?

— Dieu, répondit don Torribio.

— Dieu ? c'est vrai, il n'y a pas de religieuse. Morbleu ! je te remercie de m'avoir averti. Eh bien, je te jure ma foi de gentilhomme qu'avant qu'il soit un mois il sera sur ma liste, avant monseigneur le pape, et que je te ferai souper ici avec une religieuse. Dans quel couvent de Séville y a-t-il de jolies nonnes ? »

Quelques jours après, don Juan était en campagne. Il se mit à fréquenter les églises des couvents de femmes, s'agenouillant fort près des grilles qui séparent les épouses du Seigneur du reste des fidèles. Là il jetait ses regards effrontés sur ces vierges timides, comme un loup entré dans une bergerie cherche la brebis la plus grasse pour l'immoler la première. Il eut bientôt remarqué, dans l'église de Notre-Dame du Rosaire, une jeune religieuse d'une beauté ravissante, que relevait encore un air de mélancolie répandu sur tous ses traits. Jamais elle ne levait les yeux, ni ne les tournait à droite ou à gauche ; elle paraissait entièrement absorbée par le divin mystère qu'on célébrait devant elle. Ses lèvres remuaient doucement, et il était facile de voir qu'elle priait avec plus de ferveur et d'onction que toutes ses compagnes. Sa vue rappela à don Juan d'anciens souvenirs. Il lui sembla qu'il avait vu cette femme ailleurs, mais il lui était impossible de se rappeler en quel temps et en quel lieu. Tant de portraits étaient plus ou moins bien gravés dans sa mémoire, qu'il lui était impossible de ne pas faire de confusion. Deux jours de suite, il revint dans l'église, se plaçant toujours près de la grille, sans pouvoir parvenir à faire lever les yeux à la sœur Agathe. Il avait appris que tel était son nom.

La difficulté de triompher d'une personne si bien gardée par sa position et sa modestie ne servait qu'à irriter les désirs de don Juan. Le point le plus important, et aussi le plus difficile, c'était d'être remarqué. Sa vanité lui persuadait que s'il pouvait seulement attirer l'attention de la sœur Agathe, la victoire était plus qu'à demi gagnée. Voici l'expédient dont il s'avisa pour obliger cette belle personne à lever les yeux. Il se plaça aussi près d'elle qu'il lui fut possible, et, profitant du moment de l'élévation, où tout le monde se prosterne, il passa la main entre les barreaux de la grille et répandit devant la sœur Agathe le contenu d'une fiole

d'essence qu'il avait apportée. L'odeur pénétrante qui
se développa subitement obligea la jeune religieuse à
lever la tête ; et comme don Juan était placé précisément en face d'elle, elle ne put manquer de l'apercevoir. D'abord un vif étonnement se peignit sur tous ses
traits, puis elle devint d'une pâleur mortelle ; elle
poussa un faible cri et tomba évanouie sur les dalles.
Ses compagnes s'empressèrent autour d'elle et
l'emportèrent dans sa cellule. Don Juan, en se retirant
très content de lui-même, se disait :

« Cette religieuse est vraiment charmante ; mais plus
je la vois, plus il me semble qu'elle doit figurer déjà
dans mon catalogue. »

Le lendemain, il fut exact à se trouver auprès de la
grille à l'heure de la messe. Mais la sœur Agathe n'était
pas à sa place ordinaire, sur le premier rang des religieuses ; elle était, au contraire, presque cachée derrière ses compagnes. Néanmoins, don Juan remarqua
qu'elle regardait souvent à la dérobée. Il en tira un
augure favorable pour sa passion. « La petite me
craint, pensait-il... elle s'apprivoisera bientôt. » La
messe finie, il observa qu'elle entrait dans un confessionnal ; mais, pour y arriver, elle passa près de la
grille et laissa tomber son chapelet comme par
mégarde. Don Juan avait trop d'expérience pour se
laisser prendre à cette prétendue distraction. D'abord il
pensa qu'il était important pour lui d'avoir ce chapelet ; mais il était de l'autre côté de la grille, et il sentit
que pour le ramasser il fallait attendre que tout le
monde fût sorti de l'église. Pour attendre ce moment, il
s'adossa contre un pilier, dans une attitude méditative,
une main placée sur ses yeux, mais les doigts légèrement écartés, en sorte qu'il ne perdait rien des mouvements de la sœur Agathe. Quiconque l'eût vu dans cette
posture l'eût pris pour un bon chrétien absorbé dans
une pieuse rêverie.

La religieuse sortit du confessionnal et fit quelques
pas pour rentrer dans l'intérieur du couvent ; mais elle

s'aperçut bientôt ou plutôt elle feignit de s'apercevoir que son chapelet lui manquait. Elle jeta les yeux de tous côtés, et vit qu'il était près de la grille. Elle revint et se baissa pour le ramasser. Dans le moment même, don Juan observa quelque chose de blanc qui passait sous la grille. C'était un très petit papier plié en quatre. Aussitôt la religieuse se retira.

Le libertin, surpris de réussir plus vite qu'il ne s'y était attendu, éprouva une espèce de regret de ne pas rencontrer plus d'obstacles. Tel est à peu près le regret d'un chasseur qui poursuit un cerf, comptant sur une longue et pénible course : tout à coup l'animal tombe, à peine lancé, enlevant ainsi au chasseur le plaisir et le mérite qu'il s'était promis de la poursuite. Toutefois il ramassa promptement le billet, et sortit de l'église pour le lire à son aise. Voici ce qu'il contenait :

« C'est vous, don Juan ? Est-il donc vrai que vous ne m'ayez point oubliée ? J'étais bien malheureuse, mais je commençais à m'habituer à mon sort. Je vais être maintenant cent fois plus malheureuse. Je devrais vous haïr..., vous avez versé le sang de mon père... ; mais je ne puis vous haïr ni vous oublier. Ayez pitié de moi. Ne revenez plus dans cette église ; vous me faites trop de mal. Adieu, adieu, je suis morte au monde.

« Teresa. »

« Ah ! c'est la Teresita ! se dit don Juan. Je savais bien que je l'avais vue quelque part. »

Puis il relut encore le billet : « Je devrais vous haïr... » C'est-à-dire que je vous adore. « Vous avez versé le sang de mon père !... » Chimène en disait autant à Rodrigue. « Ne revenez plus dans cette église. » C'est-à-dire je vous attends demain. « Fort bien ! elle est à moi. »

Il alla dîner là-dessus.

Le lendemain, il fut ponctuel à se trouver à l'église

avec une lettre toute prête dans sa poche ; mais sa surprise fut grande de ne pas voir paraître la sœur Agathe. Jamais messe ne lui sembla plus longue. Il était furieux. Après avoir maudit cent fois les scrupules de Teresa, il alla se promener sur les bords du Guadal-quivir, pour chercher quelque expédient, et voici celui auquel il s'arrêta.

Le couvent de Notre-Dame du Rosaire était renommé parmi ceux de Séville pour les excellentes confitures que les sœurs y préparaient. Il alla au par-loir, demanda la tourière, et se fit donner la liste de toutes les confitures qu'elle avait à vendre.

« N'auriez-vous pas des citrons à la Maraña ? demanda-t-il de l'air le plus naturel du monde.

— Des citrons à la Maraña, seigneur cavalier ? Voici la première fois que j'entends parler de ces confi-tures-là.

— Rien n'est plus à la mode pourtant, et je m'étonne que dans une maison comme la vôtre on n'en fasse pas beaucoup.

— Citrons à la Maraña ?

— A la Maraña, répéta don Juan en pesant sur chaque syllabe. Il est impossible que quelqu'une de vos religieuses ne sache pas la recette pour les faire. Demandez, je vous prie, à ces dames, si elles ne connaissent pas ces confitures-là. Demain je repasse-rai. »

Quelques minutes après il n'était question dans tout le couvent que des citrons à la Maraña. Les meilleures confiseuses n'en avaient jamais entendu parler. La sœur Agathe seule savait le procédé. Il fallait ajouter de l'eau de rose, des violettes, etc., à des citrons ordinaires, puis... Elle se chargeait de tout. Don Juan, lorsqu'il revint, trouva un pot de citrons à la Maraña ; c'était à la vérité, un mélange abominable au goût ; mais, sous l'enveloppe du pot, se trouvait un billet de la main de Teresa. C'était de nouvelles prières de renoncer à elle et de l'oublier. La pauvre fille cherchait à se tromper

elle-même. La religion, la piété filiale et l'amour se
disputaient le cœur de cette infortunée ; mais il était
aisé de s'apercevoir que l'amour était le plus puissant.
Le lendemain, don Juan envoya un de ses pages au
couvent avec une caisse contenant des citrons qu'il
voulait faire confire, et qu'il recommandait particulièrement à la religieuse qui avait préparé les confitures
achetées la veille. Au fond de la caisse était adroitement
cachée une réponse aux lettres de Teresa. Il lui disait :
« J'ai été bien malheureux. C'est une fatalité qui a
conduit mon bras. Depuis cette nuit funeste je n'ai
cessé de penser à toi. Je n'osais espérer que tu ne me
haïrais pas. Enfin je t'ai retrouvée. Cesse de me parler
des serments que tu as prononcés. Avant de t'engager
au pied des autels, tu m'appartenais. Tu n'as pu disposer de ton cœur qui était à moi... Je viens réclamer un
bien que je préfère à la vie. Je périrai ou tu me seras
rendue. Demain j'irai te demander au parloir. Je n'ai
pas osé m'y présenter avant de t'avoir prévenue. J'ai
craint que ton trouble ne nous trahît. Arme-toi de
courage. Dis-moi si la tourière peut être gagnée. »

Deux gouttes d'eau adroitement jetées sur le papier
figuraient des larmes répandues en écrivant.

Quelques heures après, le jardinier du couvent lui
apporta une réponse et lui fit offre de ses services. La
tourière était incorruptible ; la sœur Agathe consentait
à descendre au parloir ; mais à condition que ce serait
pour dire et recevoir un adieu éternel.

La malheureuse Teresa parut au parloir plus morte
que vive. Il fallut qu'elle tînt la grille à deux mains pour
se soutenir. Don Juan, calme et impassible, savourait
avec délices le trouble où il la jetait. D'abord, et pour
donner le change à la tourière, il parla d'un air dégagé
des amis que Teresa avait laissés à Salamanque, et qui
l'avaient chargé de lui porter leurs compliments. Puis,
profitant d'un moment où la tourière s'était éloignée, il
dit très bas et très vite à Teresa :

« Je suis résolu à tout tenter pour te tirer d'ici. S'il

faut mettre le feu au couvent, je le brûlerai. Je ne veux rien entendre. Tu m'appartiens. Dans quelques jours tu seras à moi, ou je périrai ; mais bien d'autres périront avec moi. »

La tourière se rapprocha. Doña Teresa suffoquait et ne pouvait articuler un mot. Don Juan cependant, d'un ton d'indifférence, parlait de confitures, des travaux d'aiguille qui occupaient les religieuses, promettait à la tourière de lui envoyer des chapelets bénits à Rome, et de donner au couvent une robe de brocart pour habiller la sainte patronne de la communauté le jour de sa fête. Après une demi-heure de semblable conversation, il salua Teresa d'un air respectueux et grave, la laissant dans un état d'agitation et de désespoir impossible à décrire. Elle courut s'enfermer dans sa cellule, et sa main plus obéissante que sa langue, traça une longue lettre de reproches, de prières et de lamentations. Mais elle ne pouvait s'empêcher d'avouer son amour, et elle s'excusait de cette faute par la pensée qu'elle l'expiait bien en refusant de se rendre aux prières de son amant. Le jardinier, qui se chargeait de cette correspondance criminelle, apporta bientôt une réponse. Don Juan menaçait toujours de se porter aux dernières extrémités. Il avait cent braves à son service. Le sacrilège ne l'effrayait pas. Il serait heureux de mourir pourvu qu'il eût serré encore une fois son amie entre ses bras. Que pouvait faire cette faible enfant habituée à céder à un homme qu'elle adorait ? Elle passait les nuits à pleurer, et le jour elle ne pouvait prier, l'image de don Juan la suivait partout ; et même, quand elle accompagnait ses compagnes dans leurs exercices de piété, son corps faisait machinalement les gestes d'une personne qui prie, mais son cœur était tout entier à sa funeste passion.

Au bout de quelques jours elle n'eut plus la force de résister. Elle annonça à Don Juan qu'elle était prête à tout. Elle se voyait perdue de toute manière, et elle s'était dit que, mourir pour mourir, il valait mieux avoir auparavant un instant de bonheur. Don Juan, au comble de la joie, prépara tout pour l'enlever. Il choisit une nuit sans lune. Le jardinier porta à Teresa une échelle de soie qui devait lui servir à franchir les murs du couvent. Un paquet contenant un costume de ville serait caché dans un endroit convenu du jardin, car il ne fallait pas songer à sortir dans la rue avec des vêtements de religieuse. Don Juan l'attendrait au pied du mur. A quelque distance, une litière attelée de mules vigoureuses serait préparée pour la mener rapidement dans une maison de campagne. Là elle serait soustraite à toutes les poursuites, elle vivrait tranquille et heureuse avec son amant. Tel était le plan que don Juan traça lui-même. Il fit faire des habits convenables, essaya l'échelle de corde, joignit une instruction sur la manière de l'attacher ; enfin il ne négligea rien de ce qui pouvait assurer le succès de son entreprise. Le jardinier était sûr, et il avait trop à gagner à être fidèle pour qu'on pût douter de lui. Au surplus, des mesures étaient prises pour qu'il fût assassiné la nuit d'après l'enlèvement. Enfin il semblait que cette trame était si habilement ourdie que rien ne pût la rompre.

Afin d'éviter les soupçons, don Juan partit pour le château de Maraña deux jours avant celui qu'il avait fixé pour l'enlèvement. C'était dans ce château qu'il avait passé la plus grande partie de son enfance ; mais depuis son retour à Séville il n'y était pas entré. Il y arriva à la nuit tombante, et son premier soin fut de bien souper. Ensuite il se fit déshabiller et se mit au lit. Il avait fait allumer dans sa chambre deux grands flambeaux de cire, et sur la table était un livre de contes libertins. Après avoir lu quelques pages, se sentant sur le point de s'endormir, il ferma le livre et éteignit un des flambeaux. Avant d'éteindre le second, il promena avec distraction ses regards par toute la chambre, et tout d'un coup il avisa dans son alcôve le tableau qui représentait les tourments du purgatoire, tableau qu'il avait si souvent considéré dans son enfance. Involontairement ses yeux se reportèrent sur l'homme dont un serpent dévorait les entrailles, et, bien que cette représentation lui inspirât alors encore plus d'horreur qu'autrefois, ils ne pouvaient s'en détacher. En même temps il se rappela la figure du capitaine Gomare et les effroyables contorsions que la mort avait gravées sur ses traits. Cette idée le fit tressaillir, et il sentit ses cheveux se hérisser sur sa tête. Cependant, rappelant son courage, il éteignit la dernière bougie, espérant que l'obscurité le délivrerait des images hideuses qui le persécutaient. L'obscurité augmenta encore sa terreur. Ses yeux se dirigeaient toujours vers le tableau qu'il ne pouvait voir ; mais il lui était tellement familier qu'il se peignait à son imagination aussi nettement que s'il eût été grand jour. Parfois même il lui semblait que les figures s'éclairaient et devenaient lumineuses, comme si le feu du purgatoire, que l'artiste avait peint, eût été une flamme réelle. Enfin son agitation fut si grande qu'il appela à grands cris ses domestiques pour faire enlever le tableau qui lui causait tant de frayeur. Eux entrés dans sa chambre, il eut honte de sa faiblesse. Il pensa que ses gens se moqueraient de lui s'ils venaient à savoir qu'il avait peur d'une peinture. Il se contenta de dire, du son de voix le plus naturel qu'il put prendre, que l'on rallumât les bougies et qu'on le laissât seul. Puis il se remit alors à lire ; mais ses yeux seuls parcouraient le livre, son esprit était au tableau. En proie à une agitation indicible, il passa ainsi une nuit sans sommeil.

Aussitôt que le jour parut il se leva à la hâte et sortit pour aller chasser. L'exercice et l'air frais du matin le calmèrent peu à peu, et les impressions excitées par la vue du tableau avaient disparu lorsqu'il rentra dans son château. Il se mit à table et but beaucoup. Déjà il était un peu étourdi lorsqu'il alla se coucher. Par son ordre un lit lui avait été préparé dans une autre chambre, et l'on pense bien qu'il n'eut garde d'y faire porter le tableau ; mais il en avait gardé le souvenir, qui fut assez puissant pour le tenir encore éveillé pendant une partie de la nuit.

Au reste, ces terreurs ne lui inspirèrent pas le repentir de sa vie passée. Il s'occupait toujours de l'enlèvement qu'il avait projeté ; et, après avoir donné tous les ordres nécessaires à ses domestiques, il partit seul pour Séville par la grande chaleur du jour afin de n'y arriver qu'à la nuit. Effectivement il était nuit noire quand il passa près de la tour del Lloro, où un de ses domestiques l'attendait. Il lui remit son cheval, s'informa si la litière et les mules étaient prêtes. Suivant ses ordres, elle devait l'attendre dans une rue assez voisine du couvent pour qu'il pût s'y rendre promptement à pied avec Teresa, et cependant pas assez près pour exciter les soupçons de la ronde, si elle venait à les rencontrer. Tout était prêt, ses instructions avaient été exécutées à la lettre. Il vit qu'il avait encore une heure à attendre avant de pouvoir donner le signal convenu à Teresa. Son domestique lui jeta un grand manteau brun sur les épaules, et il entra seul dans Séville par la porte de Triana, se cachant la figure de manière à n'être pas reconnu. La chaleur et la fatigue le forcèrent de s'asseoir sur un banc dans une rue déserte. Là il se mit à siffler et à fredonner des airs qui lui revinrent à la mémoire. De temps en temps il consultait sa montre et voyait avec chagrin que l'aiguille n'avançait pas au gré de son impatience... Tout à coup une musique lugubre et solennelle vint frapper son oreille. Il distingua d'abord les chants que l'Église a consacrés aux enterrements. Bientôt une procession tourna le coin de la rue et s'avança vers lui. Deux longues files de pénitents portant des cierges allumés précédaient une bière couverte de velours noir et portée par plusieurs figures habillées à la mode antique, la barbe blanche et l'épée au côté. La marche était fermée par deux files de pénitents en deuil et portant des cierges comme les premiers. Tout ce convoi s'avançait lentement et gravement. On n'entendait pas le bruit des pas sur le pavé, et l'on eût dit que chaque figure glissait plutôt qu'elle ne marchait. Les plis longs et roides des robes et des manteaux semblaient aussi immobiles que les vêtements de marbre des statues.

A ce spectacle, don Juan éprouva d'abord cette espèce de dégoût que l'idée de la mort inspire à un épicurien. Il se leva et voulut s'éloigner, mais le nombre des pénitents et la pompe du cortège le surprirent et piquèrent sa curiosité. La procession se dirigeant vers une église voisine dont les portes venaient de s'ouvrir avec bruit, don Juan arrêta par la manche une des figures qui portaient des cierges et lui demanda poliment quelle était la personne qu'on allait enterrer. Le pénitent leva la tête : sa figure était pâle et décharnée comme celle d'un homme qui sort d'une longue et douloureuse maladie. Il répondit d'une voix sépulcrale :

« C'est le comte don Juan de Maraña. »

Cette étrange réponse fit dresser les cheveux sur la tête de don Juan ; mais l'instant d'après il reprit son sang-froid et se mit à sourire.

« J'aurai mal entendu, se dit-il, ou ce vieillard se sera trompé. »

Il entra dans l'église en même temps que la procession. Les chants funèbres recommencèrent, accompagnés par le son éclatant de l'orgue ; et des prêtres vêtus de chapes de deuil entonnèrent le *De profundis*. Malgré ses efforts pour paraître calme, don Juan sentit son sang se figer. S'approchant d'un autre pénitent, il lui dit :

« Quel est donc le mort que l'on enterre ? — Le comte don Juan de Maraña », répondit le pénitent d'une voix creuse et effrayante. Don Juan s'appuya contre une colonne pour ne pas tomber. Il se sentait défaillir, et tout son courage l'avait abandonné. Cependant le service continuait, et les voûtes de l'église grossissaient encore les éclats de l'orgue et des voix qui chantaient le terrible *Dies irae*. Il lui semblait entendre les chœurs des anges au jugement dernier. Enfin, faisant un effort, il saisit la main d'un prêtre qui passait près de lui. Cette main était froide comme du marbre.

« Au nom du Ciel ! mon père, s'écria-t-il, pour qui priez-vous ici, et qui êtes-vous ?

— Nous prions pour le comte don Juan de Maraña, répondit le prêtre en le regardant fixement avec une expression de douleur. Nous prions pour son âme, qui est en péché mortel, et nous sommes des âmes que les messes et les prières de sa mère ont tirées des flammes du purgatoire. Nous payons au fils la dette de la mère ; mais cette messe, c'est la dernière qu'il nous est permis de dire pour l'âme du comte don Juan de Maraña. »

En ce moment l'horloge de l'église sonna un coup : c'était l'heure fixée pour l'enlèvement de Teresa.

« Le temps est venu, s'écria une voix qui partait d'un angle obscur de l'église, le temps est venu ! est-il à nous ? »

Don Juan tourna la tête et vit une apparition horrible. Don Garcia, pâle et sanglant, s'avançait avec le capitaine Gomare, dont les traits étaient encore agités d'horribles convulsions. Ils se dirigèrent tous deux vers la bière, et don Garcia, en jetant le couvercle à terre avec violence, répéta : « Est-il à nous ? » En même temps un serpent gigantesque s'éleva derrière lui, et, le dépassant de plusieurs pieds, semblait prêt à s'élancer dans la bière... Don Juan s'écria : « Jésus ! » et tomba évanoui sur le pavé.

La nuit était fort avancée lorsque la ronde qui passait aperçut un homme étendu sans mouvement à la porte d'une église. Les archers s'approchèrent, croyant que c'était le cadavre d'un homme assassiné. Ils reconnurent aussitôt le comte de Maraña, et ils essayèrent de le ranimer en lui jetant de l'eau fraîche au visage ; mais voyant qu'il ne reprenait pas connaissance, ils le portèrent à sa maison. Les uns disaient qu'il était ivre, d'autres qu'il avait reçu quelque bastonnade d'un mari jaloux. Personne, ou du moins pas un homme honnête ne l'aimait à Séville, et chacun disait son mot. L'un bénissait le bâton qui l'avait si bien étourdi, l'autre demandait combien de bouteilles pouvaient tenir dans cette carcasse sans mouvement. Les domestiques de don Juan reçurent leur maître des mains des archers et coururent chercher un chirurgien. On lui fit une abondante saignée, et il ne tarda pas à reprendre ses sens. D'abord il ne fit entendre que des mots sans suite, des cris inarticulés, des sanglots et des gémissements. Peu à peu il parut considérer avec attention tous les objets qui l'environnaient. Il demanda où il était, puis ce qu'étaient devenus le capitaine Gomare, don Garcia et la procession. Ses gens le crurent fou. Cependant, après avoir pris un cordial, il se fit apporter un crucifix et le baisa quelque temps en répandant un torrent de larmes. Ensuite il ordonna qu'on lui amenât un confesseur.

La surprise fut générale, tant son impiété était connue. Plusieurs prêtres, appelés par ses gens, refusèrent de se rendre auprès de lui, persuadés qu'il lui préparait quelque méchante plaisanterie. Enfin, un moine dominicain consentit à le voir. On les laissa seuls, et don Juan, s'étant jeté à ses pieds, lui raconta la vision qu'il avait eue ; puis il se confessa. En faisant le récit de chacun de ses crimes, il s'interrompait pour demander s'il était possible qu'un aussi grand pécheur que lui obtînt jamais le pardon céleste. Le religieux répondait que la miséricorde de Dieu était infinie. Après l'avoir exhorté à persévérer dans son repentir et lui avoir donné les consolations que la religion ne refuse pas aux plus grands criminels, le dominicain se retira, en lui promettant de revenir le soir. Don Juan passa toute la journée en prières. Lorsque le dominicain revint, il lui déclara que sa résolution était prise de se retirer d'un monde où il avait donné tant de scandale, et de chercher à expier dans les exercices de la pénitence les crimes énormes dont il s'était souillé. Le moine, touché de ses larmes, l'encouragea de son

mieux, et, pour reconnaître s'il aurait le courage de
suivre sa détermination, il lui fit un tableau effrayant
des austérités du cloître. Mais à chaque mortification
qu'il décrivait, don Juan s'écriait que ce n'était rien, et
qu'il méritait des traitements bien plus rigoureux.

Dès le lendemain il fit don de la moitié de sa fortune à
ses parents, qui étaient pauvres ; il en consacra une
autre partie à fonder un hôpital et à bâtir une chapelle ;
il distribua des sommes considérables aux pauvres et
fit dire un grand nombre de messe pour les âmes du
purgatoire, surtout pour celles du capitaine Gomare et
des malheureux qui avaient succombé en se battant en
duel contre lui. Enfin il assembla tous ses amis, et
s'accusa devant eux des mauvais exemples qu'il leur
avait donnés si longtemps ; il leur peignit d'une
manière pathétique les remords que lui causait sa
conduite passée, et les espérances qu'il osait concevoir
pour l'avenir. Plusieurs de ces libertins furent touchés
et s'amendèrent ; d'autres, incorrigibles, le quittèrent
avec des froides railleries.

Avant d'entrer dans le couvent qu'il avait choisi pour
retraite, don Juan écrivit à doña Teresa. Il lui avouait
ses projets honteux, lui racontait sa vie, sa conversion,
et lui demandait son pardon, l'engageant à profiter de
son exemple et à chercher son salut dans le repentir. Il
confia cette lettre au dominicain après lui en avoir
montré le contenu.

La pauvre Teresa avait longtemps attendu dans le
jardin du couvent le signal convenu ; après avoir passé
plusieurs heures dans une indicible agitation, voyant
que l'aube allait paraître, elle rentra dans sa cellule, en
proie à la plus vive douleur. Elle attribuait l'absence de
don Juan à mille causes toutes bien éloignées de la
vérité. Plusieurs jours se passèrent de la sorte, sans
qu'elle reçût de ses nouvelles et sans qu'aucun message
vînt adoucir son désespoir. Enfin le moine, après avoir
conféré avec la supérieure, obtint la permission de la
voir, et lui remit la lettre de son séducteur repentant.

Tandis qu'elle la lisait, on voyait son front se couvrir de grosses gouttes de sueur ; tantôt elle devenait rouge comme le feu, tantôt pâle comme la mort. Elle eut pourtant le courage d'achever cette lecture. Le dominicain alors essaya de lui peindre le repentir de don Juan, et de la féliciter d'avoir échappé au danger épouvantable qui les attendait tous les deux, si leur projet n'eût pas avorté par une intervention évidente de la Providence. Mais, à toutes ces exhortations, doña Teresa s'écriait : « Il ne m'a jamais aimée ! » Une fièvre ardente s'empara de cette malheureuse ; en vain les secours de l'art et de la religion lui furent prodigués : elle repoussa les uns et parut insensible aux autres. Elle expira au bout de quelques jours en répétant toujours : « Il ne m'a jamais aimée ! »

Don Juan, ayant pris l'habit de novice, montra que sa conversation était sincère. Il n'y avait pas de mortifications ou de pénitences qu'il ne trouvât trop douces ; et le supérieur du couvent était souvent obligé de lui ordonner de mettre des bornes aux macérations dont il tourmentait son corps. Il lui représentait qu'ainsi il abrégeait ses jours, et qu'en réalité, il y avait plus de courage à souffrir longtemps des mortifications modérées qu'à finir tout d'un coup sa pénitence en s'ôtant la vie. Le temps du noviciat expiré, don Juan prononça ses vœux, et continua, sous le nom de frère Ambroise, à édifier toute la maison par son austérité. Il portait une haire de crin de cheval par-dessous sa robe de bure ; une espèce de boîte étroite, moins longue que son corps, lui servait de lit. Des légumes cuits à l'eau composaient toute sa nourriture, et ce n'était que les jours de fête, et sur l'ordre exprès de son supérieur, qu'il consentait à manger du pain. Il passait la plus grande partie des nuits à veiller et à prier, les bras étendus en croix ; enfin il était l'exemple de cette dévote communauté, comme autrefois il avait été le modèle des libertins de son âge. Une maladie épidémique, qui s'était déclarée à Séville, lui fournit l'occasion d'exercer les vertus nouvelles que sa conversion lui avait données. Les malades étaient reçus dans l'hôpital qu'il avait fondé ; il soignait les pauvres, passait les journées auprès de leurs lits, les exhortant, les encourageant, les consolant. Tel était le danger de la contagion, que l'on ne pouvait trouver, à prix d'argent, des hommes qui voulussent ensevelir les morts. Don Juan remplissait ce ministère ; il allait dans les maisons abandonnées, et donnait la sépulture aux cadavres en dissolution, qui souvent s'y trouvaient depuis quelques jours. Partout on le bénissait, et comme pendant cette terrible épidémie il ne fut jamais malade, quelques gens crédules assurèrent que Dieu avait fait un nouveau miracle en sa faveur.

Déjà, depuis plusieurs années, don Juan, ou frère Ambroise, habitait le cloître, et sa vie n'était qu'une suite non interrompue d'exercices de piété et de mortifications. Le souvenir de sa vie passée était toujours présent à sa mémoire, mais ses remords étaient déjà tempérés par la satisfaction de conscience que lui donnait son changement.

Un jour, après midi, au moment où la chaleur se fait sentir avec plus de force, tous les frères du couvent goûtaient quelque repos, suivant l'usage. Le seul frère Ambroise travaillait dans le jardin, tête nue, au soleil, c'était une des pénitences qu'il s'était imposées. Courbé sur sa bêche, il vit l'ombre d'un homme qui s'arrêtait auprès de lui. Il crut que c'était un des moines qui était descendu au jardin, et tout en continuant sa tâche, il le salua d'un *Ave Maria*. Mais on ne répondit pas. Surpris de voir cette ombre immobile, il leva les yeux et aperçut debout, devant lui, un grand jeune homme couvert d'un manteau qui tombait jusqu'à terre et la figure à demi cachée par un chapeau ombragé d'une plume blanche et noire. Cet homme le contemplait en silence avec une expression de joie maligne et de profond mépris. Ils se regardèrent fixement tous les deux pendant quelques minutes. Enfin l'inconnu, avançant d'un pas et relevant son chapeau pour montrer ses traits, lui dit :

« Me reconnaissez-vous ? »

Don Juan le considéra avec plus d'attention, mais ne le reconnut pas.

« Vous souvenez-vous du siège de Berg-op-Zoom ? demanda l'inconnu. Avez-vous oublié un soldat nommé Modesto ?... »

Don Juan tressaillit. L'inconnu poursuivit froidement :

« Un soldat nommé Modesto, qui tua d'un coup d'arquebuse votre digne ami don Garcia, au lieu de vous qu'il visait ?... Modesto ! c'est moi. J'ai encore un autre nom, don Juan : je me nomme don Pedro de Ojeda ; je suis le fils de don Alonso de Ojeda que vous avez tué ; — je suis le frère de doña Fausta de Ojeda que vous avez tuée ; — je suis le frère de doña Teresa de Ojeda que vous avez tuée.

— Mon frère, dit don Juan en s'agenouillant devant lui, je suis un misérable couvert de crimes. C'est pour les expier que je porte cet habit et que j'ai renoncé au monde. S'il est quelque moyen d'obtenir de vous mon pardon, indiquez-le-moi. La plus rude pénitence ne m'effraiera pas si je puis obtenir que vous ne me maudissiez point. »

Don Pedro sourit amèrement.

« Laissons là l'hypocrisie, seigneur de Maraña ; je ne pardonne pas. Quant à mes malédictions, elles vous sont acquises. Mais je suis trop impatient pour en attendre l'effet. Je porte sur moi quelque chose de plus efficace que des malédictions. »

A ces mots, il jeta son manteau et montra qu'il tenait deux longues rapières de combat. Il les tira du fourreau et les planta en terre toutes les deux.

« Choisissez, don Juan, dit-il. On dit que vous êtes un grand spadassin, je me pique d'être adroit à l'escrime. Voyons ce que vous savez faire. »

Don Juan fit le signe de la croix et dit :

« Mon frère, vous oubliez les vœux que j'ai prononcés. Je ne suis plus le don Juan que vous avez connu, je suis le frère Ambroise.

— Eh bien, frère Ambroise, vous êtes mon ennemi, et quelque nom que vous portiez, je vous hais et je veux me venger de vous. »

Don Juan se remit devant lui à genoux.

« Si c'est ma vie que vous voulez prendre, mon frère, elle est à vous. Châtiez-moi comme vous le désirez.

— Lâche hypocrite ! me crois-tu ta dupe ? Si je voulais te tuer comme un chien enragé, me serais-je donné la peine d'apporter ces armes ? Allons, choisis promptement et défends ta vie.

— Je vous le répète, mon frère je ne puis combattre, mais je puis mourir.

— Misérable ! s'écria don Pedro en fureur, on m'avait dit que tu avais du courage. Je vois que tu n'es qu'un vil poltron !

— Du courage, mon frère ? je demande à Dieu qu'il m'en donne pour ne pas m'abandonner au désespoir où me jetterait, sans son secours, le souvenir de mes crimes. Adieu, mon frère : je me retire, car je vois bien que ma vue vous aigrit. Puisse mon repentir vous paraître un jour aussi sincère qu'il l'est en réalité ! »

Il faisait quelques pas pour quitter le jardin lorsque don Pedro l'arrêta par la manche.

« Vous ou moi, s'écria-t-il, nous ne sortirons pas vivants d'ici. Prenez une de ces épées, car le diable m'emporte si je crois un mot de toutes vos jérémiades ! »

Don Juan lui jeta un regard suppliant, et fit encore un pas pour s'éloigner ; mais don Pedro le saisissant avec force et le tenant par le collet :

« Tu crois donc, meurtrier infâme, que tu pourras te tirer de mes mains ! Non ! je vais mettre en pièces ta robe hypocrite qui cache le pied fourchu du diable, et alors, peut-être, te sentiras-tu assez de cœur pour te battre avec moi. »

En parlant ainsi, il le poussait rudement contre la muraille.

« Seigneur Pedro de Ojeda, s'écria don Juan, tuez-moi, si vous le voulez, je ne me battrai pas ! » Et il croisa les bras, regardant fixement don Pedro d'un air calme, quoique assez fier.

« Oui, je te tuerai, misérable ! mais avant je te traiterai comme un lâche que tu es. »

Et il lui donna un soufflet, le premier que don Juan eût jamais reçu. Le visage de don Juan devint d'un rouge pourpre. La fierté et la fureur de sa jeunesse rentrèrent dans son âme. Sans dire un mot, il s'élança vers une des épées et s'en saisit. Don Pedro prit l'autre et se mit en garde. Tous les deux s'attaquèrent avec fureur et se fendirent l'un sur l'autre à la fois et avec la même impétuosité. L'épée de don Pedro se perdit dans la robe de laine de don Juan et glissa à côté du corps sans le blesser, tandis que celle de don Juan s'enfonça jusqu'à la garde dans la poitrine de son adversaire. Don Pedro expira sur-le-champ. Don Juan, voyant son ennemi étendu à ses pieds, demeura quelque temps immobile à le contempler d'un air stupide. Peu à peu, il revint à lui et reconnut la grandeur de son nouveau crime.

Il se précipita sur le cadavre et essaya de le rappeler à la vie. Mais il avait vu trop de blessures pour douter un moment que celle-là ne fût mortelle. L'épée sanglante était à ses pieds et semblait s'offrir à lui pour qu'il se punît lui-même ; mais, écartant bien vite cette nouvelle tentation du démon, il courut chez le supérieur et se précipita tout effaré dans sa cellule. Là, prosterné à ses pieds, il lui raconta cette terrible scène en versant un torrent de larmes. D'abord, le supérieur ne voulut pas le croire et sa première idée fut que les grandes macérations que s'imposait le frère Ambroise lui avaient fait perdre la raison. Mais le sang qui couvrait la robe et les mains de don Juan ne lui permit pas de douter plus longtemps de l'horrible vérité. C'était un homme rempli de présence d'esprit. Il comprit aussitôt tout le scandale qui rejaillirait sur le couvent si cette aventure venait à se répandre dans le public. Personne n'avait vu le duel. Il s'occupa de le cacher aux habitants mêmes du couvent. Il ordonna à don Juan de le suivre, et, aidé par lui, transporta le cadavre dans une salle basse dont il prit la clef. Ensuite, enfermant don Juan dans sa cellule, il sortit pour aller prévenir le corrégidor.

On s'étonna peut-être que don Pedro, qui avait déjà essayé de tuer don Juan en trahison, ait rejeté la pensée d'un second assassinat, et cherché à se défaire de son ennemi dans un combat à armes égales ; mais ce n'était de sa part qu'un calcul de vengeance infernale. Il avait entendu parler des austérités de don Juan, et sa réputation de sainteté était si répandue, que don Pedro ne doutait point que s'il l'assassinait, il ne l'envoyât tout droit dans le ciel. Il espéra qu'en le provoquant et l'obligeant à se battre, il le tuerait en péché mortel, et perdrait ainsi son corps et son âme. On a vu comment ce dessein diabolique tourna contre son auteur.

Il ne fut pas difficile d'assoupir l'affaire. Le corrégidor s'entendit avec le supérieur du couvent pour détourner les soupçons. Les autres moines crurent que le mort avait succombé dans un duel avec un cavalier inconnu, et qu'il avait été porté blessé dans le couvent, où il n'avait pas tardé à expirer. Quant à don Juan, je n'essaierai de peindre ni ses remords ni son repentir. Il accomplit avec joie toutes les pénitences que le supérieur lui imposa. Pendant toute sa vie, il conserva, suspendue au pied de son lit, l'épée dont il avait percé don Pedro, et jamais il ne la regardait sans prier pour son âme et pour celles de sa famille. Afin de mater le reste d'orgueil mondain qui demeurait encore dans son cœur, l'abbé lui avait ordonné de se présenter chaque matin au cuisinier du couvent, qui devait lui donner un soufflet. Après l'avoir reçu, le frère Ambroise ne manquait jamais de tendre l'autre joue, en remerciant le cuisinier de l'humilier ainsi. Il vécut encore dix années dans ce cloître, et jamais sa pénitence ne fut interrompue par un retour aux passions de sa jeunesse. Il mourut vénéré comme un saint, même par ceux qui avaient connu ses premiers déportements. Sur son lit de mort, il demanda comme une grâce qu'on l'enterrât sous le seuil de l'église, afin qu'en y entrant chacun le foulât aux pieds. Il voulut encore que sur son tombeau on gravât cette inscription : *Ci-gît le pire homme qui fut au monde.* Mais on ne jugea pas à propos d'exécuter toutes les dispositions dictées par son excessive humilité. Il fut enseveli auprès du maître-autel de la chapelle qu'il avait fondée. On consentit, il est vrai, à graver sur la pierre qui couvre sa dépouille mortelle l'inscription qu'il avait composée, mais on y ajouta un récit et un éloge de sa conversion. Son hôpital, et surtout la chapelle où il est enterré, sont visités par tous les étrangers qui passent à Séville, Murillo a décoré la chapelle de plusieurs de ses chefs-d'œuvre. *Le Retour de l'Enfant prodigue* et *la Piscine de Jéricho,* qu'on admire maintenant dans la galerie de M. le maréchal Soult, ornaient autrefois les murailles de l'hôpital de la Charité.

1834.

LA VÉNUS D'ILLE

Ἴλεως ἤν δ᾽ ἐγὼ ἔστω ὁ ἀνδρίας καὶ ἤκιος, οὕτως
ἀνδρεῖος ὤν.
ΛΟΥΚΙΑΝΟΥ ΦΙΛΟΨΕΥΔΗΣ[1].

1. « Que cette statue, dis-je alors, qui
ressemble tant à un homme, nous soit
donc bienveillante et propice ! »
(Lucien, *Le Menteur*, 19).

Je descendais le dernier coteau du Canigou, et, bien que le soleil fût déjà couché, je distinguais dans la plaine les maisons de la petite ville d'Ille, vers laquelle je me dirigeais.

« Vous savez, dis-je au Catalan qui me servait de guide depuis la veille, vous savez sans doute où demeure M. de Peyrehorade ?

— Si je le sais ! s'écria-t-il, je connais sa maison comme la mienne ; et s'il ne faisait pas si noir, je vous la montrerais. C'est la plus belle d'Ille. Il a de l'argent, oui, M. de Peyrehorade ; et il marie son fils à plus riche que lui encore.

— Et ce mariage se fera-t-il bientôt ? lui demandai-je.

— Bientôt ! il se peut déjà que les violons soient commandés pour la noce. Ce soir, peut-être, demain, après-demain, que sais-je ! C'est à Puygarrig que ça se fera ; car c'est Mme de Puygarrig que monsieur le fils épouse. Ce sera beau, oui ! »

J'étais recommandé à M. de Peyrehorade par mon ami M. de P. C'était, m'avait-il dit, un antiquaire fort instruit et d'une complaisance à toute épreuve. Il se ferait un plaisir de me montrer toutes les ruines à dix lieues à la ronde. Or, je comptais sur lui pour visiter les environs d'Ille, que je savais riches en monuments antiques et du Moyen Age. Ce mariage, dont on me parlait alors pour la première fois, dérangeait tous mes plans.

Je vais être un trouble-fête, me dis-je. Mais j'étais attendu ; annoncé par M. de P., il fallait bien me présenter.

« Gageons, monsieur, me dit mon guide, comme nous étions déjà dans la plaine, gageons un cigare que je devine ce que vous allez faire chez M. de Peyrehorade ?

— Mais, répondis-je en lui tendant un cigare, cela n'est pas bien difficile à deviner. A l'heure qu'il est, quand on a fait six lieues dans le Canigou, la grande affaire, c'est de souper.

— Oui, mais demain ?... Tenez, je parierais que vous venez à Ille pour voir l'idole ? j'ai deviné cela à vous voir tirer en portrait les saints de Serrabona.

— L'idole ! quelle idole ? » Ce mot avait excité ma curiosité.

« Comment ! on ne vous a pas conté, à Perpignan, comment M. de Peyrehorade avait trouvé une idole en terre ?

— Vous voulez dire une statue en terre cuite, en argile ?

— Non pas. Oui, bien en cuivre, et il y en a de quoi faire des gros sous. Elle vous pèse autant qu'une cloche d'église. C'est bien avant dans la terre, au pied d'un olivier, que nous l'avons eue.

— Vous étiez donc présent à la découverte ?

— Oui, monsieur. M. de Peyrehorade nous dit, il y a quinze jours, à Jean Coll et à moi, de déraciner un vieil olivier qui était gelé de l'année dernière, car elle a été bien mauvaise, comme vous savez. Voilà donc qu'en travaillant, Jean Coll, qui y allait de tout cœur, il donne un coup de pioche, et j'entends bimm... comme s'il avait tapé sur une cloche. Qu'est-ce que c'est ? que je dis. Nous piochons toujours, nous piochons, et voilà qu'il paraît une main noire, qui semblait la main d'un mort qui sortait de terre. Moi, la peur me prend. Je m'en vais à monsieur, et je lui dis : « Des morts, notre maître, qui sont sous l'olivier ! Faut appeler le curé.

— Quels morts ? » qu'il me dit. Il vient, et il n'a pas plus tôt vu la main qu'il s'écrie : « Un antique ! un antique ! » Vous auriez cru qu'il avait trouvé un trésor. Et le voilà, avec la pioche, avec les mains, qu'il se démène et qui faisait quasiment autant d'ouvrage que nous deux.

— Et enfin que trouvâtes-vous ?

— Une grande femme noire plus qu'à moitié nue, révérence parler, monsieur, toute en cuivre, et M. de Peyrehorade nous a dit que c'était une idole du temps des païens... du temps de Charlemagne, quoi !

— Je vois ce que c'est... Quelque bonne Vierge en bronze d'un couvent détruit.

— Une bonne Vierge ! ah bien oui !... Je l'aurais bien reconnue, si ç'avait été une bonne Vierge. C'est une idole. vous dis-je : on le voit bien à son air. Elle vous fixe avec ses grands yeux blancs... On dirait qu'elle vous dévisage. On baisse les yeux, oui, en la regardant.

— Des yeux blancs ? Sans doute ils sont incrustés dans le bronze. Ce sera peut-être quelque statue romaine.

— Romaine ! c'est cela, M. de Peyrehorade dit que c'est une Romaine. Ah ! je vois bien que vous êtes un savant comme lui.

— Est-elle entière, bien conservée ?

— Oh ! monsieur, il ne lui manque rien. C'est encore plus beau et mieux fini que le buste de Louis-Philippe, qui est à la mairie, en plâtre peint. Mais avec tout cela, la figure de cette idole ne me revient pas. Elle a l'air méchante... et elle l'est aussi.

— Méchante ! Quelle méchanceté vous a-t-elle faite ?

— Pas à moi précisément : mais vous allez voir. Nous nous étions mis à quatre pour la dresser debout, et M. de Peyrehorade, qui lui aussi tirait à la corde, bien qu'il n'ait guère plus de force qu'un poulet, le digne homme ! Avec bien de la peine nous la mettons droite. J'amassai un tuileau pour la caler, quand, patatras ! la voilà qui tombe à la renverse tout d'une masse.

Je dis : Gare dessous ! Pas assez vite pourtant, car Jean Coll n'a pas eu le temps de tirer sa jambe...

— Et il a été blessé ?

— Cassée net comme un échalas, sa pauvre jambe ! Pécaïre ! quand j'ai vu cela, moi, j'étais furieux. Je voulais défoncer l'idole à coups de pioche, mais M. de Peyrehorade m'a retenu. Il a donné de l'argent à Jean Coll, qui tout de même est encore au lit depuis quinze jours que cela lui est arrivé, et le médecin dit qu'il ne marchera jamais de cette jambe-là comme de l'autre. C'est dommage, lui qui était notre meilleur coureur et, après monsieur le fils, le plus malin joueur de paume. C'est que M. Alphonse de Peyrehorade en a été triste, car c'est Coll qui faisait sa partie. Voilà qui était beau à voir comme ils se renvoyaient les balles. Paf ! paf ! Jamais elles ne touchaient terre. »

Devisant de la sorte, nous entrâmes à Ille, et je me trouvai bientôt en présence de M. de Peyrehorade. C'était un petit vieillard vert encore et dispos, poudré, le nez rouge, l'air jovial et goguenard. Avant d'avoir ouvert la lettre de M. de P., il m'avait installé devant une table bien servie, et m'avait présenté à sa femme et à son fils comme un archéologue illustre, qui devait tirer le Roussillon de l'oubli où le laissait l'indifférence des savants.

Tout en mangeant de bon appétit, car rien ne dispose mieux que l'air vif des montagnes, j'examinais mes hôtes. J'ai dit un mot de M. de Peyrehorade ; je dois ajouter que c'était la vivacité même. Il parlait, mangeait, se levait, courait à sa bibliothèque, m'apportait des livres, me montrait des estampes, me versait à boire ; il n'était jamais deux minutes en repos. Sa femme, un peu trop grasse, comme la plupart des Catalanes lorsqu'elles ont passé quarante ans, me parut une provinciale renforcée, uniquement occupée des soins du ménage. Bien que le souper fût suffisant pour six personnes au moins, elle courut à la cuisine, fit tuer des pigeons, frire des miliasses, ouvrit je ne sais combien de pots de confitures. En un instant la table fut encombrée de plats et de bouteilles, et je serais certainement mort d'indigestion si j'avais goûté seulement à tout ce qu'on m'offrait. Cependant, à chaque plat que je refusais, c'étaient de nouvelles excuses. On craignait que je ne me trouvasse bien mal à Ille. Dans la province on a si peu de ressources, et les Parisiens sont si difficiles !

Au milieu des allées et venues de ses parents, M. Alphonse de Peyrehorade ne bougeait pas plus qu'un Terme. C'était un grand jeune homme de vingt-six ans, d'une physionomie belle et régulière, mais manquant d'expression. Sa taille et ses formes athlétiques justifiaient bien la réputation d'infatigable joueur de paume qu'on lui faisait dans le pays. Il était ce soir-là habillé avec élégance, exactement d'après la gravure du dernier numéro du *Journal des Modes*. Mais il me semblait gêné dans ses vêtements ; il était raide comme un piquet dans son col de velours, et ne se tournait que tout d'une pièce. Ses mains grosses et hâlées, ses ongles courts contrastaient singulièrement avec son costume. C'étaient des mains de laboureur sortant des manches d'un dandy. D'ailleurs, bien qu'il me considérât de la tête aux pieds fort curieusement, en ma qualité de Parisien, il ne m'adressa qu'une seule fois la parole dans toute la soirée, ce fut pour me demander où j'avais acheté la chaîne de ma montre.

« Ah çà ! mon cher hôte, me dit M. de Peyrehorade, le souper tirant à sa fin, vous m'appartenez, vous êtes chez moi. Je ne vous lâche plus, sinon quand vous aurez vu tout ce que nous avons de curieux dans nos montagnes. Il faut que vous appreniez à connaître notre Roussillon, et que vous lui rendiez justice. Vous ne vous doutez pas de tout ce que nous allons vous montrer, monuments phéniciens, celtiques, romains, arabes, byzantins, vous verrez tout, depuis le cèdre jusqu'à l'hysope. Je vous mènerai partout et ne vous ferai pas grâce d'une brique. »

Un accès de toux l'obligea de s'arrêter. J'en profitai pour lui dire que je serais désolé de le déranger dans une circonstance aussi intéressante pour sa famille. S'il voulait bien me donner ses excellents conseils sur les excursions que j'aurais à faire, je pourrais, sans qu'il prît la peine de m'accompagner...

« Ah ! vous voulez parler du mariage de ce garçon-là, s'écria-t-il en m'interrompant. Bagatelle, ce sera fait après-demain. Vous ferez la noce avec nous, en famille, car la future est en deuil d'une tante dont elle hérite. Ainsi point de fête, point de bal... C'est dommage... vous auriez vu danser nos Catalanes... Elles sont jolies, et peut-être l'envie vous aurait-elle pris d'imiter mon Alphonse. Un mariage, dit-on, en amène d'autres... Samedi, les jeunes gens mariés, je suis libre, et nous nous mettons en course. Je vous demande pardon de vous donner l'ennui d'une noce de province. Pour un Parisien blasé sur les fêtes... et une noce sans bal encore ! Pourtant, vous verrez une mariée... une mariée... vous m'en direz des nouvelles... Mais vous êtes un homme grave et vous ne regardez plus les femmes. J'ai mieux que cela à vous montrer. Je vous ferai voir quelque chose !... Je vous réserve une fière surprise pour demain.

— Mon Dieu ! lui dis-je, il est difficile d'avoir un trésor dans sa maison sans que le public en soit instruit. Je crois deviner la surprise que vous me préparez. Mais si c'est de votre statue qu'il s'agit, la description que mon guide m'en a faite n'a servi qu'à exciter ma curiosité et à me disposer à l'admiration.

— Ah ! il vous a parlé de l'idole, car c'est ainsi qu'ils appellent ma belle Vénus Tur... mais je ne veux rien vous dire. Demain, au grand jour, vous la verrez, et vous me direz si j'ai raison de la croire un chef-d'œuvre. Parbleu ! vous ne pouviez arriver plus à propos ! Il y a des inscriptions que moi, pauvre ignorant, j'explique à ma manière... mais un savant de Paris !... Vous vous moquerez peut-être de mon interprétation... car j'ai fait un mémoire,... moi qui vous parle... vieil antiquaire de province, je me suis lancé... Je veux faire gémir la presse... Si vous vouliez bien me lire et me corriger, je pourrais espérer... Par exemple, je suis bien curieux de savoir comment vous traduirez cette inscription sur le socle : CAVE... Mais je ne veux rien vous demander encore ! A demain, à demain ! Pas un mot sur la Vénus aujourd'hui.

— Tu as raison, Peyrehorade, dit sa femme, de laisser là ton idole. Tu devrais voir que tu empêches monsieur de manger. Va, monsieur a vu à Paris de bien plus belles statues que la tienne. Aux Tuileries, il y en a des douzaines, et en bronze aussi.

— Voilà bien l'ignorance, la sainte ignorance de la province ! interrompit M. de Peyrehorade. Comparer un antique admirable aux plates figures de Coustou !

> *Comme avec irrévérence*
> *Parle des dieux ma ménagère* * !

« Savez-vous que ma femme voulait que je fondisse ma statue pour en faire une cloche à notre église ? C'est qu'elle en eût été la marraine. Un chef-d'œuvre de Myron, monsieur !

— Chef-d'œuvre ! chef-d'œuvre ! un beau chef-d'œuvre qu'elle a fait ! casser la jambe d'un homme !

— Ma femme, vois-tu ? dit M. de Peyrehorade d'un ton résolu, et tendant vers elle sa jambe droite dans un bas de soie chinée, si ma Vénus m'avait cassé cette jambe-là, je ne la regretterais pas.

— Bon Dieu ! Peyrehorade, comment peux-tu dire cela ! Heureusement que l'homme va mieux... Et encore je ne peux pas prendre sur moi de regarder la statue qui fait des malheurs comme celui-là. Pauvre Jean Coll !

---

*« Comme avec irrévérence/Parle des dieux ce maraud » (Molière, *Amphitrion*, I, 11).

— Blessé par Vénus, monsieur, dit M. de Peyrehorade riant d'un gros rire, blessé par Vénus, le maraud
se plaint :

Veneris nec praemia nóris[*].

« Qui n'a pas été blessé par Vénus ? »

M. Alphonse, qui comprenait le français mieux que le
latin, cligna de l'œil d'un air d'intelligence, et me
regarda comme pour me demander : « Et vous, Parisien, comprenez-vous ? »

Le souper finit. Il y avait une heure que je ne man-
geais plus. J'étais fatigué, et je ne pouvais parvenir à
cacher les fréquents bâillements qui m'échappaient.
Mme de Peyrehorade s'en aperçut la première, et remarqua qu'il était temps d'aller dormir. Alors commencèrent de nouvelles excuses sur le mauvais gîte que
j'allais avoir. Je ne serais pas comme à Paris. En
province on est si mal ! Il fallait de l'indulgence pour
les Roussillonnais. J'avais beau protester qu'après une
course dans les montagnes, une botte de paille me
serait un coucher délicieux, on me priait toujours de
pardonner à de pauvres campagnards s'ils ne me trai-
taient pas aussi bien qu'ils l'eussent désiré. Je montai
enfin à la chambre qui m'était destinée, accompagné de
M. de Peyrehorade. L'escalier, dont les marches supérieures étaient en bois, aboutissait au milieu d'un corridor, sur lequel donnaient plusieurs chambres.

« A droite, me dit mon hôte, c'est l'appartement que
je destine à la future Mme Alphonse. Votre chambre est
au bout du corridor opposé. Vous sentez bien, ajout-
t-il d'un air qu'il voulait rendre fin, vous sentez bien
qu'il faut isoler de nouveaux mariés. Vous êtes à un
bout de la maison, eux à l'autre. »

Nous entrâmes dans une chambre bien meublée, où

[*] « Tu ne connaîtras pas les présents de Vénus » (*Énéide*, IV,
33)

le premier objet sur lequel je portai la vue fut un lit
long de sept pieds, large de six, et si haut qu'il fallait un
escabeau pour s'y guinder. Mon hôte m'ayant indiqué
la position de la sonnette, et s'étant assuré par lui-
même que le sucrier était plein, les flacons d'eau de
Cologne dûment placés sur la toilette, après m'avoir
demandé plusieurs fois si rien ne me manquait, me
souhaita une bonne nuit et me laissa seul.

Les fenêtres étaient fermées. Avant de me déshabiller, j'en ouvris une pour respirer l'air frais de la nuit,
délicieux après un long souper. En face était le Canigou, d'un aspect admirable en tout temps, mais qui me
parut ce soir-là la plus belle montagne du monde,
éclairé qu'il était par une lueur resplendissante. Je
demeurai quelques minutes à contempler sa silhouette
merveilleuse, et j'allais fermer ma fenêtre, lorsque,
baissant les yeux, j'aperçus la statue sur un piédestal à
une vingtaine de toises de la maison. Elle était placée à
l'angle d'une haie vive qui séparait un petit jardin d'un
vaste carré parfaitement uni, qui, je l'appris plus tard,
était le jeu de paume de la ville. Ce terrain, propriété de
M. de Peyrehorade, avait été cédé par lui à la
commune, sur les pressantes sollicitations de son fils.

A la distance où j'étais, il m'était difficile de distinguer l'attitude de la statue ; je ne pouvais juger que de
sa hauteur, qui me parut de six pieds environ. En ce
moment, deux polissons de la ville passaient sur le jeu
de paume, assez près de la haie, sifflant le joli air du
Roussillon : *Montagnes régalades*. Ils s'arrêtèrent pour
regarder la statue ; un d'eux l'apostropha même à
haute voix. Il parlait catalan ; mais j'étais dans le
Roussillon depuis assez longtemps pour pouvoir
comprendre à peu près ce qu'il disait :

« Te voilà donc, coquine ! (Le terme catalan était plus
énergique.) Te voilà, disait-il. C'est donc toi qui as cassé
la jambe à Jean Coll ! Si tu étais à moi, je te casserais le
cou.

— Bah ! avec quoi ? dit l'autre. Elle est de cuivre, et

si dure qu'Étienne a cassé sa lime dessus, essayant de l'entamer. C'est du cuivre du temps des païens ; c'est plus dur que je ne sais quoi.

— Si j'avais mon ciseau à froid (il paraît que c'était un apprenti serrurier), je lui ferais bientôt sauter ses grands yeux blancs, comme je tirerais une amande de sa coquille. Il y a pour plus de cent sous d'argent. »

Ils firent quelques pas en s'éloignant.

« Il faut que je souhaite le bonsoir à l'idole », dit le plus grand des apprentis, s'arrêtant tout à coup.

Il se baissa, et probablement ramassa une pierre. Je le vis déployer le bras, lancer quelque chose, et aussitôt un coup sonore retentit sur le bronze. Au même instant l'apprenti porta la main à sa tête en poussant un cri de douleur.

« Elle me l'a rejetée ! » s'écria-t-il.

Et mes deux polissons prirent la fuite à toutes jambes. Il était évident que la pierre avait rebondi sur le métal, et avait puni ce drôle de l'outrage qu'il faisait à la déesse.

Je fermai la fenêtre en riant de bon cœur.

« Encore un Vandale puni par Vénus. Puissent tous les destructeurs de nos vieux monuments avoir ainsi la tête cassée ! »

Sur ce souhait charitable, je m'endormis.

Il était grand jour quand je me réveillai. Auprès de mon lit étaient, d'un côté, M. de Peyrehorade, en robe de chambre ; de l'autre un domestique envoyé par sa femme une tasse de chocolat à la main.

« Allons, debout, Parisien ! Voilà bien mes paresseux de la capitale ! disait mon hôte pendant que je m'habillais à la hâte. Il est huit heures, et encore au lit ! je suis levé, moi, depuis six heures. Voilà trois fois que je monte, je me suis approché de votre porte sur la pointe du pied : personne, nul signe de vie. Cela vous fera mal de trop dormir à votre âge. Et ma Vénus que vous n'avez pas encore vue. Allons, prenez-moi vite cette tasse de chocolat de Barcelone... Vraie contrebande. Du chocolat comme on n'en a pas à Paris. Prenez des forces, car, lorsque vous serez devant ma Vénus, on ne pourra plus vous en arracher. »

En cinq minutes je fus prêt, c'est-à-dire à moitié rasé, mal boutonné, et brûlé par le chocolat que j'avalai bouillant. Je descendis dans le jardin, et me trouvai devant une admirable statue.

C'était bien une Vénus, et d'une merveilleuse beauté. Elle avait le haut du corps nu, comme les anciens représentaient d'ordinaire les grandes divinités ; la main droite, levée à la hauteur du sein, était tournée, la paume en dedans, le pouce et les deux premiers doigts étendus, les deux autres légèrement ployés. L'autre main, rapprochée de la hanche, soutenait la draperie qui couvrait la partie inférieure du corps. L'attitude de cette statue rappelait celle du Joueur de mourre qu'on désigne, je ne sais trop pourquoi, sous le nom de Germanicus. Peut-être avait-on voulu représenter la déesse au jeu de mourre.

Quoi qu'il en soit, il est impossible de voir quelque chose de plus parfait que le corps de cette Vénus ; rien de plus suave, de plus voluptueux que ses contours ; rien de plus élégant et de plus noble que sa draperie. Je m'attendais à quelque ouvrage du Bas-Empire ; je voyais un chef-d'œuvre du meilleur temps de la statuaire. Ce qui me frappait surtout, c'était l'exquise vérité des formes, en sorte qu'on aurait pu les croire moulées sur nature, si la nature produisait d'aussi parfaits modèles.

La chevelure, relevée sur le front, paraissait avoir été dorée autrefois. La tête, petite comme celle de presque toutes les statues grecques, était légèrement inclinée en avant. Quant à la figure, jamais je ne parviendrai à exprimer son caractère étrange, et dont le type ne se rapprochait de celui d'aucune statue antique dont il me souvienne. Ce n'était point cette beauté calme et sévère des sculpteurs grecs, qui, par système, donnaient à tous les traits une majestueuse immobilité. Ici, au contraire, j'observais avec surprise l'intention marquée de l'artiste de rendre la malice arrivant jusqu'à la méchanceté. Tous les traits étaient contractés légèrement : les yeux un peu obliques, la bouche relevée des coins, les narines quelque peu gonflées. Dédain, ironie, cruauté, se lisaient sur ce visage d'une incroyable beauté cependant. En vérité, plus on regardait cette admirable statue, et plus on éprouvait le sentiment pénible qu'une si merveilleuse beauté pût s'allier à l'absence de toute sensibilité.

« Si le modèle a jamais existé, dis-je à M. de Peyrehorade, et je doute que le Ciel ait jamais produit une telle femme, que je plains ses amants ! Elle a dû se complaire à les faire mourir de désespoir. Il y a dans son expression quelque chose de féroce, et pourtant je n'ai jamais vu rien de si beau.

— *C'est Vénus tout entière à sa proie attachée !* »

s'écria M. de Peyrehorade, satisfait de mon enthousiasme.

Cette expression d'ironie infernale était augmentée peut-être par le contraste de ses yeux incrustés d'argent et très brillants avec la patine d'un vert noirâtre que le temps avait donnée à toute la statue. Ces yeux brillants produisaient une certaine illusion qui rappelait la réalité, la vie. Je me souviens de ce que m'avait dit mon guide, qu'elle faisait baisser les yeux à ceux qui la regardaient. Cela était presque vrai, et je ne pus me défendre d'un mouvement de colère contre moi-même en me sentant un peu mal à mon aise devant cette figure de bronze.

« Maintenant que vous avez tout admiré en détail, mon cher collègue en antiquaillerie, dit mon hôte, ouvrons, s'il vous plaît, une conférence scientifique. Que dites-vous de cette inscription, à laquelle vous n'avez point pris garde encore ? »

Il me montrait le socle de la statue, et j'y lus ces mots :

CAVE AMANTEM

« *Quid dicis, doctissime ?* me demanda-t-il en se frottant les mains. Voyons si nous nous rencontrerons sur
le sens de ce *cave amantem !*

— Mais, répondis-je, il y a deux sens. On peut traduire : « Prends garde à celui qui t'aime, défie-toi des
amants. » Mais, dans ce sens, je ne sais si *cave amantem*
serait d'une bonne latinité. En voyant l'expression diabolique de la dame, je croirais plutôt que l'artiste a
voulu mettre en garde le spectateur contre cette terrible beauté. Je traduirais donc : « Prends garde à toi si
elle t'aime. »

— Humph ! dit M. de Peyrehorade, oui, c'est un sens
admissible ; mais, ne vous en déplaise, je préfère la
première traduction, que je développerai pourtant.
Vous connaissez l'amant de Vénus ?

— Il y en a plusieurs.

— Oui ; mais le premier, c'est Vulcain. N'a-t-on pas
voulu dire : « Malgré toute ta beauté, ton air dédaigneux, tu auras un forgeron, un vilain boiteux pour
amant ? » Leçon profonde, monsieur, pour les
coquettes ! »

Je ne pus m'empêcher de sourire, tant l'explication
me parut tirée par les cheveux.

« C'est une terrible langue que le latin avec sa conci-
sion », observai-je pour éviter de contredire formellement mon antiquaire, et je reculai de quelques pas afin
de mieux contempler la statue.

« Un instant, collègue ! dit M. de Peyrehorade en
m'arrêtant par le bras, vous n'avez pas tout vu. Il y a
encore une autre inscription. Montez sur le socle et
regardez au bras droit. » En parlant ainsi, il m'aidait à
monter.

Je m'accrochai sans trop de façon au cou de la Vénus,
avec laquelle je commençais à me familiariser. Je la
regardai même un instant *sous le nez,* et la trouvai de
près encore plus méchante et encore plus belle. Puis je
reconnus qu'il y avait, gravés sur le bras, quelques
caractères d'écriture cursive antique, à ce qu'il me

sembla. A grand renfort de besicles j'épelai ce qui suit,
et cependant M. de Peyrehorade répétait chaque mot à
mesure que je le prononçais, approuvant du geste et de
la voix. Je lus donc :

> VENERI TVRBVL...
> EVTYCHES MYRO
> IMPERIO FECIT.

Après ce mot TVRBVL de la première ligne, il me
sembla qu'il y avait quelques lettres effacées ; mais
TVRBVL était parfaitement lisible.

« Ce qui veut dire ?... me demanda mon hôte, radieux
et souriant avec malice, car il pensait bien que je ne me
tirerais pas facilement de ce TVRBVL.

— Il y a un mot que je ne m'explique pas encore, lui
dis-je ; tout le reste est facile. Eutychès a fait cette
offrande à Vénus par son ordre.

— A merveille. Mais TVRBVL, qu'en faites-vous ?
Qu'est-ce que TVRBVL ?

— TVRBVL m'embarrasse fort. Je cherche en vain
quelque épithète connue de Vénus qui puisse m'aider.
Voyons, que diriez-vous de TVRBVLENTA ? Vénus qui
trouble, qui agite... Vous vous apercevez que je suis
toujours préoccupé de son expression méchante.
TVRBVLENTA, ce n'est point une trop mauvaise épithète
pour Vénus, ajoutai-je d'un ton modeste, car je n'étais
pas moi-même fort satisfait de mon explication.

— Vénus turbulente ! Vénus la tapageuse ! Ah ! vous
croyez donc que ma Vénus est une Vénus de cabaret ?
Point du tout, monsieur ; c'est une Vénus de bonne
compagnie. Mais je vais vous expliquer ce TVRBVL... Au
moins vous me promettez de ne point divulguer ma
découverte avant l'impression de mon mémoire. C'est
que, voyez-vous, je m'en fais gloire, de cette trou-
vaille-là... Il faut bien que vous nous laissiez quelques
épis à glaner, à nous autres pauvres diables de provinciaux. Vous êtes si riches, messieurs les savants de
Paris ! »

Du haut du piédestal, où j'étais toujours perché, je lui promis solennellement que je n'aurais jamais l'indignité de lui voler sa découverte.

« TVRBVL..., monsieur, dit-il en se rapprochant et baissant la voix de peur qu'un autre que moi ne pût l'entendre, lisez TVRBVLNERÆE.

— Je ne comprends pas davantage.

Écoutez bien. A une lieue d'ici, au pied de la montagne, il y a un village qui s'appelle Boulternère. C'est une corruption du mot latin TVRBVLNERA. Rien de plus commun que ces inversions. Boulternère, monsieur, a été une ville romaine. Je m'en étais toujours douté, mais jamais je n'en avais eu la preuve. La preuve, la voilà. Cette Vénus était la divinité topique de la cité de Boulternère, et ce mot de Boulternère, que je viens de démontrer d'origine antique, prouve une chose bien plus curieuse, c'est que Boulternère, avant d'être une ville romaine, a été une ville phénicienne ! »

Il s'arrêta un moment pour respirer et jouir de ma surprise. Je parvins à réprimander une forte envie de rire.

« En effet, poursuivit-il, TVRBVLNERA est pur phénicien, TVR, prononcez TOUR... TOUR et SOUR, même mot, n'est-ce pas ? SOUR est le nom phénicien de Tyr ; je n'ai pas besoin de vous en rappeler le sens. BVL c'est Baal, Bâl, Bel, Bul, légères différences de prononciation. Quant à NERA, cela me donne un peu de peine. Je suis tenté de croire, faute de trouver un mot phénicien, que cela vient du grec νηρός, humide, marécageux. Ce serait donc un mot hybride. Pour justifier νηρός, je vous montrerai à Boulternère comment les ruisseaux de la montagne y forment des mares infectes. D'autre part, la terminaison NERA aurait pu être ajoutée beaucoup plus tard en l'honneur de Nera Pivesuvia, femme de Tétricus, laquelle aurait fait quelque bien à la cité de Turbul. Mais, à cause des mares, je préfère l'étymologie de νηρός ».

Il prit une prise de tabac d'un air satisfait.

« Mais laissons les Phéniciens, et revenons à l'inscription. Je traduis donc : A Vénus de Boulternère Myron dédie par son ordre cette statue, son ouvrage. »

Je me gardai bien de critiquer son étymologie, mais je voulus à mon tour faire preuve de pénétration, et je lui dis :

« Halte là, monsieur. Myron a consacré quelque chose, mais je ne vois nullement que ce soit cette statue.

— Comment ! s'écria-t-il, Myron n'était-il pas un fameux sculpteur grec ? Le talent se sera perpétué dans sa famille : c'est un de ses descendants qui aura fait cette statue. Il n'y a rien de plus sûr.

— Mais, répliquai-je, je vois sur le bras un petit trou. Je pense qu'il a servi à fixer quelque chose, un bracelet, par exemple, que ce Myron donna à Vénus en offrande expiatoire. Myron était un amant malheureux. Vénus était irritée contre lui : il l'apaisa en lui consacrant un bracelet d'or. Remarquez que *fecit* se prend fort souvent pour *consecravit*. Ce sont termes synonymes. Je vous en montrerais plus d'un exemple si j'avais sous la main Gruter ou bien Orelli. Il est naturel qu'un amoureux voie Vénus en rêve, qu'il s'imagine qu'elle lui commande de donner un bracelet d'or à sa statue. Myron lui consacra un bracelet... Puis les barbares ou bien quelque voleur sacrilège...

— Ah ! qu'on voit bien que vous avez fait des romans ! s'écria mon hôte en me donnant la main pour descendre. Non, monsieur, c'est un ouvrage de l'école de Myron. Regardez seulement le travail, et vous en conviendrez. »

M'étant fait une loi de ne jamais contredire à outrance les antiquaires entêtés, je baissai la tête d'un air convaincu en disant :

« C'est un admirable morceau.

— Ah ! mon Dieu, s'écria M. de Peyrehorade, encore un trait de vandalisme ! On aura jeté une pierre à ma statue ! »

Il venait d'apercevoir une marque blanche un peu

au-dessus du sein de la Vénus. Je remarquai une trace
semblable sur les doigts de la main droite, qui, je le
supposai alors, avaient été touchés dans le trajet de la
pierre, ou bien un fragment s'en était détaché par le
choc et avait ricoché sur la main. Je contai à mon hôte
l'insulte dont j'avais été témoin et la prompte punition
qui s'en était suivie. Il en rit beaucoup, et, comparant
l'apprenti à Diomède*, il lui souhaita de voir, comme le
héros grec, tous ses compagnons changés en oiseaux
blancs.

La cloche du déjeuner interrompit cet entretien classique, et, de même que la veille, je fus obligé de manger
comme quatre. Puis vinrent des fermiers de M. de
Peyrehorade ; et, pendant qu'il leur donnait audience,
son fils me mena voir une calèche qu'il avait achetée à
Toulouse pour sa fiancée, et que j'admirai, cela va sans
dire. Ensuite j'entrai avec lui dans l'écurie, où il me tint
une demi-heure à me vanter ses chevaux, à me faire
leur généalogie, à me conter les prix qu'ils avaient
gagnés aux courses du département. Enfin, il en vint à
me parler de sa future, par la transition d'une jument
grise qu'il lui destinait.

« Nous la verrons aujourd'hui, dit-il. Je ne sais si
vous la trouverez jolie. Vous êtes difficiles, à Paris ;
mais tout le monde, ici et à Perpignan, la trouve charmante. Le bon, c'est qu'elle est fort riche. Sa tante de
Prades lui a laissé son bien. Oh ! je vais être fort
heureux. »

Je fus profondément choqué de voir un jeune homme
paraître plus touché de la dot que des beaux yeux de sa
future.

« Vous vous connaissez en bijoux, poursuivit
M. Alphonse, comment trouvez-vous ceci ? Voici
l'anneau que je lui donnerai demain. »

*D'après les légendes post-homériques, Vénus se vengea de
Diomède en métamorphosant les compagnons de celui-ci en
oiseaux blancs.

En parlant ainsi, il tirait de la première phalange de son petit doigt une grosse bague enrichie de diamants, et formée de deux mains entrelacées ; allusion qui me parut infiniment poétique. Le travail en était ancien, mais je jugeai qu'on l'avait retouchée pour enchâsser les diamants. Dans l'intérieur de la bague se lisaient ces mots en lettres gothiques : *Sempr'ab ti*, c'est-à-dire, toujours avec toi.

« C'est une jolie bague, lui dis-je ; mais ces diamants ajoutés lui ont fait perdre un peu de son caractère.

— Oh ! elle est bien plus belle comme cela, répondit-il en souriant. Il y a là pour douze cents francs de diamants. C'est ma mère qui me l'a donnée. C'était une bague de famille très ancienne... du temps de la chevalerie. Elle avait servi à ma grand-mère, qui la tenait de la sienne. Dieu sait quand cela a été fait.

— L'usage à Paris, lui dis-je, est de donner un anneau tout simple, ordinairement composé de deux métaux différents, comme de l'or et du platine. Tenez, cette autre bague, que vous avez à ce doigt, serait fort convenable. Celle-ci, avec ses diamants et ses mains en relief, est si grosse, qu'on ne pourrait mettre un gant par-dessus.

— Oh ! Mme Alphonse s'arrangera comme elle voudra. Je crois qu'elle sera toujours bien contente de l'avoir. Douze cents francs au doigt, c'est agréable. Cette petite bague-là, ajouta-t-il en regardant d'un air de satisfaction l'anneau tout uni qu'il portait à la main, celle-là, c'est une femme à Paris qui me l'a donnée un jour de Mardi gras. Ah ! comme je m'en suis donné quand j'étais à Paris, il y a deux ans ! C'est là qu'on s'amuse !... » Et il soupira de regret.

Nous devions dîner ce jour-là à Puygarrig, chez les parents de la future ; nous montâmes en calèche, et nous nous rendîmes au château, éloigné d'Ille d'environ une lieue et demie. Je fus présenté et accueilli comme l'ami de la famille. Je ne parlerai pas du dîner ni de la conversation qui s'ensuivit, et à laquelle je pris peu de part. M. Alphonse, placé à côté de sa future, lui disait un mot à l'oreille tous les quarts d'heure. Pour elle, elle ne levait guère les yeux, et chaque fois que son prétendu lui parlait, elle rougissait avec modestie, mais lui répondait sans embarras.

Mlle de Puygarrig avait dix-huit ans, sa taille souple et délicate contrastait avec les formes osseuses de son robuste fiancé. Elle était non seulement belle, mais séduisante. J'admirais le naturel parfait de toutes ses réponses ; et son air de bonté, qui pourtant n'était pas exempt d'une légère teinte de malice, me rappela, malgré moi, la Vénus de mon hôte. Dans cette comparaison que je fis en moi-même, je me demandais si la supériorité de beauté qu'il fallait bien accorder à la statue ne tenait pas, en grande partie, à son expression de tigresse ; car l'énergie, même dans les mauvaises passions, excite toujours en nous un étonnement et une espèce d'admiration involontaire.

« Quel dommage, me dis-je en quittant Puygarrig, qu'une si aimable personne soit riche, et que sa dot la fasse rechercher par un homme indigne d'elle ! »

En revenant à Ille, et ne sachant trop que dire à Mme de Peyrehorade, à qui je croyais convenable d'adresser quelquefois la parole :

« Vous êtes bien esprits forts en Roussillon ! m'écriai-je ; comment, madame, vous faites un mariage un vendredi ! A Paris, nous aurions plus de superstition ; personne n'oserait prendre femme un tel jour.

— Mon Dieu ! ne m'en parlez pas, me dit-elle, si cela n'avait dépendu que de moi, certes on eût choisi un autre jour. Mais Peyrehorade l'a voulu, et il a fallu lui céder. Cela me fait de la peine pourtant. S'il arrivait quelque malheur ? Il faut bien qu'il y ait une raison car enfin pourquoi tout le monde a-t-il peur du vendredi ?

— Vendredi ! s'écria son mari, c'est le jour de Vénus ! Bon jour pour un mariage ! Vous le voyez, mon cher collègue, je ne pense qu'à ma Vénus. D'honneur ! c'est à cause d'elle que j'ai choisi le vendredi. Demain, si vous voulez, avant la noce, nous lui ferons un petit sacrifice, nous sacrifierons deux palombes, et, si je savais où trouver de l'encens...

— Fi donc, Peyrehorade ! interrompit sa femme scandalisée au dernier point. Encenser une idole ! Ce serait une abomination ! Que dirait-on de nous dans le pays ?

— Au moins, dit M. de Peyrehorade, tu me permettras de lui mettre sur la tête une couronne de roses et de lis :

> *Manibus date lilia plenis*.*

Vous le voyez, monsieur, la charte est un vain mot. Nous n'avons pas la liberté des cultes ! »

Les arrangements du lendemain furent réglés de la manière suivante. Tout le monde devait être prêt et en toilette à dix heures précises. Le chocolat pris, on se rendrait en voiture à Puygarrig. Le mariage civil devait se faire à la mairie du village, et la cérémonie religieuse dans la chapelle du château. Viendrait ensuite un déjeuner. Après le déjeuner on passerait le temps comme l'on pourrait jusqu'à sept heures. A sept heures, on retournerait à Ille, chez M. de Peyrehorade, où devaient souper les deux familles réunies. Le reste s'ensuit naturellement. Ne pouvant danser, on avait voulu manger le plus possible.

Dès huit heures, j'étais assis devant la Vénus, un crayon à la main, recommençant pour la vingtième fois la tête de la statue, sans pouvoir parvenir à en saisir l'expression. M. de Peyrehorade allait et venait autour de moi, me donnait des conseils, me répétait ses étymologies phéniciennes ; puis disposait des roses du Bengale sur le piédestal de la statue, et d'un ton tragicomique lui adressait des vœux pour le couple qui allait vivre sous son toit. Vers neuf heures il rentra pour

* « Donnez des lis à pleines mains » (*Énéide*, Vl, 883).

songer à sa toilette, et en même temps parut
M. Alphonse, bien serré dans un habit neuf, en gants
blancs, souliers vernis, boutons ciselés, une rose à la
boutonnière.

« Vous ferez le portrait de ma femme ? me dit-il en se
penchant sur mon dessin. Elle est jolie aussi. »

En ce moment commençait, sur le jeu de paume dont
j'ai parlé, une partie qui, sur-le-champ, attira l'attention de M. Alphonse. Et moi, fatigué, et désespérant de
rendre cette diabolique figure, je quittai bientôt mon
dessin pour regarder les joueurs. Il y avait parmi eux
quelques muletiers espagnols arrivés de la veille.
C'étaient des Aragonais et des Navarrois, presque tous
d'une adresse merveilleuse. Aussi les Illois, bien
qu'encouragés par la présence et les conseils de
M. Alphonse, furent-ils assez promptement battus par
ces nouveaux champions. Les spectateurs nationaux
étaient consternés. M. Alphonse regarda sa montre. Il
n'était encore que neuf heures et demie. Sa mère n'était
pas coiffée. Il n'hésita plus : il ôta son habit, demanda
une veste, et défia les Espagnols. Je le regardais faire en
souriant, et un peu surpris.

« Il faut soutenir l'honneur du pays », dit-il.

Alors je le trouvai vraiment beau. Il était passionné.
Sa toilette, qui l'occupait si fort tout à l'heure, n'était
plus rien pour lui. Quelques minutes avant, il eût craint
de tourner la tête de peur de déranger sa cravate.
Maintenant il ne pensait plus à ses cheveux frisés ni à
son jabot si bien plissé. Et sa fiancée ?... Ma foi, si cela
eût été nécessaire, il aurait, je crois, fait ajourner le
mariage. Je le vis chausser à la hâte une paire de
sandales, retrousser ses manches, et, d'un air assuré, se
mettre à la tête du parti vaincu, comme César ralliant
ses soldats à Dyrrachium. Je sautai la haie, et me plaçai
commodément à l'ombre d'un micocoulier, de façon à
bien voir les deux camps.

Contre l'attente générale, M. Alphonse manqua la
première balle ; il est vrai qu'elle vint rasant la terre et

lancée avec une force surprenante par un Aragonais qui paraissait être le chef des Espagnols.

C'était un homme d'une quarantaine d'années, sec et nerveux, haut de six pieds, et sa peau olivâtre avait une teinte presque aussi foncée que le bronze de la Vénus.

M. Alphonse jeta sa raquette à terre avec fureur.

« C'est cette maudite bague, s'écria-t-il, qui me serre le doigt et me fait manquer une balle sûre ! »

Il ôta, non sans peine, sa bague de diamants : je m'approchais pour la recevoir ; mais il me prévint, courut à la Vénus, lui passa la bague au doigt annulaire, et reprit son poste à la tête des Illois.

Il était pâle, mais calme et résolu. Dès lors il ne fit plus une seule faute, et les Espagnols furent battus complètement. Ce fut un beau spectacle que l'enthousiasme des spectateurs : les uns poussaient mille cris de joie en jetant leurs bonnets en l'air ; d'autres lui serraient les mains, l'appelant l'honneur du pays. S'il eût repoussé une invasion, je doute qu'il eût reçu des félicitations plus vives et plus sincères. Le chagrin des vaincus ajoutait encore à l'éclat de sa victoire.

« Nous ferons d'autres parties, mon brave, dit-il à l'Aragonais d'un ton de supériorité ; mais je vous rendrai des points. »

J'aurai désiré que M. Alphonse fût plus modeste, et je fus presque peiné de l'humiliation de son rival.

Le géant espagnol ressentit profondément cette insulte. Je le vis pâlir sous sa peau basanée. Il regardait d'un air morne sa raquette en serrant les dents ; puis, d'une voix étouffée, il dit tout bas : *Me lo pagaràs**.

La voix de M. de Peyrehorade troubla le triomphe de son fils : mon hôte, fort étonné de ne point le trouver présidant aux apprêts de la calèche neuve, le fut bien plus encore en le voyant tout en sueur la raquette à la main. M. Alphonse courut à la maison, se lava la figure et les mains, remit son habit neuf et ses souliers vernis,

---

*« Tu me le paieras. »

et cinq minutes après nous étions au grand trot sur la route de Puygarrig. Tous les joueurs de paume de la ville et grand nombre de spectateurs nous suivirent avec des cris de joie. A peine les chevaux vigoureux qui nous traînaient pouvaient-ils maintenir leur avance sur ces intrépides Catalans.

Nous étions à Puygarrig, et le cortège allait se mettre en marche pour la mairie, lorsque M. Alphonse, se frappant le front, me dit tout bas :

« Quelle brioche ! J'ai oublié la bague ! Elle est au doigt de la Vénus, que le diable puisse emporter ! Ne le dites pas à ma mère au moins. Peut-être qu'elle ne s'apercevra de rien.

— Vous pourriez envoyer quelqu'un, lui dis-je.

— Bah ! mon domestique est resté à Ille, ceux-ci, je ne m'y fie guère. Douze cents francs de diamants ! cela pourrait en tenter plus d'un. D'ailleurs que pense-rait-on ici de ma distraction ? Ils se moqueraient trop de moi. Ils m'appelleraient le mari de la statue... Pourvu qu'on ne me la vole pas ! Heureusement que l'idole fait peur à mes coquins. Ils n'osent l'approcher à longueur de bras. Bah ! ce n'est rien ; j'ai une autre bague. »

Les deux cérémonies civile et religieuse s'accomplirent avec la pompe convenable ; et Mlle de Puygarrig reçut l'anneau d'une modiste de Paris, sans se douter que son fiancé lui faisait le sacrifice d'un gage amoureux. Puis on se mit à table, où l'on but, mangea, chanta même, le tout fort longuement. Je souffrais pour la mariée de la grosse joie qui éclatait autour d'elle : pourtant elle faisait meilleure contenance que je ne l'aurais espéré, et son embarras n'était ni de la gauche-rie ni de l'affectation.

Peut-être le courage vient-il avec les situations diffi-ciles.

Le déjeuner terminé quand il plut à Dieu, il était quatre heures, les hommes allèrent se promener dans le parc, qui était magnifique, ou regardèrent danser sur la pelouse du château les paysannes de Puygarrig, parées de leurs habits de fête. De la sorte, nous employâmes quelques heures. Cependant les femmes étaient fort empressées autour de la mariée, qui leur faisait admirer sa corbeille. Puis elle changea de toilette, et je remarquai qu'elle couvrit ses beaux cheveux d'un bonnet et d'un chapeau à plumes, car les femmes n'ont rien de plus pressé que de prendre, aussitôt qu'elles le peuvent, les parures que l'usage leur défend de porter quand elles sont encore demoiselles.

Il était près de huit heures quand on se disposa à partir pour Ille. Mais d'abord eut lieu une scène pathétique. La tante de Mlle de Puygarrig, qui lui servait de mère, femme très âgée et fort dévote, ne devait point aller avec nous à la ville. Au départ elle fit à sa nièce un sermon touchant sur ses devoirs d'épouse, duquel sermon résulta un torrent de larmes et des embrassements sans fin. M. de Peyrehorade comparait cette séparation à l'enlèvement des Sabines. Nous partîmes pourtant, et, pendant la route, chacun s'évertua pour distraire la mariée et la faire rire ; mais ce fut en vain.

A Ille, le souper nous attendait, et quel souper ! Si la grosse joie du matin m'avait choqué, je le fus bien davantage des équivoques et des plaisanteries dont le marié et la mariée surtout furent l'objet. Le marié, qui avait disparu un instant avant de se mettre à table, était pâle et d'un sérieux de glace. Il buvait à chaque instant du vieux vin de Collioure presque aussi fort que de l'eau-de-vie. J'étais à côté de lui, et me crus obligé de l'avertir :

« Prenez garde ! on dit que le vin... »

Je ne sais quelle sottise je lui dis pour me mettre à l'unisson des convives.

Il me poussa le genou, et très bas il me dit :

« Quand on se lèvera de table..., que je puisse vous dire deux mots. »

Son ton solennel me surprit. Je le regardai plus attentivement, et je remarquai l'étrange altération de ses traits.

« Vous sentez-vous indisposé ? lui demandai-je.

— Non. »

Et il se remit à boire.

Cependant, au milieu des cris et des battements de mains, un enfant de onze ans, qui s'était glissé sous la table, montrait aux assistants un joli ruban blanc et rose qu'il venait de détacher de la cheville de la mariée. On appelle cela sa jarretière. Elle fut aussitôt coupée par morceaux et distribuée aux jeunes gens, qui en ornèrent leur boutonnière, suivant un antique usage qui se conserve encore dans quelques familles patriarcales. Ce fut pour la mariée une occasion de rougir jusqu'au blanc des yeux... Mais son trouble fut au comble lorsque M. de Peyrehorade, ayant réclamé le silence, lui chanta quelques vers catalans, impromptu, disait-il. En voici le sens, si je l'ai bien compris :

« Qu'est-ce donc, mes amis ? le vin que j'ai bu me fait-il voir double ? Il y a deux Vénus ici... »

Le marié tourna brusquement la tête d'un air effaré, qui fit rire tout le monde.

« Oui, poursuivit M. de Peyrehorade, il y a deux Vénus sous mon toit. L'une, je l'ai trouvée dans la terre comme une truffe ; l'autre, descendue des cieux, vient de nous partager sa ceinture. »

Il voulait dire sa jarretière.

« Mon fils, choisis de la Vénus romaine ou de la catalane celle que tu préfères. Le maraud prend la catalane, et sa part est la meilleure. La romaine est noire, la catalane est blanche. La romaine est froide, la catalane enflamme tout ce qui l'approche. »

Cette chute excita un tel hourra, des applaudissements si bruyants et des rires si sonores, que je crus que le plafond allait nous tomber sur la tête. Autour de la table il n'y avait que trois visages sérieux, ceux des mariés et le mien. J'avais un grand mal de tête : et puis, je ne sais pourquoi, un mariage m'attriste toujours. Celui-là, en outre, me dégoûtait un peu.

Les derniers couplets ayant été chantés par l'adjoint

du maire, et ils étaient fort lestes, je dois le dire, on passa dans le salon pour jouir du départ de la mariée, qui devait être bientôt conduite à sa chambre, car il était près de minuit.

M. Alphonse me tira dans l'embrasure d'une fenêtre, et me dit en détournant les yeux :

« Vous allez vous moquez de moi... Mais je ne sais ce que j'ai... je suis ensorcelé ! le diable m'emporte ! »

La première pensée qui me vint fut qu'il se croyait menacé de quelque malheur du genre de ceux dont parlent Montaigne et Mme de Sévigné :

« Tout l'empire amoureux est plein d'histoires tragiques, etc. »

Je croyais que ces sortes d'accidents n'arrivaient qu'aux gens d'esprit, me dis-je à moi-même.

« Vous avez trop bu de vin de Collioure, mon cher monsieur Alphonse, lui dis-je. Je vous avais prévenu.

— Oui, peut-être. Mais c'est quelque chose de bien plus terrible. »

Il avait la voix entrecoupée. Je le crus tout à fait ivre.

« Vous savez bien, mon anneau ? poursuivit-il après un silence.

— Eh bien, on l'a pris ?

— Non.

— En ce cas, vous l'avez ?

— Non... je... je ne puis l'ôter du doigt de cette diable de Vénus.

— Bon ! vous n'avez pas tiré assez fort.

— Si fait... Mais la Vénus... elle a serré le doigt. »

Il me regardait fixement d'un air hagard, s'appuyant à l'espagnolette pour ne pas tomber.

« Quel conte ! lui dis-je. Vous avez trop enfoncé l'anneau. Demain vous l'aurez avec des tenailles. Mais prenez garde de gâter la statue.

— Non, vous dis-je. Le doigt de la Vénus est retiré, reployé ; elle serre la main, m'entendez-vous ?... C'est ma femme, apparemment, puisque je lui ai donné mon anneau... Elle ne veut plus le rendre. »

J'éprouvai un frisson subit, et j'eus un instant la chair de poule. Puis, un grand soupir qu'il fit m'envoya une bouffée de vin, et toute émotion disparut.

Le misérable, pensai-je, est complètement ivre.

« Vous êtes antiquaire, monsieur, ajouta le marié d'un ton lamentable, vous connaissez ces statues-là... il y a peut-être quelque ressort, quelque diablerie, que je ne connais point... Si vous alliez voir ?

— Volontiers, dis-je. Venez avec moi.

— Non, j'aime mieux que vous y alliez seul. »

Je sortis du salon.

Le temps avait changé pendant le souper, et la pluie commençait à tomber avec force. J'allais demander un parapluie, lorsqu'une réflexion m'arrêta. « Je serais un bien grand sot, me dis-je, d'aller vérifier ce que m'a dit un homme ivre ! Peut-être, d'ailleurs, a-t-il voulu me faire quelque méchante plaisanterie pour apprêter à rire à ces honnêtes provinciaux ; et le moins qu'il puisse m'en arriver c'est d'être trempé jusqu'aux os et d'attraper un bon rhume. »

De la porte je jetai un coup d'œil sur la statue ruisselante d'eau, et je montai dans ma chambre sans rentrer dans le salon. Je me couchai ; mais le sommeil fut long à venir. Toutes les scènes de la journée se représentaient à mon esprit. Je pensais à cette jeune fille si belle et si pure abandonnée à un ivrogne brutal. Quelle odieuse chose, me disais-je, qu'un mariage de convenance ! Un maire revêt une écharpe tricolore, un curé une étole, et voilà la plus honnête fille du monde livrée au Minotaure ! Deux êtres qui ne s'aiment pas, que peuvent-ils se dire dans un pareil moment, que deux amants achèteraient au prix de leur existence ? Une femme peut-elle jamais aimer un homme qu'elle aura vu grossier une fois ? Les premières impressions ne s'effacent pas, et, j'en suis sûr, ce M. Alphonse méritera bien d'être haï...

Durant mon monologue, que j'abrège beaucoup, j'avais entendu force allées et venues dans la maison, les portes s'ouvrir et se fermer, des voitures partir ; puis il me semblait avoir entendu sur l'escalier les pas légers de plusieurs femmes se dirigeant vers l'extrémité du corridor opposée à ma chambre. C'était probablement le cortège de la mariée qu'on menait au lit. Ensuite on avait redescendu l'escalier. La porte de Mme de Peyrehorade s'était fermée. Que cette pauvre fille, me dis-je, doit être troublée et mal à son aise ! Je me tournais dans mon lit de mauvaise humeur. Un garçon joue un sot rôle dans une maison où s'accomplit un mariage.

Le silence régnait depuis quelque temps lorsqu'il fut troublé par des pas lourds qui montaient l'escalier. Les marches de bois craquèrent fortement.

« Quel butor ! m'écriai-je. Je parie qu'il va tomber dans l'escalier. »

Tout redevint tranquille. Je pris un livre pour changer le cours de mes idées. C'était une statistique du département, ornée d'un mémoire de M. de Peyrehorade sur les monuments druidiques de l'arrondissement de Prades. Je m'assoupis à la troisième page.

Je dormis mal et me réveillai plusieurs fois. Il pouvait être cinq heures du matin, et j'étais éveillé depuis plus de vingt minutes, lorsque le coq chanta. Le jour allait se lever. Alors j'entendis distinctement les mêmes pas lourds, le même craquement de l'escalier que j'avais entendu avant de m'endormir. Cela me parut singulier. J'essayai, en bâillant, de deviner pourquoi M. Alphonse se levait si matin. Je n'imaginais rien de vraisemblable. J'allais refermer les yeux lorsque mon attention fut de nouveau excitée par des trépignements étranges auxquels se mêlèrent bientôt le tintement des sonnettes et le bruit de portes qui s'ouvraient avec fracas, puis je distinguai des cris confus.

« Mon ivrogne aura mis le feu quelque part ! » pensais-je en sautant à bas de mon lit.

Je m'habillai rapidement et j'entrai dans le corridor. De l'extrémité opposée partaient des cris et des lamentations, et une voix déchirante dominait toutes les autres : « Mon fils ! mon fils ! » Il était évident qu'un malheur était arrivé à M. Alphonse. Je courus à la chambre nuptiale : elle était pleine de monde. Le premier spectacle qui frappa ma vue fut le jeune homme à demi vêtu, étendu en travers sur le lit dont le bois était brisé. Il était livide, sans mouvement. Sa mère pleurait et criait à côté de lui. M. de Peyrehorade s'agitait, lui frottait les tempes avec de l'eau de Cologne, on lui mettait des sels sous le nez. Hélas ! depuis longtemps son fils était mort. Sur un canapé, à l'autre bout de la chambre, était la mariée, en proie à d'horribles convulsions. Elle poussait des cris inarticulés, et deux robustes servantes avaient toutes les peines du monde à la contenir.

« Mon Dieu ! m'écriai-je, qu'est-il donc arrivé ? »

Je m'approchai du lit et soulevai le corps du malheureux jeune homme ; il était déjà raide et froid. Ses dents serrées et sa figure noircie exprimaient les plus affreuses angoisses. Il paraissait assez que sa mort avait été violente et son agonie terrible. Nulle trace de sang cependant sur ses habits. J'écartai sa chemise et vis sur sa poitrine une empreinte livide qui se prolongeait sur les côtes et le dos. On eût dit qu'il avait été étreint dans un cercle de fer. Mon pied posa sur quelque chose de dur qui se trouvait sur le tapis ; je me baissai et vis la bague de diamants.

J'entraînai M. de Peyrehorade et sa femme dans leur chambre ; puis j'y fis porter la mariée.

« Vous avez encore une fille, leur dis-je, vous lui devez vos soins. » Alors je les laissai seuls.

Il ne me paraissait pas douteux que M. Alphonse n'eût été victime d'un assassinat dont les auteurs avaient trouvé moyen de s'introduire la nuit dans la chambre de la mariée. Ces meurtrissures à la poitrine, leur direction circulaire m'embarrassaient beaucoup pourtant, car un bâton ou une barre de fer n'aurait pu les produire. Tout d'un coup, je me souvins d'avoir entendu dire qu'à Valence des braves se servaient de longs sacs de cuir remplis de sable fin pour assommer les gens dont on leur avait payé la mort. Aussitôt, je me rappelai le muletier aragonais et sa menace ; toutefois, j'osais à peine penser qu'il eût tiré une si terrible vengeance d'une plaisanterie légère.

J'allais dans la maison, cherchant partout des traces d'effraction, et n'en trouvant nulle part. Je descendis dans le jardin pour voir si les assassins avaient pu s'introduire de ce côté ; mais je ne trouvai aucun indice certain. La pluie de la veille avait d'ailleurs tellement détrempé le sol, qu'il n'aurait pu garder d'empreinte bien nette. J'observai pourtant quelques pas profondément imprimés dans la terre ; il y en avait dans deux directions contraires, mais sur une même ligne, partant de l'angle de la haie contiguë au jeu de paume et aboutissant à la porte de la maison. Ce pouvaient être les pas de M. Alphonse lorsqu'il était allé chercher son anneau au doigt de la statue. D'un autre côté, la haie, en cet endroit, étant moins fourrée qu'ailleurs, ce devait être sur ce point que les meurtriers l'auraient franchie. Passant et repassant devant la statue, je m'arrêtai un instant pour la considérer. Cette fois, je l'avouerai, je ne pus contempler sans effroi son expression de méchanceté ironique ; et, la tête toute pleine des scènes horribles dont je venais d'être le témoin, il me sembla voir une divinité infernale applaudissant au malheur qui frappait cette maison.

Je regagnai ma chambre et j'y restai jusqu'à midi. Alors je sortis et demandai des nouvelles de mes hôtes. Ils étaient un peu plus calmes. Mlle de Puygarrig, je devrais dire la veuve de M. Alphonse, avait repris connaissance. Elle avait même parlé au procureur du roi de Perpignan, alors en tournée à Ille, et ce magistrat avait reçu sa déposition. Il me demanda la mienne. Je lui dis ce que je savais, et ne lui cachai pas mes soupçons contre le muletier aragonais. Il ordonna qu'il fût arrêté sur-le-champ.

« Avez-vous appris quelque chose de Mme Alphonse ?
demandai-je au procureur du roi, lorsque ma déposition fut écrite et signée.

— Cette malheureuse jeune femme est devenue folle,
me dit-il en souriant tristement. Folle ! tout à fait folle.
Voici ce qu'elle conte :

Elle était couchée, dit-elle, depuis quelques minutes,
les rideaux tirés, lorsque la porte de sa chambre
s'ouvrit, et quelqu'un entra. Alors Mme Alphonse était
dans la ruelle du lit, la figure tournée vers la muraille.
Elle ne fit pas un mouvement, persuadée que c'était son
mari. Au bout d'un instant, le lit cria comme s'il était
chargé d'un poids énorme. Elle eut grand-peur, mais
n'osa pas tourner la tête. Cinq minutes, dix minutes
peut-être... elle ne peut se rendre compte du temps, se
passèrent de la sorte. Puis elle fit un mouvement involontaire, ou bien la personne qui était dans le lit en fit
un, et elle sentit le contact de quelque chose de froid
comme la glace, ce sont ses expressions. Elle s'enfonça
dans la ruelle, tremblant de tous ses membres. Peu
après, la porte s'ouvrit une seconde fois, et quelqu'un
entra, qui dit : « Bonsoir, ma petite femme. » Bientôt
après, on tira les rideaux. Elle entendit un cri étouffé.
La personne qui était dans le lit, à côté d'elle, se leva
sur son séant et parut étendre les bras en avant. Elle
tourna la tête alors... et vit, dit-elle, son mari à genoux
auprès du lit, la tête à la hauteur de l'oreiller, entre les
bras d'une espèce de géant verdâtre qui l'étreignait
avec force. Elle dit, et m'a répété vingt fois, pauvre
femme !... elle dit qu'elle a reconnu... devinez-vous ? La
Vénus de bronze, la statue de M. de Peyrehorade...
Depuis qu'elle est dans le pays, tout le monde en rêve.
Mais je reprends le récit de la malheureuse folle. A ce
spectacle, elle perdit connaissance, et probablement
depuis quelques instants elle avait perdu la raison. Elle
ne peut en aucune façon dire combien de temps elle
demeura évanouie. Revenue à elle, elle revit le fan-

tôme, ou la statue, comme elle dit toujours, immobile, les jambes et le bas du corps dans le lit, le buste et les bras étendus en avant, et entre ses bras son mari, sans mouvement. Un coq chanta. Alors la statue sortit du lit, laissa tomber le cadavre et sortit. Mme Alphonse se pendit à la sonnette, et vous savez le reste. »

On amena l'Espagnol ; il était calme, et se défendit avec beaucoup de sang-froid et de présence d'esprit. Du reste, il ne nia pas le propos que j'avais entendu, mais il l'expliquait, prétendant qu'il n'avait voulu dire autre chose, sinon que le lendemain, reposé qu'il serait, il aurait gagné une partie de paume à son vainqueur. Je me rappelle qu'il ajouta :

« Un Aragonais, lorsqu'il est outragé, n'attend pas au lendemain pour se venger. Si j'avais cru que M. Alphonse eût voulu m'insulter, je lui aurais sur-le-champ donné de mon couteau dans le ventre. »

On compara ses souliers avec les empreintes de pas dans le jardin ; ses souliers étaient beaucoup plus grands.

Enfin l'hôtelier chez qui cet homme était logé assura qu'il avait passé toute la nuit à frotter et à médicamenter un de ses mulets qui était malade.

D'ailleurs cet Aragonais était un homme bien famé, fort connu dans le pays où il venait tous les ans pour son commerce. On le relâcha donc en lui faisant des excuses.

J'oubliais la déposition d'un domestique qui le dernier avait vu M. Alphonse vivant. C'était au moment qu'il allait monter chez sa femme, et, appelant cet homme, il lui demanda d'un air d'inquiétude s'il savait où j'étais. Le domestique répondit qu'il ne m'avait point vu. Alors M. Alphonse fit un soupir et resta plus d'une minute sans parler, puis il dit : *Allons ! le diable l'aura emporté aussi !*

Je demandai à cet homme si M. Alphonse avait sa bague de diamants lorsqu'il lui parla. Le domestique hésita pour répondre ; enfin il dit qu'il ne le croyait pas, qu'il n'y avait fait au reste aucune attention.

« S'il avait eu cette bague au doigt, ajouta-t-il en se reprenant, je l'aurais sans doute remarquée, car je croyais qu'il l'avait donnée à Mme Alphonse. »

En questionnant cet homme, je ressentais un peu de la terreur superstitieuse que la déposition de Mme Alphonse avait répandue dans toute la maison. Le procureur du roi me regarda en souriant, et je me gardai bien d'insister.

Quelques heures après les funérailles de M. Alphonse, je me disposai à quitter Ille. La voiture de M. de Peyrehorade devait me conduire à Perpignan. Malgré son état de faiblesse, le pauvre vieillard voulut m'accompagner jusqu'à la porte de son jardin. Nous le traversâmes en silence, lui se traînant à peine, appuyé sur mon bras. Au moment de nous séparer, je jetai un dernier regard sur la Vénus. Je prévoyais bien que mon hôte, quoiqu'il ne partageât point les terreurs et les haines qu'elle inspirait à une partie de sa famille, voudrait se défaire d'un objet qui lui rappellerait sans cesse un malheur affreux. Mon intention était de l'engager à la placer dans un musée. J'hésitais pour entrer en matière, quand M. de Peyrehorade tourna machinalement la tête du côté où il me voyait regarder fixement. Il aperçut la statue et aussitôt fondit en larmes. Je l'embrassai, et, sans oser lui dire un seul mot, je montai dans la voiture.

Depuis mon départ je n'ai point appris que quelque jour nouveau soit venu éclairer cette mystérieuse catastrophe.

M. de Peyrehorade mourut quelques mois après son fils. Par son testament il m'a légué ses manuscrits, que je publierai peut-être un jour. Je n'y ai point trouvé le mémoire relatif aux inscriptions de la Vénus.

P. S. Mon ami M. de P. vient de m'écrire de Perpignan que la statue n'existe plus. Après la mort de son mari, le premier soin de Mme de Peyrehorade fut de la faire fondre en cloche, et sous cette nouvelle forme elle sert à l'église d'Ille. Mais, ajoute M. de P., il semble qu'un

mauvais sort poursuive ceux qui possèdent ce bronze.
Depuis que cette cloche sonne à Ille, les vignes ont gelé
deux fois.

1837.

COLOMBA

CHAPITRE PREMIER

Dans les premiers jours du mois d'octobre 181., le colonel Sir Thomas Nevil, Irlandais, officier distingué de l'armée anglaise, descendit avec sa fille à l'hôtel Beauvau, à Marseille, au retour d'un voyage en Italie. L'admiration continue des voyageurs enthousiastes a produit une réaction, et, pour se singulariser, beaucoup de *touristes* aujourd'hui prennent pour devise le *nil admirari* d'Horace. C'est à cette classe de voyageurs mécontents qu'appartenait Miss Lydia, fille unique du colonel. *La Transfiguration* lui avait paru médiocre, le Vésuve en éruption à peine supérieur aux cheminées des usines de Birmingham. En somme, sa grande objection contre l'Italie était que ce pays manquait de couleur locale, de caractère. Explique qui pourra le sens de ces mots, que je comprenais fort bien il y a quelques années, et que je n'entends plus aujourd'hui. D'abord, Miss Lydia s'était flattée de trouver au-delà des Alpes des choses que personne n'aurait vues avant elle, et dont elle pourrait parler *avec les honnêtes gens*, comme dit M. Jourdain. Mais bientôt, partout devancée par ses compatriotes et désespérant de rencontrer rien d'inconnu, elle se jeta dans le parti de l'opposition. Il est bien désagréable, en effet, de ne pouvoir parler

des merveilles de l'Italie sans que quelqu'un ne vous
dise : « Vous connaissez sans doute ce Raphaël du
palais ***, à *** ? C'est ce qu'il y a de plus beau en
Italie. » — Et c'est justement ce qu'on a négligé de voir.
Comme il est trop long de tout voir, le plus simple c'est
de tout condamner de parti pris.

A l'hôtel Beauvau, Miss Lydia eut un amer désappointement. Elle rapportait un joli croquis de la porte
pélasgique ou cyclopéenne de Segni, qu'elle croyait
oubliée par les dessinateurs. Or, Lady Frances Fen-
wich, la rencontrant à Marseille, lui montra son album,
où, entre un sonnet et une fleur desséchée, figurait la
porte en question, enluminée à grand renfort de terre
de Sienne. Miss Lydia donna la porte de Segni à sa
femme de chambre, et perdit toute estime pour les
constructions pélasgiques.

Ces tristes dispositions étaient partagées par le colonel Nevil, qui, depuis la mort de sa femme, ne voyait les
choses que par les yeux de Miss Lydia. Pour lui, l'Italie
avait le tort immense d'avoir ennuyé sa fille, et par
conséquent c'était le plus ennuyeux pays du monde. Il
n'avait rien à dire, il est vrai, contre les tableaux et les
statues ; mais ce qu'il pouvait assurer, c'est que la
chasse était misérable dans ce pays-là, et qu'il fallait
faire dix lieues au grand soleil dans la campagne de
Rome pour tuer quelques méchantes perdrix rouges.

Le lendemain de son arrivée à Marseille, il invita à
dîner le capitaine Ellis, son ancien adjudant, qui venait
de passer six semaines en Corse. Le capitaine raconta
fort bien à Miss Lydia une histoire de bandits qui avait
le mérite de ne ressembler nullement aux histoires de
voleurs dont on l'avait si souvent entretenue sur la
route de Rome à Naples. Au dessert, les deux hommes,
restés seuls avec des bouteilles de vin de Bordeaux,
parlèrent chasse, et le colonel apprit qu'il n'y a pas de
pays où elle soit plus belle qu'en Corse, plus variée, plus
abondante. « On y voit force sangliers, disait le capitaine Ellis, et il faut apprendre à les distinguer des

cochons domestiques, qui leur ressemblent d'une manière étonnante ; car, en tuant des cochons, l'on se fait une mauvaise affaire avec leurs gardiens. Ils sortent d'un taillis qu'ils nomment *maquis*, armés jusqu'aux dents, se font payer leurs bêtes et se moquent de vous. Vous avez encore le mouflon, fort étrange animal qu'on ne trouve pas ailleurs, fameux gibier, mais difficile. Cerfs, daims, faisans, perdreaux, jamais on ne pourrait nombrer toute les espèces de gibier qui fourmillent en Corse. Si vous aimez à tirer, allez en Corse, colonel ; là, comme disait un de mes hôtes, vous pourrez tirer sur tous les gibiers possibles, depuis la grive jusqu'à l'homme. »

Au thé, le capitaine charma de nouveau Miss Lydia par une histoire de vendetta *transversale**, encore plus bizarre que la première, et il acheva de l'enthousiasmer pour la Corse en lui décrivant l'aspect étrange, sauvage du pays, le caractère original de ses habitants, leur hospitalité et leurs mœurs primitives. Enfin, il mit à ses pieds un joli petit stylet, moins remarquable par sa forme et sa monture en cuivre que par son origine. Un fameux bandit l'avait cédé au capitaine Ellis, garanti pour s'être enfoncé dans quatre corps humains. Miss Lydia le passa dans sa ceinture, le mit sur sa table de nuit, et le tira deux fois de son fourreau avant de s'endormir. De son côté, le colonel rêva qu'il tuait un mouflon et que le propriétaire lui en faisait payer le prix, à quoi il consentait volontiers, car c'était un animal très curieux, qui ressemblait à un sanglier, avec des cornes de cerf et une queue de faisan.

« Ellis conte qu'il y a une chasse admirable en Corse, dit le colonel, déjeunant tête à tête avec sa fille ; si ce n'était pas si loin, j'aimerais à y passer une quinzaine.

— Eh bien, répondit Miss Lydia, pourquoi n'irions-nous pas en Corse ? Pendant que vous chasseriez, je

---

*C'est la vengeance que l'on fait tomber sur un parent plus ou moins éloigné de l'auteur de l'offense.

dessinerais ; je serais charmée d'avoir dans mon album la grotte dont parlait le capitaine Ellis, où Bonaparte allait étudier quand il était enfant. »

C'était peut-être la première fois qu'un désir manifesté par le colonel eût obtenu l'approbation de sa fille. Enchanté de cette rencontre inattendue, il eut pourtant le bon sens de faire quelques objections pour irriter l'heureux caprice de Miss Lydia. En vain il parla de la sauvagerie du pays et de la difficulté pour une femme d'y voyager : elle ne craignait rien ; elle aimait par-dessus tout à voyager à cheval ; elle se faisait une fête de coucher au bivouac ; elle menaçait d'aller en Asie Mineure. Bref, elle avait réponse à tout, car jamais Anglaise n'avait été en Corse ; donc elle devait y aller. Et quel bonheur, de retour dans Saint-James'Place, de montrer son album ! « Pourquoi donc, ma chère, passez-vous ce charmant dessin ? — Oh ! ce n'est rien. C'est un croquis que j'ai fait d'après un fameux bandit corse qui nous a servi de guide. — Comment ! vous avez été en Corse ?... »

Les bateaux à vapeur n'existant point encore entre la France et la Corse, on s'enquit d'un navire en partance pour l'île que Miss Lydia se proposait de découvrir. Dès le jour même, le colonel écrivait à Paris pour décommander l'appartement qui devait le recevoir, et fit marché avec le patron d'une goélette corse qui allait faire voile pour Ajaccio. Il y avait deux chambres telles quelles. On embarqua des provisions ; le patron jura qu'un vieux sien matelot était un cuisinier estimable et n'avait pas son pareil pour la bouillabaisse ; il promit que mademoiselle serait convenablement, qu'elle aurait bon vent, belle mer.

En outre, d'après les volontés de sa fille, le colonel stipula que le capitaine ne prendrait aucun passager, et qu'il s'arrangerait pour raser les côtes de l'île de façon qu'on pût jouir de la vue des montagnes.

CHAPITRE II

Au jour fixé pour le départ, tout était emballé, embarqué dès le matin : la goélette devait partir avec la brise du soir. En attendant, le colonel se promenait avec sa fille sur la Canebière, lorsque le patron l'aborda pour lui demander la permission de prendre à son bord un de ses parents, c'est-à-dire le petit-cousin du parrain de son fils aîné, lequel retournant en Corse, son pays natal, pour affaires pressantes, ne pouvait trouver de navire pour le passer.

« C'est un charmant garçon, ajouta le capitaine Matei, militaire, officier aux chasseurs à pied de la garde, et qui serait déjà colonel si l'Autre était encore empereur.

— Puisque c'est un militaire », dit le colonel... il allait ajouter : « Je consens volontiers à ce qu'il vienne avec nous... » mais Miss Lydia s'écria en anglais :

« Un officier d'infanterie !... (son père ayant servi dans la cavalerie, elle avait du mépris pour toute autre arme) un homme sans éducation peut-être, qui aura le mal de mer et qui nous gâtera tout le plaisir de la traversée ! »

Le patron n'entendait pas un mot d'anglais, mais il parut comprendre ce que disait Miss Lydia à la petite moue de sa jolie bouche, et il commença un éloge en trois points de son parent, qu'il termina en assurant que c'était un homme très comme il faut, d'une famille de *Caporaux*, et qu'il ne gênerait en rien monsieur le colonel, car lui, patron, se chargeait de le loger dans un coin où l'on ne s'apercevrait pas de sa présence.

Le colonel et Miss Nevil trouvèrent singulier qu'il y eût en Corse des familles où l'on fût ainsi caporal de père en fils ; mais, comme ils pensaient pieusement qu'il s'agissait d'un caporal d'infanterie, ils conclurent que c'était quelque pauvre diable que le patron voulait emmener par charité. S'il se fût agi d'un officier, on eût été obligé de lui parler, de vivre avec lui ; mais, avec un caporal, il n'y a pas à se gêner, et c'est un être sans conséquence, lorsque son escouade n'est pas là, baïonnette au bout du fusil, pour vous mener où vous n'avez pas envie d'aller.

« Votre parent a-t-il le mal de mer ? demanda Miss Nevil d'un ton sec.

— Jamais, mademoiselle ; le cœur ferme comme un roc, sur mer comme sur terre.

— Eh bien, vous pouvez l'emmener, dit-elle.

— Vous pouvez l'emmener », répéta le colonel, et ils continuèrent leur promenade.

Vers cinq heures du soir, le capitaine Matei vint les chercher pour monter à bord de la goélette. Sur le port, près de la yole du capitaine, ils trouvèrent un grand jeune homme vêtu d'une redingote bleue boutonnée jusqu'au menton, le teint basané, les yeux noirs, vifs, bien fendus, l'air franc et spirituel. A la manière dont il effaçait les épaules, à sa petite moustache frisée, on reconnaissait facilement un militaire ; car, à cette époque, les moustaches ne couraient pas les rues, et la garde nationale n'avait pas encore introduit dans toutes les familles la tenue avec les habitudes de corps de garde.

Le jeune homme ôta sa casquette en voyant le colonel, et le remercia sans embarras et en bons termes du service qu'il lui rendait.

« Charmé de vous être utile, mon garçon », dit le colonel en lui faisant un signe de tête amical.

Et il entra dans la yole.

« Il est sans gêne, votre Anglais », dit tout bas en italien le jeune homme au patron.

Celui-ci plaça son index sous son œil gauche et abaissa les deux coins de la bouche. Pour qui comprend le langage des signes, cela voulait dire que l'Anglais entendait l'italien et que c'était un homme bizarre. Le jeune homme sourit légèrement, toucha son front en réponse au signe de Matei, comme pour lui dire que tous les Anglais avaient quelque chose de travers dans la tête, puis il s'assit auprès du patron, et considéra avec beaucoup d'attention, mais sans impertinence, sa jolie compagne de voyage.

« Ils ont bonne tournure, ces soldats français, dit le colonel à sa fille en anglais ; aussi en fait-on facilement des officiers. »

Puis, s'adressant en français au jeune homme :

« Dites-moi, mon brave, dans quel régiment avez-vous servi ? »

Celui-ci donna un léger coup de coude au père du filleul de son petit-cousin, et, comprimant un sourire ironique, répondit qu'il avait été dans les chasseurs à pied de la garde, et que présentement il sortait du 7ᵉ léger.

« Est-ce que vous avez été à Waterloo ? Vous êtes bien jeune.

— Pardon, mon colonel ; c'est ma seule campagne.

— Elle compte double », dit le colonel.

Le jeune Corse se mordit les lèvres.

« Papa, dit Miss Lydia en anglais, demandez-lui donc si les Corses aiment beaucoup leur Bonaparte ? »

Avant que le colonel eût traduit la question en français, le jeune homme répondit en assez bon anglais, quoique avec un accent prononcé :

« Vous savez, mademoiselle, que nul n'est prophète en son pays. Nous autres, compatriotes de Napoléon, nous l'aimons peut-être moins que les Français. Quant à moi, bien que ma famille ait été autrefois l'ennemie de la sienne, je l'aime et l'admire.

— Vous parlez anglais ! s'écria le colonel.

— Fort mal, comme vous pouvez vous en apercevoir. »

Bien qu'un peu choquée de son ton dégagé, Miss Lydia ne put s'empêcher de rire en pensant à une inimitié personnelle entre un caporal et un empereur. Ce lui fut comme un avant-goût des singularités de la Corse, et elle se promit de noter le trait sur son journal.

« Peut-être avez-vous été prisonnier en Angleterre ? demanda le colonel.

— Non, mon colonel, j'ai appris l'anglais en France, tout jeune, d'un prisonnier de votre nation. »

Puis s'adressant à Miss Nevil :

« Matei m'a dit que vous reveniez d'Italie. Vous parlez sans doute le pur toscan, mademoiselle ; vous serez un peu embarrassée, je le crains pour comprendre notre patois.

— Ma fille entend tous les patois italiens, répondit le colonel ; elle a le don des langues. Ce n'est pas comme moi.

— Mademoiselle comprendrait-elle, par exemple, ces vers d'une de nos chansons corses ? C'est un berger qui dit à une bergère :

> S'entrassi 'ndru Paradisu santu, santu,
> E nun truvassi a tia, mi n'esciria*

Miss Lydia comprit, et trouvant la citation audacieuse et plus encore le regard qui l'accompagnait, elle répondit en rougissant : « *Capisco.* »

« Et vous retournez dans votre pays en semestre ? demanda le colonel.

— Non, mon colonel. Ils m'ont mis en demi-solde, probablement parce que j'ai été à Waterloo et que je suis compatriote de Napoléon. Je retourne chez moi, léger d'espoir, léger d'argent, comme dit la chanson. »

Et il soupira en regardant le ciel.

Le colonel mit la main à sa poche, et retournant entre

---

*« Si j'entrais dans le paradis saint, saint, et si je ne t'y trouvais pas, j'en sortirais. » *(Serenata di Zicavo.)*

ses doigts une pièce d'or, il cherchait une phrase pour la glisser poliment dans la main de son ennemi malheureux.

« Et moi aussi, dit-il, d'un ton de bonne humeur, on m'a mis en demi-solde ; mais... avec votre demi-solde vous n'avez pas de quoi vous acheter du tabac. Tenez, caporal. »

Et il essaya de faire entrer la pièce d'or dans la main fermée que le jeune homme appuyait sur le rebord de la yole.

Le jeune Corse rougit, se redressa, se mordit les lèvres, et paraissait disposé à répondre avec emportement, quand tout à coup, changeant d'expression, il éclata de rire. Le colonel, sa pièce à la main, demeurait tout ébahi.

« Colonel, dit le jeune homme reprenant son sérieux, permettez-moi de vous donner deux avis : le premier, c'est de ne jamais offrir de l'argent à un Corse, car il y a de mes compatriotes assez impolis pour vous le jeter à la tête ; le second, c'est de ne pas donner aux gens des titres qu'ils ne réclament point. Vous m'appelez caporal et je suis lieutenant. Sans doute, la différence n'est pas bien grande, mais...

— Lieutenant ! s'écria Sir Thomas, lieutenant ! mais le patron m'a dit que vous étiez caporal, ainsi que votre père et tous les hommes de votre famille. »

A ces mots le jeune homme, se laissant aller à la renverse, se mit à rire de plus belle et de si bonne grâce, que le patron et ses deux matelots éclatèrent en chœur.

« Pardon, colonel, dit enfin le jeune homme ; mais le quiproquo est admirable, je ne l'ai compris qu'à l'instant. En effet, ma famille se glorifie de compter des caporaux parmi ses ancêtres ; mais nos caporaux corses n'ont jamais eu de galons sur leurs habits. Vers l'an de grâce 1100, quelques communes, s'étant révoltées contre la tyrannie des seigneurs montagnards, se choisirent des chefs qu'elles nommèrent *caporaux*. Dans notre île, nous tenons à honneur de descendre de ces espèces de tribuns.

— Pardon, monsieur ! s'écria le colonel, mille fois pardon. Puisque vous comprenez la cause de ma méprise, j'espère que vous voudrez bien l'excuser. »

Et il lui tendit la main.

« C'est la juste punition de mon petit orgueil, colonel, dit le jeune homme riant toujours et serrant cordialement la main de l'Anglais ; je ne vous en veux pas le moins du monde. Puisque mon ami Matei m'a si mal présenté, permettez-moi de me présenter moi-même : je m'appelle Orso della Rebbia, lieutenant en demi-solde, et, si, comme je le présume en voyant ces deux beaux chiens, vous venez en Corse pour chasser, je serai très flatté de vous faire les honneurs de nos maquis et de nos montagnes... si toutefois je ne les ai pas oubliés », ajouta-t-il en soupirant.

En ce moment la yole touchait la goélette. Le lieutenant offrit la main à Miss Lydia, puis aida le colonel à se guinder sur le pont. Là, Sir Thomas, toujours fort penaud de sa méprise, et, ne sachant comment faire oublier son impertinence à un homme qui datait de l'an 1100, sans attendre l'assentiment de sa fille, le pria à souper en lui renouvelant ses excuses et ses poignées de main. Miss Lydia fronçait bien un peu le sourcil, mais, après tout, elle n'était pas fâchée de savoir ce que c'était qu'un caporal ; son hôte ne lui avait pas déplu, elle commençait même à lui trouver un certain je ne sais quoi aristocratique ; seulement il avait l'air trop franc et trop gai pour un héros de roman.

« Lieutenant della Rebbia, dit le colonel en le saluant à la manière anglaise, un verre de vin de Madère à la main, j'ai vu en Espagne beaucoup de vos compatriotes : c'était de la fameuse infanterie en tirailleurs.

— Oui, beaucoup sont restés en Espagne, dit le jeune lieutenant d'un air sérieux.

— Je n'oublierai jamais la conduite d'un bataillon corse à la bataille de Vittoria, poursuivit le colonel. Il doit m'en souvenir, ajouta-t-il, en se frottant la poitrine. Toute la journée ils avaient été en tirailleurs dans les jardins, derrière les haies, et nous avaient tué je ne sais combien d'hommes et de chevaux. La retraite décidée, ils se rallièrent et se mirent à filer grand train. En plaine, nous espérions prendre notre revanche, mais mes drôles... excusez, lieutenant, — ces braves gens, dis-je, s'étaient formés en carré, et il n'y avait pas moyen de les rompre. Au milieu du carré, je crois le voir encore, il y avait un officier monté sur un petit cheval noir ; il se tenait à côté de l'aigle, fumant son cigare comme s'il eut été au café. Parfois, comme pour nous braver, leur musique nous jouait des fanfares... Je lance sur eux mes deux premiers escadrons... Bah ! au lieu de mordre sur le front du carré, voilà mes dragons qui passent à côté, puis font demi-tour, et reviennent fort en désordre et plus d'un cheval sans maître... et toujours la diable de musique ! Quand la fumée qui enveloppait le bataillon se dissipa, je revis l'officier à côté de l'aigle, fumant encore son cigare. Enragé, je me mis moi-même à la tête d'une dernière charge. Leurs fusils, crassés à force de tirer, ne partaient plus, mais les soldats étaient formés sur six rangs, la baïonnette au nez des chevaux, on eût dit un mur. Je criais, j'exhortais mes dragons, je serrais la botte pour faire avancer mon cheval, quand l'officier dont je vous parlais, ôtant enfin son cigare, me montra de la main à un de ses hommes. J'entendis quelque chose comme : *Al capello bianco !* J'avais un plumet blanc. Je n'en entendis pas davantage, car une balle me traversa la poitrine.

— C'était un beau bataillon, monsieur della Rebbia, le premier du 18ᵉ léger, tous Corses, à ce qu'on me dit depuis.

— Oui, dit Orso dont les yeux brillaient pendant ce récit, ils soutinrent la retraite et rapportèrent leur aigle ; mais les deux tiers de ces braves gens dorment aujourd'hui dans la plaine de Vittoria.

— Et par hasard ! sauriez-vous le nom de l'officier qui les commandait ?

— C'était mon père. Il était alors major au 18ᵉ, et fut fait colonel pour sa conduite dans cette triste journée.

— Votre père ! Par ma foi, c'était un brave ! J'aurais du plaisir à le revoir, et je le reconnaîtrais, j'en suis sûr. Vit-il encore ?

— Non, colonel, dit le jeune homme pâlissant légèrement.

— Était-il à Waterloo ?

— Oui, colonel, mais il n'a pas eu le bonheur de tomber sur un champ de bataille... Il est mort en Corse... il y a deux ans... Mon Dieu ! que cette mer est belle ! il y a dix ans que je n'ai vu la Méditerranée. — Ne trouvez-vous pas la Méditerranée plus belle que l'Océan, mademoiselle ?

— Je la trouve trop bleue... et les vagues manquent de grandeur.

— Vous aimez la beauté sauvage, mademoiselle ? A ce compte, je crois que la Corse vous plaira.

— Ma fille, dit le colonel, aime tout ce qui est extra-ordinaire ; c'est pourquoi l'Italie ne lui a guère plu.

— Je ne connais de l'Italie, dit Orso, que Pise, où j'ai passé quelque temps au collège ; mais je ne puis penser sans admiration au Campo-Santo, au Dôme, à la Tour penchée... au Campo-Santo surtout. Vous vous rappelez *la Mort*, d'Orcagna... Je crois que je pourrais la dessiner, tant elle est restée gravée dans ma mémoire. »

Miss Lydia craignit que monsieur le lieutenant ne s'engageât dans une tirade d'enthousiasme.

« C'est très joli, dit-elle en bâillant. Pardon, mon père, j'ai un peu mal à la tête, je vais descendre dans ma chambre.

Elle baisa son père sur le front, fit un signe de tête majestueux à Orso et disparut. Les deux hommes causèrent alors chasse et guerre.

Ils apprirent qu'à Waterloo ils étaient en face l'un de l'autre, et qu'ils avaient dû échanger bien des balles. Leur bonne intelligence en redoubla. Tour à tour ils critiquèrent Napoléon, Wellington, et Blucher, puis ils

chassèrent ensemble le daim, le sanglier et le mouflon.
Enfin, la nuit étant déjà très avancée, et la dernière
bouteille de bordeaux finie, le colonel serra de nouveau
la main au lieutenant et lui souhaita le bonsoir, en
exprimant l'espoir de cultiver une connaissance
commencée d'une façon si ridicule. Ils se séparèrent, et
chacun fut se coucher.

CHAPITRE III

La nuit était belle, la lune se jouait sur les flots, le navire voguait doucement au gré d'une brise légère, Miss Lydia n'avait point envie de dormir, et ce n'était que la présence d'un profane qui l'avait empêchée de goûter ces émotions qu'en mer et par un clair de lune tout être humain éprouve quand il a deux grains de poésie dans le cœur. Lorsqu'elle jugea que le jeune lieutenant dormait sur les deux oreilles, comme un être prosaïque qu'il était, elle se leva, prit une pelisse, éveilla sa femme de chambre et monta sur le pont. Il n'y avait personne qu'un matelot au gouvernail, lequel chantait une espèce de complainte dans le dialecte corse, sur un air sauvage et monotone. Dans le calme de la nuit, cette musique étrange avait son charme. Malheureusement Miss Lydia ne comprenait pas parfaitement ce que chantait le matelot. Au milieu de beaucoup de lieux communs, un vers énergique excitait vivement sa curiosité, mais bientôt, au plus beau moment, arrivaient quelques mots de patois dont le sens lui échappait. Elle comprit pourtant qu'il était question d'un meurtre. Des imprécations contre les assassins, des menaces de vengeance, l'éloge du mort, tout cela était confondu pêle-mêle. Elle retint quelques vers ; je vais essayer de les traduire :

« ... Ni les canons, ni les baïonnettes — n'ont fait pâlir son front, — serein sur un champ de bataille — comme un ciel d'été. — Il était le faucon ami de l'aigle,

— miel des sables pour ses amis, — pour ses ennemis la mer en courroux. — Plus haut que le soleil, — plus doux que la lune. — Lui que les ennemis de la France — n'atteignirent jamais, — des assassins de son pays — l'ont frappé par-derrière, — comme Vittolo tua Sampiero Corso*. — Jamais ils n'eussent osé le regarder en face. — ... Placez sur la muraille, devant mon lit, — ma croix d'honneur bien gagnée. — Rouge en est le ruban, — Plus rouge ma chemise. — A mon fils, mon fils en lointain pays, — gardez ma croix et ma chemise sanglante. — Il y verra deux trous. — Pour chaque trou, un trou dans une autre chemise. — Mais la vengeance serait-elle faite alors ! — Il me faut la main qui a tiré, — l'œil qui a visé, — le cœur qui a pensé... »

Le matelot s'arrêta tout à coup.

« Pourquoi ne continuez-vous pas, mon ami ? » demanda Miss Nevil.

Le matelot, d'un mouvement de tête, lui montra une figure qui sortait du grand panneau de la goélette : c'était Orso qui venait jouir du clair de lune.

« Achevez donc votre complainte, dit Miss Lydia, elle me faisait grand plaisir. »

Le matelot se pencha vers elle et dit fort bas :

« Je ne donne le *rimbecco* à personne.

— Comment ? le... ? »

Le matelot, sans répondre, se mit à siffler.

« Je vous prends à admirer notre Méditerranée, Miss Nevil, dit Orso s'avançant vers elle. Convenez qu'on ne voit point ailleurs cette lune-ci.

— Je ne la regardais pas. J'étais tout occupée à étudier le corse. Ce matelot, qui chantait une complainte des plus tragiques, s'est arrêté au plus beau moment. »

*Voyez Filippini, liv. XI. — Le nom de Vittolo est encore en exécration parmi les Corses. C'est aujourd'hui un synonyme de traître.

Le matelot se baissa comme pour mieux lire sur la boussole, et tira rudement la pelisse de Miss Nevil. Il était évident que sa complainte ne pouvait être chantée devant le lieutenant Orso.

« Que chantais-tu là, Paolo Francè ? dit Orso ; est-ce une *ballata*, un *vocero**? Mademoiselle te comprend et voudrait entendre la fin.

— Je l'ai oubliée, Ors' Anton' », dit le matelot.

Et sur-le-champ, il se mit à entonner à tue-tête un cantique à la Vierge.

Miss Lydia écouta le cantique avec distraction et ne pressa pas davantage le chanteur, se promettant bien toutefois de savoir plus tard le mot de l'énigme. Mais sa femme de chambre, qui, étant de Florence, ne comprenait pas mieux que sa maîtresse le dialecte corse, était aussi curieuse de s'instruire ; et s'adressant à Orso avant que celle-ci pût l'avertir par un coup de coude :

« Monsieur le capitaine, dit-elle, que veut dire *donner le rimbecco***?

— Le rimbecco ! dit Orso ; mais c'est faire la plus mortelle injure à un Corse : c'est lui reprocher de ne pas s'être vengé. Qui vous a parlé de rimbecco ?

*Lorsqu'un homme est mort, particulièrement lorsqu'il a été assassiné, on place son corps sur une table, et les femmes de sa famille, à leur défaut, des amies, ou même des femmes étrangères connues pour leur talent poétique, improvisent devant un auditoire nombreux des complaintes en vers dans le dialecte du pays. On nomme ces femmes *voceratrici* ou, suivant la prononciation corse, *buceratrici*, et la complainte s'appelle *vocero*, *buceru*, *buceratu*, sur la côte orientale ; *ballata*, sur la côte opposée. Le mot *vocero*, ainsi que ses dérivés, *vocerar*, *voceratrice*, vient du latin *vociferare*. Quelquefois, plusieurs femmes improvisent tour à tour, et souvent la femme ou la fille du mort chante elle-même la complainte funèbre.

**Rimbeccare*, en italien, signifie renvoyer, riposter, rejeter. Dans le dialecte corse, cela veut dire : adresser un reproche offensant et public. — On donne le *rimbecco* au fils d'un homme assassiné en lui disant que son père n'est pas vengé. Le *rimbecco* est une espèce de mise en demeure pour l'homme qui n'a pas encore lavé une injure dans le sang. — La loi génoise punissait très sévèrement l'auteur d'un *rimbecco*...

— C'est hier à Marseille, répondit Miss Lydia avec empressement, que le patron de la goélette s'est servi de ce mot.

— Et de qui parlait-il ? demanda Orso avec vivacité.

— Oh ! il nous contait une vieille histoire... du temps de..., oui, je crois que c'était à propos de Vannina d'Ornano ?

— La mort de Vannina, je le suppose, mademoiselle, ne vous a pas fait beaucoup aimer notre héros, le brave Sampiero ?

— Mais trouvez-vous que ce soit bien héroïque ?

— Son crime a pour excuse les mœurs sauvages du temps ; et puis Sampiero faisait une guerre à mort aux Génois : quelle confiance auraient pu avoir en lui ses compatriotes, s'il n'avait puni celle qui cherchait à traiter avec Gênes ?

— Vannina, dit le matelot, était partie sans la permission de son mari ; Sampiero a bien fait de lui tordre le cou.

— Mais, dit Miss Lydia, c'était pour sauver son mari, c'était par amour pour lui, qu'elle allait demander sa grâce aux Génois.

— Demander sa grâce, c'était l'avilir ! s'écria Orso.

— Et la tuer lui-même ! poursuivit Miss Nevil. Quel monstre ce devait être ?

— Vous savez qu'elle lui demanda comme une faveur de périr de sa main. Othello, mademoiselle, le regardez-vous aussi comme un monstre ?

— Quelle différence ! il était jaloux ; Sampiero n'avait que de la vanité.

— Et la jalousie, n'est-ce pas aussi de la vanité ? C'est la vanité de l'amour, et vous l'excuserez peut-être en faveur du motif ? »

Miss Lydia lui jeta un regard plein de dignité, et, s'adressant au matelot, lui demanda quand la goélette arriverait au port.

« Après-demain, dit-il, si le vent continue.

— Je voudrais déjà voir Ajaccio, car ce navire m'excède. »

Elle se leva, prit le bras de sa femme de chambre et fit quelques pas sur le tillac. Orso demeura immobile auprès du gouvernail, ne sachant s'il devait se promener avec elle ou bien cesser une conversation qui paraissait l'importuner.

« Belle fille, par le sang de la Madone ! dit le matelot ; si toutes les puces de mon lit lui ressemblaient, je ne me plaindrais pas d'en être mordu ! »

Miss Lydia entendit peut-être cet éloge naïf de sa beauté et s'en effaroucha, car elle descendit presque aussitôt dans sa chambre. Bientôt après Orso se retira de son côté. Dès qu'il eut quitté le tillac, la femme de chambre remonta, et, après avoir fait subir un interrogatoire au matelot, rapporta les renseignements suivants à sa maîtresse : la ballata interrompue par la présence d'Orso avait été composée à l'occasion de la mort du colonel della Rebbia, père du susdit, assassiné il y avait deux ans. Le matelot ne doutait pas qu'Orso ne revînt en Corse *pour faire la vengeance*, c'était son expression, et affirmait qu'avant peu on verrait *de la viande fraîche* dans le village de Pietranera. Traduction faite de ce terme national, il résultait que le seigneur Orso se proposait d'assassiner deux ou trois personnes soupçonnées d'avoir assassiné son père, lesquelles, à la vérité, avaient été recherchées en justice pour ce fait, mais s'étaient trouvées blanches comme neige attendu qu'elles avaient dans leur manche juges, avocats, préfets et gendarmes.

« Il n'y a pas de justice en Corse, ajoutait le matelot, et je fais plus de cas d'un bon fusil que d'un conseiller à la cour royale. Quand on a un ennemi, il faut choisir entre les trois S *. »

Ces renseignements intéressants changèrent d'une façon notable les manières et les dispositions de Miss Lydia à l'égard du lieutenant della Rebbia. Dès ce

---

*Expression nationale, c'est-à-dire *schiopetto*, *stiletlo*, *strada*, fusil, stylet, fuite.

moment il était devenu un personnage aux yeux de la
romanesque Anglaise. Maintenant cet air d'insouciance, ce ton de franchise et de bonne humeur, qui
d'abord l'avaient prévenue défavorablement, devenaient pour elle un mérite de plus, car c'était la profonde dissimulation d'une âme énergique, qui ne laisse
percer à l'extérieur aucun des sentiments qu'elle ren-
ferme. Orso lui parut une espèce de Fiesque*,
cachant de vastes desseins sous une apparence de légèreté ; et, quoiqu'il soit moins beau de tuer quelques
coquins que de délivrer sa patrie, cependant une belle
vengeance est belle ; et d'ailleurs les femmes aiment
assez qu'un héros ne soit pas un homme politique.
Alors seulement Miss Nevil remarqua que le jeune
lieutenant avait de forts grands yeux, des dents
blanches, une taille élégante, de l'éducation et quelque
usage du monde. Elle lui parla souvent dans la journée
suivante, et sa conversation l'intéressa. Il fut longuement questionné sur son pays, et il en parlait bien. La
Corse, qu'il avait quittée fort jeune, d'abord pour aller
au collège, puis à l'école militaire, était restée dans son
esprit parée de couleurs poétiques. Il s'animait en
parlant de ses montagnes, de ses forêts, des coutumes
originales de ses habitants. Comme on peut le penser, le
mot de vengeance se présenta plus d'une fois dans ses
récits, car il est impossible de parler des Corses sans
attaquer ou sans justifier leur passion proverbiale.
Orso surprit un peu Miss Nevil en condamnant d'une
manière générale les haines interminables de ses
compatriotes. Chez les paysans, toutefois, il cherchait à
les excuser, et prétendait que la vendetta est le duel des
pauvres. « Cela est si vrai, disait-il, qu'on ne s'assassine

---

*Fiesque, noble Génois, ourdit en 1547 un complot contre
André Doria, chef suprême de Gênes et contre le neveu de
celui-ci. Il périt accidentellement pendant le massacre qu'il
avait déclenché. Le cardinal de Reta a écrit l'histoire de la
Conspiration de Fiesque. Schiller et, en 1824, Ancelot la portèrent au théâtre.

qu'après un défi en règle. « Garde-toi, je me garde »,
telles sont les paroles sacramentelles qu'échangent des
ennemis avant de se tendre des embuscades l'un à
l'autre. Il y a plus d'assassinats chez nous, ajoutait-il,
que partout ailleurs ; mais jamais vous ne trouverez
une cause ignoble à ces crimes. Nous avons, il est vrai,
beaucoup de meurtriers, mais pas un voleur. »

Lorsqu'il prononçait les mots de vengeance et de
meurtre, Miss Lydia le regardait attentivement, mais
sans découvrir sur ses traits la moindre trace d'émotion. Comme elle avait décidé qu'il avait la force d'âme
nécessaire pour se rendre impénétrable à tous les yeux,
les siens exceptés, bien entendu, elle continua de croire
fermement que les mânes du colonel della Rebbia
n'attendraient pas longtemps la satisfaction qu'ils
réclamaient.

Déjà la goélette était en vue de la Corse. Le patron
nommait les points principaux de la côte, et, bien qu'ils
fussent tous parfaitement inconnus à Miss Lydia, elle
trouvait quelque plaisir à savoir leurs noms. Rien de
plus ennuyeux qu'un paysage anonyme. Parfois la
longue-vue du colonel faisait apercevoir quelque insu-
laire, vêtu de drap brun, armé d'un long fusil, monté
sur un petit cheval, et galopant sur des pentes rapides.
Miss Lydia, dans chacun, croyait voir un bandit, ou
bien un fils allant venger la mort de son père ; mais
Orso assurait que c'était quelque paisible habitant du
bourg voisin voyageant pour ses affaires ; qu'il portait
un fusil moins par nécessité que par *galanterie*, par
mode, de même qu'un dandy ne sort qu'avec une canne
élégante. Bien qu'un fusil soit une arme moins noble et
moins poétique qu'un stylet, Miss Lydia trouvait que,
pour un homme, cela était plus élégant qu'une canne,
et elle se rappelait que tous les héros de Lord Byron
meurent d'une balle et non d'un classique poignard.

Après trois jours de navigation, on se trouva devant
les Sanguinaires, et le magnifique panorama du golfe
d'Ajaccio se développa aux yeux de nos voyageurs.

C'est avec raison qu'on le compare à la baie de Naples ;
et au moment où la goélette entrait dans le port, un
maquis en feu, couvrant de fumée la Punta di Girato,
rappelait le Vésuve et ajoutait à la ressemblance. Pour
qu'elle fût complète, il faudrait qu'une armée d'Attila
vînt s'abattre sur les environs de Naples ; car tout est
mort et désert autour d'Ajaccio. Au lieu de ces élégantes
fabriques qu'on découvre de tous côtés depuis Castella-
mare jusqu'au cap Misène, on ne voit, autour du golfe
d'Ajaccio, que de sombres maquis, et derrière, des
montagnes pelées. Pas une villa, pas une habitation.
Seulement, çà et là, sur les hauteurs autour de la ville,
quelques constructions blanches se détachent isolées
sur un fond de verdure ; ce sont des chapelles funé-
raires, des tombeaux de famille. Tout, dans ce paysage,
est d'une beauté grave et triste.

L'aspect de la ville, surtout à cette époque, augmentait encore l'impression causée par la solitude de
ses alentours. Nul mouvement dans les rues, où l'on ne
rencontre qu'un petit nombre de figures oisives, et
toujours les mêmes. Point de femmes, sinon quelques
paysannes qui viennent vendre leurs denrées. On
n'entend point parler haut, rire, chanter, comme dans
les villes italiennes. Quelquefois, à l'ombre d'un arbre
de la promenade, une douzaine de paysans armés
jouent aux cartes ou regardent jouer. Ils ne crient pas,
ne se disputent jamais ; si le jeu s'anime, on entend
alors des coups de pistolet, qui toujours précèdent la
menace. Le Corse est naturellement grave et silencieux.
Le soir, quelques figures paraissent pour jouir de la
fraîcheur, mais les promeneurs du Cours sont presque
tous des étrangers. Les insulaires restent devant leurs
portes ; chacun semble aux aguets comme un faucon
sur son nid.

CHAPITRE IV

Après avoir visité la maison où Napoléon est né, après s'être procuré par des moyens plus ou moins catholiques un peu du papier de la tenture, Miss Lydia, deux jours après être débarquée en Corse, se sentit saisir d'une tristesse profonde, comme il doit arriver à tout étranger qui se trouve dans un pays dont les habitudes insociables semblent le condamner à un isolement complet. Elle regretta son coup de tête ; mais partir sur-le-champ c'eût été compromettre sa réputation de voyageuse intrépide ; Miss Lydia se résigna donc à prendre patience et à tuer le temps de son mieux. Dans cette généreuse résolution, elle prépara crayons et couleurs, esquissa des vues du golfe, et fit le portrait d'un paysan basané, qui vendait des melons, comme un maraîcher du continent, mais qui avait une barbe blanche et l'air du plus féroce coquin qui se pût voir. Tout cela ne suffisant point à l'amuser, elle résolut de faire tourner la tête au descendant des caporaux, et la chose n'était pas difficile, car, loin de se presser pour revoir son village, Orso semblait se plaire fort à Ajaccio, bien qu'il n'y vît personne. D'ailleurs Miss Lydia s'était proposé une noble tâche, celle de civiliser cet ours des montagnes, et de le faire renoncer aux sinistres desseins qui le ramenaient dans son île. Depuis qu'elle avait pris la peine de l'étudier, elle s'était dit qu'il serait dommage de laisser ce jeune homme courir à sa perte, et que pour elle il serait glorieux de convertir un Corse.

Les journées pour nos voyageurs se passaient comme il suit : le matin, le colonel et Orso allaient à la chasse ; Miss Lydia dessinait ou écrivait à ses amies, afin de pouvoir dater ses lettres d'Ajaccio. Vers six heures, les hommes revenaient chargés de gibier ; on dînait, Miss Lydia chantait, le colonel s'endormait, et les jeunes gens demeuraient fort tard à causer.

Je ne sais quelle formalité de passeport avait obligé le colonel Nevil à faire une visite au préfet ; celui-ci, qui s'ennuyait fort, ainsi que la plupart de ses collègues, avait été ravi d'apprendre l'arrivée d'un Anglais, riche, homme du monde et père d'une jolie fille ; aussi il l'avait parfaitement reçu et accablé d'offres de services ; de plus, fort peu de jours après, il vint lui rendre sa visite. Le colonel, qui venait de sortir de table, était confortablement étendu sur le sofa, tout près de s'endormir ; sa fille chantait devant un piano délabré ; Orso tournait les feuillets de son cahier de musique, et regardait les épaules et les cheveux blonds de la virtuose. On annonça M. le préfet ; le piano se tut, le colonel se leva, se frotta les yeux, et présenta le préfet à sa fille :

« Je ne vous présente pas M. della Rebbia, dit-il, car vous le connaissez sans doute ?

— Monsieur est le fils du colonel della Rebbia ? demanda le préfet d'un air légèrement embarrassé.

— Oui, monsieur, répondit Orso.

— J'ai eu l'honneur de connaître monsieur votre père. »

Les lieux communs de conversation s'épuisèrent bientôt. Malgré lui, le colonel bâillait assez fréquemment ; en sa qualité de libéral, Orso ne voulait point parler à un satellite du pouvoir ; Miss Lydia soutenait seule la conversation. De son côté, le préfet ne la laissait pas languir, et il était évident qu'il avait un vif plaisir à parler de Paris et du monde à une femme qui connaissait toutes les notabilités de la société européenne. De temps en temps, et tout en parlant, il observait Orso avec une curiosité singulière.

« C'est sur le continent que vous avez connu M. della Rebbia ? » demanda-t-il à Miss Lydia.

Miss Lydia répondit avec quelque embarras qu'elle avait fait sa connaissance sur le navire qui les avait amenés en Corse.

« C'est un jeune homme très comme il faut, dit le préfet à mi-voix. Et vous a-t-il dit, continua-t-il encore plus bas, dans quelle intention il revient en Corse ? »

Miss Lydia prit son air majestueux :

« Je ne le lui ai point demandé, dit-elle ; vous pouvez l'interroger. »

Le préfet garda le silence ; mais, un moment après, entendant Orso adresser au colonel quelques mots en anglais :

« Vous avez beaucoup voyagé, monsieur, dit-il, à ce qu'il paraît. Vous devez avoir oublié la Corse... et ses coutumes.

— Il est vrai, j'étais bien jeune quand je l'ai quittée.

— Vous appartenez toujours à l'armée ?

— Je suis en demi-solde, monsieur.

— Vous avez été trop longtemps dans l'armée française, pour ne pas devenir tout à fait Français, je n'en doute pas, monsieur. »

Il prononça ces derniers mots avec une emphase marquée.

Ce n'est pas flatter prodigieusement les Corses, que leur rappeler qu'ils appartiennent à la grande nation. Ils veulent être un peuple à part, et cette prétention, ils la justifient assez bien pour qu'on la leur accorde. Orso, un peu piqué, répliqua :

« Pensez-vous, monsieur le préfet, qu'un Corse, pour être homme d'honneur, ait besoin de servir dans l'armée française ?

— Non, certes, dit le préfet, ce n'est nullement ma pensée : je parle seulement de certaines *coutumes* de ce pays-ci, dont quelques-unes ne sont pas telles qu'un administrateur voudrait les voir. »

Il appuya sur ce mot *coutumes*, et prit l'expression la

plus grave que sa figure comportait. Bientôt après, il se leva et sortit, emportant la promesse que Miss Lydia irait voir sa femme à la préfecture.

Quand il fut parti :

« Il fallait, dit Miss Lydia, que j'allasse en Corse pour apprendre ce que c'est qu'un préfet. Celui-ci me paraît assez aimable.

— Pour moi, dit Orso, je n'en saurais dire autant, et je le trouve bien singulier avec son air emphatique et mystérieux.

Le colonel était plus qu'assoupi ; Miss Lydia jeta un coup d'œil de son côté, et baissant la voix :

« Et moi, je trouve, dit-elle, qu'il n'est pas si mysté-rieux que vous le prétendez, car je crois l'avoir compris.

— Vous êtes, assurément, bien perspicace, Miss Nevil ; et, si vous voyez quelque esprit dans ce qu'il vient de dire, il faut assurément que vous l'y ayez mis.

— C'est une phrase du marquis de Mascarille, mon-sieur della Rebbia, je crois ; mais..., voulez-vous que je vous donne une preuve de ma pénétration ? Je suis un peu sorcière, et je sais ce que pensent les gens que j'ai vus deux fois.

— Mon Dieu, vous m'effrayez. Si vous saviez lire dans ma pensée, je ne sais si je devrais en être content ou affligé...

— Monsieur della Rebbia, continua Miss Lydia en rougissant, nous ne nous connaissons que depuis quel-ques jours ; mais en mer, et dans les pays barbares, — vous m'excuserez, je l'espère,... — dans les pays bar-bares on devient ami plus vite que dans le monde... Ainsi ne vous étonnez pas si je vous parle en amie de choses un peu bien intimes, et dont peut-être un étran-ger ne devrait pas se mêler.

— Oh ! ne dites pas ce mot-là, Miss Nevil ; l'autre me plaisait bien mieux.

— Eh bien, monsieur, je dois vous dire que, sans avoir cherché à savoir vos secrets, je me trouve les avoir appris en partie, et il y en a qui m'affligent. Je sais, monsieur, le malheur qui a frappé votre famille ; on m'a beaucoup parlé du caractère vindicatif de vos compatriotes et de leur manière de se venger... N'est-ce pas à cela que le préfet faisait allusion ?

— Miss Lydia peut-elle penser !... » Et Orso devint pâle comme la mort.

« Non, monsieur della Rebbia, dit-elle en l'interrompant ; je sais que vous êtes un gentleman plein d'honneur. Vous m'avez dit vous-même qu'il n'y avait plus dans votre pays que les gens du peuple qui connussent la *vendette*... qu'il vous plaît d'appeler une forme de duel...

— Me croiriez-vous donc capable de devenir jamais un assassin ?

— Puisque je vous parle de cela, monsieur Orso, vous devez bien voir que je ne doute pas de vous, et si je vous ai parlé, poursuivit-elle en baissant les yeux, c'est que j'ai compris que de retour dans votre pays, entouré peut-être de préjugés barbares, vous seriez bien aise de savoir qu'il y a quelqu'un qui vous estime pour votre courage à leur résister. — Allons, dit-elle en se levant, ne parlons plus de ces vilaines choses-là : elles me font mal à la tête et d'ailleurs il est bien tard. Vous ne m'en voulez pas ? Bonsoir, à l'anglaise. » Et elle lui tendit la main.

Orso la pressa d'un air grave et pénétré.

« Mademoiselle, dit-il, savez-vous qu'il y a des moments où l'instinct du pays se réveille en moi ? Quelquefois, lorsque je songe à mon pauvre père,... alors d'affreuses idées m'obsèdent. Grâce à vous, j'en suis à jamais délivré. Merci, merci ! »

Il allait poursuivre ; mais Miss Lydia fit tomber une cuiller à thé, et le bruit réveilla le colonel.

« Della Rebbia, demain à cinq heures en chasse ! Soyez exact.

— Oui, mon colonel. »

CHAPITRE V

Le lendemain, un peu avant le retour des chasseurs, Miss Nevil, revenant d'une promenade au bord de la mer, regagnait l'auberge avec sa femme de chambre, lorsqu'elle remarqua une jeune femme vêtue de noir, montée sur un cheval de petite taille, mais vigoureux, qui entrait dans la ville. Elle était suivie d'une espèce de paysan, à cheval aussi, en veste de drap brun trouée aux coudes, une gourde en bandoulière, un pistolet pendant à la ceinture ; à la main, un fusil, dont la crosse reposait dans une poche de cuir attachée à l'arçon de la selle ; bref, en costume complet de brigand de mélodrame ou de bourgeois corse en voyage. La beauté remarquable de la femme attira d'abord l'attention de Miss Nevil. Elle paraissait avoir une vingtaine d'années. Elle était grande, blanche, les yeux bleu foncé, la bouche rose, les dents comme de l'émail. Dans son expression on lisait à la fois l'orgueil, l'inquiétude et la tristesse. Sur la tête, elle portait ce voile de soie noire nommé *mezzaro*, que les Génois ont introduit en Corse, et qui sied si bien aux femmes. De longues nattes de cheveux châtains lui formaient comme un turban autour de la tête. Son costume était propre, mais de la plus grande simplicité.

Miss Nevil eut tout le temps de la considérer, car la dame au *mezzaro* s'était arrêtée dans la rue à questionner quelqu'un avec beaucoup d'intérêt, comme il semblait à l'expression de ses yeux ; puis sur la réponse qui lui fut faite, elle donna un coup de houssine à sa

monture, et, prenant le grand trot, ne s'arrêta qu'à la
porte de l'hôtel où logeaient Sir Thomas Nevil et Orso.
Là, après avoir échangé quelques mots avec l'hôte, la
jeune femme sauta lestement à bas de son cheval et
s'assit sur un banc de pierre à côté de la porte d'entrée,
tandis que son écuyer conduisait les chevaux à l'écurie.
Miss Lydia passa avec son costume parisien devant
l'étrangère sans qu'elle levât les yeux. Un quart d'heure
après, ouvrant sa fenêtre, elle vit encore la dame au
mezzaro assise à la même place et dans la même
attitude. Bientôt parurent le colonel et Orso revenant
de la chasse. Alors l'hôte dit quelques mots à la demoiselle en deuil et lui désigna du doigt le jeune della
Rebbia. Celle-ci rougit, se leva avec vivacité, fit quelques pas en avant, puis s'arrêta immobile et comme
interdite. Orso était tout près d'elle, la considérant avec
curiosité.

« Vous êtes, dit-elle d'une voix émue, Orso Antonio
della Rebbia ? Moi, je suis Colomba.

— Colomba ! » s'écria Orso.

Et, la prenant dans ses bras, il l'embrassa tendrement, ce qui étonna un peu le colonel et sa fille ; car en
Angleterre on ne s'embrasse pas dans la rue.

« Mon frère, dit Colomba, vous me pardonnerez si je
suis venue sans votre ordre ; mais j'ai appris par nos
amis que vous étiez arrivé, et c'était pour moi une si
grande consolation de vous voir... »

Orso l'embrassa encore ; puis, se tournant vers le
colonel :

« C'est ma sœur, dit-il, que je n'aurais jamais
reconnue si elle ne s'était nommée. — Colomba, le
colonel Sir Thomas Nevil. — Colonel, vous voudrez
bien m'excuser, mais je ne pourrai avoir l'honneur de
dîner avec vous aujourd'hui... Ma sœur...

— Eh ! où diable voulez-vous dîner, mon cher ?
s'écria le colonel ; vous savez bien qu'il n'y a qu'un
dîner dans cette maudite auberge, et il est pour nous.
Mademoiselle fera grand plaisir à ma fille de se joindre
à nous. »

Colomba regarda son frère, qui ne se fit pas trop prier, et tous ensemble entrèrent dans la plus grande pièce de l'auberge, qui servait au colonel de salon et de salle à manger. Mlle della Rebbia, présentée à Miss Nevil, lui fit une profonde révérence, mais ne dit pas une parole. On voyait qu'elle était très effarouchée et que, pour la première fois de sa vie peut-être, elle se trouvait en présence d'étrangers gens du monde. Cependant dans ses manières il n'y avait rien qui sentît la province. Chez elle l'étrangeté sauvait la gaucherie. Elle plut à Miss Nevil par cela même ; et comme il n'y avait pas de chambre disponible dans l'hôtel que le colonel et sa suite avaient envahi, Miss Lydia poussa la condescendance ou la curiosité jusqu'à offrir à Mlle della Rebbia de lui faire dresser un lit dans sa propre chambre.

Colomba balbutia quelques mots de remerciement et s'empressa de suivre la femme de chambre de Miss Nevil pour faire à sa toilette les petits arrangements que rend nécessaires un voyage à cheval par la poussière et le soleil.

En rentrant dans le salon, elle s'arrêta devant les fusils du colonel, que les chasseurs venaient de déposer dans un coin.

« Les belles armes ! dit-elle ; sont-elles à vous, mon frère ?

— Non, ce sont des fusils anglais au colonel. Ils sont aussi bons qu'ils sont beaux.

— Je voudrais bien, dit Colomba, que vous en eussiez un semblable.

— Il y en a certainement un dans ces trois-là qui appartient à della Rebbia, s'écria le colonel. Il s'en sert trop bien. Aujourd'hui quatorze coups de fusil, quatorze pièces ! »

Aussitôt s'établit un combat de générosité, dans lequel Orso fut vaincu, à la grande satisfaction de sa sœur, comme il était facile de s'en apercevoir à l'expression de joie enfantine qui brilla tout d'un coup sur son visage, tout à l'heure si sérieux.

« Choisissez, mon cher », disait le colonel.

Orso refusait.

« Eh bien, mademoiselle votre sœur choisira pour vous. »

Colomba ne se le fit pas dire deux fois : elle prit le moins orné des fusils, mais c'était un excellent Manton de gros calibre.

« Celui-ci, dit-elle, doit bien porter la balle. »

Son frère s'embarrassait dans ses remerciements, lorsque le dîner parut fort à propos pour le tirer d'affaire. Miss Lydia fut charmée de voir que Colomba, qui avait fait quelque résistance pour se mettre à table, et qui n'avait cédé que sur un regard de son frère, faisait en bonne catholique le signe de la croix avant de manger.

« Bon, se dit-elle, voilà qui est primitif. »

Et elle se promit de faire plus d'une observation intéressante sur ce jeune représentant des vieilles mœurs de la Corse. Pour Orso, il était évidemment un peu mal à son aise, par la crainte sans doute que sa sœur ne dît ou ne fit quelque chose qui sentît trop son village. Mais Colomba l'observait sans cesse et réglait tous ses mouvements sur ceux de son frère. Quelquefois elle le considérait fixement avec une étrange expression de tristesse ; et alors si les yeux d'Orso rencontraient les siens, il était le premier à détourner ses regards, comme s'il eût voulu se soustraire à une question que sa sœur lui adressait mentalement et qu'il comprenait trop bien. On parlait français car le colonel s'exprimait fort mal en italien. Colomba entendait le français, et prononçait même assez bien le peu de mots qu'elle était forcée d'échanger avec ses hôtes.

Après le dîner, le colonel, qui avait remarqué l'espèce de contrainte qui régnait entre le frère et la sœur, demanda avec sa franchise ordinaire à Orso s'il ne désirait point causer seul avec Mlle Colomba, offrant dans ce cas de passer avec sa fille dans la pièce voisine. Mais Orso se hâta de le remercier et de dire qu'ils auraient bien le temps de causer à Pietranera. C'était le nom du village où il devait faire sa résidence.

Le colonel prit donc sa place accoutumée sur le sofa, et Miss Nevil, après avoir essayé plusieurs sujets de conversation, désespérant de faire parler la belle Colomba, pria Orso de lui dire un chant du Dante : c'était son poète favori. Orso choisit le chant de l'Enfer où se trouve l'épisode de Francesca da Rimini, et se mit à lire, accentuant de son mieux ces sublimes tercets, qui expriment si bien le danger de lire à deux un livre d'amour. A mesure qu'il lisait, Colomba se rapprochait de la table, relevait la tête, qu'elle avait tenu baissée ; ses prunelles dilatées brillaient d'un feu extraordinaire : elle rougissait et pâlissait tour à tour, elle s'agitait convulsivement sur sa chaise. Admirable organisation italienne, qui, pour comprendre la poésie, n'a pas besoin qu'un pédant lui en démontre les beautés !

Quand la lecture fut terminée :

« Que cela est beau ! s'écria-t-elle. Qui a fait cela, mon frère ? »

Orso fut un peu déconcerté, et Miss Lydia répondit en souriant que c'était un poète florentin mort depuis plusieurs siècles.

« Je te ferai lire le Dante, dit Orso, quand nous serons à Pietranera.

— Mon Dieu, que cela est beau ! » répétait Colomba : et elle dit trois ou quatre tercets qu'elle avait retenus, d'abord à voix basse ; puis, s'animant, elle les déclama tout haut avec plus d'expression que son frère n'en avait mis à les lire.

Miss Lydia très étonnée :

« Vous paraissez aimer beaucoup la poésie, dit-elle. Que je vous envie le bonheur que vous aurez à lire le Dante comme un livre nouveau.

— Vous voyez, Miss Nevil, disait Orso, quel pouvoir ont les vers du Dante, pour émouvoir ainsi une petite sauvagesse qui ne sait que son *Pater*... Mais je me trompe ; je me rappelle que Colomba est du métier.

Tout enfant elle s'escrimait à faire des vers, et mon père m'écrivait qu'elle était la plus grande *voceratrice* de Pietranera et de deux lieues à la ronde. »

Colomba jeta un coup d'œil suppliant à son frère. Miss Nevil avait ouï parler des improvisatrices corses et mourait d'envie d'en entendre une. Ainsi elle s'empressa de prier Colomba de lui donner un échantillon de son talent. Orso s'interposa alors, fort contrarié de s'être si bien rappelé les dispositions poétiques de sa sœur. Il eut beau jurer que rien n'était plus plat qu'une ballata corse, protester que réciter des vers corses après ceux du Dante, c'était trahir son pays, il ne fit qu'irriter le caprice de Miss Nevil, et se vit obligé à la fin de dire à sa sœur :

« Eh bien, improvise quelque chose, mais que cela soit court ! »

Colomba poussa un soupir, regarda attentivement pendant une minute le tapis de la table, puis les poutres du plafond ; enfin, mettant la main sur ses yeux comme ces oiseaux qui se rassurent et croient n'être point vus quand ils ne voient point eux-mêmes, chanta, ou plutôt déclama d'une voix mal assurée la *serenata* qu'on va lire :

LA JEUNE FILLE ET LA PALOMBE

Dans la vallée, bien loin derrière les montagnes, — le soleil n'y vient qu'une heure tous les jours ; — il y a dans la vallée une maison sombre, — et l'herbe y croît sur le seuil. — Portes, fenêtres sont toujours fermées. — Nulle fumée ne s'échappe du toit. — Mais à midi, lorsque vient le soleil, — une fenêtre s'ouvre alors, — et l'orpheline s'assied, filant à son rouet : — elle file et chante en travaillant — un chant de tristesse ; — mais nul autre chant ne répond au sien. — Un jour, un jour de printemps, — une palombe se posa sur un arbre voisin, — et entendit le chant de la jeune fille. — Jeune fille, dit-elle, tu ne pleures pas seule — un cruel éper-

vier m'a ravi ma compagne. — Palombe, montre-moi
l'épervier ravisseur ; — fût-il aussi haut que les nuages,
— je l'aurai bientôt abattu en terre. — Mais moi,
pauvre fille, qui me rendra mon frère, — mon frère
maintenant en lointain pays ? — Jeune fille, dis-moi où
est ton frère, — et mes ailes me porteront près de lui.

« Voilà une palombe bien élevée ! s'écria Orso en
embrassant sa sœur avec une émotion qui contrastait
avec le ton de plaisanterie qu'il affectait.

— Votre chanson est charmante, dit Miss Lydia. Je
veux que vous me l'écriviez dans mon album. Je la
traduirai en anglais et je la ferai mettre en musique. »

Le brave colonel, qui n'avait pas compris un mot,
joignit ses compliments à ceux de sa fille. Puis il
ajouta :

« Cette palombe dont vous parlez, mademoiselle,
c'est cet oiseau que nous avons mangé aujourd'hui à la
crapaudine ? »

Miss Nevil apporta son album et ne fut pas peu
surprise de voir l'improvisatrice écrire sa chanson en
ménageant le papier d'une façon singulière. Au lieu
d'être en vedette, les vers se suivaient sur la même
ligne, tant que la largeur de la feuille le permettait, en
sorte qu'ils ne convenaient plus à la définition connue
des compositions poétiques : « De petites lignes, d'iné-
gale longueur, avec une marge de chaque côté. » Il y
avait bien encore quelques observations à faire sur
l'orthographe un peu capricieuse de Mlle Colomba, qui,
plus d'une fois, fit sourire Miss Nevil, tandis que la
vanité fraternelle d'Orso était au supplice.

L'heure de dormir étant arrivée, les deux jeunes filles
se retirèrent dans leur chambre. Là, tandis que Miss
Lydia détachait collier, boucles, bracelets, elle observa
sa compagne qui retirait de sa robe quelque chose de
long comme un busc, mais de forme bien différente
pourtant. Colomba mit cela avec soin et presque fur-
tivement sous son mezzaro déposé sur une table ; puis
elle s'agenouilla et fit dévotement sa prière. Deux

minutes après, elle était dans son lit. Très curieuse de son naturel et lente comme une Anglaise à se déshabiller, Miss Lydia s'approcha de la table, et, feignant de chercher une épingle, souleva le mezzaro et aperçut un stylet assez long, curieusement monté en nacre et en argent ; le travail en était remarquable, et c'était une arme ancienne et de grand prix pour un amateur.

« Est-ce l'usage ici, dit Miss Nevil en souriant, que les demoiselles portent ce petit instrument dans leur corset ?

— Il le faut bien, répondit Colomba en soupirant. Il y a tant de méchantes gens !

— Et auriez-vous vraiment le courage d'en donner un coup comme cela ? »

Et Miss Nevil, le stylet à la main, faisait le geste de frapper, comme on frappe au théâtre, de haut en bas.

« Oui, si cela était nécessaire, dit Colomba de sa voix douce et musicale, pour me défendre ou défendre mes amis... Mais ce n'est pas comme cela qu'il faut le tenir ; vous pourriez vous blesser, si la personne que vous voulez frapper se retirait. » Et se levant sur son séant : « Tenez, c'est ainsi, en remontant le coup. Comme cela il est mortel, dit-on. Heureux les gens qui n'ont pas besoin de telles armes ! »

Elle soupira, abandonna sa tête sur l'oreiller, ferma les yeux. On n'aurait pu voir une tête plus belle, plus noble, plus virginale. Phidias, pour sculpter sa Minerve, n'aurait pas désiré un autre modèle.

CHAPITRE VI

C'est pour me conformer au précepte d'Horace que je me suis lancé d'abord *in medias res**. Maintenant que tout dort, et la belle Colomba, et le colonel, et sa fille, je saisirai ce moment pour instruire mon lecteur de certaines particularités qu'il ne doit pas ignorer, s'il veut pénétrer davantage dans cette véridique histoire. Il sait déjà que le colonel della Rebbia, père d'Orso, est mort assassiné ; or on n'est pas assassiné en Corse, comme on l'est en France, par le premier échappé des galères qui ne trouve pas de meilleur moyen pour vous voler votre argenterie : on est assassiné par ses ennemis ; mais le motif pour lequel on a des ennemis, il est souvent fort difficile de le dire. Bien des familles se haïssent par vieille habitude, et la tradition de la cause originelle de leur haine s'est perdue complètement.

La famille à laquelle appartenait le colonel della Rebbia haïssait plusieurs autres familles, mais singulièrement celle des Barricini ; quelques-uns disaient que, dans le XVIe siècle, un della Rebbia avait séduit une Barricini, et avait été poignardé ensuite par un parent de la demoiselle outragée. A la vérité, d'autres racontaient l'affaire différemment, prétendant que c'était une della Rebbia qui avait été séduite, et un Barricini poignardé. Tant il y a que, pour me servir d'une expression consacrée, il y avait du sang entre les

---

*In medias res (Horace, *Art poétique* v. 118). Dans le vif du sujet, en pleine action, sans préambule.

deux maisons. Toutefois, contre l'usage, ce meurtre n'en avait pas produit d'autres ; c'est que les della Rebbia et les Barricini avaient été également persécutés par le gouvernement génois, et les jeunes gens s'étant expatriés, les deux familles furent privées, pendant plusieurs générations, de leurs représentants énergiques. A la fin du siècle dernier, un della Rebbia, officier au service de Naples, se trouvant dans un tripot, eut une querelle avec des militaires qui, entre autres injures, l'appelèrent chevrier corse ; il mit l'épée à la main ; mais, seul contre trois, il eût mal passé son temps, si un étranger, qui jouait dans le même lieu, ne se fût écrié : « Je suis Corse aussi ! » et n'eût pris sa défense. Cet étranger était un Barricini, qui d'ailleurs ne connaissait pas son compatriote. Lorsqu'on s'expliqua, de part et d'autre ce furent de grandes politesses et des serments d'amitié éternelle ; car, sur le continent, les Corses se lient facilement ; c'est tout le contraire dans leur île. On le vit bien dans cette circonstance : della Rebbia et Barricini furent amis intimes tant qu'ils demeurèrent en Italie ; mais de retour en Corse, ils ne se virent plus que rarement, bien qu'habitant tous les deux le même village, et quand ils moururent, on disait qu'il y avait bien cinq ou six ans qu'ils ne s'étaient parlé. Leurs fils vécurent de même *en étiquette*, comme on dit dans l'île. L'un, Ghilfuccio, le père d'Orso, fut militaire ; l'autre, Giudice Barricini, fut avocat. Devenus l'un et l'autre chefs de famille, et séparés par leur profession, ils n'eurent presque aucune occasion de se voir ou d'entendre parler l'un de l'autre.

Cependant, un jour, vers 1809, Giudice lisant à Bastia, dans un journal, que le capitaine Ghilfuccio venait d'être décoré, dit, devant témoins, qu'il n'en était pas surpris, attendu que le général *** protégeait sa famille. Ce mot fut rapporté à Ghilfuccio à Vienne, lequel dit à un compatriote qu'à son retour en Corse il trouverait Giudice bien riche, parce qu'il tirait plus d'argent de ses causes perdues que de celles qu'il gagnait. On n'a jamais su s'il insinuait par là que l'avocat trahissait ses clients, ou s'il se bornait à émettre cette vérité triviale, qu'une mauvaise affaire rapporte plus à un homme de loi qu'une bonne cause. Quoi qu'il en soit, l'avocat Barricini eut connaissance de l'épigramme et ne l'oublia pas. En 1812, il demandait à être nommé maire de sa commune et avait tout espoir de le devenir, lorsque le général *** écrivit au préfet pour lui recommander un parent de la femme de Ghilfuccio. Le préfet s'empressa de se conformer aux désirs du général, et Barricini ne douta point qu'il ne dût sa déconvenue aux intrigues de Ghilfuccio. Après la chute de l'empereur, en 1814, le protégé du général fut dénoncé comme bonapartiste, et remplacé par Barricini. A son tour, ce dernier fut destitué dans les Cent-Jours ; mais, après cette tempête, il reprit en grande pompe possession du cachet de la mairie et des registres de l'état civil.

De ce moment son étoile devint plus brillante que jamais. Le colonel della Rebbia, mis en demi-solde et retiré à Pietranera, eut à soutenir contre lui une guerre sourde de chicanes sans cesse renouvelées : tantôt il était assigné en réparation de dommages commis par son cheval dans les clôtures de M. le maire ; tantôt celui-ci, sous prétexte de restaurer le pavé de l'église, faisait enlever une dalle brisée qui portait les armes des della Rebbia, et qui couvrait le tombeau d'un membre de cette famille. Si les chèvres mangeaient les jeunes plants du colonel, les propriétaires de ces animaux trouvaient protection auprès du maire ; successivement, l'épicier qui tenait le bureau de poste de Piettranera, et le garde champêtre, vieux soldat mutilé, tous les deux clients des della Rebbia, furent destitués et remplacés par des créatures des Barricini.

La femme du colonel mourut exprimant le désir d'être enterrée au milieu d'un petit bois où elle aimait à se promener ; aussitôt le maire déclara qu'elle serait inhumée dans le cimetière de la commune, attendu qu'il n'avait pas reçu d'autorisation pour permettre une sépulture isolée. Le colonel furieux déclara qu'en attendant cette autorisation, sa femme serait enterrée au lieu qu'elle avait choisi, et il y fit creuser une fosse. De son côté, le maire en fit faire une dans le cimetière, et manda la gendarmerie, afin, disait-il, que force restât à la loi. Le jour de l'enterrement, les deux partis se trouvèrent en présence, et l'on put craindre un moment qu'un combat ne s'engageât pour la possession des restes de Mme della Rebbia. Une quarantaine de paysans bien armés, amenés par les parents de la défunte, obligèrent le curé, en sortant de l'église, à prendre le chemin du bois ; d'autre part, le maire avec ses deux fils, ses clients et les gendarmes se présenta pour faire opposition. Lorsqu'il parut, et somma le convoi de rétrograder, il fut accueilli par des huées et des menaces ; l'avantage du nombre était pour ses adversaires, et ils semblaient déterminés. A sa vue plusieurs fusils furent armés ; on dit même qu'un berger le coucha en joue ; mais le colonel releva le fusil en disant : « Que personne ne tire sans mon ordre ! » Le maire « craignait les coups naturellement », comme Panurge, et, refusant la bataille, il se retira avec son escorte : alors la procession funèbre se mit en marche, en ayant soin de prendre le plus long, afin de passer devant la mairie. En défilant, un idiot, qui s'était joint au cortège, s'avisa de crier *vive l'Empereur !* Deux ou trois voix lui répondirent, et les rebbianistes, s'animant de plus en plus, proposèrent de tuer un bœuf du maire, qui, d'aventure, leur barrait le chemin. Heureusement le colonel empêcha cette violence.

On pense bien qu'un procès-verbal fut dressé, et que le maire fit au préfet un rapport de son style le plus sublime, dans lequel il peignait les lois divines et humaines foulées aux pieds, — la majesté de lui, maire, celle du curé, méconnues et insultées, — le colonel della Rebbia se mettant à la tête d'un complot bonapartiste pour changer l'ordre de successibilité au trône, et exciter les citoyens à s'armer les uns contre les autres, crimes prévus par les articles 86 et 91 du Code pénal.

L'exagération de cette plainte nuisit à son effet. Le colonel écrivit au préfet, au procureur du roi : un parent de sa femme était allié à un des députés de l'île, un autre cousin du président de la cour royale. Grâce à ces protections, le complot s'évanouit, Mme della Rebbia resta dans le bois, et l'idiot seul fut condamné à quinze jours de prison.

L'avocat Barricini, mal satisfait du résultat de cette affaire, tourna ses batteries d'un autre côté. Il exhuma un vieux titre, d'après lequel il entreprit de contester au colonel la propriété d'un certain cours d'eau qui faisait tourner un moulin. Un procès s'engagea qui dura long-temps. Au bout d'une année, la cour allait rendre son arrêt, et suivant toute apparence en faveur du colonel, lorsque M. Barricini déposa entre les mains du pro-cureur du roi une lettre signée par un certain Agostini, bandit célèbre, qui le menaçait, lui maire, d'incendie et de mort s'il ne se désistait de ses prétentions. On sait qu'en Corse la protection des bandits est très recher-chée, et que pour obliger leurs amis ils interviennent fréquemment dans les querelles particulières. Le maire tirait parti de cette lettre, lorsqu'un nouvel incident vint compliquer l'affaire. Le bandit Agostini écrivit au procureur du roi pour se plaindre qu'on eût contrefait son écriture, et jeté des doutes sur son caractère, en le faisant passer pour un homme qui trafiquait de son influence : « Si je découvre le faussaire, disait-il en terminant sa lettre, je le punirai exemplairement. »

Il était clair qu'Agostini n'avait point écrit la lettre menaçante au maire ; les della Rebbia en accusaient les Barricini et *vice versa*. De part et d'autre on éclatait en menaces, et la justice ne savait de quel côté trouver les coupables.

Sur ces entrefaites, le colonel Ghilfuccio fut assas-siné. Voici les faits tels qu'ils furent établis en justice : le 2 août 18..., le jour tombant déjà, la femme Made-

leine Pietri, qui portait du pain à Pietranera, entendit
deux coups de feu très rapprochés, tirés, comme il lui
semblait, dans un chemin creux menant au village, à
environ cent cinquante pas de l'endroit où elle se
trouvait. Presque aussitôt elle vit un homme qui courait, en se baissant, dans un sentier des vignes, et se
dirigeait vers le village. Cet homme s'arrêta un instant
et se retourna ; mais la distance empêcha la femme
Pietri de distinguer ses traits, et d'ailleurs il avait à la
bouche une feuille de vigne qui lui cachait presque tout
le visage. Il fit de la main un signe à un camarade que le
témoin ne vit pas, puis disparut dans les vignes.

La femme Pietri, ayant laissé son fardeau, monta le
sentier en courant, et trouva le colonel della Rebbia
baigné dans son sang, percé de deux coups de feu, mais
respirant encore. Près de lui était son fusil chargé et
armé, comme s'il s'était mis en défense contre une
personne qui l'attaquait en face au moment où une
autre le frappait par-derrière. Il râlait et se débattait
contre la mort, mais ne pouvait prononcer une parole,
ce que les médecins expliquèrent par la nature de ses
blessures qui avaient traversé le poumon. Le sang
l'étouffait ; il coulait lentement et comme une mousse
rouge. En vain la femme Pietri le souleva et lui adressa
quelques questions. Elle voyait bien qu'il voulait parler, mais il ne pouvait se faire comprendre. Ayant
remarqué qu'il essayait de porter la main à sa poche,
elle s'empressa d'en retirer un petit portefeuille qu'elle
lui présenta ouvert. Le blessé prit le crayon du portefeuille et chercha à écrire. De fait le témoin le vit former
avec peine plusieurs caractères ; mais, ne sachant pas
lire, elle ne put en comprendre le sens. Épuisé par cet
effort, le colonel laissa le portefeuille dans la main de la
femme Pietri, qu'il serra avec force en la regardant d'un
air singulier, comme s'il voulait lui dire, ce sont les
paroles du témoin : « C'est important, c'est le nom de
mon assassin. »

La femme Pietri montait au village lorsqu'elle ren-

contra M. le maire Barricini avec son fils Vincentello.
Alors il était presque nuit. Elle conta ce qu'elle avait vu.
Le maire prit le portefeuille, et courut à la mairie
ceindre son écharpe et appeler son secrétaire et la
gendarmerie. Restée seule avec le jeune Vincentello,
Madeleine Pietri lui proposa d'aller porter secours au
colonel, dans le cas où il serait encore vivant ; mais
Vincentello répondit que, s'il approchait d'un homme
qui avait été l'ennemi acharné de sa famille, on ne
manquerait pas de l'accuser de l'avoir tué. Peu après le
maire arriva, trouva le colonel mort, fit enlever le
cadavre, et dressa procès-verbal.

Malgré son trouble naturel dans cette occasion,
M. Barricini s'était empressé de mettre sous les scellés
le portefeuille du colonel, et de faire toutes les
recherches en son pouvoir ; mais aucune n'amena de
découverte importante.

Lorsque vint le juge d'instruction, on ouvrit le portefeuille, et sur une page souillée de sang on vit quelques
lettres tracées par une main défaillante, bien lisibles
pourtant. Il y avait écrit : *Agosti*..., et le juge ne douta
pas que le colonel n'eût voulu désigner Agostini comme
son assassin. Cependant Colomba della Rebbia, appe-
lée par le juge, demanda à examiner le portefeuille.
Après l'avoir longtemps feuilleté, elle étendit la main
vers le maire et s'écria : « Voilà l'assassin ! » Alors,
avec une précision et une clarté surprenantes dans le
transport de douleur où elle était plongée, elle raconta
que son père, ayant reçu peu de jours auparavant une
lettre de son fils, l'avait brûlée, mais qu'avant de le
faire, il avait écrit au crayon, sur son portefeuille,
l'adresse d'Orso, qui venait de changer de garnison. Or,
cette adresse ne se trouvait plus dans le portefeuille, et
Colomba concluait que le maire avait arraché le feuillet
où elle était écrite, qui aurait été celui-là même sur
lequel son père avait tracé le nom du meurtrier, et à ce
nom, le maire au dire de Colomba, aurait substitué
celui d'Agostini. Le juge vit en effet qu'un feuillet

manquait au cahier de papier sur lequel le nom était
écrit ; mais bientôt il remarqua que des feuillets manquaient également dans les autres cahiers du même
portefeuille, et des témoins déclarèrent que le colonel
avait l'habitude de déchirer ainsi des pages de son
portefeuille lorsqu'il voulait allumer un cigare ; rien de
plus probable donc qu'il eût brûlé par mégarde
l'adresse qu'il avait copiée. En outre, on constata que le
maire, après avoir reçu le portefeuille de la femme
Pietri, n'aurait pu lire à cause de l'obscurité ; il fut
prouvé qu'il ne s'était pas arrêté un instant avant
d'entrer à la mairie, que le brigadier de gendarmerie l'y
avait accompagné, l'avait vu allumer une lampe,
mettre le portefeuille dans une enveloppe et la cacheter
sous ses yeux.

Lorsque le brigadier eut terminé sa déposition,
Colomba, hors d'elle-même, se jeta à ses genoux et le
supplia, par tout ce qu'il avait de plus sacré, de déclarer s'il n'avait pas laissé le maire seul un instant. Le
brigadier, après quelque hésitation, visiblement ému
par l'exaltation de la jeune fille, avoua qu'il était allé
chercher dans une pièce voisine une feuille de grand
papier, mais qu'il n'était pas resté une minute, et que le
maire lui avait toujours parlé tandis qu'il cherchait à
tâtons ce papier dans un tiroir. Au reste, il attestait qu'à
son retour le portefeuille sanglant était à la même
place, sur la table où le maire l'avait jeté en entrant.

M. Barricini déposa avec le plus grand calme. Il
excusait, disait-il, l'emportement de Mlle della Rebbia,
et voulait bien condescendre à se justifier. Il prouva
qu'il était resté toute la soirée au village ; que son fils
Vincentello était avec lui devant la mairie au moment
du crime ; enfin que son fils Orlanduccio, pris de la
fièvre ce jour-là même, n'avait pas bougé de son lit. Il
produisit tous les fusils de sa maison, dont aucun
n'avait fait feu récemment. Il ajouta qu'à l'égard du
portefeuille il en avait tout de suite compris l'importance ; qu'il l'avait mis sous le scellé et l'avait déposé

entre les mains de son adjoint, prévoyant qu'en raison de son inimitié avec le colonel il pourrait être soupçonné. Enfin il rappela qu'Agostini avait menacé de mort celui qui avait écrit une lettre en son nom, et insinua que ce misérable, ayant probablement soupçonné le colonel, l'avait assassiné. Dans les mœurs des bandits, une pareille vengeance pour un motif analogue n'est pas sans exemple.

Cinq jours après la mort du colonel della Rebbia, Agostini, surpris par un détachement de voltigeurs, fut tué, se battant en désespéré. On trouva sur lui une lettre de Colomba qui l'adjurait de déclarer s'il était ou non coupable du meurtre qu'on lui imputait. Le bandit n'ayant point fait de réponse, on en conclut assez généralement qu'il n'avait pas eu le courage de dire à une fille qu'il avait tué son père. Toutefois, les personnes qui prétendaient connaître bien le caractère d'Agostini, disaient tout bas que, s'il eût tué le colonel, il s'en serait vanté. Un autre bandit, connu sous le nom de Brandolaccio, remit à Colomba une déclaration dans laquelle il attestait *sur l'honneur* l'innocence de son camarade ; mais la seule preuve qu'il alléguait, c'était qu'Agostini ne lui avait jamais dit qu'il soupçonnait le colonel.

Conclusion, les Barricini ne furent pas inquiétés ; le juge d'instruction combla le maire d'éloges et celui-ci couronna sa belle conduite en se désistant de toutes ses prétentions sur le ruisseau pour lequel il était en procès avec le colonel della Rebbia.

Colomba improvisa, suivant l'usage du pays, une *ballata* devant le cadavre de son père, en présence de ses amis assemblés. Elle y exhala toute sa haine contre les Barricini et les accusa formellement de l'assassinat, les menaçant aussi de la vengeance de son frère. C'était cette *ballata*, devenue très populaire, que le matelot chantait devant Miss Lydia. En apprenant la mort de son père, Orso, alors dans le Nord de la France, demanda un congé mais ne put l'obtenir. D'abord, sur une lettre de sa sœur, il avait cru les Barricini coupables, mais bientôt il reçut copie de toutes les pièces de l'instruction, et une lettre particulière du juge lui donna à peu près la conviction que le bandit Agostini était le seul coupable. Une fois tous les trois mois Colomba lui écrivait pour lui répéter ses soupçons qu'elle appelait des preuves. Malgré lui, ces accusations faisaient bouillonner son sang corse, et parfois il n'était pas éloigné de partager les préjugés de sa sœur. Cependant, toutes les fois qu'il lui écrivait, il lui répétait que ses allégations n'avaient aucun fondement solide et ne méritaient aucune créance. Il lui défendait même, mais toujours en vain, de lui en parler davantage. Deux années se passèrent de la sorte, au bout desquelles il fut mis en demi-solde, et alors il pensa à revoir son pays, non point pour se venger sur des gens qu'il croyait innocents, mais pour marier sa sœur et vendre ses petites propriétés, si elles avaient assez de valeur pour lui permettre de vivre sur le continent.

Soit que l'arrivée de sa sœur eût rappelé à Orso avec plus de force le souvenir du toit paternel, soit qu'il souffrît un peu devant ses amis civilisés du costume et des manières sauvages de Colomba, il annonça dès le lendemain le projet de quitter Ajaccio et de retourner à Pietranera. Mais cependant il fit promettre au colonel de venir prendre un gîte dans son humble manoir, lorsqu'il se rendrait à Bastia, et en revanche il s'engagea à lui faire tirer daims, faisans, sangliers et le reste.

La veille de son départ, au lieu d'aller à la chasse, Orso proposa une promenade au bord du golfe. Donnant le bras à Miss Lydia, il pouvait causer en toute liberté, car Colomba était restée à la ville pour faire ses emplettes et le colonel les quittait à chaque instant pour tirer des goélands et des fous, à la grande surprise des passants qui ne comprenaient pas qu'on perdît sa poudre pour un pareil gibier.

Ils suivaient le chemin qui mène à la chapelle des Grecs d'où l'on a la plus belle vue de la baie ; mais ils n'y faisaient aucune attention.

« Miss Lydia... dit Orso après un silence assez long pour être devenu embarrassant ; franchement, que pensez-vous de ma sœur ?

— Elle me plaît beaucoup, répondit Miss Nevil. Plus que vous, ajouta-t-elle en souriant, car elle est vraiment Corse, et vous êtes un sauvage trop civilisé.

— Trop civilisé !... Eh bien malgré moi, je me sens redevenir sauvage depuis que j'ai mis le pied dans cette

île. Mille affreuses pensées m'agitent, me tourmentent..., et j'avais besoin de causer un peu avec vous
avant de m'enfoncer dans mon désert.

— Il faut avoir du courage, monsieur ; voyez la résignation de votre sœur, elle vous donne l'exemple.

— Ah ! détrompez-vous. Ne croyez pas à sa résignation. Elle ne m'a pas dit un seul mot encore, mais dans
chacun de ses regards j'ai lu ce qu'elle attend de moi.

— Que veut-elle de vous enfin ?

— Oh ! rien..., seulement que j'essaie si le fusil de
monsieur votre père est aussi bon pour l'homme que
pour la perdrix.

— Quelle idée ! Et vous pouvez supposer cela !
quand vous venez d'avouer qu'elle ne vous a encore
rien dit. Mais c'est affreux de votre part.

— Si elle ne pensait pas à la vengeance, elle m'aurait
tout d'abord parlé de notre père ; elle n'en a rien fait.
Elle aurait prononcé le nom de ceux qu'elle regarde... à
tort, je le sais, comme ses meurtriers. Eh bien, non, pas
un mot. C'est que, voyez-vous, nous autres Corses, nous
sommes une race rusée. Ma sœur comprend qu'elle ne
me tient pas complètement en sa puissance, et ne veut
pas m'effrayer, lorsque je puis m'échapper encore. Une
fois qu'elle m'aura conduit au bord du précipice,
lorsque la tête me tournera, elle me poussera dans
l'abîme. »

Alors Orso donna à Miss Nevil quelques détails sur la
mort de son père, et rapporta les principales preuves
qui se réunissaient pour lui faire regarder Agostini
comme le meurtrier.

« Rien, ajouta-t-il, n'a pu convaincre Colomba. Je l'ai
vu par sa dernière lettre. Elle a juré la mort des
Barricini ; et... Miss Nevil, voyez quelle confiance j'ai
en vous... peut-être ne seraient-ils plus de ce monde, si,
par un de ces préjugés qu'excuse son éducation sauvage, elle ne se persuadait que l'exécution de la vengeance m'appartient en ma qualité de chef de famille,
et que mon honneur y est engagé.

— En vérité, monsieur della Rebbia, dit Miss Nevil, vous calomniez votre sœur.

— Non, vous l'avez dit vous-même... elle est Corse..., elle pense ce qu'ils pensent tous. Savez-vous pourquoi j'étais si triste hier ?

— Non, mais depuis quelque temps vous êtes sujet à ces accès d'humeur noire... Vous étiez plus aimable aux premiers jours de notre connaissance.

— Hier, au contraire, j'étais plus gai, plus heureux qu'à l'ordinaire. Je vous avais vue si bonne, si indulgente pour ma sœur !... Nous revenions, le colonel et moi, en bateau. Savez-vous ce que me dit un des bateliers dans son infernal patois : « Vous avez tué bien du gibier, Ors' Anton', mais vous trouverez Orlanduccio Barricini plus grand chasseur que vous. »

— Eh bien, quoi de si terrible dans ces paroles ? Avez-vous donc tant de prétentions à être un adroit chasseur ?

— Mais vous ne voyez pas que ce misérable disait que je n'aurais pas le courage de tuer Orlanduccio ?

— Savez-vous, monsieur della Rebbia, que vous me faites peur. Il paraît que l'air de votre île ne donne pas seulement la fièvre, mais qu'il rend fou. Heureusement que nous allons bientôt la quitter.

— Pas avant d'avoir été à Pietranera. Vous l'avez promis à ma sœur.

— Et si nous manquions à cette promesse, nous devrions sans doute nous attendre à quelque vengeance ?

— Vous rappelez-vous ce que nous contait l'autre jour monsieur votre père, de ces Indiens qui menacent les gouverneurs de la Compagnie de se laisser mourir de faim s'ils ne font droit à leurs requêtes ?

— C'est-à-dire que vous vous laisseriez mourir de faim ? J'en doute. Vous resteriez un jour sans manger, et puis Mlle Colomba vous apporterait un *bruccio*[*] si appétissant que vous renonceriez à votre projet.

[*]Espèce de fromage à la crème cuit. C'est un mets national en Corse.

— Vous êtes cruelle dans vos railleries, Miss Nevil ; vous devriez me ménager. Voyez, je suis seul ici. Je n'avais que vous pour m'empêcher de devenir fou, comme vous dites ; vous étiez mon ange gardien, et maintenant...

— Maintenant, dit Miss Lydia d'un ton sérieux, vous avez, pour soutenir cette raison si facile à ébranler, votre honneur d'homme et de militaire, et..., poursuivit-elle en se détournant pour cueillir une fleur, si cela peut quelque chose pour vous, le souvenir de votre ange gardien.

— Ah ! Miss Nevil, si je pouvais penser que vous prenez réellement quelque intérêt...

— Écoutez, monsieur della Rebbia, dit Miss Nevil un peu émue, puisque vous êtes un enfant, je vous traiterai en enfant. Lorsque j'étais petite fille, ma mère me donna un beau collier que je désirais ardemment ; mais elle me dit : « Chaque fois que tu mettras ce collier, souviens-toi que tu ne sais pas encore le français. » Le collier perdit à mes yeux un peu de son mérite. Il était devenu pour moi comme un remords ; mais je le portai, et je sus le français. Voyez-vous cette bague ? c'est un scarabée égyptien trouvé, s'il vous plaît, dans une pyramide. Cette figure bizarre, que vous prenez peut-être pour une bouteille, cela veut dire *la vie humaine*. Il y a dans mon pays des gens qui trouveraient l'hiéroglyphe très bien approprié. Celui-ci, qui vient après, c'est un bouclier avec un bras tenant une lance : cela veut dire *combat, bataille*. Donc la réunion des deux caractères forme cette devise, que je trouve assez belle : *La vie est un combat.* Ne vous avisez pas de croire que je traduis les hiéroglyphes couramment ; c'est un savant en *us* qui m'a expliqué ceux-là. Tenez, je vous donne mon scarabée. Quand vous aurez quelque mauvaise pensée corse, regardez mon talisman et dites-vous qu'il faut sortir vainqueur de la bataille que nous livrent les mauvaises passions. — Mais, en vérité, je ne prêche pas mal.

— Je penserai à vous, Miss Nevil, et je me dirai...

— Dites-vous que vous avez une amie qui serait désolée... de... vous savoir pendu. Cela ferait d'ailleurs trop de peine à messieurs les caporaux vos ancêtres. »

A ces mots, elle quitta en riant le bras d'Orso, et, courant vers son père :

« Papa, dit-elle, laissez là ces pauvres oiseaux, et venez avec nous faire de la poésie dans la grotte de Napoléon. »

CHAPITRE VIII

Il y a toujours quelque chose de solennel dans un départ, même quand on se quitte pour peu de temps. Orso devait partir avec sa sœur de très bon matin, et la veille au soir il avait pris congé de Miss Lydia, car il n'espérait pas qu'en sa faveur elle fît exception à ses habitudes de paresse. Leurs adieux avaient été froids et graves. Depuis leur conversation au bord de la mer, Miss Lydia craignait d'avoir montré à Orso un intérêt peut-être trop vif, et Orso, de son côté, avait sur le cœur ses railleries et surtout son ton de légèreté. Un moment il avait cru démêler dans les manières de la jeune Anglaise un sentiment d'affection naissante ; maintenant, déconcerté par ses plaisanteries, il se disait qu'il n'était à ses yeux qu'une simple connaissance, qui bientôt serait oubliée. Grande fut donc sa surprise lorsque le matin, assis à prendre du café avec le colonel, il vit entrer Miss Lydia suivie de sa sœur. Elle s'était levée à cinq heures, et, pour une Anglaise, pour Miss Nevil surtout, l'effort était assez grand pour qu'il en tirât quelque vanité.

« Je suis désolé que vous vous soyez dérangée si matin, dit Orso. C'est ma sœur sans doute qui vous aura réveillée malgré mes recommandations, et vous devez bien nous maudire. Vous me souhaitez déjà *pendu* peut-être ?

— Non, dit Miss Lydia fort bas et en italien, évidemment pour que son père ne l'entendît pas. Mais vous m'avez boudée hier pour mes innocentes plaisanteries, et je ne voulais pas vous laisser emporter un souvenir mauvais de votre servante. Quelles terribles gens vous êtes, vous autres Corses ! Adieu donc ; à bientôt, j'espère. »

Elle lui tendit la main.

Orso ne trouva qu'un soupir pour réponse. Colomba s'approcha de lui, le mena dans l'embrasure d'une fenêtre, et, en lui montrant quelque chose qu'elle tenait sous son *mezzaro,* lui parla un moment à voix basse.

« Ma sœur, dit Orso à Miss Nevil, veut vous faire un singulier cadeau, mademoiselle ; mais nous autres Corses, nous n'avons pas grand-chose à donner..., excepté notre affection..., que le temps n'efface pas. Ma sœur me dit que vous avez regardé avec curiosité ce stylet. C'est une antiquité dans la famille. Probablement il pendait autrefois à la ceinture d'un de ces caporaux à qui je dois l'honneur de votre connaissance. Colomba le croit si précieux qu'elle m'a demandé ma permission pour vous le donner, et moi je ne sais trop si je dois l'accorder, car j'ai peur que vous ne vous moquiez de nous.

— Ce stylet est charmant, dit Miss Lydia ; mais c'est une arme de famille ; je ne puis l'accepter.

— Ce n'est pas le stylet de mon père, s'écria vivement Colomba. Il a été donné à un des grands-parents de ma mère par le roi Théodore. Si mademoiselle l'accepte, elle nous fera bien plaisir.

— Voyez, Miss Lydia, dit Orso, ne dédaignez pas le stylet d'un roi. »

Pour un amateur, les reliques du roi Théodore sont infiniment plus précieuses que celles du plus puissant monarque. La tentation était forte, et Miss Lydia voyait déjà l'effet que produirait cette arme posée sur une table en laque dans son appartement de Saint-James' Place.

« Mais, dit-elle en prenant le stylet avec l'hésitation de quelqu'un qui veut accepter, et adressant le plus aimable de ses sourires à Colomba, chère mademoiselle Colomba..., je ne puis..., je n'oserais vous laisser ainsi partir désarmée.

— Mon frère est avec moi, dit Colomba d'un ton fier, et nous avons le bon fusil que votre père nous a donné. Orso, vous l'avez chargé à balle ? »

Miss Nevil garda le stylet, et Colomba, pour conjurer le danger qu'on court à *donner* des armes coupantes ou perçantes à ses amis, exigea un sou en payement.

Il fallut partir enfin. Orso serra encore une fois la main de Miss Nevil ; Colomba l'embrassa, puis après vint offrir ses lèvres de rose au colonel, tout émerveillé de la politesse corse. De la fenêtre du salon, Miss Lydia vit le frère et la sœur monter à cheval. Les yeux de Colomba brillaient d'une joie maligne qu'elle n'y avait point encore remarquée. Cette grande et forte femme, fanatique de ses idées d'honneur barbare, l'orgueil sur le front, les lèvres courbées en un sourire sardonique, emmenant ce jeune homme armé comme pour une expédition sinistre, lui rappela les craintes d'Orso, et elle crut voir son mauvais génie l'entraînant à sa perte. Orso, déjà à cheval, leva la tête et l'aperçut. Soit qu'il eût deviné sa pensée, soit pour lui dire un dernier adieu, il prit l'anneau égyptien, qu'il avait suspendu à un cordon, et le porta à ses lèvres. Miss Lydia quitta la fenêtre en rougissant ; puis, s'y remettant presque aussitôt, elle vit les deux Corses s'éloigner rapidement au galop de leurs petits poneys, se dirigeant vers les montagnes. Une demi-heure après le colonel, au moyen de sa lunette, les lui montra longeant le fond du golfe, et elle vit qu'Orso tournait fréquemment la tête vers la ville. Il disparut enfin derrière les marécages remplacés aujourd'hui par une belle pépinière.

Miss Lydia, en se regardant dans la glace, se trouva pâle.

« Que doit penser de moi ce jeune homme ? dit-elle, et moi que pensé-je de lui ? et pourquoi y pensé-je ?... Une connaissance de voyage !... Que suis-je venue faire en Corse ?... Oh ! je ne l'aime point... Non, non ; d'ail-

leurs cela est impossible... Et Colomba... Moi la belle-
sœur d'une vocératrice ! qui porte un grand stylet ! » Et
elle s'aperçut qu'elle tenait à la main celui du roi
Théodore. Elle le jeta sur sa toilette. « Colomba à
Londres, dansant à Almack's !... Quel *lion* *, grand Dieu,
à montrer !... C'est quelle ferait fureur peut-être... Il
m'aime, j'en suis sûre... C'est un héros de roman dont
j'ai interrompu la carrière aventureuse... Mais avait-il
réellement envie de venger son père à la corse ?...
C'était quelque chose entre un Conrad et un dandy...
J'en ai fait un pur dandy, et un dandy qui a un tailleur
corse !... »

Elle se jeta sur son lit et voulut dormir, mais cela lui
fut impossible ; et je n'entreprendrai pas de continuer
son monologue, dans lequel elle se dit plus de cent fois
que M. della Rebbia n'avait été, n'était et ne serait
jamais rien pour elle.

*A cette époque, on donnait ce nom en Angleterre aux
personnes à la mode qui se faisaient remarquer par quelque
chose d'extraordinaire.

CHAPITRE IX

Cependant Orso cheminait avec sa sœur. Le mouvement rapide de leurs chevaux les empêcha d'abord de se parler ; mais, lorsque les montées trop rudes les obligeaient d'aller au pas, ils échangeaient quelques mots sur les amis qu'ils venaient de quitter. Colomba parlait avec enthousiasme de la beauté de Miss Nevil, de ses blonds cheveux, de ses gracieuses manières. Puis elle demandait si le colonel était aussi riche qu'il le paraissait, si Mlle Lydia était fille unique.

« Ce doit être un bon parti, disait-elle. Son père a, comme il semble, beaucoup d'amitié pour vous... »

Et, comme Orso ne répondait rien, elle continuait :

« Notre famille a été riche autrefois, elle est encore des plus considérées de l'île. Tous ces *signori** sont des bâtards. Il n'y a plus de noblesse que dans les familles caporales, et vous savez, Orso, que vous descendez des premiers caporaux de l'île. Vous savez que notre famille est originaire d'au-delà des monts**, et ce sont les guerres civiles qui nous ont obligés à passer de ce côté-ci. Si j'étais à votre place, Orso, je n'hésiterais pas, je demanderais Miss Nevil à son père... (Orso levait les

---

*On appelle *signori* les descendants des seigneurs féodaux de la Corse. Entre les familles des *signori* et celles des *caporali* il y a rivalité pour la noblesse.

**C'est-à-dire de la côte orientale. Cette expression très usitée, *di là dei monti*, change de sens suivant la position de celui qui l'emploie. — La Corse est divisée du nord au sud par une chaîne de montagnes.

épaules.) De sa dot j'achèterais les bois de la Falsetta et
les vignes en bas de chez nous ; je bâtirais une belle
maison en pierres de taille, et j'élèverais d'un étage la
vieille tour où Sambucuccio a tué tant de Maures au
temps du comte Henri le *bel Missere** .

— Colomba tu es folle, répondit Orso en galopant.

— Vous êtes un homme, Ors' Anton', et vous savez
sans doute mieux qu'une femme ce que vous avez à
faire. Mais je voudrais bien savoir ce que cet Anglais
pourrait objecter contre notre alliance. Y a-t-il des
caporaux en Angleterre ?... »

Après une assez longue traite, devisant de la sorte, le
frère et la sœur arrivèrent à un petit village, non loin de
Bocognano, où ils s'arrêtèrent pour dîner et passer la
nuit chez un ami de leur famille. Ils y furent reçus avec
cette hospitalité corse qu'on ne peut apprécier que
lorsqu'on l'a connue. Le lendemain leur hôte, qui avait
été compère de Mme della Rebbia, les accompagna
jusqu'à une lieue de sa demeure.

« Voyez-vous ces bois et ces maquis, dit-il à Orso au
moment de se séparer : un homme qui aurait *fait un
malheur* y vivrait dix ans en paix sans que gendarmes
ou voltigeurs vinssent le chercher. Ces bois touchent à
la forêt de Vizzavona, et, lorsqu'on a des amis à Bocognano ou aux environs, on n'y manque de rien. Vous
avez là un beau fusil, il doit porter loin. Sang de la
Madone ! quel calibre ! On peut tuer avec cela mieux
que des sangliers. »

Orso répondit froidement que son fusil était anglais
et portait le *plomb* très loin. On s'embrassa, et chacun
continua sa route.

---

*V. Filippini, lib. II. — Le comte *Arrigo bel Missere* mourut
vers l'an 1000 ; on dit qu'à sa mort une voix s'entendit dans
l'air, qui chantait ces paroles prophétiques :

È morto il conte Arrigo bel Missere,
È Corsica sarà di male in peggio.

« Il est mort le comte Henri le *bel Missere*,
Et la Corse ira de mal en pis. »

Déjà nos voyageurs n'étaient plus qu'à une petite distance de Pietranera, lorsque, à l'entrée d'une gorge qu'il fallait traverser, ils découvrirent sept ou huit hommes armés de fusils, les uns assis sur des pierres, les autres couchés sur l'herbe, quelques-uns debout et semblant faire le guet. Leurs chevaux paissaient à peu de distance. Colomba les examina un instant avec une lunette d'approche, qu'elle tira d'une des grandes poches de cuir que tous les Corses portent en voyage.

« Ce sont nos gens ! s'écria-t-elle d'un air joyeux. Pieruccio a bien fait sa commission.

— Quelles gens ? demanda Orso.

— Nos bergers, répondit-elle. Avant-hier soir, j'ai fait partir Pieruccio, afin qu'il réunît ces braves gens pour vous accompagner à votre maison. Il ne convient pas que vous entriez à Pietranera sans escorte, et vous devez savoir d'ailleurs que les Barricini sont capables de tout.

— Colomba, dit Orso d'un ton sévère, je t'avais priée bien des fois de ne plus me parler des Barricini ni de tes soupçons sans fondement. Je ne me donnerai certainement pas le ridicule de rentrer chez moi avec cette troupe de fainéants, et je suis très mécontent que tu les aies rassemblés sans m'en prévenir.

— Mon frère, vous avez oublié votre pays. C'est à moi qu'il appartient de vous garder lorsque votre imprudence vous expose. J'ai dû faire ce que j'ai fait. »

En ce moment, les bergers, les ayant aperçus, coururent à leurs chevaux et descendirent au galop à leur rencontre.

« Evviva Ors' Anton' ! s'écria un vieillard robuste à barbe blanche, couvert, malgré la chaleur, d'une casaque à capuchon, de drap corse, plus épais que la toison de ses chèvres. C'est le vrai portrait de son père, seulement plus grand et plus fort. Quel beau fusil ! On en parlera de ce fusil, Ors' Anton'.

— Evviva Ors' Anton ! répétèrent en chœur tous les bergers. Nous savions bien qu'il reviendrait à la fin !

— Ah ! Ors' Anton', disait un grand gaillard au teint couleur de brique, que votre père aurait de joie s'il était ici pour vous recevoir ! Le cher homme ! vous le verriez, s'il avait voulu me croire, s'il m'avait laissé faire l'affaire de Giudice... Le brave homme ! Il ne m'a pas cru ; il sait bien maintenant que j'avais raison.

— Bon ! reprit le vieillard, Giudice ne perdra rien pour attendre.

— Evviva Ors' Anton' ! »

Et une douzaine de coups de fusil accompagnèrent cette acclamation.

Orso, de très mauvaise humeur au centre de ce groupe d'hommes à cheval parlant tous ensemble et se pressant pour lui donner la main, demeura quelque temps sans pouvoir se faire entendre. Enfin, prenant l'air qu'il avait en tête de son peloton lorsqu'il lui distribuait les réprimandes et les jours de salle de police.

« Mes amis, dit-il, je vous remercie de l'affection que vous me montrez, de celle que vous portiez à mon père ; mais j'entends, je veux, que personne ne me donne de conseils. Je sais ce que j'ai à faire.

— Il a raison, il a raison ! s'écrièrent les bergers. Vous savez bien que vous pouvez compter sur nous.

— Oui, j'y compte : mais je n'ai besoin de personne maintenant, et nul danger ne menace ma maison. Commencez par faire demi-tour, et allez-vous-en à vos chèvres. Je sais le chemin de Pietranera, et je n'ai pas besoin de guides.

— N'ayez peur de rien, Ors' Anton', dit le vieillard ; *ils* n'oseraient se montrer aujourd'hui. La souris rentre dans son trou lorsque revient le matou.

— Matou toi-même, vieille barbe blanche ! dit Orso, Comment t'appelles-tu ?

— Eh quoi ! vous ne me connaissez pas, Ors' Anton', moi qui vous ai porté en croupe si souvent sur mon mulet qui mord ! Vous ne connaissez pas Polo Griffo ? Brave homme, voyez-vous, qui est aux della Rebbia corps et âme. Dites un mot, et quand votre gros fusil parlera, ce vieux mousquet, vieux comme son maître, ne se taira pas. Comptez-y, Ors' Anton'.

— Bien, bien ; mais de par tous les diables ! Allez-vous-en et laissez-nous continuer notre route. »

Les bergers s'éloignèrent enfin, se dirigeant au grand trot vers le village ; mais de temps en temps ils s'arrêtaient sur tous les points élevés de la route, comme pour examiner s'il n'y avait point quelque embuscade cachée, et toujours ils se tenaient assez rapprochés d'Orso et de sa sœur pour être en mesure de leur porter secours au besoin. Et le vieux Polo Griffo disait à ses compagnons :

« Je le comprends ! Je le comprends ! Il ne dit pas ce qu'il veut faire, mais il le fait. C'est le vrai portrait de son père. Bien ! dis que tu n'en veux à personne ! tu as fait un vœu à sainte Nega*. Bravo ! Moi je ne donnerais pas une figue de la peau du maire. Avant un mois on n'en pourra plus faire une outre. »

Ainsi précédé par cette troupe d'éclaireurs, le descendant des della Rebbia entra dans son village et gagna le vieux manoir des caporaux, ses aïeux. Les rebbianistes, longtemps privés de chef, s'étaient portés en masse à sa rencontre, et les habitants du village, qui observaient la neutralité, étaient tous sur le pas de leurs portes pour le voir passer. Les barricinistes se tenaient dans leurs maisons et regardaient par les fentes de leurs volets.

Le bourg de Pietranera est très irrégulièrement bâti, comme tous les villages de la Corse ; car, pour voir une rue, il faut aller à Cargese, bâti par M. de Marbeuf**. Les maisons, dispersées au hasard et sans le moindre alignement, occupent le sommet d'un petit plateau, ou

---

*Cette sainte ne se trouve pas dans le calendrier. Se vouer à sainte Nega, c'est nier tout de parti pris.

**Le marquis de Marbeuf (1712-1786) fut le premier gouverneur français de la Corse, après la cession de l'île par les Génois (1786). Le quartier Marbeuf a été construit à Paris sur des terrains qui avaient appartenu au marquis.

plutôt d'un palier de la montagne. Vers le milieu du bourg s'élève un grand chêne vert, et auprès on voit une auge en granit, où un tuyau en bois apporte l'eau d'une source voisine. Ce monument d'utilité publique fut construit à frais communs par les della Rebbia et les Barricini ; mais on se tromperait fort si l'on y cherchait un indice de l'ancienne concorde des deux familles. Au contraire, c'est une œuvre de leur jalousie. Autrefois, le colonel della Rebbia ayant trouvé au conseil municipal de sa commune une petite somme pour contribuer à l'érection d'une fontaine, l'avocat Barricini se hâta d'offrir un don semblable, et c'est à ce combat de générosité que Pietranera doit son eau. Autour du chêne vert de la fontaine, il y a un espace vide qu'on appelle la place, et où les oisifs se rassemblent le soir. Quelquefois on y joue aux cartes, et, une fois l'an dans le carnaval, on y danse. Aux deux extrémités de la place s'élèvent des bâtiments plus hauts que larges, construits en granit et en schiste. Ce sont *les tours* ennemies des della Rebbia et des Barricini. Leur architecture est uniforme, leur hauteur est la même, et l'on voit que la rivalité des deux familles s'est toujours maintenue sans que la fortune décidât entre elles.

Il est peut-être à propos d'expliquer ce qu'il faut entendre par ce mot *tour*. C'est un bâtiment carré d'environ quarante pieds de haut, qu'en un autre pays on nommerait tout bonnement un colombier. La porte, étroite, s'ouvre à huit pieds du sol, et l'on y arrive par un escalier fort roide. Au-dessus de la porte est une fenêtre avec une espèce de balcon percé en dessous comme un mâchecoulis, qui permet d'assommer sans risque un visiteur indiscret. Entre la fenêtre et la porte, on voit deux écussons grossièrement sculptés. L'un portait autrefois la croix de Gênes ; mais, tout martelé aujourd'hui, il n'est plus intelligible que pour les antiquaires. Sur l'autre écusson sont sculptés les armoiries de la famille qui possède la tour. Ajoutez, pour compléter la décoration, quelques traces de balles sur les écussons et les chambranles de la fenêtre, et vous pouvez vous faire une idée d'un manoir du Moyen Age en Corse. J'oubliais de dire que les bâtiments d'habitation touchent à la tour, et souvent s'y rattachent par une communication intérieure.

La tour et la maison des della Rebbia occupent le côté nord de la place de Pietranera ; la tour et la maison des Barricini, le côté sud. De la tour du nord jusqu'à la fontaine, c'est la promenade des della Rebbia, celle des Barricini est du côté opposé. Depuis l'enterrement de la femme du colonel, on n'avait jamais vu un membre de l'une de ces deux familles paraître sur un autre côté de la place que celui qui lui était assigné par une espèce de convention tacite. Pour éviter un détour, Orso allait passer devant la maison du maire, lorsque sa sœur l'avertit et l'engagea à prendre une ruelle qui les conduirait à leur maison sans traverser la place.

« Pourquoi se déranger ? dit Orso ; la place n'est-elle pas à tout le monde ? » Et il poussa son cheval.

« Brave cœur ! dit tout bas Colomba... Mon père, tu seras vengé ! »

En arrivant sur la place, Colomba se plaça entre la maison des Barricini et son frère, et toujours elle eut l'œil fixé sur les fenêtres de ses ennemis. Elle remarqua qu'elles étaient barricadées depuis peu, et qu'on y avait pratiqué des *archere*. On appelle *archere* d'étroites ouvertures en forme de meurtrières, ménagées entre de grosses bûches avec lesquelles on bouche la partie inférieure d'une fenêtre. Lorsqu'on craint quelque attaque, on se barricade de la sorte, et l'on peut, à l'abri des bûches, tirer à couvert sur les assaillants.

« Les lâches ! dit Colomba. Voyez, mon frère, déjà ils commencent à se garder : ils se barricadent ! mais il faudra bien sortir un jour ! »

La présence d'Orso sur le côté sud de la place produisit une grande sensation à Pietranera, et fut considérée comme une preuve d'audace approchant de la témérité. Pour les neutres rassemblés le soir autour du chêne vert, ce fut le texte de commentaires sans fin.

Il est heureux, disait-on, que les fils Barricini ne soient pas encore revenus, car ils sont moins endurants que l'avocat, et peut-être n'eussent-ils point laissé passer leur ennemi sur leur terrain sans lui faire payer sa bravade.

« Souvenez-vous de ce que je vais vous dire, voisin, ajouta un vieillard qui était l'oracle du bourg. J'ai observé la figure de la Colomba aujourd'hui, elle a quelque chose dans la tête. Je sens de la poudre en l'air. Avant peu, il y aura de la viande de boucherie à bon marché dans Pietranera. »

CHAPITRE X

Séparé fort jeune de son père, Orso, n'avait guère eu le temps de le connaître. Il avait quitté Pietranera à quinze ans pour étudier à Pise, et de là était entré à l'École militaire pendant que Ghilfuccio promenait en Europe les aigles impériales. Sur le continent, Orso l'avait vu à de rares intervalles, et en 1815 seulement il s'était trouvé dans le régiment que son père commandait. Mais le colonel, inflexible sur la discipline, traitait son fils comme tous les autres jeunes lieutenants, c'est-à-dire avec beaucoup de sévérité. Les souvenirs qu'Orso en avait conservés étaient de deux sortes. Il se le rappelait à Pietranera, lui confiant son sabre, lui laissant décharger son fusil quand il revenait de la chasse, ou le faisant asseoir pour la première fois, lui bambin, à la table de famille. Puis il se représentait le colonel della Rebbia l'envoyant aux arrêts pour quelque étourderie, et ne l'appelant jamais que lieutenant della Rebbia :

« Lieutenant della Rebbia, vous n'êtes pas à votre place de bataille, trois jours d'arrêts. Vos tirailleurs sont à cinq mètres trop loin de la réserve, cinq jours d'arrêts. — Vous êtes en bonnet de police à midi cinq minutes, huit jours d'arrêts. »

Une seule fois, aux Quatre-Bras, il lui avait dit :

« Très bien, Orso ; mais de la prudence. »

Au reste, ces derniers souvenirs n'étaient point ceux que lui rappelait Pietranera. La vue des lieux familiers à son enfance, les meubles dont se servait sa mère, qu'il

avait tendrement aimée, excitaient en son âme une
foule d'émotions douces et pénibles ; puis, l'avenir
sombre qui se préparait pour lui, l'inquiétude vague
que sa sœur lui inspirait, et par-dessus tout, l'idée que
Miss Nevil allait venir dans sa maison, qui lui paraissait aujourd'hui si petite, si pauvre, si peu convenable,
pour une personne habituée au luxe, le mépris qu'elle
en concevrait peut-être, toutes ces pensées formaient
un chaos dans sa tête et lui inspiraient un profond
découragement.

Il s'assit, pour souper, dans un grand fauteuil de
chêne noirci, où son père présidait les repas de famille,
et sourit en voyant Colomba hésiter à se mettre à table
avec lui. Il lui sut bon gré d'ailleurs du silence qu'elle
observa pendant le souper et de la prompte retraite
qu'elle fit ensuite, car il se sentait trop ému pour
résister aux attaques qu'elle lui préparait sans doute ;
mais Colomba le ménageait et voulait lui laisser le
temps de se reconnaître. La tête appuyée sur sa main, il
demeura longtemps immobile, repassant dans son
esprit les scènes des quinze derniers jours qu'il avait
vécus. Il voyait avec effroi cette attente où chacun
semblait être de sa conduite à l'égard des Barricini.
Déjà il s'apercevait que l'opinion de Pietranera
commençait à être pour lui celle du monde. Il devait se
venger sous peine de passer pour un lâche. Mais sur qui
se venger ? Il ne pouvait croire les Barricini coupables
de meurtre. A la vérité ils étaient les ennemis de sa
famille, mais il fallait les préjugés grossiers de ses
compatriotes pour leur attribuer un assassinat. Quelquefois il considérait le talisman de Miss Nevil, et en
répétait tout bas la devise : « La vie est un combat ! »
Enfin il se dit d'un ton ferme : « J'en sortirai vainqueur ! » Sur cette bonne pensée il se leva, et, prenant
la lampe, il allait monter dans sa chambre, lorsqu'on
frappa à la porte de la maison. L'heure était indue pour
recevoir une visite. Colomba parut aussitôt, suivie de la
femme qui les servait.

« Ce n'est rien », dit-elle en courant à la porte.

Cependant, avant d'ouvrir, elle demanda qui frappait. Une voix douce répondit :

« C'est moi. »

Aussitôt la barre de bois placée en travers de la porte fut enlevée, et Colomba reparut dans la salle à manger suivie d'une petite fille de dix ans à peu près, pieds nus, en haillons, la tête couverte d'un mauvais mouchoir, de dessous lequel s'échappaient de longues mèches de cheveux noirs comme l'aile d'un corbeau. L'enfant était maigre, pâle, la peau brûlée par le soleil ; mais dans ses yeux brillait le feu de l'intelligence. En voyant Orso, elle s'arrêta timidement et lui fit une révérence à la paysanne ; puis elle parla bas à Colomba, et lui mit entre les mains un faisan nouvellement tué.

« Merci, Chili, dit Colomba. Remercie ton oncle. Il se porte bien ?

— Fort bien, mademoiselle, à vous servir. Je n'ai pu venir plus tôt parce qu'il a bien tardé. Je suis restée trois heures dans le maquis à l'attendre.

— Et tu n'as pas soupé ?

— Dame ! non, mademoiselle, je n'ai pas eu le temps.

— On va te donner à souper. Ton oncle a-t-il du pain encore ?

— Peu, mademoiselle ; mais c'est de la poudre surtout qui lui manque. Voilà les châtaignes venues, et maintenant il n'a plus besoin que de poudre.

— Je vais te donner un pain pour lui et de la poudre. Dis-lui qu'il la ménage, elle est chère.

— Colomba, dit Orso, en français, à qui donc fais-tu ainsi la charité ?

— A un pauvre bandit de ce village, répondit Colomba dans la même langue. Cette petite est sa nièce.

— Il me semble que tu pourrais mieux placer tes dons. Pourquoi envoyer de la poudre à un coquin qui s'en servira pour commettre des crimes ? Sans cette déplorable faiblesse que tout le monde paraît avoir pour les bandits, il y a longtemps qu'ils auraient disparu de la Corse.

— Les plus méchants de notre pays ne sont pas ceux qui sont à la campagne[*].

— Donne-leur du pain si tu veux, on n'en doit refuser à personne ; mais je n'entends pas qu'on leur fournisse des munitions.

— Mon frère, dit Colomba d'un ton grave, vous êtes le maître ici, et tout vous appartient dans cette maison : mais je vous en préviens, je donnerai mon mezzaro à cette petite fille pour qu'elle le vende, plutôt que de refuser de la poudre à un bandit. Lui refuser de la poudre ! mais autant vaut le livrer aux gendarmes. Quelle protection a-t-il contre eux sinon ses cartouches ? »

La petite fille cependant dévorait avec avidité un morceau de pain, et regardait attentivement tour à tour Colomba et son frère, cherchant à comprendre dans leurs yeux le sens de ce qu'ils disaient.

« Et qu'a-t-il fait enfin ton bandit ? Pour quel crime s'est-il jeté dans le maquis ?

— Brandolaccio n'a point commis de crime, s'écria Colomba. Il a tué Giovan' Opizzo, qui avait assassiné son père pendant que lui était à l'armée. »

Orso détourna la tête, prit la lampe, et, sans répondre, monta dans sa chambre. Alors Colomba donna poudre et provisions à l'enfant, et la reconduisit jusqu'à la porte en lui répétant :

« Surtout que ton oncle veille bien sur Orso ! »

---

[*]Être *alla campagna*, c'est-à-dire être bandit. Bandit n'est point un terme odieux : il se prend dans le sens de banni ; c'est l'*outlaw* des ballades anglaises.

CHAPITRE XI

Orso fut longtemps à s'endormir, et par conséquent s'éveilla fort tard, du moins pour un Corse. A peine levé, le premier objet qui frappa ses yeux, ce fut la maison de ses ennemis et les *archere* qu'ils venaient d'y établir. Il descendit et demanda sa sœur.

« Elle est à la cuisine qui fond des balles », lui répondit la servante Saveria.

Ainsi, il ne pouvait faire un pas sans être poursuivi par l'image de la guerre.

Il trouva Colomba assise sur un escabeau, entourée de balles nouvellement fondues, coupant les jets de plomb.

« Que diable fais-tu là ? lui demanda son frère.

— Vous n'aviez point de balles pour le fusil du colonel, répondit-elle de sa voix douce ; j'ai trouvé un moule de calibre, et vous aurez aujourd'hui vingt-quatre cartouches, mon frère.

— Je n'en ai pas besoin, Dieu merci !

— Il ne faut pas être pris au dépourvu, Ors' Anton'. Vous avez oublié votre pays et les gens qui vous entourent.

— Je l'aurais oublié que tu me le rappellerais bien vite. Dis-moi, n'est-il pas arrivé une grosse malle, il y a quelques jours ?

— Oui, mon frère. Voulez-vous que je la monte dans votre chambre ?

— Toi, la monter ! mais tu n'aurais jamais la force de la soulever... N'y a-t-il pas ici quelque homme pour le faire ?

— Je ne suis pas si faible que vous le pensez », dit Colomba, en retroussant ses manches et découvrant un bras blanc et rond, parfaitement formé, mais qui annonçait une force peu commune. « Allons, Saveria, dit-elle à la servante, aide-moi. »

Déjà elle enlevait seule la lourde malle, quand Orso s'empressa de l'aider.

« Il y a dans cette malle, ma chère Colomba, dit-il, quelque chose pour toi. Tu m'excuseras si je te fais de si pauvres cadeaux, mais la bourse d'un lieutenant en demi-solde, n'est pas trop bien garnie. »

En parlant, il ouvrait la malle et en retirait quelques robes, un châle et d'autres objets à l'usage d'une jeune personne.

« Que de belles choses ! s'écria Colomba. Je vais bien vite les serrer de peur qu'elles ne se gâtent. Je les garderai pour ma noce, ajouta-t-elle avec un sourire triste, car maintenant je suis en deuil. »

Et elle baisa la main de son frère.

« Il y a de l'affectation, ma sœur, à garder le deuil si longtemps.

— Je l'ai juré, dit Colomba d'un ton ferme. Je ne quitterai le deuil... »

Et elle regardait par la fenêtre la maison des Barricini.

« Que le jour où tu te marieras ? dit Orso cherchant à éviter la fin de la phrase.

— Je ne me marierai, dit Colomba, qu'à un homme qui aura fait trois choses... »

Et elle contemplait toujours d'un air sinistre la maison ennemie.

« Jolie comme tu es, Colomba, je m'étonne que tu ne sois pas déjà mariée. Allons, tu me diras qui te fait la cour. D'ailleurs j'entendrai bien les sérénades. Il faut qu'elles soient belles pour plaire à une grande vocératrice comme toi.

— Qui voudrait d'une pauvre orpheline ?... Et puis l'homme qui me fera quitter mes habits de deuil fera prendre le deuil aux femmes de là-bas. »

« Cela devient de la folie », se dit Orso.

Mais il ne répondit rien pour éviter toute discussion.

« Mon frère, dit Colomba d'un ton de câlinerie, j'ai aussi quelque chose à vous offrir. Les habits que vous avez là sont trop beaux pour ce pays-ci. Votre jolie redingote serait en pièces au bout de deux jours si vous la portiez dans le maquis. Il faut la garder pour quand viendra Miss Nevil. »

Puis, ouvrant une armoire, elle en tira un costume complet de chasseur.

« Je vous ai fait une veste de velours, et voici un bonnet comme en portent nos élégants ; je l'ai brodé pour vous il y a bien longtemps. Voulez-vous essayer cela ? »

Et elle lui faisait endosser une large veste de velours vert ayant dans le dos une énorme poche. Elle lui mettait sur la tête un bonnet pointu de velours noir brodé en jais et en soie de la même couleur, et terminé par une espèce de houppe.

« Voici la cartouchière* de notre père, dit-elle, son stylet est dans la poche de votre veste. Je vais vous chercher le pistolet.

— J'ai l'air d'un vrai brigand de l'Ambigu-Comique, disait Orso en se regardant dans un petit miroir que lui présentait Saveria.

— C'est que vous avez tout à fait bonne façon comme cela, Ors' Anton', disait la vieille servante, et le plus beau *pointu*** de Bocognano ou de Bastelica n'est pas plus brave. »

Orso déjeuna dans son nouveau costume, et pendant le repas il dit à sa sœur que sa malle contenait un certain nombre de livres ; que son intention était d'en faire venir de France et d'Italie, et de la faire travailler beaucoup.

---

*Carchera, ceinture où l'on met des cartouches. On y attache un pistolet à gauche.

**Pinsuto. On appelle ainsi ceux qui portent le bonnet pointu, *barreta pinsuta*.

« Car il est honteux, Colomba, ajouta-t-il, qu'une grande fille comme toi ne sache pas encore des choses que, sur le continent, les enfants apprennent en sortant de nourrice.

— Vous avez raison, mon frère, disait Colomba ; je sais bien ce qui me manque, et je ne demande pas mieux que d'étudier, surtout si vous voulez bien me donner des leçons. »

Quelques jours se passèrent sans que Colomba prononçât le nom des Barricini. Elle était toujours aux petits soins pour son frère, et lui parlait souvent de Miss Nevil. Orso lui faisait lire des ouvrages français et italiens, et il était surpris tantôt de la justesse et du bon sens de ses observations, tantôt de son ignorance profonde des choses les plus vulgaires.

Un matin, après déjeuner, Colomba sortit un instant, et, au lieu de revenir avec un livre et du papier, parut avec son mezzaro sur la tête. Son air était plus sérieux encore que de coutume.

« Mon frère, dit-elle, je vous prierai de sortir avec moi.

— Où veux-tu que je t'accompagne ? dit Orso en lui offrant son bras.

— Je n'ai pas besoin de votre bras, mon frère, mais prenez votre fusil et votre boîte à cartouches. Un homme ne doit jamais sortir sans ses armes.

— A la bonne heure ! Il faut se conformer à la mode. Où allons-nous ? »

Colomba, sans répondre, serra le mezzaro autour de sa tête, appela le chien de garde, et sortit suivie de son frère. S'éloignant à grands pas du village, elle prit un chemin creux qui serpentait dans les vignes, après avoir envoyé devant elle le chien, à qui elle fit un signe qu'il semblait bien connaître ; car aussitôt il se mit à courir en zigzag, passant dans les vignes, tantôt d'un côté, tantôt de l'autre, toujours à cinquante pas de sa maîtresse, et quelquefois s'arrêtant au milieu du chemin pour la regarder en remuant la queue. Il paraissait s'acquitter parfaitement de ses fonctions d'éclaireur.

« Si Muschetto aboie, dit Colomba, armez votre fusil, mon frère, et tenez-vous immobile. »

A un demi-mille du village, après bien des détours, Colomba s'arrêta tout à coup dans un endroit où le chemin faisait un coude. Là s'élevait une petite pyramide de branchages, les uns verts, les autres desséchés, amoncelés à la hauteur de trois pieds environ. Du sommet on voyait percer l'extrémité d'une croix de bois peinte en noir. Dans plusieurs cantons de la Corse, surtout dans les montagnes, un usage extrêmement ancien, et qui se rattache peut-être à des superstitions du paganisme, oblige les passants à jeter une pierre ou un rameau d'arbre sur le lieu où un homme a péri de mort violente. Pendant de longues années, aussi longtemps que le souvenir de sa fin tragique demeure dans la mémoire des hommes, cette offrande singulière s'accumule ainsi de jour en jour. On appelle cela l'*amas*, le *mucchio* d'un tel.

Colomba s'arrêta devant ce tas de feuillage, et, arrachant une branche d'arbousier, l'ajouta à la pyramide.

« Orso, dit-elle, c'est ici que notre père est mort. Prions pour son âme, mon frère ! »

Et elle se mit à genoux. Orso l'imita aussitôt. En ce moment la cloche du village tinta lentement, car un homme était mort dans la nuit. Orso fondit en larmes.

Au bout de quelques minutes, Colomba se leva, l'œil sec, mais la figure animée. Elle fit du pouce à la hâte le signe de croix familier à ses compatriotes et qui accompagne d'ordinaire leurs serments solennels, puis, entraînant son frère, elle reprit le chemin du village. Ils rentrèrent en silence dans leur maison. Orso monta dans sa chambre. Un instant après, Colomba l'y suivit, portant une petite cassette qu'elle posa sur la table. Elle l'ouvrit et en tira une chemise couverte de large tache de sang.

« Voici la chemise de votre père, Orso. »

Et elle la jeta sur ses genoux.

« Voici le plomb qui l'a frappé. »

Et elle posa sur la chemise deux balles oxydées.

« Orso, mon frère ! cria-t-elle en se précipitant dans ses bras et l'étreignant avec force. Orso ! tu le vengeras ! »

Elle l'embrassa avec une espèce de fureur, baisa les balles et la chemise, et sortit de la chambre, laissant son frère comme pétrifié sur sa chaise.

Orso resta quelque temps immobile, n'osant éloigner de lui ces épouvantables reliques. Enfin, faisant un effort, il les remit dans la cassette et courut à l'autre bout de la chambre se jeter sur son lit, la tête tournée vers la muraille, enfoncée dans l'oreiller, comme s'il eût voulu se dérober à la vue d'un spectre. Les dernières paroles de sa sœur retentissaient sans cesse dans ses oreilles, et il lui semblait entendre un oracle fatal, inévitable, qui lui demandait du sang, et du sang innocent. Je n'essaierai pas de rendre les sensations du malheureux jeune homme, aussi confuses que celles qui bouleversent la tête d'un fou. Longtemps il demeura dans la même position, sans oser détourner la tête. Enfin il se leva, ferma la cassette, et sortit précipitamment de sa maison, courant la campagne et marchant devant lui sans savoir où il allait.

Peu à peu, le grand air le soulagea ; il devint plus calme et examina avec quelque sang-froid sa position et les moyens d'en sortir. Il ne soupçonnait point les Barricini de meurtre, on le sait déjà ; mais il les accusait d'avoir supposé la lettre du bandit Agostini ; et cette lettre, il le croyait du moins, avait causé la mort de son père. Les poursuivre comme faussaires, il sentait que cela était impossible. Parfois, si les préjugés ou les instincts de son pays revenaient l'assaillir et lui montraient une vengeance facile au détour d'un sentier, il les écartait avec horreur en pensant à ses camarades de régiment, aux salons de Paris, surtout à Miss Nevil. Puis il songeait aux reproches de sa sœur, et ce qui restait de corse dans son caractère justifiait ces reproches et les rendait plus poignants. Un seul espoir

lui restait dans ce combat entre sa conscience et ses
préjugés, c'était d'entamer, sous un prétexte quel-
conque, une querelle avec un des fils de l'avocat et de se
battre en duel avec lui. Le tuer d'une balle ou d'un coup
d'épée conciliait ses idées corses et ses idées françaises.
L'expédient accepté, et méditant les moyens d'exécution, il se sentait déjà soulagé d'un grand poids,
lorsque d'autres pensées plus douces contribuèrent
encore à calmer son agitation fébrile. Cicéron, désespéré de la mort de sa fille Tullia, oublia sa douleur en
repassant dans son esprit toutes les belles choses qu'il
pourrait dire à ce sujet. En discourant de la sorte sur la
vie et la mort, M. Shandy se consola de la perte de son
fils. Orso se rafraîchit le sang en pensant qu'il pourrait
faire à Miss Nevil un tableau de l'état de son âme,
tableau qui ne pourrait manquer d'intéresser puissam-
ment cette belle personne.

Il se rapprochait du village, dont il s'était fort éloigné
sans s'en apercevoir, lorsqu'il entendit la voix d'une
petite fille qui chantait, se croyant seule sans doute,
dans un sentier au bord du maquis. C'était cet air lent
et monotone consacré aux lamentations funèbres, et
l'enfant chantait : « A mon fils, mon fils en lointain
pays   gardez ma croix et ma chemise sanglante... »

« Que chantes-tu là, petite ? dit Orso d'un ton de
colère, en paraissant tout à coup.

— C'est vous, Ors' Anton' ! s'écria l'enfant un peu
effrayée... C'est une chanson de Mlle Colomba...

— Je te défends de la chanter », dit Orso d'une voix
terrible.

L'enfant tournant la tête à droite et à gauche, semblait chercher de quel côté elle pourrait se sauver, et
sans doute elle se serait enfuie si elle n'eût été retenue
par le soin de conserver un gros paquet qu'on voyait sur
l'herbe à ses pieds.

Orso eut honte de sa violence.

« Que portes-tu là, ma petite ? » lui demanda-t-il le
plus doucement qu'il put.

Et comme Chilina hésitait à répondre, il souleva le linge qui enveloppait le paquet, et vit qu'il contenait un pain et d'autres provisions.

« A qui portes-tu ce pain, ma mignonne ? lui demanda-t-il.

— Vous le savez bien, monsieur ; à mon oncle.

— Et ton oncle n'est-il pas bandit ?

— Pour vous servir, monsieur Ors' Anton'.

— Si les gendarmes te rencontraient, ils te demanderaient où tu vas...

— Je leur dirais, répondit l'enfant sans hésiter, que je porte à manger aux Lucquois qui coupent le maquis.

— Et si tu trouvais quelque chasseur affamé qui voulût dîner à tes dépens et te prendre tes provisions ?...

— On n'oserait. Je dirais que c'est pour mon oncle.

— En effet, il n'est point homme à se laisser prendre son dîner... Il t'aime bien, ton oncle ?

— Oh ! oui, Ors' Anton'. Depuis que mon papa est mort, il a soin de la famille : de ma mère, de moi et de ma petite sœur. Avant que maman fût malade, il la recommandait aux riches pour qu'on lui donnât de l'ouvrage. Le maire me donne une robe tous les ans, et le curé me montre le catéchisme et à lire depuis que mon oncle leur a parlé. Mais c'est votre sœur surtout qui est bonne pour nous. »

En ce moment, un chien parut dans le sentier. La petite fille, portant deux doigts à sa bouche, fit entendre un sifflement aigu : aussitôt le chien vint à elle et la caressa, puis s'enfonça brusquement dans le maquis. Bientôt deux hommes mal vêtus, mais bien armés, se levèrent derrière une cépée à quelques pas d'Orso. On eût dit qu'ils s'étaient avancés en rampant comme des couleuvres au milieu du fourré de cistes et de myrtes qui couvrait le terrain.

« Oh ! Ors' Anton', soyez le bienvenu, dit le plus âgé de ces deux hommes. Eh quoi ! vous ne me reconnaissez pas ?

— Non, dit Orso le regardant fixement.

— C'est drôle comme une barbe et un bonnet pointu vous changent un homme ! Allons, mon lieutenant, regardez bien. Avez-vous donc oublié les anciens de Waterloo ? Vous ne vous souvenez plus de Brando Savelli, qui a déchiré plus d'une cartouche à côté de vous dans ce jour de malheur ?

— Quoi ! c'est toi ! dit Orso. Et tu as déserté en 1816 ?

— Comme vous dites, mon lieutenant. Dame, le service ennuie, et puis j'avais un compte à régler dans ce pays-ci ! Ha ! ha ! Chili, tu es une brave fille. Sers-nous vite car nous avons faim. Vous n'avez pas d'idée, mon lieutenant, comme on a d'appétit dans le maquis. Qu'est-ce qui nous envoie cela, Mlle Colomba ou le maire ?

— Non, mon oncle ; c'est la meunière qui m'a donné cela pour vous et une couverture pour maman.

— Qu'est-ce qu'elle me veut ?

— Elle dit que ses Lucquois, qu'elle a pris pour défricher, lui demandent maintenant trente-cinq sous et les châtaignes, à cause de la fièvre qui est dans le bas de Pietranera.

— Les fainéants !... Je verrai. — Sans façon, mon lieutenant, voulez-vous partager notre dîner ? Nous avons fait de plus mauvais repas ensemble du temps de notre pauvre compatriote qu'on a réformé.

— Grand merci. — On m'a réformé aussi, moi.

— Oui, je l'ai entendu dire ; mais vous n'en avez pas été bien fâché, je gage. Histoire de régler votre compte à vous. — Allons, curé, dit le bandit à son camarade, à table ! Monsieur Orso, je vous présente monsieur le curé, c'est-à-dire, je ne sais pas trop s'il est curé, mais il en a la science.

— Un pauvre étudiant en théologie, monsieur, dit le second bandit, qu'on a empêché de suivre sa vocation. Qui sait ? J'aurais pu être pape, Brandolaccio.

— Quelle cause a donc privé l'Église de vos lumières ? demanda Orso.

— Un rien, un compte à régler, comme dit mon ami Brandolaccio, une sœur à moi qui avait fait des folies pendant que je dévorais les bouquins à l'université de Pise. Il me fallut retourner au pays pour la marier. Mais le futur, trop pressé, meurt de la fièvre trois jours avant mon arrivée. Je m'adresse alors, comme vous eussiez fait à ma place, au frère du défunt. On me dit qu'il était marié. Que faire ?

— En effet, cela était embarrassant. Que fîtes-vous ?

— Ce sont de ces cas où il faut en venir à la pierre à fusil*.

— C'est-à-dire que...

— Je lui mis une balle dans la tête », dit froidement le bandit.

Orso fit un mouvement d'horreur. Cependant la curiosité, et peut-être aussi le désir de retarder le moment où il faudrait rentrer chez lui, le firent rester à sa place et continuer la conversation avec ces deux hommes, dont chacun avait au moins un assassinat sur la conscience.

Pendant que son camarade parlait, Brandolaccio mettait devant lui du pain et de la viande ; il se servit lui-même, puis il fit la part de son chien, qu'il présenta à Orso sous le nom de Brusco, comme doué du merveilleux instinct de reconnaître un voltigeur sous quelque déguisement que ce fût. Enfin il coupa un morceau de pain et une tranche de jambon cru qu'il donna à sa nièce.

« La belle vie que celle de bandit ! s'écria l'étudiant en théologie après avoir mangé quelques bouchées. Vous en tâterez peut-être un jour, monsieur della Rebbia, et vous verrez combien il est doux, de ne connaître d'autre maître que son caprice. »

Jusque-là, le bandit s'était exprimé en italien ; il poursuivit en français :

« La Corse n'est pas un pays bien amusant pour un

La scaglia, expression très usitée.

jeune homme ; mais pour un bandit, quelle différence !
Les femmes sont folles de nous. Tel que vous me voyez,
j'ai trois maîtresses dans trois cantons différents. Je
suis partout chez moi. Et il y en a une qui est la femme
d'un gendarme.

— Vous savez bien des langues, monsieur, dit Orso
d'un ton grave.

— Si je parle français, c'est que, voyez-vous, *maxima
debetur pueris reverentia*. Nous entendons, Brandolaccio
et moi, que la petite tourne bien et marche droit.

— Quand viendront ses quinze ans, dit l'oncle de
Chilina, je la marierai bien. J'ai déjà un parti en vue.

— C'est toi qui feras la demande ? dit Orso.

— Sans doute. Croyez-vous que si je dis à un richard
du pays : « Moi, Brando Savelli, je verrais avec plaisir
que votre fils épousât Michelina Savelli », croyez-vous
qu'il se fera tirer les oreilles ?

— Je ne lui conseillerais pas, dit l'autre bandit. Le
camarade a la main un peu lourde.

— Si j'étais un coquin, poursuivit Brandolaccio, une
canaille, un supposé, je n'aurais qu'à ouvrir ma besace,
les pièces de cent sous y pleuvraient.

— Il y a donc dans ta besace, dit Orso, quelque chose
qui les attire ?

— Rien ; mais si j'écrivais, comme il y en a qui l'ont
fait, à un riche : « J'ai besoin de cent francs », il se
dépêcherait de me les envoyer. Mais je suis un homme
d'honneur, mon lieutenant.

— Savez-vous, monsieur della Rebbia, dit le bandit
que son camarade appelait le curé, savez-vous que dans
ce pays de mœurs simples, il y a pourtant quelques
misérables qui profitent de l'estime que nous inspirons
au moyen de nos passeports (il montrait son fusil), pour
tirer des lettres de change en contrefaisant notre écriture ?

— Je le sais, dit Orso d'un ton brusque. Mais quelles
lettres de change ?

— Il y a six mois, continua le bandit, que je me

promenais du côté d'Orezza, quand vient à moi un manant qui de loin m'ôte son bonnet et me dit : « Ah ! monsieur le curé (ils m'appellent toujours ainsi), excusez-moi, donnez-moi du temps ; je n'ai pu trouver que cinquante-cinq francs ; mais, vrai, c'est tout ce que j'ai pu amasser. » Moi, tout surpris : Qu'est-ce à dire, maroufle ! cinquante-cinq francs ? lui dis-je. — Je veux dire soixante-cinq, me répondit-il ; mais pour cent que vous me demandez, c'est impossible, — comment, drôle ! Je te demande cent francs ! Je ne te connais pas. — Alors il me remit une lettre, ou plutôt un chiffon tout sale, par lequel on l'invitait à déposer cent francs dans un lieu qu'on indiquait, sous peine de voir sa maison brûlée et ses vaches tuées par Giocanto Castriconi, c'est mon nom. Et l'on avait eu l'infamie de contrefaire ma signature ! Ce qui me piqua le plus, c'est que la lettre était écrite en patois, pleine de fautes d'orthographe... Moi faire des fautes d'orthographe ! moi qui avais tous les prix à l'université ! Je commence par donner à mon vilain un soufflet qui le fait tourner deux fois sur lui-même. — « Ah ! tu me prends pour un voleur, coquin que tu es ! » lui dis-je, et je lui donne un bon coup de pied où vous savez. Un peu soulagé, je lui dis : « Quand dois-tu porter cet argent au lieu désigné ? — Aujourd'hui même. — Bien ! va le porter. » C'était au pied d'un pin, et le lieu était parfaitement indiqué. Il porte l'argent, l'enterre au pied de l'arbre et revient me trouver. Je m'étais embusqué aux environs. Je demeurai là avec mon homme six mortelles heures. Monsieur della Rebbia, je serais resté trois jours s'il eût fallu. Au bout de six heures paraît un *Bastiaccio* *, un infâme usurier. Il se baisse pour prendre l'argent, je fais feu, et je l'avais si bien ajusté que sa tête porta en tombant sur les écus qu'il déterrait. « Maintenant, drôle ! dis-je au

---

*Les Corses montagnards détestent les habitants de Bastia, qu'ils ne regardent pas comme des compatriotes. Jamais ils ne disent *Bastiese*, mais *Bastiaccio* : on sait que la terminaison en *accio* se prend d'ordinaire dans un sens de mépris.

paysan, reprends ton argent, et ne t'avise plus de soupçonner d'une bassesse Giocanto Castriconi. » Le pauvre
diable, tout tremblant, ramassa ses soixante-cinq
francs sans prendre la peine de les essuyer. Il me dit
merci, je lui allonge un bon coup de pied d'adieu, et il
court encore.

— Ah ! curé, dit Brandolaccio, je t'envie ce coup de
fusil-là. Tu as dû bien rire ?

— J'avais attrapé le *Bastiaccio* à la tempe, continua
le bandit, et cela me rappela ces vers de Virgile :

> *...Liquefacto tempora plumbo*
> *Diffidit, ac multà porrectum extendit arenà* *.

Liquefacto ! Croyez-vous, monsieur Orso, qu'une balle
de plomb se fonde par la rapidité de son trajet dans
l'air ? Vous qui avez étudié la balistique, vous devriez
bien me dire si c'est une erreur ou une vérité ? »

Orso aimait mieux discuter cette question de physique que d'argumenter avec le licencié sur la moralité
de son action. Brandolaccio, que cette dissertation
scientifique n'amusait guère, l'interrompit pour remarquer que le soleil allait se coucher :

« Puisque vous n'avez pas voulu dîner avec nous, Ors'
Anton', lui dit-il, je vous conseille de ne pas faire
attendre plus longtemps Mlle Colomba. Et puis il ne fait
pas toujours bon à courir les chemins quand le soleil est
couché. Pourquoi donc sortez-vous sans fusil ? Il y a de
mauvaises gens dans ces environs ; prenez-y garde.
Aujourd'hui vous n'avez rien à craindre ; les Barricini
amènent le préfet chez eux ; ils l'ont rencontré sur la
route, et il s'arrête un jour à Pietranera avant d'aller
poser à Corte une première pierre, comme on dit..., une
bêtise ! Il couche ce soir chez les Barricini ; mais

---

*« D'un plomb qui a fondu en traversant l'air, il fend au
milieu le front du jeune homme et l'étend mort sur le sable
dont il recouvre une large place. » (Traduc. d'André Belles-
sort.)

demain ils seront libres. Il y a Vincentello, qui est un mauvais garnement, et Orlanduccio, qui ne vaut guère mieux... Tâchez de les trouver séparés, aujourd'hui l'un, demain l'autre ; mais méfiez-vous, je ne vous dis que cela.

— Merci du conseil, dit Orso ; mais nous n'avons rien à démêler ensemble ; jusqu'à ce qu'ils viennent me chercher, je n'ai rien à leur dire. »

Le bandit tira la langue de côté et la fit claquer contre sa joue d'un air ironique, mais il ne répondit rien. Orso se levait pour partir :

— A propos, dit Brandolaccio, je ne vous ai pas remercié de votre poudre ; elle m'est venue bien à propos. Maintenant rien ne me manque..., c'est-à-dire il me manque encore des souliers..., mais je m'en ferai de la peau d'un mouflon un de ces jours. »

Orso glissa deux pièces de cinq francs dans la main du bandit.

« C'est Colomba qui t'envoyait la poudre ; voici pour t'acheter des souliers.

— Pas de bêtises, mon lieutenant, s'écria Brandolaccio en lui rendant les deux pièces. Est-ce que vous me prenez pour un mendiant ? J'accepte le pain et la poudre, mais je ne veux rien autre chose.

— Entre vieux soldats, j'ai cru qu'on pouvait s'aider. Allons, adieu ! »

Mais, avant de partir, il avait mis l'argent dans la besace du bandit, sans qu'il s'en fût aperçu.

« Adieu, Ors' Anton' ! dit le théologien. Nous nous retrouverons peut-être au maquis un de ces jours, et nous continuerons nos études sur Virgile. »

Orso avait quitté ses honnêtes compagnons depuis un quart d'heure, lorsqu'il entendit un homme qui courait derrière lui de toutes ses forces. C'était Brandolaccio.

« C'est un peu fort, mon lieutenant, s'écria-t-il hors d'haleine ! un peu trop fort ! voilà vos dix francs. De la part d'un autre, je ne passerais pas l'espièglerie. Bien des choses de ma part à Mlle Colomba. Vous m'avez tout essoufflé ! Bonsoir. »

CHAPITRE XII

Orso trouva Colomba un peu alarmée de sa longue absence ; mais, en le voyant, elle reprit cet air de sérénité triste qui était son expression habituelle. Pendant le repas du soir, ils ne parlèrent que de choses indifférentes, et Orso, enhardi par l'air calme de sa sœur, lui raconta sa rencontre avec les bandits et hasarda même quelques plaisanteries sur l'éducation morale et religieuse que recevait la petite Chilina par les soins de son oncle et de son honorable collègue, le sieur Castriconi.

« Brandolaccio est un honnête homme, dit Colomba ; mais, pour Castriconi, j'ai entendu dire que c'était un homme sans principes.

— Je crois, dit Orso, qu'il vaut tout autant que Brandolaccio, et Brandolaccio autant que lui. L'un et l'autre sont en guerre ouverte avec la société. Un premier crime les entraîne chaque jour à d'autres crimes ; et pourtant ils ne sont peut-être pas aussi coupables que bien des gens qui n'habitent pas le maquis. »

Un éclair de joie brilla sur le front de sa sœur.

« Oui, poursuivit Orso ; ces misérables ont de l'honneur à leur manière. C'est un préjugé cruel et non une basse cupidité qui les a jetés dans la vie qu'ils mènent. »

Il y eut un moment de silence.

« Mon frère, dit Colomba en lui versant du café, vous savez peut-être que Charles-Baptiste Pietri est mort la nuit passée ? Oui, il est mort de la fièvre des marais.

— Qui est ce Pietri ?

— C'est un homme de ce bourg, mari de Madeleine qui a reçu le portefeuille de notre père mourant. Sa veuve est venue me prier de paraître à sa veillée et d'y chanter quelque chose. Il convient que vous veniez aussi. Ce sont nos voisins, et c'est une politesse dont on ne peut se dispenser dans un petit endroit comme le nôtre.

— Au diable ta veillée, Colomba ! Je n'aime point à voir ma sœur se donner ainsi en spectacle au public.

— Orso, répondit Colomba, chacun honore ses morts à sa manière. La *ballata* nous vient de nos aïeux, et nous devons la respecter comme un usage antique. Madeleine n'a pas le *don*, et la vieille Fiordispina, qui est la meilleure vocératrice du pays, est malade. Il faut bien quelqu'un pour la *ballata*.

— Crois-tu que Charles-Baptiste ne trouvera pas son chemin dans l'autre monde si l'on ne chante de mauvais vers sur sa bière ? Va à la veillée si tu veux, Colomba ; j'irai avec toi, si tu crois que je le doive, mais n'improvise pas, cela est inconvenant à ton âge, et... je t'en prie, ma sœur.

— Mon frère, j'ai promis. C'est la coutume ici, vous le savez, et, je vous le répète il n'y a que moi pour improviser.

— Sotte coutume !

— Je souffre beaucoup de chanter ainsi. Cela me rappelle tous nos malheurs. Demain j'en serai malade ; mais il le faut. Permettez-le-moi, mon frère. Souvenez-vous qu'à Ajaccio vous m'avez dit d'improviser pour amuser cette demoiselle anglaise qui se moque de nos vieux usages. Ne pourrais-je donc improviser aujourd'hui pour de pauvres gens qui m'en sauront gré, et que cela aidera à supporter leur chagrin ?

— Allons, fais comme tu voudras. Je gage que tu as déjà composé ta *ballata*, et tu ne veux pas la perdre.

— Non, je ne pourrais pas composer cela d'avance, mon frère. Je me mets devant le mort, et je pense à ceux qui restent. Les larmes me viennent aux yeux et alors je chante ce qui me vient à l'esprit. »

Tout cela était dit avec une simplicité telle qu'il était impossible de supposer le moindre amour-propre poétique chez la signorina Colomba. Orso se laissa fléchir et se rendit avec sa sœur à la maison de Pietri. Le mort était couché sur une table, la figure découverte, dans la plus grande pièce de la maison. Portes et fenêtres étaient ouvertes, et plusieurs cierges brûlaient autour de la table. A la tête du mort se tenait sa veuve, et derrière elle un grand nombre de femmes occupaient tout un côté de la chambre ; de l'autre étaient rangés les hommes, debout, tête nue, l'œil fixé sur le cadavre, observant un profond silence. Chaque nouveau visiteur s'approchait de la table, embrassait le mort*, faisait un signe de tête à sa veuve et à son fils, puis prenait place dans le cercle sans proférer une parole. De temps en temps, néanmoins, un des assistants rompait le silence solennel pour adresser quelques mots au défunt. « Pourquoi as-tu quitté ta bonne femme ? disait une commère. N'avait-elle pas bien soin de toi ? Que te manquait-il ? Pourquoi ne pas attendre un mois encore, ta bru t'aurait donné un fils ? »

Un grand jeune homme, fils de Pietri, serrant la main froide de son père, s'écria : « Oh ! pourquoi n'es-tu pas mort de la *malemort*** ? Nous t'aurions vengé ! »

Ce furent les premières paroles qu'Orso entendit en entrant. A sa vue le cercle s'ouvrit, et un faible murmure de curiosité annonça l'attente de l'assemblée excitée par la présence de la vocératrice. Colomba embrassa la veuve, prit une de ses mains et demeura quelques minutes recueillie et les yeux baissés. Puis elle rejeta son mezzaro en arrière, regarda fixement le mort, et, penchée sur ce cadavre, presque aussi pâle que lui, elle commença de la sorte :

---

*Cet usage subsiste encore à Bocognano (1840).
**I a mala morte, mort violente.

« Charles-Baptiste ! le Christ reçoive ton âme ! —
Vivre, c'est souffrir. Tu vas dans un lieu — où il n'y a ni
soleil ni froidure. — Tu n'as plus besoin de ta serpe, —
ni de ta lourde pioche. — Plus de travail pour toi. —
Désormais tous tes jours sont des dimanches. —
Charles-Baptiste, le Christ ait ton âme ! — Ton fils
gouverne ta maison. — J'ai vu tomber le chêne —
desséché par le Libeccio. — J'ai cru qu'il était mort. —
Je suis repassée, et sa racine — avait poussé un rejeton.
— Le rejeton est devenu un chêne, — au vaste ombrage.
— Sous ses fortes branches, Maddelé, repose-toi, — et
pense au chêne qui n'est plus. »

Ici Madeleine commença à sangloter tout haut, et
deux ou trois hommes qui, dans l'occasion, auraient
tiré sur des chrétiens avec autant de sang-froid que sur
des perdrix, se mirent à essuyer de grosses larmes sur
leurs joues basanées.

Colomba continua de la sorte pendant quelque
temps, s'adressant tantôt au défunt, tantôt à sa famille,
quelquefois, par une prosopopée fréquente dans les
ballate, faisant parler le mort lui-même pour consoler
ses amis ou leur donner des conseils. A mesure qu'elle
improvisait, sa figure prenait une expression sublime ;
son teint se colorait d'un rose transparent qui faisait
ressortir davantage l'éclat de ses dents et le feu de ses
prunelles dilatées. C'était la pythonisse sur son trépied.
Sauf quelques soupirs, quelques sanglots étouffés, on
n'eût pas entendu le plus léger murmure dans la foule
qui se pressait autour d'elle. Bien que moins accessible
qu'un autre à cette poésie sauvage, Orso se sentit bientôt atteint par l'émotion générale. Retiré dans un coin
obscur de la salle, il pleura comme pleurait le fils de
Pietri.

Tout à coup un léger mouvement se fit dans l'auditoire : le cercle s'ouvrit, et plusieurs étrangers
entrèrent. Au respect qu'on leur montra, à l'empresse-

ment qu'on mit à leur faire place, il était évident que c'étaient des gens d'importance dont la visite honorait singulièrement la maison. Cependant, par respect pour la *ballata* personne ne leur adressa la parole. Celui qui était entré le premier paraissait avoir une quarantaine d'années. Son habit noir, son ruban rouge à rosette, l'air d'autorité et de confiance qu'il portait sur sa figure, faisaient d'abord deviner le préfet. Derrière lui venait un vieillard voûté, au teint bilieux, cachant mal sous des lunettes vertes un regard timide et inquiet. Il avait un habit noir trop large pour lui, et qui, bien que tout neuf encore, avait été évidemment fait plusieurs années auparavant. Toujours à côté du préfet, on eût dit qu'il voulait se cacher dans son ombre. Enfin, après lui, entrèrent deux jeunes gens de haute taille, le teint brûlé par le soleil, les joues enterrées sous d'épais favoris, l'œil fier, arrogant, montrant une impertinente curiosité. Orso avait eu le temps d'oublier les physionomies des gens de son village ; mais la vue du vieillard en lunettes vertes réveilla sur-le-champ en son esprit de vieux souvenirs. Sa présence à la suite du préfet suffisait pour le faire reconnaître. C'était l'avocat Barricini, le maire de Pietranera, qui venait avec ses deux fils donner au préfet la représentation d'une *ballata*. Il serait difficile de définir ce qui se passa en ce moment dans l'âme d'Orso ; mais la présence de l'ennemi de son père lui causa une espèce d'horreur, et, plus que jamais, il se sentit accessible aux soupçons qu'il avait longtemps combattus.

Pour Colomba, à la vue de l'homme à qui elle avait voué une haine mortelle, sa physionomie mobile prit aussitôt une expression sinistre. Elle pâlit ; sa voix devint rauque, le vers commencé expira sur ses lèvres... Mais bientôt, reprenant sa *ballata*, elle poursuivit avec une nouvelle véhémence :

« Quand l'épervier se lamente — devant son nid vide, — les étourneaux voltigent alentour, — insultant à sa douleur. »

Ici on entendit un rire étouffé ; c'étaient les deux jeunes gens nouvellement arrivés qui trouvaient sans doute la métaphore trop hardie.

« L'épervier se réveillera, il déploiera ses ailes, — il lavera son bec dans le sang ! — Et toi, Charles-Baptiste, que tes amis — t'adressent leur dernier adieu. — Leurs larmes ont assez coulé. — La pauvre orpheline seule ne te pleurera pas. — Pourquoi te pleurerait-elle ? — Tu t'es endormi plein de jours — au milieu de ta famille, — préparé à comparaître — devant le Tout-Puissant. — L'orpheline pleure son père, — surpris par de lâches assassins, — frappé par-derrière ; — son père dont le sang est rouge — sous l'amas de feuilles vertes. — Mais elle a recueilli son sang, — ce sang noble et innocent ; — elle l'a répandu sur Pietranera, — pour qu'il devînt un poison mortel. — Et Pietranera restera marquée, — jusqu'à ce qu'un sang coupable — ait effacé la trace du sang innocent. »

En achevant ces mots, Colomba se laissa tomber sur une chaise, elle rabattit son mezzaro sur sa figure, et on l'entendit sangloter. Les femmes en pleurs s'empressèrent autour de l'improvisatrice ; plusieurs hommes jetaient des regards farouches sur le maire et ses fils ; quelques vieillards murmuraient contre le scandale qu'ils avaient occasionné par leur présence. Le fils du défunt fendit la presse et se disposait à prier le maire de vider la place au plus vite ; mais celui-ci n'avait pas attendu cette invitation. Il gagnait la porte, et déjà ses deux fils étaient dans la rue. Le préfet adressa quelques compliments de condoléances au jeune Pietri, et les suivit presque aussitôt. Pour Orso, il s'approcha de sa sœur, lui prit le bras et l'entraîna hors de la salle.

« Accompagnez-les, dit le jeune Pietri à quelques-uns de ses amis. Ayez soin que rien ne leur arrive ! »

Deux ou trois jeunes gens mirent précipitamment leur stylet dans la manche gauche de leur veste, et escortèrent Orso et sa sœur jusqu'à la porte de leur maison.

CHAPITRE XIII

Colomba haletante, épuisée, était hors d'état de prononcer une parole. Sa tête était appuyée sur l'épaule de son frère, et elle tenait une de ses mains serrée entre les siennes. Bien qu'il lui sût intérieurement assez mauvais gré de sa péroraison, Orso était trop alarmé pour lui adresser le moindre reproche. Il attendait en silence la fin de la crise nerveuse à laquelle elle semblait en proie, lorsqu'on frappa à la porte, et Saveria entra tout effarée annonçant : « Monsieur le préfet ! » A ce nom, Colomba se releva comme honteuse de sa faiblesse, et se tint debout, s'appuyant sur une chaise qui tremblait visiblement sous sa main.

Le préfet débuta par quelques excuses banales sur l'heure indue de sa visite, plaignit Mme Colomba, parla du danger des émotions fortes, blâma la coutume des lamentations funèbres que le talent même de la vocératrice rendait encore plus pénibles pour les assistants ; il glissa avec adresse un léger reproche sur la tendance de la dernière improvisation. Puis, changeant de ton :

« Monsieur della Rebbia, dit-il, je suis chargé de bien des compliments pour vous par vos amis anglais : Miss Nevil fait mille amitié à mademoiselle votre sœur. J'ai pour vous une lettre d'elle à vous remettre.

— Une lettre de Miss Nevil ? s'écria Orso.

— Malheureusement je ne l'ai pas sur moi, mais vous l'aurez dans cinq minutes. Son père a été souffrant. Nous avons craint un moment qu'il n'eût gagné nos terribles fièvres. Heureusement le voilà hors d'affaire, et vous en jugerez par vous-même, car vous le verrez bientôt, j'imagine.

— Miss Nevil a dû être bien inquiète ?

— Par bonheur, elle n'a connu le danger que lorsqu'il était déjà loin. Monsieur della Rebbia, Miss Nevil m'a beaucoup parlé de vous et de mademoiselle votre sœur. »

Orso s'inclina.

« Elle a beaucoup d'amitié pour vous deux. Sous un extérieur plein de grâce, sous une apparence de légèreté, elle cache une raison parfaite.

— C'est une charmante personne, dit Orso.

— C'est presque à sa prière que je viens ici, monsieur. Personne ne connaît mieux que moi une fatale histoire que je voudrais bien n'être pas obligé de vous rappeler. Puisque M. Barricini est encore maire de Pietranera, et moi, préfet de ce département, je n'ai pas besoin de vous dire le cas que je fais de certains soupçons, dont, si je suis bien informé, quelques personnes imprudentes vous ont fait part, et que vous avez repoussés, je le sais, avec l'indignation qu'on devrait attendre de votre position et de votre caractère.

— Colomba, dit Orso s'agitant sur sa chaise, tu es bien fatiguée. Tu devrais aller te coucher. »

Colomba fit un signe de tête négatif. Elle avait repris son calme habituel et fixait des yeux ardents sur le préfet.

« M. Barricini, continua le préfet, désirerait vivement voir cesser cette espèce d'inimitié..., c'est-à-dire cet état d'incertitude où vous vous trouvez l'un vis-à-vis de l'autre... Pour ma part, je serais enchanté de vous voir établir avec lui les rapports que doivent avoir ensemble des gens faits pour s'estimer...

— Monsieur, interrompit Orso d'une voix émue, je n'ai jamais accusé l'avocat Barricini d'avoir assassiné mon père, mais il a fait une action qui m'empêchera toujours d'avoir aucune relation avec lui. Il a supposé une lettre menaçante, au nom d'un certain bandit... du moins il l'a sourdement attribuée à mon père. Cette lettre enfin, monsieur, a probablement été la cause indirecte de sa mort. »

Le préfet se recueillit un instant.

« Que monsieur votre père l'ait cru, lorsque, emporté par la vivacité de son caractère, il plaidait contre M. Barricini, la chose est excusable ; mais, de votre part, un semblable aveuglement n'est plus permis. Réfléchissez donc que Barricini n'avait point intérêt à supposer cette lettre. Je ne vous parle pas de son caractère..., vous ne le connaissez point, vous êtes prévenu contre lui..., mais vous ne supposez pas qu'un homme connaissant les lois...

— Mais, monsieur, dit Orso en se levant, veuillez songer que me dire que cette lettre n'est pas l'ouvrage de M. Barricini, c'est l'attribuer à mon père. Son honneur, monsieur, est le mien.

— Personne plus que moi, monsieur, poursuivit le préfet, n'est convaincu de l'honneur du colonel della Rebbia... mais... l'auteur de cette lettre est connu maintenant.

— Qui ? s'écria Colomba s'avançant vers le préfet.

— Un misérable, coupable de plusieurs crimes... de ces crimes que vous ne pardonnez pas, vous autres Corses, un voleur, un certain Tomaso Bianchi, à présent détenu dans les prisons de Bastia, a révélé qu'il était l'auteur de cette fatale lettre.

— Je ne connais pas cet homme, dit Orso. Quel aurait pu être son but ?

— C'est un homme de ce pays, dit Colomba, frère d'un ancien meunier à nous. C'est un méchant et un menteur, indigne qu'on le croie.

— Vous allez voir, continua le préfet, l'intérêt qu'il avait dans l'affaire. Le meunier dont parle mademoiselle votre sœur, — il se nommait, je crois, Théodore, — tenait à loyer du colonel un moulin sur le cours d'eau dont M. Barricini contestait la possession à monsieur votre père. Le colonel, généreux à son habitude, ne

tirait presque aucun profit de son moulin. Or, Tomaso a
cru que si M. Barricini obtenait le cours d'eau, il aurait
un loyer considérable à lui payer, car on sait que
M. Barricini aime assez l'argent. Bref, pour obliger son
frère, Tomaso a contrefait la lettre du bandit, et voilà
toute l'histoire. Vous savez que les liens de famille sont
si puissants en Corse, qu'ils entraînent quelquefois au
crime... Veuillez prendre connaissance de cette lettre
que m'écrit le procureur général, elle vous confirmera
ce que je viens de vous dire. »

Orso parcourut la lettre qui relatait en détail les
aveux de Tomaso, et Colomba lisait en même temps
par-dessus l'épaule de son frère.

Lorsqu'elle eut fini, elle s'écria :

« Orlanduccio Barricini est allé à Bastia il y a un
mois, lorsqu'on a su que mon frère allait revenir. Il
aura vu Tomaso et lui aura acheté ce mensonge.

— Mademoiselle, dit le préfet avec impatience, vous
expliquez tout par des suppositions odieuses ; est-ce le
moyen de découvrir la vérité ? Vous, monsieur, vous
êtes de sang-froid ; dites-moi, que pensez-vous maintenant ? Croyez-vous, comme mademoiselle, qu'un
homme qui n'a qu'une condamnation assez légère à
redouter se charge de gaieté de cœur d'un crime de faux
pour obliger quelqu'un qu'il ne connaît pas ? »

Orso relut la lettre du procureur général, pesant
chaque mot avec une attention extraordinaire ; car,
depuis qu'il avait vu l'avocat Barricini, il se sentait
plus difficile à convaincre qu'il ne l'eût été quelques
jours auparavant. Enfin il se vit contraint d'avouer que
l'explication lui paraissait satisfaisante. — Mais
Colomba s'écria avec force :

« Tomaso Bianchi est un fourbe. Il ne sera pas
condamné, ou il s'échappera de prison, j'en suis sûre. »

Le préfet haussa les épaules.

« Je vous ai fait part, monsieur, dit-il, des renseignements que j'ai reçus. Je me retire, et je vous abandonne
à vos réflexions. J'attendrai que votre raison vous ait

éclairé, et j'espère qu'elle sera plus puissante que les... suppositions de votre sœur. »

Orso, après quelques paroles pour excuser Colomba, répéta qu'il croyait maintenant que Tomaso était le seul coupable.

« S'il n'était pas si tard, dit-il, je vous proposerais de venir avec moi prendre la lettre de Miss Nevil... Par la même occasion, vous pourriez dire à M. Barricini ce que vous venez de me dire, et tout serait fini.

— Jamais Orso della Rebbia n'entrera chez un Barricini ! s'écria Colomba avec impétuosité.

— Mademoiselle est le *tintinajo** de la famille, à ce qu'il paraît, dit le préfet d'un air de raillerie.

— Monsieur, dit Colomba d'une voix ferme, on vous trompe. Vous ne connaissez pas l'avocat. C'est le plus rusé, le plus fourbe des hommes. Je vous en conjure, ne faites pas faire à Orso une action qui le couvrirait de honte.

— Colomba ! s'écria Orso, la passion te fait déraisonner.

— Orso ! Orso ! par la cassette que je vous ai remise, je vous en supplie, écoutez-moi. Entre vous et les Barricini il y a du sang ; vous n'irez pas chez eux !

— Ma sœur !

— Non, mon frère, vous n'irez point, ou je quitterai cette maison, et vous ne me reverrez plus... Orso, ayez pitié de moi. »

Et elle tomba à genoux.

« Je suis désolé, dit le préfet, de voir Mlle della Rebbia si peu raisonnable. Vous la convaincrez, j'en suis sûr. »

Il entrouvrit la porte et s'arrêta, paraissant attendre qu'Orso le suivît.

« Je ne puis la quitter maintenant, dit Orso... Demain, si...

---

*On appelle ainsi le bélier porteur d'une sonnette qui conduit le troupeau, et, par métaphore, on donne le même nom au membre d'une famille qui la dirige dans toutes les affaires importantes.

— Je pars de bonne heure, dit le préfet.

— Au moins, mon frère, s'écria Colomba les mains jointes, attendez jusqu'à demain matin. Laissez-moi revoir les papiers de mon père... Vous ne pouvez me refuser cela !

— Eh bien, tu les verras ce soir, mais au moins tu ne me tourmenteras plus ensuite avec cette haine extravagante... Mille pardons, monsieur le préfet... Je me sens moi-même si mal à mon aise... Il vaut mieux que ce soit demain...

— La nuit porte conseil, dit le préfet en se retirant, j'espère que demain toutes vos irrésolutions auront cessé.

— Saveria, s'écria Colomba, prends la lanterne et accompagne M. le préfet. Il te remettra une lettre pour mon frère. »

Elle ajouta quelques mots que Saveria seule entendit.

« Colomba, dit Orso lorsque le préfet fut parti, tu m'as fait beaucoup de peine. Te refuseras-tu donc toujours à l'évidence ?

— Vous m'avez donné jusqu'à demain, répondit-elle. J'ai bien peu de temps, mais j'espère encore. »

Puis elle prit un trousseau de clefs et courut dans une chambre de l'étage supérieur. Là, on l'entendit ouvrir précipitamment des tiroirs et fouiller dans un secrétaire où le colonel della Rebbia enfermait autrefois ses papiers importants.

CHAPITRE XIV

Saveria fut longtemps absente, et l'impatience d'Orso était à son comble lorsqu'elle reparut enfin, tenant une lettre, et suivie de la petite Chilina, qui se frottait les yeux, car elle avait été réveillée de son premier somme.

« Enfant, dit Orso, que viens-tu faire ici à cette heure ?

— Mademoiselle me demande », répondit Chilina.

« Que diable lui veut-elle ? » pensa Orso ; mais il se hâta de décacheter la lettre de Miss Lydia, et, pendant qu'il lisait, Chilina montait auprès de sa sœur.

« *Mon père a été un peu malade, monsieur*, disait Miss Nevil, *et il est d'ailleurs si paresseux pour écrire, que je suis obligée de lui servir de secrétaire. L'autre jour, vous savez qu'il s'est mouillé les pieds sur le bord de la mer, au lieu d'admirer le paysage avec nous, et il n'en faut pas davantage pour donner la fièvre dans votre charmante île. Je vois d'ici la mine que vous faites : vous cherchez sans doute votre stylet, mais j'espère que vous n'en avez plus. Donc, mon père a eu un peu la fièvre et moi beaucoup de frayeur : le préfet, que je persiste à trouver très aimable, nous a donné un médecin fort aimable aussi, qui, en deux jours, nous a tirés de la peine : l'accès n'a pas reparu, et mon père veut retourner à la chasse : mais je la lui défends encore. — Comment avez-vous trouvé votre château des montagnes ? Votre tour du nord est-elle toujours à la même place ? Y a-t-il bien des fantômes ? Je vous demande tout cela, parce que mon père se souvient que vous lui avez promis daims, sangliers, mouflons... Est-ce bien là le nom de cette bête étrange ? En allant nous embarquer à Bastia, nous comptons vous demander l'hospitalité, et j'espère que le château della Rebbia, que vous dites si vieux et si délabré, ne s'écroulera pas sur nos têtes. Quoique le préfet soit si aimable qu'avec lui on ne manque jamais de sujet de conversation,* by the bye, *je me flatte de lui avoir fait tourner la tête. — Nous avons parlé de votre seigneurie. Les gens de loi de Bastia lui ont envoyé certaines révélations d'un coquin qu'ils tiennent sous les verrous, et qui sont de nature à détruire vos derniers soupçons ; votre inimitié, qui parfois m'inquiétait, doit cesser dès lors. Vous n'avez pas d'idée comme cela m'a fait plaisir. Quand vous êtes parti avec la belle vocératrice, le fusil à la main, le regard sombre, vous m'avez paru plus Corse qu'à l'ordinaire... trop Corse même.* Basta ! *je vous en écris si long, parce que je m'ennuie. Le préfet va partir, hélas ! Nous vous enverrons un message lorsque nous nous mettrons en route pour vos montagnes, et je prendrai la liberté d'écrire à Mlle Colomba pour lui demander un bruccio,* ma solenne. *En attendant, dites-lui mille tendresses. Je fais grand usage de son stylet, j'en coupe les feuillets d'un roman que j'ai apporté ; mais ce fer terrible s'indigne de cet usage et me déchire mon livre d'une façon pitoyable. Adieu, monsieur ; mon père vous envoie* his best love. *Écoutez le préfet, il est homme de bon conseil, et se détourne de sa route, je crois, à cause de vous ; il va poser une première pierre à Corte ; je m'imagine que ce doit être une cérémonie bien imposante, et je regrette fort de n'y pas assister. Un monsieur en habit brodé, bas de soie, écharpe blanche, tenant une truelle !... et un discours ; la cérémonie se terminera par les cris mille fois répétés de* vive le roi ! — *Vous allez être bien fat de m'avoir fait remplir les quatre pages ; mais je m'ennuie, monsieur, je vous le répète, et, par cette raison, je vous permets de m'écrire très longuement. A propos, je trouve extraordinaire que vous ne m'ayez pas encore mandé votre heureuse arrivée dans* Pietranera-Castle.

Lydia.

« *P.S. Je vous demande d'écouter le préfet, et de faire ce qu'il vous dira. Nous avons arrêté ensemble que vous deviez en agir ainsi, et cela me fera plaisir.* »

Orso lut trois ou quatre fois cette lettre accompagnant mentalement chaque lecture de commentaires sans nombre ; puis il fit une longue réponse, qu'il chargea Saveria de porter à un homme du village qui partait la nuit même pour Ajaccio. Déjà il ne pensait guère à discuter avec sa sœur les griefs vrais ou faux des Barricini, la lettre de Miss Lydia lui faisait tout voir en couleur rose ; il n'avait plus ni soupçons, ni haine. Après avoir attendu quelque temps que sa sœur redescendît, et ne la voyant pas reparaître, il alla se coucher, le cœur plus léger qu'il ne s'était senti depuis longtemps. Chilina ayant été congédiée avec des instructions secrètes, Colomba passa la plus grande partie de la nuit à lire de vieilles paperasses. Un peu avant le jour, quelques petits cailloux furent lancés contre sa fenêtre ; à ce signal, elle descendit au jardin, ouvrit une porte dérobée, et introduisit dans sa maison deux hommes de fort mauvaise mine ; son premier soin fut de les mener à la cuisine et de leur donner à manger. Ce qu'étaient ces hommes, on le saura tout à l'heure.

CHAPITRE XV

Le matin, vers six heures, un domestique du préfet frappait à la maison d'Orso. Reçu par Colomba, il lui dit que le préfet allait partir, et qu'il attendait son frère. Colomba répondit sans hésiter que son frère venait de tomber dans l'escalier et de se fouler le pied ; qu'étant hors d'état de faire un pas, il suppliait M. le préfet de l'excuser, et serait très reconnaissant s'il daignait prendre la peine de passer chez lui. Peu après ce message, Orso descendit et demanda à sa sœur si le préfet ne l'avait pas envoyé chercher.

« Il vous prie de l'attendre ici », dit-elle avec la plus grande assurance.

Une demi-heure s'écoula sans qu'on aperçût le moindre mouvement du côté de la maison des Barricini ; cependant Orso demandait à Colomba si elle avait fait quelque découverte ; elle répondit qu'elle s'expliquerait devant le préfet. Elle affectait un grand calme, mais son teint et ses yeux annonçaient une agitation fébrile.

Enfin, on vit s'ouvrir la porte de la maison Barricini ; le préfet, en habit de voyage, sortit le premier, suivi du maire et de ses deux fils. Quelle fut la stupéfaction des habitants de Pietranera, aux aguets depuis le lever du soleil, pour assister au départ du premier magistrat du département, lorsqu'ils le virent, accompagné des trois Barricini, traverser la place en droite ligne et entrer dans la maison della Rebbia. « Ils font la paix ! » s'écrièrent les politiques du village.

« Je vous le disais bien, ajouta un vieillard, Orso Antonio a trop vécu sur le continent pour faire les choses comme un homme de cœur.

— Pourtant, répondit un rebbianiste, remarquez que ce sont les Barricini qui viennent le trouver. Ils demandent grâce.

— C'est le préfet qui les a tous embobinés, répliqua le vieillard ; on n'a plus de courage aujourd'hui, et les jeunes gens se soucient du sang de leur père comme s'ils étaient tous des bâtards. »

Le préfet ne fut pas médiocrement surpris de trouver Orso debout et marchant sans peine. En deux mots, Colomba s'accusa de son mensonge et lui en demanda pardon :

« Si vous aviez demeuré ailleurs, monsieur le préfet, dit-elle, mon frère serait allé hier vous présenter ses respects. »

Orso se confondait en excuses, protestant qu'il n'était pour rien dans cette ruse ridicule, dont il était profondément mortifié. Le préfet et le vieux Barricini parurent croire à la sincérité de ses regrets, justifiés d'ailleurs par sa confusion et les reproches qu'il adressait à sa sœur ; mais les fils du maire ne parurent pas satisfaits :

« On se moque de nous, dit Orlanduccio, assez haut pour être entendu.

— Si ma sœur me jouait de ces tours, dit Vincentello, je lui ôterais bien vite l'envie de recommencer. »

Ces paroles, et le ton dont elles furent prononcées, déplurent à Orso et lui firent perdre un peu de sa bonne volonté. Il échangea avec les jeunes Barricini des regards où ne se peignait nulle bienveillance.

Cependant tout le monde étant assis, à l'exception de Colomba, qui se tenait debout près de la porte de la cuisine, le préfet prit la parole, et, après quelques lieux communs sur les préjugés du pays, rappela que la plupart des inimitiés les plus invétérées n'avaient pour cause que des malentendus. Puis, s'adressant au maire, il lui dit que M. della Rebbia n'avait jamais cru que la famille Barricini eût pris une part directe ou indirecte dans l'événement déplorable qui l'avait privé de son père ; qu'à la vérité il avait conservé quelques doutes relatifs à une particularité du procès qui avait existé entre les deux familles ; que ce doute s'excusait par la longue absence de M. Orso et la nature des renseignements qu'il avait reçus ; qu'éclairé maintenant par des révélations récentes, il se tenait pour complètement satisfait, et désirait établir avec M. Barricini et ses fils des relations d'amitié et de bon voisinage.

Orso s'inclina d'un air contraint ; M. Barricini balbutia quelques mots que personne n'entendit ; ses fils regardèrent les poutres du plafond. Le préfet, continuant sa harangue, allait adresser à Orso la contrepartie de ce qu'il venait de débiter à M. Barricini, lorsque Colomba, tirant de dessous son fichu quelques papiers, s'avança gravement entre les parties contractantes :

« Ce serait avec un bien vif plaisir, dit-elle, que je verrais finir la guerre entre nos deux familles ; mais pour que la réconciliation soit sincère, il faut s'expliquer et ne rien laisser dans le doute. — Monsieur le préfet, la déclaration de Tomaso Bianchi m'était à bon droit suspecte, venant d'un homme aussi mal famé. — J'ai dit que vos fils peut-être avaient vu cet homme dans la prison de Bastia.

— Cela est faux, interrompit Orlanduccio, je ne l'ai point vu. »

Colomba lui jeta un regard de mépris, et poursuivit avec beaucoup de calme en apparence :

« Vous avez expliqué l'intérêt que pouvait avoir Tomaso à menacer M. Barricini au nom d'un bandit redoutable, par le désir qu'il avait de conserver à son frère Théodore le moulin que mon père lui louait à bas prix ?...

— Cela est évident, dit le préfet.

— De la part d'un misérable comme paraît être ce Bianchi, tout s'explique, dit Orso, trompé par l'air de modération de sa sœur.

— La lettre contrefaite, continua Colomba, dont les yeux commençaient à briller d'un éclat plus vif, est datée du 11 juillet. Tomaso était alors chez son frère au moulin.

— Oui, dit le maire un peu inquiet.

— Quel intérêt avait donc Tomaso Bianchi ? s'écria Colomba d'un air de triomphe. Le bail de son frère était expiré ; mon père lui avait donné congé le l^{er} juillet. Voici le registre de mon père, la minute de congé, la lettre d'un homme d'affaires d'Ajaccio qui nous proposait un nouveau meunier. »

En parlant ainsi, elle remit au préfet les papiers qu'elle tenait à la main.

Il y eut un moment d'étonnement général. Le maire pâlit visiblement ; Orso, fronçant le sourcil, s'avança pour prendre connaissance des papiers que le préfet lisait avec beaucoup d'attention.

« On se moque de nous ! s'écria de nouveau Orlanduccio en se levant avec colère. Allons-nous-en, mon père, nous n'aurions jamais dû venir ici ! »

Un instant suffit à M. Barricini pour reprendre son sang-froid. Il demanda à examiner les papiers ; le préfet les lui remit sans dire un mot. Alors, relevant ses lunettes vertes sur son front, il les parcourut d'un air assez indifférent, pendant que Colomba l'observait avec les yeux d'une tigresse qui voit un daim s'approcher de la tanière de ses petits.

« Mais, dit M. Barricini rabaissant ses lunettes et rendant les papiers au préfet, — connaissant la bonté de feu M. le colonel... Tomaso a pensé... il a dû penser... que M. le colonel reviendrait sur sa résolution de lui donner congé... De fait, il est resté en possession du moulin, donc...

— C'est moi, dit Colomba d'un ton de mépris, qui le lui ai conservé. Mon père était mort, et dans ma position, je devais ménager les clients de ma famille.

— Pourtant, dit le préfet, ce Tomaso reconnaît qu'il a écrit la lettre..., cela est clair.

— Ce qui est clair pour moi, interrompit Orso, c'est qu'il y a de grandes infamies cachées dans toute cette affaire.

— J'ai encore à contredire une assertion de ces messieurs », dit Colomba.

Elle ouvrit la porte de la cuisine, et aussitôt entrèrent dans la salle Brandolaccio, le licencié en théologie et le chien Brusco. Les deux bandits étaient sans armes, au moins apparentes ; ils avaient la cartouchière à la ceinture, mais point le pistolet qui en est le complément obligé. En entrant dans la salle, ils ôtèrent respectueusement leurs bonnets.

On peut concevoir l'effet que produisit leur subite apparition. Le maire pensa tomber à la renverse ; ses fils se jetèrent bravement devant lui, la main dans la poche de leur habit, cherchant leurs stylets. Le préfet fit un mouvement vers la porte, tandis qu'Orso, saisissant Brandolaccio au collet lui cria :

« Que viens-tu faire ici, misérable ?

— C'est un guet-apens ! » s'écria le maire essayant d'ouvrir la porte, mais Saveria l'avait fermée en dehors à double tour, d'après l'ordre des bandits, comme on le sut ensuite.

« Bonnes gens ! dit Brandolaccio, n'ayez pas peur de moi ; je ne suis pas si diable que je suis noir. Nous n'avons nulle mauvaise intention. Monsieur le préfet, je suis bien votre serviteur. — Mon lieutenant, de la douceur, vous m'étranglez. — Nous venons ici comme témoins. Allons, parle, toi, Curé, tu as la langue bien pendue.

— Monsieur le préfet, dit le licencié, je n'ai pas l'honneur d'être connu de vous. Je m'appelle Giocanto Castriconi, plus connu sous le nom du Curé !... Ah ! vous me remettez ! Mademoiselle, que je n'avais pas l'avantage de connaître non plus, m'a fait prier de lui donner des renseignements sur un nommé Tomaso Bianchi, avec lequel j'étais détenu, il y a trois semaines, dans les prisons de Bastia. Voici ce que j'ai à vous dire...

— Ne prenez pas cette peine, dit le préfet ; je n'ai rien à entendre d'un homme comme vous... Monsieur della Rebbia, j'aime à croire que vous n'êtes pour rien dans cet odieux complot. Mais êtes-vous maître chez vous ? Faites ouvrir cette porte. Votre sœur aura peut-être à rendre compte des étranges relations qu'elle entretient avec des bandits.

— Monsieur le préfet, s'écria Colomba, daignez entendre ce que va dire cet homme. Vous êtes ici pour rendre justice à tous, et votre devoir est de rechercher la vérité. Parlez, Giocanto Castriconi.

— Ne l'écoutez pas ! s'écrièrent en chœur les trois Barricini.

— Si tout le monde parle à la fois, dit le bandit en souriant, ce n'est pas le moyen de s'entendre. Dans la prison donc, j'avais pour compagnon, non pour ami, ce Tomaso en question. Il recevait de fréquentes visites de M. Orlanduccio...

— C'est faux, s'écrièrent à la fois les deux frères.

— Deux négations valent une affirmation, observa froidement Castriconi. Tomaso avait de l'argent ; il mangeait et buvait du meilleur. J'ai toujours aimé la bonne chère (c'est là mon moindre défaut), et, malgré ma répugnance à frayer avec ce drôle, je me laissai aller à dîner plusieurs fois avec lui. Par reconnaissance, je lui proposai de s'évader avec moi... Une petite... pour qui j'avais eu des bontés, m'en avait fourni les moyens... Je ne veux compromettre personne. Tomaso refusa, me dit qu'il était sûr de son affaire, que l'avocat Barricini l'avait recommandé à tous les juges, qu'il sortirait de là blanc comme neige et avec de l'argent en poche. Quant à moi, je crus devoir prendre l'air. *Dixi.*

— Tout ce que dit cet homme est un tas de mensonges, répéta résolument Orlanduccio. Si nous étions en rase campagne, chacun avec notre fusil, il ne parlerait pas de la sorte.

— En voilà une de bêtise ! s'écria Brandolaccio. Ne vous brouillez pas avec le Curé, Orlanduccio.

— Me laisserez-vous sortir enfin, monsieur della Rebbia ? dit le préfet frappant du pied d'impatience.

— Saveria ! Saveria ! criait Orso, ouvrez la porte, de par le diable !

— Un instant, dit Brandolaccio. Nous avons d'abord à filer, nous, de notre côté. Monsieur le préfet, il est d'usage, quand on se rencontre chez des amis communs, de se donner une demi-heure de trêve en se quittant. »

Le préfet lui lança un regard de mépris.

« Serviteur à toute la compagnie », dit Brandolaccio. Puis étendant le bras horizontalement : « Allons, Brusco, dit-il à son chien, saute pour M. le préfet ! »

Le chien sauta, les bandits reprirent à la hâte leurs armes dans la cuisine, s'enfuirent par le jardin, et à un coup de sifflet aigu la porte de la salle s'ouvrit comme par enchantement.

« Monsieur Barricini, dit Orso avec une fureur concentrée, je vous tiens pour un faussaire. Dès aujourd'hui j'enverrai ma plainte contre vous au procureur du roi, pour faux et pour complicité avec Bianchi. Peut-être aurai-je encore une plainte plus terrible à porter contre vous.

— Et moi, monsieur della Rebbia, dit le maire, je porterai ma plainte contre vous pour guet-apens et pour complicité avec des bandits. En attendant, M. le préfet vous recommandera à la gendarmerie.

— Le préfet fera son devoir, dit celui-ci d'un ton sévère. Il veillera à ce que l'ordre ne soit pas troublé à Pietranera, il prendra soin que justice soit faite. Je parle à vous tous, messieurs. »

Le maire et Vincentello étaient déjà hors de la salle, et Orlanduccio les suivait à reculons lorsque Orso lui dit à voix basse :

« Votre père est un vieillard que j'écraserais d'un soufflet : c'est à vous que j'en destine, à vous et à votre frère. »

Pour réponse, Orlanduccio tira son stylet et se jeta

sur Orso comme un furieux ; mais, avant qu'il pût faire usage de son arme, Colomba lui saisit le bras qu'elle tordit avec force pendant qu'Orso, le frappant du poing au visage, le fit reculer quelques pas et heurter rudement contre le chambranle de la porte. Le stylet échappa de la main d'Orlanduccio, mais Vincentello avait le sien et rentrait dans la chambre, lorsque Colomba, sautant sur un fusil, lui prouva que la partie n'était pas égale. En même temps le préfet se jeta entre les combattants.

« A bientôt, Ors' Anton' », cria Orlanduccio ; et, tirant violemment la porte de la salle, il la ferma à clef pour se donner le temps de faire retraite.

Orso et le préfet demeurèrent un quart d'heure sans parler, chacun à un bout de la salle, Colomba, l'orgueil du triomphe sur le front, les considérait tour à tour, appuyée sur le fusil qui avait décidé de la victoire.

« Quel pays ! quel pays ! s'écria enfin le préfet en se levant impétueusement. Monsieur della Rebbia, vous avez eu tort. Je vous demande votre parole d'honneur de vous abstenir de toute violence et d'attendre que la justice décide dans cette maudite affaire.

— Oui, monsieur le préfet, j'ai eu tort de frapper ce misérable ; mais enfin j'ai frappé, et je ne puis lui refuser la satisfaction qu'il m'a demandée.

— Eh ! non, il ne veut pas se battre avec vous !... Mais s'il vous assassine... Vous avez bien fait tout ce qu'il fallait pour cela.

— Nous nous garderons, dit Colomba.

— Orlanduccio, dit Orso, me paraît un garçon de courage et j'augure mieux de lui, monsieur le préfet. Il a été prompt à tirer son stylet, mais à sa place, j'en aurais peut-être agi de même ; et je suis heureux que ma sœur n'ait pas un poignet de petite-maîtresse.

— Vous ne vous battrez pas ! s'écria le préfet ; je vous le défends !

— Permettez-moi de vous dire, monsieur, qu'en matière d'honneur je ne reconnais d'autre autorité que celle de ma conscience.

— Je vous dis que vous ne vous battrez pas !

— Vous pouvez me faire arrêter, monsieur... c'est-à-dire si je me laisse prendre. Mais, si cela arrivait, vous ne feriez que différer une affaire maintenant inévitable. Vous êtes homme d'honneur, monsieur le préfet, et vous savez bien qu'il n'en peut être autrement.

— Si vous faisiez arrêter mon frère, ajouta Colomba, la moitié du village prendrait son parti, et nous verrions une belle fusillade.

— Je vous préviens, monsieur, dit Orso, et je vous supplie de ne pas croire que je fais une bravade ; je vous préviens que si M. Barricini abuse de son autorité de maire pour me faire arrêter, je me défendrai.

— Dès aujourd'hui, dit le préfet, M. Barricini est suspendu de ses fonctions... Il se justifiera, je l'espère... Tenez, monsieur, vous m'intéressez. Ce que je vous demande est bien peu de chose : restez chez vous tranquille jusqu'à mon retour de Corte. Je ne serai que trois jours absent. Je reviendrai avec le procureur du roi, et nous débrouillerons alors complètement cette triste affaire. Me promettez-vous de vous abstenir jusque-là de toute hostilité ?

— Je ne puis le promettre, monsieur, si, comme je le pense, Orlanduccio me demande une rencontre.

— Comment ! monsieur della Rebbia, vous, militaire français, vous voulez vous battre avec un homme que vous soupçonnez d'un faux ?

— Je l'ai frappé, monsieur.

— Mais, si vous aviez frappé un galérien et qu'il vous en demandât raison, vous vous battriez donc avec lui ? Allons, monsieur Orso ! Eh bien, je vous demande encore moins : ne cherchez pas Orlanduccio... Je vous permets de vous battre s'il vous demande un rendez-vous.

— Il m'en demandera, je n'en doute point, mais je vous promets de ne pas lui donner d'autres soufflets pour l'engager à se battre.

— Quel pays ! répétait le préfet en se promenant à grands pas. Quand donc reviendrai-je en France ?

— Monsieur le préfet, dit Colomba de sa voix la plus douce, il se fait tard, nous feriez-vous l'honneur de déjeuner ici ? »

Le préfet ne put s'empêcher de rire.

« Je suis demeuré déjà trop longtemps ici... cela ressemble à de la partialité... Et cette maudite pierre !... Il faut que je parte... Mademoiselle della Rebbia..., que de malheurs vous avez préparés peut-être aujourd'hui !

— Au moins, monsieur le préfet, vous rendrez à ma sœur la justice de croire que ses convictions sont profondes ; et, j'en suis sûr maintenant, vous les croyez vous-même bien établies.

— Adieu, monsieur, dit le préfet en lui faisant un signe de la main. Je vous préviens que je vais donner l'ordre au brigadier de gendarmerie de suivre toutes vos démarches. »

Lorsque le préfet fut sorti :

« Orso, dit Colomba, vous n'êtes point ici sur le continent. Orlanduccio n'entend rien à vos duels, et d'ailleurs ce n'est pas de la mort d'un brave que ce misérable doit mourir.

— Colomba, ma bonne, tu es la femme forte. Je t'ai de grandes obligations pour m'avoir sauvé un bon coup de couteau. Donne-moi ta petite main que je la baise. Mais, vois-tu, laisse-moi faire. Il y a certaines choses que tu n'entends pas. Donne-moi à déjeuner ; et, aussitôt que le préfet se sera mis en route, fais-moi venir la petite Chilina qui paraît s'acquitter à merveille des commissions qu'on lui donne. J'aurai besoin d'elle pour porter une lettre. »

Pendant que Colomba surveillait les apprêts du déjeuner, Orso monta dans sa chambre et écrivit le billet suivant :

« Vous devez être pressé de me rencontrer ; je ne le suis pas moins. Demain matin nous pourrons nous trouver à six heures dans la vallée d'Acquaviva. Je suis très adroit au pistolet, et je ne vous propose pas cette arme. On dit

que vous tirez bien le fusil : prenons chacun un fusil à
deux coups. Je viendrai accompagné d'un homme de ce
village. Si votre frère veut vous accompagner, prenez un
second témoin et prévenez-moi. Dans ce cas seulement
j'aurai deux témoins.

« Orso Antonio Della Rebbia. »

Le préfet, après être resté une heure chez l'adjoint du
maire, après être entré pour quelques minutes chez les
Barricini, partit pour Corte, escorté d'un seul gendarme. Un quart d'heure après, Chilina porta la lettre
qu'on vient de lire et la remit à Orlanduccio en propres
mains.

La réponse se fit attendre et ne vint que dans la
soirée. Elle était signée de M. Barricini père, et il
annonçait à Orso qu'il déférait au procureur du roi la
lettre de menace adressée à son fils. « Fort de ma
conscience, ajoutait-il en terminant, j'attends que la
justice ait prononcé sur vos calomnies. »

Cependant cinq ou six bergers mandés par Colomba
arrivèrent pour garnisonner la tour des della Rebbia.
Malgré les protestations d'Orso, on pratiqua des
archere aux fenêtres donnant sur la place, et toute la
soirée il reçut des offres de service de différentes personnes du bourg. Une lettre arriva même du théologien
bandit, qui promettait, en son nom et en celui de
Brandolaccio, d'intervenir si le maire se faisait assister
de la gendarmerie. Il finissait par ce *post-scriptum* :
« Oserai-je vous demander ce que pense M. le préfet de
l'excellente éducation que mon ami donne au chien
Brusco ? Après Chilina, je ne connais pas d'élève plus
docile et qui montre de plus heureuses dispositions. »

CHAPITRE XVI

Le lendemain se passa sans hostilités. De part et d'autre on se tenait sur la défensive. Orso ne sortit pas de sa maison, et la porte des Barricini resta constamment fermée. On voyait les cinq gendarmes laissés en garnison à Pietranera se promener sur la place ou aux environs du village, assistés du garde champêtre, seul représentant de la milice urbaine. L'adjoint ne quittait pas son écharpe ; mais, sauf les *archere* aux fenêtres des deux maisons ennemies, rien n'indiquait la guerre. Un Corse seul aurait remarqué que sur la place, autour du chêne vert, on ne voyait que des femmes.

A l'heure du souper, Colomba montra d'un air joyeux à son frère la lettre suivante qu'elle venait de recevoir de Miss Nevil :

« *Ma chère mademoiselle Colomba, j'apprends avec bien du plaisir, par une lettre de votre frère, que vos inimitiés sont finies. Recevez-en mes compliments. Mon père ne peut plus souffrir Ajaccio depuis que votre frère n'est plus là pour parler guerre et chasser avec lui. Nous partons aujourd'hui, et nous irons coucher chez votre parente, pour laquelle nous avons une lettre. Après-demain, vers onze heures, je viendrai vous demander à goûter de ce bruccio des montagnes, si supérieur, dites-vous, à celui de la ville.*

« *Adieu, chère mademoiselle Colomba.*

« *Votre amie,*

« Lydia Nevil. »

« Elle n'a donc pas reçu ma seconde lettre ? s'écria Orso.

— Vous voyez, par la date de la sienne, que Mme Lydia devait être en route quand votre lettre est arrivée à Ajaccio. Vous lui disiez donc de ne pas venir ?

— Je lui disais que nous étions en état de siège. Ce n'est pas, ce me semble, une situation à recevoir du monde.

— Bah ! ces Anglais sont des gens singuliers. Elle me disait, la dernière nuit que j'ai passée dans sa chambre, qu'elle serait fâchée de quitter la Corse sans avoir vu une belle vendette. Si vous le vouliez, Orso, on pourrait lui donner le spectacle d'un assaut contre la maison de nos ennemis ?

— Sais-tu, dit Orso, que la nature a eu tort de faire de toi une femme, Colomba ? Tu aurais été un excellent militaire.

— Peut-être. En tout cas je vais faire mon bruccio.

— C'est inutile. Il faut envoyer quelqu'un pour les prévenir et les arrêter avant qu'ils se mettent en route.

— Oui ? vous voulez envoyer un messager par le temps qu'il fait, pour qu'un torrent l'emporte avec votre lettre... Que je plains les pauvres bandits par cet orage ! Heureusement, ils ont de bons *piloni**. Savez-vous ce qu'il faut faire, Orso ? Si l'orage cesse, partez demain de très bonne heure, et arrivez chez notre parente avant que vos amis se soient mis en route. Cela vous sera facile, Miss Lydia se lève toujours tard. Vous leur conterez ce qui s'est passé chez nous ; et s'ils persistent à venir, nous aurons grand plaisir à les recevoir. »

Orso se hâta de donner son assentiment à ce projet, et Colomba, après quelques moments de silence :

« Vous croyez peut-être, Orso, reprit-elle, que je plaisantais lorsque je vous parlais d'un assaut contre la

*Manteau de drap très épais garni d'un capuchon.

maison Barricini ? Savez-vous que nous sommes en force, deux contre un au moins ? Depuis que le préfet a suspendu le maire, tous les hommes d'ici sont pour nous. Nous pourrions les hacher. Il serait facile d'entamer l'affaire. Si vous le vouliez, j'irais à la fontaine, je me moquerais de leurs femmes ; ils sortiraient... Peut-être... car ils sont si lâches ! peut-être tireraient-ils sur moi par leurs *archere* ; ils me manqueraient. Tout est dit alors : ce sont eux qui attaquent. Tant pis pour les vaincus : dans une bagarre où trouver ceux qui ont fait un bon coup ? Croyez-en votre sœur, Orso ; les robes noires qui vont venir saliront du papier, diront bien des mots inutiles. Il n'en résultera rien. Le vieux renard trouverait moyen de leur faire voir des étoiles en plein midi. Ah ! si le préfet ne s'était pas mis devant Vincentello, il y en avait un de moins. »

Tout cela était dit avec le même sang-froid qu'elle mettait l'instant d'auparavant à parler des préparatifs du bruccio.

Orso, stupéfait, regardait sa sœur avec une admiration mêlée de crainte.

« Ma douce Colomba, dit-il en se levant de table, tu es, je le crains, le diable en personne ; mais sois tranquille. Si je ne parviens pas à faire pendre les Barricini, je trouverai moyen d'en venir à bout d'une autre manière. Balle chaude ou fer froid[*] ! Tu vois que je n'ai pas oublié le corse.

— Le plus tôt serait le mieux, dit Colomba en soupirant. Quel cheval monterez-vous demain, Ors' Anton' ?

— Le noir. Pourquoi me demandes-tu cela ?

— Pour lui faire donner de l'orge. »

Orso s'étant retiré dans sa chambre, Colomba envoya coucher Saveria et les bergers, et demeura seule dans la cuisine où se préparait le bruccio. De temps en temps elle prêtait l'oreille et paraissait attendre impatiemment que son frère se fût couché. Lorsqu'elle le crut

---

[*]*Palla calda u farru freddu*, locution très usitée.

enfin endormi, elle prit un couteau, s'assura qu'il était tranchant, mit ses petits pieds dans de gros souliers, et, sans faire le moindre bruit, elle entra dans le jardin.

Le jardin, fermé de murs, touchait à un terrain assez vaste, enclos de haies, où l'on mettait les chevaux, car les chevaux corses ne connaissent guère l'écurie. En général on les lâche dans un champ et l'on s'en rapporte à leur intelligence pour trouver à se nourrir et à s'abriter contre le froid et la pluie.

Colomba ouvrit la porte du jardin avec la même précaution, entra dans l'enclos, et en sifflant doucement elle attira près d'elle les chevaux, à qui elle portait souvent du pain et du sel. Dès que le cheval noir fut à sa portée, elle le saisit fortement par la crinière et lui fendit l'oreille avec son couteau. Le cheval fit un bond terrible et s'enfuit en faisant entendre ce cri aigu qu'une vive douleur arrache quelquefois aux animaux de son espèce. Satisfaite alors, Colomba rentrait dans le jardin, lorsque Orso ouvrit sa fenêtre et cria : « Qui va là ? » En même temps elle entendit qu'il armait son fusil. Heureusement pour elle, la porte du jardin était dans une obscurité complète, et un grand figuier la couvrait en partie. Bientôt, aux lueurs intermittentes qu'elle vit briller dans la chambre de son frère, elle conclut qu'il cherchait à rallumer sa lampe. Elle s'empressa alors de fermer la porte du jardin, et se glissant le long des murs, de façon que son costume noir se confondît avec le feuillage sombre des espaliers, elle parvint à rentrer dans la cuisine quelques moments avant qu'Orso ne parût.

« Qu'y a-t-il ? lui demanda-t-elle.

— Il m'a semblé, dit Orso, qu'on ouvrait la porte du jardin.

— Impossible. Le chien aurait aboyé. Au reste, allons voir. »

Orso fit le tour du jardin, et après avoir constaté que la porte extérieure était bien fermée, un peu honteux de cette fausse alerte, il se disposa à regagner sa chambre.

« J'aime à voir, mon frère, dit Colomba, que vous devenez prudent, comme on doit l'être dans votre position.

— Tu me formes, répondit Orso. Bonsoir. »

Le matin avec l'aube Orso s'était levé, prêt à partir. Son costume annonçait à la fois la prétention à l'élégance d'un homme qui va se présenter devant une femme à qui il veut plaire, et la prudence d'un Corse en vendette. Par-dessus une redingote bleue bien serrée à la taille, il portait en bandoulière une petite boîte de fer-blanc contenant des cartouches, suspendue à un cordon de soie verte ; son stylet était placé dans une poche de côté, et il tenait à la main le beau fusil de Manton chargé à balles. Pendant qu'il prenait à la hâte une tasse de café versée par Colomba, un berger était sorti pour seller et brider le cheval. Orso et sa sœur le suivirent de près et entrèrent dans l'enclos. Le berger s'était emparé du cheval, mais il avait laissé tomber selle et bride, et paraissait saisi d'horreur, pendant que le cheval, qui se souvenait de la blessure de la nuit précédente et qui craignait pour son autre oreille, se cabrait, ruait, hennissait, faisait le diable à quatre.

« Allons, dépêche-toi, lui cria Orso.

— Ha ! Ors' Anton' ! ha ! Ors' Anton' ! s'écriait le berger, sang de la Madone ! etc. »

C'étaient des imprécations sans nombre et sans fin, dont la plupart ne pourraient se traduire.

« Qu'est-il donc arrivé ? » demanda Colomba.

Tout le monde s'approcha du cheval, et, le voyant sanglant et l'oreille fendue, ce fut une exclamation générale de surprise et d'indignation. Il faut savoir que mutiler le cheval de son ennemi est, pour les Corses, à la fois une vengeance, un défi et une menace de mort. « Rien qu'un coup de fusil n'est capable d'expier ce forfait. » Bien qu'Orso, qui avait longtemps vécu sur le continent, sentît moins qu'un autre l'énormité de l'outrage, cependant, si dans ce moment quelque barriciniste se fût présenté à lui, il est probable qu'il lui eût fait immédiatement expier une insulte qu'il attribuait à ses ennemis.

« Les lâches coquins ! s'écria-t-il, se venger sur une pauvre bête, lorsqu'ils n'osent me rencontrer en face !

— Qu'attendons-nous ? s'écria Colomba impétueusement. Ils viennent nous provoquer, mutiler nos chevaux et nous ne leur répondrions pas ! Êtes-vous hommes ?

— Vengeance ! répondirent les bergers. Promenons le cheval dans le village et donnons l'assaut à leur maison.

— Il y a une grange couverte de paille qui touche à leur tour, dit le vieux Polo Griffo, en un tour de main je la ferai flamber. »

Un autre proposait d'aller chercher les échelles du clocher de l'église ; un troisième, d'enfoncer les portes de la maison Barricini au moyen d'une poutre déposée sur la place et destinée à quelque bâtiment en construction. Au milieu de toutes ces voix furieuses, on entendait ceux de Colomba annonçant à ses satellites qu'avant de se mettre à l'œuvre chacun allait recevoir d'elle un grand verre d'anisette.

Malheureusement, ou plutôt heureusement, l'effet qu'elle s'était promis de sa cruauté envers le pauvre cheval était perdu en grande partie pour Orso. Il ne doutait pas que cette mutilation sauvage ne fût l'œuvre d'un de ses ennemis, et c'était Orlanduccio qu'il soupçonnait particulièrement ; mais il ne croyait pas que ce jeune homme, provoqué et frappé par lui, eût effacé sa honte en fendant l'oreille à un cheval. Au contraire, cette basse et ridicule vengeance augmentait son mépris pour ses adversaires, et il pensait maintenant avec le préfet que de pareilles gens ne méritaient pas de se mesurer avec lui. Aussitôt qu'il put se faire entendre, il déclara à ses partisans confondus qu'ils eussent à renoncer à leurs intentions belliqueuses, et que la justice, qui allait venir, vengerait fort bien l'oreille de son cheval.

« Je suis le maître ici, ajouta-t-il d'un ton sévère, et j'entends qu'on m'obéisse. Le premier qui s'avisera de parler encore de tuer ou de brûler, je pourrai bien le brûler à mon tour. Allons ! qu'on me selle le cheval gris.

— Comment, Orso, dit Colomba en le tirant à l'écart, vous souffrez qu'on nous insulte ! Du vivant de notre père, jamais les Barricini n'eussent osé mutiler une bête à nous.

— Je te promets qu'ils auront lieu de s'en repentir ; mais c'est aux gendarmes et aux geôliers à punir des misérables qui n'ont de courage que contre des animaux. Je te l'ai dit, la justice me vengera d'eux... ou sinon... tu n'auras besoin de me rappeler de qui je suis fils...

— Patience ! dit Colomba en soupirant.

— Souviens-toi bien, ma sœur, poursuivit Orso, que si à mon retour, je trouve qu'on a fait quelque démonstration contre les Barricini, jamais je ne te le pardonnerai. » Puis, d'un ton plus doux : « Il est fort possible, fort probable même, ajouta-t-il, que je reviendrai ici avec le colonel et sa fille ; fais en sorte que leurs chambres soient en ordre, que le déjeuner soit bon, enfin que nos hôtes soient le moins mal possible. C'est très bien, Colomba, d'avoir du courage, mais il faut encore qu'une femme sache tenir une maison. Allons, embrasse-moi, sois sage ; voilà le cheval gris sellé.

— Orso, dit Colomba, vous ne partirez point seul.

— Je n'ai besoin de personne, dit Orso, et je te réponds que je ne me laisserai pas couper l'oreille.

— Oh ! jamais je ne vous laisserai partir seul en temps de guerre. Ho ! Polo Griffo ! Gian' Francè ! Memmo ! prenez vos fusils ; vous allez accompagner mon frère. »

Après une discussion assez vive, Orso dut se résigner à se faire suivre d'une escorte. Il prit parmi ses bergers les plus animés ceux qui avaient conseillé le plus haut de commencer la guerre ; puis, après avoir renouvelé ses injonctions à sa sœur et aux bergers restants, il se mit en route, prenant cette fois un détour pour éviter la maison Barricini.

Déjà ils étaient loin de Pietranera, et marchaient de grande hâte, lorsque au passage d'un petit ruisseau qui se perdait dans un marécage le vieux Polo Griffo aperçut plusieurs cochons confortablement couchés dans la boue, jouissant à la fois du soleil et de la fraîcheur de l'eau. Aussitôt, ajustant le plus gros, il lui tira un coup de fusil dans la tête et le tua sur la place. Les camarades du mort se levèrent et s'enfuirent avec une légèreté surprenante ; et bien que l'autre berger fît feu à son tour, ils gagnèrent sains et saufs un fourré où ils disparurent.

« Imbéciles ! s'écria Orso ; vous prenez des cochons pour des sangliers.

— Non pas, Ors' Anton', répondit Polo Griffo ; mais ce troupeau appartient à l'avocat, et c'est pour lui apprendre à mutiler nos chevaux.

— Comment, coquins ! s'écria Orso transporté de fureur, vous imitez les infamies de nos ennemis ! Quittez-moi, misérables ! Je n'ai pas besoin de vous. Vous n'êtes bons qu'à vous battre contre des cochons. Je jure Dieu que si vous osez me suivre je vous casse la tête ! »

Les deux bergers s'entre-regardèrent interdits. Orso donna des éperons à son cheval et disparut au galop.

« Eh bien, dit Polo Griffo, en voilà d'une bonne ! Aimez donc les gens pour qu'ils vous traitent comme cela ! Le colonel, son père, t'en a voulu parce que tu as une fois couché en joue l'avocat... Grande bête, de ne pas tirer !... Et le fils... tu vois ce que j'ai fait pour lui... Il parle de me casser la tête, comme on fait d'une gourde qui ne tient plus le vin. Voilà ce qu'on apprend sur le continent, Memmo !

— Oui, et si l'on sait que tu as tué un cochon, on te fera un procès, et Ors' Anton' ne voudra pas parler aux juges ni payer l'avocat. Heureusement personne ne t'a vu, et saint Nega est là pour te tirer d'affaire. »

Après une courte délibération, les deux bergers

conclurent que le plus prudent était de jeter le porc dans une fondrière, projet qu'ils mirent à exécution, bien entendu après avoir pris chacun quelques grillades sur l'innocente victime de la haine des della Rebbia et des Barricini.

CHAPITRE XVII

Débarrassé de son escorte indisciplinée, Orso continuait sa route, plus préoccupé du plaisir de revoir Miss Nevil que de la crainte de rencontrer ses ennemis. « Le procès que je vais avoir avec ces misérables Barricini, se disait-il, va m'obliger d'aller à Bastia. Pourquoi n'accompagnerais-je pas Miss Nevil ? Pourquoi, de Bastia, n'irions-nous pas ensemble aux eaux d'Orezza ? » Tout à coup des souvenirs d'enfance lui rappelèrent nettement ce site pittoresque. Il se crut transporté sur une verte pelouse au pied des châtaigniers séculaires. Sur un gazon d'une herbe lustrée, parsemé de fleurs bleues ressemblant à des yeux qui lui souriaient, il voyait Miss Lydia assise auprès de lui. Elle avait ôté son chapeau, et ses cheveux blonds, plus fins et plus doux que la soie, brillaient comme de l'or au soleil qui pénétrait au travers du feuillage. Ses yeux, d'un bleu si pur, lui paraissaient plus bleus que le firmament. La joue appuyée sur une main, elle écoutait toute pensive les paroles d'amour qu'il lui adressait en tremblant. Elle avait cette robe de mousseline qu'elle portait le dernier jour qu'il l'avait vue à Ajaccio. Sous les plis de cette robe s'échappait un petit pied dans un soulier de satin noir. Orso se disait qu'il serait bien heureux de baiser ce pied ; mais une des mains de Miss Lydia n'était pas gantée, et elle tenait une pâquerette. Orso lui prenait cette pâquerette, et la main de Lydia serrait la sienne ; et il baisait la pâquerette, et puis la main, et on ne se fâchait pas... Et toutes ces pensées l'empêchaient de faire attention à la route qu'il suivait, et cependant il trottait toujours. Il allait pour la seconde fois baiser en imagination la main blanche de Miss Nevil, quand il pensa baiser en réalité la tête de son cheval qui s'arrêta tout à coup. C'est que la petite Chilina lui barrait le chemin et lui saisissait la bride.

« Où allez-vous ainsi, Ors' Anton' ? disait-elle. Ne savez-vous pas que votre ennemi est près d'ici ?

— Mon ennemi ! s'écria Orso furieux de se voir interrompu dans un moment aussi intéressant. Où est-il ?

— Orlanduccio est près d'ici. Il vous attend. Retournez, retournez.

— Ah ! il m'attend ! Tu l'as vu ?

— Oui, Ors' Anton', j'étais couchée dans la fougère quand il a passé. Il regardait de tous les côtés avec sa lunette.

— De quel côté allait-il ?

— Il descendait par là, du côté où vous allez.

— Merci.

— Ors' Anton', ne feriez-vous pas bien d'attendre mon oncle ? Il ne peut tarder, et avec lui vous seriez en sûreté.

— N'aie pas peur, Chili, je n'ai pas besoin de ton oncle.

— Si vous vouliez, j'irais devant vous.

— Merci, merci. »

Et Orso, poussant son cheval, se dirigea rapidement du côté que la petite fille lui avait indiqué.

Son premier mouvement avait été un aveugle transport de fureur, et il s'était dit que la fortune lui offrait une excellente occasion de corriger ce lâche qui mutilait un cheval pour se venger d'un soufflet. Puis, tout en avançant, l'espèce de promesse qu'il avait faite au préfet, et surtout la crainte de manquer la visite de Miss Nevil, changeaient ses dispositions et lui faisaient presque désirer de ne pas rencontrer Orlanduccio. Bientôt le souvenir de son père, l'insulte faite à son cheval, les menaces des Barricini rallumaient sa colère, et l'excitaient à chercher son ennemi pour le provoquer et l'obliger à se battre. Ainsi agité par des résolutions contraires, il continuait de marcher en avant, mais, maintenant, avec précaution, examinant les buissons et les haies, et quelquefois même s'arrêtant pour écouter les bruits vagues qu'on entend dans la campagne. Dix minutes après avoir quitté la petite Chilina (il était alors environ neuf heures du matin), il se trouva au bord d'un coteau extrêmement rapide. Le chemin, ou plutôt le sentier à peine tracé qu'il suivait, traversait un maquis récemment brûlé. En ce lieu la terre était chargée de cendres blanchâtres, et çà et là des arbrisseaux et quelques gros arbres noircis par le feu et entièrement dépouillés de leurs feuilles se tenaient debout, bien qu'ils eussent cessé de vivre. En voyant un maquis brûlé, on se croit transporté dans un site du Nord au milieu de l'hiver, et le contraste de l'aridité des lieux que la flamme a parcourus avec la végétation luxuriante d'alentour les fait paraître encore plus tristes et désolés. Mais dans ce paysage Orso ne voyait en ce moment qu'une chose, importante il est vrai, dans sa position, la terre étant nue ne pouvait cacher une embuscade, et celui qui peut craindre à chaque instant de voir sortir d'un fourré un canon de fusil dirigé contre sa poitrine, regarde comme une espèce d'oasis un terrain uni où rien n'arrête la vue. Au maquis brûlé succédaient plusieurs champs en culture, enclos, selon l'usage du pays, de murs en pierres sèches à hauteur d'appui. Le sentier passait entre ces enclos, où d'énormes châtaigniers, plantés confusément, présentaient de loin l'apparence d'un bois touffu.

Obligé par la roideur de la pente à mettre pied à terre, Orso, qui avait laissé la bride sur le cou de son cheval, descendait rapidement en glissant sur la cendre ; et il n'était guère qu'à vingt-cinq pas d'un de ces enclos en pierre à droite du chemin, lorsqu'il aperçut, précisément en face de lui, d'abord un canon de fusil, puis une tête dépassant la crête du mur. Le fusil

s'abaissa, et il reconnut Orlanduccio prêt à faire feu.
Orso fut prompt à se mettre en défense, et tous les deux,
se couchant en joue, se regardèrent quelques secondes
avec cette émotion poignante que le plus brave éprouve
au moment de donner ou de recevoir la mort.

« Misérable lâche ! » s'écria Orso...

Il parlait encore quand il vit la flamme du fusil
d'Orlanduccio, et presque en même temps un second
coup partit à sa gauche, de l'autre côté du sentier, tiré
par un homme qu'il n'avait point aperçu, et qui l'ajus-
tait posté derrière un autre mur. Les deux balles l'atteignirent : l'une, celle d'Orlanduccio, lui traversa le bras
gauche, qu'il lui présentait en le couchant en joue ;
l'autre le frappa à la poitrine, déchira son habit, mais,
rencontrant heureusement la lame de son stylet, s'apla-
tit dessus et ne lui fit qu'une contusion légère. Le bras
gauche d'Orso tomba immobile le long de sa cuisse, et
le canon de son fusil s'abaissa un instant ; mais il le
releva aussitôt, et dirigeant son arme de sa seule main
droite, il fit feu sur Orlanduccio. La tête de son ennemi,
qu'il ne découvrait que jusqu'aux yeux, disparut derrière le mur. Orso, se tournant à sa gauche, lâcha son
second coup sur un homme entouré de fumée qu'il
apercevait à peine. A son tour, cette figure disparut. Les
quatre coups de fusil s'étaient succédé avec une rapidité incroyable, et jamais soldats exercés ne mirent
moins d'intervalle dans un feu de file. Après le dernier
coup d'Orso, tout rentra dans le silence. La fumée sortie
de son arme montait lentement vers le ciel ; aucun
mouvement derrière le mur, pas le plus léger bruit.
Sans la douleur qu'il ressentait au bras, il aurait pu
croire que ces hommes sur qui il venait de tirer étaient
des fantômes de son imagination.

S'attendant à une seconde décharge, Orso fit quelques pas pour se placer derrière un de ces arbres brûlés
restés debout dans le maquis. Derrière cet abri, il plaça
son fusil entre se genoux et le rechargea à la hâte.
Cependant son bras gauche le faisait cruellement souf-

frir, et il lui semblait qu'il soutenait un poids énorme. Qu'étaient devenus ses adversaires? Il ne pouvait le comprendre. S'ils s'étaient enfuis, s'ils avaient été blessés, il aurait assurément entendu quelque bruit, quelque mouvement dans le feuillage. Étaient-ils donc morts, ou bien plutôt n'attendaient-ils pas, à l'abri de leur mur, l'occasion de tirer de nouveau sur lui? Dans cette incertitude, et sentant ses forces diminuer, il mit en terre le genou droit, appuya sur l'autre son bras blessé et se servit d'une branche qui partait du tronc de l'arbre brûlé pour soutenir son fusil. Le doigt sur la détente, l'œil fixé sur le mur, l'oreille attentive au moindre bruit, il demeura immobile pendant quelques minutes, qui lui parurent un siècle. Enfin, bien loin derrière lui, un cri éloigné se fit entendre, et bientôt un chien, descendant le coteau avec la rapidité d'une flèche, s'arrêta auprès de lui en remuant la queue. C'était Brusco, le disciple et le compagnon des bandits, annonçant sans doute l'arrivée de son maître; et jamais honnête homme ne fut plus impatiemment attendu. Le chien, le museau en l'air, tourné du côté de l'enclos le plus proche, flairait avec inquiétude. Tout à coup il fit entendre un grognement sourd, franchit le mur d'un bond, et presque aussitôt remonta sur la crête, d'où il regarda fixement Orso, exprimant dans ses yeux la surprise aussi clairement que chien le peut faire; puis il se remit le nez au vent, cette fois dans la direction de l'autre enclos, dont il sauta encore le mur. Au bout d'une seconde, il reparaissait sur la crête, montrant le même air d'étonnement et d'inquiétude; puis il sauta dans le maquis, la queue entre les jambes, regardant toujours Orso et s'éloignant de lui à pas lents, par une marche de côté, jusqu'à ce qu'il s'en trouvât à quelque distance. Alors, reprenant sa course, il remonta le coteau presque aussi vite qu'il l'avait descendu, à la rencontre d'un homme qui s'avançait rapidement malgré la roideur de la pente.

« A moi, Brando! s'écria Orso dès qu'il le crut à portée de voix.

« — Ho ! Ors' Anton' ! vous êtes blessé ? lui demanda Brandolaccio accourant tout essoufflé. Dans le corps ou dans les membres ?...

— Au bras.

— Au bras ! ce n'est rien. Et l'autre ?

— Je crois l'avoir touché. »

Brandolaccio, suivant son chien, courut à l'enclos le plus proche et se pencha pour regarder de l'autre côté du mur. Là, ôtant son bonnet :

« Salut au seigneur Orlanduccio, » dit-il. Puis, se tournant du côté d'Orso, il le salua à son tour d'un air grave :

« Voilà, dit-il, ce que j'appelle un homme proprement accommodé.

— Vit-il encore ? demanda Orso respirant avec peine.

— Oh ! il s'en garderait ; il a trop de chagrin de la balle que vous lui avez mise dans l'œil. Sang de la Madone, quel trou ! Bon fusil, ma foi ! Quel calibre ! Ça vous écrabouille une cervelle ! Dites donc, Ors' Anton', quand j'ai entendu d'abord pif ! pif ! je me suis dit : "Sacrebleu ! ils escofient mon lieutenant." Puis j'entends boum ! boum ! "Ah ! je dis, voilà le fusil anglais qui parle : il riposte..." Mais Brusco, qu'est-ce que tu me veux donc ? »

Le chien le mena à l'autre enclos.

« Excusez ! s'écria Brandolaccio stupéfait. Coup double ! rien que cela ! Peste ! on voit bien que la poudre est chère, car vous l'économisez.

— Qu'y a-t-il, au nom de Dieu ? demanda Orso.

— Allons ! ne faites donc pas le farceur, mon lieutenant ! vous jetez le gibier par terre, et vous voulez qu'on vous le ramasse... En voilà un qui va en avoir un drôle de dessert aujourd'hui ! c'est l'avocat Barricini. De la viande de boucherie, en veux-tu, en voilà ! Maintenant qui diable héritera ?

— Quoi ! Vincentello mort aussi ?

— Très mort. Bonne santé à nous autres* ! Ce qu'il y a de bon avec vous, c'est que vous ne les faites pas souffrir. Venez donc voir Vincentello : il est encore à genoux, la tête appuyée contre le mur. Il a l'air de dormir. C'est là le cas de dire : Sommeil de plomb. Pauvre diable ! »

Orso détourna la tête avec horreur.

« Es-tu sûr qu'il soit mort ?

— Vous êtes comme Sampiero Corso, qui ne donnait jamais qu'un coup. Voyez-vous, là..., dans la poitrine, à gauche ? tenez, comme Vincileone fut attrapé à Waterloo.

Je parierais bien que la balle n'est pas loin du cœur. Coup double ! Ah ! je ne me mêle plus de tirer. Deux en deux coups !... A balle !... Les deux frères !... S'il avait eu un troisième coup, il aurait tué le papa... On fera mieux une autre fois... Quel coup, Ors' Anton' !... Et dire que cela n'arrivera jamais à un brave garçon comme moi de faire coup double sur des gendarmes ! »

Tout en parlant, le bandit examinait le bras d'Orso et fendait sa manche avec son stylet.

« Ce n'est rien, dit-il. Voilà une redingote qui donnera de l'ouvrage à Mlle Colomba... Hein ! qu'est-ce que je vois ? cet accroc sur la poitrine ? Rien n'est entré par là ? Non, vous ne seriez pas si gaillard. Voyons, essayez de remuer les doigts... Sentez-vous mes dents quand je vous mords le petit doigt ?... Pas trop ?... C'est égal, ce ne sera rien. Laissez-moi prendre votre mouchoir et votre cravate... Voilà votre redingote perdue... Pourquoi diable vous faire si beau ? Alliez-vous à la noce ?... Là, buvez une goutte de vin... Pourquoi donc ne portez-vous pas de gourde ? Est-ce qu'un Corse sort jamais sans gourde ? »

Puis, au milieu du pansement, il s'interrompait pour s'écrier :

---

* *Salute à noi !* Exclamation qui accompagne ordinairement le mot de mort, et qui lui sert de correctif.

« Coup double ! tous les deux roides morts !... C'est le curé qui va rire... Coup double ! Ah ! voici enfin cette petite tortue de Chilina. »

Orso ne répondait pas. Il était pâle comme un mort et tremblait de tous ses membres.

« Chili, cria Brandolaccio, va regarder derrière ce mur. Hein ? »

L'enfant, s'aidant des pieds et des mains, grimpa sur le mur, et aussitôt qu'elle eut aperçu le cadavre d'Orlanduccio, elle fit le signe de la croix.

« Ce n'est rien, continua le bandit ; va voir plus loin, là-bas. »

L'enfant fit un nouveau signe de croix.

« Est-ce vous, mon oncle ? demanda-t-elle timidement.

— Moi ! est-ce que je ne suis pas devenu un vieux bon à rien ? Chili, c'est de l'ouvrage de monsieur. Fais-lui ton compliment.

— Mademoiselle en aura bien de la joie, dit Chilina, et elle sera bien fâchée de vous savoir blessé, Ors' Anton'.

— Allons, Ors' Anton', dit le bandit après avoir achevé le pansement, voilà Chilina qui a rattrapé votre cheval. Montez et venez avec moi au maquis de la Stazzona. Bien avisé qui vous y trouverait. Nous vous y traiterons de notre mieux. Quand nous serons à la croix de Sainte-Christine, il faudra mettre pied à terre. Vous donnerez votre cheval à Chilina, qui s'en ira prévenir mademoiselle, et, chemin faisant, vous la chargerez de vos commissions. Vous pouvez tout dire à la petite, Ors' Anton' : elle se ferait plutôt hacher que de trahir ses amis. » Et d'un ton de tendresse : « Va, coquine, disait-il, sois excommuniée, sois maudite, friponne ! » Brandolaccio, superstitieux, comme beaucoup de bandits, craignait de fasciner les enfants en leur adressant des bénédictions ou des éloges, car on sait que les puissances mystérieuses qui président à l'*Annocchiatura**

---

*Fascination involontaire qui s'exerce, soit par les yeux, soit par la parole.

ont la mauvaise habitude d'exécuter le contraire de nos souhaits.

« Où veux-tu que j'aille, Brando ? dit Orso d'une voix éteinte.

— Parbleu ! vous avez à choisir : en prison ou bien au maquis. Mais un della Rebbia ne connaît pas le chemin de la prison. Au maquis, Ors' Anton' !

— Adieu donc toutes mes espérances ! s'écria douloureusement le blessé.

— Vos espérances ? Diantre ! espériez-vous faire mieux avec un fusil à deux coups ?... Ah çà ! comment diable vous ont ils touché ? Il faut que ces gaillards-là aient la vie plus dure que les chats.

— Ils ont tiré les premiers, dit Orso.

— C'est vrai, j'oubliais... Pif ! pif ! boum ! boum !... coup double d'une main*. Quand on fera mieux, je m'irai pendre ! Allons, vous voilà monté... avant de partir, regardez donc un peu votre ouvrage. Il n'est pas poli de quitter ainsi la compagnie sans lui dire adieu. »

Orso donna des éperons à son cheval ; pour rien au monde il n'eût voulu voir les malheureux à qui il venait de donner la mort.

« Tenez, Ors' Anton', dit le bandit s'emparant de la bride du cheval, voulez-vous que je vous parle franchement ? Eh bien, sans vous offenser, ces deux pauvres jeunes gens me font de la peine. Je vous prie de m'excuser... Si beaux... si forts... si jeunes !... Orlanduccio avec qui j'ai chassé tant de fois... Il m'a donné, il y a quatre jours, un paquet de cigares... Vincentello, qui était toujours de si belle humeur !... C'est vrai que vous avez fait ce que vous deviez faire... et d'ailleurs le coup est trop beau pour qu'on le regrette... Mais moi, je n'étais pas dans votre vengeance... Je sais que vous avez

---

*Si quelque chasseur incrédule me contestait le coup double de M. della Rebbia, je l'engagerais à aller à Sartène, et à se faire raconter comment un des habitants les plus distingués et les plus aimables de cette ville se tira seul, et le bras gauche cassé, d'une position au moins aussi dangereuse.

raison ; quand on a un ennemi, il faut s'en défaire. Mais les Barricini, c'est une vieille famille... En voilà encore une qui fausse compagnie !... et par un coup double ! c'est piquant. »

Faisant ainsi l'oraison funèbre des Barricini, Brandolaccio conduisait en hâte Orso, Chilina, et le chien Brusco vers le maquis de la Stazzona.

CHAPITRE XVIII

Cependant Colomba, peu après le départ d'Orso, avait appris par ses espions que les Barricini tenaient la campagne, et, dès ce moment, elle fut en proie à une vive inquiétude. On la voyait parcourir la maison en tous sens, allant de la cuisine aux chambres préparées pour ses hôtes, ne faisant rien et toujours occupée, s'arrêtant sans cesse pour regarder si elle n'apercevait pas dans le village un mouvement inusité. Vers onze heures une cavalcade assez nombreuse entra dans Pietranera ; c'étaient le colonel, sa fille, leurs domestiques et leur guide. En les recevant, le premier mot de Colomba fut : « Avez-vous vu mon frère ? » Puis elle demanda au guide quel chemin ils avaient pris, à quelle heure ils étaient partis ; et, sur ses réponses, elle ne pouvait comprendre qu'ils ne se fussent pas rencontrés.

« Peut-être que votre frère aura pris par le haut, dit le guide ; nous, nous sommes venus par le bas. »

Mais Colomba secoua la tête et renouvela ses questions. Malgré sa fermeté naturelle, augmentée encore par l'orgueil de cacher toute faiblesse à des étrangers, il lui était impossible de dissimuler ses inquiétudes, et bientôt elle les fit partager au colonel et surtout à Miss Lydia, lorsqu'elle les eut mis au fait de la tentative de réconciliation qui avait eu une si malheureuse issue. Miss Nevil s'agitait, voulait qu'on envoyât des messagers dans toutes les directions, et son père offrait de remonter à cheval et d'aller avec le guide à la recherche d'Orso. Les craintes de ses hôtes rappelèrent à Colomba ses devoirs de maîtresse de maison. Elle s'efforça de sourire, pressa le colonel de se mettre à table, et trouva pour expliquer le retard de son frère vingt motifs plausibles qu'au bout d'un instant elle détruisait elle-même. Croyant qu'il était de son devoir d'homme de chercher à rassurer des femmes, le colonel proposa son explication aussi.

« Je gage, dit-il, que della Rebbia aura rencontré du gibier ; il n'a pu résister à la tentation, et nous allons le voir revenir la carnassière toute pleine. Parbleu ! ajouta-t-il, nous avons entendu sur la route quatre coups de fusil. Il y en avait deux plus forts que les autres, et j'ai dit à ma fille : « Je parie que c'est della Rebbia qui chasse. Ce ne peut-être que mon fusil qui fait tant de bruit. »

Colomba pâlit, et Lydia, qui l'observait avec attention, devina sans peine quels soupçons la conjecture du colonel venait de lui suggérer. Après un silence de quelques minutes, Colomba demanda vivement si les deux fortes détonations avaient précédé ou suivi les autres. Mais ni le colonel, ni sa fille, ni le guide, n'avaient fait grande attention à ce point capital.

Vers une heure, aucun des messagers envoyés par Colomba n'étant encore revenu, elle rassembla tout son courage et força ses hôtes à se mettre à table ; mais, sauf le colonel, personne ne put manger. Au moindre bruit sur la place, Colomba courait à la fenêtre, puis revenait s'asseoir tristement, et, plus tristement encore, s'efforçait de continuer avec ses amis une conversation insignifiante à laquelle personne ne prêtait la moindre attention et qu'interrompaient de longs intervalles de silence.

Tout d'un coup, on entendit le galop d'un cheval.

« Ah ! cette fois, c'est mon frère », dit Colomba en se levant.

Mais à la vue de Chilina montée à califourchon sur le cheval d'Orso :

« Mon frère est mort ! » s'écria-t-elle d'une voix déchirante.

Le colonel laissa tomber son verre, Miss Nevil poussa un cri, tous coururent à la porte de la maison. Avant que Chilina pût sauter à bas de sa monture, elle était enlevée comme une plume par Colomba qui la serrait à l'étouffer. L'enfant comprit son terrible regard, et sa première parole fut celle du chœur d'*Otello* : « Il vit ! » Colomba cessa de l'étreindre, et Chilina tomba à terre aussi lestement qu'une jeune chatte.

« Les autres ? » demanda Colomba d'une voix rauque.

Chilina fit le signe de la croix avec l'index et le doigt du milieu. Aussitôt une vive rougeur succéda, sur la figure de Colomba, à sa pâleur mortelle. Elle jeta un regard ardent sur la maison des Barricini, et dit en souriant à ses hôtes :

« Rentrons prendre le café. »

L'Iris des bandits en avait long à raconter. Son patois, traduit par Colomba en italien tel quel, puis en anglais par Miss Nevil, arracha plus d'une imprécation au colonel, plus d'un soupir à Miss Lydia ; mais Colomba écoutait d'un air impassible, seulement elle tordait sa serviette damassée de façon à la mettre en pièces. Elle interrompit l'enfant cinq ou six fois pour se faire répéter que Brandolaccio disait que la blessure n'était pas dangereuse et qu'il en avait vu bien d'autres. En terminant Chilina rapporta qu'Orso demandait avec instance du papier pour écrire, et qu'il chargeait sa sœur de supplier une dame qui peut-être se trouvera dans sa maison, de n'en point partir avant d'avoir reçu une lettre de lui. « C'est, ajouta l'enfant, ce qui le tourmentait le plus ; et j'étais déjà en route quand il m'a rappelée pour me recommander cette commission. C'était la troisième fois qu'il me la répétait. » A cette injonction de son frère, Colomba sourit légèrement et serra fortement la main de l'Anglaise, qui fondit en larmes et ne jugea pas à propos de traduire à son père cette partie de la narration.

« Oui, vous resterez avec moi, ma chère amie, s'écria

Colomba, en embrassant Miss Nevil, et vous nous aide-
rez. »

Puis, tirant d'une armoire quantité de vieux linge,
elle se mit à couper, pour faire des bandes et de la
charpie. En voyant ses yeux étincelants, son teint
animé, cette alternative de préoccupation et de sang-
froid, il eût été difficile de dire si elle était plus touchée
de la blessure de son frère qu'enchantée de la mort de
ses ennemis. Tantôt elle versait du café au colonel et lui
vantait son talent à le préparer ; tantôt, distribuant de
l'ouvrage à Miss Nevil et à Chilina, elle les exhortait à
coudre les bandes et à les rouler ; elle demandait pour
la vingtième fois si la blessure d'Orso le faisait beaucoup souffrir. Continuellement elle s'interrompait au
milieu de son travail pour dire au colonel :

« Deux hommes si adroits ! si terribles !... Lui seul,
blessé, n'ayant qu'un bras... il les a abattus tous les
deux. Quel courage, colonel ! N'est-ce pas un héros ?
Ah ! Miss Nevil, qu'on est heureux de vivre dans un
pays tranquille comme le vôtre !... Je suis sûre que vous
ne connaissiez pas encore mon frère !... Je l'avais dit :
l'épervier déploiera ses ailes !... Vous vous trompiez à
son air doux... C'est qu'auprès de vous, Miss Nevil...
Ah ! s'il vous voyait travailler pour lui... Pauvre Orso ! »

Miss Lydia ne travaillait guère et ne trouvait pas une
parole. Son père demandait pourquoi l'on ne se hâtait
pas de porter plainte devant un magistrat. Il parlait de
l'enquête du *coroner* et de bien d'autres choses également inconnues en Corse. Enfin il voulait savoir si la
maison de campagne de ce bon M. Brandolaccio, qui
avait donné des secours au blessé, était fort éloignée de
Pietranera, et s'il ne pourrait pas aller lui-même voir
son ami.

Et Colomba répondait avec son calme accoutumé
qu'Orso était dans le maquis ; qu'il avait un bandit
pour le soigner ; qu'il courait grand risque s'il se montrait avant qu'on se fût assuré des dispositions du préfet
et des juges ; enfin qu'elle ferait en sorte qu'un chirurgien habile se rendît en secret auprès de lui.

« Surtout, monsieur le colonel, souvenez-vous bien, disait-elle, que vous avez entendu les quatre coups de fusil, et que vous m'avez dit qu'Orso avait tiré le second. »

Le colonel ne comprenait rien à l'affaire, et sa fille ne faisait que soupirer et s'essuyer les yeux.

Le jour était déjà fort avancé lorsqu'une triste procession entra dans le village. On rapportait à l'avocat Barricini les cadavres de ses enfants, chacun couché en travers d'une mule que conduisait un paysan. Une foule de clients et d'oisifs suivait le lugubre cortège. Avec eux on voyait les gendarmes qui arrivent toujours trop tard, et l'adjoint, qui levait les bras au ciel, répétant sans cesse : « Que dira monsieur le préfet ! » Quelques femmes, entre autres une nourrice d'Orlanduccio, s'arrachaient les cheveux et poussaient des hurlements sauvages. Mais leur douleur bruyante produisait moins d'impression que le désespoir muet d'un personnage qui attirait tous les regards. C'était le malheureux père, qui, allant d'un cadavre à l'autre, soulevait leurs têtes souillées de terre, baisait leurs lèvres violettes, soutenait leurs membres déjà roidis, comme pour leur éviter les cahots de la route. Parfois on le voyait ouvrir la bouche pour parler, mais il n'en sortait pas un cri, pas une parole. Toujours les yeux fixés sur les cadavres, il se heurtait contre les pierres, contre les arbres, contre tous les obstacles qu'il rencontrait.

Les lamentations des femmes, les imprécations des hommes redoublèrent lorsqu'on se trouva en vue de la maison d'Orso. Quelques bergers rebbianistes ayant osé faire entendre une acclamation de triomphe, l'indignation de leurs adversaires ne put se contenir. « Vengeance ! vengeance ! » crièrent quelques voix. On lança des pierres, et deux coups de fusil dirigés contre les fenêtres de la salle où se trouvaient Colomba et ses hôtes percèrent les contrevents et firent voler des éclats de bois jusque sur la table près de laquelle les deux femmes étaient assises. Miss Lydia poussa des cris affreux, le colonel saisit un fusil, et Colomba, avant qu'il pût la retenir, s'élança vers la porte de la maison et l'ouvrit avec impétuosité. Là, debout sur le seuil élevé, les deux mains étendues pour maudire ses ennemis :

« Lâches ! s'écria-t-elle, vous tirez sur des femmes, sur des étrangers ! Êtes-vous Corses ? êtes-vous hommes ? Misérables qui ne savez qu'assassiner par-derrière, avancez ! je vous défie. Je suis seule ; mon frère est loin. Tuez-moi, tuez mes hôtes ; cela est digne de vous... Vous n'osez, lâches que vous êtes ! vous savez que nous nous vengeons. Allez, allez pleurer comme des femmes, et remerciez-nous de ne pas vous demander plus de sang ! »

Il y avait dans la voix et dans l'attitude de Colomba quelque chose d'imposant et de terrible ; à sa vue, la foule recula épouvantée, comme à l'apparition de ces fées malfaisantes dont on raconte en Corse plus d'une histoire effrayante dans les veillées d'hiver. L'adjoint, les gendarmes et un certain nombre de femmes profitèrent de ce mouvement pour se jeter entre les deux partis ; car les bergers rebbianistes préparaient déjà leurs armes, et l'on put craindre un moment qu'une lutte générale ne s'engageât sur la place. Mais les deux factions étaient privées de leurs chefs, et les Corses, disciplinés dans leurs fureurs, en viennent rarement aux mains dans l'absence des principaux auteurs de leurs guerres intestines. D'ailleurs, Colomba, rendue prudente par le succès, contint sa petite garnison :

« Laissez pleurer ces pauvres gens, disait-elle ; laissez ce vieillard emporter sa chair. A quoi bon tuer ce vieux renard qui n'a plus de dents pour mordre ? — Giudice Barricini ! souviens-toi du deux août ! Souviens-toi du portefeuille sanglant où tu as écrit de ta main de faussaire ! Mon père y avait inscrit ta dette ; tes fils l'ont payée. Je te donne quittance, vieux Barricini ! »

Colomba, les bras croisés, le sourire du mépris sur les

lèvres, vit porter les cadavres dans la maison de ses ennemis, puis la foule se dissiper lentement. Elle referma sa porte, et rentrant dans la salle à manger dit au colonel :

« Je vous demande bien pardon pour mes compatriotes, monsieur. Je n'aurais jamais cru que des Corses tirassent sur une maison où il y a des étrangers, et je suis honteuse pour mon pays. »

Le soir, Miss Lydia s'étant retirée dans sa chambre, le colonel l'y suivit, et lui demanda s'ils ne feraient pas bien de quitter dès le lendemain un village où l'on était exposé à chaque instant à recevoir une balle dans la tête, et le plus tôt possible un pays où l'on ne voyait que meurtres et trahisons.

Miss Nevil fut quelque temps sans répondre, et il était évident que la proposition de son père ne lui causait pas un médiocre embarras. Enfin elle dit :

« Comment pourrions-nous quitter cette malheureuse jeune personne dans un moment où elle a tant besoin de consolation ? Ne trouvez-vous pas, mon père, que cela serait cruel à nous ?

— C'est pour vous que je parle, ma fille, dit le colonel ; et si je vous savais en sûreté dans l'hôtel d'Ajaccio, je vous assure que je serais fâché de quitter cette île maudite sans avoir serré la main à ce brave della Rebbia.

— Eh bien, mon père, attendons encore et, avant de partir, assurons-nous bien que nous ne pouvons leur rendre aucun service !

— Bon cœur ! dit le colonel en baisant sa fille au front. J'aime à te voir ainsi te sacrifier pour adoucir le malheur des autres. Restons ; on ne se repent jamais d'avoir fait une bonne action. »

Miss Lydia s'agitait dans son lit sans pouvoir dormir. Tantôt les bruits vagues qu'elle entendait lui paraissaient les préparatifs d'une attaque contre la maison ; tantôt, rassurée pour elle-même, elle pensait au pauvre blessé, étendu probablement à cette heure sur la terre froide, sans autre secours que ceux qu'il pouvait attendre de la charité d'un bandit. Elle se le représentait couvert de sang, se débattant dans des souffrances horribles ; et ce qu'il y a de singulier, c'est que, toutes les fois que l'image d'Orso se présentait à son esprit, il lui apparaissait toujours tel qu'elle l'avait vu au moment de son départ, pressant sur ses lèvres le talisman qu'elle lui avait donné... Puis elle songeait à sa bravoure. Elle se disait que le danger terrible auquel il venait d'échapper, c'était à cause d'elle, pour la voir un peu plus tôt, qu'il s'y était exposé. Peu s'en fallait qu'elle ne se persuadât que c'était pour la défendre qu'Orso s'était fait casser le bras. Elle se reprochait sa blessure, mais elle l'en admirait davantage ; et si le fameux coup double n'avait pas, à ses yeux, autant de mérite qu'à ceux de Brandolaccio et de Colomba, elle trouvait cependant que peu de héros de roman auraient montré autant d'intrépidité, autant de sang-froid dans un aussi grand péril.

La chambre qu'elle occupait était celle de Colomba. Au-dessus d'une espèce de prie-Dieu en chêne, à côté d'une palme bénite, était suspendu à la muraille un portrait en miniature d'Orso en uniforme de sous-lieutenant. Miss Nevil détacha ce portrait, le considéra longtemps et le posa enfin auprès de son lit, au lieu de le remettre à sa place. Elle ne s'endormit qu'à la pointe du jour, et le soleil était déjà fort élevé au-dessus de l'horizon lorsqu'elle s'éveilla. Devant son lit elle aperçut Colomba, qui attendait immobile le moment où elle ouvrirait les yeux.

« Eh bien, mademoiselle, n'êtes-vous pas bien mal dans notre pauvre maison ? lui dit Colomba. Je crains que vous n'ayez guère dormi.

— Avez-vous de ses nouvelles, ma chère amie ? » dit Miss Nevil en se levant sur son séant.

Elle aperçut le portrait d'Orso, et se hâta de jeter un mouchoir pour le cacher.

« Oui, j'ai des nouvelles », dit Colomba en souriant.

Et, prenant le portrait :

« Le trouvez-vous ressemblant ? Il est mieux que cela.

— Mon Dieu !... dit Miss Nevil toute honteuse, j'ai détaché... par distraction... ce portrait... J'ai le défaut de toucher à tout... et de ne ranger rien... Comment est votre frère ?

— Assez bien. Giocanto est venu ici ce matin avant quatre heures. Il m'apportait une lettre... pour vous, Miss Lydia ; Orso ne m'a pas écrit, à moi. Il y a bien sur l'adresse : A Colomba ; mais plus bas : Pour Miss N... Les sœurs ne sont point jalouses. Giocanto dit qu'il a bien souffert pour écrire. Giocanto, qui a une main superbe, lui avait offert d'écrire sous sa dictée. Il n'a pas voulu. Il écrivait avec un crayon, couché sur le dos. Brandolaccio tenait le papier. A chaque instant mon frère voulait se lever, et alors, au moindre mouvement, c'étaient dans son bras des douleurs atroces. C'était pitié, disait Giocanto. Voici sa lettre. »

Miss Nevil lut la lettre, qui était écrite en anglais, sans doute par surcroît de précaution. Voici ce qu'elle contenait :

« *Mademoiselle,*

« *Une malheureuse fatalité m'a poussé : j'ignore ce que diront mes ennemis, quelles calomnies ils inventeront. Peu m'importe, si vous, mademoiselle, vous n'y donnez point créance. Depuis que je vous ai vue, je m'étais bercé de rêves insensés. Il a fallu cette catastrophe pour me montrer ma folie ; je suis raisonnable maintenant. Je sais quel est l'avenir qui m'attend, et il me trouvera résigné. Cette bague que vous m'avez donnée et que je croyais un talisman de bonheur, je n'ose la garder. Je crains, Miss Nevil, que vous n'ayez du regret d'avoir si mal placé vos dons, ou plutôt, je crains qu'elle me rappelle le temps où j'étais fou. Colomba vous la remettra... Adieu, mademoiselle, vous allez quitter la Corse, et je ne vous verrai plus : mais dites à ma sœur que j'ai encore votre estime, et, je le dis avec assurance, je la mérite toujours.*

« *O. D. R.* »

Miss Lydia s'était détournée pour lire cette lettre, et Colomba, qui l'observait attentivement, lui remit la bague égyptienne en lui demandant du regard ce que cela signifiait. Mais Miss Lydia n'osait lever la tête, et elle considérait tristement la bague, qu'elle mettait à son doigt et qu'elle retirait alternativement.

« Chère Miss Nevil, dit Colomba, ne puis-je savoir ce que vous dit mon frère ? Vous parle-t-il de son état ?

— Mais... dit Miss Lydia en rougissant, il n'en parle pas... Sa lettre est en anglais... Il me charge de dire à mon père... Il espère que le préfet pourra arranger... »

Colomba, souriant avec malice, s'assit sur le lit, prit les deux mains de Miss Nevil, et la regardant avec ses yeux pénétrants :

« Serez-vous bonne ? lui dit-elle. N'est-ce pas que vous répondrez à mon frère ? Vous lui ferez tant de bien ! Un moment l'idée m'est venue de vous réveiller lorsque sa lettre est arrivée, et puis je n'ai pas osé.

— Vous avez eu bien tort, dit Miss Nevil, si un mot de moi pouvait le...

— Maintenant je ne puis lui envoyer de lettres. Le préfet est arrivé, et Pietranera est pleine de ses estafiers. Plus tard nous verrons. Ah ! si vous connaissiez mon frère, Miss Nevil, vous l'aimeriez comme je l'aime... Il est si bon ! si brave ! songez donc à ce qu'il a fait ! Seul contre deux et blessé ! »

Le préfet était de retour. Instruit par un exprès de l'adjoint, il était venu accompagné de gendarmes et de voltigeurs, amenant de plus procureur du roi, greffier et le reste pour instruire sur la nouvelle et terrible catastrophe qui compliquait, ou si l'on veut qui terminait les inimitiés des familles de Pietranera. Peu après son arrivée, il vit le colonel Nevil et sa fille, et ne leur cacha pas qu'il craignait que l'affaire ne prît une mauvaise tournure.

« Vous savez, dit-il, que le combat n'a pas eu de

témoins ; et la réputation d'adresse et de courage de ces deux malheureux jeunes gens était si bien établie, que tout le monde se refuse à croire que M. della Rebbia ait pu les tuer sans l'assistance des bandits auprès desquels on le dit réfugié.

— C'est impossible, s'écria le colonel ; Orso della Rebbia est un garçon plein d'honneur ; je réponds de lui.

— Je le crois, dit le préfet, mais le procureur du roi (ces messieurs soupçonnent toujours) ne me paraît pas très favorablement disposé. Il a entre les mains une pièce fâcheuse pour votre ami. C'est une lettre menaçante adressée à Orlanduccio, dans laquelle il lui donne un rendez-vous... et ce rendez-vous lui paraît une embuscade.

— Cet Orlanduccio, dit le colonel, a refusé de se battre comme un galant homme.

— Ce n'est pas l'usage ici. On s'embusque, on se tue par-derrière, c'est la façon du pays. Il y a bien une disposition favorable ; c'est celle d'une enfant qui affirme avoir entendu quatre détonations, dont les deux dernières, plus fortes que les autres, provenaient d'une arme de gros calibre comme le fusil de M. della Rebbia. Malheureusement cette enfant est la nièce de l'un des bandits que l'on soupçonne de complicité et elle a sa leçon faite.

— Monsieur, interrompit Miss Lydia, rougissant jusqu'au blanc des yeux, nous étions sur la route quand les coups de fusil ont été tirés, et nous avons entendu la même chose.

— En vérité ? Voilà qui est important. Et vous, colonel, vous avez sans doute fait la même remarque ?

— Oui, reprit vivement Miss Nevil ; c'est mon père, qui a l'habitude des armes, qui a dit : « Voilà M. della Rebbia qui tire avec mon fusil. »

— Et ces coups de fusil que vous avez reconnus, c'étaient bien les derniers ?

— Les deux derniers, n'est-ce pas, mon père ? »

Le colonel n'avait pas très bonne mémoire ; mais en toute occasion il n'avait garde de contredire sa fille.

« Il faut sur-le-champ parler de cela au procureur du roi, colonel. Au reste, nous attendons ce soir un chirurgien qui examinera les cadavres et vérifiera si les blessures ont été faites avec l'arme en question.

— C'est moi qui l'ai donnée à Orso, dit le colonel, et je voudrais la savoir au fond de la mer... C'est-à-dire... le brave garçon, je suis bien aise qu'il l'ait eue entre les mains ; car, sans mon Manton, je ne sais trop comment il s'en serait tiré. »

CHAPITRE XIX

Le chirurgien arriva un peu tard. Il avait eu son aventure sur la route. Rencontré par Giocanto Castriconi, il avait été sommé avec la plus grande politesse de venir donner ses soins à un homme blessé. On l'avait conduit auprès d'Orso, et il avait mis le premier appareil à sa blessure. Ensuite le bandit l'avait reconduit assez loin, et l'avait fort édifié en lui parlant des plus fameux professeurs de Pise, qui, disait-il, étaient ses intimes amis.

« Docteur, dit le théologien en le quittant, vous m'avez inspiré trop d'estime pour que je croie nécessaire de vous rappeler qu'un médecin doit être aussi discret qu'un confesseur. » Et il faisait jouer la batterie de son fusil. « Vous avez oublié le lieu où nous avons eu l'honneur de vous voir. Adieu, enchanté d'avoir fait votre connaissance. »

Colomba supplia le colonel d'assister à l'autopsie des cadavres.

« Vous connaissez mieux que personne le fusil de mon frère, dit-elle, et votre présence sera fort utile. D'ailleurs il y a tant de méchantes gens ici que nous courrions de grands risques si nous n'avions personne pour défendre nos intérêts. »

Restée seule avec Miss Lydia, elle se plaignit d'un grand mal de tête, et lui proposa une promenade à quelques pas du village.

« Le grand air me fera du bien, disait-elle. Il y a si longtemps que je ne l'ai respiré. » Tout en marchant elle parlait de son frère : et Miss Lydia, que ce sujet intéressait assez vivement, ne s'apercevait pas qu'elle s'éloignait beaucoup de Pietranera. Le soleil se couchait quand elle en fit l'observation et engagea Colomba à rentrer. Colomba connaissait une traverse qui, disait-elle, abrégeait beaucoup le retour : et, quittant le sentier qu'elle suivait, elle en prit un autre en apparence beaucoup moins fréquenté. Bientôt elle se mit à gravir un coteau tellement escarpé qu'elle était obligée continuellement pour se soutenir de s'accrocher d'une main à des branches d'arbres, pendant que de l'autre elle tirait sa compagne auprès d'elle. Au bout d'un grand quart d'heure de cette pénible ascension elles se trouvèrent sur un petit plateau couvert de myrtes et d'arbousiers, au milieu de grandes masses de granit qui perçaient le sol de tous côtés. Miss Lydia était très fatiguée, le village ne paraissait pas, et il faisait presque nuit.

« Savez-vous, ma chère Colomba, dit-elle, que je crains que nous ne soyons égarées ?

— N'ayez pas peur, répondit Colomba. Marchons toujours, suivez-moi.

— Mais je vous assure que vous vous trompez : le village ne peut pas être de ce côté-là. Je parierais que nous lui tournons le dos. Tenez, ces lumières que nous voyons si loin, certainement, c'est là qu'est Pietranera.

— Ma chère amie, dit Colomba d'un air agité, vous avez raison ; mais à deux cents pas d'ici... dans ce maquis...

— Eh bien ?

— Mon frère y est ; je pourrais le voir et l'embrasser si vous vouliez. »

Miss Nevil fit un mouvement de surprise.

« Je suis sortie de Pietranera, poursuivit Colomba, sans être remarquée, parce que j'étais avec vous... autrement on m'aurait suivie... Être si près de lui et ne pas le voir !... Pourquoi ne viendriez-vous pas avec moi voir mon pauvre frère ? Vous lui feriez tant de plaisir !

— Mais, Colomba... ce ne serait pas convenable de ma part.

— Je comprends. Vous autres femmes des villes, vous vous inquiétez toujours de ce qui est convenable ; nous autres femmes de village, nous ne pensons qu'à ce qui est bien.

— Mais il est tard !... Et votre frère, que pensera-t-il de moi ?

— Il pensera qu'il n'est point abandonné par ses amis, et cela lui donnera du courage pour souffrir.

— Et mon père, il sera inquiet...

— Il vous sait avec moi... Eh bien, décidez-vous... Vous regardiez son portrait ce matin, ajouta-t-elle avec un sourire de malice.

— Non... vraiment, Colomba, je n'ose... ces bandits qui sont là...

— Eh bien, ces bandits ne vous connaissent pas, qu'importe ? Vous désiriez en voir !...

— Mon Dieu !

— Voyez, mademoiselle, prenez un parti. Vous laisser seule ici, je ne le puis pas ; on ne sait pas ce qui pourrait arriver. Allons voir Orso, ou bien retournons ensemble au village... Je verrai mon frère... Dieu sait quand..., peut-être jamais...

— Que dites-vous, Colomba ?... Eh bien, allons ! mais pour une minute seulement, et nous reviendrons aussitôt. »

Colomba lui serra la main et, sans répondre, elle se mit à marcher avec une telle rapidité, que Miss Lydia avait peine à la suivre. Heureusement Colomba s'arrêta bientôt en disant à sa compagne :

« N'avançons pas davantage avant de les avoir prévenus ; nous pourrions peut-être attraper un coup de fusil. »

Elle se mit à siffler entre ses doigts ; bientôt après on entendit un chien aboyer, et la sentinelle avancée des bandits ne tarda pas à paraître. C'était notre vieille connaissance, le chien Brusco, qui reconnut aussitôt

Colomba, et se chargea de lui servir de guide. Après maints détours dans les sentiers étroits du maquis, deux hommes armés jusqu'aux dents se présentèrent à leur rencontre.

« Est-ce vous, Brandolaccio ? demanda Colomba. Où est mon frère ?

— Là-bas ! répondit le bandit. Mais avancez doucement ; il dort, et c'est la première fois que cela lui arrive depuis son accident. Vive Dieu, on voit bien que par où passe le diable une femme passe bien aussi. »

Les deux femmes s'approchèrent avec précaution, et auprès d'un feu dont on avait prudemment masqué l'éclat en construisant autour un petit mur en pierres sèches, elles aperçurent Orso couché sur un tas de fougères et couvert d'un pilone. Il était fort pâle et l'on entendait sa respiration oppressée. Colomba s'assit auprès de lui, et le contemplait en silence les mains jointes, comme si elle priait mentalement. Miss Lydia, se couvrant le visage de son mouchoir, se serra contre elle ; mais de temps en temps elle levait la tête pour voir le blessé par-dessus l'épaule de Colomba. Un quart d'heure se passa sans que personne ouvrît la bouche. Sur un signe du théologien, Brandolaccio s'était enfoncé avec lui dans le maquis, au grand contentement de Miss Lydia, qui, pour la première fois, trouvait que les grandes barbes et l'équipement des bandits avaient trop de couleur locale.

Enfin Orso fit un mouvement. Aussitôt Colomba se pencha sur lui et l'embrassa à plusieurs reprises, l'accablant de questions sur sa blessure, ses souffrances, ses besoins. Après avoir répondu qu'il était aussi bien que possible, Orso lui demanda à son tour si Miss Nevil était encore à Pietranera, et si elle lui avait écrit. Colomba, courbée sur son frère, lui cachait complètement sa compagne, que l'obscurité, d'ailleurs, lui aurait difficilement permis de reconnaître. Elle tenait une main de Miss Nevil, et de l'autre elle soulevait légèrement la tête du blessé.

« Non, mon frère, elle ne m'a pas donné de lettre pour vous... ; mais vous pensez toujours à Miss Nevil, vous l'aimez donc bien ?

— Si je l'aime, Colomba !... Mais elle, elle me méprise peut-être à présent ! »

En ce moment, Miss Nevil fit un effort pour retirer sa main ; mais il n'était pas facile de faire lâcher prise à Colomba ; et, quoique petite et bien formée, sa main possédait une force dont on a vu quelques preuves.

« Vous mépriser ! s'écria Colomba, après ce que vous avez fait... Au contraire, elle dit du bien de vous... Ah ! Orso, j'aurais bien des choses d'elle à vous conter. »

La main voulait toujours s'échapper mais Colomba l'attirait toujours plus près d'Orso.

« Mais enfin, dit le blessé, pourquoi ne pas me répondre ?... Une seule ligne, et j'aurais été content. »

A force de tirer la main de Miss Nevil, Colomba finit par la mettre dans celle de son frère. Alors, s'écartant tout à coup en éclatant de rire :

« Orso, s'écria-t-elle, prenez garde de dire du mal de Miss Lydia, car elle entend très bien le corse. »

Miss Lydia retira aussitôt sa main et balbutia quelques mots inintelligibles. Orso croyait rêver.

« Vous ici, Miss Nevil ! Mon Dieu ! comment avez-vous osé ? Ah ! que vous me rendez heureux ! »

Et, se soulevant avec peine, il essaya de se rapprocher d'elle.

« J'ai accompagné votre sœur, dit Miss Lydia... pour qu'on ne pût soupçonner où elle allait... et puis, je voulais aussi... m'assurer... Hélas ! que vous êtes mal ici ! »

Colomba s'était assise derrière Orso. Elle le souleva avec précaution et de manière à lui soutenir la tête sur ses genoux. Elle lui passa les bras autour du cou, et fit signe à Miss Lydia de s'approcher.

« Plus près ! plus près ! disait-elle : il ne faut pas qu'un malade élève trop la voix. » Et comme Miss Lydia hésitait, elle lui prit la main et la força de

s'asseoir tellement près, que sa robe touchait Orso, et
que sa main, qu'elle tenait toujours, reposait sur
l'épaule du blessé.

« Il est très bien comme cela, dit Colomba d'un air
gai. N'est-ce pas, Orso, qu'on est bien dans le maquis,
au bivouac, par une belle nuit comme celle-ci ?

— Oh oui ! la belle nuit ! dit Orso. Je ne l'oublierai
jamais !

— Que vous devez souffrir ! dit Miss Nevil.

— Je ne souffre plus, dit Orso, et je voudrais mourir
ici. »

Et sa main droite se rapprochait de celle de Miss
Lydia, que Colomba tenait toujours emprisonnée.

« Il faut absolument qu'on vous transporte quelque
part où l'on pourra vous donner des soins, monsieur
della Rebbia, dit Miss Nevil. Je ne pourrai plus dormir,
maintenant que je vous ai vu si mal couché... en plein
air...

— Si je n'eusse craint de vous rencontrer, Miss
Nevil, j'aurais essayé de retourner à Pietranera, et je
me serais constitué prisonnier.

— Et pourquoi craigniez-vous de la rencontrer,
Orso ? demanda Colomba.

— Je vous avais désobéi, Miss Nevil... et je n'aurais
pas osé vous voir en ce moment.

— Savez-vous, Miss Lydia, que vous faites faire à
mon frère tout ce que vous voulez ? dit Colomba en
riant. Je vous empêcherai de le voir.

— J'espère, dit Miss Nevil, que cette malheureuse
affaire va s'éclaircir, et que bientôt vous n'aurez plus
rien à craindre... Je serai bien contente si, lorsque nous
partirons, je sais qu'on vous a rendu justice et qu'on a
reconnu votre loyauté comme votre bravoure.

— Vous partez, Miss Nevil ! Ne dites pas encore ce
mot-là.

— Que voulez-vous... mon père ne peut pas chasser
toujours... Il veut partir. »

Orso laissa retomber sa main qui touchait celle de
Miss Lydia, et il y eut un moment de silence.

« Bah ! reprit Colomba, nous ne vous laisserons pas partir si vite. Nous avons encore bien des choses à vous montrer à Pietranera... D'ailleurs, vous m'avez promis de faire mon portrait, et vous n'avez pas encore commencé... Et puis je vous ai promis de vous faire une *serenata* en soixante et quinze couplets... Et puis... Mais qu'a donc Brusco à grogner ?... Voilà Brandolaccio qui court après lui... Voyons ce que c'est. »

Aussitôt elle se leva, et posant sans cérémonie la tête d'Orso sur les genoux de Miss Nevil, elle courut auprès des bandits.

Un peu étonnée de se trouver ainsi soutenant un beau jeune homme, en tête à tête avec lui au milieu d'un maquis, Miss Nevil ne savait trop que faire, car, en se retirant brusquement, elle craignait de faire mal au blessé. Mais Orso quitta lui-même le doux appui que sa sœur venait de lui donner, et, se soulevant sur son bras droit :

« Ainsi, vous partez bientôt, Miss Lydia ? Je n'avais jamais pensé que vous dussiez prolonger votre séjour dans ce malheureux pays..., et pourtant... depuis que vous êtes venue ici, je souffre cent fois plus en songeant qu'il faut vous dire adieu... Je suis un pauvre lieutenant... sans avenir..., proscrit maintenant... Quel moment, Miss Lydia, pour vous dire que je vous aime... mais c'est sans doute la seule fois que je pourrai vous le dire et il me semble que je suis moins malheureux, maintenant que j'ai soulagé mon cœur. »

Miss Lydia détourna la tête, comme si l'obscurité ne suffisait pas pour cacher sa rougeur :

« Monsieur della Rebbia, dit-elle d'une voix tremblante, serais-je venue en ce lieu si... » Et, tout en parlant, elle mettait dans la main d'Orso le talisman égyptien. Puis, faisant un effort violent pour reprendre le ton de plaisanterie qui lui était habituel :

« C'est bien mal à vous, monsieur Orso, de parler ainsi... Au milieu du maquis, entourée de vos bandits, vous savez bien que je n'oserais jamais me fâcher contre vous. »

Orso fit un mouvement pour baiser la main qui lui rendait le talisman ; et comme Miss Lydia la retirait un peu vite, il perdit l'équilibre et tomba sur son bras blessé. Il ne put retenir un gémissement douloureux.

« Vous vous êtes fait mal, mon ami ? s'écria-t-elle, en le soulevant ; c'est ma faute ! pardonnez-moi... » Ils se parlèrent encore quelque temps à voix basse, et fort rapprochés l'un de l'autre. Colomba, qui accourait précipitamment, les trouva précisément dans la position où elle les avait laissés.

« Les voltigeurs ! s'écria-t-elle. Orso, essayez de vous lever et de marcher, je vous aiderai.

— Laissez-moi, dit Orso. Dis aux bandits de se sauver... ; qu'on me prenne, peu m'importe ; mais emmène Miss Lydia : au nom de Dieu, qu'on ne la voie pas ici !

— Je ne vous laisserai pas, dit Brandolaccio qui suivait Colomba. Le sergent des voltigeurs est un filleul de l'avocat ; au lieu de vous arrêter, il vous tuera, et puis il dira qu'il ne l'a pas fait exprès. »

Orso essaya de se lever, il fit même quelques pas ; mais, s'arrêtant bientôt :

« Je ne puis marcher, dit-il. Fuyez, vous autres. Adieu, Miss Nevil ; donnez-moi la main, et adieu !

— Nous ne vous quitterons pas ! s'écrièrent les deux femmes.

— Si vous ne pouvez marcher, dit Brandolaccio, il faudra que je vous porte. Allons, mon lieutenant, un peu de courage ; nous aurons le temps de décamper par le ravin, là derrière. M. le curé va leur donner de l'occupation.

— Non, laissez-moi, dit Orso en se couchant à terre. Au nom de Dieu, Colomba, emmène Miss Nevil !

— Vous êtes forte, mademoiselle Colomba, dit Brandolaccio ; empoignez-le par les épaules, moi je tiens les pieds ; bon ! en avant, marche ! »

Ils commencèrent à le porter rapidement, malgré ses protestations ; Miss Lydia les suivait, horriblement effrayée, lorsqu'un coup de fusil se fit entendre, auquel cinq ou six autres répondirent aussitôt. Miss Lydia poussa un cri, Brandolaccio une imprécation, mais il redoubla de vitesse, et Colomba, à son exemple, courait au travers du maquis, sans faire attention aux branches qui lui fouettaient la figure ou qui déchiraient sa robe.

« Baissez-vous, baissez-vous, ma chère, disait-elle à sa compagne, une balle peut vous attraper. »

On marcha ou plutôt on courut environ cinq cents pas de la sorte, lorsque Brandolaccio déclara qu'il n'en pouvait plus, et se laissa tomber à terre, malgré les exhortations et les reproches de Colomba.

« Où est Miss Nevil ? » demandait Orso.

Miss Nevil, effrayée par les coups de fusil, arrêtée à chaque instant par l'épaisseur du maquis, avait bientôt perdu la trace des fugitifs, et était demeurée seule en proie aux plus vives angoisses.

« Elle est restée en arrière, dit Brandolaccio, mais elle n'est pas perdue, les femmes se retrouvent toujours. Écoutez donc, Ors' Anton', comme le curé fait du tapage avec votre fusil. Malheureusement on n'y voit goutte, et l'on ne se fait pas grand mal à se tirailler de nuit.

— Chut ! s'écria Colomba ; j'entends un cheval, nous sommes sauvés. »

En effet, un cheval qui paissait dans le maquis, effrayé par le bruit de la fusillade, s'approchait de leur côté.

« Nous sommes sauvés ! » répéta Brandolaccio.

Courir au cheval, le saisir par les crins, lui passer dans la bouche un nœud de corde en guise de bride, fut pour le bandit, aidé de Colomba, l'affaire d'un moment.

« Prévenons maintenant le curé », dit-il.

Il siffla deux fois ; un sifflet éloigné répondit à ce signal, et le fusil de Manton cessa de faire entendre sa grosse voix. Alors Brandolaccio sauta sur le cheval. Colomba plaça son frère devant le bandit, qui d'une main le serra fortement, tandis que de l'autre, il dirigeait sa monture. Malgré sa double charge, le cheval, excité par deux bons coups de pied dans le ventre, partit lestement et descendit au galop un coteau escarpé où tout autre qu'un cheval corse se serait tué cent fois.

Colomba revint alors sur ses pas, appelant Miss Nevil de toutes ses forces, mais aucune voix ne répondait à la sienne... Après avoir marché quelque temps à l'aventure, cherchant à retrouver le chemin qu'elle avait suivi, elle rencontra dans un sentier deux voltigeurs qui lui crièrent : « Qui vive ? »

« Eh bien, messieurs, dit Colomba d'un ton railleur, voilà bien du tapage. Combien de morts ?

— Vous étiez avec les bandits, dit un des soldats, vous allez venir avec nous.

— Très volontiers, répondit-elle ; mais j'ai une amie ici, et il faut que nous la trouvions d'abord.

— Votre amie est déjà prise, et vous irez avec elle coucher en prison.

— En prison ? c'est ce qu'il faudra voir ; mais, en attendant, menez-moi auprès d'elle. »

Les voltigeurs la conduisirent alors dans le campement des bandits, où ils rassemblaient les trophées de leur expédition, c'est-à-dire le pilone qui couvrait Orso, une vieille marmite et une cruche pleine d'eau. Dans le même lieu se trouvait Miss Nevil, qui, rencontrée par les soldats à demi morte de peur, répondait par des larmes à toutes leurs questions sur le nombre des bandits et la direction qu'ils avaient prise.

Colomba se jeta dans ses bras et lui dit à l'oreille : « Ils sont sauvés. »

Puis, s'adressant au sergent des voltigeurs :

« Monsieur, lui dit-elle, vous voyez bien que mademoiselle ne sait rien de ce que vous lui demandez. Laissez-nous revenir au village, où l'on nous attend avec impatience.

— On vous y mènera, et plus tôt que vous ne le désirez, ma mignonne, dit le sergent, et vous aurez à expliquer ce que vous faisiez dans le maquis à cette heure avec les brigands qui viennent de s'enfuir. Je ne sais quel sortilège emploient ces coquins, mais ils fascinent sûrement les filles, car partout où il y a des bandits on est sûr d'en trouver de jolies.

— Vous êtes galant, monsieur le sergent, dit Colomba, mais vous ne ferez pas mal de faire attention à vos paroles. Cette demoiselle est une parente du préfet, et il ne faut pas badiner avec elle.

— Parente du préfet ! murmura un voltigeur à son chef ; en effet, elle a un chapeau.

— Le chapeau n'y fait rien, dit le sergent. Elles étaient toutes les deux avec le curé, qui est le plus grand enjôleur du pays, et mon devoir est de les emmener. Aussi bien, n'avons-nous plus rien à faire ici. Sans ce maudit caporal Taupin..., l'ivrogne de Français s'est montré avant que je n'eusse cerné le maquis... sans lui nous les prenions comme dans un filet.

— Vous êtes sept ? demanda Colomba. Savez-vous, messieurs, que si par hasard les trois frères Gambini, Sarocchi et Théodore Poli se trouvaient à la croix de Sainte-Christine avec Brandolaccio et le curé, ils pourraient vous donner bien des affaires. Si vous devez avoir une conversation avec le *Commandant de la campagne*[*] je ne me soucierais pas de m'y trouver. Les balles ne connaissent personne la nuit. »

La possibilité d'une rencontre avec les redoutables bandits que Colomba venait de nommer parut faire impression sur les voltigeurs. Toujours pestant contre le caporal Taupin, le chien de Français, le sergent donna l'ordre de la retraite, et sa petite troupe prit le chemin de Pietranera, emportant le pilone et la marmite. Quant à la cruche, un coup de pied en fit justice. Un voltigeur voulut prendre le bras de Miss Lydia ; mais Colomba le repoussant aussitôt :

« Que personne ne la touche ! dit-elle. Croyez-vous que nous avons envie de nous enfuir ! Allons, Lydia, ma

[*] C'était le titre que prenait Théodore Poli.

chère, appuyez-vous sur moi, et ne pleurez pas comme un enfant. Voilà une aventure, mais elle ne finira pas mal ; dans une demi-heure nous serons à souper. Pour ma part, j'en meurs d'envie.

— Que pensera-t-on de moi ? disait tout bas Miss Nevil.

— On pensera que vous vous êtes égarée dans le maquis, voilà tout.

— Que dira le préfet ?... que dira mon père surtout ?

— Le préfet ?... vous lui répondrez qu'il se mêle de sa préfecture. Votre père ?... à la manière dont vous causiez avec Orso, j'aurais cru que vous aviez quelque chose à dire à votre père. »

Miss Nevil lui serra le bras sans répondre.

« N'est-ce pas, murmura Colomba dans son oreille, que mon frère mérite qu'on l'aime ? Ne l'aimez-vous pas un peu ?

— Ah ! Colomba, répondit Miss Nevil souriant malgré sa confusion, vous m'avez trahie, moi qui avais tant de confiance en vous ! »

Colomba lui passa un bras autour de la taille, et l'embrassant sur le front :

« Ma petite sœur, dit-elle bien bas, me pardonnez-vous ?

— Il le faut bien, ma terrible sœur », répondit Lydia en lui rendant son baiser.

Le préfet et le procureur du roi logeaient chez l'adjoint de Pietranera, et le colonel, fort inquiet de sa fille, venait pour la vingtième fois leur en demander des nouvelles, lorsqu'un voltigeur, détaché en courrier par le sergent, leur fit le récit du terrible combat livré contre les brigands, combat dans lequel il n'y avait eu, il est vrai, ni morts ni blessés, mais où l'on avait pris une marmite, un pilone et deux filles qui étaient, disait-il, les maîtresses ou les espionnes des bandits. Ainsi annoncées comparurent les deux prisonnières au milieu de leur escorte armée. On devine la contenance radieuse de Colomba, la honte de sa compagne, la surprise du préfet, la joie et l'étonnement du colonel. Le procureur du roi se donna le malin plaisir de faire subir à la pauvre Lydia une espèce d'interrogatoire qui ne se termina que lorsqu'il lui eut fait perdre toute contenance.

« Il me semble, dit le préfet, que nous pouvons bien mettre tout le monde en liberté. Ces demoiselles ont été se promener, rien de plus naturel par un beau temps ; elles ont rencontré par hasard un aimable jeune homme blessé, rien de plus naturel encore. »

Puis, prenant à part Colomba :

« Mademoiselle, dit-il, vous pouvez mander à votre frère que son affaire tourne mieux que je ne l'espérais. L'examen des cadavres, la déposition du colonel, démontrent qu'il n'a fait que riposter, et qu'il était seul au moment du combat. Tout s'arrangera, mais il faut qu'il quitte le maquis au plus vite et qu'il se constitue prisonnier. »

Il était près de onze heures lorsque le colonel, sa fille et Colomba se mirent à table devant un souper refroidi. Colomba mangeait de bon appétit, se moquant du préfet, du procureur du roi et des voltigeurs. Le colonel mangeait mais ne disait mot, regardant toujours sa fille qui ne levait pas les yeux de dessous son assiette. Enfin, d'une voix douce, mais grave :

« Lydia, lui dit-il en anglais, vous êtes donc engagée avec della Rebbia ?

— Oui, mon père, depuis aujourd'hui », répondit-elle en rougissant, mais d'une voix ferme.

Puis elle leva les yeux, et, n'apercevant sur la physionomie de son père aucun signe de courroux, elle se jeta dans ses bras et l'embrassa, comme les demoiselles bien élevées font en pareille occasion.

« A la bonne heure, dit le colonel, c'est un brave garçon ; mais, par Dieu ! nous ne demeurerons pas dans son diable de pays ! ou je refuse mon consentement.

— Je ne sais pas l'anglais, dit Colomba, qui les

regardait avec une extrême curiosité ; mais je parie que j'ai deviné ce que vous dites.

— Nous disons, répondit le colonel, que nous vous mènerons faire un voyage en Irlande.

— Oui, volontiers, et je serai la *surella Colomba*. Est-ce fait, colonel ? Nous frappons-nous dans la main ?

— On s'embrasse dans ce cas-là », dit le colonel.

CHAPITRE XX

Quelques mois après le coup double qui plongea la commune de Pietranera dans la consternation (comme dirent les journaux), un jeune homme, le bras gauche en écharpe, sortit à cheval de Bastia dans l'après-midi, et se dirigea vers le village de Cardo, célèbre par sa fontaine, qui, en été, fournit aux gens délicats de la ville une eau délicieuse. Une jeune femme, d'une taille élevée et d'une beauté remarquable, l'accompagnait montée sur un petit cheval noir dont un connaisseur eût admiré la force et l'élégance, mais qui malheureusement avait une oreille déchiquetée par un accident bizarre. Dans le village, la jeune femme sauta lestement à terre, et, après avoir aidé son compagnon à descendre de sa monture, détacha d'assez lourdes sacoches attachées à l'arçon de sa selle. Les chevaux furent remis à la garde d'un paysan, et la femme chargée des sacoches qu'elle cachait sous son mezzaro, le jeune homme portant un fusil double, prirent le chemin de la montagne en suivant un sentier fort raide et qui ne semblait conduire à aucune habitation. Arrivés à un des gradins élevés du mont Quercio, ils s'arrêtèrent, et tous les deux s'assirent sur l'herbe. Ils paraissaient attendre quelqu'un car ils tournaient sans cesse les yeux vers la montagne, et la jeune femme consultait souvent une jolie montre d'or, peut-être autant pour contempler un bijou qu'elle semblait posséder depuis peu de temps que pour savoir si l'heure d'un rendez-vous était arrivée. Leur attente ne fut pas longue. Un chien sortit du maquis, et, au nom de Brusco prononcé par la jeune femme, il s'empressa de venir les caresser. Peu après parurent deux hommes barbus, le fusil sous le bras, la cartouchière à la ceinture, le pistolet au côté. Leurs habits déchirés et couverts de pièces contrastaient avec leurs armes brillantes et d'une fabrique renommée du continent. Malgré l'inégalité apparente de leur position, les quatre personnages de cette scène s'abordèrent familièrement et comme de vieux amis.

« Eh bien, Ors' Anton', dit le plus âgé des bandits au jeune homme, voilà votre affaire finie. Ordonnance de non-lieu. Mes compliments. Je suis fâché que l'avocat ne soit plus dans l'île pour le voir enrager. Et votre bras ?

— Dans quinze jours, répondit le jeune homme, on me dit que je pourrai quitter mon écharpe. — Brando, mon brave, je vais partir demain pour l'Italie, et j'ai voulu te dire adieu, ainsi qu'à M. le curé. C'est pourquoi je vous ai priés de venir.

— Vous êtes bien pressés, dit Brandolaccio : vous êtes acquitté d'hier et vous partez demain ?

— On a des affaires, dit gaiement la jeune femme. Messieurs, je vous ai apporté à souper : mangez, et n'oubliez pas mon ami Brusco.

— Vous gâtez Brusco, mademoiselle Colomba, mais il est reconnaissant. Vous allez voir. Allons, Brusco, dit-il, étendant son fusil horizontalement, saute pour les Barricini. »

Le chien demeura immobile, se léchant le museau et regardant son maître.

« Saute pour les della Rebbia ! »

Et il sauta deux pieds plus haut qu'il n'était nécessaire.

« Écoutez, mes amis, dit Orso, vous faites un vilain métier ; et s'il ne vous arrive pas de terminer votre carrière sur cette place que nous voyons là-bas*, le

* La place où se font les exécutions à Bastia.

mieux qui vous puisse advenir, c'est de tomber dans un maquis sous la balle d'un gendarme.

— Eh bien, dit Castriconi, c'est une mort comme une autre, et qui vaut mieux que la fièvre qui vous tue dans un lit, au milieu des larmoiements plus ou moins sincères de vos héritiers. Quand on a, comme nous, l'habitude du grand air, il n'y a rien de tel que de mourir dans ses souliers, comme disent nos gens de village.

— Je voudrais, poursuivit Orso, vous voir quitter ce pays... et mener une vie plus tranquille. Par exemple, pourquoi n'iriez-vous pas vous établir en Sardaigne, ainsi qu'ont fait plusieurs de vos camarades ? Je pourrais vous en faciliter les moyens.

— En Sardaigne ! s'écria Brandolaccio. *Istos Sardos !* que le diable les emporte avec leur patois. C'est trop mauvaise compagnie pour nous.

— Il n'y a pas de ressource en Sardaigne, ajouta le théologien. Pour moi, je méprise les Sardes. Pour donner la chasse aux bandits, ils ont une milice à cheval ; cela fait la critique à la fois des bandits et du pays *. Fi de la Sardaigne ! C'est une chose qui m'étonne, monsieur della Rebbia, que vous, qui êtes un homme de goût et de savoir, vous n'ayez pas adopté notre vie du maquis, en ayant goûté comme vous avez fait.

— Mais, dit Orso en souriant, lorsque j'avais l'avantage d'être votre commensal, je n'étais pas trop en état d'apprécier les charmes de votre position, et les côtes me font mal encore quand je me rappelle la course que je fis une belle nuit, mis en travers comme un paquet sur un cheval sans selle que conduisait mon ami Brandolaccio.

---

*Je dois cette observation critique sur la Sardaigne à un ex-bandit de mes amis, et c'est à lui seul qu'en appartient la responsabilité. Il veut dire que des bandits qui se laissent prendre par des cavaliers sont des imbéciles, et qu'une milice qui poursuit à cheval les bandits n'a guère de chances de les rencontrer.

— Et le plaisir d'échapper à la poursuite, reprit Castriconi, le comptez-vous pour rien ? Comment pouvez-vous être insensible au charme d'une liberté absolue sous un beau climat comme le nôtre ? Avec ce porte-respect (il montrait son fusil), on est roi partout, aussi loin qu'il peut porter la balle. On commande, on redresse les torts... C'est un divertissement très moral, monsieur, et très agréable, que nous ne nous refusons point. Quelle plus belle vie que celle de chevalier errant, quand on est mieux armé et plus sensé que don Quichotte ? Tenez, l'autre jour, j'ai su que l'oncle de la petite Lilla Luigi, le vieux ladre qu'il est, ne voulait pas lui donner une dot, je lui ai écrit, sans menaces, ce n'est pas ma manière ; eh bien, voilà un homme à l'instant convaincu ; il l'a mariée. J'ai fait le bonheur de deux personnes. Croyez-moi, monsieur Orso, rien n'est comparable à la vie de bandit. Bah ! vous deviendriez peut-être des nôtres sans une certaine Anglaise que je n'ai fait qu'entrevoir, mais dont ils parlent tous, à Bastia, avec admiration.

— Ma belle-sœur future n'aime pas le maquis, dit Colomba en riant, elle y a eu trop peur.

— Enfin, dit Orso, voulez-vous rester ici ? soit. Dites-moi si je puis faire quelque chose pour vous.

— Rien, dit Brandolaccio, que de nous conserver un petit souvenir. Vous nous avez comblés. Voilà Chilina qui a une dot, et qui, pour bien s'établir, n'aura pas besoin que mon ami le curé écrive des lettres de menaces. Nous savons que votre fermier nous donnera du pain et de la poudre en nos nécessités : ainsi, adieu. J'espère vous revoir en Corse un de ces jours.

— Dans un moment pressant, dit Orso, quelques pièces d'or font grand bien. Maintenant que nous sommes de vieilles connaissances, vous ne me refuserez pas cette petite cartouche qui peut vous servir à vous en procurer d'autres.

— Pas d'argent entre nous, lieutenant, dit Brando-laccio d'un ton résolu.

— L'argent fait tout dans le monde, dit Castriconi ; mais dans le maquis on ne fait cas que d'un cœur brave et d'un fusil qui ne rate pas.

— Je ne voudrais pas vous quitter, reprit Orso, sans vous laisser quelque souvenir. Voyons, que puis-je te laisser, Brando ? »

Le bandit se gratta la tête, et, jetant sur le fusil d'Orso un regard oblique :

« Dame, mon lieutenant... si j'osais... mais non, vous y tenez trop.

— Qu'est-ce que tu veux ?

— Rien... la chose n'est rien... Il faut encore la manière de s'en servir. Je pense toujours à ce diable de coup double et d'une seule main... Oh ! cela ne se fait pas deux fois.

— C'est ce fusil que tu veux ?... Je te l'apportais ; mais sers-t'en le moins que tu pourras.

— Oh ! je ne vous promets pas de m'en servir comme vous ; mais, soyez tranquille, quand un autre l'aura, vous pourrez bien dire que Brando Savelli a passé l'arme à gauche.

— Et vous, Castriconi, que vous donnerai-je ?

— Puisque vous voulez absolument me laisser un souvenir matériel de vous, je vous demanderai sans façon de m'envoyer un Horace du plus petit format possible. Cela me distraira et m'empêchera d'oublier mon latin. Il y a une petite qui vend des cigares, à Bastia, sur le port ; donnez-le-lui, et elle me le remettra.

— Vous aurez un Elzévir, monsieur le savant ; il y en a précisément un parmi les livres que je voulais empor-ter. — Eh bien, mes amis, il faut nous séparer. Une poignée de main. Si vous pensez un jour à la Sardaigne, écrivez-moi ; l'avocat N. vous donnera mon adresse sur le continent.

— Mon lieutenant, dit Brando, demain, quand vous serez hors du port, regardez sur la montagne, à cette place ; nous y serons, et nous vous ferons signe avec nos mouchoirs. »

Ils se séparèrent alors : Orso et sa sœur prirent le chemin de Cardo, et les bandits, celui de la montagne.

CHAPITRE XXI

Par une belle matinée d'avril, le colonel Sir Thomas Nevil, sa fille mariée depuis peu de jours, Orso et Colomba sortirent de Pise en calèche pour aller visiter un hypogée étrusque, nouvellement découvert, que tous les étrangers allaient voir. Descendus dans l'intérieur du monument, Orso et sa femme tirèrent des crayons et se mirent en devoir d'en dessiner les peintures ; mais le colonel et Colomba, l'un et l'autre assez indifférents pour l'archéologie, les laissèrent seuls et se promenèrent aux environs.

« Ma chère Colomba, dit le colonel, nous ne reviendrons jamais à Pise à temps pour notre *luncheon*. Est-ce que vous n'avez pas faim ? Voilà Orso et sa femme dans les antiquités ; quand ils se mettent à dessiner ensemble, ils n'en finissent pas.

— Oui, dit Colomba, et pourtant ils ne rapportent pas un bout de dessin.

— Mon avis serait, continua le colonel, que nous allassions à cette petite ferme là-bas. Nous y trouverons du pain, et peut-être de l'*aleatico*, qui sait ? même de la crème et des fraises, et nous attendrons patiemment nos dessinateurs.

— Vous avez raison, colonel. Vous et moi, qui sommes les gens raisonnables de la maison, nous aurions bien tort de nous faire les martyrs de ces amoureux qui ne vivent que de poésie. Donnez-moi le bras. N'est-ce pas que je me forme ? Je prends le bras, je mets des chapeaux, des robes à la mode ; j'ai des bijoux ; j'apprends je ne sais combien

de belles choses ; je ne suis plus du tout une sauvagesse.
Voyez un peu la grâce que j'ai à porter ce châle... Ce
blondin, cet officier de votre régiment, qui était au
mariage... mon Dieu ! je ne puis pas retenir son nom ; un
grand frisé, que je jetterais par terre d'un coup de poing...

— Chatworth ? dit le colonel.

— A la bonne heure ! mais je ne le prononcerai jamais.
Eh bien, il est amoureux fou de moi.

— Ah ! Colomba, vous devenez bien coquette. Nous
aurons dans peu un autre mariage.

— Moi ! me marier ? Et qui donc élèverait mon
neveu... quand Orso m'en aura donné un ? qui donc lui
apprendrait à parler corse ?... Oui, il parlera corse, et je
lui ferai un bonnet pointu pour vous faire enrager.

— Attendons d'abord que vous ayez un neveu ; et puis
vous lui apprendrez à jouer du stylet, si bon vous semble.

— Adieu les stylets, dit gaiement Colomba ; maintenant j'ai un éventail, pour vous en donner sur les doigts
quand vous direz du mal de mon pays. »

Causant ainsi, ils entrèrent dans la ferme où ils trouvèrent vin, fraises et crème. Colomba aida la fermière à
cueillir des fraises pendant que le colonel buvait de
l'*aleatico*. Au détour d'une allée, Colomba aperçut un
vieillard assis au soleil sur une chaise de paille, malade,
comme il semblait ; car il avait les joues creuses, les yeux
enfoncés ; il était d'une maigreur extrême, et son immobilité, sa pâleur, son regard fixe, le faisaient ressembler à
un cadavre plutôt qu'à un être vivant. Pendant plusieurs
minutes, Colomba le contempla avec tant de curiosité
qu'elle attira l'attention de la fermière.

« Ce pauvre vieillard, dit-elle, c'est un de vos compatriotes, car je connais bien à votre parler que vous êtes de
la Corse, mademoiselle. Il a eu des malheurs dans son
pays ; ses enfants sont morts d'une façon terrible. On dit,
je vous demande pardon, mademoiselle, que vos compatriotes ne sont pas tendres dans leurs inimitiés. Pour lors,
ce pauvre monsieur, resté seul, s'en est venu à Pise, chez
une parente éloignée, qui est la propriétaire de cette

ferme. Le brave homme est un peu timbré ; c'est le malheur et le chagrin... C'est gênant pour madame, qui reçoit beaucoup de monde ; elle l'a donc envoyé ici. Il est bien doux, pas gênant ; il ne dit pas trois paroles dans un jour. Par exemple, la tête a déménagé. Le médecin vient toutes les semaines, et il dit qu'il n'en a pas pour long-temps.

— Ah ! il est condamné ? dit Colomba. Dans sa position, c'est un bonheur d'en finir.

— Vous devriez, mademoiselle, lui parler un peu corse ; cela le ragaillardirait peut-être d'entendre le langage de son pays.

— Il faut voir », dit Colomba avec un sourire ironique. Et elle s'approcha du vieillard jusqu'à ce que son ombre vînt lui ôter le soleil. Alors le pauvre idiot leva la tête et regarda fixement Colomba, qui le regardait de même, souriant toujours. Au bout d'un instant, le vieillard passa la main sur son front, et ferma les yeux comme pour échapper au regard de Colomba. Puis il les rouvrit, mais démesurément ; ses lèvres tremblaient ; il voulait étendre les mains ; mais, fasciné par Colomba, il demeurait cloué sur sa chaise, hors d'état de parler ou de se mouvoir. Enfin de grosses larmes coulèrent de ses yeux, et quelques sanglots s'échappèrent de sa poitrine.

« Voilà la première fois que je le vois ainsi, dit la jardinière. Mademoiselle est une demoiselle de votre pays ; elle est venue pour vous voir, dit-elle au vieillard.

— Grâce ! s'écria celui-ci d'une voix rauque ; grâce ! n'es-tu pas satisfaite ? Cette feuille... que j'avais brûlée... comment as-tu fait pour la lire ?... Mais pourquoi tous les deux ?... Orlanduccio, tu n'as rien pu lire contre lui... il fallait m'en laisser un... un seul... Orlanduccio... tu n'as pas lu son nom...

— Il me les fallait tous les deux, lui dit Colomba à voix basse et dans le dialecte corse. Les rameaux sont coupés ; et, si la souche n'était pas pourrie, je l'eusse arrachée. Va, ne te plains pas ; tu n'as pas longtemps à souffrir. Moi, j'ai souffert deux ans ! »

Le vieillard poussa un cri, et sa tête tomba sur sa poitrine. Colomba lui tourna le dos, et revint à pas lents vers la maison en chantant quelques mots incompréhensibles d'une ballata : « Il me faut la main qui a tiré, l'œil qui a visé, le cœur qui a pensé... »

Pendant que la jardinière s'empressait à secourir le vieillard, Colomba, le teint animé, l'œil en feu, se mettait à table devant le colonel.

« Qu'avez-vous donc ? dit-il, je vous trouve l'air que vous aviez à Pietranera, ce jour où, pendant notre dîner, on nous envoya des balles.

— Ce sont des souvenirs de la Corse qui me sont revenus en tête. Mais voilà qui est fini. Je serai marraine, n'est-ce pas ? Oh ! quels beaux noms je lui donnerai : Ghilfuccio-Tomaso-Orso-Leone ! »

La jardinière rentrait en ce moment.

« Eh bien, demanda Colomba du plus grand sang-froid, est-il mort, ou évanoui seulement ?

— Ce n'était rien, mademoiselle ; mais c'est singulier comme votre vue lui a fait de l'effet.

— Et le médecin dit qu'il n'en a pas pour longtemps ?

— Pas pour deux mois, peut-être.

— Ce ne sera pas une grande perte, observa Colomba.

— De qui diable parlez-vous ? demanda le colonel.

— D'un idiot de mon pays, dit Colomba d'un air d'indifférence, qui est en pension ici. J'enverrai savoir de temps en temps de ses nouvelles. Mais, colonel Nevil, laissez donc des fraises pour mon frère et pour Lydia. »

Lorsque Colomba sortit de la ferme pour remonter dans la calèche, la fermière la suivit des yeux quelque temps.

« Tu vois bien cette demoiselle si jolie, dit-elle à sa fille, eh bien, je suis sûre qu'elle a le mauvais œil. »

                                                              1840.

TABLE DES MATIÈRES

IMPRIMÉ EN CEE
le 29-06-1995
B/056-93 – Dépôt légal, juillet 1993